PMR Publications

PMR Publications

Kurt Seyt & Shura / Nermin Bezmen . nbezmen@pmr.com.tr

ISBN: 975 -95358 - 5 - 8

1.BASKI: Ocak 1992
44.BASKI: Şubat 2014

Baskı: Melisa Matbaacılık Ltd. Şti.

PMR Dijital Tasarım, Bilişim, Yayıncılık, Tanıtım ve Pazarlama Ltd. Şti.

Ayşe Sultan Korusu No:11, 80810 Bebek, İstanbul
Tel: (0212) 287 81 94 Fax: (0212) 287 81 95

www.pmr.com.tr/publications
publications@pmr.com.tr

NERMİN BEZMEN

KURT SEYT & SHURA

PMR Publications

NERMİN BEZMEN, gelenekselden naife ve klâsiğe, minyatürden özgün baskıya ve restorasyona uzanan sanat yelpazesini, yoga felsefesi ve müzikle beslediği uzun senelerden sonra, ilk kez 1991'de okurla buluştu.

TRT'de canlı yayın sunuculuğu, çeşitli dergilerde köşe yazarlığı, röportaj dizileri ile panel organizasyon-yönetimi ve halkla ilişkiler, yoga eğitmenliği yapan *Nermin Bezmen,* yirmi beş yıldır atölyesinde yetişkinlere ve çocuklara resim dersi vermekte, yazılarını *Chronicle* dergisindeki köşesinde sürdürmektedir.

Uzun süren araştırmaları ışığında nakış gibi işlediği detayları, tarihin sessiz kalmış gerçeklerini, titizlikle uyarladığı karakter tahlillerini, gerçekçiliğin vuruculuğuyla roman ve öykülerine aktardı. Okurlar da bu satırlarda, kendilerini, düşlediklerini, hüzünlerini, endişelerini veya çok yakınlarından bir esintiyi yakaladılar.

2002'de, Edebiyat dalında *Haliç Rotary Kulübü* "Meslek Ödülü"ne layık görülen yazar, evli ve iki çocuk annesidir.

Nermin Bezmen'in diğer eserleri:

Uyandıran Aşk (Şiir,1991), Kurt Seyt & Murka (Roman,1993), Kurt Seyt & Shura İngilizce (Roman,1993), Mengene Göçmenleri (Roman, 1994), Zihnimin Kanatları (Denemeler, 1995), Türkuaz'a Dönüş (Derleme-Roman, 1996), Bir Gece Yolculuğu (Fantastik Roman, 1999), Fuad Bezmen Bir Duayen'in Hatıratı (Derleme-Anı, 2002), Sır (Roman, 2006), Kırk Kırık Küp (Hikâye 1999, 2006), Aurora'nın İncileri (Roman, 2007), Sırça Tuzak (Roman, 2008), Bizim Gizli Bahçemizden (Roman,2009), Gönderilmeyen Aşk (Roman,2010), Hayâl Takımı (Çocuk Romanı, 2011), Sırça Tuzak-2 Şeytan'ın İflâsı (Roman, 2011).

Bu, gerçek bir öyküdür. Hayal gücümü yanıma alarak yaşanmışları yakaladığım serüven dolu bir yolculuktur.

Son cümleyi noktaladığım şu günlerde mutluluğu ve burukluğu bir arada yaşıyorum. Uzun zamandır kendilerine satırlarda ruh verdiğim karakterlerle o kadar kaynaşmıştım ki, onlardan ayrılmak bana çok zor geliyor. Onları çok özleyeceğim. Yeniden gerçek dünyama dönerken, bana ilham veren aşkların, hüzünlerin, hasretin zihnimde ömür boyu kalacak gölgelerini hissediyorum. Romanımın artık hayatta olmayan kişilerini sevgi, rahmet ve hüzünle anıyor, bunca acıyı, hasreti bağrıma gömüp direnen ve aramızda olan kahramanlarına saygılarımı gönderiyorum.

Teşekkürler

Sevgili anneannem, dedemin Murka'sı, anılarını ilk günkü tazeliği ile bana aktardığın, çok zaman, yaşadıklarını aslında unutmayı tercih ettiğin halde, geçmişte gösterdiğin cesaretle anlattığın,

Sevgili annem, Leman Ulus (Lemanuçka), kendi anılarından verdiğin ipuçları,

Sevgili halam, Saniha Görgülü, tek başına bir roman bütünlüğü olan, anlattığın anıların arasından bir parçayı bu romanımda kullandığım,

Romanımın kayıp kahramanı Shura'nın izini, sayesinde bulduğum, sevgili Jak Deleon, gerçek bir araştırmacının heyecan ve coşkusu ile verdiğin destek,

Sevgili Zeynep Deleon, araştırmalarım sırasında benimle paylaştığın coşkulu anlar için, teşekkürler.

Sevgili Barones Valentine von Clodt Jurgenzburg, (Valentine Taskina) anlattıkları ve verdiği fotograflar ile, beni Shura'nın bebeklik yıllarına kadar geri götürüp, hayatıma yepyeni bir heyecan getirdi. Kendisini, maalesef, çok geç tanıdım. Ama, son bir kaç ay boyunca, çok yakın olan beraberliğimize doksan yılı sığdırmaya çalıştık. Büyük bir hasretle, dimağında biriktirdiği seneleri, unutamadığı sevdiklerini, sohbetlerimizde, tekrar tekrar, yaşattık. Shura'nın romanını büyük bir heyecanla bekliyordu. Kız kardeşinin hayatı ile ilgili, onun da merak ettiği, uzun, kayıp yıllar vardı. Maalesef, 1992 baharında, romanın baskıya hazırlandığı günlerde kendisini kaybettik. Ölümüne çok yakın bir zamanda tanışıp, her ikimiz için de bilmece olan parçaları bir araya getirmemiz, kaderin yine o anlaşılmaz mucizelerinden biri değil midir? Sizi çok özleyeceğim Barones.

Barones'in son kırk yedi senedir can dostu, hayat arkadaşı olan sevgili Todori (Theodor Negroponti), bizlerle paylaştığın nostalji dolu anları unutmayacağım.

Sevgili dostlar, Avukat Vassaf Arım, Mine Koyuncuoğlu, Lola Arel ve Leonid Senkopopowski, kendi mevzularınızı içeren detaylarda, değerli bilgilerinizi benden esirgemediğiniz için, teşekkürler.

Romanım baskıya girmeden evvel, kıymetli zamanından ayırıp okuyan ve gönül verdiğim edebiyat dünyasında çıkacağım yolculukta beni yüreklendiren büyük üstat Attilâ İlhan'a, şükran hislerimle.

Canım yavrularım, Pamira ve Pamir Cazım, çalışmalarım sırasında, yorgun ve gergin anlarıma büyük bir olgunluk ve anlayışla yaklaşımınız, bana ne kadar mükemmel iki çocuğum olduğunu bir kez daha gösterdi.

Canım kocam, Pamir, senin aşkın, bana duyduğun güvenin, inancın ve büyük desteğin olmasaydı, hayâllerimin peşinde bu kadar inatla koşamazdım. Sana minnettarım.

"Kurt Seyt & Shura" yı, ilk basıldığı 1992 baharından bu yana, eksilmeyen bir ilgi, beğeni ve heyecanla paylaşmaya devam eden, kahramanlarımla beraber kurduğum dünyaya katılıp, roman ailemin, yaşattığım ruhlar dünyasının parçası olan, telefon, mektup, e-mail'leri ile beni el üstünde tutan, sadık, sevgili okurlarıma,

İlk romanımın kahramanları ile beraber okurumla buluştuğumdan yakın zamana kadar, baskı-dağıtım koordinasyonunda büyük emekleri geçen Alp Doğan Yıldıran Bey'e gönülden teşekkürler.

Ve... 2008 Mart'ında, 36. Baskı "Kurt Seyt &" Shura" yı okurumla yeniden buluştururken, öykümün, kahramanlarımın ve benim ruhlarımızı, bir 'guru' titizliği ile yakalayan, o ruhla, kapak desenini, mizanpajını yeniden düzenleyerek, romanıma adeta yeniden can veren canım oğlum, Pamir Cazım'cığım, seninle san'atı ve mükemmelliği beraber yaşamak büyük bir mutluluk... Yüreğine sağlık, canım oğlum.

Shura'ya

Karlar üzerinde bir troykada
giderken tanıdım seni,
Uçarken kar taneleri sarı saçlarında
Ve çanlar çalarken
uzak kiliselerin birinde.
Yortu zamanı olmalı,
Papazlar yürümekte, ilâhilerle
Ve ilk defa karşılaşıyorum
sevgili Shura, senin hayâlinle...
Rüzgâr çalarken ıslıkla
Ve karlar toz olurken
atların ayaklarında
Seni seyretmek istiyorum
Dedemin anlattığınca...
Dedem anlatmış yıllarca,
Hiç unutmamış ki...
İki kadehten sonra, mahzun
kaybolup bir antik Rus şarkısında
Özlem gidermiş, anılarla
Hatıralar hızlı uçar,
Binmişler troykaya.
Dedem kovalarmış,
elinde bir kadeh votka.
Sonra, gözünde akmayan yaşlar,
Bir tarifsiz özlem,
Rusya'ya ve sana...

Sevgili Dedeciğim,

Bu kitabımı sana adıyorum.
Seni şimdi daha iyi anlıyor
Ve özlüyorum.

Bir Petrograd Gecesi 1916

Gece uykusundan henüz uyanmamış şehir, lâpa lâpa yağan karların altında bembeyazdı. Alexander Nevski meydanından sola dönüp ağır ağır ilerleyen atlı arabanın koca tekerlekleri, bütün gece yığılmış karları zorlukla yarıyordu. Arabacı köşeyi dönüp üç katlı evin kaldırımına yanaştı. Gözlerini binanın pencerelerine doğru çevirmişti ki, bir ışık huzmesi içeriden dışarıya süzüldü.

Hafif bir rüzgârla savrulup pencere pervazlarında toplanmaya devam eden bir grup kar tanesi, cama yapışıp öylece dondu, kaldı. Arabacının bakışları ile sözleşmişçesine, aynı anda, odanın tülleri aralandı. Silueti görünen erkek, camın buğusunu sildikten sonra el sallayıp tekrar içeriye döndü. Yatağının baş ucundaki komodinin üzerinde biraz evvel yakmış olduğu gaz lâmbasının ışığında cep saatine baktı. Henüz dört olmak üzereydi. Daha epeyi vakti vardı. Yatakta derin derin uyumakta olan kadını uyandırmaktan çekinerek yorganı hafifçe araladı. Saat avucunda, kendisini yastığa bıraktı. Sonra kararlı bir ifade ile, çarşafları attı üzerinden, yataktan kalktı. Ellerini saçlarında gezdirip, ağır adımlarla tekrar pencereye doğru yürüdü. Perdeyi biraz daha yana çekip dışarıya baktı. Camların hemen önünden başlayan beyazlık, ay ışığı altında bahçeyi, parmaklıkları ve ardındaki geniş caddeyi kaplayarak devam ediyordu. Beyaz bir dünyaydı, bembeyaz. Kayıp giden bulutların arasından mehtap ışıldadıkça ortalık pırıl pırıl oluyordu. Her şey olduğundan daha haşmetliydi bu beyazlığın altında.

Kalın perdeler, camın diğer yanındaki dünyayı içeriye almıyordu. Odanın yarı karanlığında bir kadının varlığını anlatan parfüm ile bir kaç saat evvel biten geceyi hatırlatan votka ve çarşafların lâvanta kokusu havayı sarmıştı.

Genç adam, camın önünde olduğu yerde durup yatağa baktı. Süzülen mehtapla karın beyaz ışığı, yatakta uyumakta olan kadının beline kadar açılmış sırtına vuruyordu. Karanlıkta belli değildi ama, renginin kızıl kahve olduğunu çok iyi hatırladığı saçları dalga dalga yastığın üzerine kıvrılmıştı. Ensesinden başlayan çizgi, sırtının ortasında tatlı bir çukurluk yaparak çarşafın örttüğü kısma kadar iniyordu. Sağ omuzu yuvarlak ve dolgun bir mermer parçası gibi, oynaşan ışıkta parıldıyordu.

Pencerenin önünde, cama sırtını vermiş, çıplak vücudu ile duran genç adam, sanki havanın serinliğinden hiç etkilenmiyor gibiydi. Geçirdiği geceyi düşünerek gülümsedi. Şöminenin yanında duran yuvarlak orta masasına doğru ilerledi. Meyve tabağı, karaf ve kadehler bıraktıkları gibi duruyordu. Yarısı yenmiş, yarısı içilmiş... Ne kadar sabırsızdı şu Katya. Yoksa Lidya mıydı? Her neyse, isminin ne önemi vardı. Kızıl saçlı dilber, gecesinin tadını çıkarması için elinden geleni yapmıştı.

Genç adam, akşamdan yarısı dolu bırakılmış kristâl kadehlerin birini eline aldı, tek yudumda içti. Yutkunurken, alkolün boğazında bıraktığı yanma hissi ile başını salladı. Aynanın önünde duran opalin gaz lâmbasını yaktı. Pembe fanustan odaya yumuşak bir ışık yayıldı. Kanapede birbirine karışmış erkek ve kadın giysileri içinden kendisine ait olanları seçti. Konsolun çekmecesinden çamaşırlarını alıp banyoya doğru yürürken yataktaki kadının mahmur sesini duydu:

"Niye bu kadar erken kalktın sevgilim?"

Genç adam, elindekileri bırakmadan, yatağın kenarına doğru yürüdü. Yüzü şimdi ışıkta daha belirginleşen kadın, üşümesine rağmen, yuvarlak omuzlarını ve dolgun göğüslerini açıkta bırakacak şekilde, olduğu yerde kımıldandı. Bir kolunu kaldırıp saçlarını yastığın üzerine doğru toplarken, diğeri ile erkeğe doğru uzandı. Erkek ona iştahla bakmadan edemedi. Kolunu kaldırdığı zaman beliren tatlı çukurluk, pembe ışıklarla yıkanan iri göğüsleri kadar arzu kabartıyordu. Uzun kirpiklerin süslediği iri siyah gözlerinin mahmur bakışı, günün sırf bu saatine mahsus değildi. Erkekleri etkilemek için, onlara yatağı, çapkınlığı hatırlatacak her türlü bakışta ustalaşmıştı. Etli dudaklarını büzüp gözlerini kapayarak öpülmeyi beklediğini belirtirken, bir kolu hâlâ havada, erkeğe doğru uzanmış duruyordu. Genç adam, onun reddedilmekten korkmayan, pervasız, arsız âşık tavrına gülümseyerek, yatağın kenarına oturdu. Yatağın örtüleri arasından yayılan sıcak, aşk saatlerini hatırlatan koku, kadının iç gıcıklayan parfümü ile birleşmişti. Boynuna dolanan ateşli kollardan kurtulmak için bir çaba sarf etmedi. Kadın, yarı araladığı gözlerinde şehvet pırıltıları ile, onun gözlerinin içine ısrarla bakarken, tenlerinin temasını engelleyen örtüleri aradan çekti. Yorganın altından çıkardığı sıcacık, dolgun vücudunu, arzu ile, erkeğin gövdesine dayadı. Onun başını kavrayarak, göğüslerini, dudaklarına doğru sundu. Bir yandan da diğer eliyle sırtını, kollarındaki adaleleri okşuyordu. Ufak tefek vücuduna rağmen, ustaca kullandığı elleri ve bacakları ile erkeği adeta esir almıştı. Genç adam, arzulu bir öpüşten sonra, kendini geriye çekti, ayağa kalkmaya davrandı.

"Artık hazırlanmam lâzım. Sen de istersen toparlan, evine bıraktırayım."

Kadın, şımarık bir tavırla dudak büküp, omuzlarını kaldırdı.

"Biraz daha kalamaz mıyız?"

"Benim yola çıkmam lâzım."

"Nereye gideceksin?"

"Moskova'ya."

"Ne zaman döneceksin? Beni arar mısın yine?"

Sorularını ard arda sorarken, yataktan çıkmak üzere davrandı. Vücudunu iç gıdıklayıcı hareketlerle oynatırken, erkeğin etkilenip olumlu cevap vermesini ümit eder gibiydi. Ancak, cevabı, çapkın bir gülüşle yanağından alınan bir makas oldu. Genç adam, çoktan banyonun yolunu tutmuştu.

Yıkanırken düşünüyordu. Kadının adını hatırlayamıyordu. Fazla da mühim değildi. Bir gecelik maceralarından biriydi sadece. Çılgınlar gibi içilip eğlenilen bir partiden beraber çıkmışlardı. Kadının elbise ve mücevherlerinin şatafatına bakılırsa alelâde biri değildi. Büyük bir ihtimâlle davete bir başka erkekle gelmişti. Yine büyük bir ihtimâlle, kendisine şatafatını sağlayan erkekle.

Traş olmaya başladığında, düşünceleri artık içeride bıraktığı kadından uzaklaşmış, çıkacağı seyahatle ilgili plânlar yapmaya başlamıştı. Bir saate kadar istasyonda diğerleri ile buluşması lâzımdı. Hareketlerini hızlandırdı. Havlusunu beline sarıp, yatak odasına geri döndüğünde, kadın çoktan giyinip hazırlanmıştı bile. Konsolun üzerinden aldığı şişeden avucuna döktüğü losyonu yanaklarına, boynuna sürerken sordu:

"Banyo yapmak istemez miydin?"

Kadın işve ile cevapladı:

"Yalnız başına banyo yapmak âdetim değildir."

Erkek, saçını tararken, gülümsemeden edemedi. Bu kadının kocası veya sevgilisi her kimse, çektiği vardı. Sanki, odada yalnızmışcasına, rahat hareketlerle giyinmeye başladı. Kadın, yatağın kenarında oturmuş, hayranlıkla onu seyrediyordu. Alnına doğru perçemlerle düşen saçları ve bıyığı kestane rengiydi. Boyu çok fazla uzun olmamakla beraber, duruşunda, tavırlarında heybetlilik vardı. Adaleli, biçimli vücudunun iyi çalıştırıldığı belliydi. Çakmak çakmak bakan lacivert gözleri, kemersiz düz burnu, biraz mağrur, biraz müstehzi bir ifade taşıyan dudakları, ve yüz hatlarını noktalarmış gibi çenesinde duran derin çukurluk, ilk göze çarpan hususlardı. Kadın, saçlarının lülelerini elleri ile düzenlerken içini çekerek, onunla tekrar buluşabilmek arzusunu kendi kendine düşünmeden edemedi. Bir şeyler sormak istiyordu ama üniformasını, çizmelerini giymiş olan genç adam, kendi düşünceleri ile, ona karşı ilgisiz bir tavırla, odanın içinde bir dolaptan bir dolaba gidip geliyordu. Çekmecelerden aldığı bazı eşyaları, kitapları bir valize yerleştirdi. Kızıl saçlı kadın, şaşkınlıkla onu izliyordu. Akşam, yatağını paylaşıp, harika saatler geçirdiği adam, sanki aynı adam değildi. Onu, bütün numaralarına rağmen, tahmin ettiği kadar kendisine bağlayamamış olduğunu fark etti. Sıkıntılı bir tavırla, içini çekip arkasına yaslandı. Erkek, aynanın önündeki kutudan aldığı bir yüzüğü parmağına geçirip, saatini cebine yerleştirdi. Kadın, bir akşam evvel, hayran olup sormuştu. Safirli, elmas taşlı yüzüğün, genç adamın aile yüzüğü olduğunu, mineli, yakut taşlarla süslü altın saatin ise, Çar Nicholas tarafından armağan edildiğini öğrenmişti. Mücevherlere düşkündü ve her iki parçayı da imrenerek seyretmişti.

Az sonra, evden ayrılmak üzere hazırlardı. Caddeden duyulan atlı araba sesleri üzerine camdan bakan erkek, paltosunu ve şapkasını alırken konuştu:

"Evet, artık çıkabiliriz. Aktem seni evine bırakır."

Lâmbayı söndürüp sokak kapısına doğru yürüdü. Onu takip eden kadın, son bir defa öpülmeyi, kendisinden randevu alınmasını beklerken, erkeğin, sanki aralarında hiç bir şey olmamış gibi davranmasından şaşkın ve biraz buruktu.

Kapının önünde, karlarla kaplı yolda, iki atlı araba duruyordu. Arabacılar, yerlerinden atlayıp, koşarak geldiler. Erkek, kadına dönerek, elini tuttu.

"Seni Aktem evine bırakacak. Kendine iyi bak güzelim."

Hâlâ ismini hatırlayamıyordu bir türlü.

Kadın, şansını bir kez daha denemek istiyordu, sordu:

"Bir daha buluşabilecek miyiz?"

"Neden olmasın?"

Kadın, memnuniyetle öptürmek üzere, yanağını uzattığında, arabacılardan çekinmediği belliydi. Birden, ne zamandır sormaya cesaret edemediği şeyi sormaya karar verdi. Gülümserken biraz utangaçtı.

"İsmini tekrarlayabilir misin?"

Genç adamın gülüşü, sabahın karlı sessizliğinde, keyifle yankılandı. Demek, geceden hatırlanan fazla bir şey yoktu, her ikisi için de. Gecenin nasıl bittiği dışında tabi. Yeni tanışıyorlarmışcasına selamladı kadını. Ağır ağır konuştu:

"Eminof. Üsteğmen Seyit Eminof."

Arabalar iki ayrı yöne doğru ayrıldıklarında, genç adam gecesini renklendiren kızıl saçlı kadını çoktan unutmuştu.

Moskova
1916

Krasnaya Ploshcad meydanının bir ucundan diğer ucuna hakim olan Kremlin sarayı, pembe tuğlalı muhteşem duvarları, göğe yükselen kuleleri ile, karların kapladığı meydanda, bir masal şatosu gibi azametli duruyordu. Lacivert gökyüzünden süzülen beyaz karların altında, pencerelerinden, büyük giriş kapılarından yayılan ışıklarla, sanki bir hayâl aleminin parçasıydı.

Sarayın arka cephesinin komşu olduğu meydan, isminin hakkını veriyordu. Krasnaya Ploschad; Güzel Meydan.

Meydandan, Mokhovaya Caddesi istikametinde yol alan troykanın çıngırak sesleri, atların karlarda çıkardığı tok seslere karışırken, Kremlin'in saat kulesinde ard arda vuran çan, akşamın sekizi olduğunu bildiriyordu.

Kürk şapkaları ve manşonlarının sıcaklığına gömülmüş olan genç kızlar, aralarında oturan babalarının birer koluna girmişler, kendilerini bu büyülü seslere ve ışıltılara bırakmışlardı.

Alexandra, şapkasının altından alnına, yanaklarına düşen sarı perçemlerini ıslatan kar tanelerini, manşonundan çıkardığı eli ile silkeledikten sonra, gülümseyerek, kendisini seyreden babasına baktı. Ona aynı sıcak gülüşle cevap verdi. Julien Verjensky, küçük kızının elini okşarken, yüzünde yorgun bir mutluluk seziliyordu. Daha sonra, sol yanında oturan diğer kızı Valentine'e döndü. Alexandra, etrafını çeviren güzellikleri bir an için bırakıp, belli etmeden babasını seyretmeye devam etti. Ne kadar yorgun ve tükenmiş görünüyordu sevgili babacığı. Kislovodsk'tan geliş sebepleri de buydu zaten. Aile doktorları muhakkak, bir de Moskova'daki hastahanede kontrolden geçmesi gerektiğini önerdiği zaman, Julien Verjensky, iki kızını yanına alıp bu yolculuğa çıkmıştı. Ertesi gün ameliyat olmak üzere hastahaneye yatacaktı. Genç kız, anlatılanları tam anlayamamakla beraber, babasının ciğerlerinde bir dert olduğunu biliyordu. Ameliyat ve hastalık sözlerinden çok korkuyordu. Babasını kaybedebilecek olma ihtimâli aklına geldiği zaman, bütün keyfi kaçtı. Ağlamamak için kendisini zor tuttu. Baba Verjensky, kızlarına Moskova'nın ve Kremlin'in tarihi ile ilgili bilgileri anlatmaktaydı:

"Kremlin'in ilk duvarları 1367'de, Demetrius Donskoi'nin zamanında atılmış. Çan kulesindeki saat 1404'de Athos'tan gelen bir Sırp keşiş tarafından yerleştirilmiş..."

Sözünü keserek, kendisini hüzünlü bir ifade ile seyretmekte olan küçük kızına döndü:

"Ne var Shuruçka? Gözlerinde yaş mı görüyorum yoksa?"

Ailesi ve yakınları böyle çağırırdı onu. Shura, yakalanmaktan mahçup, hemen gülümsemeye çalıştı. Eli ile, göz kapaklarının üzerinden bir şey siler gibi yaptı.

"Gözüme kar tanesi kaçtı galiba, ondan yaşlanmış olmalı."

Sonra, tatlı tatlı güldü. Babasını rahatlatmak istiyordu.

Julien Verjensky ilgiyle sordu hemen:

"Üşüdün mü yoksa?"

"Yok, yok, hayır babacığım, çok iyiyim, inanın."

"Moskova'nın havası bizim Kislovodsk'a benzemez."

"Ama yine de çok güzel."

Shura, başını arkaya atıp, derin bir nefes aldı. Kar kokusunu ve akşamın serinliğini içine çekti. Babası, gülerek, onun elini okşadı.

Az sonra, Borinskyler'in malikânesinin kapısındaydılar. Ard arda büyük girişten bahçeye süzülen arabalar, sıra ile, davetlileri eve çıkan geniş mermer basamakların önünde indirip gidiyorlardı. Birbirinden şık hanımlar, kürklerinde, manşonlarında uçuşan kar tanelerini silkeleyerek, bir elleri ile uzun kabarık elbiselerinin eteklerini tutarak, zarif kavalyelerinin kollarında merdivenlerden çıkıyorlardı.

Büyük bahçe kapısından girdikleri an, Shura içindeki heyecanı bastıramaz olmuştu. Bu, onun ilk defa danslı, büyüklerle beraber katılacağı bir akşam daveti olacaktı. Henüz on beş yaşındaydı. Ablası Valentine ondan bir yaş daha büyüktü ve o

Kislovodsk'da, annesi ve babası ile, daha evvel bunun benzeri davetlere gitmişti. Valentine'den dinlediklerine göre; böyle şık gecelerde, yakışıklı asil ve subay delikanlılar, genç kızları dansa kaldırmak için birbirleri ile yarışırlardı. Babasının yanında merdivenlerden çıkarken, kalbinin duracak gibi çarptığını hissetti. Sanki, çok güzel, harika bir şeyler olacaktı. Bu neydi bilemiyordu, ama içinden bir ses bunu ona haber veriyordu.

Kibar reveranslarla kendilerini karşılayan hizmetkârlara paltolarını, şapkalarını teslim ettikten sonra, davetin verilmekte olduğu salona gitmek üzere, tekrar bir kaç basamak merdiven çıktılar. Müzik sesi salondan koridorlara, çıkışa kadar yayılıyordu. Girişte bekleyen teşrifatçı, görevini çok ciddiye aldığını gösterir bir ifade ile, karşıladı. Sonra, salonun iç basamaklarına doğru bir adım öne çıkarak, elindeki bastonu yere vurarak isimlerini ilân etti:

"Mösyö Julien Verjensky!, Matmazel Valentine Julianova Verjenskaya!, Matmazel Alexandra Julianova Verjenskaya!"

Geri çekildiğinde, baba Verjensky, iki kızı iki yanında, kristâl trabzanlı merdivenlerden salona inmeye başladı. İsimlerin ilânı ile, bir an için sohbetlerini bırakıp kendilerini süzen diğer misafirler, yine kendi mevzularına döndüler. Ev sahibi Andrei Borinsky, kalabalığın arasından sıyrılarak, merdivenlerin başına geldi. Yeni gelen misafirlerine olan özel ilgisi, tavırlarındaki sıcaklıktan belliydi. Borinsky, Julien Verjensky ile aynı petrol şirketinde hisse sahibi idi. Çok sık görüşememelerine rağmen iyi bir arkadaşlıkları vardı. Arkadaşının elini dostça sıktıktan sonra, kızlara dönen Borinsky, şaşkınlık ve hayranlığını dile getirmeden edemedi:

"Aman Tanrım! Julien dostum, inanamıyorum, bunlar senin o küçük güzel kızların değil mi? Hâlâ çok güzeller. Hatta daha bile güzeller ama artık çocuk değiller. Nasıl da geçmiş zaman. Gelin, sizleri dostlarımla tanıştırayım."

Genç kızlar, babalarının ardı sıra, ev sahiplerini takiben, diğer davetlilerin arasına karıştılar. Valentine, daha rahat ve kendinden emin tavırlarla yürürken, Shura, bütün gayretine rağmen, içindeki heyecanı bastıramıyordu. Etrafına çok dikkatle bakmaktan korkuyor, bakışlarla karşılaşıp, heyecanını belli etmekten çekiniyordu. Ablasının kulağına doğru hafif bir sesle fısıldadı:

"Tinuçka, sakın yanımdan ayrılma, ne olur."

Valentine, gül kurusu tuvaletinin eteklerini zarif hareketlerle tutarak yürürken, kız kardeşine gülümsedi.

"Hiç merak etme. Ama, seni seyredenleri bir görsen böyle demezdin."

Shura, ablasının sözleri üzerine, ürkeklikle, bakışlarını sol tarafına kaydırdı. Onun şaka yaptığını zannetmişti. Gözleri, onca insanın içinde, kendisini seyretmekte olan bir çift gözle karşılaştı. Aralarında bir elektrik akımı gidip gelmiş gibi oldu. Genç kız, yanaklarının daha da kızardığını ve kalp atışlarının hızlandığını hissetti. Başını hemen çevirip, gözlerini yere indirdi. Babası, o arada, kendisine tanıştırılan bir Baronla konuşmaktaydı. Valentine, Kislovodsk'taki davetlerden tanımış olduğu çirkince bir kızla sohbete dalmıştı. Shura, ablasının, kendisini tanıştırdığı arkadaşının ismini bile doğru dürüst anlayamamıştı. Delikanlının bakışlarını, hâlâ, üzerinde hissediyor ama ondan yana bakmaya korkuyordu. Menekşe mavisi elbisesi ile aynı renk olan el çantasının ipek kordon sapını avuçları arasında sıkıca kavradı. Sarı, beline kadar uzanan saçları, ilk defa bu akşam, lülelerle başının üzerinde topuz yapılmıştı. Babası ve ablası, onu giyindikten sonra ilk gördüklerinde, ne kadar güzel olduğunu söylemeden duramamışlardı. O da kendisini her zamankinden daha olgun ve güzel bulmuştu. Ama, buraya gelinceye kadar. Şimdi ise, etrafta salına salına gezinen bu kadar güzel ve şık kadının arasında, çocukluğunu ve tecrübesizliğini hissediyordu. Daha, karşı cinsin uzaktan bakışlarından bile utanırken, nasıl bu kalabalığa karışıp, tanımadığı erkeklerle dansa kalkacaktı? Her halde, bunların hiç biri olamayacak ve bütün gece bir kenarda oturup diğerlerinin eğlenmesini seyredecekti.

Hizmetkârın ikram ettiği şarap kadehlerinden birini, babasının göz işareti üzerine, aldı. Julien Verjensky, ev sahibi ve diğer bir iki erkekle, petrol şirketinin hisseleri ve grevler üzerine ciddi bir konuşmaya dalmışlardı. Valentine ise, kız arkadaşı ile, Kislovodsk'da Kurzal'da beraber oldukları eğlenceli akşamlardan birini tekrar birbirlerine anlatıyorlardı. Shura, elindeki kadehten, önce ürkek, sonra büyük bir yudum aldı. Şarabın, kendisini daha cesaretli kılıp, utangaçlığını atacağını düşünüyordu.

İçinde, kendisini bir bakışta etkileyen delikanlıyı tekrar görebilme arzusu ile, başını hafifçe onu ilk gördüğü tarafa çevirdi. Sonra, hem yaptığından utandı, hem de aradığını orada bulamamaktan hayâl kırıklığına uğradı. Bir yudum daha şarap içti. Biraz olsun, gevşediğini hissediyordu. Tchaikovsky'nin bir noktrününü çalan orkestranın durduğu tarafa doğru döndü. Birden, az evvel hissettiği elektriklenme ile, yine gözlerini yakalayan bakışları karşısında buldu. Shura, şarabı fazla hızlı içtiğini düşündü. Zira, müziğin sesi sanki uzaklardan bir yerlerden geliyor gibiydi. Üstelik, yanı başında konuşulanları da net duyamıyordu. Ayakları yerden kesilmişti sanki. Kalbinin çarpışlarını herkes anlayacakmış gibi geliyordu ona. Bu defa bakışlarını kaçırmadı. Delikanlı, kendisi gibi üniformalı bir kaç arkadaşının arasında, elinde kadeh dururken, arada sohbete katılıyor ama gözlerini menekşe elbiseli güzel kızdan hiç ayırmıyordu. Bir ara, bakışları karşılaştığında, gülümseyerek başıyla hafifçe selam verdi. Shura, mahçup bir gülümseme ile, önüne döndü. Valentine'le arkadaşını dinler gibi göründü ama kalbi bir kuş gibi çarpıyordu. Kadehindeki son yudumları da bitirdiğinde, Valentine'in ikazı duyuldu:

"Shuruçka, bu hızda içersen, değil dansa kalkmak, ayakta bile duramazsın. Daha gecenin başındayız."

Shura, ablasına gülümserken, yanaklarının alev alev yandığını, gözlerinin parladığını hissediyordu.

Polkanın çalması ile beraber, çiftler yavaş yavaş dans pistini doldurmaya başladılar. Aynen, Valentine'in anlattığı gibi, delikanlılar, birer birer, genç kızları dansa davet ediyorlardı. Shura, sıranın elbet kendisine geleceği korkusuyla, salondan çıkmak, yok olmak istiyordu. Ama buna imkân yoktu. Birden, mavi gözleri çakmak çakmak bakan genç adamı, ev sahipleri ile sohbet ederken gördü. Yanlarında bir delikanlı daha vardı.

Andrei Borinsky, yanındakilerle birlikte, onlara doğru yaklaştı. Yüzünde çok keyifli bir gülümseme ile, genç kızlara dönüp konuştu:

"Sevgili Valentine ve Alexandra, sizlere bu iki delikanlıyı tanıştırmak istiyorum. Oğlum Petro Borinsky ve yakın arkadaşı Seyt Eminof. Çarın muhafız alayında, çiçeği burnunda üsteğmenler."

Delikanlılar, kibar bir reveransla, tanışma törenini tamamladılar. Shura, ablasını taklitle, gülümseyerek başını hafifçe eğdi. Petro, Valentine'i dansa davet ettiği an, Shura kendisini çaresizlik içinde hissetti.

"Bana bu dansı lütfeder misiniz?"

Hayâl meyâl duyduklarına, cevap verecek gücü bulamadı kendisinde. Heyecanı bunu engelliyordu. Bu eve girerken, içinde duyduğu his gerçekleşiyordu işte. Hayatında hiç bir erkekten bu kadar etkileneceğini tahmin etmezdi. Karşısındaki yabancı erkeğin, sanki gözlerini delerek geçen, kendisini çıplakmış gibi hissettiren bakışlarının tesirindeydi. Göğsündeki madalyaları, merasim kılıcı, diz boyu gıcır gıcır çizmeleri ile, öylesine haşmetli duruyordu ki, tanışmak için uzattığı elini tutup, Shura'yı dans pistine doğru yönelttiği zaman, genç kız itiraz edemedi. Halbuki, daha, genç adamın sorusuna cevap bile vermemişti. Hiç bir şey söyleyemeden, kendini hiç tanımadığı bu erkeğin, kibarca fakat sımsıkı saran kollarına bıraktı. Shura, kalbinin sesi kulaklarında, yanakları pespembe, mavi gözleri heyecandan ışıltılar saçarak, onunla pistte dönerken güzel bir rüya gördüğünü düşünmeye başladı. Ancak, onun hep kendisini tetkik ettiğinin farkında, devamlı gözlerini kaçırıyordu. Bakışlarından heyecan duyduğu kadar, korkmuştu da. Zira, ona nasıl karşılık vereceğini ve bir şey sorarsa nasıl konuşacağını kestiremiyordu.

Bu tatlı işkencenin ne kadar devam ettiğini bilmiyordu. Sanki, artık, her düşüncesini, her hareketini yönlendiren bu yabancıydı. Diğer çiftler defalarla eş değiştirdikleri halde, onlar hâlâ beraberlerdi. Genç kız, pistten ayrıldığı takdirde, belki de bir daha hiç göremeyeceği delikanlıyı kaybetmek istemiyordu. Bir eli, diz çökmüş erkeğin avucunda, diğeri ile eteğini tutarak onun etrafında dönerken, gözleri ister istemez buluşuyordu. Erkeğin derin mavi gözlerindeki müstehzi, şakacı, vakur, ihtiraslı, âşık, munis bakışların birleştiği ışıltılar, genç kızı sarhoş etmişti. Küçük, narin eli, onun avucunun kuvvetli, sıcak, emniyet veren teması içinde, sanki elektriklenmiş gibi, bileğine, oradan bütün vücuduna titreşimler gönderiyordu.

Polka bütün keyfi ile devam ederken, genç adam, yavaş yavaş, dans halkasının arasından onu çekerek dışarıya çıkardı. Shura, o güne dek duymadığı bir heyecan ve macera hissi ile dolu, konuşmadan, sormadan sadece onun yönlendirmesine itaat ederek, eli erkeğin sımsıkı kapalı avucunun içinde, ardından yürüdü. Daha ismini ilk defa duyduğu yabancı, onu salondan çıkarıp vestiyerden aldığı mantosunu sırtına verdi. Birbirine zincirleme bağlanan bir sürü odadan geçip evin arka cephesindeki verandalardan birine çıktılar. Shura, babasının ve ablasının kendisini görüp görmediğini, veya merak edip etmeyeceklerini düşündü, bir an. Bütün bu olanlara ve cesaretine inanamıyordu. Kim bilir, görenler arkasından neler düşünmüşlerdi. Gözleri, korku ve telaşla, veranda kapısından içeriye kaydı. Kendilerini takip eden hiç kimse olmadığı belliydi. Odanın rüzgârla salınan tül perdelerinden süzülen hafif bir ışıktan başka, kendilerine seyirci hiç kimse yoktu. Nefesini tutarak bekledi. Karşısındaki genç adamın kendisini yanlış anlamasından, partilere ve flörte alışkın bir kız olduğunu sanmasından korkuyordu. Ama, aksini izah etmek için yapabileceği bir şey de yoktu. Aralarında en ufak bir konuşma geçmemişti henüz. Heyecan ve utanç hissi ile titredi. Başını kaldırıp karşısındakine bakmaya cesaret edemiyordu. Birden, onun kendisine uzanan ellerini fark etti. Nefesini tutup bekledi.

"Üşüdün mü?"

Genç adamın sesi kısık, yumuşacık ve sıcaktı. Adeta, duyulsun istemiyordu. Genç kızın sırtındaki paltosunu biraz daha sarıp yakalarını boynunda birleştirdi. Shura, boynuna ve çenesine değen ellerin teması ile, kalp atışlarının hızlandığını hissetti. Ellerini ne yapacağını bilemiyordu. Boynuna doğru götürüp, paltonun yakasını tuttu. O an, parmakları birbirine değdi. Havanın ayazına rağmen, genç kıza sanki ateşi varmış gibi geldi. Yanakları yanıyordu. Bir türlü, yüzünü kaldırıp onunla göz göze gelmeye cesaret edemiyordu. Seyit, karşısında, bütün güzelliği ve mahcubiyeti ile, gözlerini indirmiş duran genç kıza baktı. İçini bir sıcaklık kapladı. Bu kız, bugüne kadar karşılaşıp beraber olduklarından çok farklıydı. Kendisinden oldukça küçük olmalıydı. Onun kalbinin hızlı atışlarını, paltonun ardından bile hissedebiliyordu. Şakaklarına, alnına uçuşan sapsarı lüleleri, uzun kumral kirpiklerin gölgelediği iri, çekik, mavi gözleri, muntazam, ucu kalkık burnu bütün uysallığını, mahçup güzelliğini resimliyordu. İçinden, bir an için, onu alıp geriye salona dönmek geçti. Bu küçücük kızla yaşayabileceği bir macera olamazdı. Tecrübesizliği, saflığı her halinden belli bu güzelliğe bir zarar vermek, onu kırmak korkusuyla, düşüncesini gerçekleştirmek üzere bir adım attı. Niyeti, onu bahçeye çıkardığı gibi geriye götürmekti. O an bakışları birleşti. Seyit, bugüne kadar yaşadığı bunca macera, beraber olduğu bunca kadından sonra, kendisinden yaşça oldukça küçük, kendi halinde bir kızdan böylesine etkilenmeyi beklemiyordu. Gecenin başından beri, ilk kez, yakından birbirlerine bakıyorlardı. Aralarındaki müthiş elektriklenmeyi Seyit de hissetti. Shura'nın pırıl pırıl yanan gözleri, heyecandan al al olmuş yanakları, inip kalkan göğsü, konuşmak ister de utanır gibi duran dudakları, Seyit'e hiç tanımadığı güzellikleri ve yumuşacık bir sevgiyi sunar gibiydi. Bütün yalnız anlarında özlediği gibi bir sıcaklığın benliğini sardığını hissetti. İnanamıyordu. Hiç tanımadığı, küçücük bir kız kendisine bu hissi veriyordu. Bir kaç saniye evvel düşündüğünden vaz geçti. Onu geriye, kalabalığın arasına götürmek değil, burada, herkesten, bütün diğer insanlardan uzakta, baş başa kalıp tanımak istiyordu. Karşısında duran, sanki, onun kaderiydi. Büyük kalabalığın içinden, onunla buluşmak üzere, çıkıp gelmiş olan kaderiydi.

Seyit, birdenbire son derece yakın hissettiği genç kızın omuzlarına dokunarak yaklaştı. Onu ürkütmekten, kırıp kaçırmaktan korkuyordu. Shura, gözleri genç adamın gözlerinde, büyülü bir gece yaşadığına inanmaya başlamıştı. Karlar altında, evden dışarı taşan müzik ve mehtap ışığı ile, masal bahçesinde gibiydi. Bir cesaret, kendisini esir alır gibi dans salonundan sürükleyip buraya getiren erkeğin yüzünü daha yakından tanımak istercesine, başını kaldırdı. Yaklaşan nefeslerinin soğuk havadaki buğuları birleşti. Genç kız, artık, kendini geriye çekemeyecek kadar geç olduğunun farkında, dudaklarını erkeğin öpüşlerine teslim etti. Süslü gaz lâmbalarının önünden uçuşan kar taneleri, balalayka ve piyanonun geceye karışan hüzünlü sesleri, sanki her şey, ama her şey harika bir rüyanın parçasıydı. Shura'nın, ayaklarının yerden kesilip kendini uçmak üzere gibi hissettiği bir andı ki, dudaklarını alev alev tutuşturan öpüş durdu. Genç kız, başı arkaya kaymış, heyecandan yarı baygın, yarı sarhoş, nefesi kesilmiş vaziyetteyken, yarım yamalak bir şeyler duydu. Erkek, yüzünü, avuçları ile sararak, ondan burada kalmalarının bir mahzuru olup olmadığını soruyordu. Shura, rüyada konuşur gibiydi. Kendi sesini bile duymuyordu. Belki de hiç konuşmamıştı zaten, bilemiyordu. Sadece, başını iki yana sallayarak, erkeğin endişesine cevap verdi. Şu an içeride olması gerektiğini, abla ve babasının onu arayacaklarını biliyordu. Ama, vücudunu saran kollar, yüzünde, boynunda gezinen dudaklar, kendisini esir almış gibi mütehakkim fakat sevgiyle bakan gözler, onu verandanın karlar, mehtap ve müzikle kaplı güzelliğinde hapsetmişti. Ve o, gönüllü bir esirdi. Buradan kurtulmak, kalabalığa karışmak istemiyordu. Hiç bir yere gitmek istemiyordu artık. Yıllarla böyle kalabilirdi. Gözlerini kapayıp bekledi. Etrafını saran muhteşem büyünün bitmesinden korkuyordu. Ama, bu ıssız köşede, yabancı bir erkekle yakalanmak korkusunu da duymuyor değildi. Kısık bir sesle mırıldandı:

"Artık içeriye dönmem lâzım... Merak ederler..."

Seyit, onun çenesinden kavrayarak dudaklarına uzun bir öpüş kondurdu ve geri çekildi.

"Tekrar görüşebilecek miyiz?"

Shura, onun davetten ayrıldığını sanarak irkildi.

"Gidiyor musunuz?"

"Hayır, hayır, bu gece buradayım. Ben, daha sonra, demek istiyorum. Nerede kalıyorsunuz? Buluşabilir miyiz?"

Genç kız, kulaklarına inanamıyordu. Karşısındaki yabancı erkek onunla buluşmak istiyordu. Ama bunu nasıl başaracaklardı ki?

"... Babam... babam yarın hastahaneye yatıyor. Bilemiyorum. Otelden yalnız ayrılabileceğimi sanmıyorum."

"Ya hafta sonunda? Borinskyler'in davetine gelmiyor musunuz?"

Shura'nın ümitsizliği, yerini sevince bırakmıştı.

"Operadaki davete mi? Evet, evet, Andrei amca babama öyle bir şeyler söylüyordu. Sanırım, Valentine ile beraber katılmamız hususunda konuşuyorlardı. Bilemiyorum... Babamın durumuna bağlı. Belki de gelebiliriz."

Seyit, gülümseyerek, onun yanağını okşadı.

"Çok iyi, o zaman görüşebileceğiz demektir. Şimdi sizi dans salonuna geri götüreyim."

Shura, bir rüyadan uyanır gibi, kendini toparlamaya çalışarak, verandanın kapısına doğru yürüdü. Gözlerine her bakanın, olanları anlayacağından korkuyordu. Mümkün olduğu kadar soğukkanlı ve rahat olmaya gayret etmeliydi. Loş, sakin odanın kapısından koridora çıkmak üzereyken, erkeğin, omuzlarına dokunmasıyla durup ona doğru döndü. Seyit, onu tekrar kollarının arasına almamak için kendisini zor tutuyordu. Kapıyı açıp genç kıza yol verdi.

Az sonra, içki ve müzikle çakır keyif kalabalığın arasına karışmışlardı. Shura, yokluğunu fark edip arayan kimse olmamasından büyük bir rahatlama duydu. Ama bu defa da içinde sebebini anlayamadığı bir huzursuzluk başlamıştı. Yıldırım aşkı ile tutulduğu genç adamı kaybedecek olması fikrinin verdiği huzursuzluğu yenemiyordu bir türlü. Gece boyunca, başka delikanlılardan da dans davetleri alan Shura, polkada eş değiştirirken Seyit'le bir kaç kez tekrar bir araya geldi. Onun her yaklaşışında, kalbi yerinden çıkacak gibi atıyor, uzaklaştığı an heyecanı yerini burukluğa ve biraz da kıskançlığa bırakıyordu.

Her rüya gibi, bunun da sonu gelmişti. Gece yarısı henüz olmuştu ki, Julien Verjensky artık davetten ayrılmaları gerektiğini söyledi. Kızlar, akılları orada kalmasına rağmen, hiç nazlanmadılar. Babalarının ne kadar yorulmuş olabileceğini ve ertesi gün önlerinde uzun ve endişeli saatlerin onları beklediğini biliyorlardı. Borinsky ile vedalaşırlarken, Shura, gözlerini kalabalığın arasında dolaştırıp, onu son bir kez görüp göremeyeceği merakı ile bakındı. Delikanlı görünürlerde yoktu. "Kim bilir hangi kızla çoktan yeni bir flörte başlamıştır bile." diye düşündü genç kız. Bu kadar ümitlenip, olayı önemsediği ve çocukça heyecanlara kapıldığı için kendine kızıyordu. Kendini aptal yerine koymuştu. Artık, babası ısrar etse de orada kalmak istemezdi zaten. Bir an evvel, oteldeki odalarına dönmek ve ağlamak istiyordu. Gözleri, hafiften, yaşlarla buğulanmaya başlamıştı bile. Çantasının kordonunu bileğine geçirmeye çalışırken manşonunu yere düşürdü. Eteklerini toplayıp eğilene kadar genç adamın sesini duydu. İşte yine oydu. Ellerinin teması, kürk manşonun sıcaklığından bile daha sıcaktı. Genç adam, yine, gözlerini derinliklere bakar gibi, onun gözlerine dikip, tatlı bir gülümseyişle mırıldandı:

"Cumartesi gecesini heyecanla bekleyeceğim."

Shura, teşekkür etmekle vedalaşmak arası bir şeyler mırıldandı ve kalbi kuşlar gibi çarparak, koşar adımlarla, babasıyla ablasını takiben merdivenlerden indi. Şimdi de sevinçten ağlamak istiyordu. Demek aldanmamıştı. Demek ki, erkeğin gösterdiği yakınlık geçici değildi. Onu tekrar görecekti.

"Tanrım! sen bana yardımcı ol, onu tekrar göreyim, ne olur!" duaları arasında birden babasının ertesi gün olacağı ameliyatı hatırladı. Otele dönerken, yol boyu, hem babasının sıhhati, hem de yıldırım aşkı ile tutulduğu gençle buluşabilmek için Tanrı'ya ve Meryem Ana'ya dualar etti.

Büyük Kaluzhskaya Caddesindeki Golitsyn Hastahanesinin bekleme odasında, iki genç kız, sessizlik içinde, ameliyat odasından gelecek haberi bekliyorlardı. Birbirlerinden kuvvet almak için, el ele tutuşup oturmuşlardı. Babalarını, en son, ameliyata alınmadan az evvel görmüşler, öpüşüp ayrılmışlardı. Aradan dört saatten fazla zaman geçmesine rağmen hâlâ bir ses yoktu. Endişeleri yerini yavaş yavaş korkuya bırakmıştı. Sessizce dua ederken, konuşmaya çekiniyorlardı. Bekleme odası, bir hastahane odasından çok, şık bir evin salonu görünümündeydi. Hastahane duygusunu hatırlatan tek şey, koridorlardan içeriye sızan dezenfektan kokusuydu. Kapının açılmasıyla, kızlar oturdukları kanapeden fırladılar. Gelen, Andrei Borinsky idi. Ondan bir haber alabilecek olmanın ümidi ile, kapıya doğru koştular.

"Andrei amca! Ameliyat bitti mi?"

"Babam nasıl? Ne olur söyleyin."

Andrei Borinsky, gözlerinde yaş, heyecanla, babalarından bir haber bekleyen kızların omuzlarına kollarını sararak onları yatıştırmaya çalıştı:

"Sakin olun, sakin olun. Eminim her şey yolunda gidiyordur."

Valentine, ikna olmadığını gösteren bir sesle, ağlamaklı mırıldandı:

"Ama çok uzun sürdü Andrei amca. Babama bir şey olmadığından emin misiniz?"

"Eminim yavrum, eminim. Doktorun verdiği habere göre; her şey yolunda gidiyormuş. Unutmayın ki, kolay bir ameliyat geçirmiyor babanız. Biraz zaman alacak. Ama, inanın bana, her şey yolunda gidiyor. Ben de, burada, sizinle beraber bekleyeceğim, hiç merak etmeyin. Sevgili Julien ameliyattan çıkar çıkmaz haber verecekler. Haydi sakinleşin şimdi. Gelin, oturun. Biraz Kislovodsk'u anlatın bakalım bana. Hayat nasıl oralarda? Moskova'daki kadar canlı mı?

Valentine, Borinsky'nin sorularına cevap verirken, Shura, pencereden, hastahanenin bahçesini seyretmeye başladı. Genç kız, nefesinin buğulandırdığı camı silerek alnını pencereye dayadı. Sağ elinin işaret parmağı ile, camın dışında beliren kar tanelerini takip etti. Her şey ne kadar sakin ve sessizdi dışarıda. Gözleri yaşlandı. Babasının öleceği ihtimâlini düşünmek bile istemiyordu. Boynuna asılı altın zincirin ucundaki haçı, avucunun arasına alıp sıktı. Başını gökyüzüne kaldırdı. Gri kar bulutları ile kaplıydı. İçindeki sıkıntının arttığını hissetti. Şu an, hayatta istediği tek şey, babasının kurtulmasıydı. Bir gece evvel ettiği dualardan utanç duyuyordu. Tanrı, eğer, dualarını kabul edecekse, bu dualar sadece babası için olmalıydı. Halbuki o, ilk defa tanıdığı bir erkeği tekrar görebilmek için, bütün gece yakarıp durmuştu. Eğer babasına bir şey olursa, kendisini asla affetmeyecekti.

Nihayet, bir saat sonra, baş hekim odaya girdiğinde hepsi nefeslerini tutarak haberi beklediler.

"Gözünüz aydın, her şey yolunda gitti. Doktorunuz kendisi de şimdi gelip, sizi aydınlatacak. "

Kızlar sevinçle birbirlerine sarıldılar. Hemen babalarını görmek istiyorlardı.

"Henüz değil. Şu an, henüz derin bir uykuda. Ama, emin olun, çok iyi. Bence en iyisi sizler de gidip dinlenin biraz. Sabaha gelirseniz kısa bir görüşme yapabilirsiniz.

Doktor kararlı görünüyordu. Israr etmelerinde fayda yoktu. Borinsky, kızları oradan uzaklaştırmakta doktora yardımcı olmaya karar verdi.

"Haydi bakalım, şimdi bize gidiyoruz... Hiç itiraz istemem. En sevgili arkadaşımın kızlarını, otel odasında, yapayalnız bırakacağımı sanmıyordunuz her halde."

"Ama, Andrei amca, her şeyimiz otelde."

"Hiç problem değil. Önce otele uğrarız. Eşyalarınızı alırsınız. Sonra doğru bize gidiyoruz. Nasılsa, sabah geleceğiz. Babanıza da söyleriz, bizde olduğunuzu. Bunu nasıl daha önce akıl etmedik zaten bilmem."

O gece, Borinskyler'in malikânesinde, kendilerine ayrılan odalarda sabahı dar ettiler. Babalarını görecekleri anı sabırsızlıkla bekliyorlardı. Ancak, görüşmeleri hiç de hayâl ettikleri gibi olmadı. Odaya girmelerine izin verilmedi. Zira, hasta henüz kritik dönemdeydi. Kapının camı ardından babalarına bakış atıp el sallayabileceklerdi. Shura, babasının yorgun, bitkin yüzünü tanımakta güçlük çekti. Senelerdir yüzünü saran sakalı, bıyığı traş edilmişti. Gözleri iyice küçülmüş, avurtları çökmüş gibiydi. Boynundan, sargılar arasından hortumlar çıkıyordu. Kızlar, şaşkınlık ve korku içinde, babalarına baka kaldılar. Yanı başındaki doktorun, bir şeyler söylemesi ile, Julien Verjensky başını onlara doğru döndürmeye gayret etti. Doktor, yastığını ve boynundaki hortumları tutarak ona yardımcı oldu. Bedbin, bembeyaz yüzü, kızlarını görünce biraz aydınlanır gibi oldu. Bütün gayreti ile, onlara sıcak bir tebessüm gönderdi. Kızlar, göz yaşlarını zapt ederek, el sallayıp gülümseyişle karşılık verdiler. Bu kadarcık hareket bile adamcağızı yormaya kâfi gelmişti. İnleyerek gözlerini kapadı. Doktoru, yeniden eski durumunu almasını sağlarken, dışarıya bir işaret gönderdi. Borinsky ve diğer doktor, kızları yavaşça oradan uzaklaştırdılar. Shura ağlıyordu. Valentine isyankâr bir sesle sordu:

"Ne oldu babama? Hani iyileşecekti?"

Doktorun sesi gayet sakin ve emniyet telkin ediciydi:

"Babanız gayet iyi küçük bayan. Yalnız, geçirdiği ameliyat hiç de kolay değildi."

Borinsky araya girdi:

"Onlara her şeyi anlatsanız doktor. Kafalarındaki sorulardan kurtulsalar."

Doktorun söylediklerinin bir kısmını anlamaları imkânsızdı. Bir sürü tıbbi terim ve izahlar arasında, Shura'nın tek anlayabildiği, babasının bundan sonra gırtlağında bir boru ile nefes alıp yaşayacağı oldu. Belki, Valentine, kendisinden daha fazla bir şeyler anlamıştı ama sormaya cesaret edemedi. Konuşmadan eve döndüler. Borinsky, onların bedbinliğini ve üzüntüsünü dağıtmak için çabalıyordu. Kocaman bir kahkaha atarak, ellerini çırpıp konuştu:

"Haydi, toparlanın bakalım, ne oluyorsunuz? Babanız kurtuldu artık. Bir kaç gün sonra ayağa kalkıp sonra da aramıza katılacak. Şimdi burada böyle somurtup oturduğunuzu görse, eminim, çok üzülürdü. Kendinize gelin bakalım. Hem, cumartesi akşamı, yanımda iki asık suratlı genç kız istemiyorum, tamam mı?"

Cumartesi gecesinin hatırlatılması, Shura'nın kalbini hoplattı. Nasıl unutmuştu. Aslında, o gece Bolşoy'daki davete gidebileceklerinden emin değildi. Babaları hastahanede iken nasıl eğlenebilirlerdi? Valentine de aynı düşünce ile ağzını açmak üzereydi ki, Borinsky itiraz kabul etmeyeceğini gösterir bir şekilde elini kaldırdı. Başını iki yana salladı.

"Çık, çık, çık... Duymak bile istemiyorum. Burada oturup yapabileceğiniz bir şey yok. Üstelik, babanız sizin o gece davette olmanızı istiyor. Hem bu hüzünlü havanızdan kurtulmazsanız, ona nasıl moral vereceksiniz? Merak etmeyin, sizi her gün hastahaneye götüreceğim. Babanızı her gün göreceksiniz. Doktoru müsaade ettiği kadar onunla beraber olursunuz. Ama o arada kendi hayatınızı da yaşayacaksınız. Anlaştık mı?"

Andrei Borinsky'nin canlı, keyifli ve ümit verici sesi, kızları kasvetli havalarından kurtarmıştı. Ona hak verdiler. Teşekkür ederek odalarına çıktıklarında kendilerini çok daha iyi hissediyorlardı.

Ertesi günkü görüşmelerinde babalarını daha iyi buldular. Julien Verjensky'nin yüzü biraz daha renklenmiş, bakışları canlanmıştı. Ama, henüz, yanına girilmiyordu ve konuşması imkânsızdı. Doktor, zamana ihtiyacı olduğunu söylemişti. Kızlar, bir gün evvelden daha büyük moralle hastahaneden ayrıldıklarında, Andrei amcanın ne kadar haklı olduğunu düşündüler. Babalarının, en çok, onların güler yüzüne ve desteğine ihtiyacı olacaktı. Kislovodsk'a geri dönünceye kadar, ona, annelerinin eksikliğini de hissettirmemeleri lâzımdı.

Cumartesi günü, sabah erkenden yapılan hastahane ziyaretinden eve dönülür dönülmez, akşam için hummalı bir hazırlık başladı. O gün doktor, kızların, babalarının yanına kısa bir müddet için girip, bir iki kelime konuşmalarına müsaade etmişti. Babalarının iyileşmekte ve bir haftaya kadar hastahaneden taburcu olacağı haberi ile mes'ut, geri dönmüşlerdi. Şimdi, akşamki eğlenceye huzur içinde gidebilirlerdi.

Shura, öğleden itibaren, midesinde kramplar hissetmeye başladı. Ama bunlar hastalık belirtisi kramplar değildi. Aynı zamanda, başında bir hafiflik, yüreğinde bir çarpıntı, bacaklarında bir kesiklikle beraber kendini gösteren aşk ağrılarıydı. Hiç kimseyle bir şey konuşmak istemiyor, düşüncelerini hep o esrarengiz yabancı üzerinde yoğunlaştırmak istiyordu. Böylelikle, sanki onunla buluşmuş gibi hissediyordu. Arada bir, akşam yine o kadar kalabalık içinde onunla karşılaşmalarının bir mucize olacağını, genç adamın belki de bir başka kadınla beraberlik ihtimâli aklına geliyordu. O zaman da yüreğindeki sevinç çırpıntısı, yerini kırgınlığa, hayâl kırıklığına bırakıyordu. Kafası, akşamla ilgili çelişkilerle dolu, dolabındaki elbiseleri tekrar tekrar gözden geçirdi. Ne giyeceğine bir türlü karar veremiyordu. Galiba, sonunda, Valentine'e danışması gerekecekti. Kendisine en yakıştırdığı elbisesi menekşe mavisi olanıydı ama onu daha geçen gece giymişti. Yakası, omuzları ve etekleri beyaz çiçeklerle işli sarı elbisesini askıdan aldı. Üzerine giyip aynanın karşısına geçti. Beline kadar inen saçlarını iki eli ile toplayarak başının üzerinde tuttu. Çevresinde dönerek aynadaki aksini seyretti. Gördüğünden memnun olmayan bir tavırla, dudaklarını büktü ve elbiseyi çıkarıp yatağın üzerine attı. Kumaşın rengi, gözlerinin mavisi ve saçlarının buğday rengi ile rekabete girmişti. Bir an, pembe organza olanını giymeyi düşündü. Valentine, nasılsa bu akşam pembe renk bir şey giymezdi. Ama, daha üzerine tutar tutmaz, kumaşın ışıkta parıldayan pembe renklerinin kendisine mavi kadar yakışmadığına karar verdi. Bu akşam, her zamankinden farklı ve daha güzel olmak zorundaydı. Sonunda, türkuaz rengi ipek tafta tuvaletinde karar kıldı. Daha evden çıkmalarına dört saat vardı. Zaman geçmek bilmiyordu adeta.

Saat sekizde, aşağı kattaki büyük salonda buluşup yola çıkılacaktı. Valentine, hazırlanmış olarak, yedi buçukta Shura'nın odasına geldiğinde, kız kardeşini çoktan giyinmiş, mendili avucunda, odayı arşınlarken buldu.

"Shuruçka, ne kadar güzel olmuşsun, bir masal prensesi gibisin."

Shura, pembe ipek şeritlerle süslenmiş beyaz elbisesi içindeki ablasına hayranlıkla bakarken, aynı şeyleri onun için düşünüyordu.

"Ya sen Tinuçka, sen kendine baksana. Tanrı'm! Harika olmuşsun."

Kızlar, heyecan içinde sarılıp, öpüştüler. Son dakikaları, birbirlerinin topuzlarını, eteklerindeki kıvrımları düzeltmekle geçirdiler. Heyecanları son haddindeydi. Evin holündeki saatin gongu sekizi vurduğunda, aşağıya inmelerinin zamanı gelmişti. Aynadaki görüntülerine son bir dikkatli bakış attıktan sonra odadan çıktılar.

Valentine önde, Shura hemen ardında, merdivenden bir kaç basamak inmişlerdi ki, geniş holün başında bekleyenleri gördüler. Shura, nefesinin kesildiğini hissetti. Göğsü, elbisesinden adeta fırlayacak gibi atmaya başladı. Bütün yüzünün al al olduğunu fark edebiliyordu. Bir an, olduğu basamakta kaldı. Sağ elinin üzerinde olduğu kristâl trabzanı iyice kavradı. Ateş ve ter basmış avuçları, buz gibi camın üzerinde yanıyordu sanki. Sol elini göğsüne doğru götürdü. Kalbinin atışını önlemek ister gibiydi. Holde, Andrei Borinsky, iki üniformalı delikanlı ile beraber durmuş, onların inmesini bekliyordu. Delikanlılar, Petro Borinsky ve Shura'nın buluşmayı dört gözle beklediği gençten başkası değildi. Genç kız, basamakları ne kadar ağır inerse o kadar kendisini toparlamaya fırsatı olacağını düşündü, ama bakışları üzerinde hissettiğinden Valentine'i aynı süratte takip etmeye mecbur oldu. Baba Borinsky, hayranlık dolu bir ifade ile, seslendi:

"Tanrım! Ne şanslıyız bu akşam, değil mi?"

Bu arada, delikanlılara hafifçe göz kırparak, sözü onlar için söylemiş olduğunu gösterir bir işaret verdi.

"Bu akşam Bolşoy'daki en güzel ve zarif genç kızlar bizim yanımızda olacak. Ne mutlu bana."

Baba Borinsky, ilerleyerek, merdivenin son basamağındaki kızların ellerinden birer birer tutup ortaya getirdi. Delikanlılar, reveransla onları selamladılar.

"Sevgili gençler, hemen çıkmamız gerek. Bu davetin sahibi olmasaydım, sizlere birer kadeh içki ikram ederdim. Ne yazık ki herkesten evvel orada olmamız lâzım."

Gülerek kapıya doğru yürüyen baba Borinsky'i takip ettiler. Kapıdaki arabalardan öndekine Andrei Borinsky, yanına kızları alarak bindi. Delikanlılar arkadaki arabaya yerleştiler. Shura, yol boyu, başını arkaya çevirip bakmamak için kendisini zor tuttu. Valentine, yine her zamanki rahat, konuşkan tavrında, ev sahipleri ile sohbetteydi. Kumral saçlarla çevrili yüzünde keyif pırıltıları uçuşuyordu.

Bütün gün yağan kar, yerini sakin bir sessizliğe bırakmıştı. Rüzgâr durmuştu. Mokhovaya ve Herzen Caddelerinin ışıltıları arasından geçerek Teatralny Meydanına geldiklerinde, arabalar yavaşladı. Gecenin beyaz karanlığı içinde, ışıklarla donanmış muhteşem bina karşılarındaydı.

"İşte, bizim meşhur Bolşoy'umuz." dedi, Borinsky.

Shura, uzun zamandır tuttuğu nefesini, hayranlık dolu bir sesle bırakıverdi:

"Ne kadar güzel! Tapınak gibi sanki."

Andrei Borinsky keyifli bir kahkaha attı.

"Evet sevgili Shura, aynı tapınak gibi."

Sekiz kolon üzerinde yükselen girişte arabalar durdu. Shura, arabadan inmek üzere hazırlanıyordu ki, kendisine uzanan eli fark etti. Sağ eli ile eteklerini toplarken, sol elini Seyit'in avucu içine bıraktı. Elini sıcacık bir temasla, kuvvetle ve o derece nazik kavrayan genç adamın yanında, binanın merdivenlerinden çıkarken, geçen gece yaşadığı rüyanın devamını görmeye başlamış gibiydi. Delikanlının kendisini devamlı seyrettiğinin farkında, başını ondan yana çevirmeye korkuyor ama bu kaçamak bakışlardan bir o kadar da derin haz duyuyordu. Ancak, onu beğendiğini ve ilgisini istediğini gösterecek bir işaret de vermesi gereğini hissediyordu. Bir bakıştan ne çıkardı. Belki de bundan sonra hiç görüşemeyeceklerdi zaten. Tam salona girmek üzereydiler, başını bir cesaret çevirip, ışıldayan gözlerle erkeğe baktı. Genç adamın gözlerindeki parıltı daha farklı değildi. Belki bir daha görüşmeyeceklerdi ama bakışları ile, onu bir ömür boyu kendisine ait olacakmışcasına esir etmişti bile. Shura titrediğini hissetti. İçinden gelen bir ses, çaresiz, sonu gelmeyecek bir aşka tutulduğunu ve büyük bir acı yaşayacağını söylüyordu.

Az sonra, Andrei Borinsky'nin davetlileri girişteki fuayeyi doldurmuştu bile. Shura ile Seyit, birbirlerini, arada bir, kalabalığın arasından görüyorlardı. Genç kız, her defasında, kaçamak gülümsemelerle, ürkek bakışlarla, Seyit'le göz göze gelirken, erkek de bu ürkek güzelliği daha yakından tanımak, beraber olabilmek için neler yapabileceğini düşünüyordu.

Fransız şampanyası ve havyar ikramı ile başlayan bir kokteylden sonra, davetliler yerlerini aldılar. Shura ve Valentine, sahneye en yakın localardan birindeydiler. Işıklar sönmek üzereyken, Andrei Borinsky sessizce locaya girip arkalarındaki koltuğa oturdu.

"Umarım, yerinizden memnun kalırsınız. Benim kusuruma bakmayın olur mu, arada diğer locaları da ziyaret edip misafirlerimin gönlünü almam lâzım. Özellikle, oyundan sonra eve davet etmemiş olduklarım kırılabilirler. Ama, temsil bitmeden sizinle buluşacağız. Sakın meraka kapılmayın, ve burada bekleyin olur mu?"

Andrei amcanın locayı ziyareti, cümlesinin uzunluğu kadar sürmüştü zaten. Sözlerini, oturduğu koltuktan kalkarken tamamladı ve kalın kadife perdelerin ardında kaybolup gitti. Kızlar, birbirlerine bakıp, gülümsediler. Shura, yandaki ve karşıdaki localara baktı. Birbirinden şık elbiseler içindeki hanımlar, ağır makyajları, göğüslerinin her hareketini gözler önüne seren dekolteleri, ve açık gerdanlarını süsleyen kıymetli mücevherleri ile, Bolşoy'un bütün şaşaasını, dekorunu ikinci plânda bırakıyorlardı. Boynunu süsleyen altın haçı ve sade türkuaz elbisesi ile, seyrettiği hanımlara hiç benzemiyordu. Yandaki locada, işveli işveli konuşmakta olan genç kadına gözü kaydı. Kadının saçları kömür rengiydi. Aynı renk gözlerini süzerek bakıyordu. Konuşurken gözlerini, dudaklarını, ellerini, omuzlarını, bütün vücudunu konuşturuyordu sanki. Yanındaki erkeğin, onun ağzının içine düşecek gibi dinlemesine bakılırsa, muvaffak da oluyordu. Siyah saçlı kadın, erkeğe her ne anlatıyorsa, bir yandan parmaklarını hafif dokunuşlarla gerdanında dolaştırıyordu. Shura, onun derin dekoltesinden taşacak gibi duran dolgun göğüslerinin hareketlerini görünce, inanamayarak, kendininkilere baktı. Ne kadar derin nefes alırsa alsın, göğüsleri elbisesinden o kadar fırlamazdı. Bu kadın başka türlü nefes alıyor olmalıydı. Birden, Valentine'in sesiyle bakışlarını geriye çekti.

"Shuruçka, bak kim var orada?"

Başını, ablasının gösterdiği tarafa çevirdi. İki yandaki locada pek tanıdık kimseyi göremedi.

"Bak, Lola Polianskaya burada. Geçen akşam Andrei amcanın davetindeydi. Kislovodsk'tan gelen arkadaşım. Annesi, babasıyla beraber. Bak, bizi çağırıyorlar, haydi gel gidelim."

Shura, zaten tanımadığı ve hiç de sevemediği kızın yanında bütün bir geceyi geçirmeye niyetli değildi.

"Yerimiz çok iyi Valentine. Hem, şimdi neredeyse perde açılacak. Ben gitmek istemiyorum."

"Haydi Shura, haydi canım, iki loca ötedeler, hemen geçeriz. Bak çağırıyorlar bizi."

"Sen git. Hem Andrei amca gelirse bizi burada arayacak, bulamazsa ayıp olur. Ben kalıyorum."

Valentine, bir an tereddüt ederek, ayakta kaldı.

"Ama, seni burada yalnız bırakamam."

"Saçmalama Tinuçka, bana hiç bir şey olmaz. Sen git, arkadaşının yanına. Çabuk ol, şimdi başlayacak, kalacaksın burada."

Valentine, locanın koridora açılan perdeleri arasında kaybolmuştu ki, orkestradan Tchaikovsky'nin Kuğu Gölü uvertürü yükseldi. Shura, ellerini kucağında birleştirip, kendini müziğin sihirine kaptırdı. Ağır ağır açılan perdenin ardında, sahne bütün ihtişamı ile ortaya çıktı. Shura, kendisini, konusunu çok iyi bildiği balenin akışına bıraktı. Dekorda yer alan şatonun önünde, Prens Siegfried'in yaş günü kutlanmakta, genç prens, neş'e içinde, kendisini kutlamaya gelenleri karşılamaktaydı. Bir balet ve iki balerinin gerçekleştirdikleri "Pas de trois", sahnenin sihirine uyacak kadar mükemmeldi.

Shura, az sonra kendisini sahnedeki masalın içinde kaybetmişti. Hayâlleri, heyecanları ile beraber, kuğuların kraliçesi Odet'in kanatlarında uçmaya başlamıştı. Kendini Odet'in yerine koyuyor, onun çaresiz aşkını hissedip, yaşıyordu. Gözlerinden inen yaşları kontrol edemedi. Sadece, kimselerin görmediğini ümit ediyordu. Bütün ruhu ve benliği ile, sahnedeki aşkı yaşıyordu ve locasında yapayalnız olduğuna çok memnundu. Kendini kuğu Odet ve Prens Siegfried'ın aşkına öyle kaptırmıştı ki, locanın perdeleri arasından sesizce içeriye gireni fark etmedi bile. Kucağında birleştirip birbirine kenetlemiş olduğu ellerine değen temasla irkilip, başını çevirdiğinde, yaşlı gözleri, bir arkasındaki koltukta, karanlıkta kalan silueti gördü. Gölgedeki erkek, avuçları arasına bir mendil tutuşturdu ve onun bir elini yine sıkı sıkı tutmaya devam etti. Shura, sahnedeki masalla kendi hayâllerinin karıştığını, derin bir rüyada olduğunu düşündü.

Ama zaten, bu yabancıyla ne zaman bir arada olsa, yaşamı rüyaya dönüşmüyor muydu? Her rüyanın bir sonu vardı ve bu da er geç bitecekti. Onun için, yaşadığı anda rüyasının tadına varmak istiyordu. Avucundaki mendili yanaklarına götürüp göz yaşlarını sildi. Sahneyi seyretmeye devam etti. Ne yapması gerektiğini bilemiyordu. Yine, tüm bakışların odak noktası olmuş, seyrediliyormuş hissine kapılmıştı. Kucağında, kabarık eteklerinin üzerinde duran sağ elini, erkeğin elinin sıcak kavrayışına teslim etti. Geçen gece olduğu gibi, yine bileğinden tüm vücuduna yayılan sıcaklık ile sarhoşlamıştı.

Sahnede şafak vaktidir. Odet'in sevgili Prensinden, diğer kuğuların da avcılardan ayrılma zamanı gelmiştir. Mutlu anlar bitmiştir.

"Artık ağlama, çünkü şimdi perde kapanacak."

Perde kapanırken yanındaki erkeğe döndüğünde, hâlâ gözlerinde yaş, dudaklarında gülümseme vardı. Seyit'in sesi alkışlar arasında kayboldu:

"Tanrı'm! ne kadar saf ve ne kadar güzelsin!"

Daha fazla yalnız kalamadılar. Perdenin kapanmasıyla birlikte, Valentine, yanında arkadaşı, arkadan Petro Borinsky yanlarına geldiler. On beş dakika arada yine içkiler dolaşıyordu. Shura, Seyit'in, eline tutuşturduğu şampanyayı alırken onunla göz göze gelmekten kaçınmadı, ilk defa olarak. Tam aksine, gecenin sonuna yaklaştıkça, onu daha fazla görmek istediğini, ondan az bir zaman sonra nasılsa sonsuza dek ayrılacaklarını düşünüyordu. Aralarındaki ilişkinin sadece romantik, uzak bir hayranlık ilişkisi olarak kalacağı muhakkaktı. Kendisi bir kaç hafta sonra evine dönecekti. Hiç tanımadığı bu genç adam da Moskova'da sadece bir kaç günlük misafirdi. Birdenbire kafasında bir şimşek çaktı. Hayatının geri kalan kısmında ne olursa olsun, bu genç adamla yaşayabileceği bir macera varsa yaşayacaktı. Bir an, kafasından geçenlerden ve aptalca cesaretinden ürktü, ama kalbindeki ses mantığına üstün geliyordu. Kuğular kraliçesi Odit'in aşkından daha beter bir aşka tutulmuştu.

Temsilin ikinci yarısında, her nasıl olduysa, locanın bütün koltukları doldu. Valentine, Petro ve Andrei Borinsky, hepsi, bulundukları diğer yerlerden geriye döndüler. Shura'nın Seyit'le baş başa olma şansı, o gecelik sona ermiş gibiydi.

Bolşoy'un çıkışında bekleyen atlı arabaların bir kısmı, yolcularını aldıktan sonra, Borinskyler'in malikânesine doğru arka arkaya yola çıktılar. Aşağı yukarı yirmi araba dolusu beyler, hanımlar, gecenin devamını yaşamak üzere, eve davet edilmişlerdi. Kuğu Gölü'nün balerin ve baletleri de misafirlerin arasındaydı.

Shura ve Valentine'e, çıkışta, Seyit ve Petro eşlik ediyorlardı. Petro Borinsky, ortada göründüğü zamanlarda, Valentine'in yanında yer almasına rağmen, Shura, onun, kendisini kaçamak bakışlarla süzdüğünün farkındaydı. Bu çocuktan fazla hoşlanmamıştı. Bir çok genç kız için, ilk bakışta yakışıklı bulunabilecek bir delikanlı olabilirdi. Ama, kısık bakan gözleri, bir erkek yüzü için çok kısa ve kalkık olan burnu, her nedense, karşısındakine emniyet hissi telkin etmeyecek bir ifade yaratıyordu. Shura, sebebini tam anlayamamakla beraber, onun varlığından rahatsız olduğunu hissediyordu.

Dört genç, aynı arabaya bindiler. On dakikadan fazla sürmeyen dönüş yolunda, konuşmalar daha ziyade Valentine ve Petro'nun arasında geçti. Diğer iki genç ise, hayran bakışlarla birbirlerini süzmeye devam ettiler. Shura, bakışmalarından ilk anlardaki kadar utanç duymuyordu artık. Ayıp bir şey yapmadığına inanmaya başlamıştı. Eve vardıklarında, daha önce gelen misafirleri, çoktan, geniş müzik odasında içkilerini içmeye başlamış buldular. Kat kat perdelerin ayırdığı yemek salonunda, masanın üzeri donatılmıştı. Gece, sanki daha yeni başlıyordu. Kısa zamanda, müzik ve kahkaha sesleri evi sardı. İçki, su gibi içiliyordu. Salonun bir köşesinde, bir arada duran Bolşoy ekibi, gecenin odak noktasıydı. Yaşlı, genç erkekler, az evvel sahnede izledikleri ve hayran olup gözlerine kestirdikleri balerinlere açıkça kur yapıyorlardı. Shura, kızların işveli kahkahalar ve zarif hareketlerle etraflarındaki bütün erkekleri nasıl idare ettiklerini hayretle izliyordu. Birden, aynı grubun içinde Seyit'in de bulunduğunu fark etti. İçi burkuldu. Artık orada kalmasa da olurdu. Kimseye hissettirmeden, odasına çıkıp, ortadan kaybolmayı düşündü. Ama düşündüğünü gerçekleştirmesine fırsat kalmadı. Zira, Seyit ve genç bir erkek daha, aralarına balerinlerden birini almış, kendisine doğru geliyorlardı. Seyit'in her ikisi ile de yakınlığı olduğu tavırlarından belliydi. Shura, yerinden kıpırdayamadan, bekledi. Seyit'in tanıştırması ile, Shura'nın içine su serpildi.

"Sevgili Tatiana, seni bu güzel genç hanımla tanıştırmak isterim. Alexandra Julianova Verjenskaya."

Sonra, Shura'ya dönerek, diğerlerinin isimlerini söyledi:

"Bolşoy'un en gözde balerinalarından Tatiana Tchoupilkina ve sevgili dostum Teğmen Celil Kamilof."

Shura, bu kısa tanışma seremonisi sırasında, karşısındakileri süratle inceledi. Tatiana kendisinden epeyi büyük olmalıydı. Hatta delikanlılardan da daha büyük görünüyordu. Hareketleri, hep sahnede imişcesine, alımlı, kıvrak ve zarifti. İri, siyah gözleri, halen sahnedeki ağır makyajı taşıyordu. Belki de bu kadar büyük gözükmesine sebep yüzündeki boyaydı. Cildi, adeta, bir porselen gibi, beyaz ve duruydu. Sahnede bir kuğuyu canlandırmak için daha ince ve uzun bir boyun olamaz, diye düşündü Shura. Göğsü neredeyse küçük bir kız çocuğunki kadar düzdü. Ama simsiyah gözlerindeki ışıltıları uzun kirpikleri ile gölgelendirerek bir bakışı vardı ki, her halde bu, erkekleri etkilemeye yetiyordu. Dudakları ise, hep davetkâr bir tebessümle aydınlıktı. Bütün artistik hareketlerine rağmen, davranışlarının içten ve kendisine ait olduğu belliydi. Gösterdiği yakınlıktan, Tatiana'nın, Seyit'ten ziyade diğer erkekle ilgisi olduğunu anladığı an, içine su serpildi. Shura, onu sevdiğini hissetti. Celil ise, aydınlık yüzündeki güleç çekik gözlerle, yanındaki kadına ne kadar âşık olduğunu, bariz şekilde belli ederek bakıyordu. Değişik bir tipi vardı ama oldukça yakışıklıydı.

Kısa bir müddet sonra Shura, Seyit'in dostlarıyla kaynaşmıştı. Onlardan yaşça ne kadar küçük olduğunu bile unutmuştu. Bir ara, delikanlılar içkileri tazelemek üzere yanlarından ayrıldıklarında, Tatiana ile baş başa kaldılar. Genç kadın, büyük bir samimiyetle, elini onun elinin üzerine koyarak konuştu:

"Sevgili Alexandra Julianova, keşke burada daha uzun kalabilseniz. İnanın hep beraber ne kadar eğlenirdik."

Shura, aynı içtenlikle, konuştu:

"Tahmin edebiliyorum Tatiana Tchoupilkina..."

"Yakın arkadaşlarım bana sadece Tatya der."

"Pekiyi, Tatya."

"Ne yazık ki, Celil ile Kurt Seyt de yakında ayrılacaklar Moskova'dan."

"Sık sık gelirler mi Moskova'ya?"

"Pek sık sayılmaz. Aslında, ne zaman, nerede olacakları belli olmaz. Genellikle, Çar Nicholas nereye gidiyorsa beraber giderler. Renkli bir hayatları olmadığını söyleyemem."

Keyifli bir kahkaha attı.

"Biliyor musun sevgili Alexandra..."

"Bana da yakınlarım Shura derler."

Tatiana gülerek devam etti:

"Evet sevgili Shura, biliyor musun eğer balerin olmasaydım, erkek olmak ve onların yerinde olmak isterdim."

Shura, erkekleri etrafında döndüren meşhur ve güzel bir kadının, niye erkek olmak isteyebileceğini anlayamamıştı. Soru sorar gözlerle baktı. Tatiana'nın o bol kahkahalarından biri daha duyuldu.

"Hayatlarının ne kadar renkli olduğunu bir bilsen, eminim, sen de onların yerinde olmak isterdin."

Genç kız, başını iki yana sallarken, gülmeden edemedi.

"Hiç, erkek olmak isteyeceğimi sanmıyorum."

Tatiana, ellerinde içki kadehleri, kalabalığın arasında kendilerine doğru ilerlemeye çalışan Celil'le Seyit'i gösterdi.

"Şunların haline bir baksana, sevgili Shura. Yakışıklılar, asiller, paraları var, Çar'ın maiyetindeler, ve etrafları her an, güzel ve asil kadınlarla dolu. Yaşadıkları maceralar daha bu yaşlarında kitap olur, inan."

Shura, keyif ve soğukkanlılıkla konuşan genç kadını, hayretle dinliyordu:

"Celil'in maceralarını biliyor musunuz Tatiana?"

"Tabi, tabi ki biliyorum. Bu kadar şaşırma Shura. St. Petersburg, Moskova, Livadia arasında mekik dokuyan yakışıklı bir subayın hayatında tek kadın olacağımı düşünmem bile, her halde, çok yanlış ve aptalca olur. Üstelik benim için, benimle beraber olduğu anlar mühimdir. Her şeye rağmen, en çok da beni sevdiğinden eminim. Bu da bana yeter."

Sonra birden susup, kendisini şaşkınlıkla dinlemekte olan genç kıza baktı.

"Üff, aman Tanrım! ben neler söylüyorum. Seni çok şaşırttım değil mi sevgili Shura? Bir an, karşımda gencecik bir genç kız olduğu unuttum. Sahi, yaşın kaç?"

"On beş."

"Aman Tanrım! On beş mi? Halbuki, daha büyük gösteriyorsun. Ben yaşımı söylemezsem kızmazsın değil mi? Emin ol, senden epeyi büyüğüm. Kusura bakma, konuştuklarımla seni utandırmadım, umarım. Beni yanlış anlamanı istemem. Ama inan, eğer sadece on beş olduğunu bilseydim..."

Shura, karşısındaki genç kadının ard niyeti olmadan konuştuğunu biliyordu. Onun, kendisini hem yaşından büyük görmesine, hem de özel konularını konuşacak kadar yakınlık göstermesine çok memnun olmuştu. Yaşları ve tarzları farklı da olsa, kendisine iyi bir arkadaş bulduğunu düşündü. Gülümsedi.

"Lütfen Tatiana, şaşırmadığımı söyleyemem ama inanın sizinle sohbet etmek çok keyifli."

O arada, erkekler yanlarına gelmişlerdi. Tatiana, içki bardağını alırken, Seyit'in kulağına fısıldar gibi konuştu:

"Seyt Eminof, senin hiç aynı gecede bir hanımla bu kadar uzun zaman bir arada olduğuna şahit olmamıştım. Bu küçük kızda seni çeken bir şeyler olduğu muhakkak. Ama seni uyarayım. Daha çok küçük. Şimdiye kadar beraber olduğun kimseye benzemiyor. Onu üzme."

Seyit, göz ucu ile, Celil'le konuşan Shura'ya bakarken, içinin ılındığını hissetti.

"Onu sevmiş gibisin sevgili Tatya."

"Evet, çok sevdim."

Seyit, göz kırparak, gülümsedi.

"Kim bilir? Belki ben de severim."

Sonra, Shura'ya yaklaşarak, onun dirseğine hafifçe dokundu.

"Eğer üşümezseniz bahçede bir gezinti yapabilir miyiz Alexandra Julianova?"

Shura, genç adamın konuşmasındaki bütün resmiyete rağmen, bahçenin loşluğunda baş başa kaldıkları takdirde neler olacağını pek alâ seziyordu. İçi heyecanla titredi. Yalnız, diğerlerinden utanmıştı. Durumunu hafifleteceğini düşünerek, Tatiana'ya sordu:

"Siz de gelmez misiniz Tatya?"

Tatiana, koluna girdiği Celil'in yüzüne sıcak bir gülüşle baktı.

"Siz keyfinize bakın, bizim Celil'le konuşacak şeylerimiz var. Bizi arayınca yine burada bulabilirsiniz."

Ve onların bir şey demesine fırsat bırakmadan yanlarından ayrıldılar.

Evin arka tarafındaki verandaya çıktıkları vakit, Shura, hayretle, yine, dilinin tutulduğunu fark etti. Onunla ne zaman baş başa kalsalar ne yapacağını bilemez oluyordu. Bahçeye inen basamakların başında durdular.

"Üşümeyeceğinden emin misin?"

Shura, Seyit'in sorusunu başını iki yana sallayarak cevapladı. Hakikaten de üşümüyordu ama bilemediği bir sebeple içinin titremesine engel olamadı. Seyit, ona yaklaşarak, kolundan hafifçe tuttu.

"Bana üşümediğini söyleme, baksana titriyorsun."

"Üşümüyorum, inanın."

Yabancı ama sanki yıllardır tanıdığı erkek, onu dirseğinden tutarak merdivenlerden aşağıya, bahçeye doğru indirirken konuştu:

"O zaman evini özlemiş olmalısın. İnsan evinden uzaklarda olunca gelen histir bu."

Shura, başını kaldırıp onun yüzüne baktı. Genç adamın ses tonunda beliren hüzün, yüzünde de okunuyordu.

"Yalnız kaldığını hissedince üşür insan. İyi bilirim o hissi."

Genç kız, birden, kendini daha rahat hissetti. Çekingenliği yerini, yanındaki erkeğe karşı şefkât ve ilgiye bıraktı. Hafif bir sesle konuştu:

"Eviniz çok mu uzak?"

Seyit, yumuşak bir gülüşle, cevapladı:

"Evim? Evlerim? Evet, şu anda hepsi çok uzak."

Bir an için havuzun kenarında durdular. Suyun tam orta yerinde yükselen mermer kaidenin üzerinde, sırt sırta vermiş dört küpidin tombul ellerinde tuttukları taslardan akan suyun şırıltısını dinlediler. Su sesi, evden yayılan müziğin notalarına uyar gibi ahenkliydi.

"Her şey ne kadar güzel."

Shura, cümlesini bitirmeden, elini erkeğin avucunda hissetti. Göz göze geldiler.

"Sen daha da güzelsin."

Genç adam bunları söylerken onun elini dudaklarına doğru götürüp, avucunun içine bir öpücük kondurdu. Shura, ateşli dudaklardan avucuna yayılan sıcaklıkla sarhoşlamıştı. Bundan sonra nasıl bir tavır takınması gerektiğini bilemiyordu. Nefesini tutarak gözlerini bir an için kapamıştı ki, kendisini erkeğin kollarında buldu. Seyit onu ürkütmekten korkuyordu. Bir müddet, ince zarif bedenini sımsıkı sarıp kolları arasında tuttu. Shura, kalbi çarpıntı içinde, başını onun göğsüne dayadı. Şimdiye kadar bilmediği, hayâl dahi etmediği bir hisle, itirazsız, kendini âşık olduğu erkeğin güçlü sarışına teslim etti. Onu tanımıyordu ama hayatı boyunca yanında olmasını istediği erkek bu olmalıydı.

Birden, yorgun ve tembel parçalar halinde düşmeye başlayan karı fark ettiler.

"İstersen artık içeri girelim."

Shura, başını kaldırıp Seyit'in gözlerine bakarken, oldukları yerden ayrılmak istemediği belliydi. Gecenin loşluğunda bile erkeğin gözlerinin parıldadığını görebiliyordu. Seyit, kolları arasındaki bu harika güzelliğe daha fazla, sadece bakmakla yetinemeyeceğini hissetti. Onun alnına uzun bir buse kondurdu. Saçlarının kokusunu derin derin içine çekerken, yüzünü avuçları arasına aldı. Gerideki ağaçların altına doğru yürürken onu kolları arasında beraber sürükledi. Sırtını ağaçlardan birine dayayıp genç kızı, sıkı sıkı, kendisine çekti. Çenesinin altından tutup başını yukarı kaldırdı. Dudaklarına doğru eğildi. Soğuk, ayaz gecenin mehtabı, gaz lâmbalarının titreşen ışıkları, müzik, havuzun şırıltısı, sanki onları aşka davet etmekteydi. Shura, gözlerini açarak onun yüzüne baktığında, bu genç adamın, hayatında isteyebileceği tek erkek olduğundan emindi artık. Ama beraberlikleri ne kadar sürebilirdi ki? Belki, ancak, bir iki kez daha bir araya gelebilirlerdi. Ondan sonra, herkes kendi yoluna gidecekti. İçindeki coşkunun yerini, derin bir hüzün aldı. Hayır, onu kaybetmek istemiyordu. Seyit, onun yanaklarını, boynunu öpücüklere boğarken sözlerini tekrarladı:

"Küçük Alexandra'm benim. Ne kadar güzel ve ne kadar tatlısın."

Shura, kulağının dibindeki öpüşlerin ve nefesin içini gıcıkladığını hissetti. Erkeğin yakınlığından duyduğu bu tarifsiz hazdan, bir an, korkuya kapıldı ama artık tabiat onları kontrolüne almıştı. Daha fazla dayanamadı. Kollarını kaldırıp, Seyit'in boynuna doladı. Genç adam, onun vücudunu, kolları arasında hapsederken dudakları tekrar birleşti. Genç kızın yapmacıktan, her türlü oyundan uzak, saflık ve tecrübesizlik içinde sunduğu sevgi, Seyit'i şimdiye kadar tatmadığı sıcacık bir duygu selinin içine itmişti. Kolları boynunda, kendisini büyük bir teslimiyetle ona bırakmış olan bu küçücük kızı buralardan alıp kaçırmak, baş başa kalmak arzusunu duydu. Ama bütün bu heyecan ne kadar sürecekti? Beraberlikleri ne kadar gerçek olabilirdi? Sonu gelmeyecek bir başlangıcı yaşıyorlardı. Kendisine hakim olması lâzımdı. Başını genç kızın saçları arasına gömerek konuştu:

"Alexandra,"

Shura'nın sesi neredeyse duyulmayacak kadar hafif çıktı.

"Efendim?"

Seyit, birden, söylemeyi düşündüklerinin tam tersi dudaklarından dökülürken kendisine inanamadı.

"Seni tekrar görmek, seninle baş başa kalabilmeyi isterdim."

Sonra, aklına gelen bir şeyle devam eti:

"Yarın... yarın istersen seni alayım sabahtan, bütün pazar gününü beraber geçirebiliriz, ne dersin?"

Genç kız, kollarını erkeğin boynundan çekmeden cevapladı. Sesi hâlâ kısık ve titrekti:

"Yarın sabah babamı ziyarete hastahaneye gideceğiz. Sonra da... bilemiyorum... evden nasıl izin alıp ayrılabilirim, bilemiyorum."

Seyit, onun yanaklarını avuçları içine alarak okşadı.

"Ama sen de benimle beraber olmak ister miydin?"

Shura bu soruya direkt cevap vermekten, nedense, utandı. Gözlerini erkeğinkilerden ayırmadan başını aşağı, yukarı salladı.

"Bunu gerçekten istediğine emin misin? Duymak istiyorum."

"Evet...evet istiyorum."

"O zaman bana bırak, yarın için bir şeyler düşüneceğim. Belki sizi hastahaneye ben götürürüm. Sonra da Moskova'yı gezdiririm sana."

"Ama... Andrei amca?"

"Merak etme. Andrei Borinsky beni çocukluğumdan tanır. Onunla aramızda problem olacağını sanmıyorum."

Sözlerini bitirdikten sonra onun saçlarına, alnına düşen karları eliyle sildi. Kar hızlanmaya başlamıştı.

"Haydi artık içeri girelim. Seni hasta etmek istemem."

Ne kadar zamandır oradalardı, Shura bir tahmin yapamıyordu. Ne kadar uzun yıllardır beraberlermiş gibi hissediyordu ama aynı zamanda da, her şey, birden bire başlayıp bitivermiş gibiydi. Sanki, bir perinin sihirli değneği ile, hayâl alemine gidip geri gelmişti. Biraz ileride, merdivenlerin ve kapının diğer yanında gerçek hayatı onu bekliyordu. Seyit'ten ayrılacak olması fikri içini burktu. Bir müddet, el ele yürüdüler. Adımları olabildiğince yavaştı. Havuzun yanından geçerlerken Seyit kupidleri göstererek konuştu:

"Biliyor musun, şunların yerinde olmak isterdim. Sen kollarımın arasındayken, seni öpüyorken böyle donup kalmayı isterdim. O zaman sonsuza kadar kollarımın arasında, benimle öpüşüyor olurdun."

Shura, erkeğin sözlerinin, parmaklarını saran elinin sıcaklığı kadar içine ılıklık ve heyecan verdiğini fark etti. Duydukları karşısında mahcubiyetle gülümsemeden edemedi.

"Ama o zaman sonsuza kadar karlar altında üşürdün."

Seyit durup onu omuzlarından kavradı. O da gülümsüyordu.

"Benim küçük sevgilim, sen kollarımdayken mi? Yok, hayır, hiç sanmıyorum."

Eve girdikleri an, Shura dışarıda ne kadar üşümüş olduğunu fark etti. Ama hiç bir şey umurunda değildi. Sevinç ve heyecandan uçuyordu. Paltosunu çıkarıp, eteklerindeki karları silkeledikten sonra, âşık olduğu erkekle beraber, diğer misafirlerin yanına döndüler.

Tatiana ve Celil'le tekrar buluştuklarında, Seyit, bir an için, yanlarından kayboldu. Shura, göz ucu ile, onu kalabalığın arasında izledi ama sonra anlaşılacağından utanarak başını çevirdi. On beş dakika kadar sonra, Seyit yine yanlarındaydı. Onun geriye gelmesiyle, Shura, damarlarına yeniden bir sıcaklık yayıldığını hissetti. Aşk dedikleri bu olmalıydı. Ve o âşık olmuştu. Genç adam son derece neşeliydi.

"Yarın için harika bir programımız var."

Hepsi merakla baktılar.

"Sevgili Alexandra Julienovna, Andrei Borinsky ile konuştum. Yarın, senin için izin aldım. Hastahaneden dönüşünüzden sonra gelip seni alacağım. Celil ve Tatya ile beraber sana Moskova'yı gezdireceğiz."

Genç kız, duyduğuna inanamıyordu. Her şey nasıl kolay halolmuştu. Ama...

"...Ama, Valentine... onu yalnız bırakamam."

"Öyle sanıyorum ki, Valentine, Borinskyler'le beraber, bir başka dost ziyaretinde olacak yarın."

Tatiana, neşe taşan bir kahkaha attı.

"Harika! Harika! Çok güzel bir gün geçireceğiz, eminim."

Shura, o andan itibaren, ertesi günün hayâli ile yaşamaya başladı. Gecenin geri kalan kısmı nasıl geçti, anlamadı bile. Sabaha karşı bir saatte, Borinskyler'in daveti dağıldığında, evi en son terk eden Seyit oldu. İki genç, birbirlerinin gözlerine manâlı bakışlarla bakarak vedalaştılar. Shura, Valentine'le öpüşüp iyi geceler dilediğinde, bir an, bu gece yaşadıklarını anlatmayı düşündü, sonra vaz geçti. Ablasının kendisini ayıplayacağından, tasvip etmeyeceğinden korkuyordu. Üstelik, ertesi günün programı da suya düşebilirdi. Bir an evvel yatağına girip, hayâlleri ile baş başa kalmayı istiyordu. Lâmbasını söndürüp, yorganına sarındıktan sonra, uzun müddet, Seyit'le bahçede beraber oldukları anları, tekrar tekrar, yeniden yaşadı. Konuştukları her şeyi yeniden hatırladı, her öpüşü, her dokunuşu yeniden hissetti. Uykuya daldığında, Seyit'in, dudaklarına dokunan, vücudunu saran teması, rüyaları kadar yakınındaydı.

Ertesi gün, ev halkı ancak öğleye doğru toparlanabildi. Zengin bir kahvaltıdan sonra, Andrei Borinsky, kızları alıp, hastahaneye götürdü. Julien Verjensky, ameliyat olduğundan bu yana, en iyi günündeydi. Bir kaç gün sonra hastahaneden çıkabilecekti. Kızlar, babalarının yanında her zamankinden fazla kalabildiler. Baba Verjensky, yatağının iki yanına oturan kızlarının güzelliğini, enerji ve neş'e taşan yüzlerini uzun uzun keyifle seyredip, onların büyük bir heyecanla anlattıkları "Borinsky malikânesindeki yaşam"ı dinledi. Konuşamıyordu, ancak, başını sallayarak, göz kapaklarını kapayarak, onların anlattıklarını takip ediyordu. Aşağı yukarı yarım saatlik bir ziyaretten sonra, doktor, hastanın artık dinlenmesi gerektiğini söyleyerek onları dışarıya çıkardı.

Seyit'in söylediği gibi, hakikaten, Valentine, Andrei ve Petro Borinsky ile beraber, uzaktan akraba oldukları bir çiftin evine gidecekti. Shura, yine de ablasının kendilerine katılması için teklifte bulundu. Ancak, Valentine, gidecekleri evdeki davetin, buz gibi havada Moskova'yı sokak sokak gezmekten daha keyifli olacağını düşünüyordu.

Shura, yine midesinde kramplar, başında bir sarhoş hafifliği ile, hazırlandı. Krem rengi dantelle süslenmiş lacivert elbisesini giydi. Saçlarını da aynı renk kurdela ile sarıp ensesinde topladı. Tam hazırdı ki, kapısı vuruldu. Evin hizmetkârlarından biri kapıdaydı.

"Matmazel Alexandra Julianova, Üsteğmen Eminof geldi efendim. "

Shura, gerisini dinlemedi bile. Paltosunu, manşonunu ve minik kadife çantasını kaptığı gibi, Valentine'in odasına daldı. Onunla acele bir öpüşle vedalaştı ve merdivenlerden aşağıya, neredeyse koşarak, indi. Basamakların yarısına vardığında, holde beklemekte olan Seyit'i görünce yavaşladı. Daha sakin ve ağırbaşlı olması lâzımdı. Ancak, dudaklarındaki gülümseyişi örtmedi. Genç adam, nazik bir tavırla, onun elini dudaklarına kadar götürdü. Paltosunu giymesi için yardımcı olurken, kulağına doğru eğilip fısıldadı:

"Ne kadar güzelsin."

Tatiana ve Celil, kapıdaki arabadaydılar. Shura'yı neşe içinde karşıladılar. Genç kız, Seyit'in yanında yerini aldığı zaman, hayatında ilk olan bir güne başladığını düşündü. Kar, sabahın erken bir saatinden beri lâpa lâpa yağmaktaydı. Araba, iki ve üç katlı şık evlerin çevrelediği yollardan şehri dolaşmaya başladı. Krasnaya Ploshchad'ı geçerken Shura bir kez daha karların örttüğü meydanı, Kremlin sarayını, katedrallerin göğe yükselen parlak, renkli kubbelerini, çan kulesini hayranlıkla seyretti. Seyit, işaretle gösterdiği bazı yerler için, arada bir izahat veriyordu:

"Şu Hint tapınağı gibi kubbeleri olan bina, Uspenski Katedralidir. Çarların taç giyme töreni burada yapılırmış. 1472'de yıkılmış, sonra 1475-1479 arası Bolonyalı bir sanatçı tarafından yeniden inşa edilmiş. Bina Bizans mimarisinde ama bana sorarsan, bu Hint işi kubbelerin ne işi var Moskova'da hiç anlamam."

"Bak, şu tarafta gördüğün Blagoveshcenski Katedrali. Dokuz kubbeli olan. O da 1489'larda bitmiş. Pskov'lu mimarlar yapmışlar. Andrei Rublev'in meşhur kutsal resimleri bu katedralde. İvan Kalita'dan Beşinci İvan'a kadar bütün Çarlarımızın kemikleri de Arkhangelski Katedralinde gömülüdür. Boris Godunov hariç."

Shura, genç adamın, bir tarih öğretmeni edası ile anlattıklarını keyifle dinliyordu. Bu saydığı isimlerin çoğu, ona yabancı geliyordu.

"Burası Spasskie Voroto. Meydan'ı Kremlin'e bağlayan üç girişten ortada olanı. Meydanın hemen ardındaki bölge, eski Moskova'nın merkez yaşam bölgelerinden biriymiş. Kıtai Gorod, ne demek biliyor musun?"

Shura başını salladı.

"Tatarcada kale demek. Kıtai Gorod, tüccarların yaşadığı bölgeymiş. Moskva nehrinin kuzeyinde kalıyor. Şehrin diğer bölümleri de Byely Gorod (Beyaz Şehir) ve Zemlyanov Gorod (Doğu Şehri) olarak adlandırılırmış. O da nehrin güneyinde kalan kısım.

Rusya'nın ilk üniversitesi de 1755'de Moskova'da kurulmuş..."

Yeniden, Mokhovaya ve Herzen caddelerinin kesiştiği yere gelmişlerdi. Shura, bir an için, gezintinin bittiğini ve eve dönmekte olduklarını sanarak, hayâl kırıklığı duydu. Ama, araba tekrar dönüş yaparak Moskva nehrinin güneyi istikametine saptı. Geniş bahçeler içinde, birbirinden uzak mesafelerde seyrekleşerek yerleşmiş olan şık evlerin önünden geçiyorlardı. Kar, neredeyse, tipiye çevirmek üzereydi. Gençler, neş'e içinde, havadan sudan konuşmaya devam ettiler. Az sonra araba durduğunda, Tatiana, Shura'nın eline dokunarak ağaçların ardında, bahçenin ortasındaki evi gösterdi:

"İşte, burası da benim evim. Haydi, gelin, hemen şöminenin karşısına yerleşmek için sabırsızlanıyorum. Tam zamanında geldik."

Tatiana'nın evi, çok büyük olmamakla beraber, son derece şık, zevkli ve pahalı döşenmiş bir evdi. Evin her odası, salonu adeta bir tiyatro sahnesi dekore edilir gibi yerleştirilmişti. Bir başkasının evi olarak garipsenebilirdi ama her şey Tatiana'nın şahsiyeti ile o kadar bağdaşıyordu ki, Shura bu evi de, sahibesi kadar sevdiğini düşündü.

Şöminenin çatırdayarak yanan ateşi karşısında birer kadeh içki içip, aynı odada hazırlanan masada yemeğe oturdular. Shura, artık, diğerleri ile olan yaş farkını unutmuş, çekingenliğini yenmişti. Yemek boyunca birbirlerini daha iyi tanımak fırsatını buldular. Shura, Kislovodsk' daki yaşantısını ve ailesini anlattı. Kendi hayatını anlattıkça rahatlıyordu. Şarap kadehlerini, adeta su içer gibi, boşaltan diğerlerine ayak uyduramamakla beraber, içtiği iki kadeh dahi, başını bir hoş etmeye yetmişti. Kislovodsk'daki baba evi, annesi, kardeşleri, hastahanedeki babası ve Valentine, sanki, şimdi, ondan yıllarla uzaktaydılar.

Yemekten sonra müzik odasına geçtiler. Şöminenin iki yanında, karşılıklı yerleştirilmiş bordo kadife kaplı yüksek arkalıklı kanepeler ve orta sehpasında gümüş semaverde hazır çay, misafirlerini beklemekteydi. Tatiana, fincanları doldurduktan sonra, piyanosunun başına geçti. Alexander Borodin'in Prens İgor adlı eserinden bir temayı çalmaya başladı. Tatar Hanı Kontchak ile Prens İgor'un hırslı, gözü kara mücadeleleri, Asya ve kuzey steplerinin kum ve kar fırtınaları, Tatar kızlarının Prens İgor'u etkilemek için yaptıkları dansların oryantal kıvraklığı, savaşçıların Barbar vahşiliği ile at sürüşleri, sanki, piyanonun tuşlarında canlanmış, odanın içini doldurmuştu. Tatiana parçasını bitirdiğinde, arkadaşları hararetle alkışladılar. Shura, beğenisini yüksek sesle dile getirmeden edemedi. Celil, çekik gözleri iyice çekilene kadar gülümsedi.

"Biliyor musunuz, Tatya bu parçayı bana âşık olduğu için bu kadar iyi çalıyor."

Keyifle güldüler. Genç kadın bu defa 'Çupçik' adlı hareketli ve oynak bir parça ile dinleyenlerini coşturdu. Celil ve Seyit, kendisine şarkıda eşlik ettiler. Müziğin kıvrak ritmi, piyanoyu çalanın kişiliğine uymak için bestelenmiş gibiydi. Nihayet Tatiana, Kuğu Gölü'nün dördüncü ve son sahnesini seslendirmeye başladığında, odaya derin bir sessizlik çöktü. Shura, henüz bir kaç gece evvel seyrettikleri oyunun hüzünlü akışını yeniden yaşamaya başlamıştı. Piyanonun arkasından dolaşıp, bahçeyi odanın içine alan geniş cam kapının yanında durdu. Gökyüzündeki kar bulutları, yüksek ağaçlar olmasa yere inecek gibiydi. Henüz erken olmasına rağmen, akşamın ilk saatleri kadar karanlıktı. Tipiden, ağaçların ardı gözükmüyordu. Camın hemen dışındaki demir bahçe takımları, geniş mermer saksılar, minik havuz, karların altında kaybolmuştu. Shura, görüntüden ve müziğin hüznünden titreyerek, kollarını kavuşturdu. Omzundan kendisini saran kolun teması ile, başını çevirdi. Alnına dokunan Seyit'in dudaklarındaki sıcaklık ile, kendini yeniden güvende hissetti. Hiç itirazsız, başını onun göğsüne bıraktı. Onunla ilk karşılaştığı gece olduğu gibi, yine içinde garip bir his belirmişti. Midesindeki kramp, kalbinin atışları, sebebini anlayamadığı bir heyecan, işte, yine aynı şeyler oluyordu. Hayatını değiştirecek, yepyeni bir şeylerin olacağı hissiydi bu.

Tatiana ve Celil'in, sessizce, odadan ayrıldıklarını fark etmediler bile. Birbirlerinin kollarında, bahçeyi süratle doldurmakta olan karı seyrederken, her ikisi de bir diğerinin bundan sonraki tavrının ne olacağını düşünüyordu. Shura, hayatında ilk defa bir yabancı erkekle yapayalnız kalıyordu. Onu kaybetmekten korktuğu kadar, kendisini hafif bir kız sanmasından da çekiniyordu. Yapacağı bir hareketin, söyleyeceği bir sözün davetkârlık olarak anlaşılmasından ürküntü ile, erkeğin kolları arasında, hiç kıpırdanmadan bekliyordu. Seyit, dudaklarını onun sapsarı kalın örgüyle toplanmış saçlarında gezdirirken, ne kadar tecrübesiz ve munis bir güzelliğe sarıldığının farkında, onu ürkütmek veya ters bir tepki almak korkusundan, öylece beklemeyi tercih ediyordu. Epeyi bir müddet, birbirlerinin sıcaklığı içinde, sessiz kaldılar. Genç adam, bugüne kadar böylesine sakin bir beraberliği olmadığını düşünerek, kendi kendisine şaşıyordu. Bu küçücük kızdan ne beklentisi olabilirdi ki? Ancak, onunla yakın olduğu anlar duyduğu huzuru ve heyecanı da daha evvel hiç kimseyle hissetmiş değildi. Birden bire, onu daha sıkı tutmak, saçlarını, yüzünü öpücüklere boğmak isteğiyle doldu. Bir eli ile, yavaşça, onun çenesinin altını okşayarak başını kaldırdı. Onun iri mavi gözlerindeki titrek pırıltıları görebiliyordu. Genç kız, erkeğin yüzündeki arzu dolu bakışlara daha fazla dayanamayacağını hissetti. Gözlerini kapadı. Teslimiyeti ifade eden bu davranış, Seyit'e cesaret verdi. Onun yarı aralık duran dudaklarını, dudakları ile kapadı. Genç kızın öpülmeyi bekleyen ama henüz karşılık vermekten çekinen, boyasız, körpe, dolgun dudaklarındaki lezzet, arzusunu arttırmıştı. Onu şefkâtle saran elleri, şimdi kumaş yığınları arasından, narin bedeninin gizli kalmış kıvrımlarını keşfetmek için sabırsızlanıyordu. Shura, erkeğin, belini saran ellerinin kıskacı içinde, ayaklarının yerden kalktığını hissetti. Onun boynuna kollarını dolayarak, başını omuzuna bıraktı. Gözlerini açıp bakmaya korkuyordu. Kanapenin üzerine uzandıkları an, hâlâ birbirlerine kenetlenmiş vaziyetteydiler. Shura, sadece, erkeğin vücudunu kolları ile sımsıkı sarmakla, onun ateşli öpüşlerine ve okşayışlarına tamamen kayıtsız kalmadığını belli ediyordu. Boynunda, kulaklarında, gerdanında dolaşan dudakların ılık nefesi, içtiği şarap kadar sarhoşlatıcıydı. O an, takınabileceği bir tavırla, kendini bu tatlı esaretten kurtarabilir, erkeği durdurabilirdi. Bu düşünceyi zihninde bir iki saniyeden fazla tutmadı. Kendisine bu tarifsiz heyecanı veren yabancıyı kaybetmek istemiyordu. Onu daha yakından tanımalı, verebileceği bütün aşkı tatmalıydı. Şöminede çıtırtılarla yanan ateşin sıcaklığı, vücutlarından yayılan ateşi daha da hararetlendiriyordu. Shura, bir kısa an için, gözlerini aralayıp, Seyit'e baktı. Onun niyetinin ne olduğunu anlamak, kendisine nasıl baktığını tekrar görmek istiyordu. Loşlukta belirginleşmeye başlayan ateşin gölgeleri, genç adamın yüzüne vurmuştu. Shura, onun gözlerinde yine kendisini çıplak hissettiren bakışı fark etti. Müthiş bir utanç hissetti ve başını yana çevirdi. Seyit, dirseği üzerinde doğrularak, avucunu genç kızın yanağına koydu.

"Güzel sevgilim benim, bana bak. Bana bakmanı istiyorum. Kaçırma gözlerini benden."

Shura, onun arzulu fakat o derecede şefkâtli sesine cevap olarak, istediğini yaptı. Kendisine sevgili olarak hitap edilmesi de, erkeğin gözlerindeki arzulu bakış kadar yanaklarını kızartıyordu. Yine de bu sihirli kelimenin yüreğinde arttırdığı çırpınışın da farkındaydı. Seyit, onun avucunun içini öperken, gözlerini gözlerinden ayırmadı. Sonra, dudaklarını bileğine doğru kaydırdı. Shura, tepeden tırnağa titremeğe başlamıştı. Çekinerek, sağ elini, yavaş yavaş, erkeğin başına doğru uzattı. Parmaklarını onun düz kumral saçları arasına daldırdığında, temasının her ikisi için de ne kadar heyecan verici olduğunu fark etti. Genç adamın avucunda duran diğer elini de, onun alevlerin aksi ile rengi değişen yüzüne dokundurdu. Parmak uçlarını, ürkek hareketlerle, onun alnında, belirgin elmacık kemikleri üzerinde dolaştırdı. İşaret parmağını, çenesindeki derin çukurluğun üzerinde bir müddet tuttu. Onun yüz hatlarını ezberlemek ister gibi, yine alnından başlayarak okşadı. Seyit, yirmi dört yaşında, ilk kez, bu kadar yıl aldığından çok değişik bir haz duyuyordu. Yumuşacık, sıcacık, sakin bir aşktan da heyecan duyabildiğini hayretle fark ediyordu. Kendisinden sekiz yaş küçük, hiç erkek tanımamış bir genç kızın saf, tertemiz, sevgi dolu okşayışları ona yıllardır özlediği, eksikliğinden içini üşüten şefkâti tattırmıştı. O, bütün tanıdığı kadınlardan çok başkaydı. Biraz evvel birbirlerine sarılarak vücutlarının temasına alıştıkları gibi, şimdi de dudakları, elleri ile yüzlerini, bedenlerini daha iyi tanımaya çalışıyorlardı. Bir müddet sonra Seyit, kollarının arasında yatan bu tarifsiz sevgiye, ruhuyla ve bedeniyle sahiplenmek arzusunu duyduğunda, kendinden ürktü. Genç kızı saran kollarını gevşeterek, kendini geriye çekti. Shura, sorar gözlerle, ona baktı. Genç adam, onun alnına düşen sarı saç lülelerini okşayarak konuştu. Sesi, bütün kontrolüne rağmen, arzusunun sınırsızlığını belli ediyordu:

"Shura, seni çok istiyorum... hiç kimseyi istemediğim kadar. Ama dürüst olmalıyım... Sana verebilecek bir sözüm yok."

Shura, onun çakmak gibi parıldayan gözlerine ilk defa bu kadar rahat bakabiliyordu. Sanki, bu genç adam yıllardır hayatındaydı. Ona karşı hiç bir çekingenliği, korkusu kalmamıştı. Tam aksine, onun kendinden emin, çapkın, aşkı hatırlatan bakışlarının arkasındaki hüznü, yalnızlığı görebiliyor ve ona bu yalnızlığını unutturmak istiyordu. Bir gün, nasılsa, bunu yaşamayacak mıydı? Niye bu kadar âşık olduğu bir adamla yaşamasındı? Seyit onun kaderinde yazılıydı. Kaderin onları ayıracağı ana kadar da onu mesut etmek istiyordu. Sonra, yalnız kalınca, ne olabileceğini, hayatının nasıl değişebileceğini düşünmek istemiyordu. Erkeğin sorusuna karşılık, kollarını onun ensesinde kenetleyerek gözlerini kapadı ve başını boynuna gömdü. Bu, Seyit için uzun bir cümle, süslü kelimelerle verilmiş bir cevaptan daha öz ve daha anlamlıydı. Ayağa kalkıp, Shura'ya elini uzattı. Genç kız, artık dönüşü olmayan bir beraberliği yaşayacaklarının farkında, elini onun avucuna koyarak, kanepeden kalktı. Hiç bir şey konuşup bu sihirli anın büyüsünü bozmak istemiyordu. Genç adamın elini tutarak arkasından yürüdü. Odada sadece yanan odunların sesi ve genç kızın eteklerinin hışırtısı duyuluyordu. Shura, bir an için, Tatiana ve Celil'in nerede olabileceklerini düşündü. Eve mutlak bir sessizlik hakimdi. Yemek servislerini yapıp, şömineleri yakan hizmetkâr da görünürlerde yoktu. Bütün bu düşünceleri, Seyit'in kendisini kucaklamasıyla son buldu. Merdivenlerden yukarı kata çıkarlarken, yeni evlenmiş bir gelinin hislerini taşıyordu. Gözlerini kapadı. Olanları bir hayâl, bir rüya gibi yaşamak istiyordu. Sonradan, her gözünü kapayışta, aynen hatırlayacağı rüyalar gibi. Shura, vücudunun yumuşacık yatağa bırakıldığını hissettiği an, buradan çıkışında, artık, aynı genç kız olmayacağının farkındaydı. Ama uzaklaşmak, kaçmak için en ufak bir arzusu yoktu. Daha ötesi, bir an evvel, yabancı olduğu bu beraberliği yaşamak ve zamanı âşık olduğu erkekle beraber geçirmek istiyordu. Bütün utangaçlığına rağmen, ruhunda ve bedeninde var olan bir ses, ona bu macerayı yaşaması için yol gösteriyordu. Kapı kapanmıştı. Shura, hiç kıpırdamadan, pencerenin dışındaki gri beyazlığa baktı. Kar, camları tokatlar gibi, süratle, pervazın önünde yığılmaya devam ediyordu. Rüzgârla bir gözüküp bir kaybolan çam ağacının dalları, üzerindeki karlarla beraber cama değdiğinde iç ürpertici bir ses çıkarıyordu. Yatağın bir yanında, oda kapısının soluna gelecek tarafta, ağzı çinilerle kaplanmış bir şöminenin epeyidir yanmakta olduğu belliydi. Odunlar kömürleşmiş, ateş korlaşmıştı.

Shura, sakin hareketlerle ceketini çıkarıp, ateşin önünde, bir dizinin üzerinde çöken Seyit'i izledi. Genç adam, mermer tezgâhın üzerindeki kütüklerden bir tanesini korların üzerine atıp, küçük çam dalları ile besledi. Taze dallar ateşi yakaladığı an, kuru kütük onların ortasında yanmaya hazırdı. Avuçlarını birbirine sürtüp, ayağa kalktı. Aynı, sakin adımlarla yatağa doğru yürüdü. Önüne geçilemez arzusuna rağmen, kendini frenlemeye çalışıyordu. Yine de bütün bu gayretinin, olacakları sadece biraz daha geciktirmekten başka işe yaramayacağının farkındaydı. Yatağın kenarına oturup, Shura'nın ellerini avuçlarına aldı. Parmakları birbirlerine kenetlendi. Onun vücuduna dokunmamaya gayret ederek, dudaklarına eğildi. Genç kızın, her an, ani bir kararla, korkup kendisinden kaçmak isteyeceğini düşünerek, temkinli davranıyordu. Büyük bir sabırla, daha yeni buluşmuşlarcasına, onu yanaklarından, boynundan öperek, sevişmeye arzulu olduğunu hissettireceği anı bekledi. Yatağın yumuşak çukurluğunda birbirine sarılan vücutları, artık, birleşmelerinin engel tanımayacağını biliyordu. Seyit yine de onu, kendinden emin olduğunu bilecek şekilde yavaş yavaş, aşka hazırlamak istiyordu. Elbisesinin en üst düğmesini açarken onun yüzüne baktı. Shura'nın göz bebekleri, şöminenin ateşi kadar parıltılıydı. Mahçup fakat arzulu bakışlardı gözlerindeki. Genç adam, onun elbisesini tamamen çıkardığında, o güne dek, ablasından ve dadısından başkasına iç gömleği ile görünmemiş olan genç kız, ellerini göğsünde kavuşturdu. Seyit, onun tedirginliğini anlayarak, yatağın önünde yere oturdu. Göğsünü kapayan ellerinden birini alıp avucunu öptü. Sonra, yüzünü ateşe dönerek, mırıldandı:

"Sonradan pişman olacağın bir şeyi yapmanı istemiyorum. Kendini veya beni suçlamanı da istemem."

Olduğu yerde dönerek ona baktı.

"Seni çok arzuluyorum, ama bu sana sahip olmam demek değildir. Sen benim için çok özelsin küçük Shura'm benim. Anlıyor musun? Sen herkesten farklısın. Seni bir daha hiç görmesem bile, benim için hep en güzel olarak kalacaksın."

Shura, dizlerini karnına doğru çekerek, sağ yanına doğru döndü. Diğer kolunu erkeğin saçlarına uzattı. Bir daha görüşemeyecek olmaları sözü, ona gerçekleri hatırlatmıştı. Belki de buradan ayrıldıktan sonra hiç karşılaşmayacaklardı artık. Bu genç adamın aşkını kaçırmak istemiyordu. Başını öne eğerek, dudaklarını ona uzattı. Seyit, onun vücudunu kavrayarak kendine çekti. Bu kez, vücutlarının ayrılmamak üzere birleşeceğini hissediyorlardı. Erkeğin, örgüsündeki firketeleri çıkarmasıyla saçları beline kadar dağılan Shura'nın çıplak vücudu, şöminenin ışığında kâh parıldıyor, kâh yer yer gölgede kalıyordu.

"Tanrım! ne kadar güzelsin."

Seyit, onun çıplak ve utangaç bedenine tekrar sarıldığında titrediğini hissetti. Yatağın üzerindeki örtüyü çekerek etraflarına sardı. Bir yandan da onu öpücüklere boğuyordu.

"Benim güzel, küçük sevgilim, canım benim, canım, canım..."

Çıplak gövdeleri ilk kez değdiğinde, her ikisi de ruhlarının ve bedenlerinin birbirini ne kadar istediğinin farkındaydılar. Genç kız, vücudunun o güne dek hiç bir göze gözükmeyen taraflarını, en mahrem kıvrımlarını, erkeğin öpüşlerine teslim ederken, onun adaleli, sıcacık kolları arasında bütün utancını unutmuş, kendini havalanmış, uçuyor gibi hissediyordu. Yavaş yavaş, onun aşk davetine temkinli fakat sevecen okşayışlarla karşılık vermeye başladı. Erkek, sevdiğinin artık hazır olduğuna inandığı an, tüm vücudu ile onun vücudunu örttü. Yine göz göze geldiklerinde, Shura, onun gözlerinde, karanlıkta saklanan ama yine de tesir eden parıltıyı gördü. Bütün yabancılıklarına rağmen, sanki hep birbirlerininmiş gibiydiler. Karanlık odanın ışık oyunları içinde kenetlendiler. Seyit, genç kızın halının üzerinde dağılmış saçlarına, göğsünün çukurluğuna, yuvarlak mermer beyazı omuzlarına buseler kondurdu, onun vücudundan yükselen tazelik, saflık kokusunu içine çekti. Shura, artık, bir bebek olmadığını hissediyordu. Sevdiği erkeğin kollarında, vücudunun ve ruhunun bütünlüğüyle onu istiyordu. Onu kabul ettiğini ve beklediğini göstermek istercesine, kollarını erkeğin boynuna dolayıp, bedeninin ağırlığını kendi üzerine çekti. Her ikisi için de ilk olan bir şeyi yaşıyorlardı. Shura'nın, neredeyse duyulmayacak kadar hafif çıkan çığlığı, aşk sarhoşluğunu yaşamalarına mani olmadı. Üzerlerindeki örtü çoktan kenara atılmıştı. Çıplak vücutları, sadece, bir diğerinin teması ve ateşten gelen sıcaklıkla sarılıyordu. Yıllardır ayrı kalıp özlem çekmiş âşıkların tutkusu ile, sevişmeye devam ettiler. Seyit, büyük bir sabırla, kendini kaybetmeden, genç kızın gözlerini, vücut hareketlerini, nefes alışlarını seyredip dinleyerek onu kolları arasında tuttu. Aşkı ilk kez tadan sevgilisinin doyuma ulaştığını görene kadar, onu arzu ve şefkâtle sevmeye devam etti. Shura, hayatının anlamının bu erkekle tamamlanacağına inanıyordu. Seyit de vücudunun kayıp bir diğer yarısını bulmuş gibi hissediyordu kendisini. Genç kızı kollarının arasında sıkı sıkı tutmaya devam ederken mırıldandı:

"Seni hiç bırakmak istemiyorum, küçük sevgilim benim."

Ama bunun imkânsız olduğunu ikisi de biliyorlardı. Sarılıp, hiç konuşmadan ateşin karşısında yattılar.

"Keşke seni Petrograd'a götürebilseydim."

Ama bu fikrinin de bir çare olmayacağını kendisi herkesten iyi biliyordu. Devam etti:

"Gerçi bu da bir şeyi halletmezdi."

Shura'nın ilk aklına gelen, genç adamın evli olduğuydu. Susup bekledi.

"Avusturya cephesine gitmemiz yakındır. Seni kime bırakırdım Petrograd'da?"

"Ne zaman gidiyorsun?"

Shura, uzun zamandır, ilk defa konuşuyordu. Neredeyse kendi sesini kendisi unutmuştu.

"Bilemiyorum ama çok yakındır."

"Ne zaman dönersin?"

Seyit zoraki güldü.

"Onu hiç bilemem."

Shura, artık, sahiplendiğini hissettiği erkek için ağlamak istiyordu. Onun uzaklaşacağını düşünürken şimdi bir de harbe gideceğini duymak daha zor gelmişti.

"Sana niye bir söz veremediğimi anlıyor musun küçük sevgilim?"

Shura, gözündeki yaşları göstermek istemedi. Birden, kendini tutamadı. Seyit'in bedenine sımsıkı sarılarak başını onun kolunun altına gömdü. Sessizce ağlamaya başladı. Genç erkek, onun başını kaldırarak dağılmış saçları arasından yaşlarla ıslanmış yüzünü avuçları arasına aldı. Ona baktığı an, içi parçalanır gibi oldu.

"Tanrı'm! Seni bırakıp nasıl gideceğim ben buralardan."

Tekrar kucaklaştıklarında, artık her ikisi de, bunun yeniden arzu dolu sevişmenin başlangıcı olduğunu biliyordu. Shura'nın içinde yine bir his belirmişti. Sanki, hayatının, bundan böyle, hep hüzünle dolu olacağı gibi bir histi bu. Ve o kadar kuvvetliydi ki, genç kız hem sevişti, hem sessizce ağladı.

Âşıklar, gerçek anlamda birleşmelerinden bir gün sonra ayrılmak zorunda kalmışlardı. Önce Seyit, Celil ile birlikte, St.Petersburg'a döndü. Bir hafta sonra da Shura, ablası ve babası ile beraber, Kislovodks'a doğru yola çıktı.

Julien Verjensky, eski sıhhatine hiç bir zaman kavuşamayacak olmakla beraber, hiç değilse hastalığının seyri yavaşlatılmıştı.

Shura, artık, eski Shura değildi. Seyit'le geçirdiği öğleden sonrasında yaşadığı değişiklik, sanki vücudundan ruhuna yayılmıştı. Rüyada gezer gibiydi. Daha ayrıldıkları andan itibaren, büyük bir özlem içine düşmüştü. Birbirlerinin adreslerini almış, yazışmaya söz vermişlerdi. Ama, Rusya'nın yaşamakta olduğu keşmekeş içinde, Shura, sevdiği erkeğin kalbinde ne kadar yer tutabileceğinden emin değildi. Mesafeler o kadar uzak ve cephe öyle karışıktı ki, son bir senedir cephede olan iki ağabeyinden dahi zoraki haber alıyorlardı.

Kislovodsk'daki hayatına yeniden alışmaya çalışan Shura'nın, gecesinde, gündüzünde Seyit vardı. Bir yandan okuluna gidiyor, bir yandan da, ailesi ile beraber günlük yaşamını sürdürüyordu ama en çok özlediği saatler, akşam yemekten sonra odasına çekilip hayâlleri ile baş başa kaldığı anlardı. Ard arda mektup yazıyordu. Önce çekingen bir âşık ifadesi ile başlayan mektuplarında gittikçe rahatlamaya, daha cesur sevgi sözcükleri kullanmaya başladı. Genç adamdan henüz hiç bir cevap alamamıştı.

Nihayet, beklediği haber ulaştı. Mektup, Tatiana'dan geliyordu. Moskova'da tanıdığı bir kız arkadaşından mektup gelmesi, evde kimseyi şüphelendirmeyecek kadar masum bir şeydi. Shura, yüreği yerinden çıkacak gibi çarparak, odasının mahremiyetine koştu. Yalnızlığından emin olunca zarfı açtı. İçinden, hakikaten Tatiana'nın bir mektubu ile, ona ek, bir sayfa daha çıktı. Genç kız, kağıttaki imzayı okuduğu an, sevinçle küçük bir çığlık atarak, mektubu göğsüne bastırdı. Yatağına oturup okumaya başladığı zaman, Seyit yanındaymış da ellerini tutuyormuş gibi, içi ısındı. Genç adam, Karpatlar'a, cepheye yola çıkmadan evvel yazdığı mektubu, postalaması için, Tatiana'ya teslim etmişti. Aşk ve özlem sözcükleri ile dolu satırların sonundaki 'Seyit' ismine uzun uzun bakan Shura, onu temelli kaybettiğini düşündü. Zarfın postalanış tarihine bakılırsa, kendisinin yolladıklarını hâlâ almadığı kesindi. Sevdiği erkeğin, onun yazdıklarını okuyamadan harbe gitmiş olmasından sonsuz bir üzüntü duydu. Onunla irtibata geçebilmek, bir haber ulaştırabilmek arzusu ile, içi içini yiyordu. Sonra, hakkında çok az şey bildiği bu genç adama, nasıl böyle güvenip bağlandığını düşündü. Yaşadıklarından pişman olup olmadığını, kendi kendisine sordu. Hayır, hiç pişman değildi. Bugün, yine aynı şeyleri yaşasa, aynı kararı verirdi. Mektubu, bir kaç kez, tekrar tekrar okudu. Kelimeleri neredeyse ezberledi. Yatağa girdiğinde mektup hâlâ elindeydi. Kalbindeki sancıyı atlatamıyordu. Sevgilisinin yazdığı kelimelere bakarken gözlerine dolan yaşları tutamadı. Kağıtları göğsüne dayayıp gözlerini kaparken mırıldandı:

"Ben de seni çok seviyorum Seyt Eminof. Hem de çok seviyorum."

Eminoflar
Aluşta, Yalta, 1892

Yüksek dağların, kuzeyin sert rüzgârlarından koruduğu Kırım toprakları, Azak Denizi ile Karadeniz arasında, bütün verimliliği ile uzanmaktaydı. Kestane toprağı örtülü kuzey stepleri, hafif meyille, yerini Krymskiye Gory'e bırakırken, yamaçların denizden yüksekliğine bağlı olarak, selvi, zakkum, meşe, kayın, gürgen ve akağaç toplulukları, Kırım yarımadasının tepelerinden Karadeniz'i seyrederlerdi. Yer yer düzlüklerde sarı buğday başakları dalgalanır, uçsuz bucaksız ormanlarla denize inen kayalar arasında set set bağlar şaraplık üzümleri beslerdi. Bütün Rus Çarlık toprakları içinde, yıl boyu en uzun güneş gören topraklar Kırım yarımadasındaydı.

Toprakları ile iftihar ederdi Mirza Mehmet Eminof. En iyi buğday onun tarlalarında yetişirdi. St. Petersburg'un, Moskova'nın en iyi şarapları, onun bağlarındaki zabel ve misket üzümlerinden yapılırdı. İki sıra teller üzerine sarılı yetiştirdiği üzümler, neredeyse, toplanmağa hazırdı. Bağ arasında ürünlerinin kalitesini kotrol ederek dolaşırken, Allah'ına şükran dualarında bulunuyordu. Ne güzel topraklardı bunlar, ne bereketli tarlalar, bağlar. Ama az cefasını da çekmemişlerdi hani. Mehmet Eminof, babasından dinlediği kadarı ile, ailesinin çok uzun zaman önce Kırım'a yerleştiğini biliyor, ancak kaç göbektir ordalardı, onu kestiremiyordu. Dedesinden dinlediği hikâyeler ise çok gerilere gidiyordu.

Kırım, 1475'de Osmanlı Türkleri'nin eline geçince, daha evvel o bölgeye yerleşmiş olan Tatar Türkleri, Osmanlılar'a bağlanarak, Kırım Hanlığı'nı kurmuşlardı. Başkentleri Bahçesaray'dı. Üç asıra yakın bir zaman, Karadeniz bir Türk gölü olmuştu. Osmanlı'nın gücü, Kırım'ın huzurunu sağlarken, Kırım Hanlığı da, Osmanlı'nın Rusya cephesinde gözü, kulağı olmuştu. Ancak, Karadeniz'den ve Osmanlı ülkelerinden bir türlü vaz geçemeyen Ruslar, her fırsatta bu arzularını gerçekleştirmek için uğraşmışlardı. Birinci Petro'nun Çar olması ile, bu istekleri daha da şiddetlenmişti. Hollanda'da denizcilik öğrenimi gören Petro, kuvvetli bir donanma kurmuştu. Osmanlılar'a karşı kurulan Kutsal İttifak'a katılarak Azak kalesini almış, Karadeniz'e inme hayâllerinin ilk adımını gerçekleştirmişti. Petro, Baltık Denizi kıyılarını da ele geçirmek üzere İsveç'le savaşa girmiş, harbin başında Rus ordusu çok büyük yenilgilere uğramıştı. Ancak, sonradan, harbin kaderi değişmiş, İsveçliler, Rusya içlerine kadar ilerlemiş olmalarına rağmen, galibiyete ulaşamamışlardı. İsveç kralı Demirbaş Şarl, yaralı olarak, Osmanlı İmparatorluğu'na sığınmıştı. İsveç Kralını kovalayan Ruslar, Türk topraklarına girip, yakıp yıkmışlardı. Kırım topraklarında meydana gelen bu olaylar neticesinde, Osmanlı ordusu, Rusları Prut bataklığında kuşatmıştı. Birinci Petro'nun, harbi büyük yenilgiyle kaybetme korkusundan istediği barış anlaşmasını, Rusya'nın içlerine yapılacak daha büyük akınların macerasından korkan Sadrazam Baltacı Mehmet Paşa, hemen kabul edince, 1711' de sadece Azak kalesinin Ruslar'dan geriye istendiği bir anlaşma ile, Prut harbi bitmişti. Kısa bir müddet sonra, 1736'da Avusturyalılar'la birlikte, tekrar Osmanlılar'a savaş açan Ruslar, Kırım'a girerek Azak kalesini yeniden ele geçirmişler, Bahçesaray'ı yakıp, yerle bir etmişlerdi. Osmanlılar'ın her iki devlete karşı sağladıkları galibiyetlerle, 1739'da yeniden anlaşmaya oturulmuş, Ruslar'ın Kırım'dan çekilmesi sağlanmış, kalelerini yıkmaları şartı ile, Azak kendilerine bırakılmıştı.

Ard arda yaşanan harpleri, kanlı mücadeleleri takiben, otuz yıl gibi bir süre, Kırım sakin yaşamıştı. Ta ki, Çariçe Katerina'nın Kırım ve Kafkasya üzerindeki hayâllerine, Boğazlar'ı, Balkanlar'ı ilâve edip, ihtiraslanmasına kadar. Osmanlılar'la doğrudan harbe girmekten çekinen Katerina, önce Balkanlar'da Rus egemenliğini kurabileceği düzenler peşine düşmüştü. Lehistan'a yaptıkları bir saldırı sonucu, Leh milliyetçilerinin direnişi ile karşılaşan Ruslar, onları Türk topraklarına kadar kovaladıktan sonra, sığındıkları Türk kasabasını basarak, kasaba ahalisi ile birlikte öldürmüşlerdi. Osmanlılar'ın savaş açması kaçınılmaz olmuştu. Ancak, bu savaş, gerileme devrini yaşamakta olan Osmanlı İmparatorluğu'nun orduları için ağır bir yenilgi olmuş, Ruslar, Eflak ve Boğdan'ı aldıktan sonra, Tuna'yı geçip Kırım'a girmişlerdi. Baltık Denizi'nde üslenen Rus donanması, Cebelitarık Boğazı'ndan Ege'ye inmiş, Anadolu yarımadasının Ege kıyısı üzerinde bulunan Çeşme limanında demirli Osmanlı donanmasını yakmıştı. Barış istemek zorunda kalan Osmanlılar'ın imzaladığı şartlar çok ağır olmuştu. 1774'de Küçük Kaynarca anlaşması ile, Ruslar savaşta aldıkları yerleri geri vermekle beraber, Karadeniz'de donanma bulundurmaya, Osmanlı topraklarında yaşayan Ortodokslar üzerinde söz sahibi olmaya hak kazanmışlar ve Osmanlılar'ın, Kırım'ı bağımsız bir devlet kabul etmeleri şartını da anlaşmaya ilâve ile, esas amaçlarını uygulama fırsatını yaratmışlardı. Kırım'ın, bağımsızlık adı altında, Osmanlı İmparatorluğu'ndan idari yönden ayrılması, Rus donanmasının da Karadeniz'de adeta kale görevi üslenmesi, 1783'de kaçınılmaz sonucu getirmiş ve Rusya, Kırım'ı Çarlık topraklarına katmıştı. O tarihe dek çalkantılarla dolu olan Kırım ve Kırımlı'nın kaderi, o tarihten itibaren Rusya'nın eline teslim olmuştu.

Kırım'ın tamamını ele geçirmek Katerina'yı rahatlatmamış, aksine, Karadeniz'in karşı kıyısında uzanan, ebedi düşman gördüğü Osmanlılar'ın toprakları, onu yeni hayâller kurmaya itmişti. Yakın Doğu'da kurmayı ve torunu Konstantin'le beraber yönetmeyi plânladığı geniş bir Ortodoks Hükümdarlığı, rüyalarını süslemeye başlamıştı. Zapt ettiği topraklardaki etki ve gücünü Rusya'da görevli batılı diplomatlara ispat etmek için düzenlediği Kırım seyahati, altı ay sürmesine karşın, programlanması dört yıl almıştı. İlk Türk-Rus harbinden general olarak dönüp, Çariçe'nin dikkatini çeken sonra da sevgilisi olan Gregory Alexander Potemkin, bu seyahatin, başından sonuna, mimarlığını yapmış, Çariçe'sinin, yabancılar gözünde istediği etkiyi yaratabilmesi için, her şeyin kusursuz olmasına büyük gayret göstermişti.

1787 Yılının ocak ayında, St. Petersburg'dan yola çıkan üç bin kişilik kafile, içleri adeta saray yavruları gibi döşenmiş troykalarla güneye doğru inmiş, Mayıs ayında Dinyeper nehrinde kendilerini bekleyen seksen parçalık filo ile gezide görülmesi esas amaç olan Kırım kıyılarını dolaşmaya başlamışlardı. Misafirler, gördükleri karşısında şaşkına dönmüşlerdi. Yol boyunca, kıyılarda, bayramlık kıyafetleri içinde şarkılar söyleyip, dans eden gençler, neşeli neşeli kaval çalan çobanlar, pırıl pırıl üniformalarıyla talim yapan Kazak ve Tatar askerleri, yapma şelâlelerin yamaçlarında düzenlenmiş İngiliz bahçeleri, geceleri havai fişeklerin ışığı altında köylülerin korolarla söyledikleri şarkılar, akıllarını başlarından almıştı. Sivastopol ve Bahçesaray'da Don kazakları ve Tatar birliklerinin büyük bir disiplin içinde gerçekleştirdikleri savaş oyunları, misafirlerin hayranlığını kazanmıştı. Katerina, bu seyahat boyunca istikbâle yönelik emellerini, Batılı dostlarına sezdirmek için de bilhassa özen göstermiş, Dinyeper'i eski Yunan'daki adıyla, "Borysthenes" olarak belirtmiş, Kerson limanında demirli savaş gemilerine Yunanca, "Bu yol Bizans'a gider" ibareleri yazdırtmıştı. En nihayet, Poltova'da sergilenen, İsveç Kralı XIII. Charles'ın, Büyük Petro'ya hezimetini, adeta hakiki imişcesine yaşatan savaş oyunu, Sivastopol'da Karadeniz'e dizilmiş donanma gemilerindeki askerlerin "Çok yaşa imparatoriçemiz!" haykırışlarının üzerine, muhteşem bir kapanış olmuştu.

Bütün bu görüntülerin, Kırım'ın hakiki görüntüleri olması ihtimâli oldukça azdı. Dört sene boyunca, Potemkin'in kocaman bir tiyatro sahnesi yarattığı söylenmişti. Geziyi yaşayanlar, bu şatafatın ve hâyâl dünyasının muhasebesini yapa dursunlar, gerçeği yalnızca, Gregory Alexander Potemkin ve o günleri yaşayan Kırım Türkleri bilecekti. Kırımlılar'ın, Çariçe ve misafirlerini böylesine coşkulu karşılamaları da akıllara takılan diğer bir konuydu, onca acı yeni yaşanmışken...

Potemkin'in, sevgili Katerina'sını mutlu etmek için başlattığı Kırım'ı sahiplenme projesi, zamanla tutku halini almış, kendi kurduğu şehirlerden Sivastopol'da 1784'de büyük bir donanma üssü gerçekleştirmişti. 1794'de de Odessa'da kurduğu deniz üssü ile Rusya'yı Karadeniz'e her an açılmaya hazır güce getirmişti. Savaşçılıklarına ve at üzerindeki maharetlerine hayran olduğu Don Kazakları ve Kırımlılar'dan Çarlık ordusuna bağlı alaylar teşekkül ettirmişti.

Böylece, Orta Asya'dan nesiller süren göçlerden sonra Kırım'a gelip yerleşen, uzun yıllar Moskova'ya yaptıkları akınlarla Rus

Prensliğinin korkulu rüyası olan bu Türk kavmi, bir müddet, kendileri ile aynı topraklardan kopup gelmiş diğer bir Türk boyunun devamı olan Osmanlılar'la kader birliği etmiş, fakat sonunda, Rus toplumunun bir parçası olmuşlardı.

Kurt Seyit
Aluşta, 1892

Yalta'daki Türk asıllı toplumun, en eski yerleşmiş ve ileri gelen ailesinin oğlu olmasından dolayı, Mehmet Eminof küçük yaşta Moskova'da askeri eğitime alınmıştı. Kırım, Azerbeycan ve Kafkas Müslümanları'nın ileri gelenlerinden oluşturulan "Polk" denilen İslâm alayının süvari birliğinde görev yapmış, Çar'ın maiyet subaylığına kadar yükselmişti. İzinli olduğu devrelerde Aluşta'ya gelir, aileden kalan bağları, bahçeleri gezer, ürünün ne miktar olacağını, nerelere satılacağını plânlar, mal satılmışsa, yeni senenin ekimi için talimatlarını verir, görevine dönerdi. Moskova, St. Petersburg, Livadia arasındaki yolculuklarda, oldukça keyifli vakit geçirmesine rağmen, Yalta'daki topraklarını özlerdi Eminof. Çınar ağaçlarının gölgesindeki evlerini, üzüm bağlarını, Karadeniz'den gelen tuzlu su kokusunu özlerdi, ta ki evlenene kadar. Evlendikten sonra ise, en çok dünya güzeli küçük karısını özler olmuştu.

Eminof, hareketli bir bekârlıktan sonra, uzaktan akraba olan Parteroflar'ın kızı Zahide ile evlenmişti. Parteroflar, Poltova'da geniş arazi sahibi, Prusya asıllı, köklü bir aileydi. Zahide, ailenin dördüncü ve tek kız çocuğu olduğundan, el üstünde tutulurdu. Yazları, Yalta'daki evlerine kalmaya gelirlerdi. Zahide, Aluşta'dan hiç ayrılmak istemezdi. Bembeyaz teni, ince, uzun endamı ve pırıl pırıl yanan mavi gözleri ile, bütün Yalta delikanlılarının gönlünü çalmıştı. Ama o, çocukluğundan beri beğendiği Eminof'a yanıktı. Ancak, yakışıklı delikanlının hayatı daha çok St. Petersburg'da geçiyor, bayram, seyran için arada Aluşta'ya dönüyordu. Alnının ortası beyaz benekli, simsiyah atının üzerinde meydanda göründüğü vakit, Zahide'nin yüreği duracak gibi olurdu. Genç kız, bu aşkın tek taraflı, çaresiz olduğunu düşünür, bazen, için için, ağlardı. Mehmet'in Moskova'da kim bilir kaç Rus metresi vardı, kim bilir nasıl bir hayat yaşıyordu oralarda. Ne yapsındı kendisi gibi küçücük, tecrübesiz, beceriksiz bir kızı.

Ama yanılıyordu. Mehmet, iki sene önce, bir akraba düğününde gördüğü Zahide'nin endamına hayran olmuş, gözlerinin maviliği uzun zaman aklından çıkmamıştı. Babasına danıştığında da, "Biraz bekleyelim, kız daha çok küçük." olmuştu cevabı. Ancak, o da Zahide'nin etrafında dönenenleri biliyordu. Bir çoğu da arkadaşı idi. Biraz daha beklerse, onu başkasına yâr etmekten korkuyordu. Halbuki, güzel kız, her eve gelen görücü için, annesine babasına ayrı bir bahane uydurup, hayâlindeki prensini bekliyordu. Ona rağmen, Eminoflar kendisini istemeye geldiklerinde, inanamamıştı bir türlü. Anne, baba Parteroflar, kızlarının uzun zamandır gizli aşk çektiğinin farkında, hiç nazlanmadan "Evet" dediler. Ayrıca Mehmet'ten daha iyi damat da bulacak değillerdi. Zahide de on altısını doldurmuş, serpilmişti. Hemen söz kesildi, kısa süren bir hazırlık devresinden sonra da evlendiler.

Olgun üzüm salkımlarının yanında diz çökmüş, bir tutam toprağı avuçlarından süzdürürken, geçen yılları düşünüyordu Mehmet. Sevgili Zahide'si de bu topraklar kadar bereketliydi. Düğünlerinden hemen dokuz ay sonra, nur topu gibi bir kız çocuk doğurmuş, daha bebek bir yaşına basmadan ikinciye gebe kalmıştı. Bugün, yarın da onu doğuracaktı. Daha, çok çocuk istiyordu Eminof. Daha, tarlalar dolusu buğday, tütün, bağlar dolusu üzüm yetiştirecek, ormanlardaki kayın ağaçları gibi kök salacaklardı onun çocukları, bu topraklara. Şimdi onun avuçladığı gibi, torunları avuçlayacaktı bereketi. Avuçlarını birbirine vurarak, ellerindeki toprağı döktü, ayağa kalkarken. Üzüm salkımlarına takılan kalpağını düzeltti, yavaş adımlarla ilerledi. Bağın bulunduğu meyilli tepe, birdenbire dikleşip sert kayalarla denize iniyordu.

"Karadeniz, çılgın deniz" diye düşündü Mehmet. Aniden, bağın öbür ucundan kasketini sallayıp, bağırarak gelen kâhyanın sesi, onu düşüncelerinden ayırdı. Nefes nefese koşan kâhyasına doğru yürüdü. Yüreğini korkular sardı. Yoksa Zahide'sine bir şey mi olmuştu.

"Çabuk söyle, ne oldu?"

Kâhya, bir yandan kendine çeki düzen vermeye çalışırken, cevapladı:

"Hayır oldu, efendim, hayır oldu. Tosun gibi bir oğlunuz oldu."

Eminof, derin bir nefes aldı.

"Allah'ıma şükürler olsun. Nasıl? Karım nasıl?"

"Zahide Hanım da çok iyiymiş, oğlunuz da, Hacer öyle dedi."

Hacer, kâhya Cemâl'in karısıydı. Ebelik yapardı. İlk çocukları Hanife'yi de o doğurtmuştu. İşini bilir, etrafı telaşa vermeden sakin çalışır, hem anne adayını, hem de onun evi doldurmuş yakınlarını rahatlatırdı. Mehmet, ikinci defa baba olmanın verdiği mutlulukla, cebinden çıkardığı parayı, Cemâl'in gömlek cebine sıkıştırdı. Gözlerinde minnet ifadesi vardı. Onun omuzuna vurarak, "Sağ ol...Sağ ol." dedi ve hızla evinin yolunu tuttu.

Kırk gün sonra, Sadovi caddesindeki iki katlı, büyük taş evde bir müezzin, bebeğin kulağına ismini okuyordu:

"Seyit Mehmet, Seyit Mehmet, Seyit Mehmet".

Seyit bebek o kadar çok ağlıyordu ki, adına dualarla bir de "Kurt" lâkabı ilâve edildi. Kırım'da yüzyıllardan kalan bir inanışa göre; bebekler uzaktan uzağa kurt seslerini duydukları için, korkudan ağlarlardı. Ancak, Kurt ismi ile anıldıklarında, bu korkuyu yenebilirlerdi. Her ne hikmetse, o günden sonra Seyit'in hırçınlıkları bitti ama ismi Kurt Seyit kaldı.

Aluşta
1904

Çınarların gölgelediği büyük evde, Eminoflar, birbiri ardı sıra doğan çocukları ile, dünyanın en mutlu çiftiydiler. Seyit'ten iki sene sonra Mahmut, altı sene sonra Osman doğmuştu. Çocukların hepsi sıhhatli fakat son derece zarif yapılıydılar. Seyit'in gözleri aynı annesininkiler gibi, lacivert menevişliydi. Kardeşleri arasında idareciliği, yaşından umulmadık akıllı davranışları ile, Seyit'in ayrı bir yeri vardı babasının gözünde. Çocukları dizlerinin dibinde oynarken onları seyredip, iftihar ederdi, Mehmet Eminof. Yaşlandığı vakit, Seyit onun yerini alacaktı. İçi rahattı. Büyüyen ailesini, topraklarını idare edebilecek bir oğlu vardı. Bir gün, onun bu hayâllerini yüksek sesle tekrarladığını duyan Zahide, şaka yollu takıldı kocasına:

"Aşk olsun Eminof. Bacak kadar çocuk için yaptığın plânlara bak. Hem, kardeşleri arasında kıskançlık yaratacaksın. Sanki, diğerleri bizim çocuklarımız değilmiş gibi konuşuyorsun."

Mehmet, karısının hassasiyetini anlamıştı. Elinden tutup sedirde yanına oturttu ve şöminenin önünde konuşup gülüşen çocuklarını birlikte seyrettiler. Hanife, Mahmut ve Osman, Seyit'in anlattığı bir masalı, kâh gözlerini kocaman açıp, kâh kahkahadan tıkanıp dinliyorlardı. Hanife, Seyit'ten bir yaş büyük olmakla beraber, onu sanki ağabeyi gibi görürdü. Mahmut ve Osman ise, adeta hayranlıkla bağlıydılar ağabeylerine. Evin dışına çıkıldığı vakit, hemen iki yanına geçer, ellerinden tutarlardı Seyit'in. Onlara emniyet hissi verirdi bu. Aralarında hiç kardeş kavgası olmamıştı o güne dek. Evin dışında da, evdeki oyunlarında da, idare hep Seyit'in elindeydi ve bunu zorlama ile yapmıyordu. Hem ablası, hem kardeşleri, onun üstünlüğünü, büyük bir istekle, kendileri yaratmışlardı adeta.

Anlattığı hikâyenin sonunda, Seyit üç kardeşine birden sarılıp, yanaklarından öptü.

"Haydi, şimdi uyku vakti."

Hanife ile oğlanlar, itaatkâr bir şekilde, anne ve babalarına "İyi geceler deyip, Seyit' in önü sıra, yukarıya odalarına çıktılar. Eminof, karısının yanağını okşadı.

"Görüyor musun ne demek istediğimi? Onlar, Seyit'i kıskanmak bir yana, kendilerine han seçmişler bile. Kimsenin hakkını yemez, kalbini kırmaz bu çocuk. Malı mülkü o idare ederse, bütün kardeşlerini de kollar, rahat ettirir."

"Galiba haklısın Eminof." dedi Zahide. "Ben boşuna kuruntu edinmişim. Senin düşüncen tamamdır. Velev ki, Allah kötü yazı yazmasın."

Babalarının uzun süren Petersburg, Moskova görevleri esnasında, çocukların yetişmelerini Zahide üstüne almıştı. Mehmet, özellikle Seyit'in çok iyi at binmesini istediğinden, kâhya Cemâl'e talimat vermişti. Bazen bir kaç ay süren hasret dolu ayrılıklardan sonra, geri döndüğünde, muhakkak Seyit'in at üzerinde bir kaç yeni numarasını izler, ümitlerinin boşa çıkmadığını görüp oğluyla iftihar ederdi.

Eminof, kısa süreli gelişlerinde, başkentteki bir takım karışıklıklardan söz etmeye başlamıştı. Ama, Yalta'da hayat öylesine asude, öylesine mutluluk dolu idi ki, Zahide beşinci çocuğunu da büyük bir istekle doğurdu. Havva doğduğunda, Hanife on bir, Seyit on, Mahmut sekiz, Osman ise altı yaşlarındaydılar. Havva, bembeyaz teni, kocaman derin mavi gözleri ile, çocukların içinde annelerine en çok benzeyeni idi. Zahide, henüz yirmi yedi yaşına basmıştı. Beş çocuk doğuran sanki o değildi. Hâlâ, on beş yaşının saf, temiz, çocuksu bakışlarına, fildişi kadar beyaz pürüzsüz cildine sahipti. Mehmet Eminof, deliler gibi âşıktı karısına ve bir tek o biliyordu, o çocuksu güzelliğin altında saklı olan sıcacık, olgunlaşan kadınlığını.

Aynı senenin yazında, Seyit'le Mahmut'un sünnet düğünlerinin yapılması kararlaştırılmıştı. Mahmut, sünneti, bol bol hediyeler alacağı bir tören olarak düşünürken, Seyit büyümekle, erkeklikle bağlantılı gördüğü bu olayı heyecanla bekliyordu. Evde büyük bir hazırlık başladı. Giriş katındaki büyük odalardan birine, kocaman bir karyola kuruldu. Beyaz iş, kolalı yastıklar, çarşaflar ve ipek saten kaplama yorganlar döşendi. Zahide önde, üç, dört hamarat emektar arkasında, evin bir yanından bir yanına temizliğe giriştiler. Törene uzaktan gelecekler için misafir odaları açıldı. Bahçeye masalar, iskemleler dizildi, lâmbalar ayarlandı. Zahide, her şeyin eksiksiz olmasını, geldiğinde Eminof'a koşuşturacak fazla bir şey kalmamasını istiyordu. Nitekim, Mehmet, törenden bir gün evvel, gece yarısı gelebildi. Merak içinde kendisini bekleyen Zahide, uzaktan yaklaşan at seslerini duyar duymaz, feneri eline alıp kapıya fırladı. Gelen Mehmet'i miydi, yoksa uğursuz bir haber mi? Şalına sarınıp, akşamın serinde bekledi. Yolun aşağısında, ana girişte, seyisle konuşan atlıyı tanımakta gecikmedi. Gece karanlığı da olsa, sesini duymasa da, at üzerindeki heybetinden tanırdı kocasını. Yüreği sevinçle doldu. Çınarların arasından yola doğru yürüdü. Mehmet, atını mahmuzlamış geliyordu. Lâmbanın ışığında, sırtında uzun beyaz geceliği ve şalı ile yürüyen karısını fark eder etmez, dizginleri sıktı, atladı atından. Meraklanmıştı.

"Zahide! ne işin var bu saatte yollarda, ne oldu?"

Korkuları geçmiş olan genç kadının yüzünde, mutluluk ve sevinç okunuyordu. Eminof, hayranlıkla bakmaktan kendini alıkoyamadı. Hafif akşam rüzgârı ile uçuşan saçları, sevgi parlayan gözleri, narin vücudu, elindeki fenerin ışığında sanki perileştirmişti Zahide'yi. Birbirlerine özlemle sarıldılar, bir müddet konuşmadan.

"Üşümüşsün," dedi Zahide, onun traşı uzamış yorgun yüzünü okşayarak. Karısının elindeki lâmbayı alıp söndürdü Eminof, bankın üzerine bıraktı. Çevik bir hareketle atına atlayıp, elini uzattı. Zahide, onun güçlü elini yakalarken, bir ayağı ile de çizmesine merdiven gibi basıp, bıraktı kendini. Göz açıp kapayana kadar, atın terkisindeydi. Sarıldı kocasına kolları ile, başını sırtına dayadı. Mehmet, atını ağır ağır eve doğru sürmeye başladı. Bir ara durdu ve başını çevirip karısının alnını öperken mırıldandı:

"Senin geldiğin yer oldukça sıcak olmalı. Belki beni de ısıtırsın."

Zahide'nin yanakları, gecenin karanlığına rağmen al al olmuştu.

Sanki, yeni gelin gibi heyecanlıydı. Tarif edemeyeceği bir mutlulukla yaşlanan gözlerini kapadı, tırısa kalkan atın üzerinde evlerine doğru yollandılar.

O geceyi uykusuz geçirdiler. Birbirlerine tekrar kavuşmanın heyecanı ile, ertesi günün büyük olayının telaşı, karı kocayı sabaha dek uyanık tuttu. Sabahın ilk ışıkları odaya girdiğinde, Mehmet yeni dalmıştı. Zahide, ses etmeden, sevecenlikle, onu alnından öpüp, üstünü örttü. Aralık perdeleri kapayıp odayı iyice kararttıktan sonra, üstüne acele bir şeyler geçirip parmak ucunda çıktı odadan. Ebeveynlerin yatak odasının hemen yanında, Havva'nın odası vardı. Zahide, bebek karyolasında mışıl mışıl uyuyan minik kızına baktı. Taş bebek kadar beyaz tenli, pembe yanaklıydı Havva. Yüzü koyun uzanmış, bir elinin baş parmağı ağzında, öyle derin uyuyordu ki, onu rahatsız etmekten korkarak, yavaşça kucağına aldı. Kanapeye oturup, bluzunun düğmelerini açtı. Sütle dolmuş göğüsleri zonklamaya başlamıştı. Bebeğinin ağzını, göğüs başına doğru yanaştırdı usulca. Havva bebek, uyanmamasına rağmen, anne memesinin kokusuyla, ağzını kocaman açtı. Başını sağa, sola vura vura, annesinin yardımı ile, memeyi buldu. Zahide, sonsuz bir iştahla memesini emen kızını seyrederken fısıldadı:

"Tanrım, seni de iyi ki doğurmuşum, ne güzel şeysin sen öyle."

Karnı iyice doyan bebeği yerine yatırıp, kapısını kapadı. Sonra, oğlanların odasına girdi. Seyit uyanmış, kardeşini de derin uykusundan kaldırmaya uğraşıyordu.

"Haydi Mahmut, uyan, bugün sünnet düğünümüz var, haydi kalk sabah oluyor."

Mahmut, iğne batırılmış gibi süratle fırlayıp, yatağında oturdu. Gözlerini ovuşturarak sordu:

"Ne zaman sünnet olacağız? Hemen şimdi mi?"

Zahide gülmekten alamadı kendini.

"Hayır, hemen şimdi değil. Ama daha çok işimiz var. Yıkanıp, babanızla sabah namazına gideceksiniz."

Annelerinin kapıda durduğunu gören oğlanlar koşup, sarıldılar heyecanla. Seyit, soru yağmuruna tuttu annesini.

"Babam geldi mi? Ne zaman geldi? Hemen gidip göreyim..."

"Yavaş ol bakalım biraz. Babanız gece yarısı geldi ve çok yorgun. Biraz uyusun. Zaten, az sonra kaldıracağım, camiye gideceksiniz. Bari bırakalım o arada uyusun."

"Babam da sünnet olmuş mu?" diye sordu Mahmut.

"Tabi, şapşal" diyerek yanağını sıktı, Seyit kardeşinin, "Bütün erkek olanlar sünnet olur.".

"Peki, sünnette ne olur?"

Seyit, adeta bir öğretmen edası ile cevapladı:

"Sünnet olanın, pipisinin ucu kesilir."

Mahmut'un uykulu gözleri kocaman açıldı, dehşetle annesine baktı.

"Yalan, değil mi, anneciğim? Ağabeyim yalan söylüyor değil mi?"

Ve Zahide'nin toparlanmasına fırsat kalmadan, yatağa kapanıp hüngür hüngür ağlamağa başladı.

"Ben pipimi kestirmem! Ben pipimi kestirmem!...

Zahide, Mahmut'a sarılıp yatıştırmaya çalışırken, büyük oğluna çıkıştı:

"Gördün mü yaptığını Seyit, aşk olsun, insan kardeşini böyle korkutur mu?"

Mahmut, annesinin kucağında tam sakinleşmek üzereydi ki, Seyit yine o büyük adam edası ile konuştu:

"Niye korkuyormuş, erkek olan korkar mı? Hem ben yalancı değilim. Pipisi kesilirken anlar, yalancı olmadığımı".

Yeniden çığlığı basan Mahmut kucağında, şaşkındı Zahide. Bir an evvel, Eminof'un, oğullarıyla konuşması gerekiyordu. Onlara ne anlatacağını, nasıl anlatacağını bilemiyordu Zahide. Kendi ağabeylerinin de sünnet düğünleri olmuştu ama bu mevzular, âdet olarak, babalarla oğulları arasında konuşulur, anneler karışmazdı. Seyit, kardeşinin ağlamalarından etkilenmiş, onu rahatlatmak için lâf arıyordu.

"Hiç de o kadar kötü bir şey değil Mahmut, sus Allah aşkına...

Kardeşinin göz yaşından ıslanmış yanaklarını okşayıp, yumuşacık bir sesle teselli etmeye çalışıyordu:

"Hem, bak, ne hediyeler gelecek. Biliyor musun, sünnet olunca, aynı büyük erkek gibi oluyorsun."

Zahide, Mahmut'un bir an için de olsa oyalandığını görüp, odadan çıktı, koşarak kendi yatak odalarına döndü. Kocasının uyanıp duruma el koyması lâzımdı. Mehmet, yataktan kalkmak üzereydi. Karısını görünce keyifli bir sesle sordu:

"Bu ne patırtı Allah aşkına? St. Petersburg bile daha sakindi."

"Eminof, halletmen gereken bir durum var."

Zahide, ciddileştiği zaman, kocasına soy ismi ile hitap ederdi:

"Bu çocuklarla bir an evvel konuşman lâzım."

Eminof'un keyfi yerindeydi.

"Hangi çocuklarla? Kızlarla mı, oğlanlarla mı, üç büyükle mi yoksa beşiyle birlikte mi?

"Hiç komik değilsin Eminof, sünnet düğünleri geldi çattı ve oğullarına henüz ne olacağını anlatan olmadı. Seyit az buçuk bir şeyler öğrenmiş, onu da ne kadar, kimden öğrenmiş Allah bilir."

Mehmet birden ciddileşti. Karısına sarılıp, özür diler bir ifade ile konuştu:

"Haklısın, başlarında olamıyorum çocukların. Onlarla daha sık, daha çok şey konuşmam lâzım. Merak etme, şimdi hallederim. Sonra da banyomuzu yapar, camiye gideriz."

Zahide rahatlamıştı. Mehmet oğlanların odasına girerken, o da evin hamamını kontrol etmek için aşağıya indi.

Kısa bir zaman sonra, evin erkekleri yıkanmış, giyinmişlerdi. Babaları her ne anlattıysa, Mahmut artık ağlamıyordu. Üstelik, son bir saat içinde büyümüş gibi edalar takınmıştı. Günler önceden hazırlanmış sünnet kıyafetlerini giydiler. Beyaz pantalon, gömlek, bir omuzlarından bellerine doğru inen kırmızı saten kuşak, diğer omuzlarında nazarlıkları ile, babalarının iki yanında el ele tutuşup evden çıkan oğullarını gururla seyretti Zahide.

"Tanrı'm" dedi kendi kendine, "Ne çabuk büyüdüler."

Öğleden sonra, evde heyecan son haddini bulmuştu. Mutfakta hizmetkârlar harıl harıl davetin yemeklerini hazırlıyorlardı. Börekler, zeytinyağlılar, helva, zerde, pilav, şuruplar sabahtan pişmeye konmuştu. Mehmet oğullarını oyalarken, Zahide mutfakla kiler, misafir odaları ile bahçe arasında koşuşturup hazırlıklara nezaret ediyordu. Havva bebeğin, süt saatleri dışında, bakımını Hanife üslenmişti. Fırsattan istifade, annecilik oynuyordu minik kardeşi ile. Her şeyin yolunda gittiğinden emin olunca, kendisi de hazırlanmaya karar verdi Zahide. Banyosunu yaptı. Beline kadar uzanan saçlarını kurutmasına vakit kalmamıştı. Dolaptan, uçuk mavi şifon emprime bir elbise seçti. Mehmet'in en beğendiği elbisesiydi bu. Nemli saçlarını örgüler halinde ayırdı. Beline, düğün hediyesi, kalın Kafkas kuşağını taktı. Saçlarını arkaya atıp, örgülerini bir kez gümüş kemerinin üzerinden döndürüp uçlarını bıraktı. Aynada kendine çabuk bir bakış attı. Evet, artık büyük koşuşturmaya hazırdı. Kendine daha fazla vakit ayırmasına imkân yoktu. Koşar adımlarla merdivenden inerken, giriş holünde kâhya Cemâl'in sesini duydu.

Kocası, kapıda, Cemâl'in yol gösterdiği hoca efendi ile sünnetçiyi karşılamaktaydı. Misafirler büyük salona alındı. Limonatalar ikram edildi. Oğlanlar, yan odalardan birinde, heyecan içinde bekliyorlardı. Mehmet, onların ellerinden tutup hocanın önüne getirdi. Seyit'le Mahmut, hocanın elini öptüler. Bembeyaz saçlı, uzun, beyaz sakallı hocanın yumuşacık, sakin bir sesi vardı. Onları yanına oturttu.

"Maşallah, maşallah! Aslan gibi oğullar maşallah!"

İltifatları ile, önce, Seyit'e doğru döndü. Mahmut, büyük bir merakla, oturduğu yerden öne doğru uzanıp olanları seyretmeye başladı. Hoca efendi, bir avucunu dua için açmış, diğer avucunu Seyit'in başına koymuş, gözleri yarı kapalı, mırıldanarak bir şeyler söylüyor, ara sıra da, kendi başını şöyle bir döndürüp, Seyit'in yüzüne doğru üflüyordu. Hocanın her üfleyişinde de, Seyit'in alnındaki perçem uçuşuyor, gözlerini kırpıştırıyordu. Mahmut, bu işi müthiş eğlenceli bulmaya başlamıştı. En nihayet, hocanın sarığı üzerinde uçuşan sineği görünce, kendini tutamayıp kıkırdadı. Ancak, babasının uyarıcı bakışları ile, toparlanmak zorunda kaldı. Seyit'in duası bitmişti. Hoca, derin bir "Amin"le beraber, elini Seyit'in başından çekti.

"Hayırlı bir evlat, güçlü kuvvetli bir erkek olasın inşallah!"

Seyit, büyük imtihanın yarısını geçmiş gibi hissediyordu kendini. Babasının yanındaki koltuğa yerleşip, Mahmut'un nazardan arınıp, hayır dualarla donanışını seyretmeye başladı.

Sünnetin yapılacağı odada, sünnetçi, aletlerini hazırlamış, bekliyordu. Ufak tefek, sessiz bir adamdı. Onun bu telaşsız, munis hali, çocukların heyecanını biraz olsun yatıştırmıştı. Böyle bir adamdan kendilerine kötülük gelmeyeceğine inanmışlardı.

Gömleğini dirseklerine kadar sıvamış, ellerini ilâçlı sularla yıkamış olan sünnetçi, oturdukları odanın kapısında belirdi.

"Evet beyefendi, ben hazırım. Önce hangisi olacak?

Mehmet, küçük oğlunun korkusunu bildiğinden, bir an evvel bu işkenceden onu kurtarmak gerektiğini düşündü. Ancak, Mahmut, çoktan, Seyit'in arkasına geçip, onun gömleğine sıkı sıkıya yapışmıştı. Seyit öne atıldı:

"Önce ben" derken, sesinin titremesini önlemek için, nefesini tuttu. Mahmut, şükran dolu bakışlar gönderdi ağabeyine. İşte, her zaman olduğu gibi, yine kollamıştı Seyit onu. Eminof, sevgi ile, büyük oğlunun omuzunu kavradı ve sünnetçinin ardından odaya girdiler. Kapı kapandı. Mahmut dışarıda kalmıştı. Halbuki Seyit'i sünnet olurken seyredip, kendi başına da neler geleceğini öğrenmek niyetindeydi. Sünnetçi de, aynı sebepten, çocukların ikisini birden odada istemiyordu. Birinin yaygarayı basmasının ardından, diğerinin de korkup, ortalığı çığlıkları ile savaş meydanına çevirmelerinden çekiniyordu.

Cemâl kâhya, Mahmut'u elinden tutup, koridorla odalar arasında dolaştırmaya başladı.

Seyit odaya girince, köşedeki masada, havlu üzerinde yayılmış aletlere bakmamaya çalıştı. Biraz sonra, vücudundan bir parçanın kesilecek olması düşüncesi başını döndürdü, mide bulantısı geldi ama kendini çabuk topladı. Kimse onun korktuğunu zannetmemeliydi. Babasının iki elini omuzlarında hissedip başını kaldırıp baktı.

"Aferin benim oğluma, seninle iftihar ediyorum oğlum. Haydi gel, yavaş yavaş hazırlan artık."

"Nasıl hazırlanacağım?"

"Gel şöyle, soyunup divana uzan."

"Sünnet yatağına yatmayacak mıyım?"

"Sünnet bitince, süslü yatağına geçeceksin."

Seyit, babasının kulağına eğilerek fısıldadı:

"Bu yabancı adamın yanında mı soyunacağım?"

"Eh, sünneti o yapacağına göre öyle olacak"

"Sen niye yapmıyorsun baba?"

"Neyi ben niye yapmıyorum?

"Bizim sünnetimizi."

Mehmet, kendini tutamayarak, güldü.

"Çünkü, ben sünnetçi değilim, askerim."

Seyit, babasının yardımını reddederek, kendi kendine soyunmaya devam ederken konuştu:

"Ben de asker olacağım, değil mi baba?"

"Tabi, sen de asker olacaksın. Onun için şimdiden böyle küçük acılara alışman lâzım. Hem göreceksin, öyle çabuk olup bitecek ki, sen de şaşacaksın."

Seyit'e, o ana kadar, adeta yıllar kadar uzun gelen zaman, sünnetçinin önüne oturması ile duruvermişti sanki. Adama ve elindeki alete hiç bakmadan nefesini tutarak bekledi. Bağırırım korkusu ile, dişlerini öyle sıktı ki, yanak etlerine dişlerinin geçtiğini hissetti. Babasının sıkı sıkıya tuttuğu eli ter içindeydi. Diğer eli ile de gömleğinin eteğini kavramıştı. Adamın döktüğü ilâçlı suyun kokusunu duydu, bacaklarına doğru inen ıslaklıkla ürperdi. Her ne olursa olsun, sesini çıkarmayacaktı. Dışarıda bekleyen kardeşi için bunu yapmalıydı. Kulakları uğulduyordu. Uzaktan uzağa sünnetçinin "Bismillah" diyen sesini duydu. Son gelmiş olmalıydı. Ellerini daha bir sıktırarak güç topladı. Derin bir nefes alıp gözlerini kapadığı anda olan oldu. Önce bir acı, ardından sızlama duydu. Sanki uyuşmuştu. Sünnetçi konuşuyordu:

"Oldu da bitti, maşallah! Haydi bakalım geçmiş olsun".

"Gördün mü işte bu kadar." dedi babası. "Şimdi, o büyük yatağa geçebilirsin artık. Geçmiş olsun benim cesur oğlum. Darısı kardeşinin başına."

Babasının yardımı ile sünnet geceliğini giyen Seyit, yatağa yatırıldı. Mehmet eğilip öptü oğlunu, saçlarını okşadı, sordu:

"Acıdı mı?"

Başını salladı çocuk. Sonra daha inandırıcı olmak için konuştu:

"Hayır, hiç fazla acımadı."

Mehmet, onu tekrar öpüp, küçük oğlunu almak için kapıya doğru yürürken kendi kendine gülümseyerek mırıldandı:

"Küçük yalancı."

Ağabeyinin hiç bağırıp ağlamadan sünnet olduğunu gören Mahmut rahatlamıştı. Ancak, iş ona gelince biraz patırtılı bir kaç dakika yaşadılar. Seyit, kardeşine yardım edememenin üzüntüsü ile, onun yanı başına getirilip yatırılışını bekledi. Zahide, çocuklarını kucaklamak için odaya geldiğinde, Seyit yattığı yerden, Mahmut'un yaşlarla ıslanmış yanaklarını silerken konuşuyordu:

"Hiç yakışmıyor Mahmut, bak bitti işte. Hem sen asker olmak istemiyor musun?"

Mahmut, birden susup, başını ağabeyine çevirdi:

"Olucam ama büyüyünce olucam."

"İyi ya, asker olunca da, her canın yanınca böyle ağlayacak mısın?"

Zahide kendini tutamadı, kapının dışına geri çekildi. Kocası, sünnetçiyi geçirmiş, geri geldiğinde onu kapının eşiğinde hıçkırarak ağlarken buldu.

"Hayırdır, ne oluyor?"

"Hiç bir şey."

"Hiç bir şey için mi ağlıyorsun?"

"Bilmiyorum, her halde mutluluktan. Allah bana çocuklarımın acısını göstermesin Eminof, inan kahrımdan ölürüm."

"Eh, sen çok yaşa Zahide. Mutlu olduğun gün aklına bunlar eserse, mutsuz gününde senin yanında durmamalı. Haydi, toparlan da oğlanların yanına gidelim."

Misafirler doluşup, yatağın etrafı hediyelerle kaplanmaya başlayınca, oğlanlar ağrılarını sızılarını neredeyse unutmuşlardı. Omuzları, göğüsleri altınlarla, rublelerle bezenmiş, içlerinde ne olduğunu merak ettikleri koca koca paketler odayı doldurmuştu. Her gelen, öncelikle onları ziyaret ediyor, sünnetin nasıl geçtiğini soruyordu. Mahmut da, ağabeyinden öğrendiği gibi, "Hiç acımadı" cevabı ile takdir topluyor, "Maşallah, hayırlı olsun" dilekleri arasında memnun, mesut yatıyorlardı. Acıyla başlayan bir işin ardından, böyle şımartılıp, keyif alacaklarını, doğrusu, ikisi de düşünmemişti.

Bahçedeki çınarların altında hazırlanmış masalar, yemeklerle donatılmış, yakılan ateşlerde kuzu ve oğlaklar çevrilmeye başlamıştı. Zahide, arada, bebeğini emzirmek için yukarı kata çıkmıştı. Gece boyunca, Cemâl kâhyanın büyük kızı bebeğe göz kulak olacaktı. Bebeğini yatağına yatırdıktan sonra odanın balkonuna çıkıp bahçeye bir göz attı. Ilık, durgun bir yaz akşamı çökmekteydi, Aluşta'nın üzerine. Bahçedeki lâmbalar çoktan yakılmıştı. Girişteki verandada, müzisyenler kendilerine ayrılmış bölüme yerleşiyorlardı. Mehmet, bu gece içilecek şarabı, özellikle kendi bağlarının üzümlerinden hazırlatmıştı, daha yıllar önceden. Büyük fıçılarda ne zamandır dinlenmekte olan şarapların muslukları açılmış, kadehler bir boşalıp, bir doluyordu. Daha eğlencenin başıydı ama çok kişi çakır keyif olmuştu bile. Kalabalığın arasında, gözleri ile kocasını aradı Zahide. İşte ordaydı. İki kolunu, iki erkek misafirinin omuzlarına atmış, kahkahalarla gülüp, konuşuyordu. Mutluluk akıyordu kahkahasından. Âşık âşık seyretti Zahide, kocasını bir müddet. Bahçedeki onca kalabalıktaki en yakışıklı erkekti kocası. Çok mutluydu, çok. Ellerini balkon demirlerine yasladı, derin bir nefes aldı, gözlerini kapayıp. Karadeniz'den gelen tuzlu su kokulu rüzgâr, bağlardaki asmaların taze yeşil kokusu ile birleşip, bahçelerine kadar geliyor, asırlık çınarların yapraklarını hafif hafif oynatıyordu. Minnet hisleri ile, "Çok şükür Allah'ım." dedi.

İçeride bebeğin bezlerini hazırlamakta olan Cemâl'in kızı Leyla sordu:

"Bir şey mi dediniz hanımefendi?"

Zahide, gülümseyerek, balkondan içeriye girdi.

"Harika bir akşam, dedim."

Aşağı kata iner inmez, sünnet odasına uğradı. Oğlanlar, yatağın içinde, sırtlarını kabartılmış yastıklara dayamış oturuyorlar, etraflarındaki kalabalıktan memnun görünüyorlardı. Küçük Osman, onların saltanatına imrenerek bakıyor, kendi sünnet düğününü yaşamak için sabırsızlanıyordu. Zahide'nin varlığı, misafirlere odadan çıkmaları gerektiğini hatırlattı. Ziyaretçileri güler yüzle odadan çıkarttıktan sonra, yatağın kenarına oturdu genç kadın. Çocukların yüzleri yorgun, ama mutluydu.

"Nasıl, iyi misiniz? Bir istediğiniz var mı?"

"Ben çok iyiyim." dedi, Mahmut. "Seyit de çok iyi. Değil mi Seyit?"

Zahide, küçük oğlunun, telaşlı bir şekilde, acısını umursamaz görünüşüne güldü.

"Peki, peki anladım, herkes çok iyi demek. Çok memnun oldum. Babanız da bu habere çok sevinecek."

"Babam da yine yanımıza gelecek mi?" diye sordu, Seyit.

"Tabi, sıra ile gelip sizi yoklayacağız."

Yatağın tam karşısındaki geniş pencereye doğru yürüdü. Perdeleri, tülleri kenara doğru çekti, kepenkleri iyice dışa itti.

"İşte, bütün eğlence şimdi odanızın içinde, uyuyuncaya kadar seyredersiniz."

Bahçenin ışıkları, sesleri, müziği odanın içine doluvermişti aniden. Oğlanlar, oldukları yerde, biraz daha dik oturmaya çalıştılar.

Zahide, onların yastıklarını düzenleyip, yattıkları yerde rahat ettirdi ve her ikisini de öpüp çıktı.

Yaşadıkları heyecan, korku ve telaş, her ikisini de oldukça yormuştu. Annelerinin, yanlarından ayrılmasından bir müddet sonra derin bir uykuya daldılar.

Ertesi sabah, Seyit, kardeşinden önce uyandı. Büyük bir gayretle, yerinden doğrulup yataktan inmeğe uğraşıyordu ki, aralanan kapıdan babasının girdiğini gördü.

"Dur, dur bakalım, kendi kendine nereye kalkıyorsun ilk günden?" diye sordu, babası. Seyit, tuvalet ihtiyacını belirttiğinde, ona yardımcı olarak yataktan indirdi ve banyoya doğru yürüttü. Seyit, ayak bileklerine kadar uzanan gecelik entarisinin içindeki çıplak gövdesinde, belinden aşağıda bir sızı hissetti, yürümeğe çalışırken. Yarasını daha fazla acıtmaması için, iki yana açtığı bacaklarını, adeta tahta bacak taşırcasına, sürüye sürüye ilerledi. O arada, babasının masanın yanına bırakmış olduğu büyük, çok şık bir paketi de göz ucu ile inceliyordu. Mehmet, oğlunun merakını fark etti.

"Yatağına geri dönünce açabilirsin."

Seyit, bu en sona kalan hediyenin kimden geldiğini ve ne olduğunu öğrenmek için sabırsızlanıyordu. Az sonra, yine babasının yardımı ile, pencerenin önündeki kanapeye yerleşmişti. Gözlerinin içi gülerek, yerden kaldırmadan, iki eli ile, ağır olduğu belli paketi kanapeye doğru sürüklerken sordu Mehmet:

"Kimin hediyesi olduğunu sormayacak mısın?"

Seyit, ayak ucuna bırakılan hediyenin parlak süslü kağıdı ile, kocaman renkli saten kurdelasına hayranlıkla bakarken düşündü; Bu kadar ağır ne olabilirdi içinde?

"Açabilir miyim?" diye babasına sormak üzereydi ki, Mehmet oğlunun yanına oturup tekrarladı:

"Kimin hediyesi olduğunu sormayacak mısın?"

"Sen kimin gönderdiğini bilmiyor musun?"

"Bilmez olur muyum? St. Petersbug'dan buraya kim taşıdı zannediyorsun?"

"St. Petersburg'dan mı getirdin?"

"Tabi ya. Ama özelliği olduğu için diğer hediyelerinin yanına koymadık. Bunu tek başına vermeği tercih ettim."

Seyit, artan merakını bastırmak için, sormağa devam etti:

"Bana bir hediye daha mı aldın?"

Babasının her ikisine de birer at hediye ettiğini dün akşam zaten öğrenmiş olduklarından, kardeşinden farklı olarak bir armağan daha almasının sebebini anlayamamıştı Seyit. Onun için, sorusunu sorarken, yatakta hâlâ mışıl mışıl uyumakta olan Mahmut'un konuştuklarını duymaması hususunda elinden gelen dikkati gösteriyordu. Böyle bir ayrıcalık yapılmışsa bile, küçük kardeşinin bunu bilip kalbinin kırılmasını istemezdi.

"Hayır" dedi babası, "Bu hediye daha da özel. Özelliğini anlaman için de açman lâzım. Aslında, içinden ne çıkacağını inan, ben de senin kadar merak ediyorum doğrusu."

Seyit, St. Petersburg'da oturup, kendisine ve de özellikle bir tek ona sünnet hediyesi gönderen kişinin kim olduğunu bir türlü çıkaramıyordu. Kurdelayı ve parlak kağıtları açmağa başladı. Merakı, ona, paketi yırtarak açmasını söylerken, içindeki bir his bu keyifli sürprizin tadını çıkarmasını, onun için de elinden geldiğince heyecanı uzatmasını söylüyordu. Zaten, bu güzel kağıtları da yırtmağa kıyamazdı. Ancak, hediyeyi gönderen, sanki onun sabrını denemek ister gibi paket yaptırmıştı. Kağıtların altından kalın bir karton kutu ortaya çıktı. Seyit, bu defa acele ile kutunun kapaklarını açınca da içinde hâlâ ne olduğunu anlayamadığı hediyesinin, bu defa da bembeyaz ince kağıtlarla sarılı olduğunu gördü. Mehmet de, en az oğlu kadar, meraklı gözlerle bekliyordu. Seyit'in çocuk ellerinin, çocuksu acelesi ile buruşturularak açılan kağıtların arasından, nihayet, sürpriz göründü. Mehmet, hayretten gözleri açılmış oğluna yardımcı olmak üzere, yerinden kalktı ve karton kutuyu oluşturan son parçaları da yana çekelerken, hayranlığını ifade eden uzun bir ıslık çalmadan edemedi.

Ortada, aşağı yukarı Seyit'in yarı boyu yükseklikte, küçük bir sandık duruyordu. Ancak, alelâde bir sandık değildi. Siyah lâke gövdesinin üzerini çeşitli manzara resimleri renklendiriyordu. O kadar ince ve zarif işlenmişlerdi ki, pırıl pırıl siyahın üzerinde, neredeyse gecenin içinden çıkacakmış gibi duruyorlardı. Ama, bütün bu manzaralardan daha güzeli, sandığın kapağındaki bronz horozdu. Yine bronz olan kilit bölümünün tam üstüne gelecek şekilde yerleştirilmişti. İbiği, tüyleri, minik çubuğun üzerinde kıvrılmış pençeleri ile öylesine canlıydı ki, Seyit daha fazla sessiz kalamadı:

"Ne kadar güzel, neredeyse ötecek, sanki canlı gibi, değil mi baba?"

"Doğru, ama zaten ötecek de..."

Oğlunun kendisine bakışını görünce, gülerek, elini cebine attı ve çıkardığı sarı parlak bir anahtarı ona uzattı. Seyit, siyah ipek kordona bağlanmış olan anahtarı eline alırken, gözleri hayretten açılmış, sordu:

"Bu harika bir şey babacığım! Böyle bir şeyi kim hediye edebilir ki?"

Mehmet, oğlunu daha fazla merakta bırakmak istemiyordu, cevap verdi:

"Anahtar sende artık, neden açıp öğrenmiyorsun?"

Seyit, oturduğu yerde öne doğru kayıp, heyecandan titreyen parmakları arasındaki anahtarı kilide yerleştirdi ve çevirdi. Çevirmesiyle, kapağın üzerindeki bronz horoz, tutunduğu bronz çubuğun üzerinde dönmeğe başladı. Dönerken de, aynı canlı bir horoz sesi ile ötüyordu. Üç turdan sonra, horoz durdu ve sustu. Kilit açılmıştı. Babası sandığın kapağını arkaya doğru yavaşça kaldırdı ve lâtalarını oturttu. Seyit, o zaman, kapağın iç tarafında bronz harflerle ahşabın içine oyulmuş yazıyı fark etti. Anında, sevinç çığlığını bastırmak için, elini ağzına götürdü. Çar Nicholas'nın iyilik ve başarı dileklerini belirten zarif yazının başında ve altında muhtelif arma ve damgalar da, aynen yazıda olduğu gibi bronzla, ahşaba gömülmüştü.

"Çar Nicholas'dan gelmiş! Babacığım inanamıyorum! Bu müthiş bir şey! Beni nereden tanıyor? Sünnet düğünümü nasıl öğrenmiş? Herkese böyle hediye gönderir mi?..."

Seyit, nefes almadan, sorularını ard arda sıralıyordu. Mehmet, gülerek, oğlunun omuzunu okşadı ve onun biraz olsun yatışmasını bekledi. Seyit, ağrısını falan unutmuş, oturduğu yerden kayarak yere çömelmişti. Dizleri üzerinde, bir sanat şaheseri olan sandığın etrafında dönüp duruyordu. Parlak lâke zeminini okşuyor, neredeyse burnu değecek kadar yaklaştığı resimlerini yakından inceliyordu.

"İznimi almak için sizin sünnet düğününüzün ehemmiyetini açıklamıştım. Gelen hediyeye bakılırsa, sanırım, durumu iyi izah etmişim. Çar'dan böyle bir armağan almak büyük bir şeref, Seyit oğlum. Üstelik, on iki yaşında bu gururu duyabilecek fazla insan olduğuna inanmıyorum. Bunun kıymetini bil. Eminim, hayatın boyu gözün gibi koruyup, çocuklarına, torunlarına iftiharla hikâyesini anlatacaksın."

"Arkadaşlarıma da anlatabilir miyim? Yani, çocuklarım olana kadar demek istiyorum."

Mehmet, büyümüş erkek pozlarına rağmen, ruhundan çocukluk taşan oğluna, keyifli bir gülüşle cevap verdi:

"Tabi, tabi, çocukların olana kadar arkadaşlarına anlatabilirsin. Ancak, bu iş için şimdilik fazla vaktin olmayacak."

"Neden? Sünnet düğününden sonra hemen mi evlenilir?"

"Hayır canım oğlum. Daha evlenmene çok var. Ancak buralarda pek fazla vaktin yok."

Seyit, bir an için, dikkatini görkemli hediyesinden ayırıp, ciddiyetle babasına döndü.

"Neden, nereye gidiyoruz?"

"Önce benim Livadia'da biraz işim var. Sonra da yazlık sarayda Çar ile ailesini karşılayacağım. Ancak, üç hafta sonra dönüp seni de alacağım ve beraber St. Petersbug'a yollanacağız."

"Yaşasın! Sahi mi baba? Ben de artık seninle mi geleceğim?"

"Evet oğlum. Artık, hayatının bundan sonraki kısmı için gerekecek tahsili alma zamanın geldi. Bu arada, kendine çok iyi bak. Üşütüp hastalanmağa falan kalkma. Nekahat döneminden sonra at talimlerini eksik etme. Ben dönünceye kadar çok iyi beslenip, her gün muntazam ata bineceksin. Çılgın denemeler yapmağa kalkmak yok. Numaralarını ileriye saklarsın. Anlaştık mı?"

Seyit, heyecandan gözleri neredeyse yaşlarla pırıldayarak, anladığını göstermek için başını salladı. Babası, onu alnından öperek, odadan çıktıktan sonra uzun müddet sandığının başında, dizleri üzerinde oturmuş kaldı. Resimlerden birinde, kırmızı pelerinli, çok şık giyinmiş bir delikanlı, dalları kıvrım kıvrım yere inen söğüt ağacının altında, çok güzel yüzlü genç bir kıza çiçek veriyordu. Genç kızın başındaki altın tacın altından uzanan saçları, aynen ağacın dalları gibi, dalgalarla omuzlarından inip, örgü ile toplanıyordu. Ne kadar güzeldi! Acaba St. Petersburg'da böyle güzel kızlar görecek miydi büyüyünce? Kendisini çiçek veren delikanlının yerine koyarak hayâllere daldı.

St. Petersburg Yolunda
1904

Sünnet düğününden bir ay sonra, Seyit, babası ile beraber yapacağı ilk büyük yolculuğa hazırlanıyordu. Heyecanı sonsuzdu. Kendisine sürpriz bildirilen haberden dolayı, günlerle uyku tutmamıştı gözünü. Yaşı artık on iki olmuştu ve St. Petersburg'daki askeri akademiye yazılma zamanı gelmişti. Senelerdir, babasının ve annesinin, onun eğitimi ile niye bu kadar sıkı ilgilendiklerini anlamaya başlamıştı. Emekli olup Kiev'den gelmiş ve Aluşta'da yerleşmiş bir lise öğretmeninden, dört yaşından bu yana devamlı, Rusça dersi almaktaydı. Ata, yetişkin ve tecrübeli bir erkek kadar iyi biniyordu. Ayrıca babasının ve Cemâl kâhyanın öğretileri sayesinde, çok binicinin bilmediği numaraları biliyordu.

"Önümüzde uzun ve yorucu bir yolculuk var." Demişti, babası. Hiç bir şey umurunda değildi küçük çocuğun. Şimdiye kadar görmediği yerleri, büyük şehirleri, Çarlık Sarayını, hele Çar'ın kendisini görebileceğine inanamıyor, her şeyi hayâlinde canlandırıp, daha şimdiden yaşamağa çalışıyordu.

Evden ayrılışları, oldukça hazin oldu. Kocasını senelerdir uğurlamağa alışmış olan Zahide, oğlunu da beraber geçirirken hüngür hüngür ağladı. Diğer çocukların ağızlarını bıçak açmıyordu. Seyit'siz ne yapacaklarını bilemiyorlardı.

Mirza Mehmet, üniformasını giymişti. Seyit'in üzerinde, beyaz, boynundan düğmeli, bol kolları bilekte manşetle daralan ince, yazlık bir gömlek, altında binici pantalonu ve çizmeleri vardı. Kardeşleri ve annesi ile vedalaşıp atına atladığında, Zahide, birden bire, oğlunun ne kadar büyümüş, serpilmiş olduğunu fark etti. Onu, çok sıhhatli ve güzel buldu. İftiharla göğsü kabardı. Üzüntüsüne rağmen, gülümsedi. Atlarının üzerinde uzaklaşmağa hazırlanan bu iki yakışıklı erkekten biri kocası, diğeri oğluydu. Gururlanmadan edemedi.

Baba oğul, Odessa'ya kadar atla yaptıkları yolculuklarına Odessa'dan sonra trenle devam ettiler. Kiev ve Moskova'da tren değiştirerek en sonunda St. Petersburg'a vardılar. Seyit, yol boyu, trenlerde, istasyonlarda karşılaştığı insanları şaşkınlıkla izliyordu. Hiç bu kadar çok ve değişik tipte insan görebileceğini düşünmezdi. İstasyonların uğultulu, kalabalık, koşuşturan yolcu ve hammallarla dolu peronlarını, trenlerin bacasından çıkan kömür kokusunu, yeni tanıştığı birisini incelercesine, belleğine yerleştirmeğe çalışıyordu. Her şey, Yalta'dakinden çok farklı görünüyordu gözüne. On iki sene boyunca aşina olduğu ormanın, bağların yeşilleri, Karadeniz'in mavisi ve tuzlu kokusundan çok farklıydı, şimdi çevresinde görüp, duydukları. Ama bundan hiç şikâyetçi değildi. Aksine, çok eğleniyordu.

Trende, birinci mevkide seyahat ediyorlardı. Onların kompartımanındaki yolcuların hepsi çok şık ve temizdi. Trenin arka tarafındaki vagonlarda ise, adeta üst üste seyahat eden insanlar vardı. Traşsız, kirli yüzleri, uzamış sakalları ile erkekler, dağınık, bakımsız saçlarını eski, rengi solmuş eşarplar veya şallarla derli toplu tutmağa çalışan bezgin kadınlar, pabuçları patlak, mintanları sökük, burnu sümüklü çocuklar, gülmeyi öğrenmemiş yüzleri ile, hasır sepetlerinin sapına sahip oldukları en kıymetli şeymişcesine sarılan genç kızlar... Her istasyonda, bu duran son trenmiş gibi, itişerek, birbirlerini ezerek binmeğe çalışıyorlar, inmek isteyenlerin yolu kapandığı için aralarında kavgalar çıkıyor ve her defasında istasyon görevlilerinin çaldığı düdükler, bazen küfüre varan azarlarla, kapanan kapıların arkasında istiflenip, yola devam ediyorlardı. Seyit, on iki yaşının verdiği merakla, kompartımanın penceresinden uzanarak izliyordu her şeyi.

St.Petersburg'a vardıklarında, akşam olmak üzereydi. Tren, tekerlekleri raylar üzerinde gıcırtılarla inleyerek, homurtularla sarsılarak perona yanaştı. Yüzlerle insan, adeta dökülürcesine, kompartımanlardan perona akmağa başladı. Mehmet, merdivenlerden inerken yardımcı olduğu oğlunu uyardı:

"Acele etmeliyiz, yoksa dışarıda araba bulamayız."

Valizlerini alan hammal arkalarında, hızlı adımlarla, kâh duralaya, fırsat buldukça da koştururcasına ilerlemeğe başladılar.

Seyit, istasyon binasının kocaman kapıları ve hiç ulaşılamayacak gibi yükselen tavanlarına şaşkınlıkla bakarak, eli babasının avucunda, onu takip ediyordu. Başını sağa, sola çevirdikçe, ya hanımlardan birinin yerleri süpüren uzun eteklerine basıyor, veya bir hammalın taşıdığı valize çarpıyor, her defasında da utançla özür dileyip, babasının çekelediği tarafa koşmağa devam ediyordu. Trenden inenleri karşılamağa gelen akrabalar, sevgililer, dostlar, yolcularınkiyle çakışan ikinci bir trafik yaratmışlardı. Sevinçle bağrışıp sarılanlar, beklediğini henüz bulamamış, hüzünlü bakanlar, sessiz fakat coşkulu sarılışlarla buluşan âşıklar, hepsi genç Seyit'i şaşkına çevirmişti.

Kararmakta olan havanın telaşlarını arttırdığı müşterilerinin çokluğundan emin, bir sürü atlı araba istasyonun kapısında sıralanmıştı. Müşterisini alan yola koyulurken, hemen bir yenisi sıradaki yerini alıyordu. Valizlerinin azlığına şükür, onca kalabalığın arasından en başta sıyrılabilenlerin arasındaydı, baba, oğul. Kaldırıma yanaşır yanaşmaz dizginleri bırakıp yere atlayan arabacı, vazifeşinas hareketlerle ellerindeki valizleri alıp, kendi oturduğu bölümde yan tarafa yerleştirdi. O arada Mehmet'le Seyit de arkada yerlerini almışlardı.

"Tsarskoye Selo" dedi Mehmet, arabacıya seslenerek. Adamın başını sallayarak, atları kırbaçlamasıyla ok gibi fırladılar.

"O dediğin neydi baba?" diye sordu Seyit.

Oğlunun meraklı bakışlarına ve ses tonuna, gülerek karşılık verdi Mehmet:

"Bizim evimizin olduğu yer."

"Bizim evimiz Aluşta'da değil mi?"

"Benim hayatımın yarısı burada geçiyor oğlum. Onun için bir evimiz de burada var. Bundan sonra da seninle müşterek evimiz olacak."

"Nerede bu Ts...arsk..ye ....?"

Gülerek düzeltti Mehmet:

"Tsarskoye Selo... St.Petersburg'un biraz dışında. Dinlenme yeridir aslında. Parklar, ormanlar içinde minik bir cennet. Evimiz de Aluşta'daki kadar büyük değil ama çok şirin, seveceksin."

"Artık hep orada mı kalacağız beraber?"

"Hayır, maalesef. Bu gece ordayız. Belki yarın da. Biraz dinleniriz. Sonra tekrar St. Petersburg'a geri döneceğiz. Senin mektebe kaydını yaptırdıktan sonra, belki bir kaç günü yine beraber geçirebiliriz. St. Petersburg dünyanın en güzel şehirlerinden birisidir. Sana etrafı gezdirip, arkadaşlarımla tanıştırmak istiyorum. Eğleneceğini tahmin ediyorum."

"Sonra?"

"Sonra?... Sonra da, sen mektebine, ben alayıma döneceğiz."

Seyit'in, birden, bakışları ve sesi hüzünlendi:

"Peki, bir daha hiç görüşemeyecek miyiz?"

"Olur mu hiç, tabi görüşeceğiz. Ancak, senin okulunun ve benim görevimin müsaade ettiği zamanlar."

"Ama ben sizi özleyeceğim."

Mehmet, kolunu oğlunun omuzundan sararak onu kendine doğru çekti. Seyit, bütün çocukları içinde, en düşkün olduğuydu ve ayrılıklarında en çok da onu özlerdi. Ama, şimdiye kadar, hiç değilse, annesi ve kardeşleri arasında kalıyordu. Artık, yepyeni bir ortamda, yabancılarla, disiplin altında ve hep en önde olup yerini korumak çabasıyla yalnız başına kalacaktı. Onun adına endişe duyuyor ama becereceğinden de şüphe etmiyordu.

"Özlemek, oğlum, ancak, sevdiklerin olduğu müddetçe gerçekleşen bir duygudur. Bu da insana mutluluk vermelidir. Yeter ki, sevdiklerin bir daha hiç görüşemeyeceğin uzaklıklarda olmasınlar. Özlem o zaman yaman olur."

Seyit, kendisine doğru eğilerek konuşan babasına "Anladım" der gibi başını sallarken, yüzünü kaldırıp ona baktı. Babasının gözlerinde yaş mı vardı, yoksa ona mı öyle gelmişti, pek çıkaramadı.

Bu sohbetleri esnasında, gaz lâmbaları ile aydınlatılmış, çevresinde harika binalarla sarılmış, geniş bir caddede ilerliyorlardı.

"Bu caddenin adı Nevski Prospekt." dedi Mehmet, "Öbür ucunda da Alexander Nevski meydanı var. Biz o meydandan sonra Neva nehrinin üzerinden, köprüyle öbür tarafa geçeceğiz. Sonra da Tsarskoye Selo yoluna sapacağız. Daha yolumuz var anlayacağın."

Seyit hayatından memnundu. Atların son sürat çektiği arabanın arka koltuğunda, babasının yanı başında, ışıklarla süslenmiş bu muhteşem şehrin yollarında, şikâyet edebileceği bir şey düşünemiyordu. Aslında, özlem çökmeğe başlamıştı hafiften. Evini, annesini, kardeşlerini özlediğini hissediyordu. Ama, babası dememiş miydi, özleyecek birileri varsa insan mutlu olmalı diye. Kısa bir zaman sonra babasından da ayrılacaktı. Onun için, hiç değilse, bu beraberliklerinin tadını çıkarmalıydı.

Bir müddet sonra, şehrin ana yollarının parlak ışıkları geride kalmıştı. Neva'nın üzerindeki köprüyü aştıktan sonra ağaçlık, loş bir yola girmişlerdi. Arabanın sallantısı, tekerleklerinin ve atların çıngıraklarının çıkardığı sesler, etraflarını saran tatlı loşluk, Seyit'in yavaş yavaş uykusunu çağırmağa başlamıştı. Göz kapaklarına daha fazla hakim olamadı ve tatlı bir uykuya daldı.

O uyurken, Mehmet, oğlunu bir daha ne zaman böyle sarabileceğini düşünüyordu. Onu uyandırmaktan korkarak, ceketini çıkardı ve tekrar kolu ile göğsü arasına başını yerleştirirken ceketini Seyit'in üzerine yaydı. Rutubet, hissedilecek derece artmıştı.

Seyit, babasının yumuşak sesiyle uyandığında atlar durmuştu. Uyku sersemi, gözlerini ovuşturup etrafına bakındı. İlk, gözüne çarpan, demir parmaklıkların arasındaki kocaman demir kapı oldu. Kapının hemen iki yanında da, geçtikleri yollardaki gibi büyük lâmbalar vardı. Titreyerek yanan gaz lâmbalarının ışığında, babasının ardından arabadan atlarken, bahçenin içindeki evden koşarak kendilerine doğru gelmekte olan, bir erkek ve bir kadını fark etti. Kapıya varır varmaz, saygılı bir tavırla, ellerini karınlarının altında kavuşturarak durdular. Erkek oldukça uzun boylu ve zayıftı. Sanki boyundan utanır gibi, kambur duruyordu. Yüzünü sarmış gür sakalları ve bıyığı arasından gülümseyerek bakan dudaklarından, vücudundan umulmayacak kadar yumuşak bir ses döküldü:

"Hoş geldiniz, Binbaşı Eminof."

Kadın ise, daha kısa boylu, o farkı kapatmak ister gibi de o nispette kiloluydu. Bembeyaz saçları ensesinde topuz yapılmıştı. Geniş alnı, gülerek bakan uçuk mavi gözleri, hep gülmeğe hazır gibi bekleyen kalın, etli dudakları yüzüne çok yumuşak, keyifli bir anlam veriyordu. Erkeğin ardından, o da, belindeki önlüğe tekrar tekrar kuruladığı ellerini ovuştururken aynı selamı tekrarladı. Mehmet, oğlunu omuzlarından tuttu.

"İşte, beklediğiniz misafir geldi. Oğlum Seyit Eminof."

Sonra Seyit'e döndü:

"Seyit, bu çift, Ganya ve Tamara Karloviç. Bu evi ayakta tutan, yaşatan da onlar."

Seyit, daha ilk görüşte kanının kaynadığını hissettiği bu insanlara elini uzattı. Temiz, akıcı bir Rusça ile "Merhaba" dediğinde, Mehmet şaşırmadan edemedi. Oğlunun, artık devamlı konuşacağı yeni lisanına bu kadar çabuk adapte olacağını düşünmemişti.

Karloviçler, valizleri alıp kenara çekildiler. Mehmet, eli oğlunun omuzunda, bahçe kapısından içeri girip sarmaşıkların ve ağaçların kapadığı kameriyenin arasından eve doğru ilerledi.

Tsarskeyo Selo'daki ev, tipik bir Rus sayfiye eviydi. Yine de Nisanın ortalarına kadar sürüp, Kasım başında da bütün şiddeti ile kendini hissettirmeğe başlayan kış mevsiminin uzunluğu ve ilkbahar, yaz aylarında bile kendini fark ettiren aşırı rutubete çare olarak, evin hem giriş katında, hem yukarı kattaki yatak odalarında şömine vardı. Mutfak, kütüphane odası ve yemek salonunun açılıp giriş kapısında geniş bir holle buluştuğu yerden yukarı kata, duvarlarında çeşitli silahların sergilendiği bir merdivenle çıkılıyordu. Seyit, bütün yorgunluğuna ve uykusuzluğuna rağmen, bu yeni mekânı, sanki, eline geçen kocaman bir oyuncağı inceler gibi, seyrediyordu. Babasını takip ederek, kokusundan ve kayganlığından yeni cilalandığı belli, merdivenlerden yukarı kata çıkarken, içini değişik bir duygu kapladı. Birden, kendini her zamankinden daha büyük, yetişkin hissetti. Babasıyla, erkek erkeğe bir evi paylaşması, okul zamanları dışında cebinde anahtarı ile dönebileceği ve tek başına efendiliğini yaşayacağı sırf ona ait bir evi olması, her şey çok güzel geldi. Evet, Yalta'yı, annesini, kardeşlerini de çok arayacaktı, ama bu da bambaşka, yeni ve heyecanlarla dolu bir hayat olacağa benziyordu.

Üst katın merdiven sahanlığı, geniş bir holün etrafına dizilmiş üç yatak odasına geçiş veriyordu. Odaların kapıları arasındaki bölümlere birer minik konsol yerleştirilmişti. Üzerlerinde de pirinç ayaklı, pembe cam fanuslu lâmbalar duruyordu. Babası ortadaki kapıyı açtı.

"İşte, burası senin odan. Daha evvel hiç kimse yatmadı bu odada. Güle güle kullan."

Aluşta evindeki odasından çok farklıydı her şey. Bembeyaz işli yatak örtüleri, tığ işi tüller yerine, kalın, koyu kırmızı kadife perdeler ve yatak örtüsü, bir kadının ince, romantik dokunuşlarından uzak, ağır havayı taşıyordu. Yerde de, aşağı yukarı bütün odayı kaplayan, yine kırmızı, bordo ve kahverengilerle dokunmuş bir Kazak halısı vardı. Şık fakat sade, ağırbaşlı oda Seyit'in hoşuna gitmişti. Babasına gülümsedi.

"Çok güzel!"

Dışarısını görebilmek için pencereyi açtı.

"Bu karanlıkta hiç bir şey görebileceğini sanmıyorum Seyit. O hevesini sabah alırsın. Bence, şimdi bir yıkanıp, uykuya yatmak en akıllıca iş olacak."

O arada, elinde iki valizle arkalarından gelmiş olan Ganya, Mehmet'e sordu:

"Hangisini burada bırakayım efendim?"

Mehmet, oğluna ait olanı işaret ederken, Tamara da kapının yanında beliriverdi.

"Aşağı hamam hazır efendim. Suyu epeyidir sıcak tutuyoruz."

"Sağ ol Tamara." dedi Mehmet. "Bu uzun yolun yorgunluğunu en iyi sıcacık su atar. Haydi Seyit, giyeceklerini al valizinden de banyonu yap önce."

"Yiyecek bir şeyler de hazırlamıştım efendim." diyerek devam etti Tamara. "Yıkandıktan sonra mı, önce mi yemek istersiniz?"

"Önce şu tozu pisi atalım üzerimizden. Sen sofrayı kurana kadar biz de hazır oluruz."

Tamara, yine bembeyaz dişlerini gösteren bir gülümseme ile, saygılı bir baş işareti yaparak, sessizce merdivenlerden indi. Ganya da, diğer valizi patronunun odasına bırakmak üzere koridora çıktı. Mehmet, oğluna döndü.

"Bütün Rusya'yı arasan daha hakikatli emektarlar bulamazsın."

Seyit'in, memnuniyetinden, gözlerinin içi gülüyordu.

"Ben de çok sevdim onları." dedi. Sonra, birden, ilk sarhoşluğundan uyanıp sordu:

"Sen hangi odada kalıyorsun?"

"Gel, benim odamı da gör. Gece korkarsan, yanıma gelirsin."

Seyit, babasının sesindeki şakacı tavrı sezmişti.

"Aşk olsun baba!" diyerek onu takip etti.

Baba, oğul bir yandaki odaya geçtiler. Ganya, kapının arkasında duvarı kaplayan aynalı büyük ceviz gardrobu açmış, Eminof'un eşyalarını asıyordu. Seyit, odaya girer girmez memnuniyeti bir kat daha arttı. Zira kendisininkiyle tamamen aynı döşenmiş bir odaydı babasınınki. Geniş ceviz yatak, örtüsü, perdeler, yerdeki halıya varana kadar tıpatıp eşiydi onun odasındakilerle. Yalnız, yatağın ayakucundaki pufun üzerinde babasının kitapları yığılıydı. Hepsi de Rusçaydı. Demek, o da, babasıyla benzer bir odası olacak yaşa gelmişti. Duyduğu memnuniyet sonsuzdu. Ancak, babasının gardrobunda asılı üniformaları, alt gözde dizili gıcır gıcır çizmeleri, duvarda intizamla dizilmiş merasim kılıçlarını görünce, babasına hakikaten benzeyebilmek için daha çok senelerin geçmesi gerektiğini fark etti. Ama, bu onda bir burukluk yaratmadı. Zira, bunu başarmak için alması gereken yolun başındaydı ve onun tek yapacağı, çok çalışmaktı.

Üçüncü oda, misafir için ayrılmıştı. Döşemelerde krem rengi kadife bir kumaş kullanılmış, yatağın iki yanına da bej zemin üzerine yeşil ve tarçın renkli birer kilim serilmişti.

"Kim misafir gelir buraya?" diye sordu Seyit.

"İzni evine gidemeyecek kadar kısa olan, veya gidecek kimsesi olmayan arkadaşlarım bazen gelir kalırlar."

"Benim de öyle arkadaşlarım olacak mı?"

Mehmet, oğlunun sorusunu içten bir kahkaha ile cevapladı:

"Her türlü arkadaşın olacak. Hem o kadar çok olacak ki, kendin de şaşıracaksın."

Sonra, ciddileşerek, devam etti:

"Ancak, sen onların içinden en iyi arkadaş olabilecekleri seçmeğe çalışacaksın. Bu da oğlum Seyit, inan, askerliği öğrenmekten daha zordur."

Seyit, odasına doğru yürürken, hayatında bir dönemeç olacak bu devirde karşılaşacağı şeylerin ciddiyetini anlamış bir ifade ve ses tonu ile mırıldandı:

"Anlaşılan, öğreneceğim çok şey olacak."

Onca yorgunluk, etrafın derin sessizliği ve kalın kadife perdelerin yarattığı karanlık, Seyit'i ertesi gün geç saatlere kadar uyuttu. Öğle üzeriydi ki, atların nal sesleri ile uyandı. Hemen yatağından fırlayıp pencereye koştu. Perdeleri ve camı açtıktan sonra, yarı kapalı kepenkleri iki yana itti. Gördüğü manzara karşısında nefesi kesildi. Çeşit yeşillerle donanmış, yüksek ağaçlarla kaplı bir orman adeta odanın içine girivermişti. Aşağı yukarı yirmi, yirmi beş metre kadar ileride sağ tarafta, üzerine düşen yaprakları, ince dalları hafif bir meyille güneye doğru taşıyan küçük bir ırmak vardı. Kıyısındaki ağaçlar, rüzgârın yönünden etkilenmiş olmalıydılar. Nehrin üzerine doğru, sanki yatarak uzanmışlardı. Yuvaları ağaçların derinliğinde saklı yüzlerce kuş cıvıl cıvıl, güneşli ve keyifli bir yaz gününü daha müjdeliyorlardı. Havada mis gibi toprak ve ağaç kokusu vardı. Seyit, kendini görüntünün sarhoşluğundan kurtarıp, başını aşağıya çevirdiğinde, babası ve Ganya, atlarından inmiş, eve doğru yürüyorlardı.

"Günaydın!"

Babası başını sesin geldiği pencereye kaldırdı. Sesi çok keyifliydi:

"Günaydın için biraz geç olmadı mı Seyit Eminof? İyi dinlendin mi bari?"

"Hem de nasıl. Yeniden yola bile çıkabilirim."

Kahkaha ile güldü Mehmet.

"Yok, o kadar da değil. Bugün buradayız. Haydi yıkan, giyin de yemeğe gel aşağıya."

Eve girmek üzere, binanın arka tarafında mutfaktan bahçeye açılan kapıya yürüdü.

Seyit, ormana doğru tekrar bakarken derin bir nefes aldı. Aluşta'daki evlerini çevreleyen ağaçlığı düşündü. Ama burada daha başka bir koku hissediliyordu. Sanki, ağaçlar hep yeni ıslanmış gibi kokuyordu. Pencere ve perdelerini ardına kadar açarak, yatağını toparladı. Yıkanıp, giyinirken keyifle ıslıklar çalıyor, sebebini tam anlayamadığı bir heyecanla, içi içine sığmıyordu. Şu son hafta içinde, çocukluktan sıyrılmış, apayrı, yepyeni bir insan olmuştu. Tamara'nın hazırladığı borç çorbası, ördek kızartması, közlenmiş, soslu patates ve vişneli turtayla çektikleri ziyafetten sonra, babası, atla ona etrafı dolaştıracağını söyledi. Yemekte, Mehmet votka içerken oğluna da bir kadeh ikram etti. Seyit, hepsini bitirmemesine rağmen, içini alışmadığı bir sıcaklığın kapladığını, başının hafiflediğini hissediyordu.

"Babanla içmeğe başlarsan, adam gibi içmeyi öğrenirsin. Yabancıyla başlarsan, ele güne rezil olursun." dedi, baba Eminof.

Ganya'nın ahırdan getirdiği atlara atlayıp, dolaşmağa çıktıklarında, Seyit bu gezintinin sırf etrafı dolaşmak için yapılmadığını fark etti. Babası, onu, bundan sonra hayatında karşılaşabileceği ve karşılaşması mutlak olan olaylara karşı hazırlamak istiyordu. Bu öğütler ve uyarı zincirini genç oğluna açıklaması için de daha rahatlatıcı ve sakin bir ortam olamazdı.

Gökyüzü ile aralarında uzanıp giden ağaçların arasından dolanarak nehir boyu yaptıkları gezinti, votkanın da yardımı ile, Seyit için bir rüya gezisine dönüşmüştü. Ara sıra, babasının anlattıklarını onun ağzından duyduğuna inanamıyor, ayıp sayabileceği şeyleri de böylesine rahat dinleyebildiği için, kendi kendisine de şaşıyordu. Mehmet, oğluna, yatılı okulda karşılaşabileceği olayları anlattıktan sonra, kızlara, kadınlara getirmişti konuyu. Onun, anlattıklarını hazmettiğine inandıkça, yavaş yavaş daha değişik, daha derin mevzulara giriyor, sonra yine göz ucuyla onun reaksiyonunu anlamak için, yüz ifadesini inceliyordu. Oğluna votka ikramının sebebi de zaten buydu. Onunla bu sohbeti yapabilmesi için, rahatlaması gerektiğini biliyordu. Netice arzu ettiği gibi olmuştu. Seyit, yanakları ara sıra kızarıp, gözlerini kırpıştırıp bakmasına rağmen, yaşının üzerinde bir olgunlukla, babasının anlattıklarını anladığını belli eder bir ifade ile, dinliyordu. Erkek olup büyümenin, insanın hayatında bu kadar büyük değişiklikler yapabileceğini tahmin etmezdi. Masal gibi geliyordu duydukları. Ama, annesinin anlattığı masallara da hiç mi hiç benzemiyordu.

"Daha fazla açıklamamı istediğin bir şey olursa, durdur beni ve çekinmeden sor." dedi, babası.

Seyit daha fazla ne öğrenebileceğini bilemiyordu. Zaten, anlatılanlar kâfi derecede kafasını doldurmuştu.

"Hayır." Manâsında, başını iki yana sallayarak babasına baktı. Mehmet, oğlunun çakmak çakmak yanan gözlerini, al al olmuş yanaklarını ve yüzündeki şaşkınlığı görünce gülmemek için kendisini zor tuttu ve başını hemen yola doğru çevirdi.

O gece, yemekten sonra, kütüphane odasındaki şöminenin karşısında, Mehmet, kitaplarını karıştırıp notlar alırken, Seyit babasının gündüz anlattıklarını en baştan sona kadar tekrar tekrar düşünüyor, bazı olayların nasıl gerçekleşebileceğini canlandırmağa çalışıyordu. Başka hiç bir şey düşünemez olmuştu. Babası ona, otuz yaşına kadar Rus kızlarıyla maceraları olabileceğini ama evlenme kararını verdiği gün de, yine Türk asıllı iyi bir aileden kız seçmesi gerektiğini söylemişti.

"Niye otuz yaş?" diye sordu genç çocuk, oturduğu yerden. Mehmet, başını elindeki kitaplardan kaldırarak baktı. Onun neyi sorduğunu şimdi anlamıştı. Güldü.

"Niye otuz yaşından sonra mı evlenildiğini soruyorsun? Çünkü, bir erkek ancak o yaşa kadar durulup, adam olur. Bekârlıktan bıkar. Şu an, bu dediklerim sana fazla bir şey ifade etmeyebilir. Ama, şimdilik, beni sadece iyi dinlemeğe ve söylediklerimi kafana yerleştirmeğe bak. Öğrenmekle anlamak değişik şeylerdir. Benden duyduklarını iyi bellemiş olabilirsin ama gerçekten anlamak için kendinin yaşaması gerekir. Bu da uzun seneler alacaktır, oğlum."

"Bütün bu anlattıkların ne zaman olur?" diye ısrarla devam etti genç çocuk, gözlerini alevlerden çekmeden. Babası, onun, merakını açıklıkla sorabilmesinden memnun olmuştu. Aralarında dostane bir baba, oğul münasebeti kurmuş olabildiğini düşünüp memnun oldu. Yerinden kalkıp, oğlunun karşısındaki koltuğa otururken, yine o sakin ses tonuyla cevapladı:

"Anlattığım hiç bir şeyin zamanı belli değil oğlum. Onun için de hepsini birden anlattım. Böyle şeylerin, herkes için zamanı değişiktir. İnsanoğlunun doğumunda, yaşamında, ölümünde kurallar hep aynıdır. Ama herkesin zamanlaması kendine aittir. Bu erkek için de, kadın için de geçerlidir. Ancak, tabiatın kuralı olan kaçınılmaz gelişmelerin dışında, insanın kendi yarattığı gelişmeler var ki, işte onlarda çok dikkatli olmalısın. Çünkü, zamanla anlayacaksın ki, insana en büyük kötülük, kendi düşüncesiz kararlarından gelir."

"Ya arkadaşlarından?" diye sordu Seyit.

"Sana kötülük getirecek arkadaş da senin seçimin değil midir?"

Düşünceli bir şekilde başını salladı genç çocuk:

"Her halde... tabi."

"İşte, onun için, özellikle dostlarını çok iyi seçeceksin Seyit. Bu arada kim olduğunu, nereden geldiğini unutmayacaksın."

"Yani Aluşta'dan geldiğimi mi?"

Başını koltuğunun yüksek sırtına doğru dayarken güldü Mehmet,

"Evet," dedi, "Evet, aynen, Aluşta'dan geldiğini, Mirza Eminof'un oğlu olduğunu, atalarının yüzyıllardır bu topraklarda yaşadığını, sahip olduğun tarlaları, bağları, ileride bu topraklarda senin de çocuklarının at koşturacağını unutmayacaksın. Türk asıllı olmakla iftihar ediyoruz. Aynı zamanda da şerefli bir Rus vatandaşıyız. Senin vazifen, Seyit oğlum, daha evvelden de söylediğim gibi, sınıfının en iyisi olup, bizlere aile olarak sunulmuş bu imkânı hak etmeğe çalışmaktır. Bir kaç sene sonra, ben emekliye ayrılacağım. Çar'ın maiyet subaylığına yükselmek kolay değildir. Önüne çok engel çıkarmak isteyen olacak. Dikkatli, temkinli olacaksın . Hiç ama hiç bir şey seni, önce mektebini düşünmekten alıkoymamalı. Sana güveniyorum."

"Peki... ayırım yapma zamanı" demiştin bir ara... ne demek istemiştin?"

Mehmet, oğlunun aklındaki bütün soruları sormasından memnun oluyordu. Zira, ayrıldıkları andan itibaren genç çocuk, soruları ile baş başa kalacaktı.

"O zaman hiç gelmeyebilir. Her şey toz pembe gidebilir. Ama Rusya'nın geleceğini böyle düşünmek çok büyük iyi niyetlilik olur. Sizler Kırım'da hissetmediniz oğlum, ama bu büyük şehirler için için kaynıyor. İnsanlar huzursuz. Çok aç var, çok işsiz var ve şehirler büyüyüp, fabrikalar açıldıkça o yarı aç insanlarla, şehrin zenginleri bir araya gelmeğe başlıyor. İki taraf da birbirini sevmiyor."

Durup, oğluna sordu:

"Anlıyor musun ne demek istediklerimi?"

"Evet" dedi Seyit. Bu dinledikleri, gündüz öğrendiklerinden daha anlaşılır gibiydi, ama daha karamsardı. Mehmet devam etti:

"Çar Nicholas çok iyi bir insan, çok yumuşak. Ama etrafında, gözünü hırs bürümüşler dolu. Halkı ondan soğutuyorlar. Rusya'yı ve insanlarını tanıdığım kadarı ile, yakın gelecekte bir şeylerin olmaması imkânsız oğlum. Bir şeyler olduğu günde de, senin yerin Çar'ın yanıdır. Yok eğer Türk asıllılarla Ruslar, veya Kırım'la, Rusya arasında seçim yapman gerekirse, olman gerektiği tarafı her halde söylememe hacet yok."

"Anlıyorum baba."

Seyit'in sesi düşünceliydi. Kendini yeniden yorgun hissediyordu. Bir gün için oldukça fazla düşünce yüklenmişti kafasına. Her şeyi zihnine yerleştirmek ister gibi, başını ard arda bir kaç kere salladı. Mehmet, yerinden kalkarak, oğlunun yanına geldi ve elini onun omuzuna koydu.

"Haydi, bugünlük konferans yeter. Bence, artık, yatıp uyu."

Sonra, kolu oğlunun sırtında, merdivenin çıkışına kadar yürürken gülümseyerek sordu:

"Bir gün değil de, bir kaç ay yaşamışsın gibi geliyor değil mi? Ve eminim yorgunsundur."

"Evet."

"Bilirim, Akademiye gelmeden evvel, babamla geçirdiğim günler de bana öyle gelmişti. Ama emin ol, endişelenmene hiç gerek yok. Benim sana anlattığım tehlikelerle, belki hiç bir zaman karşılaşmayacaksın. Karşılaştıkların da, uzun bir zaman dönemine yayılacak. Onun için, bunları kafanın bir köşesine yükle ve sonra normal hayatını yaşamağa devam et. Ama, dikkati elden bırakmadan."

Sonra, oğlunun alnından öperek, onu üst kata, yatak odasına yolladı.

Seyit, o geceyi, tekrar görmek isteyecek kadar güzel rüyalar, ve onu terle uyandıran kâbuslarla karışık geçirdi. Kendini akademiyi bitirmiş, babası gibi, göğsü madalyalarla donanmış, pırıl pırıl üniforması içinde gördü. Etrafında biribirinden güzel Rus kızları dolanıyorlardı. O kadar çok kız vardı ki, hangisini seçeceğini bilemiyordu. Kızların kimi, eteklerini sıvayıp bileklerini gösteriyor, kimi, saçlarını onun yüzünde dağıtarak kendisini öpmesini bekliyordu. Ardından, kızların hepsi, pis kılıklı, çirkin yüzlü adamlara dönüşüyorlar ve üzerine saldırıyorlardı:

"Sen Çar'ın adamısın, ölmelisin!" diye bağırıyor, atından indirip, sürüklemeğe başlıyorlardı.

Terler içinde uyanıp, baş ucundaki porselen çanağın içindeki sürahiden avucuna doldurduğu suyla kendine gelmeğe çalıştı. Tekrar yattığında, bir müddet gözlerini açık tutarak, aynı korkunç rüyadan kendini korumağa niyetlendi ama bu fazla mümkün olmadı. Yeniden, derin bir uykuya daldı.

Atla gezinti, sohbet ve dinlenme ile geçirdikleri iki günün sonunda, baba, oğul, yeniden St. Petersburg'a dönmek üzere eşyalarını hazırladılar. Bu şirin, güzel yerden ve Karloviçler'den ayrılacağı için biraz hüzünlenmişti Seyit. Babası onu çok iyi anlıyordu.

"Bizim işimiz böyledir işte, hiç bir yere tam bağlanamazsın." dedi. Üçüncü günün sabahı, çok erken saatlerde, Ganya'nın daha evvelden, civardan ayarladığı atlı arabaya binerek yola çıktılar. Karı, koca emektarlar, onları yine güler yüzleri, saygılı tavırları ile geçirip, araba gözden kaybolana kadar el sallayarak uğurladılar. Seyit, geriye doğru bakıp onlara karşılık verirken, bu küçük evde iki günde yaşadıkları, öğrendiklerinin onun hayatında bir dönemeç olduğunu hissediyordu.

"Şimdi artık, geri dönmeği isteyeceğim iki evim var." dedi babasına.

Mehmet kahkahasını tutamadı.

"Daha böyle çok evin olacak."

Sonra ciddi bir sesle ilâve etti:

"Ancak, senin esas yuvan her zaman Aluşta'dır. Ne kadar uzakta, ne şartlarda olursan ol, bunu unutmamalısın."

Dönüş yolculukları çok zevkli geçti. Hava sıcak olmasına rağmen bunaltmıyor, ağaçların yapraklarından gelen tatlı bir esinti, yüzlerini, saçlarını yalıyordu. Son bir kaç gündür konuştukları mahrem mevzular onları birbirlerine daha yakınlaştırmış, arkadaş gibi olmuşlardı. Uzun süren yol boyunca sohbet iyiden koyulaşmış, Seyit, beraber olacağı kızların başını belaya sokmamak için nelere dikkat etmesi gerektiğini de öğrenmişti.

"Bütün bunları Mahmut da öğrenecek mi?" diye sordu babasına.

"Tabi, zamanı gelince o da öğrenecek. Ama o, belki senin kadar küçük yaşta öğrenmez."

"Neden?"

"Çünkü, o senin gibi evinden, annesinin dizinden ayrılmak durumunda kalmayacak. Biraz daha sonra öğrense de olur. Sen ise, her şeyi daha erken bilmek zorundasın. Zira, on iki yaşında yalnız başına kalıyorsun. Anlayacağın, sen daha çabuk büyümek zorundasın. Büyürken de yanlışlar yapmamak, ya da en azını yapmak için diyelim, bir çok şeyi kardeşlerinden evvel öğrenmen gerek."

Sonra, Seyit'e dönerek sordu:

"Bu biraz haksızlık gibi gelebilir sana ama..."

Seyit atılarak cevapladı:

"Hayır, hayır, ben çabuk büyümekten korkmuyorum."

Mehmet, başını okşadı oğlunun. Sonra, elini onun omuzuna koydu. İçi rahattı. Seyit'in, zorlukları tahmininden daha kolay göğüsleyebileceğini hissetmişti.

Daha bir yeniliğe alıştığını zannederken, bir şaşkınlık daha yaşıyordu genç Seyit. Büyük Neva nehrinin güney kıyısında haşmetle yükselen bina için babası; "İşte, Bahriye Nezareti binası" dediğinde, bir gün, kendisinin de böyle binalara girip çıkabileceğini düşünerek heyecanlanmadan edemedi. Nehrin yine aynı kıyısında, Çar'ın kışlık sarayının önünden geçtiklerinde, artık konuşamayacak kadar kendini binaların muhteşem görünüşüne kaptırmıştı. Bahriye Nezaretinin önünden şehre hakim yayılan Nevski Prospekt ve onun sonundaki Alexander Nevski meydanını, baştan başa, bir kez daha geçtiler. Neva nehri, şehre adeta çeşitli adalara yayılmış bir görüntü veriyor, adacıklar birbirlerine kanalların üzerinden aşan, uzunlu, kısalı köprüler ile bağlanıyordu. Kıyıdan nehre inen bölümler, pembe ve gri granit taşlarla inşa edilmişti.

"Senenin beş ayı donar Neva" dedi Mehmet, köprülerden birinin üzerinden geçerken; "Buranın kışı uzun sürer ve öyle soğuk olur ki, inan Kırım'ın kışlarını çok ararsın."

Baba, oğul gülüştüler. Kışa gelene kadar, daha korkulacak neler anlatmıştı babası. Karın, kışın lâfı mı olurdu?

Vasilyevski adasındaki bakanlıkları, Peter ve Paul kalesini, I. Peter'den beri Rus Çarlarının gömüldüğü katedrali, Peter I'in yazlık sarayını, Kotlin adasındaki Kronslot kalelerini gösterirken de tarihçelerini, nasıl, ne zaman yapıldıklarını oğluna anlatıyordu Mehmet. Limanda da dolaştılar.

"Buraya yılda bin beş yüzün üzerinde gemi gelir. Şehrin nüfusu da bir buçuk milyon civarında. Gittikçe de kalabalıklaşıyor. Bu nüfusun neredeyse üçte biri de liman ve çevredeki fabrikalarda çalışmağa gelen işçilerdir."

"İşçiler de Rus mu baba?"

"Tabi, Rus. Ama bizim gibi, asıllarına bakarsan, Finliler, Estonyalılar, Yahudiler, Polonyalılar, ne ararsan var."

Seyit'e hiç gezip dolaşıp bitmeyecek gibi gelmişti St. Petersburg. Nihayet, babasının tarifiyle, arabacı onları ana meydandan ayrılarak gittikçe daralan yollardan birinin üzerinde bir evin önüne getirip durdu. Ahşap, iki katlı, üst kata dışarıdan yine ahşap merdivenle çıkılan bir evdi. Sokağın üzerindeki bütün evler de, aşağı yukarı aynı görüntüdeydi. Sadece, küçük dar pencerelerini örten perdeler ile, bazılarının pencerelerinin dışında yerleştirdikleri begonya ve sardunya saksıları birini diğerinden farklı kılıyordu. Sokakta oynayan çocuklar, arabadan inenleri izlemek üzere, merakla etraflarına toplandılar.

"İşte, burası da orta halli bir Rus mahallesi." dedi babası. "Hatta orta halli olmak için dahi kendilerini epeyi zorlamaları gerekiyor."

"Kime geldik buraya?" diye merakla sordu Seyit.

"Burası Yevgeny'nin evi. Rahmetli Yevgeny'nin."

"O kim?"

Arabacıya beklemesini söyleyip, evin merdivenlerine doğru yürürken izah etti Mehmet:

"Benim emir erimdi uzun seneler. Veremden öldü zavallı. Şimdi dul karısı ve üç çocuğu burada yaşıyor. Kadıncağız, gündüz fabrikada, işten çıkınca da temizlik, bulaşıkçılık, ne iş bulursa gidip çalışıyor."

"Çocukları çalışmıyor mu?" diye sorarken, Seyit açılan kapıdan dışarı fırlayan çocukları gördü ve sorusunun manâsızlığını anladı. Kapının eşiğinden merdivenlere doğru kendini çığlık çığlığa atanların en büyüğü beş, altı yaşlarındaydı. Belki de birazcık daha büyüktü ama o kadar çelimsiz ve bakımsızdı ki, yaşını tam tahmin etmek çok zordu. Onun ardından da, birer yaş arayla, iki çocuk daha geliyordu.

Mehmet'i çok iyi tanıdıkları belli idi. Adeta yuvarlanarak, adımlarından daha geniş aralıklarla döşenmiş tahta merdivenlerden aşağı iner inmez, Mehmet'in bacaklarına sarıldılar. Üçüncünün boyu, ancak çizmelerin konçlarında kalıyordu. Hepsinin ayakları çıplaktı. Mısır püskülü gibi sarı saçları, iri, cam mavisi gözleri vardı. Boyları ve yaşlarının dışında, sanki birbirlerinin kopyasıydılar. Seyit, babasının, çocukları birer birer kucağına alıp, havaya kaldırıp öpmesini şaşkınlıkla izledi. İçi biraz buruldu. Acaba, yukarıda evin kapısında bekleyen sarışın kadının, babasıyla bir ilgisi olabilir miydi? Daha evveli güne kadar böyle bir şey düşünemezdi. Ama, babasından bütün dinlediklerinden sonra, evinden onca yol uzakta bir erkeğin yaşantısında her şeyin olabileceğini anlamış, ayrıca bu mevzularda hayâl gücü de gelişmişti. Birden, çocuklara ve kadına karşı kendini emniyete almak, onlardan uzak durmak ihtiyacını hissetti. İçini belli belirsiz bir kıskançlık hissi kaplamıştı. Babasını, bu kim olduklarından tam emin olamadığı çocuklardan ve kadından kıskanmıştı. Mehmet, en küçük ikisini sağ ve sol koluna oturtarak, diğeri ardında, merdivenlere doğru yürüdü.

"Haydi Seyit, gelsene. Gel, seni Yevgeny'nin ailesi ile tanıştırayım."

Seyit, babasının hemen arkasından, itaatkâr bir şekilde merdivenleri çıkarken, bakışlarına babasının omuzlarını siper yaparak, kapının önünde yüzünde kocaman, mutlu bir gülümseme ama o derecede de utangaç bir ifade ile bekleyen kadını süzüyordu. Çok genç görünüyordu. Kulaklarının iki yanından örerek başının üzerinde topladığı saçları çocuklarınınkiler gibi sapsarıydı. Gözleri de aynı uçuklukta maviydi. Üzerinde oldukça yıpranmış, dirsekleri yamalı ama tertemiz bir elbise vardı. Belindeki kırmızı önlüğü süsleyen yeşil yapraklı, sapsarı güllü desen, iki yanında duran kızarıp çatlamış ellerinin bakımsızlığını daha çabuk göze çarptırıyordu.

Mehmet, merdivenin en son basamağına vardığında, kadın, saygılı bir şekilde kenara çekilerek, onu içeri buyur etti. Rusçası, Ganya ile Tamara'nın konuştuğundan daha değişikti.

"Hoş geldiniz, bizi çok mutlu ettiniz Binbaşı Eminof.

Sözleri, konuşmaktan utanır gibi, neredeyse duyulmayacak bir tonda çıkıyordu. Mehmet, eşikten girer girmez, çocukları kucağından indirerek, Seyit'i omuzlarından tutup yanına çekti.

Sonra, sadece saygılı bir şekilde başını eğerek kendilerini selamlayan kadına döndü.

"Bu benim oğlum Seyit. Artık St. Petersburg'da yaşayacak. Seyit, sana anlattığım Yevgeny'nin karısı, Anna Veroçka."

Sonra, alışkın olduğu belli hareketlerle, davet beklemeden kapının hemen girişinde yer alan küçük, dar odanın pencere önündeki koltuğa gidip oturdu. Aynı kısık ve boğuk sesle sordu kadın:

"Bir şey içer miydiniz?"

"Yok, sağ ol." dedi, Mehmet. "Fazla vaktimiz yok. Uzun zamandır da yollardayız. Sizleri bir görelim dedik."

Birden, yan odadan gelen bebek ağlamasıyla, Mehmet başını o yana doğru çevirdi. Hâlâ daha, odanın kapısına dayanmış, ellerini oğuşturarak duran kadın, yanakları kızararak, mahçup bir ifade ile, başını eğdi. Dudaklarını ısırmağa başladı. Başını kaldırmadan, göz ucuyla Mehmet'e bakıyordu. Seyit, babasının ayağa kalkıp yan odaya doğru yürümesi üzerine, onu takip etti. Karşılıklı iki tahta ranzanın yer aldığı yatak odasında, ranzalar arasında geçit veren bir adam genişliğinden fazla yer yoktu. Dipte, iki yatak arasındaki duvara dayalı yığılmış iki, üç çuvalın üzerine bir çarşaf yayılmıştı. Çuvaldan yatağında yüzü koyun yatmış bir bebek, yumruk büyüklüğündeki başını sağa sola döndürerek ağlıyordu. Yüzü kıpkırmızıydı. Minicik yumruklarına abanarak başını kaldırmağa çalışıyor, güçsüz, tekrar çarşafa geri düşüyor, haykırışları sert, biçimsiz şiltesine gömülüp, tıkanıp kalıyordu. Kadın hemen fırlayıp, bebeği kucağına aldı. Kırmızı, küçük bir yumak gibiydi bebek. Çıplak başında bir kaç tel beyaza yakın sarı saç vardı. Annesinin koynuna yaslanır yaslanmaz sustu. Kadın, bir yandan onu pışpışlarken, suçlu gözlerle, Mehmet'in yüzüne bakmaya korkarak, konuştu. Sesi iyiden yok olmuştu sanki.

"Şey... İnanın Binbaşı Eminof, düşündüğünüz gibi değil..."

Mehmet, ona yaklaştı. Sanki demin ağlayan kendisi değilmiş gibi gülücükler dağıtarak bakan bebeğin çıplak ayaklarını okşarken konuştu:

"Ne düşündüğümü ne biliyorsun? Hem, benim düşündüğümün ne önemi olabilir? Bakabilecek misin bari?"

Kadın, Seyit'in yanında konuşmaktan utandığını belli edercesine, bakışlarını şaşkınlıkla kendilerini izlemekte olan genç çocuğa çevirdi. Mehmet, oğluna göz kırptı.

"Merak etme, daha Rusça'yı iyi bilmiyor, anlamaz."

Seyit, hiç anlamamış gibi durması gerektiğini hissetti ve yavaşça kapının aralığından ilk girdikleri odaya geri döndü. Ancak, kulak misafiri olmadan edemedi. Zaten odalar o kadar küçük ve yakındı ki, kulaklarını tıkasa yine duyacağından emindi.

"Yanlış anlamanızdan korkarım Binbaşı Eminof." diyordu kadın, neredeyse ağlamaklı bir ses tonuyla. "Ama benim kazancım, ne yapsam, bu çocukları doyurup giydirmeğe yetmiyor... Eskiden beri tanırdım. Öbür çocuklarıma da çok iyi davranırdı... Putilov'da teçhizat fabrikasının yemekhanesinde çalışıyor, aşçı olarak... Anlarsınız... yani... bize pek yiyecek sıkıntısı çektirmiyor... Beni anlıyor musunuz Binbaşı Eminof?"

"Evet, evet. Tamam, ağlama, haydi. Zaten sana bir şey dedim mi ben? Hem sonra senin ve çocuklarının hayatı için vereceğin kararlara ben karışamam ki. Ben sizleri ancak Yevgeny'nin hatırası olarak kollayabilirim. Hepsi o kadar."

"Biliyorum Binbaşı Eminof, sağ olun. Sayenizde o zor günleri atlattık."

"Henüz rahata kavuşmuş değilsiniz Anna Veroçka."

Kadının sesi biraz daha rahatlamış, canlanmıştı.

"Biliyorum Binbaşı Eminof, biliyorum. Şu an çok rahat içinde değiliz. Ama, çocuklarımın aynı sıkıntıyı ileride çekmemeleri için yemin ettim. Sizin bütün verdiğinizi biriktiriyorum. Onları okutacağım. En iyisine gidemeseler bile, bir mektebe gidecekler muhakkak. Bunu Yevgeny de isterdi... İnanın, ben hâlâ onu seviyorum... Hem de çok özlüyorum..."

Kadın yeniden ağlamağa başlamıştı. Hem hıçkırıyor, hem konuşmağa devam ediyordu:

"Ama, kötü yola düşmüş sayılmam değil mi? Ne olur söyleyin, benim için kötü şeyler düşünmüyorsunuz değil mi?"

Seyit, az önce bu zavallı kadın, onun zavallı çocukları ve babası hakkında düşündükleri için utanıyordu. Gözlerine yaş gelmişti. Babasının, yumuşak, tane tane konuşarak, ağlayan kadını teselli edişini duydu:

"Ağlama Anna Veroçka, lütfen artık ağlama. İnan, senin hakkında en ufak kötü bir şey düşünmüş değilim. Seni tanırım ve sebeplerini çok iyi anlıyorum. Ben... sadece... bebek sesi bana sürpriz oldu. Yüzümdeki şaşkın ifade ondan olmalı. Yani, bir bebeğe daha nasıl bakacağını düşünüp meraklandım. Kaldı ki, özel hayatın için bana hesap vermek zorunda da değilsin. Hem, biliyor musun, çocuklarını okutma isteğin çok hoşuma gitti. Elimden gelen yardımı yaparım, bana güvenebilirsin."

Kucağında sallana sallana uyuyan bebeği yerine bırakan kadın, tereddüt ederek konuştu:

"Şey... benimle evlenmek istiyor."

Odadan çıkmak üzere olan Mehmet, geriye dönüp sordu:

"Sen istiyor musun?"

"Bilmem, onun da evi yok. Fabrikada yatıp kalkıyor. Bazen de gece vardiyasına bekçilik yapıyor. Evlenirsek, gelecek bir evi olur. O zaman da çocuklara her akşam bir şeyler getirebilir."

"Seni hoş tutuyor mu bari?"

Kadının sesi, hayatındaki yeni erkeğin müdafaasını yapmak ister gibi canlandı:

"Oh, Binbaşı Eminof, inanamazsınız, o kadar iyi bir insan ki! Yevgeny'nin çocuklarına da sanki kendi çocuğu gibi iyi davranıyor. Tabi onun yerini tutamaz, ama inanın, çok iyi bir insan. "

Kadıncağız, sanki, Mehmet ölen kocasının daha yakınıymış da, ondan özür diler gibi konuşuyordu.

Seyit'in olduğu odaya girerlerken onu rahatlatmak için eli ile omuzuna hafifçe dokundu.

"Anna Veroçka, kimse senden Yevgeny ile beraber gömülmeni istemiyor. Henüz çok genç bir kadınsın. Sıra sıra büyütecek çocukların var. Kendin ve onlar için en iyi olanı da bilecek kadar akıllısın. Tek korkum, seni ve çocukları hırpalaması olurdu. Hem size bakıyor, hem seni seviyor, hem de çocuklarına babalık ediyorsa, hiç fazla düşünme, evlen."

Seyit, eve geldiklerinden az zaman sonra ağlamağa, hıçkırmağa başlayan genç kadının yeniden gülümsediğini görünce, içinin rahatladığını hissetti. Sanki, hakkındaki kötü düşüncelerinden dolayı Anna Veroçka'yı ağlatan kendisiymiş gibi vicdan azabı duymuştu. Birden, onun ne kadar güzel olduğunu fark etti. Evet, genç kadın çok güzeldi. Yoksulluğunun, acılarının, yalnızlığının, hayatla kavgasının ondan koparıp alamadığı bir güzelliği vardı. Geldikleri zaman üzerinde taşıdığı ürkek, mahçup kişiliği de yok olmuştu sanki. Mehmet, onun, kendisiyle konuştuktan sonra suçluluk duygusundan kurtulduğunu açıkça görebiliyordu. Seyit ise, çocuk gözüyle, sadece o rahatlamanın yarattığı yeni kadını görüyor ve ona daha dikkatli baktıkça da, biraz evvel niye fark edemediğine şaşıyordu. Yıpranmış elleri, aslında ince, uzundu. Eski elbisesinin kollarından çıkan bilekleri, o kadar narin ve beyazdı ki, ellerinin o hale gelmek için çok ağır şartlarda çalışmış olduğu muhakkaktı.

Anna Veroçka, iki eli ile uzanıp, Mehmet'in ellerine sarıldı.

"Sağ olun Binbaşı Eminof, sağ olun! Anlayışınız için, her şey için sağ olun."

Ard arda teşekkürlerini sıralıyordu. Mehmet, onun avuçlarından çekebildiği bir eliyle, ceketinin iç cebinden, şişkince kağıda sarılı bir paketi çıkarıp, tekrar kadının avuçları arasına yerleştirdi.

"Önemli değil, önemli değil. Haydi kalk ayağa Anna Veroçka."

Seyit, paketin içinde para olduğundan emindi. Kadının, babasına hesap verir gibi, hayatını izah etmesinin sebebi buydu demek. Bugüne kadar onlara bakan babasıydı. Elindeki paketi ne yapacağını bilemeyen genç kadın, bu sefer sevinçten ağlamağa başladı;

"Tanrı ne muradınız varsa versin Binbaşı Eminof, Allah size evlatlarınızın acısını göstermesin."

Dualar arasında, tekrar, Mehmet'in ellerine sarıldı.

Kapıya doğru yürüyen Mehmet, onu susturmak için konuştu:

"Bak, bana teşekkür edip durma artık. Ama bir söz ver. Bu oğlanları okutmak sevdasından vaz geçmeyeceksin. Arada yine uğrar, bakarım, bir ihtiyacınız var mı diye, tamam mı?"

Kapıyı açarken sevinçle atıldı Anna Veroçka:

"Söz veriyorum Binbaşı Eminof. Onlar okuyup, adam olacaklar."

Sonra, unuttuğu bir şeyi hatırlamış gibi, aniden atıldı:

"Sağlığınız için her gün dua edeceğim. Aileniz için de dua edeceğim."

Baba, oğul, merdivenlerden inerken de bir cesaretle seslendi:

"Hem, belki bir sonra gelişinizde o da burada olur, tanışırsınız."

Bulunduğu basamaktan, "Olur" manâsında bir el salladı Mehmet ve oğlunun omuzuna elini koyup, kapıda bekleyen arabaya bindi. Merdivenin eşiğinde bekleşen Anna Veroçka ile Yevgeny'nin çocukları, onları yine çığlıklarla, kahkahalarla geçirdiler. Seyit, onların bunca yoksullukta hâlâ nasıl gülebildiğine şaşırmıştı. Atlar, yoksul mahallenin birbiri üzerine yığılmış tahta evleri arasından, yeniden daha geniş sokaklara, caddelere doğru fırlarken, hava iyice kararmıştı. Seyit, hiç konuşmadan babasının yüzüne baktı, bir müddet. Ne kadar sakin, yumuşak ama aynı zamanda son derece kararlı ve azimli bir ifadesi vardı. Babasını her gün biraz daha iyi tanıyordu Seyit ve onunla iftihar ediyordu. Tekrar geriye dönüp, çıkmaz sokağın dibinde gittikçe küçülen Veroçka'nın evine baktı.

"Zavallı Yevgeny," diye düşündü içinden, "Zavallı Anna Veroçka... ve zavallı çocukları."

Bir müddet ikisi de konuşmadılar. Üzerlerine sanki ağırlık çökmüştü. Bir ara sessizliği bozan Mehmet, arabacıya yeni gidecekleri adresi verdi. Hemen ardından da oğlunun soracağını bildiğinden açıkladı:

"Şimdi, Sergei Moiseyev'in evine gidiyoruz. Beraber büyüdük sayılır. Aslında, akademinin ilk yıllarından arkadaşım. O sonra donanmaya ayrıldı. Japon harbinin en başından iştirak etti onun filosu. Port Artur'da 8 Şubat'ta Japonların bombalı saldırısına uğradı bizimkiler. Ben Kırım'a, sizin sünnet düğününüze gelmeden az evvel, yaralı olarak geri gelmişti."

"Çok kötü mü yaralanmış?"

"Sanırım, artık, kolay kolay cepheye dönemez."

"Peki biz mi haklıyız, Japonlar mı?" diye sordu Seyit.

"Savaş olması demek, sebep her ne ise, her iki taraf da kendini haklı zannediyor demektir, oğlum. Asıl haklının kim olduğunu tarih gösterir."

"Peki, sen, sen de gidecek misin bu harbe?"

"Asker olunca, emredilen yere gidersin Seyit. Kimse daha evvelden ne olacağını pek bilemez."

"Nerede oturuyor Moiseyevler?"

"Nevski Prospekt'e paralel caddelerden birinde güzel bir evi var. Varlıklı bir aileden geliyor. Aslında, hiç çalışmadan yaşasa, gene bu hayatı yaşar. Babası, dedesi, şehrin fabrika olan arazilerinin neredeyse yarısına sahiplerdi. Sergei kendi maceraperestliğinden asker oldu. Babası hâlâ sağ. Yaralanıp Port Artur'dan döndüğünde neredeyse babasından dayak yiyecekti o koca Sergei?"

"Neden?"

"Bunca serveti bırakıp, canı pahasına denizlere çıktığı için."

"Niye, 'Koca Sergei' dedin?"

"Kendin de göreceksin ya, hakikaten kocaman bir adamdır. Ama, babasının onu azarlamasını hâlâ engelleyemez işte."

Baba, oğul, kahkahalarla gülerek, yollarına devam ettiler. Seyit, Sergei Moiseyev'i şimdiden sevmişti. Kocaman olup, babasından hâlâ azar işiten bir adamı düşündükçe gülümsemesine hakim olamıyordu.

"Oraya varınca da böyle gülme, ayıp olur." dedi babası ve oğlunun kahkahalarına katıldı o da. Sonra oğlunu uyardı:

"Ayrıca, kendisine Binbaşı Moiseyev diye hitap etmelisin."

Göz kırparak devam etti:

"Bilirsin, askerler ünvanları ile anılmaktan hoşlanırlar."

Seyit, babasının sözlerini tamamladı:

"Bir de asiller."

Mehmet, oğlunun sözleri karşısında, candan bir kahkaha daha atmaktan alıkoyamadı kendini.

"Nereden duydun bunu?"

"Bir kere sen söylemiştin." diye cevapladı oğlu.

"Acaba ne zaman söylemiştim?" diye düşünürken, keyifli keyifli gülümsemeğe devam etti Mehmet.

Sergei Moiseyev'i görür görmez, yeniden gülmemek için kendini çok zor tuttu Seyit ve babası tanıştırdığında kibarlıkla selam verip, el sıktı. Moiseyev, hakikaten de çok iri bir adamdı. Babası, uzun boylu olmasına rağmen, arkadaşının yanında neredeyse onun küçük kardeşi gibi kalmıştı. Kalın bıyıkları ve yanaklarını sararak bıyıklarına birleşen bir sakalı vardı. Şişman değildi ama cüsseliydi. Gözleri, kömür gibi siyah renkliydi. Parlayarak bakıyorlardı. Bakışlarındaki sert ifadenin arkasında sakladığı sevecenliği hissetmişti Seyit. Sanki, sert görünmek için özellikle çaba harcıyordu, Binbaşı Moiseyev. Ancak, uzattığı elini kavrayışından ve kendisini kollarının altından tutup havaya kaldırmasından, bu koca adamın ne kadar çocuk ruhlu olduğunu anlamıştı. Onun bu koca cüssesine rağmen, üstelik Binbaşı üniforması ile, yaşlı babasından nasıl azar işitebileceğini düşünmeden edemedi. Babasının yolda yaptığı uyarılar aklına geldiği halde, kendini tutamadı ve gülmeğe başladı. Moiseyev, o koca vücuduna uyan koca sesiyle, "Gıdıklandı galiba." dedi ve onu yere bıraktı. Seyit, adamın iri ellerinden kayıp, ayakları üzerine düşerken biraz sendeledi. O arada, babasının yukarı kalkmış kaşlarını fark etti. Mehmet, oğlunun gıdıklanmadığını ve niye güldüğünü pek alâ biliyordu.

"Ne de olsa çocuk" diye düşündü içinden. Ondan birden bire yirmi yaş büyümesini istemeye hakkı olmadığını düşündü. Tekrar, sevecen ifadesi ile onun gönlünü aldı.

"Hep burada ayakta mı duracaksınız?"

Ev sahibi, onları geniş, yarıya kadar camlı kapıdan geçilerek girilen salona davet etti. Seyit, bu sıhhatli, dimdik yürüyen adamın neden tekrar cepheye gidemeyeceğini anlayamamıştı. Belki de, babası görmeyeli, arkadaşı iyileşmişti. Pencerelerinin ve arka bahçeye açılan veranda kapısının yere kadar tamamen cam olduğu, geniş bir salona girdiler. Salonun muhtelif yerlerine goblen veya ipek kumaşlarla kaplanmış oturma takımları yerleştirilmişti. Kumaşlara ve yerdeki halılara genelde hakim olan tatlı kırmızı renk, perdelerin seçiminde de kullanılmıştı. Kapısı açık verandadan gelen yaz akşamının tatlı esintisi, tülleri ve ipek kadife perdeleri hafif seslerle kıpırdatıyordu. Salonu verandaya bağlayan kısımda, bahçeye doğru geniş çıkıntı yapan camın önünde, kuyruklu bir piyano vardı. Piyanonun üzerinde, irili ufaklı gümüş ve kristâl çerçeveler, aile fotoğraflarını süslüyordu. Gaz lâmbaları, vazolar, hep aynı kırmızıyı yansıtıyordu.

"Ben görmeyeli yine değişiklikler yapmışsınız, çok güzel olmuş" dedi Mehmet.

Ufak, zarif bir konsolun üzerini olduğu gibi kaplayan gümüş tepsideki kristâl şişenin kapağını açıp, minik kadehlere likör doldururken konuştu Moiseyev:

"Olga'yı bilirsin. Aynı eşyalarla, bir sene bir arada yaşayabilirse rekordur. Artık karışmaktan vaz geçtim. Bildiği gibi yapıyor.

O da rahat etti, ben de..."

Kadehlerden birini Mehmet'e doğru uzatırken devam etti:

"Hoş geldin, şerefine! sevgili dostum."

"Şerefine!" diye kadehini kaldırdı Mehmet. İçkisinden bir büyük yudum aldıktan sonra, yarıda bıraktıkları mevzua döndü:

"Allah'tan zevkli karın var. Bence, hiç şikâyet etmeden katlanmalısın."

Arkadaşını goblen takımın bulunduğu köşeye buyur eden Binbaşı, derinden gelen bir kahkaha savurdu.

"Eşyaların değişmesine katlanmağa alıştım da Eminof, cebimden çıkan paralara alışamadım."

"Sen bunu söylersen, artık kimse yaşamasın Rusya'da."

Mehmet, arkadaşının, karısı karşısında çaresizlik duyduğu olayın komikliğinden kendini kurtaramayıp güldü.

Binbaşı Moiseyev, kapının dibinde bekleyen uşağa seslendi:

"Pavlov, delikanlıya ikram edecek bir şeyimiz yok mu ?"

Kır saçlı, yüzünün ifadesinden mutlu veya mutsuz, keyifli veya üzüntülü olduğu hiç bir zaman anlaşılamayacak kadar donuk bakan Pavlov, kendisine soru gibi sorulanın, aslında emir olduğunu bilecek kadar tecrübeliydi.

"Emredersiniz Binbaşı" derken, çoktan kapının aralığından dışarıya süzülmüştü bile.

"İstersen, bahçeye çıkıp dolaşabilirsin."

Seyit'in bu tekliften hoşlandığı belliydi. Teşekkür ederek dışarıya çıktı.

"Oğluna bayıldım Eminof." dedi, Moiseyev, lâmbaların ışığı altında havuza doğru yürümekte olan Seyit'i, başıyla işaret ederek.

"Yaşından büyük gösteriyor."

"Şu son bir kaç günde büyüdü Sergei. Ama küçüklüğünden beri çok olgundur zaten."

Moiseyev'in gözleri bulutlandı, derin bir iç geçirdi. Duyulmasını istemiyormuş gibi, hafif sesle mırıldandı:

"Çok isterdim, benim de böyle bir oğlum olmasını. Sana imreniyorum Eminof. Çok şanslısın."

Senelerdir, bütün arzularına rağmen, çocuk sahibi olamayan

arkadaşının üzüntüsünün derinliğini hisseden Mehmet, işi şakaya vurarak onu rahatlatmak istedi:

"Ama Sergei, sen Moskova'nın en güzel kızını alırken bizler imrenmedik mi sanıyorsun?"

Sergei Moiseyov, aniden, o üzüntülü halinden sıyrılıp, arkadaşının omuzuna vurdu, gülümseyerek.

"Sahi" dedi, "Sahiden beni kıskandınız mı o zaman?"

"Hem de nasıl."

Mehmet, yeniden keyiflenen, çocuk gibi gülmeğe başlayan eski dostuna sevecenlikle baktı. Bu koca adamın çocuk gibi üzülüp, yine çocuk gibi sevince boğulmasına artık, senelerdir alışmıştı. Sergei, altmışına da gelse, çocuk ruhlu kalacaktı.

Olga Tchererina ile Sergei'nin evliliğinden sonra, eski günlere döndüler. Beraber yaşamış oldukları olayları, sanki bilmeyen birine anlatır gibi, birbirlerine tekrar ediyor, heyecanlanıyor, kahkahalarla gülüyorlardı. Bahçede, lâmbaların ışığı altında, elinde Pavlov'un ikram etiği soğuk limonata bardağı ile dolaşmakta olan Seyit, uçuşan tüllerin arkasında oturan babası ve onun sevgili dostunu ilgiyle izliyordu. Kendisinin de bu kadar yakın ve seveceği, bu kadar uzun sene dost kalabileceği arkadaşı olacak mıydı acaba?

İki erkeğin, likör şişesini yarılamış ve eski anılara kendilerini kaptırmış olduğu bir anda, salonun kapısı açıldı. Her ikisi de, geleni gördükleri saniyede, ayağa kalktılar. Olga Tchererina Moiseyeva'nın odaya ayak basmasıyla, etraftaki bütün kıymetli eşyalar, tablolar, adam boyu vazodaki taze çiçekler, her şey silikleşmişti. Seyit, tam tülleri aralayıp içeri girmek üzereyken, salonun diğer ucundan onlara doğru gelmekte olan kadını görünce, olduğu yerde kaldı. Başının üzerinde küçük buklelerle süslediği simsiyah saçlarını, ensesinde büyük bir topuzla toplamıştı. Saçları ile aynı renkte, hafif çekik gözleri vardı. Omuzlarını açıkta bırakan zümrüt yeşili ipek elbisesinin yakası ve dirseklerinden itibaren volanlar yapan kolları krem rengi dantelle süslenmişti. Kulaklarında ve boynunda, elmaslarla çevrelenmiş iri zümrütler, teninin beyazlığını iyice ortaya çıkarıyordu. Önce, kapıda durup, misafirlerine ne kadar şaşırdığını belli edercesine baktı. Bu bir anlık, gördüğünden ne kadar mutlu olduğunu da hissettiren bir bakıştı. Sonra, hızlı fakat son derece zarif bir yürüyüşle, kollarını ileri doğru açarak, kendisine doğru gelmekte olan Mehmet'e uzattı.

"Eminof! Hoş geldin, neden bu kadar geciktiniz!"

Öpülmek üzere, yanağını çevirdi.

"Harika görünüyorsun Olga Tchererina, her zamanki gibi harika.

Mehmet'in sesinde hayranlık ifadesi vardı.

Birden Seyit'in varlığını fark eden Olga, bu defa ikinci bir sevinç çığlığı ile, genç çocuğa doğru yürüdü. Boyu bir kadın için oldukça uzundu. Seyit'i kucaklamak üzere dizlerini kırarak, öne doğru uzandı ve onu omuzlarından kavrayarak, yanaklarından öptü. Sonra ayağa kalkarak, onun ellerini bırakmadan, gözlerinin içine bakarak konuştu:

"Aman Allahım! Bu harika bir çocuk Eminof. Ne kadar şeker şey. Neredeyse seninle tanıştığımız yaşlarda, değil mi?"

"On iki oldu." dedi Mehmet, oğlunun beğenilmesinden gururlanarak.

Seyit, yabancı bir kadının kendisini bu kadar dikkatli süzmesinden, özellikle de gözlerinin içine uzun uzun bakmasından utanmıştı. Hafifçe kızardı.

"İşte, bizler de o yaşlardaydık tanıştığımızda. Seni tanıdığımızda da on üç olmuştuk, sevgili Olga'm." dedi, kocası, tekrar yerine otururken. Olga çok güzel bir kadın sayılmazdı ama, onda, girdiği yeri ısıtan, insanların bakışını ve ilgisini toplayan, canlılığıyla etrafındaki her şeyi ve herkesi önemsiz yapan gizli bir kuvvet vardı sanki. Seyit, on iki yaşına rağmen, gözleri pırıl pırıl kor gibi yanan, bembeyaz elleri, kollarını devamlı zarif hareketlerle adeta dans ettirir gibi konuşan bu kadına hayran olmuştu. Babasının da ona aynı beğeniyle baktığının farkındaydı. Kocası ise, belli ki, hâlâ âşıktı Olga Moiseyeva'ya. Yaş farkları aslında fazla değildi, karı kocanın. Ama Sergei'nin iri cüssesi, sakal ve bıyıkla örtülmüş yüzü, onu karısından, neredeyse bir on yaş, büyük gösteriyordu. Olga, erkeklerin oturduğu köşedeki koltuklardan birine yerleşirken, ince uzun, balmumu kadar beyaz ellerini, boynundaki gerdanlığın taşları üzerinde hafifçe gezdirerek konuştu:

"Anlat Eminof, nasıl geçti yolculuk? Ailen nasıl? Yeni bebek nasıl? Hepsini anlat. Çok merak ediyorum."

Ses tonu o kadar canlı, öylesine tazeydi ki, bütün sorduklarını hakikaten merak ettiği belliydi. Zaten çocukluklarına dayanan arkadaşlıkları, onları kardeş gibi yapmıştı. Onun samimiyetini bildiği için Mehmet, her şeyi detayı ile anlattı.

"Zahide'nin her ikinize de çok sevgisi, selamı var."

Olga ve Sergei, düğününde de Mehmet'i yalnız bırakmamışlar, onca yolu gidip, Kırım'da onlarla beraber olmuşlardı. Düğünden sonra da hep beraber Livadia'da harika bir on gün geçirmişlerdi. Olga'nın ailesinden kalan kocaman yazlık evde geçirdikleri anların tadı damaklarında kalmıştı. Her bir araya gelişlerinde de o günleri anmadan edemezlerdi.

"Siz iki koca erkek, bir türlü becerip de biz hanımları tekrar bir araya getiremediniz. Aşk olsun size."

Olga sitem ediyordu, ama sesi o kadar keyifliydi ki, erkekler hiç alınmadılar.

"Merak etme sevgili Olga'm." dedi kocası, hafif kırgın bir ses tonuyla: "Bu koca gövdeden artık orduya hayır gelmeyeceğine göre, ömrümün geri kalan zamanını seyahatlerde geçirebilirim. Bundan sonra istediğin yere gideceğiz. Söz veriyorum sana. İstersen St. Petersburg'a hiç uğramayız, gezer dururuz."

Olga, kocasının hüznünden üzüntü duymuştu. Yerinden kalkıp, aynı kıvrak ve zarif hareketlerle, kocasının yanına geldi ve koltuğun arkasından kollarını uzatarak ona boynundan sarıldı, sonra da eğilip, alnına bir öpücük kondurdu.

"Sergei, üzülme artık. Sen elinden geleni yaptın. Tanrı büyükmüş, bana geri döndün. Ya sana bir hâl olsaydı, ben ne yapardım?"

Sergei'nin mahzun bakışları, karısının temasıyla yeniden eski keyfini bulmuştu. Onun, boynundaki kollarını, kendi kocaman elleri ile okşadı.

"Sen bana aldırma. Yaralarımın, dikişlerimin acısı geçtiğinde, bunların hiç birini hatırlamayacağım."

Sonra, keyifli keyifli devam etti:

"Sana seyahat için verdiğim sözden de dönmüş değilim."

O gecenin oldukça geç saatlerinde yenilen yemek, adeta küçük bir şölene dönüşmüştü. Üçünün konuşup anlatacak, gülecek o kadar çok mevzuu vardı ki, Seyit sanki sabaha kadar oturacaklarını düşünmeye başlamıştı. Olga, yemek boyunca, o kendine has zarif hareketlerine mimikler ilâve ederek, St. Petersburg sosyetesine katılan yeni zenginlerin hanımlarının taklitlerini yaptı. Seyit, arada bazı kelimelerin manâlarını kaçırmakla beraber, kahkahalarla gülen babası ve Binbaşıya katıldı. Bir kadının, hem bu kadar güzel ve etkileyici, aynı zamanda da bu kadar komik olabilmesi doğrusu çok garipti. Annesi de çok güzeldi ama onu hiç böyle taklitlerle komiklik yaptığını görmemişti. Yemekten sonra, hep beraber, tekrar ilk oturdukları salona geçtiler. Beyler şarap kadehlerini tazelerken, Olga da piyanoya doğru yürüdü. Elbisesinin eteklerini iki eli ile düzenleyerek, kadife yastıklı piyano pufuna yerleşti. Kocasının kendisine hazırlamış olduğu minik kadehteki likörden, oldukça büyük bir yudum aldı.

"Sağ ol sevgilim." diyerek, kadehini piyanoyu aydınlatan büyük gümüş şamdanların yanına bıraktı. O coşkulu, hareketli hali gitmiş, birden durulmuştu. Ellerini, bir müddet kucağında, elbisesinin kıvrımları arasında birleştirerek bekledi. Başını yukarıya kaldırıp, gözlerini kapadı. Seyit, kendisi gibi, diğer iki erkeğin de Olga'yı seyretmekte olduğunu fark etti. Yaşı daha çok küçüktü ama bu kadında olağan üstü bir taraf olduğunu seziyordu. Olga'nın hiç konuşmadan, sessiz yaptığı hareketler bile bakışları çekiyordu. Sanki, duaya hazırlanır gibi bir hali vardı. Mumların aydınlattığı yüzü, adeta hayranlarının farkında, kendinden emin bir ifade taşıyordu. Yavaşça, tuşların üzerine yerleştirdiği parmakları, hafiften yükselen bir parçayı çalmağa başladı. Sergei ve Mehmet, şarap kadehleri ellerinde, piyanonun birer yanına yaslanmışlardı. Seyit, kocaman arkalıklı koltuğa adeta gömülüp oturmuştu. Birden, içini hüzün sardı. Annesi de bazı akşamlar, özellikle de babası eve döndüğünde, böyle piyano çalardı. Kim bilir, şimdi ne kadar yalnız kalmışlardı. Babası yanında olmasına rağmen, kendini yapayalnız hissetti. Olga'ya bakarken onun yerinde annesinin olmasını arzuladı. Ama bu imkânsızdı. Annesi çok uzaklarda kalmıştı ve onu tekrar görene kadar da önünde daha çok uzun bir zaman olacaktı. Gözlerine gelen yaşları zor kontrol etti. Allah'tan kimsenin ona baktığı yoktu ve salon son derece loştu. Şamdanları, piyanosu ve müziği ile, sanki, odadaki tek canlı Olga'ydı. Mumlar titreşiyor, Olga hüzünlü çalıyordu ve Seyit'i hüzünlü bir yorgunluk sarmıştı, koltuğun yumuşaklığında. Ağlamamak için gözlerini kapadı. Az sonra uyumuştu bile.

Olga, parça bittiğinde, kendisini alkışlamaya başlayan erkekleri, sağ elinin işaret parmağını dudaklarına götürerek susmağa davet etti. Göz ucu ile de, yanı başlarındaki koltukta derin bir uykuda olan Seyit'i gösterdi. Aslında, hep odak noktası olmasına rağmen, etrafındaki herkesi ve her olup biteni gayet dikkatle takip ederdi Olga. Ve yarı kapalı gözleri, müziği ile kaynaşıp, kendini hülyalara dalmış gibi göstermesine karşı o, çaldığı müddetçe, göz ucu ile, Seyit'i seyretmişti. Genç çocuğun, bir ara, elinin tersi ile gözlerini sildiğini, sonra derin bir nefesle iç geçirdiğini hep fark etmişti. Yerinden yavaşça kalkarken, Mehmet'e doğru eğilerek fısıldadı:

"Zavallı çocuk, çok yorgun olmalı. Nasıl oldu da düşünemedim. Onu da bizlerle oturmağa mecbur bıraktık."

"Eminim, bizlerle olmaktan çok memnun kalmıştır." diye cevapladı Mehmet, yavaşça, oğlunun omuzuna dokunarak uyandırmak üzereyken.

"Sakın!" dedi, Olga, onu kolundan çekerek, "Sakın uyandırma çocuğu. Şimdi taşırlar onu yatağına."

"Hiç gerek yok sevgili Olga. Koca adam oldu artık, uyanıp yürür odasına, tekrar uyur."

Olga'nın sesi yine son derece tatlı fakat otoriter bir ton almıştı:.

"Aşk olsun Eminof, sen hiç çocuk olmadın sanki. Hatırlamaz mısın, o yaşlarda uyku ne kadar tatlıdır."

Karısının sözü üzerine, hemen kapının dışında beklemekte olan hizmetkâra seslenen Sergei, çocuğu uyandırmaktan korkusuyla, sessiz gülerek konuştu:

"Nasıl hatırlasın Olga? Mehmet'in o yaşları çok gerilerde kaldı."

"Ya sen?" diye takıldı arkadaşına Mehmet.

Sorusunun cevabını Olga verdi, kocasının yanaklarını küçük, beyaz elleri ile okşarken:

"O mu? O hiç büyümedi ki. Değil mi kocacığım?"

Sergei Moiseyev, yine sessiz fakat içten gülüşlerinden biriyle cevap verdi:

"Ne garip, babam da, karım da aynı lâfları söylüyorlar."

O arada odaya giren Pavlov ve yardımcısı, Binbaşının işareti üzerine, Seyit'i kucaklayıp salondan çıkardılar.

"Uyandırmadan, pijamalarını giydirip, yatırın." dedi Olga, adamlara usulca.

Mehmet, avucunu alnına vurdu.

"Aman Allahım!" dedi, "Koca çocuğu kucakta taşıtıyorsun Olga. Gideceği okulda kimse onu taşımayacak. Sen böyle şımartırsan nasıl asker olur bu çocuk?"

Kristâl karafın içindeki son damlaları kadehine silkelemekte olan Sergei, o koca kahkahalarından birini attı:

"Sen benim niye iyi asker olamadığımı şimdi anlıyor musun Eminof?"

Hem karısı, hem de arkadaşı, onun bu sözlerine, kendisine haksızlık ettiği düşüncesiyle itiraz ettilerse de, gülüşleriyle ona katıldılar.

"Bu karaf da hiç dolu durmuyor." derken seslendi Sergei:

"Pavlov! Pav..."

Karısı onu nazikçe durdururken, elindeki şişeyi alıp tekrar tepsiye bıraktı.

"Yeter sevgilim. Bence, artık, hepimizin uykuya ihtiyacı var. Misafirimiz kibar, ses çıkarmıyor diye onu bütün gece oturtamayız değil mi?"

Binbaşı, taraf tutmasını bekler gibi, Mehmet'e baktı. Küçük bir çocuğun yaramazlık yapmak için, ortak arkadaş aramasını andırıyordu bakışları. Mehmet, daha içmeye gönüllü olduğunu göstermek istedi.

"Bir kadeh daha içebiliriz belki..."

O arada, yanında duran Olga'nın kaş göz işaretlerini fark ederek devam etti:

"Ama, yatsak daha iyi olur."

Moiseyev, arkadaşının üzerinde karısının baskısını hissetmişti. Komik bir çaresizlik ifadesi takındı:

"Ah! ah!" dedi, "Seni de korkutmuş sevgili Olga'm. Ne yapalım? Biz de yatarız."

Sonra, karısını incitmekten korktuğunu belli eden tatlı bir ses tonu ile, devam etti:

"Azizler üzerine yemin edebilirim Eminof. Bazen düşünüyorum da, Port Artur'da Amiral Evgeni Alexeiev'le mi olmak daha çok disiplin gerektiriyor, yoksa burada Amiral Olga Tchererina Moiseyeva ile olmak mı?"

Olga, bu defa da işveli bir sesle:

"Umarım," dedi, "Amiral Alexeiev'le tek farkımız bu değildir."

Kahkahalar arasında, Olga ortalarında, iki erkeğin kollarına girmiş vaziyette salondan çıkıp, yatak odalarına dağılmak üzere, geniş mermer kaplı antreden geçerek, merdivenlere doğru yürüdüler. Herkes için harika bir geceydi yaşanan.

Seyit, gül kokulu, bembeyaz çarşaflar, yastıklar arasında uyanırken kendini bir an Aluşta'daki evlerinin yatak odasında zannetti. Bu odaya nasıl geldiğini, yatağa nasıl yattığını hiç hatırlamıyordu. Sanki büyülü bir gece yaşamıştı. Olduğu yerde doğrulup, etrafına bakındı. İçinde bulunduğu oda ile ilgili, dün akşamdan en ufak bir şey hatırlamıyordu. En son, kocaman kadife koltukta gözlerini kapamıştı. Sonrası onun için meçhuldü. Birden, babasının onu bırakıp gitmiş olabileceği fikri ile ürperdi ve yataktan fırlayarak valizini aradı. Bulduğunda, içinin boşaltılmış olduğunu gördü. Giyecekleri çoktan gardroba asılmış, ayakkabıları da parlatılmıştı. Acele ile giyindi. Bir an önce odadan çıkıp, babasını bulmak istiyordu. Saçlarını tararken odasının kapısı vuruldu. Dışarıdan Olga'nın sesi hafifçe duyuldu:

"Seyt, uyandın mı?"

İsminin böyle telâffuz edilmesini biraz garipsedi Seyit ama kulağına hiç de fena gelmemişti. Kapıya doğru süratle yürürken seslendi:

"Evet Olga Moiseyeva."

Kapıyı açınca, Olga'nın güler yüzü ile karşılaştı. Üzerinde akşamkine nazaran daha sade, uçuk pembe bir elbise vardı. Bu defa boynunu ve kulaklarını incilerle süslemişti.

"Günaydın Seyt, uyandığına sevindim. Çünkü, dışarıda harika bir hava var ve senin bahçedeki kahvaltıyı kaçırmanı istemiyorum."

Olga'nın enerji yayan kimliğinin tesirine kendini kaptıran Seyit, onun uzattığı elini tutarak merdivenlerden yanı sıra inmeğe başladı.

"İyi dinlendin mi bari?" diye sordu Olga.

"Evet efendim" derken, sesi mahçuptu Seyit'in.

"Çok yorulmuş olmalısın, koltukta öylece uyuyup kaldın dün gece. Hatırlıyor musun?"

Seyit, ilk defa geldiği evde, ilk defa tanıdığı insanların yanında böyle uyuyup kalmaktan duyduğu utancı belirtecek bir ifade ile, ağır ağır konuştu:

"Şey...yukarıya beni babam mı çıkardı?"

"Hayır, Pavlov'la Yuri yardım ettiler sana."

Ne kadar nazikti Olga. Bebekler gibi kucaklanıp taşındığını söylemeyecek kadar nazikti. Seyit, elini sıkı sıkı tutan bu sıcacık, hayat dolu kadına bağlandığını hissediyordu. Rahatladığını hissederek ona aklındaki soruyu sormak üzere hitap etti:

"Olga Moiseyeva..."

Olga durarak, diğer elini onun omuzuna koydu ve yüzüne bakarak sözünü kesti:

"Olga Moiseyeva değil Seyt. Beni Olga teyze diye çağırmanı istiyorum. Biz annenle de, babanla da çok eski ve çok iyi arkadaşız. Sergei ile Mehmet on iki yaşından beri arkadaşlar. Kardeş gibi oldular artık."

Sonra, başını arkaya atarak, küçük bir kahkaha ile devam etti:

"Belki de kardeşten daha yakınlar. O iki koca adamın ne küçücük sırları vardır aralarında bilir misin? Benim bile bilmediğim. Eminim Zayde de bilmez."

Seyit, Olga'nın, annesinden bahsettiğini anlamıştı. Olga, birden, az evvel çocuğun sözünü kesmiş olduğunu hatırlayarak sustu.

"Sahi, sen bir şey soracaktın Seyt. Neydi o?"

O arada, verandanın kapısına kadar gelmişlerdi. Bahçede, Binbaşı ile konuşmakta olan babasını gören Seyit'in içi rahatlamış, sorusuna gerek kalmamıştı.

"Mühim bir şey değildi Olga Moiseyeva.." derken Olga'nın demin konuştuklarını hatırlatmak üzere kalkan kaşlarını görünce, gülümseyerek düzeltti:

"Şey, Olga teyze."

Olga onun başını okşadı.

"Tamam, şimdi oldu. Unutma, St. Petersburg'da babandan sonra sana en yakın olanlar Sergei amcanla, benim. Biz senin ikinci aileniz. Burası da senin evin. Anlaştık mı Seyt?"

Genç çocuk, Moiseyevler'in yakınlığını, kendisini önemsemelerini memnuniyetle kabullenmeğe hazırdı. Gözlerinin içi gülerek başını salladı.

"Teşekkür ederim Olga teyze." dedi.

Onların, el ele, verandanın merdivenlerinden indiğini gören beyler de, çimenlerin üzerinde, kameriyenin altında hazırlanmış masadaki yerlerinden kalktılar, Olga'yı selamlamak için.

"Evet, karım bir erkeğin daha gönlünü fethetmiş görünüyor." dedi, Moiseyev gülerek.

"Sana acıyorum." diye cevapladı Mehmet, "Hayatın boyunca bu kıskançlıkla yaşamak zorundasın."

Olga, yanlarına yaklaşırken, sordu:

"Yine ne yaramazlıklar düşünüp, gülüyorsunuz?"

"Senin cazibenin her yaştaki erkeği nasıl bendettiğini konuşuyoruz." dedi kocası.

Olga, Seyit'e yanındaki yeri gösterdikten sonra, Mehmet'in kendisi için tuttuğu iskemleye yerleşti. Porselen çaydanlığı eline alıp, fincanları doldurmağa başladı. Yaptığı işten gözünü ayırmadan konuştu:

"Siz, asıl, bir kaç sene bekleyin. Bu yakışıklı delikanlının kimleri cezbettiğini görüp şaşıracaksınız."

Seyit, kendisinden bahsedildiğini anlayarak utandı. Yüzü kızarmıştı. Dudaklarını ısırarak babasına baktı. Sergei karısına döndü.

"Sevgili Olga'm, küçük Eminof'u utandırıyorsun sözlerinle."

Olga, elindeki fincanı bırakarak, Seyit'e hitaben konuştu:

"Yakışıklı olmak ve kızların gönlünü çalmak, hiç de utanılacak bir şey değildir Seyt."

Sonra, sakin fakat alaylı bir sesle eklerken, başıyla kocasını ve Mehmet'i gösterdi.

"Eğer kadın olduğum için bana inanmazsan, bu iki yakışıklı erkeğe sor."

"Sayenizde ben de yakışıklılar arasına girdim."

Sergei'nin sözleri üzerine hepsi güldüler. Kendi evlerinde hiç bu türlü mevzular konuşmamış olmaları, Seyit'i sohbetin tarzına alışmakta epeyi zorluyordu. Ancak, gittikçe daha rahatladığını da hissediyordu. Bütün bu konular, konuşmalar onun büyümesinin bir parçası olmalıydı. Üstelik, ayıp veya kötü bir şey olsa, babası onun burada bulunmasına veya yanında böyle konuşulmasına müsaade etmezdi.

Moiseyevler'le vakit o kadar güzel geçiyordu ki, Seyit son iki günün nasıl uçtuğunu anlamamıştı. Karı koca, ikisinin de her an söyleyecek hoş bir sözleri, Seyit'i güldürecek bir şakaları veya hikâyeleri oluyordu. Hiç, çocuksuz bir evin durgunluğu, ağırlığı yoktu bu evde. Tam aksine, çok çocuklu ailelerin cıvıltısı, kahkahası ile doluydu.

Geldiklerinin ikinci gecesinde Seyit, ertesi gün mektebine gideceklerini öğrendi.

"Artık orada mı kalacağım baba?" diye sordu.

"Hayır oğlum," dedi Mehmet. Yarın kabulün için gereken işlemlere başlayacağız. Sıhhat kontrolundan da geçmen gerekiyor."

"Ama benim bir hastalığım yok ki."

"Onlar da bunu bilmiyorlar işte."

Yine, her zamanki gibi, kadehi elinde oturan Binbaşı Moiseyev, gülerek söze karıştı:

"Ne kadar sağlam olursan, orduya o kadar iyi hizmet edersin Seyt. Onun için de çürük olanları baştan almazlar."

"Ya sonradan hastalanırsam?"

"İşte, o zaman da ordudan atarlar. Hiç gözünün yaşına bakmazlar. Çürümeğe başlayınca evine yollarlar insanı."

Olga, sitemli bir sesle, kocasına çıkıştı:

"Aşk olsun Sergei Moiseyev! Daha sırtına talebe formasını bile giymemiş çocuğa neler söylüyorsun? Hem seni atan olmadı ki. Kendin ayrıldın."

Yine o hüzünlü ifadelerinden birine bürünmüştü Binbaşı. Acıklı acıklı konuştu:

"Ne fark eder? Ha onlar "Ayrıl" demiş, ha kendim istifa etmişim. Vücudumdaki kaburgalaların neredeyse yarısı, böbreğimin teki Port Artur'da kaldı."

Sonra, söylediği eğlenceli bir şeymiş gibi, gülmeğe başladı.

"Neyse, başım yerinde. Ayaklarım da beni taşıyor. Kollarım işliyor. Aslında Olga haklı, ben Tanrı'nın şanslı kullarındanım."

Karısı, onun duyduğu ızdırabı hafifletmek isteğiyle, gelip yanağından öperken mırıldandı:

"Ben de Sergei. Ben de o şanslı kullardan biriyim ki, bana döndün."

Sonra, yine o neşeli tez hareketleri ile, havayı dağıtmağa çalıştı.

"Haydi bakalım, bu kadar karamsarlık yeter. Şimdi şu genç çocuğa, askerliğin eğlenceli taraflarını anlatın."

Seyit'e dönerek, korkmuş olabileceği ihtimâline karşı, rahatlatmağa çalıştı:

"Sen aldırma Seyt. Bütün askerler böyledir. Yaptıkları işi dünyanın en acımasız işi gibi gösterirler. Üstelik, geçmişi anlatırken nasıl eğlendiklerini gördün sen de. Seni sınamak için anlatıyor bütün bunları, Sergei amcan, inan."

Seyit, Binbaşının yaşadıklarının gerçek olduğundan emindi ama Olga teyzenin yumuşak, sıcak, şakacı sesi, onu bir insanın organlarının parçalanırken neler hissedebileceği duygusunu düşünmekten uzaklaştırmıştı. Derken, mevzu yine St. Petersburglu, Moskovalı kızlara geldi.

"Hafta sonları izinli çıktığın zaman, muhakkak bizde kalacaksın." dedi Olga, "Hiç Tsarskoye Selo'ya gitmeğe kalkışmayacaksın, söz mü? Hem hayatın yollarda geçmez, hem burada seni dört gözle bekleyecek yakınların var. Tamam mı canım?"

Seyit, ne cevap vermesi gerektiğini bilemediğinden, babasına baktı. Mehmet, onun adına konuştu:

"Sağ ol sevgili Olga. Sana minnettarız. Tabi onun bir evi de burası. Ama, arada sırada, sayfiyedeki eve de gider. Nasılsa, burada uzun seneleri var. Her yere gitmeğe vakti olacaktır."

Sergei, yine muzip bir şekilde:

"Evet," dedi, "Her yere gitmeğe vakti olacak."

Büyükler gülüştüler, Seyit pek bir şey anlamadı. Ertesi günün heyecanı ile, içi kıpır kıpırdı.

"Çar'ı görecek miyim gerçekten?" diye sordu.

"Önce üniformanı hazırlatacağız. Her şey sıra ile. Sonra, beni görmek istediği tarihi öğrenince, seni de alıp götüreceğim."

Seyit'i o gece hiç uyku tutmadı. Sabahın ilk ışıkları ile, babası odasına girdiğinde, daha henüz yeni uyumuş gibi hissetti Seyit kendisini. Gözleri yanıyor, başı ağrıyordu.

"Uyuyamadın değil mi?" diye sordu, baba Eminof.

Mahmur bakışlarla, başını sallamakla yetindi Seyit. O anda, başını yeniden yastığa koyup uyumaktan başka bir şey düşünmüyordu. Kendini tekrar yatağa arka üstü bıraktı. Ama, babasının sözleri onu kendine getirdi:

"Seyit Eminof! Bugünden itibaren askerliğinin başladığını sana hatırlatırım."

Seyit, yataktan öylesine hızlı fırlayıp, ayağa kalktı ki, uyku sersemi, bir an dengesini bulamadı ve sendeleyip, yatağın ayak ucuna çarptı. Mehmet, gülerek, elini oğlunun omuzuna doladı, sevecenlikle konuştu:

"İnşallah bu sabahki şapşallığın, bütün askerliğin boyunca devam etmez. Haydi bakalım, hemen hazırlan, yarım saatten çıkmamız lâzım."

Seyit, telaş içinde, yıkanıp giyindi. Heyecandan, gömleğinin düğmelerini ters ilikliyor, saçını tararken fırçası elinden düşüyor, ayakkabıları sanki onun değilmiş gibi ayağı bir türlü kayıp oturmuyordu. Sıkıntıdan ter basmıştı. Aşağı kata indiğinde, yemek salonundaki kahvaltı masasında, babasının yanı sıra Moiseyevler'i de hazırlanmış oturuyor buldu. Geç kalmasından ötürü, özür dileyerek, yerine yerleşti. Olga, sanki gece yarılarına kadar oturup hepsini eğlendiren, piyano çalıp, şarkı söyleyen o değilmiş gibi, dinç, taze ve neşeli bir ifade ile onu karşıladı:

"Gel bakalım genç Eminof. Bugün karnını her zamankinden iyi doyurmalısın. Önünde güçlü olman gereken bir gün var."

Pavlov'a işaretle Seyit'in tabağına servis yaptırdı. Seyit ise, hiç bir şey yemeden evden çıkmayı tercih ederdi. Zira, uykusuzluğu ve heyecanı ona mide bulantısı vermeğe başlamıştı. Tabağına yığılan krep, çörek ve sosise bakmak dahi istemiyordu. Yüzündeki ifade rahatsızlığını göstermiş olmalıydı ki, Sergei ileri atıldı:

"Sevgili Olga'm, böyle heyecanlı bir sabahta, genç arkadaşımızın fazla bir şey yiyebileceğini hiç sanmıyorum. Bence, onu pek zorlamayalım."

Seyit'in, kocasına minnet dolu bakışlarla baktığını gören Olga, durumu ele aldı.

"Tabi sevgilim, istediği kadar yer".

Ona evlat eksikliğini unutturabileceğine inandığı çocuğun, her hangi bir sebeple, sevgisini kaybetmek istemiyordu. Devam etti:

"Eğer canın istemiyorsa, hiç birini yeme Seyt. Belki, sadece biraz meyve yemek istersin."

Sonunda, Seyit bir bardak çay ve bir elma ile kahvaltısını tamamladı. Mehmet, arkadaşlarının, oğlunu, çocukları gibi sahiplenip, kendi aralarında onun yüzünden tartışmalarını hayretle izliyordu. Babası olduğu halde, ona pek bir şey soran olmuyordu.

Seyit, ev sahipleriyle vedalaşıp ayrılacaklarını sanırken yanıldığını anladı. Binbaşı, bu çok özel günde onlara katılma kararı vermiş, Olga da bir iki arkadaş ziyareti ile alışverişini yapmak üzere, gününü şehirde dolaşmak üzere plânlamıştı.

Arabaları, kışlık sarayın önünden geçtikten bir müddet sonra, kemerli yüksek bir girişten içeri döndü. Kapıda bekleyen muhafızlar, Mehmet'in işareti ile yol verdiler. Geniş bir avlunun sonunda, uzun mermer basamaklarla çıkılan kapının önünde durdular. Sergei ve Mehmet arabadan atladıktan sonra Seyit de arkalarından inmek üzere davrandı. Olga, onu kolundan tutarak kendine çekti ve yanaklarından öptü.

"Hiç heyecanlanmana gerek yok. Sakin ol Seyt. Bugün çok özel bir gün. Her anını yaşamaya bak. Akşama her şeyi ayrıntısı ile dinlemek istiyorum."

Sonra, çocuğu yanaklarından öperek, arabadan inişini seyretti. Sanki, kendi oğullarını mektebe getiriyor gibi hissediyorlardı, karı koca. Arabası uzaklaşırken, merdivenin dibinde bekleyen erkeklere elini salladı Olga.

Sergei, karısının ardından, onu özleyecek gibi ve hayranlıkla baktı.

"Bu saatte kimi bulacak lâflamak için, bilmem." dedi gülerek.

Seyit, babası ve Moiseyev, ikinci muhafız kapısından geçtikten sonra ana binanın muhteşem girişine vardılar.

Babasının ve Binbaşı Moiseyev'in, bu mekânın yabancıları olmadığını anlamıştı Seyit. Zira, hiç kimseye sormadan binanın içinde yollarına devam ediyorlardı. Ara sıra karşılarından gelen diğer üniformalı şahıslarla selamlaşarak ciddiyetle yürümeleri Seyit'i etkilemişti. Sanki, son iki gündür, kadehleri birbiri ardı sıra yuvarlayıp, kahkahalarla gülen, şakalar yapan aynı iki adam değildi babası ile Sergei amca. Çizmelerin mermer zemin üzerinde yaptığı yankılardan başka ses duyulmuyordu koca binada. Seyit, neredeyse kendi soluğunun bile başkalarınca duyulacak kadar yüksek olduğunu düşündü, bu sessizliğin içinde. Hiç bir şey konuşmadan geniş merdivenlerden çıktılar. Yine aynı tempoda, uzun bir koridor üzerinde yürüdüler. Neredeyse, koridorun sonuna gelmişlerdi ki, Mehmet, önünde durdukları kapıyı hafifçe vurup içeri girdi. Ardından Moiseyev, elleri Seyit'in omuzlarında, onu da önüne katarak arkadaşını takip etti. Girdikleri geniş odanın, tam kapının karşısına gelen köşesinde, uzun bir masanın arkasında oturan üniformalı, şişman adam, meşgul olduğu kağıtlardan başını kaldırarak girenlere baktı ve aniden bir dostunu gördüğünü belli eden bakışlarla seslendi:

"Eminof!, Moiseyev!, Gelin, gelin içeri."

Yerinden kalkarak onlara doğru yürüdü. Aşağı yukarı Moiseyev'le aynı boydaydı ama daha kiloluydu. Seyit, kendini devler ülkesinde gibi hissetmişti. Şaşkınlık içindeydi. Ne yapacağını, nerede duracağını, ellerini nereye koyacağını bilemiyor, babasının hareketlerini ve bir ihtimâl kendisine verebileceği bir işareti izlemek üzere, bütün gayreti ile, onu takip ediyordu.

"Selam Valeri."

Mehmet, şişman adamın şişman elini, kendi iki avucu arasında hararetle sıktı. Seyit, babasının bu adamla yakın arkadaş olduğunu anlamıştı. Ama belli ki, Sergei amcayla olduğu kadar samimi değillerdi.

Mehmet, oğlunu kendi yanına çekerek arkadaşına tanıştırdı:

"İşte yeni talebeniz, oğlum Seyit Eminof."

"Seyit, Binbaşı Valeri Paustovsky senin gideceğin bölümün başındadır. Benim çok iyi dostumdur. Ama unutma, üniformanı giydikten sonra her hangi bir yeni öğrenci olacaksın. Yani, hiç bir hatan, kusurun iltimas görmez."

Seyit'in heyecandan irileşmiş gözlerine, ne diyeceğini bilmez haline bakan Binbaşı Moiseyev araya girdi:

"Eminim, Seyt'in böyle bir problemi olmayacak. Değil mi Seyt?"

Genç çocuk, bilir bilmez, başını salladı. Burada ne problemleri olabileceğini henüz bilemiyordu ki, ne cevap versindi?

"Aramıza hoş geldin." dedi Binbaşı Paustovski. Belli ki, arkadaşının oğluna nazik davranmak istiyordu ama sesi, ne kadar gayret ederse etsin, kalın, sert ifadesinden sıyrılamıyordu.

"Teşekkür ederim efendim." diye cevapladı Seyit.

"Oturun, oturun, şimdi dolduracağınız formları getirtirim. Hem yazarsınız, hem biraz lâflarız." derken kendisi de duvarla masası arasındaki iskemlesini ittirip, iki eli ile karnını bastırarak, vücudunu makam koltuğuna yerleştirmeğe çalıştı. Sonra, masasının üzerindeki bir zili çalarak arkasına yaslandı. Daha zili masaya yeni bırakmıştı, kapıda beliren asker hazır ol vaziyetinde selam durdu. Çok gençti. Seyit ona dikkatle baktı. Kendisinden kaç yaş büyük olabileceğini düşündü, pek kestiremedi. Bu kıyafetlerle insan o kadar değişiyordu ki. Acaba o da bu asker kadar uzun boylu ve yapılı olacak mıydı?

"Yusupov, ilk sınıf için giriş formlarından istiyorum."

Genç askerin topuklarını çarptırarak selam verip odadan çıkışını, oturduğu iskemleden başını uzatarak merakla izledi Seyit. Biraz sonra Yusupov, kumandanının istediği kağıtları getirip, yine kapının dışındaki görevine dönmüştü. Formların eksiksiz oluşunu kontroldan geçiren Binbaşı Paustovski, kağıtları Mehmet'e uzattıktan sonra, masasının köşesinde bir yer açarak onu davet etti:

"Gel Eminof, çek iskemleni şöyle, rahat rahat yaz."

Mehmet, iskemlesini biraz öne alarak, arkadaşının uzattığı kağıtlarda önce uzun bir bakış gezdirdi, sonra masadaki kalemi hokkasına batırarak, itinalı bir yazı ile, sorulanların cevaplarını yazmağa başladı. O arada, Moiseyev ile Paustovski, kendi aralarında, hafif sesle bir sohbete girmişlerdi. Seyit'i o an babasının yazdıklarından başka hiç bir şey, hiç bir ses, hiç bir konu ilgilendirmiyordu. Aklı, babasının elinin altındaki uzun, baskılı, pırıl pırıl beyaz kağıttaydı. Ama yerinden kalkıp, bakmağa da çekiniyor, gözlerini babasının eline dikmiş, sanki hareketlerinden yazılanları çıkarmağa çalışıyordu.

"İşte, galiba tamam, bir de sen kontrol et Valeri, bir eksik olmasın." dedi Mehmet, son sayfanın altını imzalarken. Hararetli konuşmasını yarım bırakan Binbaşı, formlara yukarıdan aşağıya baktı:

"Her şey tamam Mehmet. Sanırım, buraya kadar gelmişken doktor kontrolunu da halletseniz iyi olur."

"Bütün gerekenleri, mümkün olduğunca, çabuk bitirmek isteriz. Benim artık fazla bir vaktim kalacağını sanmıyorum. Birliğe dönmem lâzım yarın, öbür gün." diye cevapladı Mehmet.

"Dr. Karlof'a bir not yazarım. Sizin sıranızı öne alır."

"Çok büyük iyilik etmiş olursun Valeri."

Moiseyev araya girdi:

"Hani iltimas falan yoktu. Daha ilk günden kendin iltimas istiyorsun."

Güldüler. O sırada, Binbaşı Paustovski çekmecesinden çıkardığı süslü, damgalı kağıtlarından birine birkaç satır yazıp, Mehmet'e uzattı. Bu, Dr. Karlof'a gidecek mektup olmalıydı.

"Benden de çok selam söyle. Epeyidir görüşemiyoruz."

Sonra, otururken çektiği zorlukla o koca gövdesini iskemlesinden kaldırıp, arkadaşlarının yanındaki koltuklardan birine yerleşti. Bacak bacak üzerine attıktan sonra, daha ciddi bir ifade ile konuşmağa devam etti:

"Şu Japon harbi...Kimseye nefes aldırmıyor bu ara."

"Son durum nedir?"

Moiseyev, neredeyse aylardan beri ilk defa, Japon harbinin gidişatı ile ilgileniyordu.

"Parlak olduğu söylenemez.." dedi Paustovski. "Aslında hep bir şeyler kazanıyor zannediyoruz kendimizi, işin fena tarafı da bu."

Uzun müddettir olayların merkezinden ayrı kalmış olan Mehmet, arkadaşının, onun bilmediği bir şeyleri bildiğinden emindi.

"Ne demek istiyorsun Valeri?"

"Moralini bozmak istemem Eminof. Lâf aramızda kalmak şartıyla, şu kadarını söyleyeyim ki; sizin hassa alayının başı Bezobrazov, bu koca harbin başlama sebeplerinden birisi."

"Anlayamadım Valeri, muhafız alayının başı olmakla, böylesine önemli bir kararda söz sahibi olmak arasında ne bağlantı var?"

"Esas bağlantı şu; Bezobrazov ve Plehve, tamamen milliyetçilik idealleri ile, Yalu nehrinin batı kıyısının Rus olması gerektiğini savunuyorlar. Daha doğrusu öyleydi. Biliyorsun, Plehve'yi Temmuz ayında arabası ile beraber havaya uçurdular. Aslında, böyle şeyler her hangi birimizin de başına gelebilir. Zira, şu aralar, sarayda veya Çar'ın çevresinde olmak, insana cephede karşılaşabileceği kadar düşman kazandırıyor. Plehve'nin en büyük sırdaşı ve dostu da Pobedonotsev'du."

"Hâlâ Çar Nicholas'ya danışmanlığı devam ediyor mu?" diye sordu Mehmet.

"Ayrılması için görünürde bir sebep yok ki. Yani Çar'ın gözünde. Onun da en büyük derdi, halkın gözünü, kulağını, aklını savaşla oyalamak. Sokaklardaki sesleri böyle bastırabileceğini ümit ediyor."

"Yulyevich ona karşı epeyi direniyordu ama..."

Mehmet'in bu sözüne, acı bir gülümseme ile cevap verdi Binbaşı:

"Evet, Ağustosa kadar da direndi ve nihayet Maliye Bakanlığını kaybetti. Anlayacağın, Pobedonostsev ile uğraşmamak gerektiğini gösterdiler."

"Yani, onun Plehve ile Bezobrazov'un ideallerini kendi amaçlarına yönelik kullandığını söylüyorsun."

"Tastamam, onu söylüyorum. Benim de söylediklerim duyulursa, her halde yarın Sibirya'da kar küremeğe başlarım."

Arkadaşları, onun sırrını saklayacaklarına dair sözlerle, heyecanını yatıştırdılar.

"Aslında," diye söze girdi Moiseyev, "Bu savaşın uğursuzluğu Petropavlovsk'un batışı ile başladı sanki. Amiral Makarov ile o altı yüz zavallı denizcinin ruhu, bizleri rahat bırakmayacak ."

"Neyse, Kuropatkin daha temkinli. Kendini Japonlar'dan kuvvetli hissedeceği ana kadar oyalama taktiğine girdi."

Binbaşı Paustovski, söylemeğe cesaret edemediği bir şey varmış gibi, arkadaşına doğru baktı. Mehmet, bu durgunluğun ardından ne geleceğini kestirmiş olmalıydı, onu rahatlatacak bir gülüşle konuştu:

"Haydi söyle Valeri, bizim de gitmemiz yakın mı? Bu kadar şeyi bildiğine göre, onu da bilirsin."

"Aslında emin değilim, sadece duyduğum bir ihtimâl. Aşağı yukarı her hafta bir bölük, Yaltu veya Viladivostok'takilere katılmak üzere yola çıkıyor. Neyse, kendin bugün daha sıhhatli bir haber alırsın, her halde."

Seyit, babasının harbe gitmek ihtimâlini, endişe ile, nefesini tutarak dinlerken, onun ne kadar sakin, güler yüzlü olabildiğine şaşmıştı.

Mehmet, ayağa kalkıp elini arkadaşına doğru uzattı.

"Sağ ol Valeri, sanki buradan hiç uzaklaşmamış kadar bilgilendim sayende. Söylemezsin ama, eminim, sen benim ne günü yola çıkacağımı bile biliyorsundur."

Valeri ve Sergei birbirlerine bakarak gülümsediler.

"Yoksa!, yok inanamam Moiseyev, sen de mi biliyordun yoksa? Bunca saat evinde yedik, içtik, bir lâf etmedin, Aşk olsun sana!"

"Keyfimizi kaçırmanın manâsı yoktu Eminof. Nasılsa bugün öğrenecektin."

Mehmet, şakacı tavrıyla, "Sağ olun dostlar, sağ olun!" derken Paustovski ile el sıkışarak vedalaştılar.

"Gitmeden bana uğra Eminof."

Paustovski'nin sesi, sanki, olduğundan daha yumuşak duyuluyordu.

Yine, babası ile Binbaşı Moiseyev'in arasında yürüyen Seyit'in kafası, bu binaya geldiği ankinden daha da karışıktı şimdi. Yalnız başına kalmak, tanımadığı insanlarla yaşamak zorunda oluşu endişeleri, hafif kalmıştı. Babasından her an ayrılmak üzere oluşunu tam kabullenmek üzereydi ki, onun harbe gideceğini öğrenmek, ilâve bir sıkıntı getirmişti yüreğine. Babasının elini tutup, avuçlarının sıcaklığında kendini emniyette hissetmek istedi bir an. Ama, etrafındakilerden utandı. Bir iki hafta sonra, üniforması sırtında, buraya talebe olarak gelecek birinin, babasının elini tutup yürümesinin ayıp olacağını düşündü, vaz geçti.

Okulun önünden bindikleri araba, az sonra onları askeri hastahanenin önüne getirmişti. Yolda, Mehmet ile Sergei, aşağı yukarı biraz evvel konuştuklarının paralelinde mevzularda fikir alış verişinde bulunmağa devam ettiler. Seyit, tanımadığı, anlamadığı bir sürü isimler arasında kendini aptal gibi hissetmekle beraber, bütün gayreti ile, duyduklarını kafasına yerleştirmeğe çalışıyordu.

Gün, uzun bir gündü ve o nispette de yorucu. Sağlık kontrolu için, hastahane koridorlarında, laboratuar aralarında uzun gidiş gelişlerden sonra, Moiseyev, baba, oğul Eminoflar'ı öğle yemeğine davet etti. Çok şık bir lokantada, çok şık hanımlar ve beyler arasında mükellef bir yemek yediler. Aslında, öğle yemeği için oldukça geçti ama geriye dönüş saatleri düşünülecek olursa, bundan sonraki öğün gece yarısına yakın bir saatte yenecekti. Ayrıca, daha terziye uğramak gerekiyordu. Bu da onları en azından bir saat daha geciktirecekti. Lokanta çıkışında, arabalarını, doğrudan, terzinin bulunduğu adrese gönderip kendileri yürümeğe karar verdiler. Kahvaltıdan bu yana geçen uzun saatler hepsini çok acıktırmıştı ve neredeyse ikişer kişilik yemek yemişlerdi. Sıkı bir yürüyüşün, üçüne de iyi geleceği muhakkaktı. Ilık ılık esen rüzgârın eşliğinde, Neva'nın küçük köprülerinden birinden geçerek şehrin bir bir başka mahallesine doğru ilerlediler. Yolda karşılaştıkları genç bir çiftle selamlaştı Moiseyev. Çok mutlu oldukları gözlerinden belliydi. Kol kola girmişlerdi ve genç kadının elinden tuttuğu bir kız çocuğu da onlara eşlik etmekteydi. Altı, yedi yaşlarında olmalıydı. Uzun, sapsarı saçları, elbisesinin mavisi ile aynı renk ipek kurdela ile toplanıp omuzlarından aşağı bırakılmıştı. Genç çift, kibar bir selamdan sonra, yollarına devam etti.

Mehmet ve Moiseyev yürürlerken, Seyit'in geride kaldığını fark etmemişlerdi. Seyit durmuş, annesinin elini sıkı sıkı tutmuş uzaklaşan mavili küçük kıza bakıyordu. Yanından geçerken bir anlık bakışmalarından o kadar etkilenmişti ki, onun yüzünü tekrar görmek arzusu duyuyordu. İlk defa duyduğu bir histi bu. Hiç tanımadığı bu küçük kızı kaybetmek istemiyordu. Onun, yürüdükçe omuzlarından beline doğru salınan sarı saçlarına hayranlıkla baktı. Minik mavili kız, sanki dikkatle seyredildiğinin farkında, başını çevirip geriye döndü ve Seyit'e yarı mahçup, yarı muzip bir bakış attıktan sonra, annesi ile konuşarak yoluna devam etti. Genç çocuk, o kısacık anda şaşkınlığını toparlayıp ona gülümseyemediği için, kendi kendine kızdı. En azından el sallayabilirdi. Birden, babasının sesi onu kendine getirdi.

"Hayrola Seyit, galiba bizimle gelmeğe niyetin yok."

Hemen kendini toparlayıp babasının yanına seğirtti. Yol boyu giderken, hatta daha sonra terzide üniforması için ölçüleri alınırken bile, aklında tek bir şey vardı; mavi elbiseli küçük kız. Acaba aşk dedikleri bu muydu? Acaba onu bir daha görebilecek miydi? Onunla tekrar karşılaşma ihtimâlinin düşüncesi dahi kalbine çarpıntı veriyordu. Evet, muhakkak ki aşk dedikleri bu olmalıydı. Henüz çok küçük olduğunu kabul ediyordu ama nasılsa büyümeyecek miydi? Acaba büyüyünce karşılaştıklarında birbirlerini tanıyabilecekler miydi? Bütün bu düşüncelerle geri kalan zamanın nasıl geçtiğini fark etmemişti bile. Dönüş yolu için tekrar arabalarına bindiklerinde, neredeyse akşam olmak üzereydi. Az sonra, şık caddelerden birindeki şatafatlı evden Olga'yı da almışlardı. Olga, bütün gününü konuşmakla geçirmiş olmasına rağmen, henüz yorulmuşa benzemiyordu. Arabaya yerleşmesiyle beraber, sohbeti o yönlendirmeğe başladı. Uzağında kaldığı bütün haberleri, son noktasına kadar öğrenmek için sabırsızlanıyordu. O arada, yılların tecrübesi ve kadınlığının verdiği kuvvetli önsezi ile, delikanlıda beliren sesiz ve düşünceli, yarı hayâlde hali fark etmişti. Gözlerini arabanın tekerlekleri arasında kayıp giden parke taşlara çevirmiş, dalgın dalgın yolculuk etmekte olan Seyit'i göz ucu ile kocasına gösterip sordu:

"Başka? Başka heyecanlı, esrarengiz bir şeyler oldu mu?

Moiseyev, yumuşak bir gülüşle, karısına, çocuğun üstüne gitmemesi hususunda işaret yaptı.

"Olan bitenin hepsi bu sevgili Olga'm. Biz de sana anlattığımız kadarını biliyoruz."

Büyükler gülüştüler. Seyit onları duymadı bile. Belki de bir daha hiç göremeyeceği, ama bunu düşündüğü kadar da görme arzusunun arttığı küçük kız aklından çıkmıyordu.

O gece, kafası her zamankinden daha da karışıktı. Uzun bir gün geçirmişti. Üstelik, çok hızlı yaşanan bir gündü. Hayatında "ilk" olan bir çok olay yaşamış, bir çok yeni şey öğrenmişti. Burada insanların günlük konuşmalarının, eğlence ve dertlerinin, Aluşta'dakinden biraz daha farklı olduğunu anlamıştı. Babasının, haritada sınırlarını gösterdiği o kocaman Rus Çarlığının, Japonlar'a karşı harbi kaybetmekte olduğunu, Çar'ı hiç sevmeyenlerin olduğunu, açlıktan ölmemek için sokaklarda yürüyüşler yapıldığını öğrenmek, sadece okumak, öğrenmek ve biraz da eğlenmekle geçeceğini sandığı St. Petersburg yıllarının güzel hayâllerini oldukça zedelemişti. O gece, neredeyse, Olga'nın ağzından çeker gibi aldığı bir kaç cümlenin dışında, hiç konuşmadı ve yemekten sonra hemen uyudu. Rüyasında küçük mavili kızı gördü. Büyümüşlerdi ve Seyit ona söğüt ağacının salkım dalları altında çiçek veriyordu.

Sonraki günler de adeta bir rüya gibi geçti. Heyecan, sevinç, tedirginlik ve üzüntünün bir arada yaşandığı rüyalar gibi. Bir haftalık St. Petersburg misafirliğinde, Akademiye resmen kabul edilmiş, çok şık bir üniforması ve gıcır gıcır çizmeleri olmuş, babası ile beraber Çar Nicholas'nın huzuruna çıkmıştı. Çar 2. Nicholas'nın ünvanının, taşıdığı nişanların, madalyaların şatafatı ve ağırlığı ardında ne kadar yumuşak, sakin bir kişiliği olduğunu hissetmişti Seyit ve ondan çok etkilenmişti. O güne kadar hayâlinde canlandırdığı sert, despot, kalın, gürülder sesli Çar'la ilgisi yoktu, tanıştığı adamın. Tam aksine, hem tavırları, hem ses tonu, o kadar yumuşak ve sevecendi ki, sanki hep karşısındakini incitmekten korkar gibiydi. Nicholas, hiç de isteyerek kötülük yapacak biri olamazdı. Seyit, Nicholas'nın sadece kendisine gösterdiği yakın ilgiden etkilendiği için böyle düşünmemişti. Çocuklarından bahsederken gözlerinin parıldaması, konuşurken saksıdaki çiçeğin yapraklarını nazik nazik okşaması, Mehmet'e yakın dostuymuş gibi alçak gönüllülükle hitap etmesi, bütün bu ufak detaylar, Seyit'in ona bağlanmasına yol açmıştı. Koca imparatorluğun tek hakimi bilinen insanın gözlerinde, tedavisi imkânsız bir derdi taşırmışcasına, hüzün okunuyordu. Seyit, onun hakkında konuşulanları düşününce, acımadan edemedi. Ziyaretleri, aşağı yukarı, yarım saat sürdü. Çar'ın huzurundan ayrıldıktan sonra, sohbet ede ede, Nevski meydanından aşağı doğru inmeğe başladılar.

"Hep böyle mutsuz mudur?" diye sordu, Seyit. Babası, onun kimden bahsettiğini anlamıştı.

"Mutsuz olmak için çok sebebi var."

"Mutlu olmak için sebebi yok mu?"

"Eminim vardır. Ama, her halde, diğerleri daha ağır basıyor."

"Ama, Allah baba o kadar çok şey vermiş ki ona, mutlu olması gerekmez mi?"

"Haklısın, Allah bazılarımızı doğuşta diğerlerinden ayrıcalıklı yaratır. Ünvanlar, saraylar, servet, insanı doğduğunda hazır bekleyebilir. Ama bu, o insanın bütün bunlara sahip olup, yönetmeye hazır olduğunu göstermez oğlum. Eğer şartlar hazır değilse de, sahip oldukları, mutluluktan çok hüzün getirir."

"Çar'a da öyle mi oldu?"

"Bunu zaman gösterecek. Ancak, eminim sık sık, Yalta'da bir bağ işçisi olmayı bile istediği anlar oluyordur."

"Sen nereden biliyorsun?"

"Çok sıkıldığı bir gün olmalı. Kendisi söylemişti."

Seyit, koca Çar'ı, kendi bağlarında, üzüm salkımları arasında çalışırken düşünerek gülümsedi.

Az sonra, akşam yemeğinde Moiseyevler'le buluşmak üzere, arabalarına bindiklerinde, kendilerini rahatlatacak daha keyifli mevzulara dalmışlardı.

Seyit, Aluşta'dan ayrıldığından bu yana geçen zaman içerisinde, hayatının çok kısa bir bölümü olmasına rağmen, geride kalan toplam yıllarında olduğundan fazla şey öğrenmişti. Yeni farkına vardığı bir şey daha vardı ki; o da yetişkin insanların hayatlarında, sevinç ve hüzünlerin çok kısa aralıklarla ve çok daha fazla değişkenlik gösterdiği idi. Ve o da, daha on ikisinde olmasına rağmen, bu hızlı değişen his dünyasının içine girmişti bile. Tam bir olayın heyecanlı sevincini yaşarken, onu derin derin düşündüren veya üzen yeni bir şeyler oluyordu.

Yine öylesine keyifli bir şekilde, mektebe yanında götüreceği valizini hazırlayıp, ertesi sabahı iple çektiği bir gündü. Babası, sabahtan, yalnız başına takip edilecek işleri olduğunu söyleyip çıkmıştı. Oldukça geç bir saatte döndüğünde ise, getirdiği haberler evi mateme boğdu. Eminof, ertesi günün ilk treni ile Yaltu'ya hareket edecek birliğe katılmak üzere emir almıştı. Bu da güneş doğmadan evden ayrılması demekti. Seyit, haberi duyduğunda, göz pınarlarında biriken yaşları zor zapt etti. Hem bir daha ne zaman görebileceğini bilemediği babasından ayrılık, hem de bu ayrılığın onun için çok önemli olan bir günde gerçekleşmesine o kadar üzüldü ki, herkesin yanında ağlamaktan korkup, odasına fırladı. Olga, hemen onun ardından, teselli etmek arzusu ile odadan çıkarken, kocası tarafından durduruldu.

"Bırak Olga, bırak ağlasın rahat rahat. Sonra çıkarız yanına."

"Evet," dedi Mehmet, "Biraz ağlayıp içini dökmesinde fayda var. O kadar şeyi üst üste yaşadı ki, ağlamak belki de onu rahatlatır."

"Haklısınız."

Olga, ipek mendili ile kendi göz yaşlarını silerek piyanosunun başına oturdu. Parmakları, hafif dokunuşlarla, piyanonun tuşlarında dolaşmağa başladı.

Biraz sonra, Mehmet, karı, kocayı baş başa bırakarak yukarı kata, oğlunun odasına çıktı. İçeri girdiğinde, onu, formasını, çizmelerini giymiş, yatağının kenarında oturur buldu. Sessiz ve durgundu. Ancak, gözlerinin şişinden, burnunun kırmızılığından, oldukça uzun bir zaman ağladığı belliydi. Mehmet'in kalbi sızladı, oğlunun haline. Daha ne kadar küçük ve ne kadar acizdi. Yarın sabahtan itibaren, hayat mücadelesinde neredeyse yapayalnız kalacaktı. Yavaşça yanına oturdu.

"Ne kadar yakıştı askeri kıyafet sana."

Bir cevap alamadı. Onu zorlamaktan ve yeniden ağlatmaktan çekiniyordu. Ağır, yumuşak bir sesle devam etti:

"Haydi, istersen üzerindekileri çıkar, as da aşağıya yemeğe inelim. Olga yine harika bir sofra hazırlatmış."

Seyit, neredeyse duyulmayan bir sesle, hıçkırarak konuştu:

"Ben aç değilim."

"Aç olmasan da hep beraber oturmamız lâzım sofraya. Biliyorsun bu gece çok özel. Yarın herkes kendi yoluna gidecek. Hem Olga teyzeni bilirsin. O kadar özenerek hazırlanmış ki, sofrada olmazsan çok üzülecektir. Haydi gel, onu kırmayalım şimdi."

"Sen...sen ne zaman gideceksin?"

"Daha oldukça uzun zamanımız var. Aslında hepimizin bu gece erken yatması gerek ama bu defalık şu saat işini unutabiliriz. Sanırım, yemekten sonra şöyle bir iki saat hep beraber sohbet edip, sonra vedalaşırız. Sabah benim çıktığım saatte, sizler daha uyuyor olacaksınız."

"Ben uyuyor olmayacağım... Ben seninle geleceğim."

Mehmet, kolunu oğlunun omuzuna atarak sarıldı. Onu kendine doğru çekip, saçlarının arasına derin bir öpücük kondurdu.

"Bu imkânsız yavrum."

"Neden ama?"

"Neden mi? Çünkü, herkes yanına oğlunu, karısını alıp harbe gitmeğe kalkarsa bu işin sonu gelmez de ondan."

"Ama ben çok iyi ata biniyorum."

"Tabi, sen çok iyi ata biniyorsun. Ancak, harbe katılmak için ata binmekten başka şeyleri de bilmek gerek. Sonra harp hiç de öyle dışardan göründüğü gibi değildir. Harbe gidenlerin çoğu, emir aldığı için döğüşür. Hakikaten ne yaptığını, niye orada olduğunu bilen çok azdır."

"Ben seninle olmak için gelmek istiyorum."

Mehmet, iki eli, ile oğlunun başını tutup kendine doğru çevirdi ve onun gözlerinin içine bakarak konuştu:

"Bak yavrum, senin yerin burası. Burada mektebine gideceksin. Bir gün gerektiğinde, annene ve kardeşlerine sen göz kulak olacaksın. Sana bir öğüdüm daha var; Sakın, sırf sevdiklerinle beraber olmak için, inanmadığın işleri yapma. Yarın sabahtan itibaren, bir çok kararını kendi kendine vermek zorunda kalacaksın. Bu dediğimi hiç unutma. Artık, yetişkin bir erkek olmak yolundasın."

"Hani sünnet olduğum zaman yetişkin erkek olmuştum?"

"Tabi, ama o sadece erkek olmak yolunda bir adımdı. Öyle bir tek olayla olgun erkek olunmaz yavrum. Yaşadığın her gün, karşılaştığın her acı, katlandığın her sıkıntı seni biraz daha yetiştirecektir. Olgunluk dediğin, çok yavaş gelir. Sakın acele etme, her yaşadığından ders almağa bak. Büyüklerinden öğrendiklerini de hep dağarcığının bir yanında tut. Bir gün lâzım olurlar."

Seyit, babası ile ayrılmadan evvel, son defa sohbet ettiklerinin farkında, kendini onun kollarına attı. Sımsıkı sarılıp kaldılar. Delikanlı yine ağlıyordu ama bu defa sessizce. Artık, acılarını bir çocuk gibi göstermemesi gerektiğini hissediyordu. Mehmet de yaşlı gözlerini kapayıp, başını oğlunun yumuşak saçlarına gömdü ve onu ne kadar özleyeceğini düşünerek içi tarifsiz bir çaresizlikle sızladı.

O gece, bütün ev halkı iki üç saatlik bir uykuyla yetindiler. Gecenin geç saatlerine kadar kâh üzüntülü, kâh keyiflenmeğe çalışarak, sohbet ederek oturdular ve her ne kadar Mehmet kimseyi rahatsız etmeden sabaha karşı evden çıkmayı plânladıysa da, buna muvaffak olamadı. Olga, bütün hizmetkârların uyanmalarını tembihlediği gibi, kendilerinin de uyandırılmalarını istemişti. Akşam sofrasının toplanmasından az bir zaman sonra tekrar çay sofrası hazırlanmıştı. Mehmet aşağıya indiğinde, gaz lâmbalarının pırıl pırıl aydınlattığı yemek salonunda, Olga ve Sergei'nin kendini beklediklerini hayretle gördü.

"Ne işiniz var bu saatte ayakta Allah aşkına?"

"Esas sana aşk olsun sevgili Eminof. Senin gibi dostumuzu harbe uğurlarken bir çay da mı ikram etmeyecektik."

"Sağ ol Olga, ama inan bu zahmete gerek yoktu. Uykusuz kaldınız."

"Uyumak için bütün günler bizim sevgili dostum, sen bizi düşünme."

Olga, en yumuşak, tatlı sesiyle konuşurken, bu çok sevdikleri dost için ne kadar endişelendiği açıkça belli oluyordu. Mehmet'i rahatlatması gereken başka bir mevzu olduğunu da o an hatırlamış gibi, birden, konuyu Seyit'e getirdi:

"Seyt için endişelenme sakın. Sabah onu biz götürürüz mektebe. Ondan sonra da gözümüz hep üzerinde olacak. Onu kendi evladımız gibi sevdik ve öyle de kollayacağız."

"Evet," dedi kocası hararetle, "Seyt'ten yana derdin olmasın. Senin yerini tutamam ama yokluğunu hissettirmemek için elimden geleni yapacağım. Ayrıca Zayde'ye de haber verir ve ihtiyaçları olursa elimizden geleni yaparız. Gönlünü rahat tut."

"Ben uzun bir mektup yazdım. Size bırakacağım, postalarsanız sevinirim. Ona da kötü bir şok olacak. Buna hazırlıklı değildi. Keşke onları da bir kez daha görebilseydim."

"Günaydın!"

Başlarını sesin geldiği yöne çevirince, kapıda üniformasını giymiş duran Seyit'i gördüler. Sanki dünden bu yana yüz hatları sertleşmiş, ifadesine bir kaç yaş daha büyük bir hava gelmişti.

"Gel Seyt, gel canım, günaydın!"

Olga, en neşeli sesiyle onu sofraya davet ederken, karşısında dün ağlamak üzere odadan kaçan çocuğun durduğuna inanamıyordu. Ama, onun mağrur ve sert bir ifade ile maskelenmiş gözlerinin ilk yalnız kaldığı anda yine ağlayacağından emindi.

Oldukça üzüntülü ve kısa süren bir kahvaltı beraberliğinden

sonra, iş vedalaşmağa geldiğinde, hepsi kapının önünde ne söyleyeceklerini bilmeden durdular bir müddet. Sessizliği bozan Mehmet oldu. Sıra ile arkadaşlarını öptükten sonra, valizinin yanında, emir bekleyen bir asker gibi, dimdik duran oğluna döndü. Ona kollarını açtı ve anında tek vücut sarıldılar. Sergei yutkunarak, Olga ise yine mendili ile göz yaşlarını silerek onları seyrediyorlardı. Öylece, sessiz sarılıp kalmışlardı. Sanki, o anı durdurmak ve beraberliklerini son zerresine kadar içlerine sindirmek istiyorlardı. Seyit, babasının kollarında onun bir minyatürü gibi duruyordu. Mehmet, oğlundan istemeye istemeye ayrılırken onu alnından öptü ve göz göze geldiklerinde artık "Hoşçakal"dan başka söylenecek bir şey kalmadığının farkındaydılar.

"Mümkün olan ilk fırsatta yazacağım sana. Kendine iyi bak, iyi bir talebe ol. Konuştuklarımızı sık sık hatırla. Tanrı'ya emanet ol oğlum."

Seyit'in kısık sesi zor duyuluyordu:

"Sen de baba..."

Daha fazla konuşamadı. Zaten, babası da onun daha fazla bir şeyler söylemesini beklemiyordu. Bu hüzünlü anı uzatmanın manâsı yoktu. Açılan kapıdan çıktılar ve Eminof kendisini bekleyen arabaya bindi. Arabacı, atların başını istasyon istikametine çevirdikten sonra, son süratle uzaklaştılar. Eller sallandı, herkes bir diğerine göstermeden yanaklarındaki yaşları sildi.

St. Petersburg, daha aydınlanmamış sabahın nemli ve serin saatlerinde, sonbahar kokmağa başlamıştı. Seyit, birden, kendini kalabalık ailesinden, babasının şefkâtinden, arkadaşlığından, son günlerde geçirdiği kahkaha dolu yeni hayatından, her şeyden çok uzak hissetti. Hatta düne kadar sıcaklığı, güneşi ile onun keyfine katılan yaz bile sanki çok gerilerde kalmıştı artık. Her şey ne kadar çabuk değişmişti. Her yanını saran yalnızlık hissi onu iliklerine kadar titretirken, babasının Tsarskeyo Selo'dan ayrılırken söyledikleri zihninde yankılandı:

"Sen kardeşinden daha çabuk büyümek zorundasın, zira, on iki yaşında yalnız kalacaksın." derken, belki de bu anı kastetmişti babası. Belki değil, muhakkaktı. Şu an tek bildiği, kendini hiç bu kadar yalnız hissetmediğiydi. Ancak, henüz bilmediği bir şey vardı, o da "yalnızlık" duygusunun, hayatının daha sonraki yıllarında da onu esaretinde tutacağı gerçeğiydi.

1904 Noeli
St. Petersburg

1904 Aralığında, St.Petersburg yine alışık olduğu o soğuk, karlı kışlarından birinin ortasındaydı. Noel'e bir hafta kala, karlar altındaki şehir, adeta bir masal şehri görünümündeydi. Özellikle, ana caddelerde ve şehrin kalbur üstü mahallelerinde, lüks mağaza ve restoran girişlerinde, gelen bayramın coşkusunu zenginlerin daha fazla yaşadığını gösteren farklılıklar vardı. Troykalar, arabalar, kar üzerinde kayıp giderken, atların nalları altında kalan tok kar sesleri, çıngıraklar, ziller, her şey, yavaş yavaş yanmağa başlayan lâmbaların ışığında harika görünüyordu. Mağazaların önlerinde veya caddelerin ara sokaklara doğru daralmağa başladığı köşelerde, teneke kutuların içinde yanan odun ateşlerinin havaya dağılan sıcaklığında ısınmaya çalışan sokak çalgıcıları yerleşmişti. Kimi akordionu, kimi balalaykası veya kemanı ile, bastıran St. Petersburg gecesinin sihirine uyan nağmelerle, gelen geçenin bırakabileceği bir kaç kopik veya şanslılarsa rublenin hayâli ile, göz kapakları yarı kapalı, kendilerinden geçmiş çalıyorlardı.

Caddenin köşesinde duran arabadan, elinde küçük bir valizle inen genç çocuk, paltosunun yakalarını biraz daha kaldırdıktan sonra, çevresini seyrederek ağır ağır yürümeğe başladı. Bütün bu sesler ve renkler onu büyülemişe benziyordu. Henüz Moiseyevler'in evine varmamış olmasına rağmen, arabadan inmesinin sebebi de, sokaklardaki bu renkli hayatı yakından hissetmek istemesiydi zaten. Noel süsleri ile doldurulmuş bir antikacı ile onun yanında müzik eşyaları satan bir dükkânın camına yanaşıp içerisini dikkatle seyretti. Oldukça pahalı yerler olmalıydılar. İçerideki müşterilerin kılıkları ve satıcıların onlara karşı takındıkları tavırlar, bunu açıkça gösteriyordu. Sonra, hiç bir şey almayacağı bir mağazayı bu kadar dikkatli seyrediyor olmaktan utandı ve oradan ayrıldı. Az ötede, bir genç adam, balalaykası ile yanık bir Rus halk şarkısı çalarken, ona ancak kardeşi olabilecek kadar benzeyen bir genç kız da aynı yanıklıkta sesiyle eşlik ediyordu. Çiçekli şalı ile, saçlarının neredeyse tamamını örtmüş olan genç kızın yüzü, yaktıkları ateşin ardında bembeyaz, mumdan dökülmüş gibi duruyordu. Gözlerinde ise, ateşin gölgeleri ile yaşlar arasında gidip gelen pırıltılar vardı. Seyit, onun ağlamak üzere olup olmadığının merakı ve endişesi ile, uzun müddet seyretti. Bu genç kız ve şarkısı onun uzun zamandır unutmak için kendini zorladığı yalnızlığını yeniden canlandırmıştı. Ancak, şarkı bitip, çevreden bir kaç kişinin alkışlarını ve bahşişlerini alınca, şarkıcı kızın yüzünü öyle tatlı bir gülümseme sardı ki, Seyit bir dakika evvelki hüznünden kurtuluverdi. Cebinden çıkardığı bozuk paralardan bir kısmını, ateşin yanındaki kutuya bıraktı ve daha fazla gecikmemesi gerektiğini düşünerek, hızlı adımlarla Moiseyevler'in evine yöneldi.

Akademiye başladığından bu yana, Seyit'in ikinci çıkışıydı. Aslında hafta sonlarında izni vardı ama hiç alışık olmadığı bu ortama ayak uydurmak ve kendisi için çok yeni olan ders konularına intibak edebilmek için, kendisi okulda kalmayı tercih etmişti. Ayrıca, babasının ricası üzerine, Binbaşı Paustovski ek bazı dersler verilmek üzere, ona özel öğretmenler de ayarlamıştı. Dolayısıyla, hafta sonları klâsik Rus edebiyatı, Fransızca, Almanca gibi, henüz mektep programında pek fazla yer almayan konuları öğrenmekle geçiyordu. Ana dili Rusça olan çocukların arasında başarılı olmak için, herkesten fazla çalışması ve daha önce öğrenmesi gerektiğini anlamıştı. Oldukça yorucu bir programı vardı ama bundan bir şikâyeti yoktu. Sınıfında kendini göstermişti. Spor derslerinde, özellikle ata binişindeki maharet, ona ek puan getiriyordu. Çalışmak, öğrenmek ve imtihan vermek dışında neredeyse bir hayatı yoktu. Tabi bu aynı zamanda, evine, annesine, kardeşlerine ve babasına duyduğu derin özlemi yaşamak için de az zamanının olması demekti. Boş kaldığı an, tedavisi imkânsız bir hastalık gibi kendini saracak olan yalnızlık duygusunun korkusundan, yorgunluktan gözleri kapanana kadar kendini kitapların sayfaları arasına hapsediyordu. Moiseyevler, onu, çocukları gibi, her fırsatta, kanatları altına almak istemelerine rağmen, genç çocuğun azmi, başarısı ve inatla okulda kalma isteğine karşı sessiz durmayı tercih etmişlerdi.

Eminof, gittiğinden bu yana, kendisinden henüz bir haber alınamamıştı. Zaten, gidenlerden haber beklemek yerine, yeni gidenlerden birini bulup, ulaşması zayıf bir ihtimâl de olsa, cephedekilere bir kaç satır sevgi ve özlem sözcüğü göndermek daha makul geliyordu, çok askerin ailesine. Seyit, kendisini uyanık olduğunda ne kadar meşgul ederse etsin, rüyalarının akışına hakim olamıyordu. Babası için duyduğu özlem, Aluşta'daki ailesine duyduğundan çok farklıydı. Annesi ve kardeşleri emin yerde, kendi evlerinde ve hep beraberlerdi. Ama, babasının nerede, ne şartlarda olduğunu, hatta yaşayıp yaşamadığını dahi bilmiyordu. Onun geri dönememe ihtimâlini düşündükçe, kâbuslarına kâbus ilâve oluyordu. Onun sevgisini, dostluğunu, öğütlerini özlemişti. Okuldan çıkıp, ev ortamına girdiği vakit, bu eksikliği daha şiddetli hissedeceğini ve kendisi ile beraber etrafındakileri de mutsuz edeceğini biliyordu. Onun için, Moiseyevler'le beraber olmayı da, mümkün olduğunca, geciktirmişti. Fakat, hiç kimsenin yalnız başına kalmaması gerektiği bir zamanı gelmişti yılın. Okul tamamen boşalıyordu ve herkes aileleri ile beraber olmak üzere, Noel tatili için izinliydi. Seyit için Noel, bugüne kadar bildiği bir şey değildi. O bir Müslüman çocuğuydu ve Kırım'da böylesine bir bayram kutlanmazdı. Ancak, kendi dini ne olursa olsun, Noel'i kutlayan insanlar arasında yaşıyordu ve şu an sahip olduğu en iyi dostlar da onu Noel tatili için evlerine çağırmışlardı. Olga teyze ve Sergei amcayı kırmak istemiyordu. Bu özel tatilin tadını çıkarmağa bakacaktı. Onları, kendisini çağırdıklarına pişman etmemeliydi. Ve işte, aylardan beri ilk defa, onların kapısının eşiğinde, çizmelerindeki karları silkeleyerek kapının açılmasını bekliyordu.

Olga ve Sergei, ancak kendi öz çocuklarını karşılarında görseler bu kadar mutlu olabilirlerdi. Onu sevgi ve hasretle karşıladılar. Evin girişindeki büyük antrede, merdivenlerin çıkışına yerleştirilmiş dev çam ve büyük salonun uzun uğraşlarla süslendiği belliydi. Salondan yukarı kata çıkan merdivenlerin trabzanları, kocaman kırmızı saten kurdelalar ve çiçeklerle donatılmıştı. Hizmetkârların telaşla sağa sola koşuşmalarından, evde büyük bir olaya hazırlık yapıldığı anlaşılıyordu. Seyit'i, küçük bir çocukmuş gibi, iki yanından sarıp salona getiren Moiseyevler'in memnuniyeti yüzlerinden okunuyordu.

"Ah! Seyt, geldiğin için ne kadar mesuduz anlatamam," dedi

Olga, "Böyle bir zamanda insan yalnız kalmamalı. Hem, sana söz veriyorum, çok eğleneceksin. Senin yaşında bir kaç genç de gelecek."

Sonra, ona hafif göz kırparak devam etti:

"Bir kaç da güzel genç kız var aralarında. Evet, evet, ben eminim, çok eğleneceksin. Gel şimdi, otur biraz, anlat bize bakalım okul nasıl gidiyor, sınıfında kimler var? Öğretmenlerin kimler?... Gerçi Sergei amcan devamlı haberler getiriyor mektebinden, ama ben senin ağzından duymak istiyorum hayatını."

Seyit, Sergei Moiseyev'e doğru bakışlarını çevirdiğinde, onun, neredeyse unuttuğu, o muzip bakışları ile karşılaştı ve bu iyi adama sevgiyle gülümsedi. Demek, sevgili Sergei amca, hiç sezdirmeden, onun hayatını yakından takip ediyordu. Kendini, birden, kendi evinde gibi, son derece rahat, emniyette hissetti. Bu evde seviliyor, isteniyor olduğunu bilmesi büyük mutluluktu ve o da bu candan insanları çok sevdiğinden emindi. Bütün durgunluğunu, çekingenliğini, adeta ceketini çıkarır gibi, soyup attı üzerinden ve anlatmağa başladı. Binbaşı Moiseyev'in kendisini okula teslim ettiği sabahtan başlayarak, son güne kadar başından geçenleri, karşılaştığı insanları ve olayları tek tek anlattı. Zaten, hiç bir şeyi atlamasına imkân yoktu. Olga hem dikkatle dinliyor, bir yandan da unuttuğu bir şey kalmamasını sağlamak için, sorularla onu yönlendiriyordu. Akşam yemeğinden sonra uzayıp giden sohbet sırasında Seyit, bu evde babası kadar mühim bir yeri olduğunu hissettiğinde, Moiseyevler de karşılarındaki delikanlının, bir çok yetişkinin sahip olmadığı olgunluğunu ve kararlılığını hayretle ve sevinerek izlediler.

Sergei, o akşam, Seyit'i çok mutlu edecek bir haber verdi. Mehmet, cepheden dönen müşterek bir arkadaşları vasıtası ile gönderdiği zarfa, Moiseyevler'e, Seyit'e ve Zahide'ye ulaştırılmak üzere üç mektup koymuştu. Seyit, kendisine teslim edilen mektubu, babasını kucaklar gibi, sıkı avuçlayarak tekrar tekrar okudu. Sevinçten gözleri parlıyordu. Mektup çok uzun değildi. Eminof, sürekli yer değiştirdiklerini, harbin bütün şiddeti ile devam ettiğini ve ne zaman döneceğini bilemediğini, ancak sıhhat ve afiyette olduğunu, onu çok özlediğini, mektuplarından birini alıp, başarılarından çok memnun ve bahtiyar olduğunu yazıyordu. Sonunda da, "Sana güveniyorum oğlum." sözlerine sevgilerini ilâve ederek mektubunu bitirmişti. Seyit, kağıtta sanki anlaşılması çok zor bir şeyler varmış gibi, uzun uzun, babasının el yazısını seyretti, tekrar baştan okudu. Adeta, babası ile hasret gideriyordu. O gece, uzun zamandır en güzel uykusunu uyudu.

İki akşam sonra Moiseyevler'in evi, Noel partisi için gelen ziyaretçilerle doldu taştı. St. Petersburg'un bütün kalbur üstü şahısları oradaydı. Aynı gece bir çok yerde davetler verilmesine rağmen, Olga'nın becerikliliği sayesinde, en muvaffak olan parti Moiseyevler'inki olurdu hep. Bu, yıllardır değişmeyen bir durumdu. Zira, Olga, çok şeyde olduğu gibi, davet vermekte de bütün hünerini kullanır, davetli listelerinde asiller olduğu kadar isim yapmış sanatçıları da ağırlıkta tutardı. Böylece zenginlik, güzellik, ünvan ve yetenek sahipleri bir araya gelirler, aynı dengeyi başka bir yerde de kolay kolay bulamayacaklarından, eğlenmek için seçmek zorunda kalırlarsa daima bu adresi seçerlerdi. Olga, ayrıca, her Noel'de, bir sonraki yılın davetini ilân eder, gelmesini özellikle istediği kişilerin de kendisine söz vermesini sağlardı. Dolayısıyla, çok kişinin davetiye postaladığı haftalarda, Moiseyevler, çoktan, partilerinin kaç kişiyi ağırlayacağını ve neler ikram edeceklerini programlamış olurlardı.

O gece Seyit, ismini, ünvanını hatırlayamadığı kadar çok insanla tanıştı. Sergei veya Olga, onu misafirleri ile tanıştırırken, Eminof'un oğlu olduğunu söylediklerinde, aldığı cevaplardan Seyit, bir çoğunun babasını tanıdığını anladı. Kızıl saçlı, son derece işveli bir hanım misafir de, babasının adını duyduktan sonra, Seyit'le öylesine ilgilendi ki, genç çocuk hiç alışık olmadığı bu tarz yakınlık karşısında ürktü ve izini kalabalığın içinde kaybettirmeğe çalıştı. Misafirlerin arasında özür dileyerek kendine yol açıp, bir an evvel kızıl saçlı şuhun görüş alanından uzaklaşmağa çalışırken, karşısına çıkan kendi yaşlarında bir delikanlının sorusu üzerine, durmak zorunda kaldı.

"İyi akşamlar! Sen Binbaşının misafiri olan çocuk olmalısın, "Kurt Seyt" dedikleri..."

Seyit, ismini lâkabıyla bilen çocuğa, tekrar, dikkatle baktı. Daha evvel tanışmış olabileceği düşüncesiyle hafızasını zorladı. Hayır, onu hiç görmemişti şimdiye kadar. Aşağı yukarı aynı boydaydılar. Sarıya kaçan açık kumral saçları arasında, güneşten sararmış daha açık teller vardı. Kısa saç traşı, Seyit'in traşını andırıyordu. Karşısındakine emniyet veren açık bir alından sonra birbirine oldukça yakın uçuk mavi gözleri de bu emniyetin tam aksi bir ifade telkin ediyordu. Seyit, bu kısacık anlık süzüşten sonra, konuşmağa hazırlanıyordu ki, çocuk devam etti:

"Ben de Petro Borinsky. Aynı mektepteyiz."

Seyit onun cana yakın tavrından etkilenmişti.

"Memnun oldum Petro."

Elini uzattı. İki çocuk, candan bir ifade ile, el sıkıştılar.

"Bir yere mi gidiyordun, kaçar gibi?"

Seyit, oradan neden süratle uzaklaştığını yeni arkadaşına hiç söylemeğe niyetli değildi. Ancak, Petro'dan gizli bir şeyler olmadığı da meydandaydı.

"Benden saklayamazsın."

Petro, göz kırparak, pistte kendinden oldukça genç bir delikanlının kollarında dans etmekte olan kızıl saçlı kadını işaret etti.

"Yoksa Svetlana Nicholaevna'dan mı kurtulmağa uğraşıyordun?"

Seyit, birden, yaşdaşından utandığını hissetti. O anladıysa, herkes görmüş, anlamış demekti.

"Şey,... ben..."

"Haydi, haydi utanma. Deminden beri, Sergei amcanın talimatı üzerine, senin yanına gelip kendimi tanıştırmağa çalışıyordum, ama kadın seni bırakmadı ki."

"Yanıma gelseydin de, beni kurtarsaydın ya." dedi Seyit.

Petro, dostça, onun koluna girdi. Sonra, etraftan dinleyen olup olmadığını kontrol ederek, sağa sola bakındıktan sonra eğilerek kulağına fısıldadı:

"Ben ona bir kere yakalandım, yeter."

İkisi birden gülmeğe başladılar. Daha sonra, aralarında, kendilerini dans salonunda tutabilecek çekicilikte genç kız olmadığına karar verip, nispeten sakin olan piyanolu oturma odasına geçtiler.

"Bana Kurt Seyit denildiğini kim söyledi?" diye sordu Seyit merakla, "Sergei amca bile öyle hitap etmez bana."

"Binbaşı Paustovski benim dayım olur. Seni epeyi dinledim ondan. Babanla da çok iyi arkadaşmışlar, anladığım kadarı ile. Ben Moskova'daki mektepten yeni geldim. Dayım buraya transferimi yaptırdı. Sanırım, aynı sınıfta olma ihtimâlimiz var."

"Keşke aynı sınıfta olsak, çok sevinirim."

"Ama, sen çok uslu bir talebeymişsin, ben öyle değilim."

"Olsun, yine de iyi anlaşacağımızı zannediyorum."

"Çok iyi ata bindiğini söylüyor dayım."

"Eh, fena sayılmaz."

"Fena sayılmaz mı? En iyi derecelerin sende olduğunu duydum."

"Daha çok başındayız. Kimin beni geçeceği belli olmaz."

"Neyse, seni geçecek biri varsa bile, emin ol, o ben olmayacağım."

Tekrar gülmeğe başladılar. Birbirlerine kanları ısınmıştı, iki delikanlının. Bütün geceyi sohbetle geçirdiler. Bir diğerinden öğrenecek çok şeyleri olduğuna karar verdiler. Seyit, binicilikte ve Fransızca'da Petro'ya yardım edecek, Petro ise St. Petersburg'un aile evleri dışındaki küçük, kaçamak eğlencelerini, derslerden bunalınca nasıl dinlenileceğini ona öğretecekti. İkisi de yapacakları alış verişin keyifli düşüncesi ile, anlaşarak ayrıldılar.

1905'e bir kaç gün kala, Seyit, ailesinden çok uzaklardaydı. Özlemle doluydu. Yine de, bir gün evvelinden çok farklı hissediyordu kendini. Babasından ayrıldığından bu yana, ondan ilk haberini almıştı, ilk Noelini yaşamış, beraber çok şey paylaşacakları yeni bir arkadaş edinmişti. Babasının ne zaman eline geçeceğini bilmiyordu ama o gecenin neredeyse sabaha karşı ilerleyen saatlerinde oturup bir mektup yazdı. Babasının gönderdiği mektubun tarihi üç ay evvelinindi. Aynı hesapla, cepheye giden mektup da Eminof'u olduğu yerde bulursa, baharda oğlunun mektubunu almış olurdu. Seyit, mektubu yazarken, bir şey fark etti. Her satırda, sanki, babası karşısındaymış, onu dinliyormuş gibi hissediyordu. Belki aylar sonra okunacak, belki hiç alınmayacak bir mektup dahi olsa, özlenen insanı öylesine yakına getiriyordu ki, Seyit bundan sonra her hafta yazmağa karar verdi.

1905 Yılı, Moiseyev ve onların dengi yaşamları olan Ruslar'ın evlerinde, oldukça renkli ve eğlenceli karşılamalarla kutlanırken, St.Petersburg'un arka mahallelerinde başka hazırlıklar yapılmaktaydı. Aslında, son bir yıldır devam eden ufak kaynamalar bu hazırlıkların temelini teşkil etmekteydi. Halkı, uzun zamandır bekledikleri reform ve yenilik fikirlerinden uzaklaştırmak amacı ile, savaşı bütün gücüyle teşvik eden ve hayâli galibiyet haberleri ile uyuşturmağa çalışan Pilehve, 1904 Temmuzunda arabası ile beraber havaya uçurulmuştu. Ancak Pilehve'nin ölümü ve hatta yerine, Çar'ın, çoğunluğun onayladığı Prens Svyatopolk Mirsky'i ataması bile, huzursuzluğu bitirmemişti. İstenen haklarla ilgili beklenen cevap, nihayet, Çar Nicholas tarafından, Aralık ayında, sadece gayet genel olarak verilmiş sözler şeklinde ortaya konulunca, aslında tarihi daha yıllar sonraya işlenmiş olan ihtilalin tohumları atılmıştı bile.

Noel süsleri henüz toplanmıştı ki, St. Petersburg bundan sonra sık sık tekrarlanacak büyük ve kanlı yürüyüşlerinden birini yaşadı. Rahip Georgy Gapon'un başında yürüdüğü binlerce kişilik işçi ordusu, ellerinde haçlar, ikonlarla, ilâhiler söyleyerek Çar'ın kışlık sarayına geldiler. Bütün arzuları, daima o veya bu rütbedeki birinin aracılığı ile haberleştikleri Çar'ları ile yüz yüze görüşmekti. Fakat Çar Nicholas orada değildi. Muhafızlar, gittikçe sesleri yükselen ve demir bir çember gibi sarayı sarmağa başlayan kalabalığın, daha ileriye gitmesinden korkarak, savunmasız kalabalığın üzerine ateş açtılar. Ön saflardakinin cansız yere yığılması, ardlarındaki korkunç kalabalığa bir müddet tesir etmedi. Aynı azimle, ellerindeki ikonları göğe kaldırıp, haykırarak muhafızlara karşı koymağa çalıştılar. Ancak, silahlı ve atlı askerler karşısında, ikonların ve ilâhilerin çaresizliğini anladıklarında, dağılmağa başladılar. Grubun arkasında ve sokaklara yakın kısımlarında yürüyenler, çil yavrusu gibi dağılmağa başladıklarında, önlerde olanlar için kurtuluş artık çok geç ve ümitsizdi. Silah sesleri, at kişnemeleri, çığlıklar ortalığı sarmış, masum yürüyüş, kanlı yürüyüşe dönüşmüştü. Bir kaç saat sonra, kışlık sarayın önü boşaldığında, silahlara hedef olanlar, kaçarken devrilip arkadaşlarının ayakları altında ezilenler, atların ayakları altında kalanlar, ve cansız gövdelerin geride bıraktıkları kan gölü, St. Petersburg'un bembeyaz karları üzerinde, bir günah yığını gibi yayılıp kalmıştı.

Bin kişinin can verdiği bu korkunç günden sonra, Prens

Minsky istifa etti. Hem Bulyghin'e duyulan nefret, hem Çar'ın uygulamalarına protesto olarak verilen cevap, bir cinayetti. Grand Dük Sergius, Kremlin'de bombalanarak öldürüldü. Katil, Ivan Kalyayev adlı bir devrimciydi.

Başkentin böylesine kaynamağa ve huzursuzluğun her gün biraz daha yükselmeğe başladığı günlerde, Seyit'in, babasına, devamlı yazdığı mektuplar büyük bir zarfın içinde birike dursun, baba Eminof, St. Petersburg'dan kilometrelerle uzakta, kar fırtınası altında, Japonlar'la mücadele eden binlerle Rus üniformalısından biriydi. O tarihlerde, hâlâ her ay, otuz bin asker, yedek olarak, trenlerle Mukden'e gönderiliyordu. Kuropatkin, yeniden düzenlediği üç yüz bin kişilik ordusunu, üç bölüme ayırıp, generalleri Linievich, Grippenberg ve Kaulbars komutasında saldırıya geçmek üzere hazırlamıştı. Bunlardan Grippenberg komutasındaki ordu, yedi birlikten oluşuyordu ve o anda sadece iki Japon birliğinin savunduğu Sandepu (Heikoutai)'ya saldırdı. Eminof, komutasındaki askerleri ile bu birliğin içindeydi. İki gün boyunca, hem kar fırtınası, hem Japonlar ile verdikleri mücadele, savaşın neredeyse en başından beri Ruslar'ın sağlamış olduğu en mühim galibiyetti. Ancak, Kuropatkin, derhal bir karşı saldırı hazırlanacağından emin, telefatı önlemek istediğinden saldırıyı durdurdu.

Ardından, Ruslar'ın Mukden ve Tsushima'da yaşadıkları hezimetlere rağmen, harp, Mayıs, Haziran derken Temmuz ayına kadar uzadı. Kore içlerinden geçen Japon öncüler, Viladivostok'a doğru ilerlemeğe başladılar. O arada Sakhalin'i ele geçirmişlerdi. St. Petersburg'da son güne kadar savaşa devam edileceği ve kazanılacağı görüşü ileri sürülmesine rağmen, yenilgiler ve geri çekilme haberleri, hazırlığı yapılmakta olan ihtilâlin sebeplerine destek teşkil ediyordu. Ağustos ayında başlatılan barış görüşmeleri, bu işi Japonlar'ın galip kapadıklarını gösterir nitelikteydi.

Son bir senedir, pırıl pırıl çizmelerini gıcırdatarak yürüyen, barış hayâlleri ve gurur dolu askerleri götüren trenler, şimdi yorgun, yaralı, soğuktan, iyi beslenememekten zayıf düşmüş, henüz yaşayıp yaşamadığından emin olamayan bedbin bakışlı askerleri geri taşıyordu. Bunlar, geriye dönebilecek kadar şanslı olanlardı.

Bütün bu zaman zarfında, St. Petersburg'dakiler savaşın uzaktan dedikodularından başka bir yönünü yaşamamışlardı. Ancak, yakınları cephede olanlar merak ve endişe içindeydiler. Onlar da aksi bir haber gelmediği takdirde, sevdiklerinin iyi olduğunu ve bir gün nasılsa döneceğini düşünerek rahatlamağa çalışıyorlardı.

Seyit, babasına gönderdiği mektupların eline geçip geçmediğini bilemiyordu. Sandepu muharebesine gitmeden önce Mehmet'in yazdığı iki üç satırlık haberi ise, harbin bitmesine az kala oğlunun eline ulaşmıştı. Seyit, askerler dönmeğe başladığından beri, her hafta sonu istasyona gidip, babasını görebilmek ümidi ile bekliyordu. Genellikle, istasyon, kendisi gibi haber alamadıkları yakınlarını boş yere bekleyip, ağlayarak geri dönenlerle dolu oluyordu. Bazen de kadınlar, kocalarına benzettikleri bir erkeğe doğru koşup, sonra yanıldıklarını anlayınca çöküp kalıyorlar, kimi yine azimle sevdiğinin ismini haykırarak, üniformalı, yaralı, sakat insan yığınının arasında koşuşturup duruyordu. Seyit, peron boşalana kadar bekliyor, sonra başı önünde çıkıyordu.

Ağustos sonu gelmişti. Genç Eminof, içindeki büyük huzursuzluğa rağmen, son imtihanlarını da başarıyla vermiş, ikinci sınıfa devama hak kazanmıştı. Notları o kadar iyiydi ki, Binbaşı Paustovski kendisini yanına çağırtıp, tebrik etmişti. Babasından hiç bir haber alınamıyor olmasının, etrafındaki insanları ona karşı daha anlayışlı ve yufka yürekli yaptığının farkında olduğundan, özel yakınlıkların onu şımartmasına izin vermiyordu.

Cepheden gelecek olanın son tren olduğunu duymuştu, etrafta konuşanlardan. Babası, artık, muhakkak çıkmalıydı ortaya. Yoksa, aylardır yeşil tuttuğu umut filizleri solacaktı. Bunu düşünmek bile istemiyordu. Ama, onun korkuları gerçeği değiştirmedi ve yine sonunda peronun üzerinde yalnız kaldı. Hava kararmıştı. Babasından ayrıldıkları sabah nasıl olduysa, aynen, içini bir titreme sardı. Ateşli bir hastalık geçiriyormuş gibi titredi. "Bu haksızlık", diye düşündü. Bir senedir yalnızlığa katlanabilmesinin bir tek ilacı vardı. O da, nasılsa, sonunda babasının ona geri döneceğini düşünmesiydi. Ya şimdi? Babası yoktu işte. Dönen dönmüştü. Sadece ölüler kalmıştı geride. Aylardır kendini aldatmıştı demek ki. Ayaklarının dibindeki minik valizini eline aldı. Hıncını ondan çıkarmak isteğiyle avuçlarını sıktı ve gözünde yaşla çıkışa doğru yürüdü. Artık burada kalmak istemiyordu.

Moiseyevler'in evine dönmek de istemiyordu. Herkesten, her şeyden kaçmak, yalnız kalmak ve yine çocukluğunda yaptığı gibi ağlamak istiyordu. Bir erkek ne kadar büyüse, babasının ölümüne ağlamağa hakkı olmalıydı. Dışarıda bekleyen son arabaya atladı ve kısık, titrek bir sesle, "Tsarskeyo Selo" dedi. Kendi evine, babasıyla onun olan eve gitmek istiyordu. Evlerine gidecek, bütün odalarını dolaşacak, babası ve babasıyla paylaşamadıkları hayâlleri için ağlayacaktı. Yol boyu, geçmişi düşündü. Aluşta'da minicik bir çocukken, babasının onu ilk defa atının terkisinde nasıl dolaştırdığını, sonra tayın üzerine oturtup ilk binicilik dersini verdiğini, her yoldan gelişinde nasıl hasretle kucaklaştıklarını, Mahmut'la sünnet düğünlerini, Çar'ın hediyesini heyecanla beraber açışlarını, St. Petersbug'a yolculukları ve sonraki günler, teker teker, gözlerinin önünden geçti. Arabanın durması ile, kendine geldiğinde, Tsarskeyo Selo'daki evlerinin önüne varmışlardı bile. Arabacıya parasını verip indi. Ağır adımlarla, bahçe kapısından içeri süzüldü. O anda fark etti ki, bu eve de girmek istediğinden pek emin değildi. Çünkü, nerede olduğunun yaşadığı acıyı hafifletecek bir yanı yoktu. Genç çocuk, daha henüz evin ana kapısına varmamıştı, kapı açıldı ve ellerinde lâmbaları ile Karloviçler girişte belirdiler. Bahçeden kendilerine doğru gelmekte olan gölge onları şaşırtmış ve heyecanlandırmıştı. Dikkâtle baktıktan sonra, Ganya sevinçle haykırdı:

"Ulu Tanrı aşkına! Bu gelen, küçük efendi."

İkisi birden, Seyit'e doğru koşarak geldiler ve elinden valizini almak için adeta yarıştılar. Tamara, kocasının, şaşkınlığını ifade etmek üzere kullandığı sözleri mükemmel bulmuş olmalıydı, benzeri bir şeyler tekrarladı:

"Kutsal ruh aşkına! Küçük bey, nerelerdesiniz? Ne oldu, hiç uğramadınız buralara. Guvardia Eminof da yok ortalarda, neler oluyor?..."

Ganya, karısının kolundan çekerek onu susturdu ve saygılı bir ifadeyle, Seyit'in evden içeri girmesi için kapıyı açarak tuttu. Seyit fazla konuşamayacağını biliyordu. Merakla cevabını bekleyen emektarların yüzlerine bakmadan konuşurken, merdivenlerden odasına doğru çıkmağa başladı.

"Ben geldim..." dedi, "Babam yok... o gelmedi... O harpten geri gelmedi... gelmedi..."

Sözlerini kesik kesik bitirdiğinde, artık, üst kata çıkmıştı. Hıçkırıkları, açılıp kapanan kapı sesi arasında kayboldu. Tamara, onun ardından, dualar sıralamaya başladı:

"Ey Tanrım, Kutsal Meryem, sen bu çocuğa acı, sen bizlere acı.

Ganya, kapadığı sokak kapısına sırtına dayamış, öylesine kalmıştı.

"Olamaz" dedi, "O muhakkak dönecektir, bir yanlışlık olmalı."

Daha fazla konuşamadılar. Tamara, göz yaşları içerisinde, mutfağa girdi, yiyecek bir şeyler hazırladı. Az sonra, Ganya, elinde tepsiyle, Seyit'in kapısını vurduğunda, ondan, hiç bir şey yemek ve kimseyle konuşmak istemediği cevabını aldı ve çaresiz aşağıya indi. Ancak, genç çocuğun, acısı ile, yanlış bir şey yapabileceğinden korkuyla, bütün gece oturup, onu sık sık yoklamanın uygun olacağını düşündüler.

Seyit, uzun senelerdir ağlamadığı gibi ağladı... hem de yorgun düşene kadar. Tanrı'ya isyan etti, kendisine haksızlık yaptığı için. Annesini düşündü, kardeşlerini düşündü. Şimdi ne olacaktı? Annesine ne diyeceklerdi? Babasını hiç hatırlamayacak olan minik kardeşi Havva'yı düşündü. Tanrı'nın ona yaptığının daha da büyük haksızlık olduğuna karar verdi. Sonra, birden bire pişmanlık duygusuna kapıldı. O, dünya üzerinde noktadan küçük bir çocuk, koca Allah'ın işine nasıl karışırdı? Onu nasıl suçlardı? Avuçlarını açıp, dua ile tövbeler etti, bağışlanmasını diledi, Allah Babadan. Derken, iğneler batmış gibi yanan gözlerinin kapanmasını önleyemedi ve hıçkırıklar arasında uyuya kaldı. Gece yarısını oldukça geçmiş, dışarıda hafiften bir yağmur başlamıştı. Seyit'in uyuduğundan emin olduktan sonra ancak gözlerini kapayabilen Ganya, odasına gitmemiş, evin girişindeki koltukta nöbet uykusuna yatmıştı. At kişnemeleri ve bir kaç kişinin konuşmaları ile, birden irkilerek, yerinde doğruldu. Hemen kapıyı açmaktan çekindiğinden, koridorun yanındaki odanın penceresinden tülü hafifçe aralayarak baktı. Arabada yoluna devam eden diğer yolcuyla vedalaşan erkek, eve doğru geliyordu.

"Kutsal ruhlar adına!" diye mırıldandı Ganya. Evet, geleni tanımıştı. Asla yanılmazdı. Onu dünyanın neresinde, kaç yaşında görse tanırdı. Gelen Eminof'du. Koşarak kapıyı açtı, kendini dışarı attı ve Mehmet'in ellerine sarıldı. Mehmet telaşlıydı.

"Merhaba koca Ganya, merhaba. Söyle, Seyit burada mı?"

“Burada efendim ama perişan zavallı. Akşam karanlığında geldi. Odasına kapandı. Ne yemek, ne içmek. Perişan halde.”

Mehmet anlatılanlardan bir şeyler çıkarmağa çalışırken Ganya devam etti:

“Şey, efendim... sizi öldü zannediyor. Öyle konuştu ki, biz de öyle zannettik.”

Mehmet, şapkasını başından çıkarıp Ganya'nın eline tutuşturdu ve yukarıya fırladı. Odasının kapısını yavaşça açtı. Önce bir şey göremedi. Koridordaki lâmbayı eline alıp tekrar geri döndüğünde, yatağının örtüsünü açmadan, elbiseleri ile kıvrılıp uyumuş oğlunu görebildi. Ne kadar büyümüştü, ondan ayrılalı. Gözlerine inanamadı. Lâmbayı konsolun üzerine bırakarak yatağın önünde bir dizi üzerine çöktü ve onu seyretmeğe koyuldu. Yüzü, gözü perişan görünüyordu. Artık, çocuk değildi seyrettiği, ama küçükken ağladığında da aynen böyle olurdu yüzü. Mehmet çok iyi hatırlıyordu onun minicikken, bazen inatla, sessiz sessiz ağlayıp, sonra yine aynı inatçı ve küs ifade ile şiş göz kapaklarının arasından gururla bakışını. İşte, hiç değişmemişti minik oğlu. Onu öyle özlemişti ki, uyandırmaktan korkmasa, koynuna sımsıkı bastırıp saracaktı o an. Nazikçe, elini onun göz yaşlarından ıslanmış yanaklarında dolaştırdı. Seyit, derin uykusuna rağmen, uzun zamandır eksikliğini yaşadığı sevginin teması ile, gözlerini araladı. Bir an, rüyada olduğunu veya hayâl gördüğünü sandı. Elini uzatıp babasının elini tuttuğunda, gözleri kocaman açıldı ve bir çığlıkla kendini babasının kollarına attı:

“Baba! sensin baba! ölmedin, burdasın...”

“Burdayım oğlum, yanındayım.”

Bir müddet, hasretin bittiğini gösteren sevinç göz yaşları içinde, susup sarıldılar. Seyit, babasına, istasyonda son treni de bekleyip, nasıl Tsarskeyo Selo'ya geldiğini anlattı. Mehmet, karşısındaki olgun, yetişkin çocuğun bir sene evvel elinden tutup buraya getirdiği küçük oğlu olduğuna bir türlü inanamıyordu. “Ne kadar büyümüşsün.” dedi, onun başını okşarken. Seyit, içini titreten soğukların artık dağıldığını hissediyordu. Babasının verdiği emniyet bambaşkaydı. Birden, onun üniformasında daha evvel görmediği nişanlar gördü. Mehmet, oğlunun bakışlarını fark etmişti.

“Allah'a şükür, bunları geriye canlı olarak taşıdım.” dedi. Sonra birbirlerini niye kaçırdıklarını anlattı:

"Yakın bir arkadaşımı, dönüşten bir hafta evvel kaybetmiştim. Yarası çok ağırdı ve daha fazla dayanamadı. Ona da madalya verilmişti. Özel eşyalarını ailesine teslim etmek görevi de bana düştü. Bir istasyon evvel inip, önce o işi halletmek istedim. Sonra, daha geç saatteki bir trenle St. Petersburg'a geldim. Doğru, Sergei'nin evine gittim. Ama senin orada olmadığını anlayınca, hiç oturmadan, buraya yola çıktım. Tahmin ettiğim gibi de burada buldum. Bak, boşuna üzülmüşsün, işte yanındayım, sıhhatteyim ve seninle bir araya geldiğim için de çok bahtiyarım."

"Ben de baba, ben de çok mutluyum. Ama üzülmemek elimde değildi. Sen son trenden de inmeyince..."

"Sevgili oğlum, hayatta hiç bir şeye sevinmek için de acele etme, üzülmek için de, anlaşıldı mı?"

Tsarskeyo Selo
1906

Japonya ile 1905 Eylülünde Portsmouth'da imzalanan barış anlaşması, Rusya'da, kısa bir zaman için de olsa, sükûnet getirir gibi olmuştu. Rusya, 1875'de aldığı Sakhalin'in yarısını Japonlar'a bırakırken, Kwantug yarımadası ile Port Artur'u teslim edecek, Mançurya'yı tamamen boşaltacak ve Japonya'nın Kore üzerindeki etki sahasını serbest bırakacaktı. Bütün bu maddeler, harbi Rusya'nın kaybettiğini aşikâr belli ediyordu. Ona rağmen, St. Petersburg'daki yönetim sahiplerinin, bitmez tükenmez harp arzularını, barış isteği ile noktalamaları halkı memnun etmişti. Herkes, harbin son haftalarında Mukden ve Tsushima'da uğranan hezimetleri, Asya'nın bir ucundaki topraklarda, Pasifik sularında bırakılan binlerce ölü askeri, batan, yakılan gemileri unutmağa hazırdı. Ancak, bunları unutabilmeleri için saraydan bekledikleri haberleri bir türlü duyamıyorlardı. İşçi grubu, isteklerini duyurabilmek için çeşitli delegasyonlar kuruyor, Çar ile doğrudan temasa geçmek istiyorlardı. 26 Ekim'de kurulan son işçi meclisinin yöneticiliğine Trotsky getirilmişti. Bu tarihten iki gün sonra kurulan Kadet partisi, devrimci kanatla, bağımsızlık sendikasının ılımlı üyelerini kapsıyordu. Amaç, eşit şartlarda, seçimle girebilecekleri bir parlamentonun ülke yönetimini ele almasıydı.

Bütün bu gelişmeler, sık sık tekrarlanan sokak nümayişleri, mitingler ve grevlere paralel oluyordu. 30 Ekimde, Çar Nicholas, imzaladığı manifesto ile her ne kadar anayasa sözcüğünü kullanmasa da, düşünce, konuşma ve toplanma hürriyetlerini ve şeref ve haysiyete dokunulmazlığı garantileyen maddeler için söz veriyordu. Fakat bu sözlerin gerçekleşmesini beklemeğe zaman olmadı. Polis tarafından plânlanan ve Yahudileri hedef alan pogromlar ve Çarlık taraftarlarının karşı nümayişleri, devrimcileri amaçlarına yönelik daha hızlı ve sabırsız hareket etmek zorunda bıraktı.

Birleşik kabineye başbakan olan ve daha evvel Çar adına hazırladığı barış plânı ve manifesto ile halkın kendisine ümitkâr baktığı Kont Witte, kabine üyelerini bir arada ve fikirde tutma muvaffakiyetini gerçekleştiremiyordu. Zira, Rusya'da önce asiller ve işçilerin eşitliği fikriyle başlayan ayrılık, gün geçtikçe daha değişik fikirlerle bölünmeğe devam ediyordu. Bu arada, asiller de kendi aralarında birleşmiş, ünvanlarına ve yetkilerine gelebilecek her türlü tehlike için tavır almışlardı. Devrimciler, ılımlı ve kabinede asillerle çalışabilecek olanlarla, kesin bir devrimi savunanlar arasında bölünmüşler, çiftçiler de toprak reformu isteği ile, nümayişlere yeni boyut getirmişlerdi. Lenin'in destek verdiği Trotsky'nin, radikal, hırslı tutumu ve bu yönde verdiği söylevlerle, sosyalist gruplar, idareci sınıfın sempatisini tamamen kaybetmiş durumdaydı. 16 Ekimde, devrimci kanadın yöneticileri tutuklandı ve buna karşılık olarak Moskova'da silahlanmış olan taraftarları yürüyüşe geçti. Yer yer silahlarını kullanan devrimciler, St. Petersburg'dan gönderilen muhafız alayları tarafından sindirildiğinde, artık, geriye dönüşü imkânsız bir devir başlamıştı. Karşılıklı anlayış, sabır, inanç ihtimâlleri, birleşebilme ümitleri ortadan kalkmıştı.

1906 ekiminin sonlarında, bir tatil gününde, Seyit, Tsarskeyo Selo'daki evlerinde yakın arkadaşı Petro ile otururken, henüz Moskova'dan dönmemiş olan babasını düşünüyordu. Mehmet, Rus-Japon harbinden geldikten sonra, çok arzu etmesine rağmen, Kırım'a inip karısı ve diğer çocukları ile görüşme fırsatı bulamamıştı. Yalnız, onun dönüşünü takiben, Livadia'daki yazlık evine giden Olga'ya verdiği uzun, hasret yüklü bir mektup, Eylül ayında Zahide'nin eline geçmişti. Kocasından aylardır haber alamayan ve meraktan yatağa düşmek üzere olan genç kadın, karşısında Olga'yı görünce, kötü bir haber alacağı düşüncesiyle, neredeyse bayılacak duruma gelmiş, ancak, sonradan okuduğu mektup ve aldığı haberlerle kocası ile oğlunun sıhhatte olduğunu öğrenip, sevinç göz yaşlarına boğulmuştu.

İki delikanlı, saatlerdir aralarında kendi bildiklerince ve büyüklerinden duyduklarına paralel hararetle, harbi ve isyanları tartışıyorlardı. Seyit, babası için çok endişeleniyordu. Moskova'da neler olduğunu da o geriye dönmeden bilemezlerdi.

"Biliyor musun?" dedi Petro, "Saatlerdir dönüp dolaşıp aynı şeyleri anlatıyoruz. Bu da hiç bir şeyi değiştirmiyor. Şu an bizim yapabileceğimiz hiç bir şey yok."

"Olsun, en azından bir çok insanın yaşadıklarını konuşuyoruz. Kim bilir, bir gün o sokakta vuruşanlardan biri de bizler olabiliriz. Acaba biz mektebi bitirene kadar neler olacak?"

"Kim bilir? Bunu tahmin edebilmek için çok uzun zaman var önümüzde."

İki genç de, karamsar ve sıkkın bir ifade ile susup, uzun müddet kendi düşünceleri ile baş başa oturdular. Sessizliği Petro bozdu:

"Biliyor musun, bazen babama hak veriyorum. Hiç istememişti askeri okula girmemi."

"Ne olmanı istiyordu ki?"

"Avukat. Kendisi gibi."

"Sen niye istemedin?"

"Ben küçüklüğümden beri Valeri dayımın anlattığı askerlik hikâyeleri ile büyüdüm. Ona ve giydiği üniformalara hayrandım."

Gülerek devam etti:

"O zamanlar incecikti, senin tanıdığın gibi değildi. Anlayacağın, babamdan çok, ondan etkilenmiştim. Tabi, mektep seçimi konusuna gelince, annemle dayım da beni destekleyince, babama surat asmaktan başka çare kalmadı. Ama, diyorum ya, bütün bu olanlarla, babamın endişelerinin sebebini anlıyorum."

"İstersen vaz geçebilirsin, değil mi?"

"Tabi, ama bu Valeri dayımı zor durumda bırakmak olur. Babam zaten "Ben sana dememiş miydim?" demek için fırsat kolluyor. En azından okulu bitirmem lâzım."

"Desene, dayını mutlu etmek için asker olacaksın."

"Biraz öyle sayılır. Hem, onun hiç çocuğu olmadı ve beni kendi oğlunu yetiştirir gibi yetiştirmek istiyor."

"Ya baban? Onun senden başka oğlu var mı?"

"Hayır, bildiğin gibi, ben ailenin tek çocuğuyum."

"Demek istediğim de oydu Petro. Sen Valeri dayını memnun etmek isterken, babanı hangi çocuğu mutlu edecek?"

"Haklısın, bunu hiç düşünmemiştim. Sadece, bana sahip olduğu için mutlu olması gerekir, diye düşünüyorum."

"Ne kadar alçak gönüllüsün." dedi, Seyit ve kahkahalarla güldüler. Uzun zamandır kendilerini sarmış olan gergin havadan sıyrılmışlardı. Petro, birden, aklına müthiş bir fikir geldiğini gösterir bir edayla, yerinden fırladı.

"Haydi Kurt Seyt, yeter bu kadar lâf. Bence biraz hava alıp, şöyle değişik bir işler yapalım."

"Petro, hava karardı ve dışarısı soğuk. Bu saatten sonra St. Petersburg'a gidemeyiz. Otur, oturduğun yerde.

"Kim dedi, St. Petersburg'a gidiyoruz diye? Eğlenmek isteyene her yerde eğlence vardır. Hatta Tsarskeyo Selo'da bile."

"Çıldırmışsın sen! Kapıları çalıp, eğlenceli ev bulursak kendimizi içeri mi davet ettireceğiz?"

Petro, çok görmüş geçirmiş bir erkeğin ifadesi ile, göz kırpıp, arkadaşının oturduğu kanapeye doğru eğildi ve yavaş sesle konuştu:

"Sevgili dostum, kapısını çaldığında içeride eğlence olduğundan emin olacağın ve ağırlanmaktan mutluluk duyacağın, seni ve beni bekleyen bir ev biliyorum ben. Haydi şimdi kalk, giyinelim ve çıkalım."

Seyit'in gözleri açılmıştı. Arkadaşının neden bahsettiğini anlamıştı. Gerçi bugüne kadar Petro ona gittiği bu tarz evlerden bahsetmiş, bir sürü hikâye anlatmıştı ama kendisi henüz bu maceralarında ona katılmamıştı. Ayrıca, bu şık sayfiye yerinde bu tarz eğlenceler olduğunu da hiç duymamıştı daha evvel.

"Emin misin Petro? Kime gideceğiz? Burada, bu mevsimde oturan bile azdır."

"Merak etme dostum. Gideceğimiz yer, hiç öyle kötü bir yer değil. Tam tersine, çok asil bir hanımın evine gideceğiz."

"Asil bir hanım mı?"

Petro, kahkaha ile gülerek cevap verdi:

"Evet doğru duydun. Asil, güzel ve yalnız bir hanım. Bizi görmekten mutlu olacak, inan."

"Petro, sağ ol, beni eğlendirmek istiyorsun, ama inan, bunun doğru bir şey olduğunu sanmıyorum."

"Utangaçlığı bırak, haydi. Bu işi er, geç birinle yapacaksın. Hiç değilse, sevgili arkadaşının tanıdığı biriyle başlarsan daha rahat edersin."

"Ya Ganya ile Tamara'ya ne diyeceğiz?"

"Canım, her şeyin doğrusunu söylemen lâzım mı? Şöyle bir dolaşmağa çıktığımızı söylersin, olur biter."

"Peki ya sen? Sen ne yapacaksın?"

"Benim için tasalanma, o evde her zaman bana göre bir kız bulunur."

Az sonra, iki delikanlı giyinmiş, çıkmışlardı. Ganya'dan utandıklarından, arabayı istememişler ve atlara binmişlerdi. Seyit, yolda, aklındaki sorulardan hiçbirini soramıyordu arkadaşına. Oysa, kimin evine gittikleri, asil olduğu halde böyle bir işi yapanın kim olduğunu öyle merak ediyordu ki. Ayrıca, orada nasıl davranması gerektiğini, neler olabileceğini de, henüz kafasında canlandıramıyordu. İşi oluruna bırakmağa karar verdi. Petro'nun dediği gibi, erkekliğinin bir parçası olan bu tarz yaşamla bir gün nasılsa karşılaşması kaçınılmazdı. Belki de, böylesine ücra bir köşede, yanında en iyi arkadaşı varken bunu yaşaması bir şans sayılabilirdi. On beş, yirmi dakikadan fazla gitmemişlerdi ki, Petro, yüksek bahçe duvarları ile çevrili bahçe kapısının önünde durdu. Kapıdan kendisine doğru ilerleyen adamı epeyidir tanıdığı belliydi.

"İyi akşamlar Niko."

Hiç konuşmadan, başı ile selam veren adam kapıyı açıp geri çekildi. Arkadaşının yaptıklarını takip eden Seyit de, onun gibi, atından atladı. Niko hemen atların eğerlerini aldı. İki delikanlı merdivenlerden çıkmağa başladılar. Ev, Eminoflar'ın evinin neredeyse bir benzeri ama daha büyüğüydü ve çok şık camlarla çevrili kapalı bir sera da, merdivenlerin yanından, evin yan cephesindeki bahçeye doğru uzanmaktaydı. Kapıyı çalarken Petro ne kadar sakin ise, Seyit o nispette heyecanlı ve gergindi. Hiç açan olmasa da dönsek, diye düşünüyordu ama kapı açıldı. Hizmetkâr, aşina olduğu birini karşıladığı belli, onlara yol gösterdi. Ev, son derece şık ve zengin döşenmişti. Sayfiye evinden ziyade, bütün yıl yaşanan bir ev olduğu belliydi. İçeriden müzik ve gülüşen erkek, kadın sesleri geliyordu. Seyit, bunun, Moiseyevler'in evindeki partiler gibi, her hangi bir davet akşamı olacağı fikri ile, kendini rahatlatmağa çalıştı. Tül perdelerin ardından seraya açılan salona girdikleri zaman da bunun aksini belirtecek hiç bir şey göremedi. Belli ki, Petro bu evde bir ziyafet olduğunu biliyor ve ev sahiplerini tanıyordu. Geri kalanını da Seyit'e küçük bir oyun oynamak için uydurmuş olmalıydı. Büyük şöminenin etrafında çepeçevre oturan grubun, anormal gözüken hiç bir tavırları yoktu. Onlar içeri girer girmez, iki erkeğin arasında oturan kadın, yerinden kalkarak, gayet kıvrak bir yürüyüşle yanlarına geldi.

"Sevgili Petro, hangi rüzgâr attı seni buralara?"

Sonra, onun yakın bir akrabasıymış gibi, sarılıp yanaklarından öptü.

"Kim bu yakışıklı arkadaşın bakalım?"

Şivesinden yabancı olduğu anlaşılıyordu. Seyit, kendisine dönen kadının bakışlarından ve soru tarzından müthiş bir utanç duydu.

"Barones, sizi arkadaşım Seyt Eminof'la tanıştırayım. Biz ona Kurt Seyt deriz."

Seyit ne yapacağını bilemezken, kadın, aynen Petro'ya gösterdiği yakınlıkla, ellerini onun omuzuna koyarak, yanaklarını yanaklarına değdirdi. Öne doğru eğdiği dekoltesi ve ağır bir parfümle yıkanmış teninden gelen sıcaklık, Seyit'in bir anda başını döndürdü. Arkadaşının sözlerini yarım yamalak duydu:

".......Barones Maria von Oven Starov."

Yabancı kadının yakın karşılaması ile, zaten ellerini nereye koyacağını, nasıl davranacağını bilemeyen Seyit, iyice afallamıştı. Baronesin parfümü sanki üzerine yapışıp kalmıştı. Aldığı her nefeste, burun deliklerinden onun kokusunu soluyordu. Son derece çekici bir kadındı ama kendisine genç diyebilmek için daha epeyi bir sene evvele gitmek gerekti. Ancak, işveli tavırları, elbisesinin son derece davetkâr açıklıkları, ve ateşin etrafında oturan genç erkeklere bakılırsa, yaşı, Barones için bir problem teşkil etmiyordu. Ellerinde kristâl votka kadehleri ile gülmekte oldukları mevzuu bırakan, yaşları yirmi, yirmi beş civarındaki üç erkek yerlerinden kalkarak Petro ve Seyit'le tanışıp, el sıkıştılar. Baronesin, eline tutuşturduğu dolu kadehi, herkesle beraber, tanışmalarının şerefine başına diken Seyit, içini saran sıcaklığın tesiri ile gevşedi. Ev sahibesi, bütün misafirlerine mültefit davranmakla beraber, her nedense Seyit'e özel bir tutumla yaklaşıyordu. Konuşulan konular, havadan sudan şeylerdi. Sanki burası Rusya'nın dışında ayrı bir dünyaydı. Ard arda devrilen içkiler, Seyit'i uçabilecek kadar hafifletmişti. Konuşulan mevzular, artık kızlar, kadınlar, aşk maceraları, hafif açık hikâyeler üzerine yoğunlaşmağa başlamıştı. Artık, ne konuşulanlar, ne yaşının oradakilere nazaran epeyi küçük oluşu, ne de mevzulara iştirak edecek bir tecrübesi olmaması Seyit'i rahatsız etmiyordu. Son derece rahatlamıştı. Harika bir ortamdı bu. Hiç bir zorlama yoktu. Ne kimse onun konuşmasını bekliyor, ne sorular sorup rahatsız ediyorlardı. Elindeki kadeh, devamlı doluyor, hemen yanı başında oturan Baronesin yaydığı sıcaklık, şömineden gelen ateşi bastırıyordu. Kadın, arada bir, onun ağzına, içkisine eşlik edecek havyar veya somonlu ordövrleri atıyor, sonra tekrar kendi kadehini delikanlınınkine vurarak onu bir yudum daha içmeğe davet ediyordu. Seyit, bütün olayın bundan ibaret olup olmayacağını anlamağa çalışırken, kapıdan içeri kahkahalarla giren diğer kadınları görünce, partinin daha yeni başlamak üzere olduğunu fark etti. Barones, misafirlerini karşılamağa kalktığında, Seyit, Petro'nun yarı sarhoş ve hayatından memnun bakışları ile karşılaştı. Göz ve baş işareti ile Petro, "Ne haber, nasıl gidiyor?" gibilerinden bir bakış attı. Karşılığında kocaman bir gülümseme aldı. Seyit, bu akşam eğlenmek için hiç de konuşması gerekmediğini biliyordu artık. Bütün erkekler, ayağa kalkıp, Baronesin tanıştırdığı hanımların ellerini nazikçe dudaklarına doğru götürerek, her biri için abartılmış iltifatlar dolu sözlerle, tanışma merasimini süslediler. Seyit, bundan bir saat önce olsa, kıpkırmızı bir yüzle katlanacağı bu duruma, gayet rahat ayak uydurdu. Hanım misafirlerin, bir tanesi hariç, hepsi aşağı yukarı Baronesin yaşlarındaydılar. Sayıları ise, adeta plânlanmış gibi, erkeklerinkine uyuyordu. Oturduklarında, kendiliğinden, herkes eşini seçmişti. Her nasılsa, Seyit, yine Baronesin koruması altındaydı. Petro, daha evvelden tanıdığı, nispeten genç olan kadınla yan yanaydı. Seyit, şimdi neler olacağını merak etmekle beraber, gecenin akışı içinde yaşanacakların, kendisinden başka orada bulunan herkesin bildiği, alıştığı şeyler olduğunu hissetti. Artık, onlara uymaktan başka çaresi de yoktu zaten.

Barones, ona utanacağı bir yakınlık göstermemekle beraber, sanki, aralarındaki yakınlık icabı olması gereken davranışlarmış gibi, hem diğerleri ile konuşuyor, hem de ellerini arada bir Seyit'in omuzuna, dizine dokunduruyor ve bunu yaparken katiyen onunla göz göze gelmiyordu. Genelde, konuştukları açık saçık şeylerdi. Sanki, etraftan duyulmasını istemiyordu. Kısık, boğuk bir sesle anlatıyor, bu ses tonu da anlattıklarını ve dokunuşlarını Seyit için daha iç gıcıklayıcı hale getiriyordu. İlerleyen saatlerde lâmbaların ışıkları kısıldı ve herkes yanındaki ile daha samimi pozlarda oturmağa başladı. Kendisine tek taraflı kur yapılan, sadece, genç Seyit vardı aralarında. Seyit, karşı kanapede, seçtiği genç kadınla oldukça samimi oturan arkadaşının hareketlerine dikkat etti. Odanın loşluğu, sanki, votkaların tesirini arttırmıştı. Kalbi yerinden çıkacak gibi çarpıyordu. Çocukken, kâbus görüp uyandığı gecelerde, yatağında nasıl taş kesilip, ses çıkaramadan yatıp kalıyorsa, şimdi de öyle, oturduğu yere çakılıp kalmıştı. Derken, çiftlerin, yavaş mırıltılarla, salondan birer birer ayrıldıklarını fark etti. Nereye gidiyorlardı? Hayır, Petro onu burada böyle bırakıp bir yere gidemezdi. Yerinden doğrulmağa çalıştı. Elini tutan yumuşacık, sıcacık elin teması ile başını çevirdiğinde, Baronesin kalkmış, beklediğini gördü. Ansızın, kendini ayakta, onunla yüz yüze buldu. Yaşına göre oldukça gelişmiş vücut yapısı ile, kadından uzun duruyordu. Kendisine, şimdiye kadar hiç tanımadığı, alışmadığı şekilde yönlendirilen bakışlar, Seyit'i korkuttu. Barones, bir elini uzatıp, avucu ile onun yüzünü okşarken, diğer eli ile de elinden tutup yavaş adımlarla odadan çıkardı. Hiç konuşmadan, ikinci kata çıktılar. Delikanlı, artık bundan sonra olacakların, karşısındaki kadının kontrolunda olduğunun farkında, diğerlerinin bakışlarından kurtulmuş olmanın memnuniyeti ile, uslu bir çocuk gibi, onu takip ediyordu. Girdikleri oda, gül kurusu ve çağla yeşili ipeklilerle döşenmişti. Harika bir yatak odasıydı. Kemik rengi, lâke, geniş yatağın baş ucunda çıplak kadın ve erkek figürleri yer alıyordu. Resimdeki kadınların, yerlere kadar uzanan, ve rüzgârla uçuşan saçlarının dalgalı gürlüğü kadar, erkeklerin de omuz ve bacak adaleleri abartılı çizilmişti ama yine de çok güzel görünüyorlardı. Odadaki koku ona yabancı gelmemişti. Bu, saatlerdir soluduğu, baygın, ağır kokuydu. Ama parfüm de aynen bu resimler gibi, odaya tamam uyuyordu. Onun, odanın içindekileri süzüşünü hiç ses çıkarmadan izleyen Barones, yavaş yavaş yüzünü yaklaştırdı. Kulağına doğru eğilerek o boğuk sesi ile sordu:

"Beğendin mi?"

Seyit, kulağından girip, bütün iliklerine, adalelerine işleyen sıcak nefesle, kendini, hayatında tatmadığı bir duygunun ortasında buldu. Birden titredi. Cevap veremedi. Zaten kendisinden bir cevap beklendiğinden de emin değildi. Zira, kadın bir yandan sormağa devam ediyor ve cevabını da almadan onu yönlendirmeğe çalışıyordu.

"Üşüdün mü? Gel canım, şimdi ısınırsın. Haydi gel."

Seyit, adeta, kurgulu bir oyuncak gibi, ona tabi olmuştu. Kadın, onu yatağa doğru çekerek oturttu. Sonra, kendi yere diz çökerek, çizmelerini çıkarmasına yardımcı oldu. Genç çocuk, bir kadının kendisini soyacağı fikrinden irkildi, yataktan kalkmak istedi ama onun telaşını sezen kadının bir hareketi üzerine rahatladı. Barones ayağa kalkarak, yatağın örtülerini açtı.

"Haydi Seyt canım, gir şu yatağa, iyice örtün. Üşümen geçene kadar. İstersen üstündekileri çıkar, ben bakmayacağım."

Yeni tattığı heyecanın devamını getirmek istemesine rağmen, altındaki yatağın yumuşaklığında, derin bir uykunun da özlemini çeken Seyit, her halükârda bu geceyi burada geçireceğinden emindi. Utangaçlığından sıyrılmak için kendini zorladı. Kadının, ertesi gün, arkasından gülerek anlatabileceğini düşündü. Bu, onun önünde soyunmaktan daha utanç verici bir şey olurdu. Ani bir kararla ayağa kalktı ve giysilerini çıkarmağa başladı.

"Benim burada olmamı istediğinden emin misin?"

Barones, sorarken, hiç yaklaşmadan duruyordu. Delikanlıyı ürkütmek, en son isteyeceği şeydi. Onun kendine güveninden ve arzusundan emin oluncaya kadar bekleyebilirdi. Ama, şu ana kadar içtiği içkiler ve geceden beklentisinin hayâli, sabrına engel oldu ve o ağır, işveli yürüyüşüyle delikanlıya yaklaştı. Ellerini, onun henüz tüylenen, adaleleri gelişmiş göğsüne uzatarak, avuçlarındaki sıcaklığı bütün vücuduna yaydı. Seyit, içindeki titremenin ve kalp seslerinin duyulmasından korkuyordu. Votkanın tesiri çoktan geçmiş, yerini tarifini kendi kendine yapamadığı yeni bir sarhoşluk almıştı. Başı uğulduyor, midesi düğümleniyordu. Neredeyse, dizleri boşalıp yere düşmek üzereydi. Kolları iki yanında öylece duruyordu.

Barones, sıcak el temasları ile, onun çıplak vücudunun etrafında aynen bir heykeli seyreder gibi, dönüyordu. Kadının her dokunuşunda, vücudu ateşe batmış gibi oluyordu. Buna daha fazla dayanamayacağını hissetti. Böyle bir anda, bir erkeğin, bir kadına hissetmesi gerekenler tam olarak nasıl olabilirdi, bilemiyordu. Ayrıca, iyice kısılan lâmbaların puslu ışığında, neredeyse sis perdesi ardından gördüğü kadının kim olduğu da, şu an hiç önemli değildi. Bu kadın için de, onun bir özelliği olmadığı muhakkaktı. Bu evde yaşanan gecelerden biriydi sadece. Bir kadının, kendisine işkence edercesine, heyecanlanmasını, solumasını seyretmesine izin vermeyecekti. Aniden, büyük bir hırsla döndü ve ortaya çıkardığı göğüsleri ile sırtına dokunmakta olan kadını kollarıyla sardı. Artık, onu hiç bir şey durduramazdı. Bu odada daha önce çok erkeği ağırlamış olan kadın, mahçup, tecrübesiz bir gencin böylesine ani değişiminden şaşkın, sertliğinden ve saldırganlığından duyduğu korku ile, bir şeyler söyleyip onu yatıştırmağa çalıştı ama muvaffak olamadı. Seyit, saatlerdir kendisini yöneten kadından, öcünü almak ister gibiydi. Onun, sakinliğe ve nazik sevişmeğe davet eden işveli sesini duymuyordu artık. Bundan sonrası da onun istediği gibi olacaktı. Yatağa sırt üstü yatırdığı Baronesin dağılan saçları ve ağır makyajı arasında kaybolan yüz ifadesi şaşkındı. İlk defa böyle bir şey başına geliyordu. Şimdiye kadar, her misafirinin vereceği zevkin derecesini kendisi tayin eder ve istediğini alırdı. Bu defa, kafası dik, bildiğini okuyan biri çıkmıştı şansına. Başını yan çevirip, baş ucundaki resimleri seyrederken, kendini delikanlının hoyrat ve hırslı temaslarına bıraktı.

Seyit, yataktan kalkarken artık eski utangaç Seyit olmadığının farkında, kendini mühim bir imtihandan geçmiş gibi rahatlamış hissediyordu. Bir saat kadar evvel zor çıkardığı elbiselerini eline aldığında, artık, insanın çıplaklığının da tabii ve hatta güzel olabileceğinin bilincindeydi. Dudaklarında memnuniyet dolu bir gülümseme ile, yatakta soru dolu gözlerle kendisi seyreden kadına baktı. Barones, adeta mırıldanır gibi konuştu:

"Yine geleceksin değil mi?"

"Bilmem." dedi, Seyit ve verdiği cevaptan da çok memnun oldu. Her halde, böyle bir kadına, daha büyük bir erkek de aynı cevabı verirdi, diye düşündü kendi kendine ve elbiselerini giyip, odadan çıktı. Merdivenlerden indiğinde, Petro'yu kendisini bekler buldu.

"Neredesin Tanrı aşkına? Sabaha kadar burada kalmaya mı

niyetliydin yoksa?"

Sonra, arkadaşının yüzüne dikkatli bakarak sordu:

"İyisin değil mi? Her şey yolunda mı? Anlat, nasıl gitti? Harika bir kadın değil mi?"

Kapıyı çekerlerken, Seyit gülerek konuştu:

"Sen aynı şeyi benim için ona sorsana."

"Hey, şu bizim Kurt Seyt'e bakın. Sen de epeyi alçak gönüllüsün bakıyorum."

"Sahi Petro, kimdi bu Barones dediğin?"

Petro gülmeğe başladı:

"O kadar saat onun kim olduğunu anlamadın mı? Hiç bir şey konuşmadınız mı kuzum?"

Seyit, aynı keyifli gülüşle, cevapladı:

"Sen beni buraya konuşmaya mı getirmiştin kuzum?"

İki delikanlı, atlarına atladıklarında, kendilerini bir kuş kadar hafif ve hür hissediyorlardı. Ancak, enerjilerini tamamen tüketmiş olmalıydılar ki, az sonra bütün votkaların, üzerlerine sinen parfümlerin, şöminede yanan odunların, sigaraların, kadınların, hasılı bütün gecenin kokularının ağırlığı, başlarına çökmüştü. Saatlerdir yağarak yolu yumuşacık doldurmuş kar üzerinde atları ağır ağır ilerlerken, lâpa lâpa uçuşmakta devam eden beyazlığın soğuk havasını içlerine çekerek nefeslerini temizlediler. Üşüdüklerini hissetmiyorlardı. Son derece keyifli ama yorgunlardı.

"Sahi," dedi Petro, "Barones, hikâyesini anlatmadı mı sana?"

"İnan anlatmadı. Çok mühim mi?"

"Yok canım, ama her yeni gelene muhakkak bir kez anlatır da, ondan. Alman kendisi. Baronesliği, ilk Alman kocasından geliyor. St. Petersburg'a yaptıkları bir seyahat sırasında ölmüş. Aslına bakarsan, onu karısının öldürdüğüne inananlar bile var. Barones buraları o kadar sevmiş ki, kalmış ve derken karşısına zengin mi zengin Moskovalı bir tüccar çıkmış. Sen bu kadını yirmi sene evvel düşünebiliyor musun? Kim bilir nasıldı. Tabi, az zaman sonra da, bayan Stasova olarak Moskova sosyetesinde yerini almış. Yeni kocasını ikna etmiş olmalı, onu kimse bayan Stasova diye bilmez, herkes Barones diye hitap eder."

"Yeni kocası alınmaz mı buna?"

"Sanmıyorum. Zaten, annemin dediğine göre, bunu mücadele mevzuu yapacak zamanı da olmamış zavallının. Evlendiklerinden iki sene sonra o da ölmüş."

"Ben de, neredeyse, kocalarını öldürdüğüne inanacağım."

"Bu inancında yalnız kalmazsın da. İşte böylece, St. Petersburg sosyetesine transfer olmuş bizim sevgili Barones."

"Böyle bir yaşantısı olduğunu herkes biliyor mu?"

"Tabi."

"Peki, bile bile, nasıl görüşüyorlar?"

"Sevgili dostum, görüşmelerinin bir sebebi asil olması, bir diğeri de böyle yaşantısı olması zaten."

"Anlayamadım!"

"Erkek çocuğu olan bütün anne babaların, Baronesin varlığı sayesinde, içleri rahat ediyor da ondan. Bu çevrede kimse oğlunun erkekliğe geçişinden fazla endişe duymaz. Nasılsa, Baronesin ona en iyiyi öğreteceğinden emindirler."

"İnanamıyorum!" diyen Seyit gülmeğe başladı. Kahkahalar arasında, atlarını eve doğru sürdüler.

Kurt Seyt'in erkekliğe geçiş safhalarından en önemlisini yaşadığı o günden bir hafta sonra, Mehmet Eminof, St. Petersburg'a döndü. Bir araya geldiklerinde, her zamanki gibi, konuşacak çok şeyleri vardı. Babasının, kış ortasında, Yalta'ya bir yolculuk yapacağını duyan Seyit, büyük bir ümitle ona katılabilmeyi bekledi. Ama, mektebinden izin alması söz konusu değildi. Eminof, Aluşta'ya kısa ve yalnız bir yolculuk yaparak sevgili karısı ve çocukları ile hasret giderdi.

1906 Yılı, St. Petersburg'u artan dertleri ile bulduğunda, Seyit, mektebindeki başarısını aynı seviyede devam ettiriyordu. O zaman zarfında, Barones'in evine benzer diğer adresleri de öğrenmişti. Şimdi rüyalarını, yaz izninde babası ile beraber Yalta'ya, kendi evlerine yapacakları seyahat süslüyordu. Ayrıldığından iki sene sonra evine dönmüş olacaktı. Annesini ve kardeşlerini düşündükçe içi sızlıyordu ve bu sızı onları görüp sarılmadan geçmeyecekti.

Aluşta Yolunda
1916

Krymskiye Gory'nin yüksek tepeleri, henüz yumuşamamış kuzey rüzgârlarını kucaklarken, Karadeniz'e bakan güney yamaçlarında, çoktan, baharın renkleri ve kokusu hakimdi.

Başakları filizlenmiş buğday tarlalarının arasından dolu dizgin beliren dört atlı, birbirinin ardı sıra, şarap bağlarının çevirdiği meyilli araziye girdikten sonra durdular. Set set denize doğru inen toprak, bağlara paralel tepeleri kaplayan köknar, çınar, akkavak, kayın ve gürgen ağaçlarının iç içe geçtiği ormanların eteğinde yemyeşil uzanıyordu.

Yolcuların dördü de üniformalıydı. Atlarının üzerinde kendilerinden emin, dimdik duruşlarına bakılırsa, aldıkları yoldan yorulmuşa benzemiyorlardı. İçlerinden biri, durdukları tepenin önüne doğru atını ağır ağır sürdü. Sol eli ile, atının dizginlerini çekip onu durdururken, sağ eli ile, başındaki şapkayı çıkardı. Sonra, arkasında kalan arkadaşlarına, birini takdim eder gibi, tepenin eteklerinde köpüklü dalgalarla kıyıya vuran denizi gösterdi.

"İşte Karadeniz!"

Gözlerini kapayıp, tatlı tatlı kıyıdan tepelere uzanan rüzgârdaki tuzlu deniz kokusunu içine çekti. Kahverengi, perçemli kesilmiş saçlarında güneş vurdukça bal rengi röfleler uçuşuyordu. Mavi gözleri, seyrettiği Karadeniz ile neredeyse aynı renkti. İnce yüzünde, kemiksiz düz bir hatla inen burnu, hafif çıkıntılı elmacık kemiklerini daha da belirginleştiriyordu. Dolgun alt dudaklarında, gülmediği zaman dahi istihza taşıyan bir ifade seçiliyordu. Saçları gibi özenle traş edilmiş bıyığı, kavisli ince üst dudağını açıkta bırakıyordu. Çenesindeki derin çukurluk, sanki, ince oval yüzünün bitimini işaretliyordu.

"Burası bir cennet Kurt Seyt."

Manzaradan oldukça etkilenmişe benzeyen sarışın subay, atını öne doğru sürüp, tek başına duran arkadaşının yanına geldi. Diğerleri de onu takip ettiler. Arkadaşlarına nazaran daha iri cüsseye sahip olan sarışın subay, konuşmağa devam etti:

"Ben senin yerinde olsam, St. Petersburg'da çürüyeceğime, gelir, memleketime yerleşir, bu güzelliğin tadını çıkarırdım Seyt."

Seyit, kendi toprakları üzerinde, misafirlerinin beğenisinden hoşnut kalmış bir ev sahibinin keyfi ile gülümserken, sarışına kardeşi kadar benzeyen, yalnız biraz daha ince yapılı olan subayın sesi duyuldu:

"Mişa! Mişa! Artık St. Petersburg yok, biliyorsun, Petrograd var."

"Sana bir şey söyleyeyim mi Vladimir? Ben bu Petrograd ismine alışamadım bir türlü. St. Petersburg isminin nesi vardı, anlamadım."

"Hiç bir şeyi yoktu. Sadece Almancaydı."

"Ne olacak? O kadar sene söylenmiş, hiç kimse rahatsız olmamış."

"Şimdi Almanlar'la harpteyiz, sevgili Mişa. Sana hatırlatmama gerek yok her halde."

Arkadaşlarının Mişa diye hitap ettikleri Mikhail, başkentin ismi mevzunda oldukça inatçı görünüyordu. Israrla devam etti:

"Hayır sevgili Vladimir, bana hatırlatmana hiç gerek yok. Özellikle, cepheye gitmeden geçireceğimiz son bir kaç gün, harp lâfını hiç duymak istemiyorum. Ancak, senelerce kullandığımız bir ismi, şimdi sırf adamlarla harpteyiz diye, Rusçaya çevirmeye ne gerek var anlamıyorum."

Arkadaşlarının inatlaşmasını, gülümseyerek izleyen Seyit söze karıştı:

"Belki de Almanca bir isimle, Almanlar'ın daha fazla iştahını çeker diye korkmuşlardır, ne dersiniz?"

Gülmeye başladılar. Münakaşa bitmişti. Seyit, birden o ağır, sakin halinden sıyrıldı. Atını kendi etrafında bir döndürdükten sonra, içi içine sığmaz bir tavırla, Mişa ve Vladimir'in arasında duran arkadaşına seslendi:

"Haydi Celil, misafirlerimize bizim usul bir 'Hoş geldin' diyelim, var mısın?"

Celil, Seyit'in ne demek istediğini anladığını gösterir bir şekilde, gözlerini kırpıp, gülümsedi. Uzun kirpiklerin çevrelediği simsiyah gözleri hafif çekikti. Gülünce, daha da çekiliyordu. Gözleri gibi kömür siyahı olan saçları, Vladimir ve Mişa'nın arasında, onların sarışınlıklarına tezat, daha belirginleşiyordu. Atlarını, merasim havası içinde, karşı karşıya getirip sonra birbirlerinin etrafında bir tur attılar. Seyit, cebinden çıkardığı mendilini havaya kaldırarak, atını mahmuzladı ve son süratle ağaçların arasına daldı. Celil de aynı süratle onu takibe başlayınca, şaşkınlıkla seyreden arkadaşları da önce bakışıp, sonra onların ardından at sürmeye karar verdiler. Kafilenin başını çeken Seyit, ağaçların arasından tekrar açıklığa çıktıkları anda, mendilini yere bırakıverdi. Hemen ardından yetişen Celil, atının terkisinde sağ tarafa yan yatıp uzandı ve yerdeki mendili aldı. Tekrar eğere yerleşirken atını daha hızlanması için mahmuzladı ve bir kaç saniye sonra arkadaşının önüne geçti. Arayı biraz açtıktan sonra mendili bıraktı. Bu defa Seyit, atının yan tarafında, tek ayağı üzengide, mendili gördüğü çalıların üzerine doğru ilerledi. Az sonra, elindeki mendili havada sallayarak arkadaşının yanından geçip kayın ağaçlarının sıklaştığı yerde gözden kayboldu. Mendil yarışındaki arkadaşlarına yetişmek için dörtnala at koşturan diğerleri, gördüklerinden müthiş eğleniyorlardı. Hareket halinde seyirci oldukları bu zorlu fakat heyecanlı oyuna naralar atıp, çılgınlar gibi bağırarak katılıyorlardı.

Dört delikanlı, kıyıya paralel uzanan yamaçlarda, kâh sık ağaçların arasında kaybolup, kâh düzlüğe çıkarak, bir müddet daha yol aldılar. Kıyıdan içeriye sapıp, Sadovi caddesinin başına geldiklerinde, yavaşladılar. Yol kenarındaki yüksek ağaçların çevrelediği geniş caddenin iki yanında, büyük bahçeler arasında serpiştirilmiş şık evler yer alıyordu. Misafirleri, Seyit'i takiben, yüksek duvarların çevirdiği büyük bahçe kapısından girdiler. Dörtnala aldıkları yolun sonunda, ağaçların gölgesinde, ılık bahar rüzgârını tenlerinde hissetmek hepsini ferahlatmıştı.

"Tekrar ediyorum, burası bir cennet Seyt."

Bunları söyleyen Mişa, bir yandan da derin derin, havadaki bahar kokusunu içine çekti.

"İstediğiniz zaman gelip kalabilirsiniz. Ben olmasam bile, babamlar sizleri ağırlamaktan ancak mutlu olurlar."

"Bunu unutmayacağım."

Vladimir, birden hatırlamış gibi, söze girdi:

"Sahi çocuklar, Petro neden gelmedi?"

"Bilmiyorum," dedi Seyit, "Moskova'ya gitmesi gerektiğini söyledi."

"Son zamanlarda sık sık Moskova'ya gidip duruyor. Ne işi var orada o kadar, anlamıyorum."

Celil'in çekik gözlerinde şüpheci bir ifade belirmişti.

"Evet, epeyidir bir garipliği var. Artık, bizlerle eskiden olduğu gibi değil tavrı."

Mişa'nın sözlerine, Vladimir de hararetle katıldı.

"Doğru, bir garipliği var. Ben de hissediyorum. Bizden hiç ayrılmazdı. Hele seninle Seyt, kardeş gibiydiniz. Davranışları, hatta bakışları bile soğuklaştı sanki."

Seyit, orada olmayan arkadaşını diğerlerine karşı korumak ihtiyacını hissetti.

"Yapmayın çocuklar, haksızlık ediyorsunuz. Bana sorarsanız, askerlikten ayrılmış olmaktan pişman. Babasının işinde de mutlu olamadı. Belki bizlerle olmak, ona özlediği bir hayatı hatırlatıyordur. Sonra, artık, yeni yaşamı, bizlerle, dördümüzün olduğu kadar yakın olmak imkânı da tanımıyor."

Diğerleri, bu izahtan tatmin olmamış gibiydiler. Celil, dudak bükerek konuştu:

"Yine de bakışlarının ardında hiç dostane olmayan izler görüyorum. Petro'da bizim bilemediğimiz bir iş var."

Seyit daha fazla mevzua devam etmek istemedi. Petro'daki değişikliğin o da uzun zamandır farkındaydı. Hatta, onun, liman civarındaki toplantılara katıldığı söylentisi dahi kulağına gelmişti. Ama şimdi bunları söyleyip arkadaşlarını iyice heyecanlandırmanın gereği yoktu.

Ağaçlık yolun bitiminde, ortası gül fidanları ile bezenmiş, küçük çakıl taşları ile kaplı geniş meydanlığa varmışlardı. İçinde kocaman yapraklı, dikenlerinde pembe çiçekler açmış kaktüslerin yeşerdiği mermer oyma saksılar, mermer geniş basamakların iki yanında yükseliyordu. Sarmaşıklar ve hanımelleri, evin ikinci katına kadar uzanmışlardı. Yüksek, ahşap giriş kapısı, renkli, geometrik kesimli kristâl camlarla süslenmişti. Bahar gününün, bitmekte olan aydınlık saatleri içerisinde, evin ve bahçenin, gelenleri sımsıcak karşılayan, sessiz bir rahatlığı vardı. Arka tarafta uzanan ormanın bahçeyle kaynaştığı yerdeki ağaçlar, evin boyunu çoktan aşmıştı.

Delikanlılar, atlarından inmeye başlamışlardı ki, kâhya Cemâl'in sesi duyuldu:

"Vay efendim, kimler gelmiş? Hoş geldiniz, sefa getirdiniz. Sizleri özledik. Herkesin gözü yollarda."

Seyit, kendisine doğru güleç yüzüyle gelen kâhya Cemâl'e doğru yürüyüp kollarını açtı. Kucaklaştılar. Celil'i de aynı sıcaklıkla kucaklayan Cemâl, evlerine ilk defa gelen diğer misafirlere sadece hürmetkâr bir selam vermekle yetindi. Cemâl kâhya, oldukça yaşlanmıştı, ama dinçliğinden pek bir şey kaybetmişe benzemiyordu. Koşarak evin ahırlarının olduğu taraftan gelen iki genç çocuğa, atların dizginlerini teslim ettikten sonra, talimatını verdi:

"Haydi durmayın, çabuk, atların terini alıp, suyunu, yemini verin, tımarını yapın. Çabuk, çabuk."

Seyit, kolunu Cemâl'in omuzuna atarak, eve doğru yürüdü. Arkadaşları kendisini takip ediyorlardı.

"Eh, anlat bakalım Cemâl kâhya, herkes nasıl? Her şey yolunda mı?"

Cemâl, adeta, kendi oğlu ile buluşmuş kadar, hayatından memnundu. Küçük efendi, ne de olsa onun elinde büyümüş sayılırdı. Aralarındaki bağ o kadar yakındı ki, ona ismiyle hitap ederdi.

"Her şey yolunda Kurt Seyit, herkes iyi. Baban biraz daha yaşlandı tabi, ama hangimiz yaşlanmadık ki. Baksana, sen bile yaşlanıyorsun artık."

Gülüşerek kapıya vardıklarında, onların gelişinden haberdar olan ev halkı, çoktan, kapının önünde toplanmıştı. Babası, annesi, bütün kardeşleri, Hanife'nin kocası, Mahmut ve karısı, Osman, hepsi oradaydı. Özlem içinde, Seyit'le sarılıp, öpüştüler. Kapının önünde bir bayram havası yaşanıyordu. Celil'in de evin yabancısı olmadığı karşılanışından belliydi. Yabancı misafirler ev halkına tanıştırıldı. Hep beraber, arka bahçeye açılan verandaya geçildi.

Zahide, gözlerini uzun zamandır hasretini çektiği oğlundan alamıyor, onu, gururlandığı her halinden belli bakışlarla seyrediyordu. Kırk bir yaşında olmasına rağmen, saçının arasında kaybolan bir kaç tel beyazdan başka yaşını belirtecek bir görüntüsü yoktu. Büyük kızı Hanife'nin yanında, onun ablası gibi duruyordu. Hâlâ incecik ve zarif yapılıydı. Hanife, yirmi beş yaşının tüm güzelliği ile, âşık bakışlarla, kocasının yanı başında oturuyordu. Küçük Havva ise henüz on dördündeydi. Ve "Ayın on dördü gibi güzel" deyimini ispatlar güzellikteydi. Duru, bembeyaz cildinin üzerinde nazar boncukları gibi duran iri lacivert gözleri, uysal, mutlu ve karşısındakine huzur veren bakışlarla doluydu. Fazla konuşmuyordu ama, Seyit ağabeyinin dönüşünden ne kadar mutlu olduğu gözlerinden okunuyordu. Celil ve diğer iki yabancı delikanlının orada bulunmaları da onu hafif utançla karışık bir heyecana itmiş, yanakları al al olmuştu. Mahmut'un karısı uzun boylu, beyaz tenli, uzun kapkara saçlı bir Çerkez güzeliydi. Henüz on altı yaşını doldurmuş olan Osman'la yan yana oturdukları bahçe koltuğunda, o kadar genç ve çocuksu görünüyorlardı ki.

Mirza Eminof, arkasına dayanıp oturduğu demir bahçe iskemlesinde, etrafında toplanan geniş ailesini iftiharla seyrediyordu. Elli sekiz yaşına gelmişti. Saçları ve sakalı bembeyaz olmuş, alnı ve gözlerinin kenarlarında hafif kırışıklar belirmişti. Hâlâ dinç, çevik ve sıhhatliydi. Emekliliğinden bu yana, sadece toprakları, karısı, çocukları ile haşır neşir olmaktaydı. Mutluydu. Senelerdir özlemini çektiği şeyleri yapıyordu. Yıllar boyu, özlemle, ayrı kaldığı sevgili karısı ve çocukları, tüm ailesi şimdi gözünün önündeydi. Seyit hariç. Onu çok özlemişti. Oğlunun arkadaşlarının hepsi ile bir küçük sohbet yaptıktan sonra, Seyit'e sormak istedikleri vardı. Misafirlerin yanlış bir şey anlayıp, alınmamaları için kendi aralarında da Rusça konuşuyorlardı. Ancak, Mehmet ve Seyit'in Rusçaları hakikaten bir St. Petersburglu asilin Rusçasından ayırt edilemeyecek derecede temiz ve güzeldi. Mişa ve Vladimir, baba, oğulun konuşmalarını hayretle takip ettiler.

"Petro neden gelmedi Seyit? Her gelişinde seninle beraber olurdu."

Daha az evvel konuştukları mevzuun yeniden açılacağını fark eden Seyit, arada, arkadaşlarına, bu konuda bir şey söylememeleri hususunda işaret verir gibi bakış attı ve babasını cevapladı:

"Moskova'ya gitmesi gerekiyormuş babacığım. Biliyorsun, o şimdi babası ile çalışıyor. Sanırım, vaktini bizlere göre ayarlayamadı."

Hizmetkârların getirdiği soğuk limonatalar ve çöreklerin ikramı araya girince Petro unutuldu. Eminof, uzun zamandır göremediği arkadaşlarını merakla, oğluna sordu:

"Moiseyevler'den ne haber Seyit? Keyifleri yerinde mi?"

"Çok sevgileri, selamları var hepinize. Sanırım, bu yaz ortasında Livadia'ya gelecekler. Size de uğramak istiyorlardı. Biz oradan ayrılmak üzereyken, Olga teyze anneme bir mektup yazacağını söylüyordu.

"Zaten bu gidişle Petrograd boşalacak." dedi Vladimir, kendisine ikinci bir bardak limonata doldururken.

Endişeli bir ifade ile, iskemlesinde öne doğru hareket eden baba Eminof, beyaz kaşlarını kaldırarak sordu:

"Gidişat o kadar kötü mü çocuklar?"

"Pek ümitli olduğu söylenemez." diye cevapladı Mişa ve devam etti:

"Petrograd kaynıyor, Moskova da öyle."

Mehmet, tekrar arkasına yaslanırken, başını iki yana salladı.

"O kaynamaların ateşi çok önceden yakılmıştı. Yıllarca da körüklendi."

Sonra, yüzünün ciddi ifadesini bir gülüşle değiştirdi.

"Ama hiç bir şey St. Petersburg'u boşaltamadı. O şehrin her zaman kendisine ait bir çekiciliği vardır, o çekiciliğin de tutkunları."

Seyit, arkadaşlarına göz kırparak, babasını gösterdi.

"Babam da o tutkunlardan biridir arkadaşlar."

"Bak Kurt Seyt, baban da benim gibi Petrograd ismine alışamamış, görüyor musun?"

Mişa'nın, kendisine taraftar bulmuş olmaktan dolayı sevindiği belliydi. Eminof gülerek konuştu:

"Benim, artık, o muhteşem şehirle işim bitti. Benim için St.

Petersburg olarak kalacak hep. Ama sizler, sizlerin daha orada çok işi, uzun bir yaşantısı var. Sizler artık Petrogradlı'sınız."

Az sonra, birbirlerine iyice kaynaşmışlardı. Tatlı bir sohbetin ardından, hep beraber yemek odasına geçtiler. Sofrada gençleri ve hanımları sıkmamak için, mümkün olduğunca, havadan, sudan konuştular. Mişa ve Vladimir, Zahide'nin yemeklerini yerken uzun uzun övgüler yağdırdılar. Sofranın ortasında duran sebzeli kuzu tandır, tok bir insanı bile acıktıracak görünüşteydi. Baba Eminof, uzun zamandır içkiyi bırakmıştı. Yine de delikanlılara votka ikramında kusur etmedi. Kalktıktan sonra, kahvelerini içmek üzere, bahçenin üzerindeki salona geçtiler.

Herkesin çıkmasını bekleyen Mehmet, büyük oğlunun yanına yaklaşıp, eli ile omuzuna şefkâtli vuruşlarla dokundu.

"Seni aramızda görmek ne kadar güzel oğlum. Kendini bu kadar özletmemelisin."

Sonra, kendi geçmiş yıllarını hatırlayarak güldü.

"Söylediğime bakma sen. Elinde olmadığını biliyorum. Aynı yollarda at koşturdum, anlarım halini."

Sorup, sormamakta karar veremediği bir şey var gibiydi. Nihayet dayanamadı ve bir çırpıda sordu:

"Hayatında kimse var mı Seyit?"

"Nasıl birinden bahsediyorsun baba?"

"Ben kimseden bahsetmiyorum. Sana soruyorum. Yaşın yirmi beş oldu. Ben, aşağı yukarı o yaşlarda, anneni gözüme kestirmiştim."

"Hayır baba, öyle, gözüme kestirdiğim kimse yok henüz."

"Beraber olduğun biri vardır, her halde."

"Şey... Tabi var. Yani birileri var."

"Peki, bunlar içinde özel olan biri var mı?"

Seyit'in hayâlinde, birden, Moskova'da yaşadığı çılgın aşk geldi. Küçük sevgilisini ne kadar özlemişti. Şu an aklına gelen tek kadın oydu. Ama, belki de hayatında bir daha hiç tekrarlayamayacağı bir aşk beraberliği için, böylesine özlem duyulur muydu?

Onun sessizliğinden, cevabının "Evet" olduğunu düşünen babası sordu:

"Kim? Tanıdığım birinin kızı mı?"

"Sanmıyorum. Kislovodsk'tan. Babası Julien Verjensky."

"Ordudan mı?"

"Hayır, maden şirketleri var. Shura'nın ağabeyleri orduda. Teyzesinin kocası da General Afrikan Petrovich Bogayevsky. Don Kazaklarının Atamanı."

Mehmet Eminof, dinlediklerini önemsemiş görünüyordu.

"Mühim adam, çok mühim. Çar Nicholas'dan sonra İmparatorluğun en saygın kişilerinden sayılır."

Sonra konuyu değiştirdi.

"Nasıl bir kız?"

Seyit, beraber oldukları anları hatırlarken dahi, içini bir heyecanın sardığını hissetti. Bu kıza bağlanıyor muydu yoksa?

"Shura mı? Çok güzel. İsmi Alexandra. Ama böyle çağrılmayı seviyor. Daha çok genç."

"Onunla evlenmeyi düşünmüyorsun her halde."

"Evlenmek mi? Daha evlilikle ilgili hiç bir düşünce yok kafamda baba. Tam cepheye gitmek üzereyken, böyle bir şey düşünmem bile çılgınlık olmaz mı?"

"İyi... O düşünceler geldiği zaman da gelip, buradan bir kız bulursun kendine. Unutma, Rus kadınları bir erkeğe hayatı öğretmek, aşkı tanıtmak için idealdir ama eninde sonunda bir karın olacak ve buradan bir kız olacak."

Seyit, hiç konuşmadan, başıyla cevap verdi. Nedense, dili, babasının ondan beklediği şekilde söz vermeye varmamıştı. Eminof, oğlunun omuzuna elini koydu.

"Haydi gel, misafirlerimizi daha fazla bekletmeyelim."

Kolu oğlunun omuzunda, diğerlerinin oturmuş olduğu salona girdiklerinde, gençler kalkıp Eminof'a yer verdiler.

Bahçedeki büyük çınarın taze yeşil yaprakları, rüzgârla hafif hafif kımıldarken cama vurup tatlı hışırtılar çıkarıyordu. Seyit, şimdi yetişkin bir teğmen olarak durduğu bu salonda, sünnet yatağında yatıp, bahçedeki eğlenceyi seyrettiği günü hatırladı. Ne kadar geride kalmış günlerdi onlar. O yaşının toyluğunu, ve karşılaşacağı şeyleri bilmezliğin getirdiği ürkekliğini hatırladı. Şimdi farklı mıydı durumu? Hayır. Bir hafta sonra, yine sonunu bilmedikleri bir maceraya yola çıkacaklardı. Henüz kimse onun lâfını etmiyordu. Sanki, akşamın keyfini kaçırmak istemiyorlardı.

"Evine dönmek nasıl bir duygu Seyt?"

Vladimir, günün yorgunluğunun ardından, sıcak bir aileyle beraber olmanın ve sofrada içtiği votkaların tesiri ile, rehavet içinde, ağır ağır konuşuyordu.

Seyit, bakışlarını, evinin, bahçenin ve başlarının üzerinde göğe yükselen çınarın dalları arasında gezdirirken sanki hepsinin görüntüsünü nefes gibi içine çekiyordu.

"Harika bir his..." dedi, "Harika."

Vladimir, anne ve babasını çok küçük yaşlarda kaybetmişti. Kendisinden on yaş büyük olan ablasının ve eniştesinin yanında büyümüştü. Eniştesi, Moskova civarında babadan kalma geniş arazilerinin geliri ile yaşayan bir adamdı. Pek yakışıklı sayılmazdı ama hem karısını çok mesut etmiş, hem de Viladimir'i adeta kendi çocuğu gibi sahiplenip, bakıp okutmuştu. Onlardan gördüğü bütün yakınlık ve sevgiye rağmen Vladimir, gerçek bir ailenin hasretini her zaman hissetmişti. Özellikle bu kadar kalabalık bir aile yuvasında bulunduğu bu bahar akşamının kanı kaynatan havasında, özlemi su yüzüne çıkmıştı. Mehmet, askerlik yıllarında tanımış olduğu arkadaşlarından, ev özlemini en çok duyanların, anne veya babası olmayanlar olduğunu bilirdi. Karşısındaki delikanlıya acımıştı.

"Burası hepinizin evi Vladimir. Umarım, sizler de Seyit ile aynı duyguları paylaşıyorsunuzdur."

Vladimir, teşekkür ifade eden bakışlarla, "Sağ olun efendim, bunu unutmayacağız." dedi.

Sohbet koyulaştıkça, konu ister istemez harbe, Petrograd ve Moskova'daki ihtilâl kokan hazırlıklara geldi.

Eminof, etrafında oturan pırıl pırıl delikanlıların, bir hafta sonra Karpatlar'da, belki de ölümlerine, çarpışmaya gidecek olmalarından büyük bir rahatsızlık duyuyordu. O kadar genç ve tecrübesiz görünüyorlardı ki, onun gözünde. Endişelerini gizlemek için epeyi uğraşması gerekiyordu.

"Anlayamadığım," dedi Eminof, "Tam böyle bir harbin ortasındayken, nasıl gönülleri el veriyor, milleti bölmeye?"

"Harp patladığında herkes birleşmiş gibiydi bir müddet. Ama

sanırım, hükümet bundan yararlanmayı bilemedi. Duma'yı politikadan silmeğe uğraştılar. Tabi, cephedeki yenilgiler de yeniden fikir ayrılıklarını getirdi."

Mişa'nın söylediklerini diğerleri de başlarını sallayarak onaylıyorlardı dinlerken.

"En kötüsü, orduda bölünmeler başladı baba."

"Eğer Witte olsaydı, bütün bunları önleyebilirdi. Şu Goremykin denilen adam... nedir tutumu?"

Eminof'un sorusunu yanıtlamak için Mişa atıldı:

"Goremykin'in tutumu efendim, maalesef, Çar'a nefreti körüklemekten başka işe yaramadı. Sayesinde, Milli Kabineyi destekleyen bütün liberal bakanların işine son verildi. Aslında, asiller arasında da fazla sevilen biri değil. Neyse, Şubatta istifa etmek zorunda kaldı."

"Öyle mi? Bundan haberim yoktu. Moiseyev'den gelen son mektupta ondan bahsediyordu henüz."

Seyit, arkasına dayanarak, kocaman bir kahkaha attı:

"Sevgili babacığım, Petrograd'da istifalar, Aluşta'ya gelecek bir mektuptan daha hızlı seyrediyor."

Diğerleri de gülüşlerle ona katıldılar.

"Peki, şimdiki şanslı kim?"

"Stürmer, efendim."

"Stürmer... Şu sarayın protokol sorumlusu Stürmer mi?"

"Evet efendim, ta kendisi."

Eminof, başını iki yana sallarken, duyduklarına inanamadığını gösteren bir ifade ile, kaşlarını kaldırıp, dudaklarını büktü.

"Eminim, St. Petersburg'da böyle bir günde akıllı kararlar verebilecek adamlar da vardır. Onlar neredeler?"

"Artık, sarayda söz sahibi olmak için akıllı olmak, işini bilmek şart değil gibi gözüküyor, efendim."

Mişa, cevap için atıldığı konularda oldukça hararetli görünüyordu.

"Mişa'nın annesi Çariçe'ye çok yakındır. Onun için yakından takip ediyor bütün bunları."

Vladimir'in gülerek söyledikleri, Mişa'yı daha da sinirlendirmişti.

"Bu akılsız adamlar, bütün sistemi alt üst edecekler, bunu hissedebiliyor musun? Bir kaç yıl önce kontrol altına alınabilecek durumlar, bugün artık elden çıkmış vaziyette. Sokaklardaki insanlar kaç guruba ayrıldılar. Kim dost, kim düşman, bilemiyorsun. Akademideki talebelerin içinde bile ayrılıklar başlamış. Sonunda, sokaktaki adama kabahat bulacaklar. Ama, bütün dertler idaresizlikten başlıyor. Koca Çarlık sallanıyor. Harp var, insanlar öldü. Ölenlerin yerine bizler gidiyoruz şimdi. Belki bizler de öleceğiz, ama kimin için? Çar için mi yoksa Lenin için mi?"

"Öldükten sonra ne fark eder?" dedi Viladimir.

"Çok şey fark eder. Ben Rusya için ölürken, İsviçre'de oturan bir adam sonradan gelip Rusya'yı yönetecekse, çok fark eder."

Mişa konuştukça ateşleniyordu. Yüzü kıpkırmızı olmuştu. Saçlarını eliyle tarayarak alnından geriye atıp devam etti:

"Hoş, savaşta ölmezsek bile, bunlar bizi nasılsa yaşatmazlar."

Birden, yorulmuştu. Bedbin bir ifade ile, başını iskemlesinin arkasına yasladı. Sonra derin bir nefes arasında mırıldandı:

"Burası ne kadar sakin ve huzurlu. Sanki dünyanın en emin yeri."

"Öyle bir yer olduğunu sanmıyorum." dedi Eminof. Sonra yerinden kalktı.

"Çocuklar sizler daha oturun isterseniz. Bana müsaade, artık sizler kadar genç değilim, biraz dinlenmem lâzım. Yarın yine bol bol konuşuruz."

Hepsi, Eminof'a iyi geceler demek için, ayağa kalktı.

"Kusura bakmayın, efendim," dedi Mişa mahçup bir tavırla, "Başınızı ağrıtmış olmalıyım. Biraz fazla heyecanlandım galiba."

Eminof, babacan bir tavırla, onun omuzlarını okşadı.

"Hiç özür dilemene gerek yok, ben çok iyi vakit geçirdim, delikanlı. Ayrıca, heyecan, siz gençler için en tabii histir. Benim yaşıma gelince, tehlikeli olmaya başlar. Heyecanlarınızdan utanmayın, oğlum."

Mehmet'in içeriye girmesinden sonra, delikanlılar tekrar oturdular. Aslında çok yorgun ve uykusuzlardı. Ama şu an yatağa gitmeyi kimse düşünmüyordu. Az sonra, Mahmut ve Osman da müsaade isteyip çekildiler. Her ikisi de, yeni kavuşmuşlar gibi, sıkı sıkı sarıldılar ağabeylerine.

"Senin yanımızda olman çok güzel Seyit. Keşke hep beraber olabilsek."

Seyit, Mahmut'un söylediklerini hakikaten candan hissettiğini biliyordu. Onu tekrar kucaklarken konuştu:

"Biliyorum Mahmut, biliyorum. Ben de çok isterdim hep beraber olabilmeyi."

İki kardeşin sevgi gösterisinden duygulanan Vladimir, işi şakaya vurmak istedi.

"Sen olmadan da burada oldukça kalabalıklar Kurt Seyt. Kimsenin sana ihtiyacı olduğunu sanmıyorum."

Gülüşerek, gençleri uykuya yolladılar.

"Biliyor musunuz çocuklar?" dedi, uzun zamandır suskun oturan Celil, "Şu anda şu gençlerden birinin yerinde olmak isterdim. Karpatlar'ın kâbusu ile uyuyacağıma, güzel karıma sarılıp yatmak ne harika olurdu."

"Önce sarılıp yatacak bir karın olması lâzım." dedi, Mişa.

"Tatiana ne güne duruyor?" diye atıldı, Vladimir.

Celil mırıldandı:

"Aynı şey değil."

"Nereden biliyorsun, hiç evlendin mi?"

"Sahi, kaç sene oldu beraberliğiniz?"

Seyit'in sorusu üzerine bir düşündü Celil.

"Galiba üç, belki biraz daha fazla."

"Hiç evlenmek istemedi mi seninle?"

"Tatiana mı? Bilmem, öyle bir şey sezmedim hiç. Galiba ikimiz de bu ilişkinin kâfi olduğu kanısındayız."

Mişa, oturduğu iskemlede biraz daha kayarak, bacaklarını üst üste atıp ileri uzattı. Konuşurken Celil'e bakıyordu.

"Aklında olsun, bir gün ayrılırsanız, bana haber ver, oldu mu?"

"Olamaz!" diye bağırdı Vladimir, "Senin Tatiana da gözün mü var? Mişa, inanamıyorum."

Gülmeye başladılar. Saatlerdir konuştukları mevzuların geriliminden kurtulmaya başlamışlardı.

"Sadece ben değil, o kadar çok erkeğin gözü var ki onda. Sanki bilmiyor gibi konuşuyorsunuz."

Celil bu konuşulanlardan hiç rahatsız olmuşa benzemiyordu. Gülmekle yetindi.

"Bir şeyler söylesene. Sevgiline olan hayranlığını açıkça dile getiriyor arkadaşımız."

Seyit'in şaka yolla takılması üzerine, Celil, sevgilisini sahiplendiğini belirtmek gereğini hissetti.

"Merak etme Mişa, onu bırakacak değilim. Hiç heveslenme."

"Ama evlenecek de değilsin, değil mi?"

Diğeri, arkadaşını merakta bırakacak alaycı bir gülümsemeyle cevapladı:

"Kim bilir, belki de evleniriz."

"O zaman cephede ölmemeye bak. Çünkü, ben ölmeyeceğim. Geri dönen kazanır."

"Bence, ikiniz de fazla hayâle kapılıyorsunuz." dedi Vladimir. "Siz dönene kadar, Tatiana'nın uzun bacaklarını her gece yüzlerce erkek, hayranlıkla seyretmeye devam edecek. Eminim onlardan biri de sevgilisi olmayı başaracaktır."

"Bolşoy'un en uzun bacaklı baleriniymiş, doğru mu?"

Mişa'nın sorusu üzerine, Celil, çekik gözleri hiç gözükmeyecek kadar güldü.

"Bilemiyorum, Bolşoy'daki bütün balerinlerin bacaklarını ölçmedim henüz."

Dördü de iyiden iyiye keyiflenmişlerdi artık. Yaşamlarında savaştan başka bir şeylerin de olduğunu hatırlamakla, biraz evvelki bedbinliklerinden kurtulmuşlardı.

Kadınlardan bahsetmek, Vladimir'in aklına bir soru getirmişti:

"Buralarda nasıl eğlenirsiniz sizler Kurt Seyt?"

Bu soru üzerine, Seyit ile Celil'in bakışları karşılaştı ve gülümsediler.

"Hakikaten Seyt, cepheye gitmeden evvel, şöyle güzel bir kaç saat geçirebileceğimiz bir yerler yok mu buralarda?"

"İstersen, bir kaç gün de geçirebilirsin." dedi Celil.

"Hatta yaz başlayana kadar da kalabilirsin." diye ilâve etti Seyit.

Mişa, başını arkaya atıp, kollarını yukarıya kaldırdı, derin bir "Ah!" çekti.

"Bayılırdım bu işe ama vaktimiz yok. Şöyle iki üç saat yeter sanırım."

"O zaman, bu geceyi burada bitirip, biraz dinlenelim." dedi Seyit.

Delikanlılar heyecanlanmışlardı.

"Peki, hâlâ söylemedin Seyt. Nereye gideceğiz? Kızlar nasıl? Aralarında şöyle güzel bir esmer var mı?"

Seyit'le Celil yine gülmeye başladılar. Seyit, Mişa'nın omuzuna vurup cevapladı:

"Doğrusunu söylemek gerekirse, o konuda pek yardımcı olamayacağım sevgili Mişa. Artık, kısmetin neyse, razı olacaksın. Haydi, şimdi biraz dinlenelim, yarın akşama güç toplayın. Gelin, odalarınızı göstereyim sizlere."

Delikanlılar, çoktan yatmış olan ev halkını uyandırmamaya dikkat ederek, sessizce, gaz lâmbası ile aydınlanmış merdivenlerden ikinci kata çıktılar. Seyit, misafir odalarının kapılarını açarak Mişa ve Vladimir'i buyur etti. Beyaz iş yatak örtüleri ve lâvanta kokusu, odaya insanı uykuya davet eden bir rehavet yayıyordu sanki.

"Yatmadan banyo almak isterseniz, aşağıda hamam yanıyor çocuklar. Biz Cemil'le ineceğiz şimdi."

"Gözlerim kapanmaya başladı ama, sıcak bir banyoya hayır diyemiyeceğim." dedi Viladimir.

"Hemen geliyoruz." diye cevapladı diğeri.

"Tamam, eşyalarınızı alın, merdivenin altında, holde bekliyoruz sizi."

Kurnalarla çevrelenmiş mermer hamam, geniş bir oda büyüklüğündeydi. Kurnaların yanında pırıl pırıl parlayan bakır taslar, kapının arkasındaki mermer rafta yerleştirilmiş bembeyaz havlular, alçak ahşap tabureler, günün yorgunluğunu atıp, ferahlamak isteyenler için ideal bir ortam sunuyordu.

Pirinç musluklardan devamlı akan sıcak suyla doldurdukları kurnalardan yükselen buhar, az sonra, hamamın içini öylesine ısıtmıştı ki, bu defa soğuk su dökünmeye başladılar.

"Canlandığımı hissediyorum." dedi Mişa, "Bu harika bir şey, kendi evime de böyle bir hamam yaptıracağım ileride."

"Ben burada uyuyabilirim çocuklar."

Vladimir, çoktan ısınmış mermer zemin üzerine yüzü koyun uzanmış, gözlerini kapamıştı.

Seyit, arkadaşını, kalkması için kolundan çekeledi.

"Haydi, çıkıyoruz artık, eminim yatakta daha rahat edersin."

Yüzleri sıcaktan kıpkırmızı olmuş, rehavet içinde, bornozlarına sarınıp sessizce yukarı çıktıklarında, artık, hepsinin tek düşüncesi kendilerine ayrılmış yumuşacık yataklara gömülüp, derin bir uyku çekmekti.

Yalta ormanları, denize paralel uzanan bereketli toprakları, güneşi ve ılıman havası ile sadece asırlık ağaçların yuvası değildi. Ormanın içinde, özellikle kıyıya yakın bölümlerinde, birbirinden görünmeyecek mesafelerde, yer yer, şık evler serpiştirilmişti. Bunlar, çoğunlukla, Moskova ve St. Petersburg'da yaşayan zengin ve asil ailelerin yazlıklarıydı. Mayıs ayının ortalarından itibaren, yavaş yavaş dolmaya başlarlardı. Evler her ne kadar sadece bir kaç ay yaşamak üzere inşa edildiyse de, her biri kendi sahibinin asaleti ve maddi durumu hakkında bilgi verecek derecede özenle oturtulmuştu ağaçların arasına.

Baharla beraber, evlerin bahçelerinde, pencerelerinde bir telaş görülmeye başlanırdı. Efendilerinden evvel, evi hazırlamaya gelen hizmetkârlar, kış boyunca güneş görmemiş odaların, salonların kepenklerini, kalın perdelerini açar, temizliğe başlarlardı. Bazen, evin küçük çocukları ve mürebbiyeleri de bu ilk gelen gruba dahil olurlardı.

Kuşların şakıyıp, güneşin insanın iliklerini ısıttığı bu keyifli bahar sabahında da, Yalta ormanları, evlerin kepenklerini açmaya başlayan yazlık misafirleri ile beraber uyanıyordu.

Bütün yorgunluklarını bir gün evvelinde bırakmış olan dört delikanlı, erkenden evden ayrılmışlardı. Keyif içinde, güle konuşa, yol alıyorlardı. Binici pantalonlarının üzerinde spor gömlekler ve sveterler vardı. Güneş o kadar güzel ısıtıyordu ki, şarap bağına vardıklarında sveterlerini çıkardılar. Set set denize inen yamaçların üzerinde yapraklanmaya başlayan asmaların arasından geçerek tepenin ucunda kayın ve gürgen ağaçlarının gölgesinde kaybolmuş bağ evine geldiklerinde, çardak altındaki masayı hazırlanmış buldular. Bağ evi kagir, iki katlı, şirin, nispeten küçük bir evdi. Gayet sade döşenmişti. Denizin üzerine doğru uzanır gibi duran tepenin manzarası harikaydı. Asmalar ve hanımelleri ile sarılı çardak, denizin ve göğün birleşen maviliklerine yeşil bir çerçeve oluşturuyordu. Atlarını bağlayıp, kuyudan çekilen suyla el yüz yıkayan delikanlılar, masaya oturduklarında, kendileri için hazırlanmış soğuk ayranı afiyetle içtikten sonra, aç kurtlar gibi masayı donatan yiyeceklere saldırdılar.

"Çok şanslısın Kurt Seyt. Bir gün döneceğin böyle toprakların olması inan büyük şans. Sana gıpta ediyorum."

"Sağ ol Mişa, ama bu topraklarda öyle mutsuzluklar da yaşanmış ki, istikbâl bana ne gösterecek bilemem."

"Haydi, karamsarlığı bırakın da söyleyin şimdi, akşama ne yapıyoruz? Bizi nereye götüreceksiniz?"

"Vladimir, senin kafanda başka düşünce yok mu Allah aşkına?"

"Hayır Mişa, benim kafamda dün geceden beri başka hiç bir şey yok. Rüyamda bile kızlar gördüm bütün gece. Haydi söyleyin artık, plân nedir bu akşam için?"

Celil, Seyit'e göz kırpıp konuştu:

"Aslında akşamı beklememiz de şart değil, değil mi Seyit?"

Çenesindeki derin gamzeye işaret parmağı ile vurup, biraz düşünür gibi yapan Seyit, arkadaşlarının heyecanla bekledikleri cevabı vermek için bilhassa oyalandı.

"Neden olmasın? Nasılsa gün de bizim, gece de, öyle değil mi?"

"Yuppaaa!"

Sveteri ile havada daireler çizen Vladimir, masadan fırladı. Diğerleri de arkasından masayı terk ettiler. Elinde meyve dolu tabakla bahçeye çıkan hizmetkâr, misafirlerin çoktan gitmek üzere hazırlandığını görünce, servisin gecikmesinden dolayı özür dilemek istedi. Seyit, yüzünde kocaman bir gülüşle, onun gönlünü aldı.

"Ziyanı yok İsmail Efendi. Bizim bir işimiz var, gidiyoruz. Meyveyi de başka zaman yeriz, ellerine sağlık."

Az sonra, eğlence yerine giden çocukların şen havası içinde, ormana daldılar.

Ancak bir arabanın geçebileceği dar yola girdikleri zaman, arkalarından gelen atlı araba sesi ile yana çekilip beklediler. Arabacının yanında yığılı valizler ve sepetlerin ardında, yolcuların kim olduğu görülmüyordu. Araba tam yanlarından geçerken, Seyit, birden, iki küçük kız çocuğunun arasında oturmakta olan genç kadını fark etti. Yüzünde derin bir gülümseme yayıldı. Genç kadın da onu görmüştü. Aşina bakışlarla, gülümsemesine karşılık verip, hafifçe başını salladı. Araba geçip gittikten sonra, arkadaşları ıslıklarla Seyit'i alaya aldılar.

"Orman ortasında bile selamını alacak bir hanım buluyorsun Seyt. Şansın arabada geçti önünden."

Seyit, Mişa'nın serzenişine gülerek cevap verdi:

"Geçen şans değildi sevgili Mişa, eski bir tanıdıktı, çok eski."

"Biz de tanışabilecek miyiz kendisiyle?" diye sordu Vladimir.

"Hayır," dedi Celil, arkadaşının atının başını okşarken, "Maalesef, sizle tanışmaya vakti olmayacak o güzelin."

"Neden?"

"Çünkü, buraya her gelişinde, Seyit yeniden tanışır onunla ve kimseye vakit bırakmaz."

Gülerek sormaya devam etti Vladimir:

"Kimdi o Allahaşkına?"

Celil, adeta, bir çiçeği koklar gibi, gözlerini kapayıp derin bir nefes aldı ve cevapladı:

"Larissa, güzel Larissa, Arkadievler'in çocuklarına mürebbiyelik yapar. Annesi Fransız. O da mürebbiye olarak gelmiş buraya. Sonra zengin bir Rus'la evlenip Moskova'ya yerleşmiş. Soylu aileler onu mürebbiye tutabilmek için yarıştalar."

Sonra, yanı başında atını sürmekte olan Seyit'i göz ucu ile göstererek devam etti:

"Ev halkı gelene kadar da, eğer buradaysa, yakışıklı bir arkadaşımıza mürebbiyelik yaptığı da olur."

Hepsi gülmeye başladılar. Seyit, başını iki yana sallayarak konuştu:

"Sizlerle başa çıkamayacağım ben, onun için de biraz sonra ayrılacağım."

Şakaları ile onu kırdıklarını zanneden Mişa atıldı:

"Yapma Seyt, ne güzel eğlenecektik beraber, nereye ayrılacaksın?"

Seyit, hiç cevap vermeden, atının başını o sırada önünden geçmekte oldukları büyük evin bahçesine doğru sürdü.

Celil, diğerlerinin duyduğu endişeye kahkahalarla cevap verdi:

"Endişelenme sevgili Mişa, bize kızdığı için ayrılmıyor. Burası Arkadievler'in evi. Yani, bizim Kurt Seyit'in durağı. Mürebbiyesine gidiyor, merak etme."

"Ya biz ne olacağız? Seyt'in işi halloldu." dedi Vladimir.

Seyit, atını tekrar onların durduğu yol ağzına doğru döndürüp yanlarına geldi.

"Celil, sen arkadaşlarımızı götüreceğin yeri biliyorsun."

Diğerlerine dönerek devam etti:

"Çocuklar, sizi Celil'e emanet ediyorum. Eğleneceğinizden eminim. Sonra bağ evinde buluşuruz. Eve ayrı ayrı gitmeyelim, babama izah etmek çok zor olur. Haydi iyi eğlenceler."

"Sana da! Dikkat et, mürebbiyen seni çok uyutmasın."

"Siz de dikkat edin, ev sahiplerine yakalanmayın!"

Gülüşerek ayrıldılar. Seyit, uzaktan, evin kapısının önünde boşaltılmakta olan arabayı gördü. Larissa, evin merdivenlerinde, çocukların ellerinden tutmuş duruyordu. Gözleri ağaçlar arasından eve giden yoldaydı. Seyit, onun kendisini görmek için beklediğini biliyordu. Varlığını belli edecek şekilde hafifçe ortaya çıktı ve atını eve doğru sürdü. Kapının önüne geldiğinde, reveransla genç kadını selamladı.

"Hayırlı günler dilerim."

Larissa, mahçup bir gülümseme ile cevapladı:

"Size de hayırlı günler."

"Bay Arkadiev geldiler mi acaba, kendisine selamlarımı sunmak isterdim."

Kâhya kadının ve uşakların meraklı bakışları arasında, genç kadın gayet resmi bir ses tonu ile cevap verdi:

"Hayır, Bay ve Bayan Arkadiev henüz gelmediler. Sanırım, on gün sonra burada olacaklar."

Seyit, geri dönmek üzere, atının yularını çekerken konuştu:

"Teşekkür ederim, kendilerini on gün sonra ararım."

Tekrar, başıyla bir selam verip, ağaçlık yola döndü. Atından inip beklemeye başladı. Mürebbiye, çocukları kâhya kadına teslim ediyordu. Sonra, bir eli ile şalını, diğeri ile de pembe şifon elbisesinin eteklerini tutarak evin içine girip, gözden kayboldu.

Seyit, atını kuytuda bir ağaca bağlayıp, ağaçların arasından evin arka tarafına doğru dolaştı ve yine beklemeye devam etti. Henüz, evin bütün pencereleri örtülüydü. Az sonra, arka odalardan birinin, bahçeye bakan kapısı aralandı. Seyit, olduğu yerden fırlayarak, çiçek tarhlarının arasından verandaya vardı ve aralıktan içeri süzülür süzülmez kapıyı kapadı. Kalın perdelerle örtülü pencerelerden bir damla ışık girmiyordu içeriye. Gözleri karanlığa alışamadı ama geldiği yere aşina olduğu belliydi. Birden, yüzünde hissettiği ılık nefesle, kendisini bekleyenle buluştu. Hiç konuşmadan, çılgınlar gibi sarılıp öpüşmeye başladılar. Genç kadının elbisesinin üzerinden, teninden yükselen ateş hissediliyordu. Şifonun ince teması altında, vücudunun bütün hatları olduğunca ele geliyordu ve en arzusuz erkeği dahi çılgın hayâllere sürükleyebilirdi. Bir ara, Seyit'in ellerinden sıyrılarak fısıltıyla konuştu:

"Dur biraz Seyt, dur biraz. Çocukları ayarlamam lâzım. Daha gelir gelmez seninle karşılaşabileceğimi nereden bilebilirdim. Bana yarım saat müsaade et. Onları yedirip, yatırmam lâzım."

Seyit, onun ince beline daha sıkı sarılıp, kendine doğru çekti. Elindeki yumuşacık, sıcacık varlığı bir yere bırakmaya niyeti yoktu.

"Peki bu yarım saatte benim ne yapmamı bekliyorsun?"

Kadın, işveli işveli, parmakları ile, Seyit'in saçlarını karıştırdı. Boynuna doğru uzanıp nefes halinde konuştu:

"Seni kimseye fark ettirmeden odama çıkarabilirim. Kimse giremez oraya. İşim biter bitmez, ben de gelirim. Oldu mu?"

Sonra erkeğin kollarından ayrılıp, parmak ucunda, odanın evin ana holüne açılan kapısına doğru yürüdü. Hafifçe araladığı kapıdan dışarıya bakıp, çıktı. Bir kaç saniye sonra tekrar geriye gelmişti.

"Çabuk!" dedi, "Çabuk gel, kimse ortaya çıkmadan arkamdan gel. Dışarı çıkar çıkmaz, sağ tarafta, merdivenin altındaki kapıdan içeri gireceksin."

Yaşadığı çocukça heyecan, kadına karşı duyduğu arzuyu daha da önüne geçilmez yapıyordu. Onu takip etti. Koşarak, evin ikinci katına çıkan sağlı sollu merdivenin altına vardılar. Mürebbiye, iki çiçekliğin arasında asılı, büyük varak aynanın çerçevesinden tutup çekince, ayna ile beraber, duvardan gizli bir kapı açıldı.

"Çabuk, geç buradan içeriye, merdivenler dardır, dikkat et. İkinci kata çıkar çıkmaz, soldaki ilk oda. Ben, çıkıp sana kapıyı açacağım."

Seyit'in bir cevap vermesini beklemeden aynalı kapıyı üzerine kapadı. Kapkaranlık ve daracık sahanlıkta, helezoni bir şekilde yukarıya tırmanan merdivenlerin trabzanını el yordamı ile bulan genç adam, düşmeden çıkmaya çalışırken, kendi haline gülüyordu. Az sonra merdiven bitip, karşısına bir kapı çıktı. Kadının bahsettiği kapı bu olmalıydı. Nefesini tutarak kapıya kulağını dayayıp, kendisine bir işaret olabilecek sesi bekledi. Ama gelen giden yoktu. Kapıyı yokladı. Diğer taraftan kilitliydi. İki kapalı kapı arasında, karanlık bir merdivende kala kalmıştı. Kendine kızmaya başlıyordu ki, hafif ayak seslerinin yaklaşmakta olduğunu duydu. Derken, kapının kilidi çevrildi. Seyit, nefesini tutarak bekledi. Gelenin Larissa'dan başkası olabileceği ihtimâlini düşündü ve buz kesti. Evin ön kapısından şanıyla girip, mürebbiye ile sevişeceğini söylese, her halde merdiven aralığında yakalanmaktan daha az onur kırıcı olurdu.

Korktuğu olmadı. Kapının kilidi açıldıktan sonra, kimse olduğu yere gelmedi. Bu, Larissa'nın işareti olmalıydı. Artık çıkabilirdi. Başını yavaşça uzatıp koridorun emniyette olduğunu görünce, dışarı fırladı. Daha evvel söylendiği gibi, soldaki ilk odaya giriverdi. Oda boştu. Larissa çocuklarla meşgul olmalıydı şu sıralar. Genç kadının valizleri açılmış, eşyalarından bir kısmı yatağının ayak ucuna bırakılmıştı. Seyit, yatakla kapıyı ayıran paravanın arkasındaki büyük koltuğa yerleşti, beklemeye koyuldu. Odanın yabancısı değildi. Burada olmayı özlediğini kendi kendine itiraf etti içinden.

Bir an, Shura'yı düşündü. Larissa ile kıyaslamaya çalıştı. Olmadı. İkisinin birbirleri ile kıyaslanacak en ufak bir noktaları yoktu. O kadar farklı idiler ki... Larissa, her şeyi ile aşkı hatırlatan bir kadındı. Onunla konuşurken, konu ne olursa olsun, her zaman kullandığı bir kelime, elinin bedeninde yaptığı masumane bir gezinti, gözleri yarı kapalı mahmur bakışları, daima ama daima aşkı, sevişmeyi akla getirirdi. Seyit, bir türlü, böyle bir kadının nasıl mürebbiye olarak seçildiğini anlayamıyordu. Belki de çocuklarla beraberken hareketlerine çok dikkat ediyordu.

Shura ise, bir erkeğin hayatını tam anlamıyla paylaşabileceği bir kadındı. Babasının sosyal statüsünün ve maddi imkânlarının yanı sıra, kendisinden emin olması için gerekli her imkâna sahipti. İyi bir tahsil, yolda giderken bile erkeklerin başını döndüren asil bir güzellik. Larissa'nın erkeğin aklını çelmek için yaptığı oyunlardan hiç birini yapamazdı Shura. Kendisinin hep seyredildiğinin, beğenildiğinin farkında olduğu muhakkaktı. Ama o, sanki bunları hiç önemsemez gibi davranmıştı. Bu tavrı da, ona ayrı bir çekicilik kazandırıyordu. Karşısındaki erkeğe seks ümidi veren hiç bir tavır takınmamasına, bütün tecrübesizliğine rağmen, kendisine has bir sıcaklığı vardı. Ama Seyit, onun durgun, vakur, el sürülmemiş saflığının altında gizli yatan kadını keşfetmişti. Baş başa kaldıkları zaman, şefkât ve sevgi dolu öpüşlerle başlayan beraberliklerinin, nasıl saatler sürecek fırtınalı bir maceraya dönüştüğünü hatırladı.

Beraber olduğu bir kadını ilk keşfeden olmaktan böylesine erkeklik gururunun okşanmasını hayretle fark etti. Shura, genç kızlığının el değmemiş, en mahrem tarafıyla, onun hayatında kendisine ait hissettiği ilk kadın olmuştu. Onun sakin, yumuşak yaradılışının derinliklerinde saklanan fırtınaları sadece kendisinin bilmesi, Seyit'e ayrı bir keyif veriyordu. Onun, aslında, aşk için yaratılmış olduğunu sadece o biliyordu.

Ama bundan sonra ne olacaktı? Böylesine güzel bir kızın etrafında, onunla ilgilenecek, kur yapacak erkekler elbette çoktu. Şimdiden, kimliğini bilmediği o erkeklere karşı hırslanmaya başlamıştı. İçinde ilk defa duyduğu kıskançlık duygusundan rahatsız oldu. Aslında, şu an, onun yanında olmasını ne kadar isterdi. Onu düşünmek bile kalp atışlarını hızlandırıyordu. Boğazının kuruduğunu, vücudunun ısısının arttığını hissetti. Kalçalarına kadar uzanan sapsarı saçlarının, bedenleri üzerinde savruluşunu, son kez beraber olduklarının bilincinde, çılgınca sevişmelerini hatırladı. Kendisini iyi hissetmiyordu. Şu an, bir ilâç gibi ona ihtiyacı vardı. Ama ilâcı kilometrelerle uzaktaydı. Yerinden kalkıp, konsolun üzerindeki porselen leğene döktüğü suyla yüzünü yıkadı. Serinleyen ellerini, ensesinde, boynunda dolaştırıp, yükseldiğini hissettiği ateşini bastırmaya çalıştı.

Hayâlleri ile oldukça uzun bir zaman geçmiş olmalıydı. Açılan kapının sesiyle irkilip, kendisini tekrar paravanın arkasına gizledi. Gelen Larissa idi.

"Burda mısın Seyt? "

Seyit olduğu yerden çıkarken, genç kadın da kapısını kilitliyordu. Sonra, koşarak erkeğin vücuduna sıkı sıkı sarıldı. Ellleri ile, onun başını iki yandan adeta ezer gibi sararak kendi yüzüne doğru çekti. Dudaklarını aralayıp, onunkilerine bastırdı. Erkeğin, kanını, canını çekecek gibi öperken, bir yandan da kıvrak oynaşmalarla onun bedeninle temastaydı.

"Sevişmeğe az vakti olan bir erkek için bu kadın ideal", diye düşündü Seyit. Sonra Shura'yı hâyâl etti. Eğer, şimdi kapıdan giren o olsaydı, her şey ne kadar farklı olurdu. Şu an kollarında kıpır kıpır, yerinde duramayan kadın gibi koşarak gelmezdi. Yavaş, kendinden emin adımlarla, gözlerini gözlerine dikerek, ona biraz sonra yaşatacağı güzel anları hatırlatacak kadar âşık, derin bakışlarla gelir, gözlerini kapayıp dudaklarını öpülmek üzere uzatarak sokulup, beklerdi. Onun sakin sarılışlarında, saatlerle yaşanacak çılgınlığı hissederek sabırla beklerdi Seyit. Saç telinden, parmaklarının ucuna kadar vücutlarını tanıyarak geçirdikleri aşk saatleri sonunda, sevişmeye tam anlamıyla doymuş olurlardı.

"Tanrım," diye düşündü genç adam, "Şu an kucağımda bütün arzularımı yerine getirmek için çıldıran bir kadın var ve ben kilometrelerle uzakta bir başka kadını düşlüyorum."

Larissa, temelli yerini alamayacak dahi olsa, bir kaç dakika için Seyit'e kafasındakileri unutturmayı başarmıştı. Bütün cazibesi, tecrübesi ve tatmin olmayan arzusu ile, yatağına aldığı erkeğin geçici mutluluğunu sağladıktan sonra, onun kollarında uykuya daldı. Seyit, serbest olan kolu başının altında, arka üzeri uzandığı yerde, kendi kendine düşünürken, birden, dehşetle, bugüne kadar anlamadığı bir şeyin farkına vardı. Bu eve Larissa ile beraber olmaya gelmişti. Ama, ondan sonra sanki hep küçük Shura'sı ile beraberdi. Onu düşünerek heyecanlanmış, onun nasıl seviştiğinin hayâliyle yatağa girmişti. Aslında, hayâlindeki Shura ile sevişmişti. Ve şimdi yanında yatan bir başka kadın, onda sevgilisine ihanet ettiği hissini uyandırıyordu. Ona bağlandığını anlıyordu şimdi. Evet, Larissa ile, Shura diye sevişmişti.

"Aman Allahım, ben galiba âşık olmuşum, haberim yok." dedi içinden. Birden, bunu daha evvel fark etmediğine pişman oldu.

Artık, burada daha fazla kalmak istemiyordu. Kadını uyandırmaktan korkarak, kolunu yavaşça çekti. Sessizce, yataktan çıkıp giyindi. Sakinliğinden emin olduktan sonra, koridora süzüldü. Hemen, gizli merdivenin olduğu kapıdan girdi ve dikkatli adımlarla aşağıya indi. Yalnız, bu defa, dışarıda kendisini uyaracak kimse yoktu. Holden hizmetkârların telaşlı ayak sesleri duyuluyordu. Yeni bir araba eşya gelmiş olmalıydı. Uzun zaman, merdivenin dibindeki basamakta oturup bekledi. Bir müddet sonra sesler kesildi. Ana giriş kapısının kapandığını belli eden sesler duyuldu. Nihayet, etraf sükunete büründü. Herkes odalarına çekilmiş olmalıydı. Aynen, eve giriş yolunu kullanarak dışarı çıktığında, havanın kararmaya başladığını gördü. Ağaçların arasında bağlı bıraktığı atına atladı ve ardında kalan eve son defa baktı. Kendi kendine, yaşadığı saatler için güldü. Bir daha buraya hiç geleceğini sanmıyordu.

Bağ evine vardığında, diğerlerinin henüz gelmediğini fark etti. Atını evin önündeki ağaca bağlarken, müştemilattan dışarıya fırlayan İsmail Efendi, saatler evvel geçirdiği Seyit'i yine orada görünce şaşırdı.

"Hayrola efendim, bir şey mi oldu?"

Seyit, çardağa doğru yürürken konuştu:

"Meyve yemeğe geri geleceğim dememiş miydim ben sana? İşte geldim."

Hizmetkâr bu cevaptan pek bir şey anlamadı ama hemen mutfağa gitmek üzere eve girdi.

Seyit, iskemlelerden birine oturup diğerine de bacaklarını uzatırken içeriye doğru seslendi:

"Kuyuya da bir şişe votka indir, soğusun, arkadaşlar gelecek şimdi."

Bir koşu, kapının önüne gelen adamcağız, "Pekiyi efendim, hemen" dedi ve yine koşarak geri gitti. Çardağın kenarında, fener şeklinde asılı lâmbanın gazı o kadar az ışık veriyordu ki, basan gecenin ve denizin rengi birleşmişti sanki. Bağın arasından cırcır böceklerinin sesleri geliyordu. Hafif bir serinlik, Seyit'in içini titretti birden. Bir sigara yakıp, başını iskemlesinin arkasına dayadı. İçinde tarif edemediği bir huzursuzluk vardı. Sanki, hem olduğu yerdeydi, hem değildi. Şu an nerede olmak istediğini de bilemiyordu. Babası ile St. Petersburg'a ilk varışlarını, Tsarskeyo Selo'da beraber geçirdikleri günleri, Moiseyevler'le tanışıp, akademiye yazılışını, babasını Japon harbine gitmek üzere uğurlayışını hatırladı. O sabah da, aynen şimdi olduğu gibi, içini bir titreme sarmıştı. Aradan seneler geçmişti. Artık, aynı toy, ürkek çocuk değildi. Petrograd'ı, Moskova'yı avucunun içi gibi öğrenmiş, bir çok dost edinmişti. Tsarskeyo Selo'daki evi, dostlarının dolup taştığı bir kaçış eviydi. Burada, Aluşta'da ise, bütün ailesi mutlu ve sıhhattelerdi. Peki, bu huzursuzluk nereden geliyordu? İçini hâlâ titreten duygunun sebebi neydi? Bir çok yerde, bir çok ev, her yerde ayrı insanlar, ayrı adetler. O hangisine aitti? Sonunda nerede yerleşip kalacaktı? Kimi, evlenecek kadar sevecekti? Babası, otuzuna kadar istediğin gibi gez, toz ama ondan sonra buralardan bir kız alacaksın, demişti. Bugün ise, yanında hep istediği kadının Shura olduğunu anlamıştı. Ya evlenmek? Evlenmeye gelince iş ne olacaktı? Shura ile evlenmeye kalksa, babasının, annesinin tavrı ne olurdu? Erkek kardeşi Türk asıllı kızla evlenmişti. Çok güzel bir kızdı. İyi aileden geliyordu. Kocasını da mesut etmişti. Babası örnek olarak onları göstermez miydi kendisine? Babası kabul etse, Shura buraya gelir yaşar mıydı? Belki evet, belki hayır. Ya kendisi, acaba hayatının sonuna kadar yaşayacağı yer olarak nereyi seçmek isterdi? On iki yaşından beri, Petrograd'da Moiseyevler'in evi, Tsarskeyo Selo'daki ve Aluşta'daki evlerinden çok kaldığı yerler olmuştu.

"Ben nereye aidim?" diye mırıldandı, kendi kendine.

Tepsiye doldurup getirdiği beyaz peynir, meyve, sarı leblebi tabaklarını yerleştirmeye başlayan hizmetkâr, kendisine bir şey söylendiğini sandı.

"Bir şey mi dediniz efendim?"

Seyit, gökte parıldamaya başlayan yıldızlardan gözünü indirip, eliyle bir işaret yaptı:

"Yok, yok, sana bir şey demedim İsmail Efendi... Votka soğudu mu? Getir bir kadeh bari."

Cebinden çıkardığı saate baktı. Dokuz olmuştu bile. Camını okşayarak tekrar baktı saatine. Binicilik müsabakalarından birinde kazandığı birinciliğin ardından, Çar Nicholas hediye etmişti, iki sene evvel. Moskovada'ki Manezh binicilik mektebinden ve ordudan katılanların arasında gerçekleşen bu yarışmaların çoğundan çok iyi derecelerle çıkan Seyit, yine Nicholas'nın kendi elleri ile taktığı nişanları ile iftihar ederdi. Ama, bu saatin yeri bambaşkaydı. Sivil kıyafetle de üzerinde taşıyabildiği için, ona nişanlardan daha fazla bağlılık hissediyordu. Uzun, altın bir zincir ucundaki saat, yuvarlak altın mahfaza içindeydi. Kapağının üzerinde mine ve küçük yakut taşlarla isminin baş harfleri işlenmişti. Saati tutan avucundaki sıcaklık, ona Petrograd'ın yaşantısını hatırlattı. Ama, burnunda tuz kokusu bırakıp hafiften esen rüzgâr, etrafını saran taze asma yaprağı kokusu, ayağının altındaki toprağın bereketli yumuşaklığı da, "Sen bize aitsin." diyordu sanki.

Kuyunun buz gibi suyunda soğumuş votka şişesinden, minik kadehini doldurup, bir dikişte içti. Sigarasından derin bir nefes çekti. Düşünmek, huzursuzluğuna çare getirmemiş, tam aksine, kafası iyice karışmıştı. Küçük Shura şimdi yanında olsa ne harika olurdu. Ona sadece sarılıp uzanmak, derin derin uyumak istiyordu şu an. Yanında varlığını bilmek bile yeterdi. Birden, âşık olduğunu anladığı genç kıza kavuşmak için dayanılmaz bir arzu hissetti. Her şeyi bırakıp, onun olduğu yere ulaşmak istiyordu. Yerinden kalkıp, çardağın altında ileri geri yürüdü.

"Votka beynime vurmuş olmalı, neler diyorum ben?" diye düşündü. Üç gün sonra, belki de dönüşü olmayan bir yola gidiyordu. Ve o kalkmış, Aluşta'da mı yoksa Petrograd'da mı yaşayacağına karar vermeğe çalışıyordu.

At sesleri ile, derin düşüncelerinden sıyrıldı. Arkadaşları gelmişti. Kahkahalarından, konuşmalarından çakır keyif oldukları belliydi. Çocuklar gibi neşeli, masanın başına geldiler.

"Seni burada bulacağımızı tahmin etmiyorduk." dedi, Celil. Sonra, arkadaşının durgun, mahzun ifadesini fark ederek, eğilip merakla sordu:

"Bir şey mi oldu Seyit? İyi görünmüyorsun."

Seyit, boş kadehlere votka doldurarak, onlara ikrama başladı.

"Bir şeyim yok Celil, sadece biraz düşünüyordum."

"Sen de bizimle gelmeliydin Kurt Seyt," dedi Mişa, "Müthiş eğlendik. Tanrım! Neydi o kızlar, hepsi özene bezene yaratılmış. Haksızlık bu. Gelip burada orman içinde saklanmaları yani."

Vladimir, hâlâ gözleri kapalı, bir şarkı mırıldanıyordu.

"Eminim, Seyt de iyi vakit geçirmiştir. Değil mi Seyt? Haydi anlatsana, neler yaptın? Mürebbiyen nasıldı?"

İçkinin tesiri ile, hafif kontrolunu kaybetmiş başı, arkaya, yana devriliyordu gülerken.

Seyit, arkadaşlarının haline gülümsedi. Az evvel ruhunu sarmış olan hüzünden kurtardı kendini.

"Beni bırakın, siz anlatın. Bu kadar eğlendiğinize göre, benden fazla anlatacak şeyiniz olmalı."

Mişa, ağzına attığı elma diliminin ardından votkasını yuvarladı. Bir yandan da Celil'i konuşması için teşvik ediyordu:

"Anlatsana Celil, anlatsana..."

Söylemek istediğini hatırlayamamıştı, durup tekrar devam etti:

"...Neresiydi... kimin eviydi o gittiğimiz?"

Celil, Seyit'in yanında oturmak üzere, bir iskemle çekti.

"Ulyaşinler'in eviydi."

"Ooo! şimdi anlıyorum niye bu kadar geç kaldığınızı. Hangileri oradaydı kızların?"

"Üçü de gelmişti. Bir de aşçı yardımcısı gelmiş. Bir içim su."

İyiden iyiye sarhoşlamış olan arkadaşlarını göstererek güldü.

"Bu genç aslanları da bu hale getiren o oldu zaten. Anlattıklarına göre müthişmiş."

Votka şişesi dibine indiğinde, Seyit ayağa kalktı.

"Haydi çocuklar, gece yarısı oldu. Artık, eve dönsek iyi olur."

Masanın üzerine uzanmış, dudaklarında bir şarkı, yarı uykulu, yarı sarhoş mırıldanan Mişa, kollarını uzatıp masaya sarıldı.

"Beni bir yere götüremezsiniz, burada yatıyorum ben. Siz gidin."

Dili ağırlaşmış, zor konuşuyordu. Ayağa kaldırıp atına binmesi için yardımcı oldular. Seyit, sundurmanın altında bekleyen hizmetkâra seslendi:

"Hoşça kal İsmail Efendi, sağ ol, görüşürüz."

"Güle güle beyim, güle güle, hayırlı yolculuklar olsun."

Bütün akşam yaşadıklarını anlatarak, evin dönüş yolunda ilerlemeye başladılar. Yolun yarısına gelmişlerdi ki, Seyit, dar patikayı terk ederek ormanın içine doğru girerken seslendi:

"Haydi, bu taraftan gelin!"

"Yine nereye götürüyor bizi?" diye sordu Vladimir.

"Göle gidiyoruz." dedi, Celil.

"Göle mi?"

"Böyle bir geceden sonra ancak kendimize geliriz."

"Siz delisiniz," dedi diğeri, "Hava serin, gece yarısı oldu, su buz gibi olmalı."

"Yağma yok, bu, işin bir parçası. Burada bizler gibi yaşayacaksanız, bunu da yapacaksınız."

Biraz sonra, ormanın içinden akan nehrin, meyilli bir araziden düzlüğe dökülüp toplandığı gölete geldiler.

"Kadın ve içkiden sonra en iyi ilâç budur." dedi Seyit, arkadaşlarına seslenerek, sonra üstündekileri çıkarıp, kendini gölün buz gibi sularına attı. Celil onu takip etti. Diğerleri, isteksiz bir şekilde soyunup, ağır adımlarla, titreyerek, kıyıda oldukları yerde saymaya başladılar. Gözleri yavaş yavaş karanlığa alışmaya başlamıştı. O sırada, ağaçların arasından tepelerinde beliriveren mehtap, ortalığı inanılmaz bir güzelliğe boğdu. Büyülü bir ormanın, büyülü gölünün kenarında duruyorlardı sanki. Mişa, dişleri titremesine rağmen, kendini yaşadığı gecenin farklı güzelliğine kaptırmıştı. Uzun bir nara atarak vücudunu suların üzerine bırakıverdi. İri gövdesinin durgun suda çıkardığı sesten ürken, dallarda yuvalanmış kuşlar telaşlı kanat çırpışlarıyla kaçıştılar.

Daldığı yerden epeyi uzakta tekrar su yüzüne çıkan Mişa, kıyıda hâlâ beklemekte olan arkadaşına seslendi:

"Haydi Vladimir! Ne duruyorsun? Haklılar, nefis bir his bu! Yenilendiğini hissedeceksin, gel artık."

Su, çivi gibi soğuktu. Yaşadıkları aşk saatleri, içtikleri onca votka ve fazla üzerinde durmaz görünmelerine rağmen kafalarını bir kurt gibi kemiren harp fikri ile gerilmiş, ateşlenmiş vücutları, yeniden kendini buluyordu. Bütün sinirleri, buzdan iğnelerle uyarılıp yeniden hayata dönüyordu.

Sudan çıktıkları vakit, ormanın rutubeti ve serin esintisi ile çıplak vücutları ürperdi. Kendilerini dinç ve ayık hissediyorlardı.

"İşte, şimdi eve dönecek hale geldik." dedi Seyit, gömleğini giyerken.

"Bunu hep mi yaparsınız kuzum Seyt?" diye sordu, Mişa.

"Evet, bu yolculuğun sonu hep böyle biter."

"Siz yine güzel mevsimde buradasınız. Bunun kışı da var."

"Yapma Celil, karda kışta da gelip burada yüzdüğünüzü söylemeyin."

"Görürsünüz, eğer bir daha gelmek kısmet olursa, kışa geliriz. sizi bir de buzda yüzdürürüz."

"Eve ayık gitmemiz iyi oluyor." diye güldü Seyit. Sonra Celil'e dönerek sordu:

"Hatırlıyor musun Celil, karda yatıp kaldığımız geceyi?"

İkisi de kahkahalarla gülmeye başladılar. Celil anlatmaya koyuldu:

"Nasıl unuturum. Bir gece, oldukça sarhoş olmuşuz. Kar, adam boyu. Göle kadar zor geldik. Başımızı toparlamamız epeyi zaman almış olmalı ki, eve vardığımızda bütün kapılar kilitlenmişti. Binbaşı Eminof bizi cezalandırmayı aklına koymuş olmalı. Açık ne cam, ne kapı vardı."

"O zaman daha on yedi yaşındaydık." diye ilâve etti Seyit.

"Ee? siz ne yaptınız?" diye, merakla sordu Vladimir.

"Ne yapacağız, bahçedeki çardağın sedirinde yatıp kaldık."

Seyit, gözünden yaş gelircesine gülerken konuştu:

"Üzerimize lâpa lâpa kar yağıyor, düşünebiliyor musunuz? Ama o sarhoş kafayla zaten kapalı bir yere girmek isteyeceğimi de sanmıyorum."

"Sabah ne yaptınız pekiyi?"

"Sabah, Cemâl kâhya uyandırdı bizi. Hemen, arka kapıdan eve girip odalarımıza çıktık. Kendimize çeki düzen verip kahvaltıya indik, sanki bir şey olmamış gibi."

"Baban anlamadı mı geç geldiğinizi?"

"Anlamaz olur mu? Önce, "Gece yine çok geçe kalmışsınız." dedi. Sonra, gözümüzün içine baka baka; "Sabah baktım, üzerinizde kar azdı." dedi.

"Hiç bu kadar utandığımı hatırlamıyorum." dedi Celil, "Ama şimdi hatırlamak çok keyifli oluyor o günleri."

"Eminim, yıllar sonra da bugünleri anıp güleceğiz." dedi Mişa.

Birbirlerine bakışıp tekrarladılar:

"Yıllar sonra..."

Seslerinde, sözleşmekten ziyade, soru ifadesi vardı. Durdukları yerde, dördü birden sarılıp kenetlendiler.

Ormana çöken hüznün ortasında, yuvasına dönen bir kaç kuşun kanat çırpışı duyuldu. Gölün kıyısındaki cırcır böceklerinin sesi artık yorgundu. Mehtap, kayın ağaçlarının arasından süzülüp, tepenin ardına geçti. Yalta ormanlarında bir gece daha yaşanmıştı.

Karpatlar
1916

Cephe, cehennemden farksızdı. Aylardır, Macar ovalarına açılan düzlüklerdeydiler. Cephenin biraz gerisinde kurulmuş olan karargâhta kalanların diğerlerinden tek farkı, düşmanla göğüs göğüse gelmiyor olmalarıydı. Top sesleri ve Almanlar'ın on altı pusluk mermilerinin patlamaları, adeta karargâhın göbeğine düşmüşcesine yakın mesafede seyrediyordu. Her atılan topun ardından, yerde zelzeleyi andırır sarsıntılar oluyordu. Geceler, gökyüzüne çıkan alevlerle, gündüzden farksızdı. Toprakta açılmış derin çukurların içinden alevler, dumanlar yükseliyordu. İleriye sürmeye çalıştıkları top arabaları ve atları ile beraber paramparça olmuş askerlerin cesetleri, kavrulmuş çalı öbeklerinin dibinde, çukurların içinde yayılıp kalmıştı. Kan, ter ve toprakla bulanmış gövdelerin üzerindeki giysiler ve çevreye dağılmış her şey aynı renkteydi. Gri, kara, kömür gibiydi. Bazılarından hâlâ alevler çıkıyordu. Aralarında ağır yaralılar da vardı. Kimi komadaydı, kimi ise sırf çektikleri ızdırabı daha fazla yaşamamak için, kurtarılmak yerine ölümlerine dua edenlerdi.

Uzun, zorlu bir mücadelenin ardından, Macar ve Avusturya askerleri ovanın gerisine püskürtülmüşlerdi. Karargâh, cephenin ardındaki ormanın içindeydi. Biraz daha içerilerdeki köye de sıhhiye birlikleri yerleştirilmişti. Askeri iki doktorun dışında, gönüllü yardımcılardan oluşan bir sağlık ekibi hizmet görmekteydi. Ameliyatlar ve acil bakım için hazırlanan ahşap ev, ihtiyaca cevap vermediğinden, sağına soluna, ormandan kesilen ağaçlarla, derme çatma ilâveler yapılıp, hemen yanı başına bir kaç çadır kurulmuştu. Ormanın bu köşesi ile cephe arasındaki dar yol hareket halindeydi. Defalarla bakımdan geçirilmiş kamyonlar, yorgun, bezgin atlar, yaralıları taşıyıp duruyorlardı. Bu yoğun trafik, gece gündüz demeden devam ediyordu. Şehirlerden, kasabalardan, yumuşacık yataklarını bırakıp, gönüllü olarak yardım ekiplerine katılanlar, çoktan pişman olmuşlardı bile. Rusya'nın bir ucuna, ölümün nefesini solumaya geldiklerini fark ettiklerinde, artık çok geç olmuştu. Onun için, kimse şikâyet ve korkusunu dile getirmeden, çılgınca çalışıyordu. Her yerde hummalı bir koşuşma görülüyordu. Gönüllü hastabakıcılar, askerleri var güçleri ile yaşatmaya uğraşıyorlardı ama çabaların çoğu bir sonuç vermiyordu. Gerekli ihtiyaç malzemeleri azalmıştı. Cephe gerisinden bir kaç haftadır destek gelemiyordu. Kopan vücut parçalarını yerine dikmek, kangrene çevirecek bir yaranın olduğu bölümü kesmek, artık, doktorlar için bile dayanılmaz bir işkence olmaya başlamıştı. Hastaları bayıltmaya yarayacak hiç bir şey yoktu. Bağırıp inlemeyi, erkekliğine ve askerliğine yediremeyip, şarapnel parçalarının delik deşik ettiği, top ateşinin yarısını alıp götürdüğü gövdelerinin acısına dayanmaya çalışan gencecik çocuklar, sinirlerini, kaslarını, kemiklerini törpüleyen ameliyat bıçağının verdiği ızdırapla, avaz avaz ağlamağa, haykırmaya başlıyor, sonunda da bayılıp kalıyorlardı. Bazısı bu baygınlıktan hiç çıkamıyor, kan kaybından, daha ameliyatı bitmeden, hayata veda ediyordu. Bunlar yine de şanslı sayılırdı. Harp meydanında kalan ölüler ise, toplanıp gömülmeye fırsat olamadan, yeniden başlayan bir yaylım ateşinin altında yanıp, parçalar halinde savruluyorlardı. Üzerleri bir gün toprakla örtülüp, yeniden çalılar, otlar bittiğinde, bu zavallıların her birinin birden fazla mezarı olacaktı.

Karargâhtan gelen yol üzerinde süratle ilerleyen iki atlı, hastahane kulübesinin önünde atlarından atlayıp, koşarak içeriye girdiler. İkisinin de üniformaları, çizmeleri toz, toprak içindeydi. Kapıda yeni gelen bir yaralının sedyesine eğilmiş olan hemşire, onlara yol verdi.

"Doktoru nerede bulabiliriz?" diye sordu, içlerinden birisi.

Karşıladığı yaralının karnında açılmış korkunç deliğe bakarken gözleri dehşetle büyümüş olan hemşire, konuşabilmekten aciz, onlara parmağı ile yan taraftaki çadırı işaret etti. Subaylar, derhal o yöne koştular. Yaralıların, neredeyse üst üste yattığı çadırın en dibinde, bir askerin kesilmiş bacağını kontrol eden doktor, kendisine doğru koşarak gelenleri görünce başını kaldırdı.

"Üsteğmen Eminof, doktor. Bir arkadaşımızı arıyoruz."

"Kim, ne zaman gelmiş olabilir?"

"Teğmen Vladimir Savinkov, son çarpışmadan toplanan yaralılar arasında olmalı. Süvari birliğinden."

Doktor, elinde tuttuğu kesik bacağı yatağa geri bıraktı. Yüzünde, askerin durumunun ümitsiz olduğuna inanmış bir ifade vardı. Derin bir nefes aldı.

"O kadar çok ve o kadar süratle yaralı geliyor ki, isim isim bilmem imkânsız. Ancak, baş hemşireye sorarsanız, size kayıtlardan bulabilir. Tabi, bir de yanında tanıyanı olmayan ve komada gelenler oluyor. Ancak ölmez de, kendine gelirse, ismini kendisinden öğrenebiliyoruz. Ya da, sizin gibi arayanları olup, bulunca, kimliği ortaya çıkıyor. İsterseniz, hastaları bir dolaşıp bakın. Kusura bakmayın, yardımcı olamadım."

"Ziyanı yok doktor, vaktinizi aldık, teşekkürler."

Çadırdan çıkar çıkmaz, etrafına kararsızlıkla bakınan Seyit, arkadaşına döndü.

"Celil, sen çadırlara bak, ben de binaya göz atayım, daha çabuk olur."

"Tamam Seyit."

Seyit, ahşap kolonların arasında yan yana yerleştirilmiş yatakların etrafında, süratle dolaşmaya başladığında, gördüğü manzara karşısında dehşete düştü. Harp meydanında daha kötülerine de şahit olmuştu. Ama, sanki, orada bu tarz görüntüler olayın bir parçası, tabii gelişimi idi. Cephe gerisinde işin vahşeti daha belirgin bir hal alıyordu. Yatak yetişmediğinden, yaralıların bir kısmı, üzerinde taşındıkları sedyelerle beraber duvar dibine, sıra sıra bırakılmışlardı. Havaya, kan, cerahat ve dezenfektan karışımı, korkunç bir koku sinmişti. Seyit, yaralıların arasında Vladimir'i görememişti. Bir kaç askerin yüzüne dikkatle tekrar tekrar bakması gerekti. Zira, yüzleri parçalanmıştı. Vladimir olsa bile, tanınması çok güçtü. Duvarın kuytusunda, sedyede, boynundan yukarısı tamamen sargılarla örtülü askerin yanında diz çöktü. Sargılar, kandan kıpkırmızıydı. Genç adamın sadece ağız kısmı açıkta bırakılmıştı. Hırıltılarla nefes almaya çalıştığı ağız boşluğu, kuyu gibi oyuk duruyordu. Dudakları, dişleri yoktu yerinde. Seyit, neredeyse bulanmak üzere olan midesini eliyle bastırarak ayağa fırladı. Yan taraftaki yatağın baş ucunda duran hemşireye baktı. Genç kadın, son arzusu olarak su içmek isteyen askerin başını kolları arasına almış, ona yardımcı olmaya çalışıyordu. Asker yirmi yaşlarında olmalıydı. Hemşirenin, bardağı dudaklarına eğmesiyle, ağzına aldığı ilk yudumu ancak yutabildi. İkinci yudum su, tekrar köpüklerle karışıp geriye, bardağın içine, çenesine aktı. Aniden, kasılan vücudu titredi ve gözleri açık olarak başı, hemşirenin göğsüne düştü. Cepheye gönüllü gelmiş genç kadın, başını yastığa koyduğu genç askerin gözlerini kaparken kendi göz yaşlarını silmek için uğraşmadı. Seyit, boğazında düğümlerle, onun, ölü askeri çarşafla örtüşünü seyretti. Hali, tavrı, ince uzun, bakımlı elleri, zarif adımları, her haliyle iyi bir aileden geldiğini belli ediyordu, genç hemşirenin. Şehirlerin iyi mahallelerinden, buralara gelmek için çok idealist ve bir o kadar da altın yürekli olmak gerekti her halde. Gönüllülerin çoğunu Prenses Tatiana'nın kurduğu yardım derneğine katılanlar teşkil ediyordu. Büyük bir kısmı da şehirli ve hali vakti yerinde olan ailelerin kızları, hanımlarıydı. Seyit, hayatında bir daha hiç görmeyeceği bu genç kıza karşı yüreğinde derin bir şefkât hissetti.

Hemşire, ölen askerden başkalarının ona ihtiyacı olduklarını hatırlayarak, yataktan uzaklaştı. O an Seyit'le göz göze geldiler.

"Bir yakını mıydınız?" diye sordu.

Seyit, başını iki yana salladı.

"Hayır... hayır, ben onu hiç tanımıyorum. Ben bir başkasını arıyorum da..."

"Burada bulamadınız mı?"

"Görebildiğim kadarı ile, ona benzer kimse yok burada. İsmi, Vladimir Savinkov. Teğmen Savinkov."

Sonra, köşedeki sedyede yatan askeri göstererek sordu:

"Acaba, şu dip tarafta, sedyedeki asker, yüzü sarılı olan... onun ismini biliyor musunuz?"

Hemşire, yüzünde acıma ile, o yöne bakıp cevapladı:

"Ah! O zavallı mı? Pek yaşayacağını sanmıyorum. Adını bilmiyoruz. Ama, bildiğim kadarı ile, bir topçuymuş. Aradığınız kişi olabilir mi?"

Seyit, arkadaşını bulamamaktan duyduğu üzüntüyü unutmuş, içine su serpilmişti. Bu feci durumdaki yaralının Vladimir olmaması daha hayırlıydı. Şimdi, hiç değilse, onu hafif bir yara ile kurtulmuş bulma ihtimâli vardı. Rahatladığını hissetti. Gülümsemeye çalıştı.

"Yok, hayır o olamaz. Burada bulamadım anlaşılan. Sağ olun hemşire. Tanrı yardımcınız olsun."

"Hâlâ Tanrı'ya inananlar olması güzel." dedi hemşire.

Soru sorar gibi bakan Seyit'e izah etmesi gerektiğini hissetti:

"Yanlış anlamayın, benim inancım sonsuzdur. Ama yaralılar arasında Tanrı'ya isyan edenini o kadar çok gördüm ki..."

Seyit, hızla uzaklaşırken mırıldandı:

"Belki O'na çok yaklaştıkları içindir."

Celil'i kapının önünde buldu. Genç adam, arkadaşını beklerken, bir yandan da koşuşturup, geçenlere Vladimir'i sorup duruyordu. Sağlık merkezinde bir netice alamamışlardı. Geri dönüp, harp meydanını aramaya karar verdiler.

"Bu yaptığımız doğru mu Seyit? O koca alanda nasıl bulacağız onu? Ya, yeniden top atışı başlarsa?

"Onun son kez olduğu yeri hatırlıyorum Celil. Mişa'dan az ötedeydi."

Atlarını mahmuzlayıp çılgın gibi tekrar karargâh yoluna girdiler. Ama orada durmadılar. Onların, çadırların önünden, dörtnala ovaya doğru indiklerini gören Mişa, elindeki peksimeti, çay niyetine içtikleri açık renkli suya batırmakta olan Osman'a seslendi:

"Osman! Kurt Seyt'le Celil harp alanına gidiyorlar. Deli mi bunlar kuzum? Akıllarında ne var yine?"

Osman da, Mikhail, Vladimir ve Celil gibi Seyit'in maiyetinde teğmen rütbesi ile görev yapıyordu. Alupka'nın iyi bir ailesinin oğluydu, Tatar'dı. Çay bardağını, çadırın yanındaki taşın üzerine bırakarak fırladı.

"Haydi, biz de gidiyoruz." dedi.

"Nereye gideceğiz, deli misin sen?"

"Ben gidiyorum, istersen gel."

Osman, Seyit için canını verebilirdi. Onun, böyle telaşla, ovaya gitmesinde muhakkak bir sebep vardır, diye düşünüyordu. Atına atladığında, Mişa'nın da arkasından geldiğini görünce memnun oldu.

Savaş meydanında ölüm sessizliği sürüyordu. Seyit'in, Vladimir'i vurulan atından düşerken gördüğü yere gelmişlerdi. Cesetlerin arasında dolaşmaya başladılar. Yüzü koyun toprağa düşmüş olanları çevirip, enkaz altındakileri çekip çıkarıp, arkadaşlarını bulmaya çalıştılar. Ümitsizce çırpınışları sırasında Seyit, oldukları yerden oldukça uzakta, Macar tarafındaki yığınların arasında bir gövdenin sürükleyerek ilerlediğini fark etti.

"Çabuk Celil! çabuk! Orada biri var, yaralı olmalı."

Süratle o yana at koşturmaya başladılar. O sırada ağaçların arasından yeni çıkıp, ovaya doğru bakış atan Osman ve Mişa, şaşkınlıkla, ileride, düşman hatlarına doğru at koşturan arkadaşlarını gördüler.

Birden, ölülerin arasında sürünerek ilerlemeye çalışan asker, yerinden fırlayarak, gerisin geriye koşmaya başladı.

"Allah kahretsin!" dedi Seyit, "Bu bizlerden biri değil, Macar bu!"

Celil, Seyit'in durup geri döneceğini sandı ama yanılmıştı. Seyit aynı hızla, kaçan Macar askerinin üzerine gidiyordu. Bir an duran Celil, geriye baktı. Dönmeleri lâzımdı. Düşmanın atış sahası içindeydiler. Ölümü arasalar ancak buraya gelebilirlerdi. Ama onu bırakamazdı. Arkasından fırladı. Adımlarını açabildiğince koşmaya çalışan Macar askeri, düşmanının üzerine geliyor olmasından paniğe kapılmıştı. Arada bir, dönüp, ne kadar yaklaştıklarını anlamak için arkasına bakıyor, her başını döndürüşünde de önünde yatan cansız bir gövdeye veya top parçalarına takılıp düşüyordu. Saatlerdir, geriye siperine dönebilmek için cesetler arasında akşam karanlığını beklerken, başına böyle bir şey geleceğini hiç düşünmemişti. Can havliyle kaçmayı deniyordu. Arkasından gelenlerin daha fazla ilerlemeye cesaret edemeyeceklerinden emindi, kurtulması yakın, diye düşünüyordu. Ama yanılmıştı. Az sonra, atların soluğunu ensesinde duydu. Anlayamadığı bir çabuklukla, iki taraftan kollarının altından kavranıp, havalandığını hissetti. İki atın arasında, ayakları yerden kesilmiş olarak, süratle yön değiştirdiklerini gördü. Şimdi, Rus tarafına doğru yol alıyorlardı. Gözleri yuvalarından uğramıştı. Atlılardan birisi kolunu bıraksa, düşüp parçalanması işten değildi. Ya Rus karargâhına vardıktan sonra neler olacaktı acaba? Kendisine neler yapılacaktı? Seyit ve Celil, Macar'ı Mişa ile Osman'a teslim ettiklerinde, adam çoktan bayılmıştı.

"Siz bunu karargâha götürün, biz bir kez daha dolanıp geliyoruz." dedi Seyit.

"Kendinize dikkat edin!" diye bağırdı, Osman arkalarından.

Bu defa çabaları boşa çıkmadı. Vladimir'i buldular. Bacakları kırılmış olmalıydı, ters dönmüştü. Sol yanağı ve omuzu parçalanmıştı. Seyit, arkadaşını omuzlarından kaldırıp başını dizleri üzerine yerleştirdi.

"Vladimir! Vladimir! Cevap ver! Yaşıyorsun! Yaşamalısın!"

Durumu perişan olmasına rağmen, genç adam henüz yaşıyordu.

"Celil, onu hemen götürelim, İnşallah zamanında bulmuşuzdur."

Vladimir'i, Seyit'in atına, öne yerleştirdiler. Seyit, yaralı arkadaşını aynen küçük bir çocuğu tutar gibi, sol koluna yatırdı ve karargâhın yolunu tuttular. Hava kararmaya başlamıştı.

Mişa ve Osman, onları yolun başında bekliyorlardı. Koşarak geldiler. Genç adamı, itina ile, attan indirip sedyeye yatırdılar. Birbirini tutmayan kemikleri, adeta çuvala dökülüyormuş gibi sedyeye yığıldı. Başı yana kaydı. Mişa, arkadaşının sol omuzundan aşağıya sarkan kanlı kolunu, vücudunun yanına yerleştirmeye çalışıyordu.

"Hastahanenin arabası burada mı?" diye bağırdı Seyit, ileride bekleyen askerlere.

Vladimir'in yüzünde açılan korkunç yaraya bakmakta olan Mişa'nın dudaklarından, neredeyse fısıltı halinde, kelimeler döküldü:

"Gerek kalmadı... çoktan ölmüş..."

Hepsi sedyenin üzerine üşüştüler. Nabzına bakıp, eğilip, bir nefes duymak üzere çabaladılar. Ama, onların telaşı neticeyi değiştirmiyordu. Teğmen Vladimir Savinkov artık yaşamıyordu.

Mişa istavroz çıkarırken, Seyit sedyenin yanına diz üzeri çöktü. Yüzünde ızdırap vardı.

"Sevgili Vladimir, sevgili dostum benim. Affet beni, çok geç kaldım."

Eğilip, onun kan çanağı olmuş alnını, gözlerini öptü. Göz pınarlarına gelen yaşları zapt etmek için dudaklarını ısırdı. Acı acı gülümseyerek mırıldandı:

"Kış gelmek üzere Vladimir, dostum. Eğer sağ kalır da Yalta'ya dönersem, buzlu gölde senin için de yüzeceğim, söz veriyorum."

Karargâhın az ötesindeki ağaçlıkta gömdüler Vladimir'i. Ona mezar görevi yapacak toprak kümbetinin üzerine tahtadan bir haç oturttular. Mişa istavroz çıkarıp, kutsal ruh ve Meryem Ana'dan arkadaşının günahlarının bağışlanmasını dilerken Seyit, Celil ve Osman avuçlarını açarak Besmele ile başladıkları dualarını tamamladılar.

Teğmen Vladimir Savinkov'un, belki de çok şehite kısmet olmayacak şekilde, hem Ortodoks, hem Müslüman duaları ile Karpatlar'da Tanrı'nın merhametine ve bağışlayıcılığına bırakıldığı gece, kuzeyden esmeye başlayan rüzgârlar, ortalığı uzun zamandır sarmış olan kan ve barut kokusunu güneye sürüklüyordu.

Kış şiddetli geçeceğe benziyordu. Uzun süren ve yazı andıran sonbahar günlerinin ardından, hava birdenbire sertleşmişti. Günler kısa ve karanlıktı. Rüzgâr bütün şiddeti ile bulutları sürüklerken, yakın bir yerlerde ilk karın düştüğünü anlatan bir koku geliyordu insanın burnuna. Gündüz sadece üşüten soğuk, geceleri ayaza çeviriyordu. Yiyecek, ısıtacak malzeme azalmıştı. Cepheye düzenli yardım gelemiyordu. Moskova ve Petrograd'da başlayan ayaklanmalar, gruplaşmalar artık ülke sathına yayılmaya başlamıştı.

Cephede bulunanların geride bıraktıkları aileleri, dostları ile, oldukça uzun bir zamandır, haberleşmeleri kesilmişti. Bir yandan ihtilâlin, diğer yandan harbin gidişatından, sadece, birlikler arasında fısıltı ile yayılan söylentiler sayesinde haberdar oluyorlardı. Konuşulanların ne kadar doğru, ne kadar yanlış olduğunu kestirmek zordu. İhtilâlcilerin, Almanya ile sulha hazırlandığı lâfları dolaşıp duruyordu.

Uzun zamandır, Karpatlar'da Macar askeriyle çarpışanlar, bir kaç dakika sonra sağ kalıp kalmayacağını bilememek endişesi ile yaşayanlar için, cephe gerisindeki siyasi gerçekler, yaşamlarının çok uzağında görünen hayâller gibiydi. Oysa, ihtilâlciler memlekete hakim oldukları takdirde, cepheden evine döneceklerin, ailelerini nerede, nasıl şartlar altında bulacakları meçhuldü. Top atışlarının, mermi vızıltılarının, kısa bir zaman için de olsa, durduğu anlarda bunlar akla geliyordu.

Akşam karanlığı basmıştı. Saatlerdir yağan kar, ormana doğru uzanan ovanın üzerinde, bütün gün boyunca parçalanıp yanmış top arabalarını, atları ve toplanamayan cesetleri çoktan örtmüştü. Sanki, cehennemin yaşandığı, ölümün atlılardan, mermilerden daha hızlı gezdiği aynı yer değildi, geniş ova. Beyaz kar öbekleri arasında yayılmış çadırların önlerinde yakılmış ateşlerin çıtırtısı neredeyse duyulan tek sesti. Abalarına, battaniyelerine sarılmış askerler, yaktıkları ağaç dallarının karanlıkta oyunlar yapan alevlerine bakarken sanki uyuşmuşlardı. Konuşmak isteyenler, kendi seslerinden ürkercesine, fısıldaşıyorlardı.

Seyit ve arkadaşları için, yine uykusuz gecelerden biri olacağa benziyordu. Ertesi sabah ovanın karşı tarafındaki araziye ineceklerdi. Son bir kaç gündür, Macar saflarından toplanıp getirilen esirlerin sayısındaki artış, neredeyse tükenmek üzere olan Rus birliklerine cesaret vermişti. O cesaretle, bir akın daha plânlanmıştı. Seyit, askerlerinin karlarda büzülüp uzanmış yorgun, bedbin gövdelerine bakarken, Macar hatlarının neresine kadar telef olmadan gidebileceklerini düşünüyordu.

Elindeki dal parçası ile, karlara ardı ardına haç resimleri çizen Mişa, Celil'in uzattığı çay kasesinin sıcaklığı eline değince, bakışlarını yerden kaldırdı.

"Sağ ol Celil."

Celil, herkese dağıttığı çayın içine bir kaç yudum da votka ilâve etti. Çay suyu ne kadar kaynak olursa olsun, tek başına içlerini ısıtmaya yetmiyordu. Mişa, kocaman bir yudumla ağzını iyice doldurdu. Gözlerini kapayıp votkalı çayı boğazından gönderirken alkolün kanında yarattığı ılıklığı iliklerine kadar hissediyor gibiydi. Boğazı yanmış olmalıydı; gözlerini açıp, başını titreterek iki yana salladı. Metal kapla, ayaklarının arasındaki kar yığınının üzerinde döndürerek bir oyuk açtı ve yerleştirirken konuştu:

"Hatırlıyor musun Kurt Seyt?"

Seyit, ovanın karşı yakasını bir uçtan bir uca izlemekte olan gözlerini arkadaşına çevirdi.

"Neyi hatırlıyor muyum?"

"Hani kış gelip kar yağınca, Yalta ormanlarında gölde yüzecektik, buzlar arasında."

Seyit acı acı gülümsedi.

"Eh, Yalta'da değiliz ama yine de aşağı yukarı aynı şeyi yapıyoruz işte. Buzların içinde yüzmekten farkı yok burada yaşamın."

"Seninkilerden hiç haber alamadın değil mi?"

"Hayır Mişa, aşağı yukarı dört ay oldu. Belki de geçmiştir."

"İsyan oralara kadar inmiş midir dersin?"

"Bilemiyorum, hiç bilemiyorum. Petrograd ve Moskova'daki karışıklıklar hiç bir zaman bizim taraflara işlememişti ama, şimdi neler oluyor bilemem."

"Bu adamlar kazanırsa, bizi yaşatmazlar, biliyorsun, değil mi?"

Seyit, kara yine haç çizmeye devam eden arkadaşının endişelerini yatıştırmaya çalıştı:

"Bu kadar karamsar olma sevgili Mişa. Eminim, her iki taraftan da aklı izanı olan insanlar çıkıp, ortada bir yerde buluşma yolu bulacaklardır. Belki de, şu an, bir şeyler yapılmaktadır. Kim bilir?"

Seyit, arkadaşının korkularının derinliğini çok iyi hissetmekteydi. Zira, Mişa, sadece çok zengin bir aileden olmakla kalmıyordu. Annesinin, Çariçe ile büyük bir yakınlığı vardı. Kızıllar için, yok edilmesi gerekenler listesinin başında yer alacakları muhakkaktı. Bu arada, Kırım'daki kendi ailesi için yüreği endişe ile doluydu. Kızılların, özellikle, çiftlik, bağlık yerlere baskınlar yapıp, halkı acımasızca katlettiklerini duymuşlardı. Mirzalık ünvanı ve görevlerinin Çar ile yakınlığının, Eminoflar'ı da aynı ölüm listesine sokacağı kesindi. Sıkıntıyla, derin bir iç çekti. Ailelerini düşünmeye başlayınca, ertesi gün ile ilgili endişelerini unutmuşlardı.

Osman ile Celil, arkadaşlarını dinlerlerken, sessiz sessiz silahlarını temizliyorlardı. Derken, kampın oldukça uzak bir köşesinden, balalayka sesi duyuldu. Gecenin ağır durgunluğuna yavaş yavaş inmekte olan karların arasından, müzik hüzünle dört yana dağıldı. Bir başka köşeden, gür bir ses bu müziğe katıldı. Yavaş yavaş, herkes aynı şarkıyı mırıldanmaya başlamıştı. Uçsuz bucaksız Rus steplerinin, buzlu suların aktığı nehirlerin, karlarda kayıp giden troykaların, sevgililerin anlatıldığı şarkı, hüzün ve doyulamayan güzelliklerin aşkı ile doluydu. Şarkıdaki güzellikler, bir an için, etrafı sardı. Hüzün ise, zaten uzun zamandır oradaydı.

Ertesi sabah, şafakla beraber, Seyit'in birliği karargâhtan yola çıkmaya hazırdı. Dönemedikleri takdirde, ailelerine iletilmek üzere yazdıkları mektupları, geride kalan arkadaşlarına bırakmışlardı. En son taarruzda, ovanın iyice gerilerine püskürtülmüş olan Macarlar'ın henüz toparlanmaya fırsatı olmadığından emin, karşı tarafa en kestirme açıklık yerden geçmekte mahzur görmediler. Her şey o kadar sakindi ki, bunun geçici bir aldatmacadan ibaret olduğunu bildikleri halde, neredeyse harbin bittiği hissine kapılmak üzereydiler. Ancak, ovanın açık düzlüğü bitip ağaçlık bölgeye girdiklerinde, tehlikenin çok uzaklarında olmadığını fark ettiler. Düşmanın, çok değil, bir kaç saat önce terk etmiş olduğu kamp yerinden geçerken hepsini aynı his sarmıştı. Kahramanlık ümitleri ne kadar kuvvetliyse, ölüm de aynı derecede yakınlarındaydı.

Birden, önde yol alan gözcülerin geriye geldikleri görüldü. Seyit, birliğini bir işaretle durdurdu. Gözcüler, atlarını karların müsaade ettiğince süratli sürüyorlardı. Nefes nefese gelip Seyit'in önünde durdular. Selam verdikten sonra içlerinden biri heyecanla konuştu:

"Düşmanı gördük efendim."

"Ne mesafedeler?"

"Yarım saat kadar efendim."

Seyit, er, geç karşılaşacaklarını bildiği halde, bu kadar yakında kalmış olacaklarını beklemiyordu. Düşünceli bir tavırla sordu:

"Kalabalıklar mı?"

"Gördüğümüz kadarı ile hayır, efendim. Çoğu yaralı olmalı."

Seyit, düşmanını görüyormuş gibi, gözlerini ağaçların derinliğinde dolaştırdı. Sonra yanı başında at binen Celil'e hitapla konuştu:

"Yardım bekliyor olmalılar. Yoksa daha gerilere çekilirlerdi."

Kısa bir anlık düşünmeden sonra devam etti:

"Yardımları ulaşmadan sararsak işimiz daha kolay olur. Acele davranmamız lâzım. Celil, sen ve Mişa, adamlarınızla aynı bu istikamette devam edin. Osman da sol kanadı alsın."

Başı ile, sağ tarafta, ağaçlarla kaplı yükselen tepeyi gösterdi.

"Ben de o yönden ilerleyeceğim. Ovaya açılan yol, tepenin arkasında kalıyor. Yeni bir hazırlık varsa, görmüş oluruz."

Mişa, Osman ve Celil, adamlarını toparlayıp gidecekleri yönde hazır beklemeye başladılar. Seyit, yarım saat sonra geriye dönememiş dahi olsa, onların saldırıya geçmelerini söyledi. Atının başını çevirirken sağ eli ile okşadı.

"Haydi oğlum Çorap, belki de bu son yolculuğumuz."

Hayvan, alnında kocaman beyaz leke ile süslü simsiyah güzel başını sallarken, sanki denileni anlamış gibiydi.

Bütün gece hiç durmayan kar, lâpa lâpa yağmaya devam ediyordu. Bu gidişle tipiye çevirecek gibiydi. Soğuk iliklere kadar işliyordu. Tepedeki düzlüğe vardıkları zaman, artık, aşağıyı göremez olmuşlardı. Her yer beyazdı, bembeyaz. Ağaçlar, gökyüzü, yer, atlar, askerler, her şey beyaz bir örtünün altındaydı. Yüksek çınar ağaçları ile çevrelenmiş olan düzlük, az ileride, derin bir yarla ovaya giden yolun üzerine açılıyordu. Sırf yola bakmak için, bütün askeri düzlüğün sonuna kadar götürmenin manâsızlık olacağını düşünen Seyit, onları durdurup, atını yara doğru sürdü. Tipi, görüş mesafesini iyice daraltmıştı. Asırlık çam ağacının altına geldiğinde, düzlüğün bir kaç metre ileride bitip yerini uçurum gibi derinliğe bıraktığını fark etti. Atının dizginlerini çekerek durdu. Derin bir nefes aldı. Ufak bir dikkatsizlikle aşağıya uçması işten değildi. Atından indi ve hayvanı çamlardan birinin yaşlı, kocaman gövdesine bağladı. Bir kaç temkinli adımla, biraz daha ilerledi. Ellerini, gözlerine siper yaparak uçurumun dibinden geçen dar yolun üzerinde bir hareket olup olmadığını anlamaya çalıştı. Süratle uçuşan kar tanelerinden başka bir şey görmesi imkânsızdı. Sertleşen rüzgârla yüzünde kamçı etkisi yapan kardan mümkün olduğunca korunmak için, atkısını gözlerinin altına kadar sarıp karların üzerine yüzü koyun uzandı. Belki de bir ses duyabilirdi. İnatla bekledi. Bir müddet sonra, kulakları, savrulan karların ve rüzgârın sesine alışmıştı. Birden irkildi. Yepyeni bir ses duymuştu. Çok iyi tanıdığı bir sesti bu. Görememesine rağmen, aşağıdan top arabalarının gıcırtısını ve postalların geçişini duyabiliyordu. Yorgun ilerleyen arabalar ve yorgun ayakların sürüdüğü çizmeler, karda inleyen gıcırtılar yaratıyordu. Yerinden fırlayarak üzerindeki karları silkeledi. Çorap, bağlı olduğu ağacın altında, bacaklarını kaplayan beyaz lekelerin üzerine kadar kara batmıştı. Tipiden oldukça huysuzlanmışa benziyordu. Seyit, onu sakinleştirmek için başını okşadıktan sonra çözdü. Bir an evvel arkadaşlarının yanına varması gerekti. Atını var gücü ile mahmuzladı. Aynı anda, ovadan tepelere doğru yayılan top sesleri etrafı sardı. Çorap, ürkerek, şaha kalktı ve olduğu yerde dönerek uçuruma doğru gitmeye başladı. Seyit, kendi büyütüp yetiştirdiği atını tanıyamıyordu. Hayvan sanki çıldırmıştı. Kar öbekleri süratini etkilemesine rağmen, olağan üstü bir güçle, ölümün kaçınılmaz olduğu yere doğru gidiyordu. Seyit'in dizginlere asılması, hayvanı yatıştıracak sözleri fayda etmiyordu. Genç adam, bir an için, kendisini atın üzerinden yere atmayı düşündüyse de hemen vaz geçti. Çorap'ı ölüme terk edemezdi. Onu durdurmanın bir yolunu bulmalıydı. Kafasında şimşek gibi çakan son çareyi denemeye karar verdi. Uçuruma sınır olan son ağacın yanına geldikleri an, avucuna sarmış olduğu dizginlerle beraber, kalın bir dala yapışırken çizmelerin mahmuzları ile de hayvanın karnını olanca gücü ile sardı. Çorap, boynunda ve karnında hissettiği acı ile kişnerken duralamak zorunda kaldı. Aşağıya uçmalarına sadece bir kaç metre kalmıştı. Seyit, avuçlarında, omuz başlarında hissettiği acı ile, tam toparlanmak üzereydi ki, Çorap kendisinden beklendiği gibi uysallaşmadı. Ani, sert bir silkinişle, efendisini üzerinden attı. Seyit yere düşerken atın nalını fark edip kollarını yüzüne siper yapmak istedi. Hayvanın nalı süratle çarptığında, kolunun altında bir sızı ve ılıklık hissetti. O acı ile, yere düşüşünü ayarlayamadı. Vücudunun bütün ağırlığı, sol bacağının üzerine yığıldığında, bileğinden kalçasına kadar yayılan ızdırap ilkinden beterdi. Yüzü koyun, karlara gömüldü. Acıyla, sağ dirseği üzerinde doğrulup baktığında, Çorap'ın geride kalan son kar tümseklerini de aşıp ilerleyişini gördü. Çaresizlik içinde ardından haykırdı:

"Çorap! Çoraaap!! Gel oğlum! Gel Çorap!"

Beyaz benekli, kömür karası renkli Çorap, karların bittiği yerde yok olurken, çaresizlik içindeki kişnemesi duyuldu. Seyit, vücudundaki yaraların acısını unutturacak bir acı hissetti yüreğinde. Sağ elini yumruk yapıp karlara vururken gözünde yaşlarla haykırmaya devam ediyordu. Derken takati kesildi. Gözleri kapandı. Önünde renkler uçuşmaya başladı. Sanki, göz kapaklarının içinde de karlar yağıyordu. Atının adını mırıldanırken kendini kaybetti.

Uyanmasına sebep, vücudunda duyduğu korkunç ağrılar mıydı yoksa havaya yayılmış keskin ilâç kokusu muydu, bilemedi. Ama, muhakkak olan bir şey varsa, o da henüz ölmediğiydi. Göz kapaklarını açmak için epeyi zorlandı. Sanki, koca bir ağırlığı da beraber kaldırıyordu. Çok net olmamakla beraber, çevrede mırıltılarla koşuşturan beyaz elbiseli görüntüleri algılayabiliyordu. Yoksa, gördükleri yine beyaz kar taneleri miydi? En son nerede ve ne durumda olduğunu hatırlamaya çalıştı. Çevresini daha iyi seçmeye başladığında, inanamayarak, başını iki yana oynattı. Sanki, inanmak istemediği kötü bir düşü kovalıyordu. Sevgili atının uçurumdan uçuşunu hatırladı ve karların üzerinde çaresiz yığılışını. Peki o top sesleri neydi? Dostlarına, askerlerine ne olmuştu? Onu kim bulup buraya getirmişti? Ne zamandır buradaydı? Kafasında birbiri ardı sıra gelen sorular onu canlandırmıştı. Yerinde doğrulmaya çalıştı. Izdırabı ve sargıları buna engel oldu. Sol kolu, omuz başından el parmaklarına kadar, kalın sargılarla sarılmıştı. Battaniyenin altında göremediği sol bacağında ise, müthiş bir acı ve ağırlık vardı. Yer yer de uyuşuktu. Bacağına ne yapmış olabileceklerini kestiremedi. Kesilmiş olma ihtimâlini düşününce, bütün vücudunu ateş bastığını hissetti. Bacaksız adamdan, değil süvari, hiç bir şey olmazdı. Telaşla etrafına bakındı. Soru sorabileceği birini aradı gözleri. Birden, burasının kendisine hiç de yabancı gelmediğini fark etti. Uzun bir zaman önce, sevgili Vladimir'i aramak için geldikleri karargâhtaki hastahane koğuşunda şimdi kendisi yatmaktaydı. Yoksa, o kadar uzun bir zaman önce değil miydi? Zaman kavramını tamamen kaybetmiş gibiydi. Başında hissettiği ağırlıkla gözlerini yine kapadı.

Seyit, tekrar kendine geldiğinde, bütün sorularının cevabını öğrendi. Son iki haftadır yarı baygın, yarı şuursuz burada yatmaktaydı. Askerleri getirmişlerdi onu hastahaneye. Atının nal vuruşu ile, sol kolunun altından et kopmuş ve omuzu çıkmıştı. Sol bacağındaki kırıklar da çivi takılarak ameliyat edilmişti. Doktor, kolunda bir arıza kalmayacağını söyledi. Ama, ayağa kalkması epeyi bir zaman alacaktı. Ne kadar sağlam olacağı ise, artık bünyesine kalmış bir işti.

Seyit, birliğinin ne olduğunu, bacağının ne olacağından daha çok merak ediyordu. Doktor, adeta bir gazete muhabiri imişçesine, her şeyden haberdar görünüyordu. Ayrıca, bildiklerini anlatmaya da son derece hevesliydi. Genç, aydınlık yüzlü, neşeli bir adamdı. Seyit'in yeni pansuman yapılmış olan kolundaki yarayı incelerken konuştu. Seyit onu hayretle izliyordu. Karlar arasında açmış bir çiçeğe de baksa ancak bu kadar keyifli olabilirdi yüz ifadesi. Bir yandan da hastasını aydınlatmaya devam ediyordu:

"Çok şanslısınız Üsteğmen, çok şanslı."

"Çabuk mu iyileşiyorum?"

"Hem o, hem de karargâha ucundan yetiştiniz."

Kendisine hiç soru sorulmasını beklemeden devam etti:

"Savaş meydanındaki son Rus askeri sizlerdiniz. Sizin süvariler döndükten sonra geri çekilme başladı. Eğer, sizi bulup getirmeselerdi, sağ bile kalsanız, düşman elinde kalmış olacaktınız. Burada şimdi sizin gibi bir kaç yaralı, bir de sıhhıye personeli kaldı. Yaralılarımız yola çıkacak hale gelir gelmez, bizler de ayrılacağız buradan."

"Barış imzalandı mı?"

"Hayır, henüz değil. Sadece geri çekiliyoruz. Bana sorarsanız çoktan Galiçya'dan çekilmeliydik."

Ellerini iki yana açarak, "Her neyse" gibilerinden bir işaretle, gülümseyerek devam etti:

"Hoş, bana soran yok. Benim işim kesip biçmek. Öyle saldırıdan, çekilmeden falan anlamam. O sizlerin işiniz Üsteğmen. Yine de, dedim ya, çok şanslısınız."

Sonra, birden, elini alnına vurdu.

"Hay Allah!, Nasıl da unuttum, size verilmek üzere bir mektup bıraktılar. Oldukça meraklanmıştı arkadaşlarınız."

Az ilerde, pansuman aletlerinin durduğu camekânlı dolabın yanında, doktorun özel bir kaç parça eşyasının bulunduğu masa vardı. Çekmeceden aldığı zarfla, yatağa doğru yürürken hâlâ konuşmaya devam ediyordu:

"Hiç meraklanmanıza gerek yok Üsteğmen. Mektubu bırakanlar gayet sıhhatli idiler. Tabi, biraz yorgunlardı. Ama kim değil ki? Ovanın gerisindeki Macarlar'ı toparlayıp getirmişler. Ha sahi, şu an kampta bulunanlar arasında bir de yaralı esirler var. Macarlar, Almanlar, Türkler..."

Seyit, bir yandan doktorunu dinlerken, bir yandan da elindeki zarfı merakla açmaya çalışıyordu ki, duyduğu son kelime ile taş kesmiş gibi dondu kaldı. Genç doktor, hastasının yüzündeki ifadeyi görünce hemen sustu, telaşla onun üzerine doğru eğildi.

"İyi misiniz? Ağrınız mı başladı?"

Seyit, konuşmaktan aciz, başını iki yana salladı.

"Yorulmuş olmalısınız. Bu durumda bu kadar heyecan iyi gelmez. Şimdi biraz istirahat edin."

"Esirler nerede doktor?"

"Diğer hastahane barakasındalar. Çok ağır yaralı yok içlerinde. Allahtan. Yoksa çıkacakları yolculuğa dayanamazlardı."

"Nereye gönderilecekler?"

"Sanırım, Sibirya'da bir kampa gidecekler. Ekip gelene kadar, hepsi yürüyecek hale gelse bari zavallıların..."

Doktor, başka hastaları da olduğunu birden hatırlamış gibi, konuşmasını bitirmeden, Seyit'in yanından uzaklaşmıştı bile.

Celil'in mektubunu, arkadaşını yanında hissederek okurken gözleri yaşlandı.

Bir kaç gün sonra Seyit, kendisine verilen bastonlara dayanarak yürümeye başladı. Aslında pek yürümek sayılmazdı yaptığı. Sağ bacağı üzerinde durup, solunu sürüklüyordu. Sol kolunun da henüz dikişli olması, ikinci bastona dayanırken epeyi ızdırap veriyordu ama yan barakadaki esirleri görmek düşüncesi kafasında yer ettiğinden beri, ayağa kalkabilmek için bütün azmini kullanmıştı. Barakadan dışarı çıktığında, güneşle yavaş yavaş erimeye başlayan karların ışıltısı gözünü aldı. Çadırlar, askerler, toplar, atlarla dolu bıraktığı karargâh bölgesini, inanamayan gözlerle seyretti. Kırık dökük, terk edilmiş bir kaç top arabası, teçhizat sandıkları ve bir kaç çadırdan başka bir şey kalmamıştı. Esirlerin bulunduğu barakaya geldiğinde, önünde duran nöbetçi asker onu selamlayarak karşıladı. Seyit, ondan kapıyı açmasını isteyip, içeri girdi.

Açılan kapının eşiğinde, bastonlara dayanarak yürümeye çalışan genç subayı gören esir askerler, dikkat ve endişe dolu bakışlarını ondan yana çevirdiler. Seyit, olduğu yerden, tek tek, onların yüzüne baktı. Yataklarında, yaralarının ızdırabı ile yatan bu yüzlerin sahiplerinin daha bir kaç hafta önce karşısındaki korkunç düşman olduğuna inanmak çok zordu. Nöbetçiye dönerek, yavaş sesle sordu:

"Türk esirler hangileri?"

"İki kişiler efendim, şu soldaki yataktaki ve onun yanındaki."

Seyit, ne yapacağına karar verememiş gibi, önce derin bir nefes aldı, sonra yutkundu ve kendisine gösterilen yataklardaki yaralılara doğru ilerledi. Biri, adeta çocuk denilecek yaştaydı. On üç, on dört olmalıydı. Afallamış, şaşkın bir hali vardı. Belki de başındaki yarayı saran kocaman sargı, yüzüne o ifadeyi veriyordu. Birbirine kenetlediği parmaklarını ovuşturup dururken ellerinin mihaniki hareketinde bakışları kaybolmuş gibiydi. Diğeri ise, otuz yaşlarında olmalıydı. Esaretin verdiği eziklik, yüzündeki sert gurur ifadesini yok edememişti. Bakımlı, gür saçları ve bıyığı siyahtı. Her şeyi son derece dikkatle izler gibi, iri, açık bakan gözleri ile kemerli burnu, yüzünün en dikkat çeken taraflarıydı. Oldukça zayıftı. Elmacık kemiklerindeki çıkıntılar belki de esarette bu kadar belirginleşmişti. Onun çenesindeki derin çukuru fark eden Seyit, ister istemez kendi çenesini sıvazladı. Karşısındaki yüzde, kendi inatçı, kararlı yüzünü bulmuş gibiydi. Dalgın, suskun, kendisini izlemekte olan Seyit'e bakan bu Türk'e karşı içinde bilemediği bir sevgi ve şefkât kabarmıştı. Yavaş yavaş yatağa yaklaştı. Henüz konuşmaya cesaret edemiyordu. Sırtını arkasındaki yastığa dayamış oturan esir, huzursuz bir kıpırdanma ile ağır bir ses tonu ile sordu:

"Beni gönderiyor musunuz artık?"

Mükemmel bir Rusça ile konuşuyordu. Seyit, zaten epeyidir, Türkçe konuşup konuşmamak hususunda karar veremiyordu. Karşısındaki genç adamdan duyduğu Rusça içine su serpmişti. Yutkunarak cevap verdi:

"Hayır, hayır, ben bilmiyorum, sizlerin ne zaman nereye gideceğinizi."

İçinden bir his, bir an evvel buradan çıkıp gitmesini söylerken, bir ses de bu hiç tanımadığı, ama yıllardır tanıyor gibi hissettiği adamla konuşmasını söylüyordu. Diğerleri tarafından merakla izlendiklerinin farkında, Seyit temkinli konuşmaya dikkat ederek devam etti:

"Ben, sadece, sizi birine benzettiğim için geldim. Kim olduğunuzu öğrenebilir miyim?"

Ne zaman ve nasıl bir ceza ile cezalandırılacaklarını bilmeyen zavallı esirler, Türk arkadaşlarının, Rus subayı ile konuşmasını nefeslerini tutmuş izliyorlardı. Ancak lisanı bilmediklerinden, içlerinde uyanan korku dolu merakı yüzlerinden okumak mümkündü. Aldığı cevaptan rahatlamış olarak tekrar sırtına yaslanan esir subay cevap verirken, karşısındakinin merakının sırrını çözmeye de uğraşır gibiydi.

"Yüzbaşı Ali Nihat..."

Daha konuşmaya devam edecekmiş gibi biraz bekledi, sonra alaylı bir ses tonu ile ilâve etti:

"Esir Türk yüzbaşısı Ali Nihat..."

Alaylı sesinde, duyduğu acı belirgindi. Yarasının verdiği bir acı değildi bu. Düşmanının elinde olmaktan duyduğu ızdıraptı.

"Türkiye'nin neresindensiniz yüzbaşı?"

Gözlerindeki inatçı, mağrur ifade, yerini özlem dolu bakışlara bırakan Ali Nihat bunu cevaplarken, sesi neredeyse duyulmayacak kadar zayıftı.

"İstanbul... İstanbul..."

"Evli misiniz?"

"Evet,"

Ali Nihat, kendisine merakla sorular soran genç üsteğmenin, gösterdiği yakınlıkta, fark ettirmek istemese de bir samimiyet ve ilgi olduğunu anlamakta gecikmedi. Onunla daha uzun konuşmakta bir sakınca görmedi:

"Evet, evliyim. Dört yaşında da bir kızım var."

Kısa bir duraklamadan sonra, yastığının altından çıkardığı fotoğrafları Seyit'e uzattı.

"İşte, karımla kızım. Şimdi beni bekliyor olmalılar. Yine şanslıyım, onların resimlerini yanımda tutabildim. Savaş alanında esir düşenler ondan da mahrum."

Seyit, iğreti bir şekilde yatağın kenarına ilişmiş, avucundaki resimlere bakıyordu. Sordu:

"Siz nerede esir düştünüz?"

"Ben doktorum. Cephenin hemen ardındaki sıhhiye bölüğündeydim. Ama mühim olan, şimdi nerede olduğum, değil mi?"

Yüzbaşı Ali Nihat'ın bakışları, ille de bir cevap bekler gibiydi. Seyit, sağlam bacağının üzerinde ayağa kalkarken, sağ kolu ile de sakat tarafının ağırlığını taşımasına yardımcı oldu. Bastonlarına sarıldıktan sonra, gözlerini kaçırmaya dikkat göstererek mırıldandı:

"Sanırım..."

Daha fazla konuşacak bir şey düşünememişti. Kırım Türk'ü olduğunu söylemek zorunda kalacak olması fikri bile, onu ürkütmüştü. Yüzbaşıya son bir bakış atarak gülümsemeye çalıştı:

"Kendinize iyi bakın, umarım en kısa zamanda memleketinize ve ailenize kavuşursunuz."

Kapıya doğru yürürken esir doktorun sesi duyuldu:

"Sizin isminizi öğrenebilir miyim Üsteğmen?"

Seyit bir an durdu, fakat sonra dönüp konuşmaya cesareti olmadığını hissetti. Geldiği gibi, ağır ağır ayağını sürüyerek, barakadan çıktı.

Belki de, geçirdiği kazada bir hayır vardı. Soydaşlarını esir almış olmak utancından Tanrı onu korumuştu.

Bir hafta sonra, kamp yeri tamamen boşaltılıyordu. Kesin talimat gelmişti. Ellerinde kalan kırık dökük eşyalar, arabalara, atlara yükleniyordu. Seyit, boşalmış barakaların önünde bineceği arabayı beklemekteydi. Güneşli ve kuru bir gündü. İşte her şey bitivermişti. Kar, buz dolu günler, kan, barut kokusu, ölüm, ızdırap, hepsi, sanki geride bırakılan gece ile beraber rüya olup kalmıştı. Kötü bir rüya. Ama, şimdi nelerin kendilerini beklediğini bilmemek, yaşadıklarını düşünmekten daha korkunç geliyordu. Siyah, küçük çantasını toparlamış, barakadan çıkan doktor her zamanki neşeli tavrıyla, Seyit'i selamladı:

"Hayırlı günler dilerim Üsteğmen Eminof. Yolculuk için harika bir gün değil mi? Daha iyisi can sağlığı doğrusu."

Az ilerde, ana karargâh binasının önünde toplanmış olan esirleri gösterirken, sesini alçaltarak konuşmaya devam etti:

"Özellikle şu zavallılar için memnunum. Zira, o korkunç soğuğa yolculukları başlamak üzere."

Esir Türk, Alman ve Macar askerleri, kendilerine bakan Rus hemşireyi aralarına almış, fotoğraf çektiriyorlardı. Siyah boyasız kunduraları, siyah kalın kumaştan elbisesinin üzerinde beyaz, kolsuz önlüğü ve kepi ile gülümseyerek fotoğrafçıya bakan hemşire, yirmi dokuz kişilik esir grubunun sanki düşman topraklarındaki tek dostuydu. Beyaz tenli, tombul yanaklı genç bir kadındı.

Yüzündeki kalın kemik yapısının verdiği sıhhatli görünüme rağmen, aslında onun da esirler kadar zayıf ve bakımsız olduğu aşikârdı. Karargâhın önündeki merdivenlere dizilen esirler, en önde tek iskemleye hemşirelerini oturtmuşlardı. Küçük Türk, hemşirenin hemen sol omuzuna yapışıp durmuştu. Üzerinde, kendi vücuduna göre yapıldığı belli, asker ceketi vardı. Seyit, bu küçücük çocuğun harp meydanına nasıl düştüğünü merakla, onun, aynen yetişkin bir asker gibi, dimdik, bacakları bitişik, kolları vücudunun iki yanına yapışık poz verişini izledi. İçi burkularak gülümsedi. Hepsi üniformalarını, çizmelerini giymişlerdi. Aralarında iki de sivil vardı. Yayan gidecekleri kilometreler, günler, haftalar sürecek yolda, ne potinlerin, ne de çizmelerin dayanmayacağını Seyit çok iyi biliyordu. Sibirya'nın uçsuz bucaksız karlı steplerini, kemikleri keser gibi soğuk esen rüzgârını düşünen Seyit iliklerine kadar titrediğini hissetti. Acaba kaçı sağ olarak varacaktı son duraklarına? Kamplara yolculuk sırasında düşenler, hastalananlar oldukları yerde bırakılırdı. Şu küçüçük çocukla, en arkadaki yaşlı sivil Alman, büyük bir ihtimâlle, yazı göremiyeceklerdi. Tam o esnada, fotoğraf çekilmişti. Esirlerin hepsi objektife bakarken, bir tek Ali Nihat'ın gözleri makinanın yakalayamadığı bir yerlere takılıp kalmıştı. Seyit, ikinci basamakta, en ortada duran yüzbaşıyı gördüğü zaman, onun da kendisini izlemekte olduğunu fark etti.

O sırada, yolculuğunu yapacağı araba yanına yaklaşmıştı. Doktorla vedalaşarak, erin yardımı ile arabaya bindiğinde, esirler de sıraya dizilmeye başlamışlardı. Seyit onların tam yanına geldiğinde, işaretle, arabayı durdurttu. Kendilerince belirsiz bir yolculuğa çıkanların endişeli, küs yüzleri, sıra ile yanından geçiyordu. Ali Nihat'la yüz yüze geldikleri an, onu saygıyla selamladı.

"Tanrı sizi korusun yüzbaşı, Allah'a emanet olun."

Ali Nihat, eriyen karın toprakta bıraktığı çamur içinde ilerleyen arabanın arkasından, gözden kaybolana kadar baktı. Onunla bir daha karşılaşacaklarını tahmin etmiyordu. Kim olduğunu da hiç bir zaman öğrenemeyecekti.

Cephe Dönüşü

Terk ettikleri karargâha en yakın köyden bindiği tren homurtularla yol alırken, Seyit etrafını dehşetle izlemekteydi. Şarkılarda söyledikleri köyler, kırmızı yanaklı fettan Rus kızları, âşık, sırım gibi delikanlılar sadece şarkılarda kalmıştı. Trenin durduğu istasyonlarda, saatlerle, üst üste yığılıp bekleşen insanlar, açılan kapılara çılgınlar gibi saldırırken itişip, bağrışıp kendilerine yol açmaya çalışıyorlardı. Vagonlar, kapasitesinin üzerinde yolcu ile, nefes alınamayacak hale gelmişti. Seyit gibi cepheden dönen bir kaç askerin dışında, yolcuların çoğu köylüydü. Çocukların kimi, annelerinin eteğine yapışmış, kimi kucakta, ellerine veya boyunlarına birer çıkın bağlanmış, yolculukta kendi paylarına düşen ağırlığı taşıyorlardı.

Seyit, etrafını çeviren sefalet ve karmaşadan müthiş etkilenmişti. Çatlamış güneş yanığı yüzlerinden ve iri nasırlı ellerinden, tarla işçisi olduğu anlaşılan bir grup erkek, kalın ve saygısız bir ses tonu ile, avaz avaz, küfürlerle konuşuyorlardı. Kuru, kara bir somun ekmeği parçalarcasına ısırıp bir diğerine veriyorlardı. Yanında oturan yaşlı kadının kirli, yamalı bohçalarda düğümlediği eşyaları, sarsıntı ile, Seyit'in yaralı bacağı üzerine yığılmıştı. Yüzünü acıyla ekşiterek, bacağına yer açmaya çalıştı ama muvaffak olamadı. Yaşlı kadın hiç oralı gözükmüyordu. Yardımcı olmak bir yana, Seyit'e küstah ve kindar bakışlar atarak, bohçasının ellenmesinden hiç hoşlanmadığını gösterdi. Genç adam, durumu kabullenip arkasına dayanmayı tercih etti. Nasılsa, bir müddet sonra inecekti. Bacağındaki acıyı ve kendisini daha da fazla rahatsız eden ağır, ekşi ter kokusunu duymazlıktan gelmeye çalışarak, oyalanmak için iç cebinden bazı mektuplar çıkardı. Celil'in ayrılırken kendisine bıraktığı mektup, Petrograd'daki karışıklıklar nedeniyle, Çar'ın talimatıyla, bazı birliklerin derhal geriye dönmeleri gerektiği yazıyordu. Süvari alayından bir grup da buna dahildi. Allah'ın izni ile Petersburg'da görüşmek üzere acil şifalar diliyordu.

Diğer mektup ise, sekiz ay kadar önce Shura'dan gelen mektuptu. Genç kadın, zarif, itinalı el yazısı ile, beş sayfa doldurmuştu. Daha evvel yazdığı mektuplarını alıp almadığını bilemediğini, kendisinin ise Seyit'ten tamamen habersiz olduğunu, endişelerini yazıyordu, ilk paragrafta. Sitem yoktu satırlarında. Sadece âşık bir kadının korkuları vardı. Seyit, mektubu tutan avuçlarından yüreğine, karnının ortasına kadar bir ılıklığın sardığını hissetti. Çok özlemişti. Bu mektup, onun cephe gerisindeki dünya ile ilgili hayâllerini yaşatan tek şey olmuştu onca ay. Belki de, yüzlerce defa okumuştu yeni baştan. En ayaz, don gecelerinde bile, sevdiği kadının eline değmiş olan kağıtlar onu ısıtmıştı. Satırları tekrar tekrar okudukça, onun sımcıcak, yumuşacık, körpe kadınlığını, bedenine yaslanmış kadar yakın hissetmişti. Geceleri, Mişa küçük ikonası önünde diz çöküp, Celil ile Osman Kuran'ı Kerimlerini okurken, o Tanrı'ya sessizce yaptığı duaların dışında, en çok bu mektuptan güç almıştı.

Aşk kelimeleri ve öpüşlerle biten son cümleyi noktaladığında, kendisini ne kadar kaptırmış olduğunu fark etti. Yüzüne tatlı bir gülümseme yayılmıştı. Onu merakla takip eden yanındaki yaşlı kadın, utanmazca eğilmiş, yazılanların ne olduğunu anlamaya çalışıyordu. Seyit, mahremiyetine saldırılmış gibi, rahatsızlık duyarak, kağıtları acele ile katlayıp zarfına yerleştirdi. Kadının, okuma yazma bilmediğinden emin olmasına rağmen, böyle göz altına alınmış olmaktan huzursuz olmuştu. Seyit'in o kadar keyifle gülümsemesini epeyi kıskanmıştı yaşlı kadın. Zira, uzun zamandır, uğruna gülümsenecek bir şey kalmamıştı hayatta. Burnunu, elinin tersi ile, kızgın bir hareketle silerken genç erkeğin yüzüne bakmaya devam etti. Bu kaba hareketi ile, sanki, ona sessiz sessiz küfrediyor ve keyiflenmesinin öcünü alıyordu. Bu kadınla yıldızının barışmayacağına inanmıştı Seyit. Başını çevirip, trenin son süratle içinden geçtiği tarlaları seyre daldı.

Petrograd'ın büyük garına vardıkları vakit, Seyit, bütün vagonların boşalmasını bekledi. Buraya döndüğüne inanamıyordu. Biraz zaman kazanıp, sağ salim geriye gelmiş olma fikrine kendini hazırlamak istiyordu. Perondaki kalabalığa dikkatle baktı. Yüzlerde huzursuzluk açıkça okunuyordu. İtilip kakılmadan yürüyebileceğine inandığı an, yavaşça yerinden kalkıp, kompartımanı terk etti. Yanında bitiveren hammala bavulunu teslim ettikten sonra, derin bir nefes alıp, trende adeta tıkanmış olan burun deliklerini açtı.

Arabacıya, evinin adresini verip arkasına kuruldu. Birden, kafasında beliren soru, içine kurt düşürdü. Sevdiği kadına nasıl ulaşacaktı? Ailelerin parçalandığı bir devirde, kilometrelerle uzaktaki sevgilisini nasıl bulacaktı? Kendisinden hiç bir haber alamayan genç kadının bu kadar zaman onu beklediğini kim garanti edebilirdi ki? Belki, hayatına artık başka biri girmiş, belki de oradan ayrılıp gitmişti. Evin önünde indiğinde, az sonra bir not, bir haber bulup, sorularının cevaplanacağı fikri ile, endişeli bir heyecana kapıldı.

Mermer basamaklardan çıkıp, kısa bir anlık tereddütten sonra kapıyı çaldı. Kapının ardında, büyük antrede yankılanan sesi derin bir sessizlik izledi. Evin içinde hiç bir hareket yoktu. Karşılık alamadığı ikinci denemeden sonra, anahtarını çıkarıp kilide soktu. Kilit, tanışık olduğu anahtarın teması ile, açılıverdi. Neredeyse unutmuş olduğu ev sıcaklığı ve huzuruyla sarıldı, bir anda. Kapıyı kapayıp arkasına dayandı. Gözlerini etrafında dolaştırdı. Her şey bıraktığı gibiydi.

Uzun sıcak bir banyonun, yorgunluğunu atıp, sinirlerini dinlendireceğinden emindi. Yatak odasında hazırlanıp bırakılmış büyük şömineyi tutuşturduktan sonra valizini açtı. Dolaplarda halen kendisine ait eşyalar vardı. Şöminenin üzerindeki geniş mermer rafta, gümüş çerçeve içindeki fotoğrafa heyecanla baktı. Shura ile Moskova'da çektirdikleri resimdi bu. Çerçeveyi alıp, resimdeki sevgilisinin yüzünü öptü. Yüreğinin sevgiyle dolduğunu hissetti. Haftalar, aylar boyunca beraber olduğu kadınları hatırlamak yerine, sadece bir kez, bir kaç saat aşk yaşadığı bir genç kızı özlüyor olması tuhafına gidiyordu. Ama, işin gerçek yanı da buydu. Aklına ondan başka bir kadın, daha güzel yaşanmış bir aşk da gelmiyordu. Shura'yı görmek, kucaklamak için, önü alınamaz bir arzu ve bunu gerçekleştiremeyeceği için de göğüs kafesinde bir sızı hissetti.

Ertesi sabah, St. Isaac Katedrali'nden gelen çan sesleri ile uyanan Seyit, saatin neredeyse öğleyi bulduğunu gördü. Robdöşambrını giyip yatak odasından çıktığında, evin bir akşam evvel bıraktığı sessizliğini koruduğunu gördü. Emektarı olan İlona Vetrovna da yoktu evde. Derin uykudayken kapıyı duymamış olabileceğini düşündü. Sonra, kadının zaten anahtarı olduğunu hatırladı. Belki de, onun yokluğundan istifade, kendine kaçamak bir tatil yapıyordu. Seyit, traşını olup giyindikten sonra, dışarı çıkıp, şehirde neler olup olmadığını öğrenmeye karar verdi. Hassa alayının karargâhına uğrayıp, arkadaşlarını görmek ümidindeydi. Daha oldukça uzun bir zaman izni vardı ama olayların o kadar dışında kalmıştı ki, bir an evvel son gelişmeleri öğrenmek için sabırsızlanıyordu.

Evden çıkıp, caddede bir iki blok yürümemişti ki, karşıdan koşturarak kendisine doğru gelen kadını fark etti. İlona Vetrovna'ydı gelen. Bembeyaz saçları, temiz, şefkât dolu bir yüzü vardı.

Yüzünde, Seyit'i görmekten doğan büyük sevincin yanı sıra, başka bir sebep daha vardı, kadıncağızı koşturan. Hürmetkâr bir tavırla selam verdikten sonra, telaş içinde konuşmaya başladı:

"Ah! Seyt Eminof, sizi Tanrı gönderdi. Çok şükürler olsun Tanrı'ma! Nasıl meraklandık bilemezsiniz."

Seyit'in elindeki bastona ve bacağına kaçamak bir göz attıktan sonra, nasıl söyleyeceğini bilemez bir tavırla, devam etti:

"Kutsal ruh aşkına Eminof, neler geldi başınıza, ne bir ses, ne bir haber."

Seyit, ağlamaya başlayan kadının omuzunu okşayarak onun telaşını yatıştırmaya çalıştı:

"Ağlama İlona Vetrovna, ağlama. Tanrı rızası için. Bak buradayım işte. O kadar da kötü değil durumum. Yakında bastonsuz da yürüyebileceğim her halde."

Kadının susmasını bekleyen Seyit, onun, mendili burnunda, ağlamaya devam etmesi üzerine, bütün olayın kendisinden kaynaklanmadığını fark etti.

"Neyin var İlona Vetrovna? Nedir seni bu kadar üzen?"

Onun bu kadar saat gecikmesi ve bu kadar ağlaması, hayra alamet olamazdı. Yoksa, ailesinden kötü bir haber mi gelmişti?

"Her şey yolunda mı İlona Vetrovna? Yalta'dan bir haber mi var?"

"Yok, yok meraklanmayın, oralardan gelen kötü bir haber yok gerçi, ama..."

Geldiği istikamete doğru başını çevirip, telaşla sordu:

"Umarım, Nevski'ye doğru gitmek yok aklınızda, Eminof?"

Seyit, kadının anaç, endişeli haline gülmeden edemedi.

"Tastamam, nereden bildin İlona Vetrovna? Biraz yürüyüp yorulunca da bir arabaya binerim, diyordum."

Madam Vetrovna, onun koluna dokunarak, evin istikametine doğru döndü.

"Yollar korkunç Eminof. Yalvarırım, gelin, eve dönün. İki adımlık yolu, bakın, kaç saatte geldim."

Beraberce yürümeye başladılar.

"Hayrola, neler oluyor?"

"Hiç sormayın Seyt Eminof, yollar kudurmuş insanlarla dolu. Ellerinde taşlar, sopalar, ne buldularsa, etrafa saldırıp duruyorlar."

Seyit, kadının korkusunu kâfi derece ikna edici bulmamakla beraber, sakat hali ile böyle bir maceranın içine girmemeyi uygun gördü. Konuşa konuşa eve geri döndüler. İçeri girer girmez, İlona Vetrovna mutfağa koşturdu:

"Sizi yine bu evde görmek ne kadar güzel Üsteğmen Eminof. Size hemen bir çay hazırlayayım."

Semaveri hazırlarken, sokakta yarım kalan hikâyesini anlatmaya devam etti:

"Nasıl geldiğimi bir bilseniz Eminof, efendim. Aralarında ezileceğim, ya da başıma bir şey yiyeceğim diye, öyle korktum ki."

"Yavaş, yavaş lütfen İlona Vetrovna, biraz sakinleş ve bana en baştan anlat. Kimdir bu sokaklardaki çıldırmış insanlar?"

"Ah! tabi sizin burada neler olduğundan ne haberiniz olsun Seyt Eminof. Grevdeki işçiler işten çıkarılmış. 'Kadınlar günü' yürüyüşüne katılan kadın işçileri de atmışlar fabrikalardan. Onlar da toplanıp, sokaklara çıkmışlar işte. Yol boyu "Ekmek! Ekmek!" diye bağırıyorlardı. Yolda arabacı Aktem'e rastladım da, Allahtan, beni arka sokaklardan getirdi, yolun başına kadar. Onun anlattığına göre; ta limanın oradan başlıyormuş kalabalık. Yol boyu da fırınları kırıp, döküp yağmalamışlar. Ulu Tanrım! daha ne günler göreceğiz bakalım?"

"Meraklanma İlona Vetrovna, böyle hadiseler daha önce de yaşandı. Bir iki gün sürer, sonra ses kesilir."

Kendisi hiç de söylediğine inanmamakla beraber, yaşlı kadının telaşını yatıştırmak istemişti. Şimdi, merkeze gidip, olan biteni öğrenmek için daha çok istek duyuyordu. Ama, son bir saattir üzerinde durduğu bacağı onu yormuş, çivili kemikleri sızlamaya başlamıştı bile. Salonda, emektarın yaktığı şöminenin karşısına oturup, kendisine ikram edilen çayı yudumlarken aklına bir şey geldi:

"Akşama eve nasıl döneceksin İlona Vetrovna?"

"Arabacı Aktem gelip alacak. O olmasaydı, burada kalırdım artık bu gece."

"Yine de kalabilirsin."

"Sağ olun, ama kocam merak eder. Çıkarken haberim olsaydı, hiç değilse söylerdim kalacağımı."

Seyit, çay fincanını sehpaya bırakırken, kadının yüzüne dikkatle baktı.

"Madem Aktem ile beraber döneceksiniz... sizden bir şey isteyeceğim."

Kadın, Seyit için bir iş yapacak olmaktan çok mutlu olmuştu. Atıldı:

"Tabi, Üsteğmen Eminof, ne emrederseniz. Sizin için elimden gelen her şeyi yaparım, bilirsiniz."

"Biliyorum, İlona Vetrovna, biliyorum. Onun için rahat söylüyorum zaten. Ama bir şartla. Dönüşünüzde de yollarda aynı tehlike, karışıklık varsa, unutun gitsin. Hiç vakit kaybetmeden evlerinize gidin. Anlaşıldı mı?"

"Siz nasıl isterseniz Eminof."

"Bir mektup vereceğim. Mariinski tiyatrosuna uğrayıp Bayan Tatiana Tchoupilkina'ya teslim edeceksiniz. Ama muhakkak kendisine elden vermeye gayret gösteriniz."

Tatiana'nın, Bolşoy'dan Mariinski'ye transfer olduğunu, cepheye, Celil'e gelen mektubundan hatırlıyordu Seyit. Dışarı çıkamadığına göre, arkadaşına haber gönderebilmek için en emin yol bu gibi görünüyordu.

"Tabi, memnuniyetle efendim. Bir cevap getirmemi de bekliyor musunuz?"

"Hayır, hayır, haberim ulaşsın yeter."

"Bayan Tatiana bir kaç kez geldi, yokladı. Sizden bir haber alıp almadığımı sormak için. Sağ olsun. Teğmen Sorokin ve diğerleri de cepheden döndüklerinin ertesi günü buradalardı. Sizi nasıl perişan bırakıp geldiklerini anlattılar."

Madam Vetrovna'nın bahsettikleri; Mikhail, Osman ve Celil'di. Ama dilinin dönebildiği sadece Mikhail'in soyadıydı.

"Tabi, onlar, olanları size daha tamam anlatacaklardır. Ben, nihayet, yaşlı bir emektarım. İşte, sokakta, tramvayda kulaktan duyduğum, kocamın anlattığı kadarını biliyorum. Ama bildiğim bir şey varsa, sonumuz hayırlı değil Eminof. Size bir çay daha verebilir miyim?"

"Sağ ol İlena Vetrovna, bir çay daha alırım. İçine de bir kaç yudum benim ilacımdan damlatıver, oldu mu?"

Madam Vetrovna, gülerek, fincanı doldurmak üzere, salondan çıktı. Eminof'un ilâç derken neyi kastettiğini iyi biliyordu. Fincanı sıcak suyla çalkalayıp yarısına kadar çayla doldurdu, sonra dolaptan aldığı votka şişesinden üstünü tamamladı.

"Bence, çok geçe kalmayın, Aktem gelir gelmez yola çıkın. Evine geç kalmanı istemem."

"Altıda burada olacağını söylemişti ama gelemezse de şaşmamak lâzım."

Arabacı Tatar Aktem söz verdiği saatte geldi. Kalabalık, şehir merkezine çok yaklaştıktan sonra dağılmıştı. Ertesi gün yürüyüşe devam edecekleri söyleniyordu. Yağmalanan fırınlarda, karşı koymaya çalışan fırıncılardan ölenler olmuştu. Söylediğine göre; şu an, sokaklarda ölüm sessizliği vardı.

Seyit, Tatiana'ya hitaben yazdığı, geldiğini bildiren kısa notu onlara teslim edip, gidişlerini camdan izledi. Her ikisine de her şartta güvenebileceğini biliyordu. Artık, beklemekten başka yapacak bir şey kalmamıştı. Bayan Vetrovna'nın hazırladığı borç çorbasından içti. Çok sevdiği füme balık tabağına dokunmadı bile. İştahı kalmamıştı. Votka şişesini yanına alıp, ateşin karşısına oturduğunda, yüreği sıkıntı içindeydi. Olaylar devam ederse, Shura'yla tekrar nasıl buluşacağını, kendisinin Yalta'ya nasıl gideceğini düşünüyordu. Karışıklığın güneye şimdilik inmemiş olduğunu ümit ediyordu. Kafasındaki endişeleri uzaklaştırmak için, çalışma odasındaki kütüphaneden bir kitap almayı düşündü. Üç duvar boyunca kitapların dizildiği çalışma odasındaki tek açıklık, evin arka tarafındaki bahçeye bakan geniş pencereydi. Pencerenin iki yanındaki sütunlar üzerinde sağlı sollu, yağlı boya iki tablo asılıydı. Borovikovsky imzalı tablolardaki yüzlerin asil ve ağır ifadeleri, odanın ağır ciltli kitaplarla yüklü havasına çok iyi uyum göstermişti. Gümüş çerçeveler içinde, kütüphanenin raflarından birinde dizili aile fotoğraflarına hasretle göz gezdirdi. Anne, babası, kardeşleri hepsi gözünde tütüyordu. Buradan ayrıldığında bir tek yere gidebilme şansı olsa, ailesine mi yoksa sevdiği kadına mı döneceğini düşündü. Sonra, böylesine ağır bir seçim yapmak zorunluluğunda kalma fikrini zihninden uzaklaştırmaya çalıştı.

Raflardaki kitapların hemen hemen hepsini, defalarla okumuştu. Şu an kafasını dağıtacak bir şeylere ihtiyacı vardı. Alexander Pushkin ve Nicholai Yazykov'un kitapları arasında bir anlık tereddütten sonra, Ivan Nikiti'nin 'Komu na Rusi zhit khorosko' başlıklı uzun şiirini eline aldı. Rus folk şarkısı tarzı ile işlenmiş olan şiir, Rusya'da iyi hayatı yaşayan adamın bulunması için yapılan yolculuğu, Ruslar'ın yerel karakter ve tiplerini büyük bir espri ve hiciv ile işleyerek anlatıyordu. Seyit, bu şiiri her okuyuşunda, aslında çok iyi tanıdığı insanları bulduğu dizelerden büyük keyif alırdı. Kitabı elinde, salonda şömine karşısındaki kanapesine yerleşti.

Kapının tekrar tekrar çalınmasıyla uyandığında, şöminedeki ateş çoktan sönmüş, kitabı kucağından yere düşmüştü. Uyuşmuş, sakat bacağı ayağa kalkmasında zorluk çıkarıyordu. Bastonuna dayanıp, antreye yönlendiğinde, kapının dışındaki sabırsız sesleri tanımakta gecikmedi. Sevinçle, olabildiği kadar süratle, gelip kapıyı açtı. Celil, Tatiana ve Mişa karşısındaydı. Sarmaş dolaş oldular. Salona dönerlerken, Seyit'in bastonuna dayanmaya ihtiyacı kalmamıştı. İki delikanlı, iki yanında ona destek oldular. Tatiana, balerinliğini inkâr etmeyecek zariflikte, uçar gibi adımlarla, onları takip ederken gözlerindeki yaşları sildi.

Ateşi canlandırıp, votka ve kadehleri ortaya koydular. Saat sabahın ikisi olmuştu. Ama, onlar için, uzun zamandır özledikleri kadar güzel bir gün başlamaktaydı.

"Osman nerede, bulamadınız mı?" diye sordu Seyit.

"Livadia'da görevde. Sanırım, yakında döner."

Celil konuşurken, hasretle, sevgili arkadaşının yüzüne bakıyordu.

"Biliyor musun Kurt Seyit, seni bir daha göremeyeceğimizi düşündüğümüz anlar dahi oldu."

"Ben de buraya dönebileceğimden pek emin değildim doğrusu."

Tatiana, kasvetli şeyler konuşmaya hiç yanaşmak istemiyordu. Elindeki kadehi, adeta bir çiçeği okşar gibi, ince hareketlerle parmakları arasında döndürürken söze karıştı:

"Beni Mariinski'de bulacağın nereden aklına geldi kuzum Seyt?"

"Celil'e yazdığın mektubu, attan düşmeden önce, okumuştum Allah'tan."

Tatiana, cilveli mektuplarının, sevgilisinin arkadaşlarınca okunmuş olmasından rahatsızlık duymuşa benzemiyordu. Celil'e kızmış edası ile konuşurken, işveli işveli kıkırdadı.

"Aşk olsun Celil, sır saklamadığını bilsem, sana bir kelime bile yazmazdım."

"Sadece o satırı okudum Tatiana, yemin ederim. Başka bir şey bilmiyorum."

Tatiana, sağ elinin işaret parmağını, yaramaz çocukları azarlar gibi salladı.

"Sizi yalancılar, sizi!"

Bütün gayretlerine rağmen, eğlenceli ses tonları ve neşeleri fazla uzun sürmedi. Seyit, büyük bir merakla, ailesi hakkında sorular yönelttiğinde, Celil elinden geldiğince cevaplamaya çalıştı. Zira, o da henüz Kırım'a gidememişti.

"Olayların saraya çok yaklaşacağı konusunda endişeler var Seyit. Hem St. Petersburg'da, hem Tsarskeyo Selo'da devamlı muhafız birlikleri bulunduruluyor. İzinler kalktı. Hele bugünden sonra hadiselerin ne göstereceği hiç belli değil."

"İlona Vetrovna'nın telaşından anlayabildiğim kadarı ile, şehir bugün adamakıllı karışmış."

"Yarın daha da korkunç olacak, eminim."

Mişa oldukça düşünceli görünüyordu.

"Bugünkü olayda hükümet hiç bir şekilde karşı koyacak engel çıkarmadı. Sadece, şehir içine yaklaşmaları önlendi. Ama bu böyle giderse, iş çığırından çıkacak diye korkuyorum."

"Çok mu kalabalıklar?"

"Bilemeyiz Seyit. Güya, işten çıkarılan yüz otuz bin grev işçisinin olayı gibi başladı ama bugünkü kalabalık içinde, işten çıkarılmayanlar da vardı, hiç işi gücü olmayanlar da."

"İstedikleri verilemiyor mu?"

"Başlangıçta istekleri daha yüksek ücret gibi görünüyordu. Ama, asıl amaç başka. Bugün maaşları da artsa fark etmez, eminim. Açıkçası, istenen ihtilâl. Çar yok olunca daha mutlu, daha zengin olacaklarına inanıyorlar."

"General Khabalov çok dikkatli davranıyor. Askeri Vali olarak bugünkü kalabalığı darmadağın edebilirdi. Sabırla, arada bir anlaşma olabilir, diye beklemeyi tercih ediyor."

"Ancak, saraydan bir talimat gelirse müdahaleye mecbur olacaktır."

Konuşmalar, bu minvalde, sabaha kadar sürdü. Tatiana bile, bütün yorgunluğuna rağmen, gözünü kırpmadan, erkeklerle beraber oturdu. Günün ilk ışıkları ile dağıldılar. Celil giderken, Seyit'e uyarıda bulundu:

"Evden, mümkünse, hiç çıkma Seyit. İhtilâl patladığı takdirde, durumun bizlerden daha kritik olabilir. Seni sık sık haberdar etmeye çalışırız. Kimselerin buralarda olduğunu bilmemesinde fayda var. Bana, yine, Tatiana vasıtası ile haber gönderebilirsin. Eve uzun zamandır gitmiyorum. İzinli çıkarsam, Opera caddesinde, Tatya'nın halasının evinde kalıyoruz. "

"Sağ ol Celil. Yardımlarını unutmayacağım. Sen de kendine dikkat et. Tanrı yardımcınız olsun."

Sarılıp vedalaştılar. Tam merdivenlerden inecekleri sırada, Seyit, Celil'i yanına çekip sordu:

"Petro'nun ortalarda olduğunu biliyor muydun?"

Celil, eski arkadaşlarının kendilerine ihanetini bir türlü kabullenememişti. Hırsı, yüzünden belliydi.

"Hiç sorma Seyit, iflah olmaz artık. Uzak durmaya bak. Hepimizin hayatını bizler kadar iyi biliyor. Yoksa karşılaştın mı?"

"Hayır, ben görmedim. Gerçi, eve bir kaç defa uğramış, ben yokken."

Konuşacakları o kadar çok şey vardı ki, zaman yetmezdi. Celil'in göreve dönmesi gerekiyordu. Kısa fakat candan bir sarılışla el sıkışıp ayrıldılar.

Seyit, arkadaşlarını uğurladıktan sonra, çalışma odasındaki masaya oturdu. Bütün gece dinlediklerine dayanarak bundan sonra neler olabileceğini ihtimâller hanesine yazıp, her bir durumda da kendisinin nasıl tavır alacağını belirlemeye çalıştı. Onun durumunda olan biri için işin vahameti, sadece, Çar'ın özel hassa alayında oluşu ile bitmiyordu. Toprak, mal, ünvan sahibi olmak, sokakları talan edenlerin düşmanlığını kazanmak için başlı başına bir sebepti. Aluşta'daki ailesini düşündü. Kendisinden nasıl merakla haber beklemiş olabilecekleri aklına geldi. Onlara mektup yazmak üzere elindeki listeyi kenara itti.

Ertesi gün, İlona Vetrovna, yine öğleye doğru bir saatte, bir gün evvelinden daha telaşlı geldi.

"Müsaade ederseniz artık burada kalacağım Eminof," dedi, "Yollar gidip gelinecek gibi değil."

"Tabi ki, İlona Vetrovna, burası senin de evin. Dilediğin gibi kal."

Bayan Vetrovna, Seyit'e teşekkürlerle işinin başına döndü.

İkinci gün, nümayişçiler sayıları artmış olarak, şehrin merkezine doğru geldiler. İşçiler yine "Ekmek!" sloganı ile ilerlerken, arada, çok nadiren, otokrasi ve savaş aleyhtarı sözler duyuluyordu. Kalabalığa üniversite öğrencileri de katılmıştı. Petrograd'daki tüm işçilerin yüzde otuz kadarı nümayişçilerin arasındaydı. Bazı gruplar, şehrin içine yayılıp, saldırgan ve tehlikeli davranışları ile terör havası yarattılar.

Üçüncü gün ise, artık, işin tamamen kontrolden çıktığının göstergesi oldu. Fabrikaların yer aldığı Viborg bölgesindeki polis istasyonları basılıp, görevli memurlar katledildi. Saldırganlar silahlanmışdı. Ekmek parası için yapılan masumane yürüyüşler, yerini, silahlı katliama bırakmıştı. Kalabalığın içindekiler, haykırışları, salladıkları yumrukları ile birbirini heyecana getiriyor, ilerledikçe, iki gün evvel yürüyüşe niye başladıklarını unutmuş görünüyorlardı. Artık, sadece ekmek değil, kan dökmek istiyorlardı. Bastırılan, biriken kinlerini atmak, hayâllerini gerçekleştirmek için, işçi olmayan bütün kesimlerin cezalandırılması gerektiğine inanıyorlardı. İlk defa sayıca bu kadar kalabalık bir araya gelmiş olmaları, onlara cesaret vermişti. Hele silahlanıp, karakolları yerle bir ettikten sonra güçlerinden daha emin olmuşlar, bu da hırslarını arttırmış ve gözlerini iyice döndürmüştü.

Seyit, çaresizlik içinde, salonla çalışma odası arasında, ağır ağır gidip geliyordu. Kendisini kafese kapatılmış gibi hissediyordu. Kalabalığın Alexander Nevski civarında olduğu muhakkaktı. Sesler çok yakından gelmeye başlamıştı. Evin ön cephesindeki caddede bir Allah'ın kulu gözükmüyordu. Yolun karşısında yer alan evlerde sanki hayat yoktu. Herkes kabuğuna çekilmiş, arada bir, tül arkalarından, pencerelerden uzanıp, olayın ne kadar yaklaştığını merakla, kaçamak bakışlar atıyordu.

Günler kadar uzun süren bir gün bitip akşam olduğunda, Seyit, içinde biriken huzursuzluk ve ne yapacağını bilmezliğin, kendisini adeta patlayacak hale getirdiğini fark etti. Görevinin başında olamıyordu. Şu an, can dostları kim bilir nasıl bir mücadelenin içindelerdi veya hazırlığındalardı. Sevdiği kadın, ondan uzaklarda, kim bilir ne şartlardaydı. Belki de hiç göremeyecekti artık sevdiklerini. O ise, eli kolu bağlı oturmaktan başka bir şey yapamıyordu. İlona Vetrovna'nın sık sık tazelediği çaylardan ve son bir iki saattir içmekte olduğu votkadan başka, kursağına bir damla yiyecek girmemişti bütün gün. Yaşlı kadının özenle hazırladığı ördeği, bütün ısrarlarına rağmen, yiyememişti. Boğazında koca bir düğüm, midesinde bir burukluk, onun değil ziyafet, bir küçük lokma yemesini dahi engelliyordu. Huzursuzdu, son derece huzursuz...

Gecenin derin sessizliğinde, sokak kapısının önünde duyulan araba tekerleği ve nal sesleri ile, pencereye doğru fırladı. Gelen Celil'di. Arabadan bir hamlede atlayıp, merdivenleri ikişer ikişer çıktığına bakılırsa, son derece telaşlıydı. Seyit, pencereden dönerek içeri seslendi:

"İlona Vetrovna, Teğmen Kamilof geldi, kapıyı açar mısın hemen?"

Kadın mutfaktan koşana kadar, Celil kapıya varmıştı bile. İçeri girer girmez, hiç lâfı fazla uzatmadı.

"Olan oldu Kurt Seyit. Çar, cephedeki karargâhtan General Khabalov'a telgraf yollamış. Nümayişi bastırmak üzere kesin talimat aldık. İsyancılar ellerinde meşaleler, silahlar, şehir merkezine doğru yola çıkmak üzereymiş. Mişa, onları ilk karşılayacak olan birliğin başında yola çıktı az evvel. Ben de saray civarında olacağım. Bu iş hayır değil Seyit, hiç hayır değil. Korkunç bir şeyler olacak."

Seyit, sakat bacağının sargıları üzerine bastonunla vurarak, dişlerinin arasından söylendi:

"Allah kahretsin! Ben de burada bacağımı tutup oturuyorum."

Celil, onun omuzunu okşarken, yumuşacık bir gülümsemeyle baktı. Çekik gözleri iyice çekildi.

"Tasalanma Kurt Seyit, yollardaki kalabalığı bir görsen, için rahat eder. Bu gidişle evlerinde oturanlara bile iş düşecek. Adamlar, yaşlı, sakat falan anlamıyorlar."

Sonra, üzüntülü bir sesle, devam etti:

"Keşke bu iş buraya kadar gelmeseydi..."

Bir an duraladı. Şapkasını elinde sıkıntılı bir ifade ile döndürdü.

"Seyit, hakkını helâl et... Seni kardeşim bildim, sen de beni öyle hatırla..."

İki delikanlı sarılıp kaldılar. Başları birbirinin omuzuna gömülmüş vedalaşırken, Seyit mırıldandı:

"Helâl olsun Celil kardeşim, helâl olsun. Sen de hakkını helâl et."

Çocuklukları beraber geçmişti, beraber at binmişler, beraber üzülüp, gülmüşlerdi. Zamparalıklarını beraber yapmışlar, cephede omuz omuza at sürmüşlerdi. Onların hayatı, bir bütünün iki yarısı gibiydi. Seyit, onun omuzunu, ağabey şefkâti ile okşadı.

"Kendine iyi bak. Allah yardımcın olsun, kardeşim. Dualarım seninle olacak."

Celil'in, neredeyse ağlayacak gibi bakan gözleri, bir an için yine o yumuşak, muzip bakışını kazandı.

"Allah zaten baştan beri bizimle değil mi Kurt Seyit? Şu hayatımıza baksana. Bizim gibi tadını çıkaran var mıydı?"

Ağlamakla gülmek arası bir kahkaha ile, yine sarılıp ayrıldılar.

"Haklısın Celil, haklısın."

Celil, kapıdan çıkarken, son kez geri döndü.

"Şey,... Seyit, şayet geri dönmezsem, anama, babama selamımı sevgimi götürürsün. Ardımdan helâlliğimi yollasınlar..."

Seyit cevap veremedi. Yutkundu, sadece elini kaldırıp, onu uğurladı. Arabanın ardından, yumruk olan eli yanına düşüverdi.

12 Mart sabahı, arabacı Aktem telaş kıyamet geldiğinde, Seyit dışarıdan kendisine haber verebilecek birini bulabilmenin heyecanı ile, adamı soru yağmuruna tuttu. Olanlardan iyice afallamış olan adamcağız, bir arabacanın bilebileceği kadarıyla, şehrin halini anlattı. Zaten, günlerdir iş falan yaptığı yoktu. Liman bölgesindeki evine gidemeyeli altı gün olmuştu. "Allah'tan, karım, çocuğum yok," diyordu. Kraliyet birlikleri, ihtilâlciler karşısında telef oluyordu.

"Adamlar kudurmuş, Üsteğmen Eminof, yemin ederim kudurmuşlar. Gözlerini kan bürümüş hepsinin."

Sonra iri, sigaradan sararmış parmakları arasında paçavraya çevirdiği kasketini nereye koyamaz bir tavırla, utanarak konuştu.

Bütün kaba görünüşüne rağmen, sesi son derece yumuşak ve nazikti:

"Sizden bir ricam var, Eminof..."

Seyit, dikkatini kafasındaki düşüncelerden uzaklaştırmadan sordu:

"Neymiş o?"

Adamın istediğinden utandığı ve alacağı cevaptan hiç emin olmadığı belliydi. Ezilip büzülmeye devam etti:

"Şey, efendim... eğer küstahlık gibi görmezseniz... şey... bana yanınızda bir iş veremez misiniz Eminof, efendim?"

Son kelimeleri, adeta bir nefeste, bir an evvel ağzından dökülsün de, çektiği işkence bitsin gibi, süratle söylemişti. Ardından da, diz çökerek devam etti. Bir yandan da kasketini mıncıklıyordu hâlâ.

"Yalvarırım efendim! Sokaklar korkunç oldu. Sizden hiç bir şey istemem. Arabamda yatarım. Karın tokluğuna her işinizi görürüm. Fazla bir şey de yemem. Yalvarırım, Üsteğmen Eminof..."

Seyit, adamın omuzuna dokunup, onu susturdu.

"Tamam Aktem, tamam! Kalk ayağa. Yapılacak bir şey varsa

yaparız."

Arabacı, inanamaz bakışlarla doğrulduğunda, hâlâ sorusunu tekrarlar gibiydi. Kendisini kabul ettirmek için marifetlerini sayıp dökmeye başladı:

"Her işi yaparım Eminof. Sadık köleniz olurum. Odun alır gelirim. Ocaklarınızı temiz tutar, hazırlarım. Tamir yaparım. Size haber götürür, getiririm."

Seyit, koltuğa otururken, başını kahkaha ile arkaya attı:

"Demek, casusluk yapmak istiyorsun? İlâhi Aktem, isyan çıktı diye arabacılık yapmaktan korkuyorsun, casusluk nasıl yapacaksın?"

Aktem, bir an için, yeni işini kaybettiğini sanarak telaşlandı. Dili dolana dolana konuştu:

"O başka Eminof, o başka. İnanın, sizin verdiğiniz her işi yaparım."

Seyit, artık, düşünceleri ile baş başa kalmak istiyordu. Elini, havada görünmeyen bir şeyi kovar gibi, salladı.

"Tamam, tamam, anladım. Casusluk yapmana da gerek yok, arabanda yatmana da. Girişin alt katında, yük odalarından birini boşalt, Madam Vetrovna içindekileri ne yapacağını söyler. Oraya yerleşirsin."

"Sağ olun Eminof, Allah her tuttuğunuzu altın etsin. Bu iyiliğinizi hiç unutmayacağım."

Minnettarlığından iki büklüm, geri geri odadan çıkarken, Seyit, atlı araba kullanmaktan başka bir iş yapmamış bir adamı niye evine kabul ettiğini kendi kendine sorup duruyordu.

Şehrin büyük bir kısmının ihtilâlcilerin eline geçtiği 12 Mart günü, 'Duma' yı oluşturan çeşitli politik görüşlerin liderleri, duruma bir çare olabilecek alternatifleri hazırlamak üzere toplandıklarında, devrimci işçiler de uzun zamandır plânlanan bir atılımı gerçekleştirdiler.

Aynı gece, işçi gruplarının liderleri, son günlerde olayların hakimiyetini elinde tutan grev yöneticileri, işçilerin silahlanmasını organize eden komite idarecileri ve hali hazırda 'Duma'da görevli olan Sosyalist görüşlü iki yüz elli vekil bir araya geldiler. İlk 'Sovyet' toplantısını oluşturan bütün bu grupların, devrimi gerçekleştirmek için uygulanması gerekenler hususundaki görüş ve şiddet dereceleri, birbirinden farklıydı. Ancak, bu arada hızla çoğalan ve devrim bekleyerek yaşayan insanların, çok yakında açlıkla karşılaşacak olmaları, devrimi de tehlikeye düşüreceğinden, ilk toplantıda derhal kuvvetli bir komite kurmak yoluna gittiler. Aralarındaki fikir ayrılıklarını daha sonra halledebilirlerdi. Üstelik, şu anki rejimin temsilcilerinin de, karşı koymaya fırsatları olmamalıydı. İlk kontrol altına alacakları ise, yiyecek stokları olacaktı. Bu sadece başlangıçtı.

'Duma' üyeleri, Cumhuriyeti çare olarak görmekle beraber, hanedanın tamamen ortadan kalkmasını kabullenmiyorlardı. Sadece, Çar Nicholas'nın artık başta kalması imkânsızdı. Veliahtın yaşı imkân verene kadar, Grandük Michael'in tahta vesayet etmesi önerisini Çara kabul ettirmeye çalıştılar. Duma'nın sağ kanat temsilcilerinden Guchkov ve Shulgin'in Çarı ikna için Pskov'a yaptıkları ziyaret hüsranla bittiğinde, üç asırdır Rusya'yı yöneten saltanat, artık, kaderi ile baş başa kalmıştı.

Aynı gecenin ileri saatlerinde, Tatiana, Seyit'in kapısındaydı. Aktem'in, kapıdan karşılayıp yukarıya çıkardığı genç kadın, iki gözü, iki çeşme ağlıyordu. Henüz silmemiş olduğu sahne makyajı, göz yaşları ile akmış, göz boyaları, pespembe allıklı yanaklarının üzerine yapışmıştı. Yana kaymış şapkasının altından taşan abartılı lüleleri ile, oyuncağı elinden alınmış küçük bir kız çocuğuna benziyordu. Kendini Seyit'in kollarına attı:

"Ah! Seyt, bize burada hayat yok artık... Neler başıma geldi bilemezsin."

Az sonra elini, yüzünü yıkamış, Madam Vetrovna'nın ikram ettiği çayı içerken, tiyatro çıkışında başına gelenleri anlatıyordu:

"Zaten ne zamandır fazla seyirci yok. Hele bu akşam, sanki ölülere oynadık. Selâm verip, tam soyunma odalarımıza gidiyorduk ki, kulisin çıkış kapısından gelen çığlıklarla şaşkına döndük. Zavallı kapıcı Boris'in sesi hâlâ kulaklarımda..."

Genç kadın, yine ağlamaya başladı. Sonra, mendili ile burnunu silip, devam etti:

"Serseriler, tiyatroyu basmaya gelmişler. Seyircilerle beraber çılgınlar gibi dışarı fırladık. Arkada düşüp kalanlar oldu. Tanrı'm! ne günler bunlar? Artık bu iş bitti Seyt, dönemem oraya bir daha."

"Belki Moskova'ya ailenin yanına dönersin. Burada olduğundan daha emin olursun orada. Ama önce ortalığın sakinleşmesini beklemen lâzım."

"Orada durum ne, bilemiyorum Seyt."

"Haklısın. Moskova'nın da buradan farklı olacağını sanmıyorum."

Genç kadın, içini dökmüş, rahatlamış olarak ayağa kalktı. Saçlarını eli ile düzeltirken, gitmek üzere, Seyit'e yanağını uzattı.

"Ah! ne aptalım ben. İnanamıyorum. Beni affet sevgili Seyt. Sana Shura'dan bir mektup var. Ne zaman postalanmış bilemiyorum, ama daha bu sabah elime geçti."

Göz yaşlarını sildiği mendili çantasına yerleştirirken, katlanmış bir zarfı da çıkarıp Seyit'e verdi.

"Umarım her şey yolundadır. Yapabileceğim bir şey olursa, bana haber ver."

Tam kapıdan çıkmak üzereyken, dönüp sordu:

"Seyt,... hiç Celil'den bir haber aldın mı?"

"Hayır, ama o da dönecektir eminim. Gönlünü ferah tut."

Aktem, eve kabul edildiğinden beri, ilk defa, hakikaten işe yaradı. Tatiana'yı kaldığı yere götürmek görevi ona düştü.

Seyit ne zamandır uykusuz, düşünceli geçen gecelerin yorgunluğu üzerinden gitmiş hissediyordu. Shura'sından haber vardı. Sevgilisinin yazdıklarını okumak için, sabırsızlıkla, zarfı yırttı. Mektup, kısa ve aceleyle yazılmıştı. Genç kadın, bir ihtimâl, nasılsa yerine ulaşacağından veya kendisine cevap verileceğinden emin olmadığı için, artık kim bilir bu kaçıncı mektubunu fazla uzun tutmamıştı. Ancak kullandığı ifade, seçtiği kelimeler her zamanki gibi aşk doluydu.

"Sevgilim,

Bu mektubumun da, diğerleri gibi, eline geçip geçmeyeceğini bilmiyorum. Sana olan özlemim her gün artıyor. Bir gün tekrar kavuşacağımızı ümit ediyorum.

Kislovodsk'da da hayat değişmeye başladı. Artık, eski eğlenceli, huzurlu küçük Kislovodsk değil burası. Cepheden gelen yaralı askerler buraya tedaviye gönderiliyor. Annemin ahbabı Anna İvanova Çerkosova, otellerden birinde odalar açtırdı. Yaralı askerleri orada baktırıyor.

Geçen gün, seni özlediğimi o kadar derinden hissettim ki; bir an için, buraya gelen yaralı askerlerin içinde seni görebilecek olmak ümidini bile duydum. Ama, inan sevgilim, seni yaralı olarak görmektense, sıhhatte olmanı ve benden uzak kalmanı tercih ederim.

Bütün aşkımla,

Shura"

Seyit, genç kızın yapmacıksız, safiyane itirafını okurken gülümsemeden edemedi. Hiç oturmadan, olduğu yerde, elindeki satırları tekrar okudu. Birden, bacağındaki zonklama ile, kendine geldi. Bacağının durumu iyi değildi. Şişmiş ve her zamankinden fazla ağrı yapmaya başlamıştı. Ameliyattan sonra doktorunun vermiş olduğu ilâçtan iki tane alıp, yatağa uzandı. Yanında bir kadın olmadan yattığı ne kadar uzun zaman olmuştu, diye düşündü. Bütün seviştiklerini tek tek hatırlamaya çalıştı. Barones Maria'yı, Moiseyevler'in evindeki kızıl saçlı orta yaşlı kadını... İlk fırsatta Moiseyevler'i de araması lâzım geldiğini düşündü. Sonra hafızası tekrar kızıl, sarışın, kumral, zayıf, iri göğüslü, işveli bir sürü kadının yüzlerine, vücutlarına dokundu. İlâcın tesiri ile ağırlaşan göz kapakları, son ince aralıktan, Shura'nın mektubunu algıladı. Seyit, yine en son sevgilisinin hayâliyle, uykuya daldı.

Ertesi akşam, oldukça geç bir saatte, kapı vuruldu. Seyit, bir eli ile bastonuna, bir eli ile duvarlara tutunarak koridordan geçtiğinde, Madam Vetrovna da lâmbası elinde, kapıya varmış, ürkek gözlerle bakınıyordu. Seyit'in de geldiğini görünce içi rahatladı. Kenara çekildi. Kapı tekrar vurulurken dışarıdan Aktem'in konuşması duyuldu:

"Evdeler efendim, derin uykuda olmalılar, biraz daha bekleyin."

Seyit, Aktem'in konuşmasına cevap veren sesi hemen tanıdı. Sevinçle, Madam Vetrovna'ya seslendi:

"İlona Vetrovna, açın kapıyı, haydi çabuk, çabuk, Teğmen Kamilof gelmiş."

Celil'in gittiği sadece bir kaç gün olmasına rağmen, sanki aradan yıllar geçmiş gibiydi. Yorgun, bedbin, son derece çökmüş görünüyordu. Kucaklaştıktan sonra, kolları birbirlerinin omuzlarında içeri yürürlerken Seyit dayanamayıp sordu:

"Neler oldu Celil, Allah aşkına anlat, neler oluyor?"

Celil, salonda bulduğu ilk koltuğa çöktü. Dirseklerini dizlerine dayayıp, başını avuçlarının içine aldı. Üstü, başı sanki harp meydanından çıkmış gibiydi. Genç adam, avuçları ile, alnını, başını çaresizce ovuşturarak, çizmelerinin arasında bir yerlere bakarken Seyit'in sorusunu duymuyor gibiydi. Sonra kısık bir sesle, kesintili konuşmaya başladı:

"Bitti Kurt Seyit, bitti... her şey bitti..."

Seyit, iskemlelerden birini çekerek, arkadaşının yanı başına oturdu. Elini onun omuzuna koyarak sakinleşmeye davet etti:

"Dur Celil, dur biraz. Sakinleş de baştan anlat, nedir biten? Nedir bu halin?"

Celil, gövdesini doğrultup, başını arkaya doğru atarken, ellerini dua eder gibi açıp sonra dizlerine indirdi. Gözlerinde ızdırap okunuyordu.

"Hay büyük Allah'ım, şimdi ne olacak?"

Kolları iki yanında sarkmış olarak, bir müddet bekledi. Seyit, daha fazla soru sormadan, onun kendisine gelmesini bekledi. Celil biraz sakinleşince, Seyit'in gözlerine bakmaya çekinerek devam etti:

"Mişa... Mişa öldü Seyit... gözlerimin önünde öldü..."

Sert ve kararlı başlayan ses tonu hemen kısılıp kaldı, hıçkırmaya başladı:

"Gözlerimin önünde... öldü... ve ben... ben hiç bir şey yapamadım."

Seyit duyduklarına inanamıyordu. Macar ovasından dön, gel, Petrograd'da öl, olacak iş değildi. Celil'in bir yanlışı olmalıydı. Belki de aklını kaçırmıştı.

"Kılıcını sallayanlar kurtuldu Seyit. Önüne çıkanları yaralayabilen, öldürebilen kurtuldu. Mahşer yeri gibiydi. İnatla kılıcını kullanmadı. Atının etrafını saran serserilere lâf anlatmaya çalışıyordu..."

Genç adam, bütün gayretlerine rağmen, kendini tutamamış, ağlamaya başlamıştı.

"Biliyor musun? Kendi vatandaşlarından zarar gelebileceğine inanmıyordu... Adamlar kudurmuştu Seyit. Önce vurdular, sonra atından aşağıya çektiler. Ne askerleri yetişebildi yanına, ne ben... Yerde parça parça ettiler... Korkunçtu, Tanrım, ne korkunç..."

Seyit'in, içine oturan acıyla, alnı, kaşları çatılmıştı. Bir elini arkadaşının omuzuna dayadı. İkisinin de gözlerinde yaş vardı. Birbirlerinin temasından güç alırcasına, sessiz durdular. Adeta, Mikhail için tertiplenmiş, sözsüz bir ayinin ortasındaydılar.

O gece, geç saatlere kadar gözüne uyku girmeyen Seyit, ertesi gün, Celil uyanır uyanmaz, onunla, ne yapmaları hususunda konuşmaya karar verdi. Genç adam, plânlarına Shura'yı nasıl katabileceğini henüz kestiremiyordu. Yine ona duyduğu büyük özlemle, ve bir gün gerçekten bir araya gelebileceklerinin hayâliyle, uykuya daldı. Aynı saatlerde, Rusya'nın tarihi de değişmeye devam ediyordu. Çar Nicholas ve ailesi tutuklanmışlardı.

14 Mart günü, Sovyetin yayınladığı bir numaralı prikaz ile, Petrograd'daki bütün askeri birliklerden birer temsilci seçilerek Taurida sarayına gönderilmesi istendi. Aynı listede, ordu yönetimi ile ilgili değişiklikler yer almaktaydı. Görev dışında, selam vermek âdeti kalkmıştı. "Ekselansları", "Efendim" gibi hitap şekilleri kullanılmayacağı gibi, asalet ünvanları da artık yasaklanmıştı. Subaylar, askerlerine ikinci tekil şahısla hitap edemeyeceklerdi. Emirler, Sovyetin seçeceği komiteler tarafından yönlendirilecek, subaylar emirlerin uygulanmasında sadece aracı olacaklardı.

Bu kurallarla, Sovyetin, askere özel sosyal haklar tanımış olması fikri kuvvetlendirilip, ordudan ihtilâle karşı her hangi bir karşılık gelmesi önlenmek isteniyordu.

Bazı arkadaşları ile gizli gizli buluşan Seyit ve Celil, artık kendilerine fazla bir şans kalmadığını biliyorlardı. Bir an önce, ne tavır alacaklarına karar vermeleri lâzımdı. Uzun konuşmalardan sonra, Kırım'a dönmekte anlaştılar. Plânlarını, şimdilik, herkesten gizli tutacaklardı.

Oldukça serin fakat güneşli bir Nisan sabahında, Seyit ve Celil, Moiseyevler'le vedalaşmak üzere, Aktem'in arabası ile evden ayrıldılar. Üzerlerinde sivil elbiseleri vardı. İlona Vetrovna da kilerdeki eksikleri tamamlamak için çarşıya çıkmıştı. Tatiana, kendisini alışverişe götürmek üzere gelecek arabayı bekliyordu. Duyduğu tekerlek ve nal sesleri üzerine, pencereden baktığında, arabadan ineni gördü. Arabacıya beklemesini söyleyip, merdivenlere yönlenen genç adam, Petro Borinsky idi. Tatiana, onun bu saatte niye gelmiş olabileceğini merakla, kapıyı açtı. Candan bir şekilde karşıladığı çocukluk arkadaşını içeriye buyur etti. Petro'nun, bütün gayretine rağmen, sinirli, gergin bir hali vardı.

"Hayrola sevgili Petro Borinsky, bu saatte seni buraya atan nedir?"

Petro, sırnaşık bir gülümseyişle konuştu:

"Seni özlemiş olamaz mıyım güzel Tatiana?"

Sonra, genç kadına yaklaşarak, adeta emir verir gibi bir sesle konuştu:

"Hemen toparlanmanı istiyorum Tatiana. Seni buradan götüreceğim."

Genç kadın, başını hafifçe yana eğip, soru sorar gibi bakarken, kanapeye oturdu.

"Sen neler diyorsun? Ne demek, beni buradan götüreceksin? Anlamı nedir bunların?"

Petro, kanapede onun yanına yerleşti. Tavrı ve sesi ile, onu korkuttuğunu anlamıştı. Yumuşak bir ses tonuyla, tane tane konuştu:

"Senin iyiliğin için söylüyorum Tatiana Tchoupilkina. Buradan ayrılman lâzım. Petrograd'da hiç hoş şeyler olmayacak. Beni dinle. Bugün izinliyim. Seni götürmeye geldim."

Tatya'nın şaşkınlığı daha da artmıştı.

"Neler diyorsun Petro? Nereye gidebilirim ki? Benim evim burası. İşim burada, hayatım burada."

Onu, fazla izahat vermeden, ikna etmek yolunu deneyen Petro, muvaffak olamayınca yine sinirlenmeye başladı. Omuzlarını kavradı.

"Dinle beni. Sana burada kalman tehlikeli olacak diyorsam, bir bildiğim var. Dinle beni ve dediğimi yap. Burada sizlere hayat kalmayacak yakında."

Tatiana, erkeğin, omuzlarını kavrayan ellerinden silkinirken, kendini koltuğun diğer ucuna doğru çekti. Gözleri iri iri açılmıştı.

"Bizler kim?... Sen... sen kiminlesin?"

"Bu o kadar önemli mi? Ama madem öğrenmek istiyorsun, sevgili Tatya, söyleyeyim..."

Elleri cebinde, salonun ortasında yürürken, anlattığı dersi hatırlamaya çalışan ukalâ bir öğretmen edasıyla, devam etti:

"Sizler, güzel Tatiana, sizler paranın, toprağın, bağların sahiplerisiniz."

Sesinde alay belirmişti.

"Sizler, asalet sahibi olanlarsınız, "Çok yaşa Çar'ımız!"ı söyleyenlersiniz. Sizler, bugüne kadar Rusya'nın efendisi olanlarsınız."

Genç kadın, servet içinde yaşamış, hayatında para harcamaktan, kadın tavlamaktan başka bir iş becerememiş çocukluk arkadaşına, inanamayarak bakıyordu. Bu kötü bir şaka olmalıydı.

"Sen bütün bu anlattıklarından pek uzak sayılmazsın değil mi?"

"Benim durumum değişik. Bugüne kadar nasıl yaşadığım, kim olduğum, artık, mühim değil benim için. Şimdi Rusya'da yeni bir devir başlıyor sevgilim, yepyeni bir devir."

Elleri, kolları ile heyecanlı bir ifade ile konuşurken, büyük galibiyetler vaad eden komutanlara benziyordu.

"Ben de bu yeni devrin parçası olmaya karar verdim. Bu güne kadar nasıl yaşadığım, ne yaptığım o kadar mühim değil. Çok işlerine yaradım adamların. Onun için, rahatımdan fazla bir şey eksileceğini sanmıyorum."

Tatiana, karşısında duran kibirli, küstah adamı tanıyamıyordu. Bu, mürebbiyeleri ile beraber pikniğe gittiği küçüklük arkadaşı, ilk dansını ettiği delikanlı olamazdı. Hiddetle ayağa fırladı.

"Bu rahatını kaçırmamak için, ne gibi yardımlarda bulundun acaba?"

Petro, onun sinirli tavrına aldırmadı. Şöminenin mermer tezgâhına kolunu dayayıp, bacağının biri diğerinin önünde çapraz bir duruş aldı. Omuzlarını kaldırırken eli ve yüzündeki ifade, "Ne fark eder?" der gibiydi.

"Aslında, sana bütün bunları anlatmam manâsız. Kafanı anlayamayacağın bir sürü şeyle doldurmak istemem, sevgili Tatya. Ama, bana güvenmeni ve benimle gelmeni istiyorum. Daha açıkçası, bundan sonra benim yanımda olmanı istiyorum."

Ağır adımlarla, genç kadının nefretle, kocaman açılmış güzel gözlerine bakarak, ona doğru yürüdü. Ürkerek geriye kaçmak üzere olduğunu anlayınca, bir hamle yapıp kollarına sıkı sıkı sarıldı.

"Hey! Ne oluyorsun? Bunca yıllık arkadaşından mı korkuyorsun? Yapma, yakışmıyor bu yabanilik. Benden sana bir zarar gelmez, biliyorsun. Tam aksine, seni himayeme almak istiyorum. Seni prensesler gibi yaşatacağım yine, göreceksin. Kimse kılına dokunamayacak. Sana yaptığımı, babama bile yapmıyorum, haberin olsun."

Tatiana, birden, yaşlı adamcağızı hatırlayıp, ona acıdığı besbelli bir sesle sordu:

"Andrei amca biliyor mu senin neler yaptığını?"

"Aşk olsun Tatya! Hiç olur mu öyle şey. Sonra başına bir şey gelirse benden bilmez mi?"

Tatiana, yüzünde saklayamadığı nefretle bağırırken, çırpınarak, dost bildiği düşmanının elinden kurtulmaya çalıştı.

"Sen, sen bir hayvansın Petro Borinsky! Tanrım! Neler oldu sana? Nasıl bu kadar değişebilirsin? Borinsky doğduğun için yaşamadın mı o hayatı? Babanın serveti olmasaydı nefesin kokardı, sürünürdün. Sen bir hainsin. Alçak! Hain!"

Petro, onun omuzlarından tekrar yakalayıp, sert bir tavırla sarsarak susturmaya çalıştı. Tatya'nın nazik gövdesi, adamın kaba hareketine fazla karşı koyamadı. Kanapenin üzerine yığıldı. Kendini toparlayana kadar, Petro'yu bütün ağırlığı ile üzerine çullanmış buldu. Olanca gücünü kullanmasına rağmen, onu üzerinden atmaya muvaffak olamadı. Erkek, hırsla, dudaklarını onunkilere yapıştırıp, öpmeye çalıştı.

"Bunu bilmeliydin güzel Tatiana, bu kadar sene anlamalıydın. Seni hep sevdim, seni hep arzuladım. Bana hiç yüz vermedin, ama yine de sabırla bekledim bak. Bana en ihtiyacın olan günde, yine ben yanındayım."

Tatiana, yüzü kıpkırmızı, hiddetten ve korkudan ateş basmış, konuşmaya çalıştı:

"Sana ihtiyacım olduğunu nereden çıkarıyorsun? Petro, derhal toparlanıp buradan gitmeni istiyorum. O zaman, belki, bütün bu olanları unutabilirim."

Petro, ağırlığı ile genç kadını ezmeye devam ediyordu. Onun, sıkıca tuttuğu ince bileklerini öptü. Kandırmaya çalışan, sahte iyilik taşıyan bir sesi vardı, mırıldanırken:

"İşin fenası, güzel sevgilim, sen bilmiyorsun, bana ne kadar ihtiyacın olacağını. Onun için gel, bana inan. Seni o Kırımlı teğmenin bile kurtaramaz sonra. Yoksa? Yoksa şimdi de diğeri ile mi berabersin? Doğru ya, onun evinde yerleştiğine göre. Seni ne zamandır takip ettiriyorum. Burada bulacağımı biliyordum. Ama hayatında hangi prensin olduğunu bilemezdim tabi."

Tatiana bu soruya cevap vermemeyi tercih etti. Petro'nun onlar için ne kadar büyük bir tehlike olacağını sezmişti. Onun suskunluğunda cevabını yakaladığını zanneden Petro, başını savurarak kahkaha attı:

"Demek onunla berabersin. Seni küçük budala! Onların işi bitti artık. Ne Çar kaldı, ne özel muhafız alayı, anlamıyor musun? Ortaya çıktıkları an, işleri bitik onların. Hepsinin isimleri listede."

Tatiana, yumruklarını ardı ardına onun yüzüne vurarak, isyanla bağırdı. Mişa'nın öldürülüşü, sevdiği adamın da aynı insanların eline geçeceği düşüncesi, beyninde uğultular yapıyordu.

Petro, ağzını onun dudaklarına kapatıp susturmaya çalışırken, bir taraftan da kaba el hareketleri ile, eteklerini yukarıya sıyırmaya çalıştı. Tatiana, Tanrı'dan, Seyit'in veya Madam Vetrovna'nın bir an evvel eve gelmelerini diliyordu. Birden, kanapenin yanındaki sehpada duran vazonun, elinin ulaşabileceği bir mesafede olduğunu fark etti. Ani bir hareketle, camı yakaladığı gibi, Petro'nun, boynuna kapanmış başına indirdi. Vazo ağırdı. Boynu ile omuzu arasına düştü. Yine de ani darbe, saldırganın bir anlık şaşkınlıkla, genç kadını bırakıp fırlamasına sebep oldu. Tatya, fırsattan istifade, kanapeden kayarak yandaki kapıdan yatak odasına kaçtı. Saçları dağılmış, dudakları şişmiş, boynu, gerdanı parmak izleri ile kızarmıştı. Petro, omuzundaki acının şaşkınlığını atmış, öfke ile söylenerek arkasından geliyordu. Tatiana, dehşetle, küçük yazı masasının çekmecesinde saklı, minik balo tabancasını aldı. Sırtını dolaba vererek, tabanca elinde, düşmanını bekledi. Petro kapıda belirmişti. Bir eli ile boynunu ovuşturuyordu. Yüzünde sevgiden eser yoktu. Birbirine yakın mavi gözleri, donmuş renkli buz parçaları gibi bakıyordu. Tatiana, onun hakiki yüzünü ilk defa gördüğünü anladı. Senelerdir arkadaşı bildiği Petro değildi bu. Son derece sakin, kendinden emin bir ses tonu ile konuştu:

"Buradan derhal çıkıp git, beni kötü bir şey yapmaya mecbur etme. Yemin ediyorum Petro, bir adım atarsan vururum seni. Çocukluk yıllarının anısına, beni buna mecbur etme."

Petro, mücadeleyi daha fazla uzatmasının gereksiz olduğuna inanmıştı. Kollarını iki yanında ileri geri salladı. Karşısındakine aşağılayarak baktı.

"Peki, sen bilirsin. Ama pişman olacaksın. Senin Kurt Seyit'ini yakında kurtlar kapacak. Tabi, o daha evvel kaçıp, yok olmadıysa. Senin halin de ne olur bilemem. Er, geç yalnız kalacaksın. Bir gün karşıma çıkarsan, yemin ederim seni tanımayacağım, bilesin Tatiana Tchoupilkina."

Sonra, elinde silahı, kendisini mesafe ile takip eden genç kadının önünde kapıya gitti. Unutmuş olduğu bir şeyi hatırlamış gibi, durup döndü:

"Ha sahi, senin Kırımlı prensine söyle, bu iş Petrograd'da bitmeyecek. Yalta yolunu iyi bilirim. "

Alaylı bir bakıştan sonra dışarı çıktı. Kapanan kapının ardından, Tatiana, titreyen ellerinden silahı bırakıp, ilk iskemleye çöktü. Toparlanması uzun sürdü. Bütün bu olanları Seyit'e ve Celil'e nasıl söyleyeceğini bilemiyordu. Sevdiği adamın ve arkadaşının buradan uzaklaşması gerektiğine inanıyordu. Ama onlara nasıl anlatacaktı? Kendisi ne yapacaktı? Çarşıya gitmeyip, onları beklemeye karar verdi. Beklerken zaman geçmek bilmiyordu. Kulağında Petro'nun sözleri yankılanıp duruyordu:

"Er, geç yalnız kalacaksın, er, geç yalnız kalacaksın..."

Hayır, Celil'i kaybetmeye dayanamazdı. Karşılaşacakları ne olursa olsun, onunla kalacak veya onunla gidecekti. Onsuz yaşayamazdı. Celil onun kaderiydi. Ve o, kaderine çoktan razıydı.

Petrograd'a Veda

16 Nisan 1917 tarihinde, Vladimir Ilyich Ulyanov Lenin'i İsviçre'den getiren zırhlı tren Petrograd'a girmek üzereyken, homurtularla, düdüklerle gardan ayrılan bir başka tren de süratlenerek, güneye doğru uzaklaşıyordu.

Almanlar'ın kendisine sunduğu şartların rahatlığı ile, ülkesine dönen Lenin mutluydu, heyecanlıydı. 1905'den bu yana beklediği ortam artık pekişmişti. Rusya, onun hayâllerindeki memleket olma hazırlığındaydı. Odessa yolundaki trende oturan bazı yolcular için ise, Rusya bilinmeyen sona doğru gidiyordu.

Seyit, Celil ve Tatiana, yerleştikleri kompartımanda, birbirlerini tanımayan kişiler pozunda seyahat ediyorlardı. Kırım'a varıncaya kadar dikkat çekmemeye özen gösteriyorlardı. Sadece birer valizleri vardı. Petrograd'daki evi, İlona Vetrovna ve Aktem'e teslim etmişlerdi. Seyit, son bir defa Tsarskeyo Selo'daki evine uğramak niyetindeydi ama bunun tehlikeli olacağını düşünen Celil onu vaz geçirmişti. Seyit, emektarları Ganya ve Tamara Karloviç'e yazdığı kısa bir notla eve sahip çıkmalarını istemişti.

Hepsi, suskun ve düşünceliydi. İstasyonlarda ihtilâl üyesi görevliler devamlı sorgulama yapıyorlardı. Her defasında, yürekleri ağızlarında beklediler. Tatiana'nın bakışları "Şu yolculuk bir bitse!" der gibiydi. Karşı istikametten gelen treni beklemek üzere durdukları küçük bir köy istasyonunda, peronun diğer tarafında, üç ihtilâlcinin arasında perişan bir adam gördüler. Adamcağız ayakta duramıyordu, yüzü gözü kan içindeydi. Yaşından, cüssesinden utanmayı bırakmış, hüngür hüngür ağlıyordu. Kilerindeki mısır ununu ihtilâl komitesine teslim etmediği için tutuklanmış, götürülüyordu. Diz çökmüş, akan burnunu, pis, yırtık ceketinin koluyla silerek, salyalar arasında yalvarıyordu:

"Sadece iki çuvaldı... onu da aldınız, ne olur, bırakın beni... ben yoksul bir köylüyüm... ne olur..."

Ayaktaki adamlardan biri, sakalına karışmış uzun bıyıklarını, burduğu elinin avucuna koca bir tükürük oturttuktan sonra, diğer elinde duran tüfeğini kavradı. Dipçiği ile, yerde ağlayarak sürünen adamcağızın başına vururken pis bir küfür savurdu:

"Kes sesini be orospu çocuğu, yetti zırıltı dinlediğimiz, kes!"

Başına inen son darbeyle köylü yüzü koyun devrilmiş, inlemesi, ağlaması bitmişti. Tatiana, hayatında ilk defa böylesine sözler duyuyordu. Utançla yüzü kızardı. Gördüklerinin dehşeti ile, çığlıklar atarak, cama doğru fırladı. Celil, çekerek onu yerine oturttu. Ağlamaya başlayan genç kadının başını göğsüne yaslayarak, onu sakinleştirmeye çalıştı. Karşı peronun treni istasyona varmıştı. Düdükler çaldı, lokomotifin hızlanan ses temposu ile dumanlar, ıslıklar arasında mutsuz, sefil, küçük köyü geride bıraktılar.

Güneye doğru ilerledikçe, yaşadıkları tatsız olayları unutmaya başlamışlardı. Geçtikleri yanıp, yıkılmış, yağmalanmış köyler, talan edilmiş tarlalar yerini ayrı bir dünyaya bırakıyor gibiydi. Hava gittikçe ılınmıştı. Açtıkları camdan ormanların, tarlaların mis gibi kokusu, ılık bir rüzgârla kompartımana doluyordu. Biraz olsun keyiflenmeye başlamışlardı. Tatiana derin bir nefesle, baharın bu hiç tanımadığı topraklardaki kokusunu içine çekerken, Celil'in elini sıkıca kavradı. Konuşmadan, gülümseyerek, sevgiyle gözlerinin içine baktı. Onunla olmaktan duyduğu mutluluk yüzünde okunuyordu. Erkek, onun saçlarının arasına kondurduğu şefkâtli bir öpüşle karşılık verdi. Tatiana, Celil'in omuzuna başını bırakmış, yarı kapalı göz kapaklarının arasından yeşil tepeleri, sarı tarlaları seyrediyordu. Sanki cehennemden kaçmış, cennete doğru yol alıyorlardı.

Ancak, bu sükûnet çok devam etmedi. Tren, aniden, acı bir fren sesi ile durdu. Merakla uzanıp, pencereden dışarıya baktılar.

"Bir bu eksikti. Allah kahretsin."

Treni durduran askerlerin kollarındaki kımızı bantlar, Bolşevik saflarına geçtiklerini gösteriyordu. Kaçak olmalıydılar.

"Celil, trenden derhal inmemiz lâzım."

Tatiana, gözlerini açarak sordu:

"Burada mı? Bu ıssızlığın ortasında nereye gideceğiz Seyt?"

Celil, işaret parmağını dudağına koyarak, genç kadını sakin olmaya davet eti. Sonra, kulağına eğilip yavaşça fısıldadı:

"Başka çaremiz yok Tatya. Bu adamlar treni tek tek tarayacaklar. Bizim inmemiz lâzım."

"Sizi bırakmam. Ben de geliyorum."

Celil ve Seyit, bir an için onu durdurmayı düşündülerse de, münakaşa etmek için fazla vakitleri yoktu. Valizlerini kaptıkları gibi, birbiri ardı sıra, trenin en sonundaki vagona doğru ilerlemeye başladılar. Mümkün olduğu kadar, telaşsız görünmeye çalışıyorlardı. Aslında, onların ne yaptığı kimsenin umrunda değildi şu an. Herkes, treni durdurup, vagonlar arasında küfür dolu emirler yağdırarak dolaşan askerleri seyrediyordu. Adamların ne aradığı, ne istediği belli değildi. Halk suçluluk hissi içindeydi. Piyango her hangi birine çıkabilirdi. Gerçi, artık kimseye dağıtacak bir şeyleri kalmamıştı. Ellerindeki çıkınlardan başka. Ne hayvanları, ne buğdayları vardı yüklerinde. Ama yine de korkuyorlardı. Aranan biri ile isim benzerliği, aynı köyden olmaları, hatta antipatik görünmeleri bile, cezalandırılmaları için kâfi sebep olabilirdi.

Bu ürkeklik içindeki bekleyiş, Seyit ve arkadaşlarının işine yaramıştı. En son vagonun da dışına çıkıp, çömelip beklediler. Askerler trene yerleşmiş olmalıydı. Tiz bir düdük, ve hafiften yükselen homurtular arasında, tren rayların üzerinde kımıldandı. Seyit'i takiben, diğerleri de önce valizlerini aşağıya fırlattılar. Ardından, bir işaretle, Celil atladı ve trenin peşi sıra koşmaya başladı. Tatiana atlarken ona yardımcı olmak istiyordu. Genç kadın, hiç beklemediği bu macera karşısında, derhal kesin tavrını takınmıştı. Korkunun faydası olmayacağını biliyordu. Eteklerini toplayarak kendini aşağıya bıraktı. Dizleri üzerine kapaklanmak üzereydi ki, Celil kendisini yakaladı, birlikte rayların üzerine yığıldılar. Onu hemen takiple Seyit de vagonun basamağından çakılların üzerine zıpladı. Tren homurtuları artarak hızlandı ve uzaklaşmaya başladı. Gençler, artık görülmediklerinden emin olarak, çantalarını topladılar. Göz alabildiğince uzanan buğday tarlaları içinde bir yerdeydiler.

"Nerede olduğumuzu tahmin edebilen var mı?"

Tatiana'nın sorusu hepsi için geçerliydi.

"Hayır ama tren yolunu takip edersek, bir sonraki istasyon bize nerede olduğumuzu gösterir."

"Bunun iyi bir fikir olduğunu sanmıyorum Celil. Demin treni durduran kaçaklar da, tren yolunu takip ediyorlardı, unutma."

"Haklısın."

Tren yolunun izini kaybetmeden, mümkün olduğu kadar tarlaların arasından yürümeye çalıştılar. Ama bir zaman sonra, raylar açık araziye doğru yön değiştirince, çaresiz kaldılar. Buğday başaklarının azalıp yerini ağaçlara bırakmaya başladığı tarafa yol almayı tercih ettiler.

Akşama doğru, henüz üzeri kapalı bir kulübe dahi görememenin ümitsizliği içindeyken, orman yolundan gelen atlı arabayı sevinçle izlediler. Patikaya çıkıp el salladılar. Köylü, atlarını durdururken ürkek ve temkinliydi. Konuşmadan onları izledi. Düzgün, şehirli kıyafetleri ve tavırları ile buralardan olmadıkları belliydi. İçi biraz rahatlamıştı ama yine de, bugünlerde, kimin ne olduğu belli olmuyordu.

"Buralarda geceyi geçirebileceğimiz bir yer var mı?"

"Az ileride benim köyüm var beyim, kalacak bir yer arıyorsanız, sizi evimde misafir edebilirim."

Köylü, onların, bir an düşündüklerini görünce huzursuzluklarını anladı.

"Merak etmeyin beyim, emniyette olursunuz. Bana güvenin."

Zaten, başka çareleri de yoktu. Arabanın arkasındaki odunların yanı sıra dizilip oturdular. Köylünün, "az ileride" dediği köyü, bir saatlik mesafedeydi. Aslında, karanlığın basmış olması işlerine geliyordu. Yol boyu hiç konuşmadılar. Arabacı da aynı sessizlikteydi. Sanki, üç yolcu onun arabasında değildi. Yalnız başına yol alırcasına ilerliyordu.

Köy denilen yer, ormanın ortasında, dağınık yerleşmiş sekiz on kulübeden ibaretti. En sonda, büyük ağaçların arasında kaybolmuş olanın önünde durdular. Köylü, atlarını evinin önündeki ağaca bağlarken ilk defa konuştu:

"Merak etmeyin efendim, burada kimse sizi rahatsız etmeyecek. İkram edecek fazla bir şeyim yok ama, hiç değilse can derdiniz olmaz."

Adamı takiben, içeri girdiler. Tek göz odanın bir duvarını kaplayan büyük bir ocak vardı. Ocak, odanın içine doğru çıkıntılı yapılmıştı. Üst kısmında, ince bir şiltenin yatak olarak kullanıldığı belliydi. Kırık bir iskemle, duvara asılı eski bir kaç kap kacak, kulübenin tüm eşyasıydı. Tatiana ilk defa böyle bir sefalete şahit oluyordu. Etraflarına bakındılar. Köylü, ocağı yakıp, su dolu kazanı ateşe sürdü. Sonra mahçup bir tavırla konuştu:

"Kusura bakmayın efendim, size oturun diyecek bir yerim dahi yok ama, durun... şu şilteyi yere koyarsak, belki daha rahat edersiniz."

Seyit, adamın omuzuna elini koyarak, telaşının yersiz olduğunu söyledi.

"Bize büyük yardım ettin, daha fazlası can sağlığı. Dert etme... şey... ismin neydi?"

"Stepan efendim, Stepan Miloviç."

"Şimdi bize nerede olduğumuzu söyler misin Stepan?"

Adam, kalın sakalını kaşıyıp, bir an düşündü. Sonra gülümsedi.

"Burasının haritada bir yeri olduğunu sanmıyorum efendim. Buraya, senelerdir ilk defa gelen yabancılar sizlersiniz. Ama, ille de bir isim söylemek gerekirse, Riazan'a yakın bir yerlerdeyiz."

"Ne kadar yakın?"

"Eh, atlı araba ile bir güneş batımlık yol."

Köylü, kulübesinin kapılarını açmakla beraber, misafirlerinin kendisine ne kadar emniyet edebileceklerini bilmiyordu ama bir cesaretle sordu:

"Siz ne tarafa gitmek istiyordunuz, efendim?"

Seyit'le Celil göz göze geldiler. Aldıkları cevap onları şaşırtmıştı. Zira, adamın dedikleri doğru ise, gitmek istedikleri istikametten çok uzaklara düşmüşlerdi. Seyit, köylüye verecekleri cevapta temkinli olmayı elden bırakmak istemiyordu.

"Neden sordun Stepan?"

Adam, yine deminki mahçubiyeti ile, başını eğdi. Sakalını sıvazladı. Sanki, ne yapacağını bilmediği anlarda tekrarladığı bir hareketti bu.

"Eğer güneye doğru inecekseniz, size yardımcı olabilirim."

"Ne tarafa?"

Stepan, bir an, tereddüt etti. Şimdi de o, karşısındakilere doğruyu söyleyip söyleyemeyeceğini bilemiyordu. Onların kendisini merakla takip eden yüzlerini süzdü. Asil oldukları, birilerinden kaçtıkları belliydi. Onlardan bir kötülük gelemezdi kendisine.

"Size güvenebilir miyim, efendim?"

Seyit'in cevabı, biraz evvel aklından geçenleri onaylıyordu.

"Bize söyleyebilirsin Stepan. Sana bir zararımız dokunmaz. Biz de yolcuyuz. Yolunu değiştirmek zorunda kalan yolcular. Belki de birbirimize yardımcı olabiliriz."

Köylü rahatlamış görünüyordu.

"Bir kaç gün sonra burayı boşaltıyoruz efendim. Arkadaşlarla beraber Rostov'a gidiyoruz."

Seyit, adamın izahını dinlerken, birdenbire, o ana kadar dikkatini çekmemiş bir şeyi fark etti. Nasıl olmuştu da şimdiye kadar uyanmamıştı. Karşısındaki adam köylü falan olamazdı. Nerdeyse sadece burnu ve gözlerini açıkta bırakacak şekilde yüzünü saran gür ve kalın sakalı, belli ki, yüzünü saklamak içindi. Elleri, oduncu bir köylünün elleri olamayacak kadar düzgündü. Üzerindeki kılığın bütün hırpaniliğine rağmen, Seyit, karşısındaki genç adamı subay elbiseleri içinde canlandırabiliyordu. Ezik, utangaç köylü tavırları oldukça muvaffak olmuştu. Ama, artık, onun sahte bir kimliğe büründüğünden şüphesi kalmamıştı.

Gülümseyerek sordu:

"Nereli olduğunu söyleyebilir misin Stepan?"

"Sheptukovka'danım, efendim."

"Diğerleri de senin gibi mi Stepan?"

Stepan, sakalını karıştırıp, şaşkın bakışlarla baktı. Seyit, ona izahla, duruma yardımcı olmaya çalıştı:

"Yani, onlar da senin gibi cepheden mi döndüler?"

Tatiana ve Celil, Seyit'in bu sözleri üzerine, Stepan kadar şaşırmışlardı. Genç köylü, ocağın yanındaki odunların üzerine çöktü. Şimdi konuşurken, lisanı bir Petrogradlı kadar temizdi.

"Nerden anladınız, efendim?"

Seyit, başını iki yana sallayarak güldü.

"Bir kere bu hitap şeklin, askerden bir alışkanlık olsa gerek."

Sonra ciddi bir tavırla, kırık iskemleyi genç adamın karşısına çekip oturdu.

"Evet Stepan... Stepan da, yoksa, bu sakal gibi uydurma mı?"

"Hayır, Stepan gerçek ismim."

"Cephede ne görevdeydin Stepan?"

"Prusya cephesinde, topçu birliğindeydim."

Birden duraladı. Daha fazla anlatmak istemiyordu. Her şey ortaya çıkmıştı ama o daha karşısındakilerin kimliğini bilmiyordu. Seyit onun rahatsızlığını fark etti.

"Konuşabilirsin Stepan. Bizden çekinme. Bizler de aynı yerden geliyoruz. Seninle çok ortak tarafımız olmalı. Rahat konuşabilirsin. Seni temin ederim."

"Kusura bakmayın, efendim. Artık kime güvenebileceğimizi bilmiyoruz. Kendi askerlerimin ihanetini yaşadım cephede. Bir üsteğmen ve dört teğmen arkadaşla beraber kaçabildik. Diğerlerini parça parça ettiler. Düşmanın yapmadığını yaptılar."

Diğerleri, onun anlattıklarının doğru ve samimi olduğunu biliyorlardı. Seyit, ayağa kalkarken sordu:

"Rütben neydi Stepan?"

Stepan, alışkanlık, ayağa kalkıp, bacaklarını birleştirip hazırol vaziyetinde durdu. Köylü elbiseleri içinde komik duruyordu.

"Teğmen, efendim."

"Aramıza hoş geldin Teğmen Stepan Miloviç."

Delikanlılar, askeri selamlarla tanışmalarını tamamladıklarında, buzlar erimişti. Artık, aynı kampta olduklarından emin, gönül rahatlığı ile konuşuyorlardı.

"Sheptukovka'lı olduğuna göre Kazak olmalısın."

Seyit'in sorusuna Stepan başını sallayarak cevap verdi.

"Rostov'da bir hareket mi var yoksa?"

"Evet, efendim. General Bogayevsky'e katılmaya gidiyoruz. Tek ümidimiz, Bolşevikler Kafkaslar'a inmeden onları durdurmak. Belki güneyi kurtarabiliriz."

"Rostov'da mı toplanıyorsunuz?"

"Hayır, orada diğer arkadaşlarla buluşup Ekaterinodar'a geçeceğiz. Bir grup da Novorosisk'de kalacak. Siz ne tarafa gidiyordunuz, efendim?"

"Biz Odessa yolundaydık. Ama işler umduğumuz gibi olmadı.

Şimdi buradan Yalta'ya geçmeye çalışacağız."

"O zaman, bizimle gelin efendim. Artık, tren istasyonları, trenler emniyetli değil. Biraz uzun sürecek ama, hiç değilse bizi koruyacak insanlar arasında yolculuk edeceğiz."

Bu, düşündüklerinden çok başka bir gelişmeydi fakat ne de olsa yolculuklarını tamamlamak için bir ümit doğmuştu. Plânı kabul ettiler.

Ertesi sabah, Riazan ormanlarının derinliklerinde, bir grup köylü, kırık dökük arabalarının üzerinde, güneye, Don nehrinin hakim olduğu topraklara doğru yola çıktı.

Yolculuk bekledikleri gibi, kolay olmadı. Bolşevikler, yer yer güneye doğru sızmaya başlamışlardı. Günlerle, bazen haftalarla, ormanlarda, tarlalarda saklanmak zorunda kalıyorlardı. Kazak köylerine vardıkları zaman, tek tek ortaya çıkıp, gıda eksiklerini tamamlamaya bakıyorlardı. Çoğu zaman da, aç uykuya gittikleri oluyordu. Grubun içindeki tek kadın Tatiana olmasına rağmen, hiç bir şikâyeti duyulmuyordu. Artık, yaşamla, ölüm arasında yolculuk yaptıklarının farkında, bütün zorluklara erkeklerle aynı kuvvette göğüs germeye çalışıyordu. Mariinsky Tiyatrosunun sahnesinde ve Petrograd'ın lüks salonlarındaki hayat artık bitmişti.

Rostov'a vardıkları zaman, Aralık ayı gelmişti. Kış, kendini iyice hissettirmişti. Gerçi, Petrograd ayazı buralarda hakim değildi ama yola yaz ortası çıktıkları düşünülürse, sanki yıllardır bitmeyen bir seyahati yaşıyorlardı.

Stepan, Rostov'a varır varmaz, Seyit ve arkadaşlarının Yalta'ya en emniyetli yoldan gidebilmeleri için hazırlık yaptı. Yol oldukça sapa ve ıssız olmakla beraber, Kerç yarımadası üzerinden gideceklerdi. Ama bu arada, Seyit, Kırım'a hemen geçmek fikrinden uzaklaşmıştı. Ancak, bu düşüncesinin Celil ve Tatiana'yı etkilemesini istemiyordu. Onlara durumu açtığında, kararlılığı belliydi. Rostov'un eski otellerinden birinde kalıyorlardı. Bir gece, şöminenin etrafında oturmuş, yol hazırlıklarını konuşuyorlardı.

"Celil, sen Tatya ile beraber, doğru Yalta'ya git. Babamı bul, yerleşin. Ben daha sonra geleceğim."

"Neler var aklında yine Kurt Seyt?"

"Onu çok merak ediyorum. Bak, yolumuz nereden nerelere geldi? Ona o kadar yakınlardayım ki, görmeden gidemem."

Celil, arkadaşının kimden bahsettiğini çok iyi biliyordu.

"Seyit, harbin, ihtilâlin ortasındayız. Çılgınlık etme. Hem buradan kaç günlük yol Kislovodsk. Baksana aylardır yoldayız. Eminim, oraya da aynı şartlarda yolculuk edeceksin."

"Hiç kendini yorma Celil, kararım kesin. Yolumun bunca uzayıp buralara kadar gelmem, kaderin bir cilvesi olmalı. Onu bulmalıyım."

Celil onun inadını iyi bilirdi. Pes etmiş bir ifade ile, arkasına dayandı.

"O zaman hep beraber kalıyoruz. Nereye gidersen, beraber gidiyoruz."

"Olmaz Celil, sen Tatya'dan da sorumlusun. Onu daha fazla tehlikeye atamayız."

Her ikisi de, Tatiana'nın sesiyle, başlarını döndürdüler. Genç kadın, kollarını kavuşturmuş, onları dinliyordu.

"Benden hiç biriniz sorumlu değilsiniz Seyit Eminof. Madem buraya kadar gelmek kaderin cilvesi, bu bizim de kaderimiz demek değil mi? Celil'e katılıyorum. Seninle beraber geleceğiz."

Seyit, şükranla, onlara bakarken gülümsedi.

"Pekalâ, ikinizle birden başa çıkabileceğimi sanmıyorum. O zaman hep birlikte gidiyoruz."

Kislovodsk
Aralık, 1917

30 Aralık gecesi, yeni yıla bir gün kala, Kislovodsk'da Julien Verjensky'nin evi, bundan evvelki yılbaşlarından çok farklı olarak, karanlıktaydı. Sadece üst kattaki bir iki odasından hafif ışık sızıyordu.

Shura, odasında, dolap, çekmece ve yatağın üzerindeki valizler arası koşuşturup duruyordu. Dadısı ve annesinin yardımı ile, en gerekli olabilecek eşyaları seçilip, valizlere yerleştiriliyordu. Ykaterina Nicholaevna düşünceli bir ifadeyle valizlere bir bakış attıktan sonra en büyük olanını çekip kenara bıraktı.

"Buna gerek yok. Ne kadar hafif gidersen, o kadar iyi olur Shuruçka."

Bir saat kadar sonra, kapanan iki valiz ve bir küçük seyahat çantası ile, Shura yolculuğuna hazırdı. Samur şapkası ve manşonu, valizlerinin üzerinde bekliyordu. Atlı araba kapıya yanaşınca, evin giriş katındaki antrede hüzünlü bir vedalaşma başladı. Shura, göz yaşları içinde annesine sarıldı. Ykaterina Nicholaevna, gözündeki yaşları zor tutuyordu. Küçük kızını, kolları arasında, bebek sallar gibi salladıktan sonra, yanaklarından doya doya öptü.

"Ağlama Shuruçka, ağlama, yakında her şey yoluna girecek, yine hep bir araya geleceğiz. Hem, amcanın yanında emniyette olacaksın."

Shura, göz yaşları arasında, Valentine'le ve dadısı ile de vedalaştı. Eşyaları arabaya yüklenirken anne ve ablası ile tekrar kucaklaştılar. Uzaktan duyulan top sesleri üzerine, irkilerek, gökyüzüne baktılar. Çarpışmalar çok yaklaşmış olmalıydı. Göğün lacivert kış gecesi rengi içinde ışıklar yayıldı.

Ykaterina Nicholaevna kızını arabaya doğru götürdü.

"Haydi canım, artık acele etmelisin. Treni kaçıracaksın."

Atlar dolu dizgin fırladığında, Shura başını geriye çevirip, gözden kaybolana kadar, baba evini seyretti. Bu evle beraber, geride bıraktığı ailesini, güzel çocukluk günlerini şimdiden özlemişti. Arabacıdan utanmasa, hüngür hüngür ağlayacaktı. Paltosunun yakasını kaldırıp, dudaklarını ısırdı. Kendini zor tutuyordu. Gözlerinden inen yaşlar arasında evi kaybolmuştu.

Kislovodsk'un sessiz sokaklarından, caddelerinden geçerek istasyona geldiklerinde, Shura gördüğü kalabalığa inanamadı. Anlaşılan Kislovodsk'dan uzaklaşan bir tek kendisi değildi. Peronu dolduran bir sürü insan daha, en kıymetli olan eşyalarını sıkıştırdıkları valizlerine sarılmış, kendilerini yaklaşan düşmandan kaçıracak ümit trenini bekliyorlardı. Shura, baba evinin emniyetinden, annesinin şefkâtinden ne kadar uzaklaşmakta olduğunu anlamaya başlamıştı. Şimdi, yaşama doğru kaçmaya çalışan, gözleri korku dolu, nereye gidip ne olacaklarını bilmeyen yüzlerce, binlerce insandan sadece biriydi. Bu mücadelede hepsinin yeri eşitti. Trenin sesi daha uzaklardan duyulur duyulmaz, istasyon mahşer yerine döndü. Çocuklarını çekeleyenler, birbirini iteleyip, dirsekleyip yol açmaya çalışanlar, genç kızı şaşkınlığa düşürdü. Böyle bir mücadeleye hazırlıklı değildi. Valizlerini elinden düşürmemeye çalışarak, arabacının kendisine açtığı yoldan öne doğru ilerlemeye çalıştı. İstasyon memurlarının, halkı düzene davet etmek için yaptıkları ikazlar beş para etmiyordu. Kislovodsk'dan kaçanları Novorosisk'e götürecek olan tren, yük treninden başka bir şey değildi ve zaten daha evvelki istasyonlarda tıklım tıklım dolmuştu.

Shura, arabacının ve zarif yapılı genç bir adamın yardımı ile, trene ayak bastığında, hayatının adeta sürüklenerek yaşanmaya başlandığını hissetti. Sanki, artık, hiç bir şey kendi elinde değildi. Çuvalların, torbaların, odun ve saman yığınlarının arasında, balık istifi gibi dizilmiş insanların yüzlerine, içi ürpererek baktı. Bu yüzlerin hayatlarında güldüğüne, keyfi, mutluluğu tattığına inanmak zordu. Sanki, bu kederli, dargın bakışlı yüzlerle doğmuşlardı. Tabi ki bu doğru değildi. Savaş ve ihtilâl ne kadar değiştirmişti insanları. Vagona tırmanmasına yardımcı olan delikanlı, bu defa da dipte bir köşede, nispeten nefes alabileceği bir yer ayarlamış, işaretle onu çağırıyordu. Genç kız, onun, bunu tamamen kibarlıktan yaptığının farkındaydı. Kendisinden her hangi bir rahatsızlık göreceğini sanmıyordu. Müsaade isteyerek ilerlemeye çalıştı. Ama sanki, bu tür kelimeler artık manâsını kaybetmişti. Bunun üzerine, etraftan gördüğünü taklit ederek, omuz ve dirsek vurup ilerlemeye çalıştı. Üzerine yığılan insanlardan nerdeyse boğulmak üzereydi. Yabancı gencin, elini uzatıp yardım etmesi sayesinde, az, çok nefes alabileceği köşeye kendini attı.

"Ne tarafa gidiyorsunuz?"

"Ekaterinodar'a."

"Ne yazık ki, uzun müddet, bu kalabalıkla seyahat etmek zorundasınız."

"Kaç gün sürecek dersiniz?"

"Kim bilir? Belki on gün, belki daha fazla."

Shura, hayâl kırıklığı ile, gözlerini açtı.

"Ne diyorsunuz? O kadar uzun mu yol?"

"Eskiden olsa değildi tabi. Ama şimdi, bu şartlarda, oraya varmamız bile bir şans."

Genç kız, bu sözden ürkerek, delikanlıya dikkatle baktı. Ama, onun yüzünde kaderi kabullenmiş, hatta alayla karşılar bir ifade vardı. Bütün bu olanları, sanki bir tiyatro seyreder gibi izliyordu. Shura, onun, yanında olmasından gizli bir huzur duydu. Bu çılgın kalabalık arasında, yanında kendisine yardımcı olan birinin varlığını hissetmek, güven duygusu veriyordu. Genç adam, onun valizlerini iyice dibe, üst üste dizdi. Sonra, ayakta durdukları takdirde alınlarına gelecek hizadaki tahta küçük sürgüyü çekerek minik pencereyi açtı. Aslında buna pencereden ziyade hava deliği demek daha doğru olurdu. Shura, ona minnetle bakarak, gülümsedi. Bu gence içi ısınmıştı. Bu, beğenmek veya âşık olmak duygularından çok farklıydı. Onun iyiliğine, kibarlığına karşı yapabileceği tek şey zaten sıcak bir gülümsemeden başka bir şey olamazdı.

Tren, kâh süratle ilerliyor, kâh herkesi birbirinin üzerine deviren sert frenlerle duruyor, bazen saatlerle bekliyordu. İstasyon haricindeki duruşlarla ilgili, anında, ağızdan ağıza söylentiler vagonlar arasında dolaşıyordu. Kimi, Bolşevikler'in yolları üzerinde olduğunu, kimi, geriye gönderileceklerini fısıldıyordu. Aslında hiç kimsenin bir şey bildiği yoktu. Shura, her seferinde heyecanlanırken genç adam sadece gülümsüyordu.

"Görüyor musunuz? İnsanlar kendilerini mutsuz edecek, hatta hayatlarını karartacak bir şey dahi olsa, kendi uydurduklarına inanıyorlar. Bu, daha iyi bir gelecekten ümidini kesmiş insanların inanma ihtiyacıdır."

Shura, onun bilgiç tavırla konuşmasını dinlerken, gülümsemeden edemedi. Bu genç adam, garip biriydi. Garipti ama bu sıkıntılı, korkunç yolculuğu onunla yan yana yapması da bir şanstı.

Yolculuklarının üçüncü gününde, garip, kibar genç adam, bir şeyler almak için indiği bir istasyonda, tekrar geriye dönmedi. Tren hareket edene kadar, Shura merakla bekledi. Ama onu bir daha hiç göremedi. Ya başka bir vagona binmişti veya hiç binememişti. Birden, etrafını çevirenlerin arasında kendini yapayalnız, korumasız hissetti. Son istasyona varana dek, kimseyle konuşup ahbaplık etmemeye karar verdi. Ne kadar sessiz ve kendi kendine olursa, o derecede emniyetteydi.

Yol bitmek bilmiyordu. Shura, her gün durdukları istasyonlarda kulak kabartıp, nereye geldiklerini anlamaya çalışıyordu ama Novorosisk adı henüz söylenmemişti. Valizlerinin üzerinde, adeta tüner gibi oturup, hayâllerinin kendini avutmasını ümid etti. Annesi ve Valentine ne yapıyordu acaba şimdi? Babasını, gözüne yaş gelerek hatırladı. Onun ölümüne hâlâ alışmış değildi. Ağabeyleri acaba nerelerde, kimlerle çarpışmaktaydı? Seyit... o neredeydi? Sevdiği adamı düşündüğü an, yüreğine bıçak girmiş gibi oldu. Onu tamamen kaybetmişti artık. Mektuplarının ona ulaştığından emin değildi. Hiç bir cevap da almamıştı. Cepheden dönüp dönmediğini, sağ olup olmadığını bilmiyordu. Belki de Çar ailesi ile beraber tutuklananlar arasındaydı. Ağlarken görülmek istemiyordu. Gözlerini sıkı sıkı kapayarak kendine hakim olmaya çalıştı.

Tam on gün sonra, Novorosisk'e vardılar. Shura, uyuşmuş bacaklarının üzerinde sendeleyerek, kalabalığı yarmaya çalıştı. Bu kâbus gibi yolculuğun bittiğine seviniyordu ama şimdiden sonra neler olacağı da onun için meçhuldü. Aradan bu kadar gün geçtikten sonra, amcasının kendisini karşılayabileceğinden hâlâ emin değildi. General Bogayevsky, özel treni ve maiyetindekiler ile beraber, belki de artık Novorosisk'ten ayrılmak zorunda kalmış olabilirdi. Perona ayak bastığında, içini bir korku kapladı.

Korkusu gerçekleştiği takdirde, ne yapabileceğini bilemiyordu. Olduğu yerde beklemekten başka çaresi yoktu.

Hava kararmaya başlamıştı. Kar, bir müddet evvel istasyonu terk eden trenin raylar üzerindeki izini çoktan kapamıştı. Belki de çok fazla soğuk değildi ama Shura, içinde artan korku ve çaresizlik ile, buz altında çıplak kalmış gibi üşüyordu. Paltosunun yakalarını kaldırarak manşonunu yüzüne siper olacak şekilde tuttu. Artık, sessizlik çökmesine rağmen, peron hâlâ ana baba günüydü. Giden trene binemeyenler, karların üzerinde uyuklayarak, bir daha ne zaman geleceği belli olmayan bir sonraki treni bekliyorlardı. Shura, bu geceki akıbetinin bu insanlardan farklı olmayacağını düşünmekteydi ki, yanı başında duyduğu sert adımlarla döndü. Genç bir subay, beraberinde iki askerle, karşısında duruyordu.

"Matmazel Alexandra Julianova Verjenskaya?"

Shura, sevinçten, subayın boynuna sarılacaktı, neredeyse. Ayağa fırladı.

"Evet, benim."

"Yüzbaşı Rubin. Sizi General Bogayevsky'e götürmek üzere burdayım. Yalnız mısınız?"

"Evet, evet, yalnızım."

Subayın işareti ile, askerler valizleri aldılar. İstasyon çıkışında kendilerini bekleyen arabaya bindiler. Shura, karları yararak ilerleyen arabanın kendisini amcasının yanına, emniyete götürdüğü fikri ile, birden ne kadar mutlu olduğunu hayretle fark etti.

Shura, akşamın karanlığında, tren raylarına paralel uzanan yolda, General Bogayevsky'nin özel trenine doğru ilerlerken, karşı istikametten gelen atlı arabanın içindekileri fark etmedi. Kamçı gibi vuran kar tipisinden korunmak için, paltosunun yakası ve atkısı ile yüzünü iyice kapamıştı.

Novorosisk
1917 Kışı

Don Kazakları'nın Atamanı General Bogayevsky'nin treninden geriye, şehre doğru dönen arabadaki yolcular, Seyit, Celil ve Tatiana'dan başkası değildi. Kislovodsk'a yaptıkları maceralı yolculuktan sonra, Shura ile aynı trende Novorosisk'e dönmüşlerdi. Hiç karşılaşmamış olmaları, kaderin kötü cilvesinden başka bir şey değildi. Belki de, Kislovodsk yerine bir sonraki istasyondan trene yetişebilmeleri buna sebepti.

Tatiana, delikanlılar kendisini otelde beklerken, Shura'nın evine yaptığı ziyarette, dadısından başka kimseyi bulamamıştı. Yaşlı kadının, Shura'ya gelen mektuplardan ismini biliyor olması işini kolaylaştırmıştı. Genç kızın, amcasının yanına, Novorosisk'e trenle yola çıktığını öğrendiği an, otele koşmuş ve kiraladıkları araba ile son sürat, treni bir sonraki istasyonda yakalamaya çalışmışlardı. Allahtan, dura kalka giden tren, onlara bu şansı tanımıştı. On gün boyunca, her istasyonda, vagonların arasında dolaşıp sevdiği kadının yüzünü arayan Seyit, her defasında hayâl kırıklığı içinde trene tekrar binmişti.

Riazan'dan Rostov'a kadar beraber geldikleri Teğmen Miloviç'i, Generalin maiyet treninde buldukları zaman, delikanlı onlara bir şey öğrendiği an haber vermeye söz vermişti. Geceyi geçirmek üzere, yol kenarındaki hanlardan birine yerleştiler. Trenin çevresine, mümkün olduğunca, yakın olmak istiyorlardı. Akşam yemeğinde, lâhana çorbası ve ucuz bir şişe şarabı kabullendiler. Her şeye rağmen, bu son aylardır midelerine giren en güzel ve sıcak öğündü. İkinci şişe şaraptan sonra, ne zamandır uykusuz, gergin geçen gecelerin yorgunluğu üzerlerine çöktü. Odalarına çekilirlerken, Tatiana, Seyit'i teselli etmek istedi:

"Eminim, Shura yakında gelecektir. Koca Ataman'ın yeğeni, nasılsa buraya varacaktır, görürsün. Haydi, artık biraz uyu

Seyt."

Genç adam, onun iyi niyetli dileklerine gülümseyerek cevap verdi. Tatiana'yı yanağından öptükten sonra, Celil'in omuzuna dostane bir ifade ile vurdu. İyi geceler dileyip odalarına çekildiler. Seyit, yatağa uzandığı an, bacağının ne kadar şiştiğini ve ızdırap verdiğini fark etti. Bu gece, heyecandan veya ağrıdan, bir şekilde, uykusuz sabahlayacağı belliydi. Kalkıp ilâçlarından iki tane aldı. Ardından, bir sigara yakıp, odasının penceresinden dışarısını seyretmeye başladı. Kar taneleri, neredeyse birer kapik büyüklüğüne erişmişti. Rüzgâr, çengelleri paslanıp kopmuş köhne kepenkleri oynatırken, asap bozucu bir gıcırtı çıkıyordu. Bogayevsky'nin treni, hanın önünü örten kar tepeciğinin ardında, ileride bir yerlerde olmalıydı. Kar bu kadar şiddetli yağmasa, belki ağaçların arasından görünebilirdi. Bu kadar yakın gelmişken kaçırdığı sevgilisi için duyduğu özlem öylesine büyüktü ki, Seyit şu an bütün Rusya'yı ve kendisini bekleyen tehlikeleri ve kötü sonu unutmuş görünüyordu. İlâç tesirini göstermeye başlamıştı. Üzerindekileri zoraki çıkarıp, çıplak gövdesini yatağa bıraktı. Bütün yorgun ve endişeli olduğu gecelerdeki gibi, yine, sanki uyanık hayâl görüyor olmakla, derin rüya görüyor arası rahatsız bir uykuya daldı. Babasının kendisini Moiseyevler'in kapısında öpüp harbe ayrıldığı sabahın soğuğu içindeydi yine. Ardından, cephenin cehennem sıcağı, sonra bütün kaybettikleri, ölen arkadaşları, özledikleri, bir daha göremeyecekleri, sıra sıra geçit yaptılar. Bacağının sızısı, derinden derine, ona uyarıda bulunuyor, kendini hatırlatıyordu. Sanki, vücudu uyurken beyni hâlâ uyanık kalmaya çalışıyordu. Rüyalarının mekânı ile ilgisi olmayan sesler de duymaya başlamıştı. Uzaktan uzağa açılan kapı sesi, fısıltılar, tekrar bir kapı kapanışı ve birden genzini dolduran çiçek kokusu... çok iyi tanıdığı bir koku. Karpatlar'ın orta yerinde ne işi vardı bu kokunun şimdi? Yüzünde kuş tüyü hafifliği ile dolaşan ince parmakların ılıklığı, dudakları üzerinde sıcak bir rüzgâr dokunuşu, sanki kâbusunu harika bir rüyaya çevirmek üzere gelen güzelliklerdi. Saçlarını yumuşak tarayışlarla okşayan ellerin teması o kadar canlı, etrafını saran çiçek kokusu o kadar sahiciydi ki... Birden, kulağına çarpan fısıltıda isminin söylendiğini duyar gibi oldu. Gözlerini, güzel bir hayâli kaçıracak olmanın korkusu ile, açtı. Yanı başında yakılmış lâmbanın ışığı, yatağın kenarına oturmuş genç kadının yüzünü, boynunu aydınlatıyordu. Zarif, güzel yüzünde yorgunluk, üzüntü, endişe, sevinç, bütün duygular bir aradaydı. Yaşlar akan gözlerinde ise en çok aşk okunuyordu. Bu güzel, âşık genç kadın, Shura'dan başkası değildi.

Hiç bir söz söylemeden, çılgınlar gibi sarıldılar. Bir müddet, konuşmaya, kıpırdamaya dahi çekindiler. Kavuştuklarına, birbirlerine değdiklerine, bunun bir hayâl olmadığına inanmak istiyorlardı. Shura, başını Seyit'in boynuna gömmüş, sessiz sessiz ağlıyordu. Genç adamın çıplak omuzlarına değen ılık göz yaşları, sanki, geçen onca acılı zamanı unutturan iksir damlaları gibiydi. Sol kolunun ağrısına aldırmadan, sevdiği kadını sıkarak göğsüne çekti. Onun, dağılan sapsarı saçları arasında yaşlarla kaplanmış yüzünü öpücüklere boğdu. Dudakları birbirini bulduğunda, iki yıllık susuzluklarını bir koca yudumda gidermeye çalışır gibiydiler. Konuşacak, anlatacak ne çok şeyleri vardı. Ama, şu an vücutları ve ruhları ile en çok hissettikleri, birbirlerine olan açlıklarıydı.

Shura, göz yaşları arasından, sevgilisinin yüzüne baktığında, onun aynı 1916 kışında, ilk karşılaştıkları geceki bakışlarını gördü. Çakmak çakmak parıldayan, arzu dolu lacivert gözler, genç kadına tatmak üzere olduğu anların zevkini önceden yaşatır gibi bakıyordu. Shura, bütün vücudunun titrediğini hissetti. Kendisini, sevdiği erkeğe bir an önce vermek için sabırsızlanıyordu. Seyit'in, bluzunun düğmelerini çözmek arzusu ile uzattığı elini, avuçları arasına alıp dudaklarına götürdü. Derin, sıcak bir öpüş kondurduktan sonra ayağa kalktı. Seyit, onun, lâmbanın ışığında yavaş yavaş çıplak bir heykele dönüşen vücudunu seyrederken, ne zamandır gövdesini ezen ağrıların yok olduğunu hissetti. Kemikleri, kasları ağrıyı unutmuştu. Şimdi her uzvu, her siniri gerilmiş, kanının gittikçe artan basıncı ile ataletten kurtulmaya hazır bekliyordu. Shura, uzun saçlarını onun sevdiği gibi açmış olarak üzerine uzandığında, beyninden parmak uçlarına kadar yay gibi olduğunu hissetti. Özledikleri bedenlerini yeniden keşfederken, kalpleri yerinden çıkacak gibi atıyordu. İlk sevişmeleri, hasretin, açlığın, susuzluğun giderilmesi telaşıyla, çılgıncaydı. Daha sonra, defalarla, bu sefer çıplaklıklarını bir diğerinin uzun süren sabırlı ve şefkâtli okşamaları ile aşka davet ederek seviştiler.

Sonra, sımsıkı sarılmış olarak yattıkları yerde, ayrı geçirdikleri onca zamanı birbirlerine anlattılar.

Shura, amcası tarafından karşılandıktan sonra, Teğmen Miloviç bir fırsatını yaratıp ona Seyit'le ilgili mesajı vermişti. Genç kız, onu, gece el ayak çekildikten sonra, kendisini hana getirmesi için ikna etmişti. Bu, her ikisi için de tehlikeli bir oyundu. Fakat Shura, Seyit'in varlığından haberdar olduktan sonra onu görebilmek uğruna, her türlü çılgınlığı yapmaya razıydı. Ancak, gün ağarmadan yine kendisine ayrılan özel vagonuna dönmek zorundaydı. Bundan sonra ne yapacakları hususunda derhal bir şeyler düşünüp karar vermeleri gerekiyordu.

"Sanırım bir kaç gün daha buradayız." dedi Shura, "Sonra, amcam beni Kırım'a yollayacak. Orada emniyette olacağımızı söylüyor."

"Kırım'a mı gidiyorsunuz? Bu harika! O zaman bizimle aynı yere geliyorsun."

Shura, bir an için, onun artık yalnız bir erkek olamayabileceğini düşündü.

"Siz mi?"

"Evet, ben, Celil ve Tatya."

Shura, sevinçten, bir çığlık atmamak için kendisini zor tuttu.

"Sahi mi söylüyorsun Seyit? Onlar da burada mı?"

"Buradalar ya, hep beraber benim sevgilimi arıyoruz."

Shura, uzun zamandır bu kadar keyiflenmemişti. Gülerek, başını erkeğin göğsüne dayadı. Onun çenesindeki derin çukurluğu öptü. Evinden ayrıldığından bu yana ilk defa huzurluydu.

Alaca karanlık çözülmeye başladığında, Shura kalkıp giyindi. Son kez hararetle öpüştüler. Tekrar haberleşmek sözüyle ayrıldılar. Seyit pencereden baktığında, sevgilisinin, yolun karşısında bekleyen Stepan'ın yanı sıra, karların arasında kaybolduğunu gördü. Bir an için, sürekli beklentilerinin ve korkunç arzusunun, onu yaşanmışçasına hissedilir bir halusinasyona sürüklediğini düşündü. Ama, değildi. İnanılmaz gecenin izleri hâlâ orada, onunlaydı. Genç kızın teninden yayılan çiçek kokusu havaya dağılmış, saçından düşürdüğü firketesi çarşafların kıvrımları arasında kalmıştı. Seyit tokayı alıp, dudaklarına götürdü. Kaderin mucizesi bu olmalıydı.

Novorosisk'de oldukları kısa müddet içinde, bir kaç kez daha buluştular. Tatiana'nın yanlarında olması çok şeyi kolaylaştırıyordu. Genç kadın, trendeki özel vagonunda Shura'yı ziyaret ediyor, sonra beraber yürüyüşe çıkıyorlardı. Bu yürüyüşler esnasında sevgililerin buluşmaları gerçekleşiyordu.

Shura, bir sabah yine ormana yürüyüşe gideceği saati dört gözle beklerken, karşısında Valentine'i buldu. İki kardeş, sevinç çığlıkları ve göz yaşları içinde birbirlerine sarıldılar.

"Tinuçka! Tinuçka! seni ne kadar özledim, ne zaman geldin? nasıl geldin, anlat."

"Bu sabah. Tahmin et bakalım, başka kimler geldi benimle beraber?

Shura heyecanla ileri atıldı:

"Annem!?"

Valentine, onun elini avucuna alarak yatıştırdı.

"Maalesef canım, annem değil. Ama görmekten çok sevineceğin birileri. Konstantin burada. Ve, Vladimir."

Shura, sevinçle, bir çığlık daha attı. Baron Konstantin, Valentine'in nişanlısıydı. Zavallıların nişandan bu yana bir arada olmak şansları olmamıştı. Vladimir, kızların büyük ağabeyleri idi. Savaş sırasında, karargâh yüzbaşısı olduktan sonra Prenses Pavlovna'nın özel muhafızlığına seçilmişti. Uzun zamandır onunla görüşmeleri mümkün olmamıştı. Demek tekrar cepheye dönmüştü. Heyecanla, ellerini çırparak sordu:

"Neredeler şimdi? Ne zaman göreceğim onları Valentine?"

Valentine, kendisini yatağın üzerine atarak, bacaklarını uzattı.

"Dur, Tanrı aşkına Shuruçka, bu kadar sabırsız olma. Bu yolculuğu sen de yaptın. İnsan ne hale geliyor biliyorsun. Bogayevski amcam onlara da bir vagon tahsis etti. Yıkanıp, uyuyup kendilerine gelecekler."

"Kusura bakma Tinuçka, o kadar heyecanlandım ki. Bütün yolu hep beraber mi geldiniz?"

"Hayır canım. Her ikisini de buraya geldikten sonra buldum. Biliyor musun, kader bazen ne garip oyunlar oynuyor insana."

Shura'nın yanakları kızardı. Birden, ablası sanki onun hakkında her şeyi biliyormuş gibi geldi. Ama buna imkân yoktu.

"Evet, haklısın."

Shura konuşmaya, ablasına Novorosisk'e nasıl geldiğini anlatmaya devam etti. Ama Valentine yol yorgunluğuna fazla dayanamamıştı. Uzandığı yerde uyuya kaldı. Shura, onun üzerini örterek parmak ucunda dışarıya çıktı.

Seyit'le buluşup sevinçli haberi verdikten sonra, fazla vakit geçirmeden trene geri döndü.

Bir hafta boyunca, üç kardeş ve Baron Konstantin, General Bogayevsky'nin treninde hasret giderdiler.

Bir hafta sonunda, Konstantin ve Vladimir, birliklerine döndüler. Shura, ablasını tek başına bırakamayacağı için, nadiren ve daha kısa sürelerle, Seyit'le buluşmak üzere kaçamaklar yapabiliyordu.

Çarpışmaların artık güneye doğru iyice yaklaştığı, her an Kafkaslar'ın Bolşevik hattı içine girebileceği endişesi hızla yayılıyordu. Aradan bir hafta daha geçmişti ki, Valentine yine yakınlarda bir yerde olduğunu öğrendiği nişanlısını görmek isteğiyle, amcasına yalvardı. Bu büyük bir riskti ama Bogayevski, Valentine'in göz yaşlarına fazla dayanamadı. Savaşta ne olacağı belli olmazdı. Genç kızın kendisini hayat boyu suçlamasını istemezdi. Yanına üç adamını vererek onun bir, iki günlüğüne ayrılmasını onayladı.

Aynı günün akşamı, Bogayevsky'nin de Novoçerkask'a gitmesi gerekiyordu. Shura'yı kendisine tahsis edilmiş olan vagonda, korumasını üslenecek askerlerle beraber bırakıp, treni ile ayrıldı. Ertesi gün akşama doğru dönmesi gerekiyordu.

Ancak, aradan beş gün geçtiğinde, ne Valentine'den, ne de General Bogayevsky'den bir haber yoktu. Shura, merak içindeydi. Seyit'le buluştuğunda, artık, göz yaşlarını tutamıyordu. Genç adam ona şefkâtle sarıldı.

"Ağlama sevgilim. Biliyorsun, çatışmalar çok yakınlara kadar geldi. Yollar, bizim geldiğimiz günlerden daha kötü. Belki de dönüş irtibatı kesilmiştir. Her şeye hazırlıklı olmamız lâzım. Hem, ben yanında değil miyim? Haydi, ağlama artık. İstersen, bir kaç gün daha bekleyelim. Sonra bir karar veririz. Yalta'ya ne kadar erken gidersek, o kadar iyi. Orada bizi bekleyen çok iş olacak."

Shura, yakınlarını bir daha göremeyecek olması fikrine alışması gerektiğini düşündü. Yapabileceği tek şey, onların sıhhatte ve emniyette olmalarına dua etmekti.

Aradan geçen günler, hiç bir şeyi değiştirmedi. Seyit ve Celil, muhtelif subaylarla yaptıkları sohbetler sırasında, Bolşevikler'in ortalığı yakıp yıkarak hızla yaklaştılarını dinliyorlardı. Şu an, ihtilâlcilerin hışmına en uzak yer Yalta kıyılarıydı. Bir an evvel oraya varmaları gerekiyordu. Belki, hâlâ daha, çok geç kalınmış sayılmazdı. Seyit, Shura'ya, Novorosisk'ten ayrılmaları gerektiğini nasıl izah edeceğini düşünürken, genç kızı burada yapayalnız bırakamayacağını da iyi biliyordu. Ama, o nasıl bütün ailesini geride bırakıp gelebilecekti ki? Bu düşüncelerle kafası dalgın, kaldıkları hana döndüğü vakit, genç kızı odasında, ateşin yanında otururken buldu. Ağlamaktan gözleri şişmişti. Seyit'i görür görmez onun boynuna atıldı.

Genç adam, onun hiç bir şey söylememesine rağmen, ne endişeler ve üzüntüler taşıdığını iyi biliyordu.

Onu hasretle öptükten sonra, elinden tutup yanına oturttu.

"Shura, canım, bak, sana daha evvel sorduğum gibi bir soru daha soracağım. İyi düşün. Benim, Aluşta'ya dönmem lâzım. Artık, büyük Rusya'yı kurtarabileceğimizi görmüyorum. Ama belki de Kırım'ı kurtarabiliriz. Hem buradan bütün kaçanlar, şu an Odessa ve Alurga'da toplanıyorlar. Eminim, kaybettiğin bir çok insanı orada bulabilirsin."

Shura, hiç bir şey söylemeden, ona kapının arkasındaki valizlerini gösterdi. Genç kız, kararını çoktan vermiş, sevdiği erkekle kalmaya gelmişti. Seyit, onun gözlerindeki yaşları sildikten sonra, kollarının arasına aldı. Önlerinde yepyeni bir maceranın yolu açılmıştı.

O akşam yolculuk kararını veren gençler, sabah gün ışımadan, Ekaterinador'a gitmek üzere arabaya bindiler. Kendilerini Feodosia limanına kadar götürecek bir gemi bulduklarında, epeyce şanslı olduklarına inanmaya başlamışlardı. Yolculuk şartları pek konforlu sayılmazdı. Hatta büyük sıkıntı içinde geçiyordu ama en azından durdurulmadan, üzerleri aranmadan, açık denizde yollarına devam ediyorlardı. Kislovodsk ile Novorosisk arası yaptıkları tren yolculuğundan sonra, bu, adeta, bir cennet yolculuğuydu. Paylaştıkları kamara, yük trenindeki vagondan sonra lüks sayılırdı. Gemi tıklım tıklımdı. Üst güvertede, cankurtaran sandalları içinde yatanlar dahi vardı. Kar yağıyor, rüzgâr bıçak gibi kesiyor, Karadeniz çıldırıyordu. Ama, insanlar bütün bunlara razıydılar. Her sıkıntı, ölüm korkusundan iyiydi. Seyit'in, görevlinin eline tutuşturduğu bir kaç ruble, sıkışık da olsa, bulundukları kamarayı sahiplenmelerini sağlamıştı.

Feodosia'ya ayak bastıkları zaman, hâlâ, oldukları yerde sallanıyor, başları dönüyordu. Geceyi düzgün bir otelde geçirip, biraz kendilerine geldiler. Sıcak bir banyo, güzel bir yemek ve şaraptan sonra odalarına çekildiler.

Seyit, Shura'nın verdiği son kararda hâlâ tereddüt edip etmediğinden emin olana kadar, onu sevişmek dahil hiç bir mevzuda zorlamak istemiyordu. Genç kızın, geçirecekleri coşkulu saatlerin etkisinde kalıp, sonradan pişman olacağı bir yolculuğa razı olmasını istemiyordu. Eğer fikrini değiştirirse, henüz çok geç kalmış sayılmazlardı. Yatağa girdikleri zaman, bunu ona söylediğinde, sesinin tonundan ne kadar kırıldığını hemen anladı.

"Beni istemiyor musun?"

Seyit, ona sarılarak kollarının arasına aldı.

"Seni istemez olur muyum, benim küçük sevgilim. Ama yarın, öbür gün Aluşta'ya vardığımızda, pişmanlık duymanı istemiyorum."

Shura, erkeğin, omuzunda duran elini tutup öptü. Sonra mırıldandı:

"Seninle yaptığım hiçbir şeyden pişmanlık duymadım Seyt, hiç bir şeyden."

Sonra, kedi munisliği ile dönerek, erkeğin vücuduna iyice sarıldı. Seyit, kolları arasındaki harika sıcaklığı içine çekmek arzusu ile, onu sardı. Daha fazla konuşmalarına gerek yoktu. Her ikisi de ne istediklerini biliyorlardı. En güzel olanı da, aynı şeyi istemeleriydi.

Aluşta'ya Dönüş

Beyaz Rusya'nın kaçakları, en nihayet, Şubat ayının son günlerinde Aluşta'ya vardıklarında, Seyit, arkadaşlarını doğru bağdaki eve götürdü. Yanlarındaki genç kadınların, aile evinde pek büyük bir hayranlıkla kabul edilmeyeceklerini biliyordu.

Bağ evinin hizmetkârı İsmail Efendi, Seyit'i karşısında gördüğü vakit, yerlere eğildi, ellerini öptü, koşup karısını, gelinini seferber etti. Odalar açıldı, sofralar kuruldu. Gençler, akşamın bastıran serinliğine rağmen, dışarıda çardak altında oturmak istediler. Paltolarına, manşonlarına sarılıp, Karadeniz üzerinde güneşin batışını seyrederken, şaraplarını yudumladılar. Shura ve Tatiana, sevdikleri erkeklerle beraber geldikleri bu huzur dolu köşede sevinçten, mutluluktan uçuyorlardı. Neşe içinde, uzun zamandır konuşmaya keyif bulamadıkları konuları konuşmaya başlamışlardı. Yemekten sonra Seyit ve Celil kadınları öperek, Eminoflar'ın evine gitmek üzere ayrıldılar.

"Bizi merak etmeyin Shuruçka," dedi Seyit, "Bu gece bizi bırakmayabilirler. Burada emniyettesiniz. Keyfinize bakın. Yarın görüşürüz."

Genç kadınlar, geldikleri ilk gece sevgililerinden ayrılmakla hayâl kırıklığına uğramışlardı ama belli etmeden onları öpüp uğurladılar. Seyit, sevgili arkadaşı ile, hazırlanan atlara binip, eski günlerde olduğu gibi yanyana keyif içinde, baba evinin yolunu tuttular.

Bütün aile, gelinler, damat, delikanlıları bayram coşkusu ile karşıladılar. Mahmut'un gencecik karısı ile Hanife'nin bebekleri olmuştu. Evin erkekleri gözleri yaşlı, kadınları ağlayarak sarıldılar gelenlere. Ard arda sorular soruyor, cevaplarda geçen yılların hasretine tedavi buluyorlardı sanki. Neredeyse sabaha karşı, herkes iyi geceler dileyip çekildiğinde, Seyit, babasının saatlerdir merak ettiği şeyi soracağını biliyordu.

Mehmet Eminof iyice ağıran sakalında elini gezdirdi.

"Niye, doğru eve gelmedin Seyit oğlum?"

Seyit biraz anlamamış gibi bakmak istedi ama beceremedi.

"Oyalanmış olmalısınız, eve gelmeden evvel."

Seyit, seneler evvel üzerlerine yağan karın miktarından zamparalıktan dönüş saatini bile anlayan babasının huyunun hiç değişmediğini fark etti. Yine aynı dikkatli, gözlemci, temkinli adamdı. Gülmemek için kendini zor tuttu. Babasına bir saygısızlık yapmış olmaktan korkardı. Cevap vermekten başka çaresi yoktu.

"Bağ evine uğradık babacığım..."

Sonra onun daha tatmin edici bir cevap beklediğini görerek devam etti:

"Bırakacak bazı şeylerimiz vardı."

Eminof, elindeki sigaradan derin bir nefes aldı. Üflediği dumanın havada yükselişini seyretti.

"Ne zamandır eşyalarını bağ evinde bırakıyorsun? Evine getiremeyecek kadar değişik bir şeyler olmalı, bu defa taşıdıkların."

Seyit müthiş bir sıkıntı almaya başladığını hissetti. Babasının yakaladığı mevzuu bırakmayacağını iyi bilirdi. Ona hiç yalan söylememişti, yine söylemeyecekti. Tam uygun bir lisanla olanları anlatmak üzere ağzını açmak üzereydi ki, babası, bir diğer sigara nefesinden sonra onun yerine konuştu:

"Bu bağ evine bıraktığınız yük, canlı bir yük olmasın sakın. Hani, kadın falan gibi?..."

Seyit, ortaya çıkan konunun derinlemesine konuşulacağını bildiği için, babasının karşısındaki koltuğa oturdu. Yüzünde, söylenenleri inkâr etmeyen bir ifade ile bekledi.

"Dinliyorum," dedi Eminof, onun yüzüne dikkatle bakarak.

"Dinliyorum. Onca yoldan buraya kadar yanında getirmen için bir sebebin olmalı. Neticeyi değiştirmeyecek dahi olsa, sebebini bilmek isterim."

Seyit, şu an dumanını içine dolduracağı bir sigaraya ihtiyaç duyuyordu ama babasının yanında içemezdi. Alnına dökülen perçemi eliyle geri atarken, babasıyla açık olmaya kararlıydı.

"Onu bırakamazdım baba. İki sene yokluğumda beni bekledi. Cepheden sakat, çaresiz, yalnız döndüğümde onun sevgisini buldum. Ailesini, her şeyini benim için bıraktı, ardımdan gelmek istedi."

Beraber olduğu kadını babasının onaylamayacağını bildiği halde, biraz olsun yumuşaması için uğraşıyordu:

"Onu tanısanız severdiniz. Belki de..."

Baba Eminof yerinden kalkarken tavrı kesindi:

"Hayır Seyit. Onu buraya getiremezsin. Kızlarımın, gelinlerimin arasında, metres yaşayan bir kadının varlığını kabul edemem."

"Onunla evlenmemi mi isterdin?"

"Onu demedim. Evlensen de, baştan beri yaşadığı serbest hayatı ile hiç bir zaman bizim ailenin bir ferdi olamaz. Sana seneler evvel söylemiştim Seyit, Rus kızları ile aşkı öğren ama karını yine buradan seçeceksin, diye. Sana söylediklerim, lâf olsun diye söylenmiş şeyler değildi. Bunlar âdetlerimizin bir parçasıdır. St. Petersburg'da istediğini yaparsın, Tsarskeyo Selo'da da. Ama burası başka. Burası senin aile evin, toprakların. Burada metreslerinle oturamazsın."

Sesi sakinliğini korumasına rağmen, tartışma kabul etmeyeceğini belli eden sert bir ifade taşıyordu.

"Yazıklar olsun, sana anlattıklarımı demek hiç hatırlamadın."

Seyit, evine dönüşündeki coşkunun, parladığı gibi sönmekte olduğunu anlamıştı. Shura'yı gelenekler uğruna feda edemeyeceği kadar seviyordu. Kararını vermişti.

"Peki baba, burada kalıp sizleri rahatsız etmeyeceğim. Ayrı bir yer tutar, otururum. Size olan sevgimde, saygımda bir kusur etmek istemem. Ama onu geriye gönderemem. Shura'nın da başı benim kadar tehlikede. Onu korumak zorundayım. Kimsesi kalmadı ulaşabileceği. Geriye dönmesini kabul edersem, kendisini bile bile tehlikeye atmış olurum."

Artık konuşulacak bir şey kalmamıştı. Eminof, oğlunun, kendi gençliğini hatırlatan inatçı, kararlı tavrını çok iyi biliyordu. Onu kararından vaz geçirmek için uğraşmayacaktı. Ama kalbi kırılmıştı. Hasret kaldıkları oğullarını, daha özlem gideremeden, yabancı bir kadına kaybediyorlardı.

Odadan çıkmak üzere yürüdü. Artık Seyit'in yüzüne bakmıyordu.

"Bildiğin gibi yap. Payına düşen parayı, bağı bahçeyi alacaksın. Ama, bu eve ne o kadını getir, ne de onunla yaşadığın müddetçe kendin gel. Seni hâlâ dönmemiş farz ederek yaşayacağım."

Seyit, babasını kırmış olmaktan duyduğu üzüntüyle, onu durdurup sarılıp, af dilemek istedi. Ama ne değişecekti ki? Yaşamında bir değişiklik yapmadıktan sonra, boş lâflar etmiş olmayacak mıydı? Babasının bu kadar sert olmasının sebebini anlayamıyordu. "Belki de beni yıldırmak için yapıyordur, şimdi vaz geçip, döner", diye düşündü. Ama, Eminof hiç bir şey konuşmadan odadan çıktı. Her şey bitmişti. Senelerdir öğretmeni, arkadaşı, akıl hocası olan, ona sevgi, destek veren babası küsmüş, gidiyordu. Geniş holün, üst kata çıkan merdivenlerine geldiğinde, bir basamak çıkıp durdu, ağır ağır geriye dönerek konuştu:

"Seyit, sabah kalktığımızda burada olmasan, herkes için iyi olur."

Genç adam, babasına doğru koşmak istedi. Ayakları yere çakılmıştı. Bacağını sürüyerek bir defa öne çekti ve durdu.

"Babacığım sizi çok seviyorum. Ama onu da seviyorum. Onunla olmakla, aranızda seçim yapmış olmuyorum, ne olur anla beni!" diye haykırmak istedi. Ama, dudakları inatla kapanmış, susuyorlardı.

Boğazında düğümle yutkundu.

"İstediğin buysa..."

"Benim değil Kurt Seyit, senin istediğin bu. Ve istediğini yapmakta sebestsin."

Seyit kapıya doğru yürürken, akmayan göz yaşlarının parlattığı gözlerini, son bir gayretle, babasına çevirdi.

"Biliyor musun baba, zannettiğin gibi bana söylediğin şeylerin hiç birini unutmadım. Bir keresinde demiştin ki; "Hayatta hiç bir şeye sevinmek için de acele etme, üzülmek için de..." Biliyor musun? Çok haklısın..."

Sokak kapısını çektiğinde, içinin bomboş olduğunu hissetti. Kendi topraklarında, evinde yalnız kalmıştı, yapayalnız. Yalnız Shura ile... Olanlara inanamıyor, inanmak istemiyordu. Babasının, kapıyı açıp, kendisini çağıracağı ümidi ile bekledi.

Baba Eminof, tek ayağı hâlâ ilk basamakta, merdivenin trabzanına tutunmuş öyle kalmıştı. Kötü bir rüyaydı olanlar. Beş dakikalık bir konuşmayla, öz oğlunu, en düşkün olduğu, hayâllerini bağladığı evlâdını, hem de tam yeniden kavuşmuşken, nasıl kaybetmiş olabilirdi? Seyit'in kapıyı çalıp, kendisinden af dilemesini bekledi.

Uzun süren sessizlikten sonra, baba evinde artık istenmediğine inanan Seyit, kalbi kırık, oradan uzaklaşmaya başladığında, Mirza Eminof da, oğlunun verdiği kararla, artık, kendilerini hayatından silmek istediğinden emin, ağır ağır yukarı kata çıktı. Birden, yaşlandığını hissetti. Onu ayakta tutan dayanaklarından birini kaybetmişti.

Seyit, atını çözüp ahırdan çıkarırken, evden koşarak gelen Celil'i gördü. Celil üst katta, hemen merdivenin karşısında olan odasının açık kapısından, baba, oğulun son konuşmalarını duymuştu. Baba Eminof'un, düşünceli ve çökmüş bir ifade ile, yukarı kata çıkıp, odasına gitmesini beklemişti. Kendi durumunun da Seyit'ten bir farkı olmaması, onu da o evde aynı derecede suçlu yapıyordu. Derhal toparlanıp, Seyit'i yakalamak üzere evden fırlamıştı. Sabaha, bütün ev halkının şok yaşayacakları kesindi. Duyduklarına ve olanlara Celil de inanamıyordu. Böylesine sevgi, böylesine bağlılık, bu kadar çabuk kopabilir miydi? Aslında sonuçtan, daha yumuşak davranmadığı için arkadaşını sorumlu tutuyordu ama hiç bir şey söylemedi. Seyit'in şu anda dersten çok yakınlığa, anlayışa ihtiyacı vardı. Omuzuna eli ile vurarak, onun derdini paylaştığını gösteren bir bakış attı. Sonra, arkadaşının sol dizinin altından, elleri ile destek verdi. Seyit kendini yukarı doğru çekip sağlam bacağını hayvanının üzerinden aşırtarak eğere yerleşti.

"Sağ ol Celil."

Aralarında başka bir konuşma geçmedi. Adeta yürüyüşle Sadovi caddesini geçen atlar, sonra tırısa kalktılar. Deniz istikametine giden çınarlarla çevrili yola girdiklerinde, kıyıdan gelen tuzlu su kokulu rüzgâra karşı dörtnala gidiyorlardı.

Tatiana derin bir uykuya daldıktan sonra, ilk defa bulunduğu yabancı bir yerde gözünü uyku tutmayan Shura, dışarı çıkıp, karanlıkta çardağın altındaki sedire oturmuştu. Deniz ve yosun kokusu, toprağın taze bereketli kokusu ile karışıyordu. Rüzgârın, saçlarını, eteklerini karıştırırken çıkardığı sesler, yaprakların, yeni sarmaya başlamış sarmaşıkların seslerine karışıyordu. Arada, bağların bitiminde, kayaların dibinde patlayan denizin sesi hepsini bastırıyordu. Seyrettiği vahşi tabiatın, aslında geride bıraktığı hayattan ne kadar daha emniyet verici olduğunu düşünen genç kadın, sırtına almış olduğu, Seyit'in ceketine biraz daha sarındı. Yanağını ceketin geniş yakasında dolaştırırken gözlerini kapadı. Seyit'in kendisini sarmalamış olduğu düşüncesi ile, kulaklarında rüzgâr ve deniz sesi, hayâllere daldı. Daha evvel yaşadığı hayatı, artık, denizler kadar ötedeydi onun için. Çok güzel günlerdi. Ama güzel günler yaşanmış ve bitmişti. Artık bitmiş olan bir hayatı özlemenin manâsı yoktu. Şimdi hiç tanımadığı bir yerde, tanımadığı, âdetlerini bilmediği insanların arasına gelmişti. Kislovodsk'a kim bilir ne zaman dönebilecekti? Belki de hiç bir zaman. Belki de o gün geldiğinde Seyit kendisi ile dönmeyecekti. Birden, şimdiden bilemeyeceği şeyleri düşünüp kafasını karıştırdığı için, kendi kendine kızdı. Gözlerini açtı. Hayâl kurmak yerine, şu an içinde olduğu anı yaşaması lâzımdı. Şimdiye kadar ne kendilerinin plânladığı gibi olmuştu ki? Her şeyi zamana ve kadere bırakmak en iyisiydi. Seyit'le ilk beraber olduğu gece de, sırf o geceyi yaşamak için sevişmemiş miydi? Delikanlının ertesi gün kendisini isteyip istemiyeceğini bilmediği halde, onun olmamış mıydı? Ateşli bakan bir çift lacivert göz uğruna, yatağını paylaşmamış mıydı? Şimdi onunla kalmak için her zamankinden fazla sebebi vardı. Ve, kader onları ayırana kadar da beraber kalacaktı. Seyit'le olan beraberlikleri düşüncelerini kaplarken, vücudunun ısınmaya başladığını hissetti. İnce parmaklarını boynunda gezdirdi. Oldukça serin esen rüzgâra rağmen, teni ateş gibiydi. Erkeğinin şu anda yanında olup kendisini sarmasını, öpmesini, kolları arasında sıkıp, sevişmek isteyen gözlerle bakmasını istiyordu. Onu özlemişti bile. Nasılsa geleceğini düşününce, kalbi hızla çarpmaya başladı. Onunla yine beraber olacağı anın heyecanı ile, vücudunun kesildiğini hissediyordu. Ceketin yakasını açarak, boynunu, gerdanını rüzgâra teslim etti. Serin hava, alev alev yanan teninin üzerinde yosun kokuları ile dolaşırken biraz titredi. Başını geriye attı. Gökyüzündeki yıldızların çokluğu ile şaşkın, mutluluktan yarı sarhoş, hafif hafif bir şarkı mırıldanmaya başladı.

Soğuktan neredeyse donmak üzere olduğunu hissedince, içeri

girmek üzere ayağa kalktı. Dörtnala gelen atlıların sesini duyduğunda heyecanlandı. Daha sabaha bir kaç saat olmasına rağmen, Seyit'le Celil dönmüştü. Shura, koşarak onların yanına geldiğinde, sevgilisinin bakışlarından, bir şeylerin yolunda gitmediğini anladı. Tam sormaya hazırlanıyordu ki, Celil'in, kaşlarını kaldırarak sessiz bir uyarıda bulunması ile, vaz geçti. Sevdiği erkeğin yanına yaklaşıp, kollarıyla onun beline sarılarak başını göğsüne dayadı. Seyit, ailesi ile küsmesine sebep olan bu kadına kızması gerektiğini düşündü bir an. Ama tam aksine, kolları arasındaki zarif, uysal ve asil güzelliğin kızamayacağı kadar benliğine işlediğini fark ediyordu. Birlikte, eve doğru yürüdüler. Celil, iki sevgiliyi baş başa bırakarak odasına girdi.

Seyit, sevgilisini elinden tutarak, üst kattaki yatak odasına çıkardı. Denizin üzerine doğru uzanır gibi pencerenin önüne yerleştirilmiş geniş sedire sırtını dayayarak yerleşirken, Shura'yı da yanına çekti. Bir müddet, hiç konuşmadan, sarılıp uzandılar. Seyit, az ileride, toprağın bitip gözünün deniz çizgisi ile birleştiği yerden aşağıya doğru inen yüksekliği düşündü. Şayet oradan atlamış olsaydı bile, şu an içinde hissettiği boşluğu hissetmezdi. Doğup büyüdüğü, at binmeyi ilk öğrendiği topraklarda, baba evinde, kendini ev hasreti ile dolacak kadar yalnız hissediyordu. Memleket özlemi çekiyordu. Onca hayâlle döndüğü yerde beklediği sıcak kucağı bulamamıştı. Özlemine kavuşması için, sevdiği kadından vaz geçmesi gerekti. Bundan daha başka gidecek yeri de yoktu. Her yer buradan daha da yabancıydı onun için.

Shura, gecenin karanlığına rağmen, göğsünde yattığı genç adamın gözlerindeki hüznü fark edebiliyordu. Sabırla, onun kendi kendine konuşmaya karar verip, derdini anlatmasını beklerken, eli ile yüzünü şefkâtle okşadı. Alnının çatıklığı, sinirle kasılmış elmacık kemikleri, genç kadının elinin altında, bir heykelin hatları kadar sert ve donuk duruyordu. Ancak, inatla kapanmış dudakları, kendisine değen parmakların temasını karşılıksız bırakmadı. Seyit, bir eli ile onun bileğini kavrarken, parmaklarının uçlarını tek tek öptü. Sonra, dudaklarını bileğine doğru indirdi. Diğer eli ile, saçlarını topuz tokalarından kurtardı. Shura'nın dağılan saçlarından, hep kullandığı parfümün çiçek kokusu yayıldı. Erkek, avuçları arasındaki sarı dalgaları yüzüne yaklaştırıp koklayarak öptü. Başını öne doğru eğerek onun dudaklarını aradı. Üzüntülerini, yalnızlığını, hiç bir zaman bitmeyecek özlemlerini, kucağındaki aşk dolu çocuk kadının yüzünde, saçlarında, vücudunda unutmak istiyordu. Shura, erkeğinin arzusuna cevap vermeye çoktan hazırdı. Saatlerdir hayâlini kurduğu beraberlikleri, işte yine gerçek oluyordu. Seyit burada ve onunlaydı. Gittiği zaman nerede ve kiminle olduğunu, neler yaşadığını merak etmek istemiyordu. O anlatana kadar hiç bir şey sormayacaktı. Mühim olan, şu anki beraberlikleriydi. Seyit'in bacağına fazla ağırlık vermemeye çalışarak, onun bedeni üzerine uzandı. Üzgün yüzünü, boynunu öperken, gömleğinin omuzundaki düğmelerini açtı. Bir kaç saniye içinde kendilerini kaybetmişlerdi. Genç adam, sevgilisinin sırtından sardığı ceketinin altında, vücudunun sabırsızlıkla sevişmeyi beklediğini biliyordu. Ona daha sıkı sarıldı. Çocukluğundan beri yabancı olmadığı yalnızlıkla, üşüme hissi, yine gövdesini sarmıştı. Belinden ve omuzlarından kavrayarak, sertçe, kendisine çekti. Ancak, onun sevgisinin ve gövdesinin sıcaklığında, yalnızlık nöbetini geçiştirebilirdi. O, şu an bütün dünyada, koca Rusya'da kendisine sevgi verebilecek tek insandı. Aşkını karşılıksız ve sabırla sunacak tek kadındı. Bir gün ayrılmaları gerekeceği, onsuz kalacağı düşüncesi ile, hareketleri hoyratlaştı. Ona bir an evvel sahip olmak, kopmamak üzere kendisine bağlamak istiyordu sanki. Shura, Seyit'in şimdiye kadar hiç tanımadığı hırçınlığından rahatsız olmamıştı. Öpüşleri, okşayışları ile, ona aynen karşılık vermeye başladığında, kendisi de şaşkındı. Bu geceki Shura'nın daha evvelki sakin, yumuşak genç kızla bir ilgisi yoktu. Sabırsız, aşka susuz, çılgın bir kadın gelmişti onun yerine. Çok mesuttu. Gece, bir sihir gibi sarmıştı etraflarını. Rüzgâr, ta aşağılardan duyulan dalgalar, kayalara vuran köpükler, minik mermer havuzun şırıltısı, bütün sesler, vücudunun hareketlerini yönlendiriyordu adeta. Tabiatın ortasında, tabiat kadar vahşi bir aşk yaşıyorlardı. Bir ara, başını küçük bir zevk çığlığı ile arkaya attığında, pencerenin dışında, tek şahitleri olan yıldızları gördü. Mutluluktan sarhoş olmuştu. Yıldızlar yıldızlar, tekrar dalgaların şehvetle vuruşları, köpürdeyen dalgalar... ve gözlerinden inen yaşlara mani olamadı.

Bir hafta sonra, Celil ve Tatiana, Poltova'ya gitmek üzere arkadaşları ile vedalaştılar. Bu arada Celil, Seyit'in haberi olmaksızın, bir kaç defa baba Eminof'u ziyaret ederek onu sert tutumundan vaz geçirmeye çalışmış ama muvaffak olamamıştı.

Eminof, oğlunun gelip, gönlünü almasını isterken, Seyit de babasının bir haber gönderip, kendisini çağıracağı günü bekliyordu.

Genç adam, bağdaki evin kendilerine devamlı bir mekân olamayacağını biliyordu. Orada kaldıkları müddet zarfında, babası bir kez olsun uğramamıştı. Halbuki, bütün gününü bağda geçirdiği mevsimdeydiler. Seyit, Aluşta limanına bakan tepelerden birinde, satılık bir ev buldu. Moskovalı bir tüccarın yazlığı olarak inşa edilmişti. Ağaçlar arasında, tek katlı fakat oldukça büyük, güzel bir evdi. Shura görür görmez eve hayran oldu. Özellikle yatak odası, hayâl edebileceği en güzel manzaraya sahipti. Ön cephedeki salon ve odaların pencereleri, denizi, resim çerçevesi gibi içine alıyordu. Seyit, bir gün bağda gördüğü Kâhya Cemâl'e, babasının evinden almayı arzu ettiği özel eşyalarının listesini verdi. Konuşmalarından bir kaç saat sonra kapılarını çalan emektar, yanındaki genç çocuğun yardımı ile, Seyit'in istediklerini arabadan indirmeye başladı. Yeniden bir evleri olmasının heyecanı ile koşuşturup duran Shura'ya kibar bir selam verdikten sonra, Seyit'e hitapla, Türkçe konuştu:

"Hiç iyi olmadı bu iş küçük bey, hiç iyi olmadı. Sizi özleyeceğiz hepimiz."

Seyit, artık iyice yaşlanmış olan adamın sırtını okşadı.

"Hayıflanma Cemâl kâhya. Zaman her şeyi halleder inşallah."

"Zahide hanım ağlayıp duruyor, Guvardia Eminof da üzgün ama babadır işte, dediği dedik olsun ister, ne yaparsın?"

Seyit'i elinde büyütmüş olmanın rahatlığında, bir amca yakınlığı ile konuşan kâhyanın, üzüntüsünde ne kadar samimi olduğu belliydi.

"Babamı üzmek istemem Cemâl kâhya, ama ne yapalım... kısmet ayrı olmamızmış."

Eşyalar içeriye taşınmıştı. Bir kaç ceviz sandığın içine giyecekler, kitaplar yerleştirilmişti. Bir de Çar Nicholas'ın Seyit'e sünnet düğünü armağanı olan siyah lâke üzerine resimlerin renklendirildiği, üzerinde bronz horoz olan sandık gelmişti. Seyit, yıllardır, neredeyse unuttuğu, kıymetli hediyesini sevinçle salona taşıdı.

O akşam, henüz fazla bir eşyası olmayan salonda, yerlerdeki büyük yastıklar üzerinde uzanıp, yeni evlerinin keyfini çıkardılar. Evin ön cephesinde, Karadeniz'i kucaklar gibi açılan pencerenin önüne yerleştirdikleri piyano, onun yanı başında Seyit'in yatak odasından gönderilen sehpa ve şöminenin önündeki siyah sandık, evlerinin en kıymetli parçalarıydı. Seyit'in mutfağa girip ustaca pişirdiği proçkilerle, bağdan gelen eski bir şişe şarap, gecenin yemeği oldu. Sonra, şöminenin karşısında, yastıklara uzandılar. Shura, önce çok keyifliydi. Bir şarkı söylemeye başladı. Derken, keyfin yerini hüzün aldı, gözlerindeki yaşı engelleyemedi. Kendisini, söylediği parçanın acıklı, çaresiz aşk hikâyesine bıraktı. Ne yapsalar, ne kadar mutlu olsalar, en keyifli anlarında bile, hüzün onları yakalıyordu. Aslında hüzün hep onlarla beraberdi.

İncecik tül cibinliğin sardığı pirinç yatağa girdiklerinde, beraber olduklarından bu yana ilk defa, sevişmeden yattılar. Çıplak vücutları ile birbirlerine sarılıp, odanın iki yanında yer alan pencerelerden uçsuz bucaksız denizi seyrederek, sessizliğe gömüldüler. İlk defa, sarılmaları, okşamaları şehvete dönüşmüyordu. Temaslarında sadece şefkât ve yalnızlıklarını paylaştıran bir duygusallık vardı. Mutlu bir başlangıç yapmaya hazır oldukları bu gece, aslında geleceğin ne kadar çaresiz ve mutsuz olduğunu fark etmişlerdi.

Aluşta'da hayat daha evvelki yıllardan pek farklı geçmiyordu. Her şey o kadar sakin ve asude görünüyordu ki, Shura aynı memleketin bir başka ucunda olduğuna neredeyse inanmak üzereydi. Seyit'in Petrograd'daki arkadaşlarından zaman zaman gayet kısa ve temkinli yazılmış mektuplar alıyorlardı. Uzun süre Livadia'da saklanan Osman da Yalta'ya dönmüş, ve gelip onların misafiri olmuştu. Onun anlattıkları da, geride bıraktıkları günden bu yana, her şeyin çok daha korkunç olduğunu gösteriyordu. İhtilâli gerçekleştirenler, artık, fikir ayrılıkları ile birbirlerine düşmüşlerdi. 17 Mayısta, Trotsky'nin de, taraftarları ile beraber dönüşü, Bolşevik kanadının gücünü arttırırken, Menşevikler ve ordunun bazı generalleri kendi yönetimlerinin zamanı geldiğine inanıyorlardı. Haziran, Temmuz ve Ağustos ayları, bir grubun veya diğerinin, üstünlüğünü kabul ettirmek üzere başlattığı sokak isyanları ile geçmişti. Toprak sahiplerinin saltanatına son verilip, arazilerin köylüye dağıtılacağı sözü ile, binlerce köylü, çiftlikleri, tarlaları basıp kendi sözde devrimlerini gerçekleştirmeye başlamışlardı. Bu arada düşman belledikleri mal sahiplerini katletmekten de çekinmiyorlardı.

Toprakların köylüye dağıtılması, fabrikaların kontrolunun tamamen işçilere verilmesi ve o güne kadar aristokratların, burjuvazinin tükettiği söylenen erzağın el değiştirmesi üzerine verilen sözler, sokaklara zengin ve mutlu olma hayâli ile dökülen yüz binlerin gözünü karartmıştı. Ne olacaksa bir an evvel olsun istiyorlardı. Toprakları, fabrikaları, güzel evleri istiyorlardı.

Kırım ise, bu huzursuzlukları henüz uzaktan izliyordu. Yine de belanın er, geç onlara da ulaşacağının bilincinde, huzursuz ve sakin bir bekleyiş içindeydiler.

Bağlardaki üzümler, tarlalardaki buğday, tütün çoktan toplanmış, toprak, bahara yeşermek üzere, uykuya yatmıştı. Yapraklarını hiç dökmeyen ulu ağaçların dışında, yer, gökyüzü, deniz, her şey, kışı yaşıyordu. Günler, genelde güneşli olmasına rağmen, kısa ve ayazdı. Shura, hâlâ kış gelmiş gibi hissetmiyordu ama yaz aylarında yaşadığı inanılmaz güzelliğin ardından, kışı sevmediğini düşünüyordu. Havalar soğuduktan sonra evin içine tıkılıp kalmıştı. Salonun penceresinden, azgın dalgalarla köpüren denize bakarken içini çekti.

"Saçmalıyorum" diye düşündü. Bu düşündüklerinden hiç birini artık yapamazdı. Sebep de burada olması değildi. Kislovosdsk'da da hayat artık aynı yaşantıyı yaşamasına müsaade etmeyecekti. Orada da hayat değişmişti. Piyanonun tuşları üzerinde, işaret parmağını boydan boya gezdirerek yürüdü geçti. Yatak odasındaki küçük yazı masası üzerinde yarım bıraktığı mektubunu tamamlamak üzere oturdu. Annesine yazıyordu. Daha evvel yazdığı mektuplara cevap gelmediğinden, meraktaydı. Kötü bir şeyler olmasından korkuyordu. Mümkün olduğunca kısa yazmaya dikkat gösterdi. Hem kalın bir mektubun dikkat çekeceğinden korkuyordu, hem de bir başkasının eline geçtiği takdirde bütün hayatlarının öğrenilmesini istemiyordu. Mektubunu bitirince zarflayıp, ertesi gün postalanmak üzere, masanın üzerinde bıraktı. Tam o sırada Seyit'in sesini duymuştu. Heyecanla kapıya fırladı. Hâlâ, sevgilisi ile ilk defa buluşacak küçük bir kız gibi heyecanlanıyordu, Seyit'in her gelişinde. Kapı kapanır kapanmaz sarmaş dolaş oldular. Kaçak hayatlarında kendilerine mutlu bir dünya yaratmayı öğreniyorlardı artık. Yanılıyor muydu yoksa? Seyit'in yüz ifadesinde mutsuzluktan başka bir şey göremiyordu şu an. Ürkerek geri çekildi. Sevdiği erkeğin yüzünü her üzüntülü ve kararsız görüşünde, kendisinden ayrılacağı korkusuna kapılırdı. Yine aynı şey olmuştu. Birden, Seyit'in elinde bir mektup fark etti. Genç adam, düşünceli ve ağır adımlarla, içeri geçip kendini koltuğa bıraktı. Shura, çekinerek, kenarda bekliyordu. Onu, artık, iyi tanıyordu. Sıkıntısını paylaşmak istediği zaman, kendi açılırdı. Ayakta durup, yüzüne bakarak bekledi. Sonra, onun bakışlarını yakalayınca, gözlerinde sevgi ile, yaklaşıp yanına oturdu. Seyit elindeki mektubu uzattı. Genç kadın şüpheyle eline aldı, okumaya başladı.

Mektup Sergei Moiseyev'den, Mehmet Eminof'a yazılmıştı. 8 Kasım tarihliydi. Shura, kâh nefesini tutarak, kâh duyduğu üzüntüyle, boğuk çığlıklar atıp hıçkırarak okudu.

Acele ile yazıldığı belli olan mektupta, 7 Kasımda duruma artık Bolşeviklerin hakim olduğu yazıyordu. İhtilâle karşı koyması için cepheden gelen General Krasnov komutasındaki Kazak birliği ile onlara şehir merkezinde destek vermeye uğraşan askeri akademi öğrencileri katledilmişlerdi. Şehir bir kâbusun içindeydi. İhtilâlciler evleri işgâl etmişlerdi. Sergei Moiseyev, karısı Olga ile beraber, mutfağın yanındaki kilerin kendilerine verildiğini, bir komitenin emirleri doğrultusunda yiyecek dağıtıldığını yazıyordu. Mektubu en emin şekilde göndermeye çalışacağını, bulunursa kendisini öldürebileceklerini söylüyordu. Okuyunca yakıp yok etmesini isteyerek, eski güzel günlerin hatırasında onları hep anacaklarını not etmişti.

Shura, bütün vücudunun, dimağının uyuştuğunu hissediyordu. Ayağa kalktı. İlerdeki yatak odasına geçerek, biraz evvel Kislovodsk adresi ile kapattığı mektubu eline aldı. Hiç bir zaman yerine ulaşamayacak mektuba ağlayarak baktı. Sanki annesinin, kardeşlerinin bir daha göremeyeceği yüzleri zarfın üzerindeydi. Elinde mektupla geri döndü ve şöminede gürültülerle yanan kütüklerin arasına attı. Gücü tükenmişti. Dizleri üzerinde yere çöktü, alevler arasında kül kül uçuşan mürekkep lekelerine bakarken alçak sesle ağlıyordu. Seyit onun yanına gelip oturdu. Yüzünü, avuçları arasına alıp yaşlarla ıslanmış yanaklarını öptü. Shura, erkeğinin yüzüne bakarken, doğduğu, büyüdüğü şehirden kalan tek hatıraya bakar gibiydi. Kendini onun kollarına bıraktı. Göğsüne kapanıp, uzun müddet ağladı. Sonra çaresi kalmamış insanların dertlerini kabullendikleri bir sessizliğe gömüldü. Seyit, kucağında, korumasız, ümitsiz yatan genç kadını, çocuk uyutur gibi, tatlı tatlı kolları arasında sallarken, kaderin onu burada bırakmayacağını hissediyor gibiydi. Kaderi onu sürüklüyordu. Gelebileceği en son noktaya gelmiş zannederken, buradan da sürüklenecekti. Ama nereye? Artık Rusya topraklarının sonundaydı işte. Biraz ileride, tepenin bitiminde deniz vardı ve koca Rusya bitiyordu. Daha nereye kaçacaktı? Nereye? Nereye? Nereye?... Kafasının içinde aynı soru beynini dövüyordu. Ya Shura? Her kaçışında onu da götürebilecek miydi? Genç kadının geri dönmesi artık imkânsızdı. Kırım'da yalnız yaşaması da aynı derecede zordu. Neler olacaktı, daha neler yaşayacaklardı? Dudakları, göğsünde bitkin uyuyup kalan sevgilisinin saçları arasında, kıpırdamadan oturdu. Şöminenin alevleri kora dönüştüğünde, gece yarısını çoktan geçmişti. Seyit hâlâ uyanıktı. Daha, uykusuz geçireceği bir çok geceler de sıradaydı.

1918 Yılı beraberinde fazla bir güzellik getirmeden gelmiş, yine problemleri ile birlikte geçip gidiyordu.

Almanlar'la harbin devam etmesinde bir fayda görmeyen Sovyet yönetimi, Lenin'in kararlılığı doğrultusunda, Brest-Litovsk anlaşmasını imzalamıştı. Ancak, bu anlaşma ile verilen tavizler, hükümet içinde yeri olan sağ görüşlü sosyalist grubun ayrı bir tavır almasını doğurmuştu. Rusya'nın açlıktan inlediği günlerde, trenler dolusu savaş ve yiyecek malzemesi, petrol, deri ve bakırın Almanya'ya yollanması, sağ kanat sosyalistler gözünde Bolşevikleri vatan haini kılıyordu. Müttefikler ise, Bolşeviklerin Almanlar'ı açıkça beslediğini söylüyorlar ve bunun durdurulmasını istiyorlardı.

Petrograd ve Moskova, çeşitli devletlerin casusları ile kaynıyordu. Müttefikler, Menşeviklerin gücünü kullanarak, Almanya'ya giden malzemeyi durdurmaya çalışıyorlardı.

Bu arada, Solcu Sosyal Devrimciler de, Sovyet hükümetinin icraatı ile ilgili olarak, hayâl kırıklığına uğramışlardı. Zira, köylerden toplanan bu grup, kendilerine dağıtılacak tarlaların bağların hayâlini kurarken, Bolşeviklerin, tamamen işçi sınıfını egemen kılmak üzere geliştirdikleri program, beklediklerinden çok farklıydı. Ayrıca toprak sahipliği burjuvadan alınıp, bu defa Sovyete verilmişti. Ekip biçtiklerinin de, ihtiyaçlarının üzerinde olan kısmı, yine Sovyetin kullanımına bırakılacaktı.

Nihayet, Sosyal devrimcilerin sağ kanadı, Bolşevik karşıtı bir girişimde bulunma cesaretini gösterdi. Almanlar'la yapılan anlaşmayı bozmak ve müttefiklere yardımcı olabilmek için mücadeleye girdiler. Almanya'ya gitmek üzere yüklenen trenler, geçeceği köprüler havaya uçuruldu. Moskova'daki Alman sefiri Kont Wilhelm von MirbachHarff'ın 6 Temmuz'da öldürülmesi ile, Almanlar'ın Bolşevikler'le yaptıkları anlaşmayı bozması ümit ediliyordu.

Bu programı yöneten Boris Savinkov, Moskova'nın 300 km. kadar kuzeyinde bulunan Yaroslavl'ı işgâl etti. Ancak, Moskova ve Petrograd'dan gelen Kızıl Ordu birlikleri, iki hafta içinde duruma el koydular.

Hükümet kurulana kadar Bolşeviklere destek veren diğer kanatların hoşnutsuzluğu ve o arada harpte Rus saflarında savaşmış olan Çek askerlerinin Bolşeviklerle girdikleri silahlı çatışmalardan sonra, Sibirya'ya, Vladivostok'a hakim olmaları, Bolşevik grubunu son derece huzursuz etmişti. 31 Temmuz geldiğinde, neredeyse Sibirya'nın tamamı Kızıllardan temizlenmişti ve Çek askerleri batıya doğru saldırıya devam ediyordu.

Amiral Kolchak'ın, Omsk'da devrim karşıtı bir hükümet hazırlığında olması, Bolşeviklerin telaşını arttırdı. Beyaz ordunun duruma hakim olarak ilerleyişi ve kendilerini devirmeyi plânlayan bir hükümetin varlığı, Çarlığın yeniden yaşatılacağı korkusunu beraberinde getirmişti. Bütün bu karşı çabalar, Çarı, Çarlığı ve burjuvaziyi kurtarmak için yapılıyorsa, o zaman bundan kurtulmanın bir çaresi kalıyordu.

16 Temmuz'u 17'ye bağlayan gecenin bir buçuğunda, aylardır Ekaterinburg'da hapis hayatı yaşayan Çar Nicholas Alexandrovich Romanof, karısı Çariçe Alexandra Feodoravna ve beş çocukları kaldıkları yerden mahzene indirildiklerinde, etraflarında kendilerinin yardım sesini duyacak bir kul yoktu. Sovyetin yargılamaya gerek görmeden hakkında infaz kararı verdiği Romanoflar, bir kaç dakika içinde, Bolşeviklerin üzerlerine yağdırdıkları kurşunlarla katledildiler. Katliamı, gözlerini kırpmadan, büyük bir sadistlikle gerçekleştiren Yakov Sverdlov ve adamları, Çar ailesinin üzerlerindeki son mücevherleri de

yağmaladıktan sonra cesetleri asitle yaktılar.

Nesillerdir söylenen imparatorluk marşı artık susmuştu. "Tanrı Çar'ı korusun!"...

Tanrı'nın koruyacağı bir Çar artık yoktu. Çar'ın ölümü, Beyaz Ruslar arasında büyük dehşet yarattı. Kimi, duydukları habere inanmak istemiyordu. Çaristlerin şevkini kırmak için uydurulmuş bir haber olduğunu düşünenler vardı. Aslında, sadece, korkunç sonu kabul edemediklerinden, kendini oyaladıkları kuru hayâlden başka bir şey değildi bu.

Yaroslavl'daki yenilgisinden sonra tekrar ortaya çıkan Boris Savinkov ve taraftarları, Çarlık rejimini yaşatabilmek için mücadelede ısrarlı görünüyorlardı. 30 Ağustosta, Savinkov'un ajanlarından Fanny (Anna) Kaplan isimli genç kadın, Lenin'i Moskovadaki bir toplantıdan ayrılışı sırasında vurdu. Ertesi gün de, Olağanüstü Komisyon olarak kurulan Cheka'nın Petrograd bölgesi başkanı olan Uritsky vurularak öldürüldü. Cinayeti Sosyal devrimci kanat üstlenmişti.

1917'de kurulan Cheka'nın, toplu tutuklamalara, mahkeme ve infaz etmeye sonsuz yetkisi vardı. Lenin'in yaralanması, liderleri Uritsk'in ölümü üzerine, Bolşevikler misilleme yapmaya karar verdiler. Moskova ve Petrograd'da, Çarlık rejiminin temsilcilerinden beşer yüz kişi aynı gece kurşuna dizildiler.

Artık Rusya'da kızıl terör esiyordu.

1918 Ağustosunda, her türlü özel alım, satım yasaklanmıştı. Mal mülk sahibi olanlar, her şeylerini Sovyete teslim etmek zorundaydılar. Ücret politikası tamamen değişmişti. Artık, işçilere, para yerine kupon, kart veriliyordu. Çiftçilerin, ev ihtiyaçlarının dışındaki bütün ürünü Sovyete teslim ediliyordu. Ancak, karşılığında ileriye dönük sözlerden başka bir şey alamıyorlardı. Zaten, savaşın harab etmiş olduğu ulaşım, dağıtım sisteminin karışıklığı ile, iyiden iyiye felce uğramıştı. Rusya, tarihinin en büyük kıtlıklarından birini yaşıyordu.

Merkez bölgeleri kontroluna almış olan Bolşevikler, artık, süratle, güneye doğru inmeye başlıyorlardı. Birbirine zincirleme bağlı komiteler, özellikle verimli toprakların olduğu bölgelerde, bir an evvel mutlak bir Bolşevik egemenliğini oturtmak üzere görevlendirilmişlerdi.

Kızıl ordunun infaz listesinde olduklarını bilen Celil, Tatiana ile beraber, Temmuz sonunda Poltova'dan ayrılarak Yalta'ya gelmişti. Seyit ve Shura'nın yanında kalıyorlardı. Gençler, tekrar bir araya gelmiş olmaktan çok mutluydular. Şimdi, onları her zamankinden fazla birbirine bağlayan bir güç vardı. Bu arada, Bahçesaray'da Bolşevik istilasına karşı bir Kırım ordusu kurulmaya başlandığı haberi geldi. Seyit, her ihtimâli düşünerek, kendilerinin de hazırlıklı olmaları gerektiğini biliyordu. En son, Omsk bölgesinde, Bolşevikler'e karşı mücadele vermiş olan eski dostlarından Alupta'ya kaçanlarla temasa geçti. Onların ellerinde kalan son silahları satın almak üzere anlaştı. Silahlar büyük bir gizlilikle, gübre taşıyan arabaların içinde bağa getiriliyordu. İsmail Efendi ve oğlunun yardımı ile, Seyit, silahları, teker teker, asmaları taşıyan çotukların yerine gömdü. Dikkat çekmemek için, bir kaç gün, bazen de bir iki hafta ara ile gelen arabalar gece yarısından sonra boşaltılıyordu. Seyit ve Celil, kendi elleri ile silahları gömerlerken, İsmail Efendi etrafa göz kulak oluyordu. Cırcır böceklerinden başka ses duyulmayan sakin gecelerde, toprak her basılışında, her avuçlanışında sanki sesi yankılar yapıyor gibi geliyordu. Yorgun, bitkin, üstü başı perişan eve dönen Seyit'e, Shura hiç bir soru sormuyor, onu merakla izliyordu. Aralarındaki müthiş aşkta değişen bir şey yoktu ama erkeğin her zamankinden daha durgun ve düşünceli hali, geceleri esrarengiz yok oluşları, genç kadını korkulu bir bekleyişe itiyordu.

Mahmut ve Osman, babalarından gizli olarak, sık sık ağabeylerini ziyarete geliyorlardı. Onların gözünde Seyit'in hiç bir yaptığı kötü olamazdı. Ona adeta tapıyorlardı. Shura ile de aralarında yakınlık kurulmuştu. Genç kadın, delikanlılar kendisine karşı çegingenliklerini ve şüphelerini atana kadar, sabırla, mesafeli bir tavırla beklemişti. Zamanla, onun kim olduğunu, her şeyi bırakıp ağabeyleri ile bu zorluğa katlandığını öğrenen Mahmut ve Osman, bu güzel yabancı kadına, saygı dolu bir yakınlık duymaya başladılar. Şimdiye kadar 'metres' kelimesi ile kafalarında birleşen kadın tipi, o kadar farklıydı ki. Shura'nın şahsiyetinin, böyle bir kadının özellikleri ile bağdaşan hiç bir tarafı yoktu.

Ağabeylerinin evine yaptıkları ziyaretleri, sadece, Cemâl kâhya biliyordu. Gelemedikleri zaman da, haberlerine aracılık yapıyordu.

Serin bir geceydi. Yemekten sonra, Seyit, yatak odasında, açık pencerenin önünde, masasında bir şeyler karalamakla meşguldü. Shura'nın piyanoda çaldığı parça, sakin, sıcak bir yaz gecesinin adeta notalara dökülmüş şekliydi.

Süratle evin önüne yanaşan arabanın sesi ile, ikisi de yerlerinden kalktılar. Gelen, Seyit'in küçük kardeşi Osman'dı. Telaş içindeydi. Etrafına acele bir göz atarak eve girdi. Nefes nefese kalmıştı.

"Seyit ağabey, geldiler! Saklanman lâzım, kaç buralardan."

Seyit, kardeşinin on sekiz yaşının verdiği heyecanını yatıştırmaya çalıştı. Onun ensesine şefkâtle vurdu.

"Hey dur bakalım, yavaş, bir nefes al, anlat."

"Bolşevikler buradalar, ana meydandaki binalardan birinde karargâh kurmuşlar. Hepsi silahlı. Ağabey, kaç buralardan ne olur, hemen bu gece kaç!"

Shura paniğe kapılmış, ellerini oğuşturarak Seyit'in göstereceği reaksiyonu bekliyordu. Düşündüğünün aksine, genç adam hiç telaşlanmadı. Osman'ın omuzunu okşadı.

"Sağ ol kardeşim, bu yaptığını unutmayacağım... ama bu gece hiç bir yere gidemem."

Genç çocuk ileri atıldı.

"Ama..."

"Bu gece olmaz Osman, daha değil."

"Yarın sabah o zaman."

"Yarın da erken. Burada daha biraz işim var."

Kardeşi de, sevgilisi de onun çıldırdığını düşünmeye başlamışlardı. Genç çocuk, neredeyse ağlamaklı bir sesle, yalvarıyordu:

"Ne olur Kurt Seyit, yarın sabah bizim evdedirler bu adamlar. Seni bulmaları da bir kaç saaat sürmez. Kaç git, vakit varken."

Shura da onu ikna etmek arzusuyla, kendi varlığını hatırlatmanın zamanı geldiğini düşündü. Seyit'in yanına giderek, hafif sesle mırıldandı:

"Seyt..."

Erkek, dönerek, onun dudaklarına bir öpücük kondurdu. Sonra, pencereden aşağıdaki bağlara doğru bakmaya başladı. Shura, onun hiç bir şey dinlemeye niyetli olmadığını anlamıştı. Susup bekledi. Seyit, gözlerini bağlardan sonra limana çevirdi. Daha sonra, kıyıdaki kayaları ve denizi dolanan bakışları, tekrar odaya geri döndüğünde, yüzünde esrarlı fakat inatçı bir ifade vardı.

"Üzülme Osman, telaşlanma. Bu evden ayrılacağız ama henüz Aluşta'dan ayrılma zamanım değil. Bana bir kaç gün gerek."

"Ya o arada seni bulurlarsa?"

Seyit, omuzlarını kaldırıp indirdi. Kaderini karşılamaya hazırdı.

"Kısmet... Kısmet neyse o olur.", dedi.

Sonra, sevgilisine dönerek devam etti:

"Hemen hazırlan. Çok gerekli olmayan bir şeyi alma."

Shura, onun hiç değilse bir plânı olduğunu anlamanın rahatlığı ile, içeriye koştu.

Osman, yalnız kalmalarından istifade, ağabeyine sordu:

"Ne yapmayı plânlıyorsun şimdi? Nereye gideceksin?"

"Bir iki gün bağ evinde kalırız. Sonra ne yapacağıma karar verirsem, size bildiririm."

Osman, ağabeyinin yüzüne, ondan söz bekleyerek baktı konuşurken:

"Seyit ağabey, ne olur, nereye gidersen beni de götür, yalvarırım."

Seyit, onun henüz erkek hatları kazanmaya başlayan genç yüzüne sevgiyle baktı, yanağını okşadı.

"Benim nereye gideceğim, gittiğim yerde ne bulacağım hiç belli değil Osman'cığım. Daha çok gençsin. Bütün ailen burada. Benimle gelirsen sana yazık olur."

"Ama, ben küçüklüğümden beri hep seninle gelmek isterdim. Her uzaklara gidişinde öyle imrenirdim ki sana. Bu defa artık büyüdüm. Beni de götür ne olur."

"Tabi büyüdün, artık genç bir erkeksin Osman. Ama, benimle gelmen, sana ancak belâ getirir. Seni öyle seviyorum ki, yanımda tehlikeye atılmanı istemem."

Osman, göz ucuyla, içeride küçük bir valiz hazırlayan Shura'yı gösterdi:

"Onu sevmediğin için mi yanında götürüyorsun?"

Seyit, delikanlının kıskançlığını anlayışla karşıladı. Onun dalgalı kumral saçlarını karıştırdı.

"Düşündüğümü gerçekleştirirsem, yalnız ben gideceğim Osman, yalnız ben. Yanımda kimse olmayacak. Takip ettikleri benim. Benden uzak durduğunuz müddetçe, hepiniz emniyettesiniz."

Aralarında Türkçe konuşmalarına rağmen, genç kadın konuşulanları tek tek kelimelerle de olsa yakalamaya çalışıyordu. İsmi hiç geçmemişti ama Seyit'in kullandığı "yalnız" kelimesinin anlamını biliyordu.

Seyit, kardeşinin daha fazla onlarla kalmasını istemiyordu.

"Haydi Osman, vakit geç olmadan eve dön. Yollarda yakalanıp başına iş çıkarma."

Sonra söyledikleri, dudaklarından zorla dökülüyordu:

"Canım kardeşim, belki de... bir daha görüşemeyiz... sakın beni görmeye falan gelme. Peşinde olacaklarından eminim. Nasılsa, aylardır ayrı oturuyoruz. Hiç değilse, benimle bir ilginiz olmadığını ispat edebilirsiniz. Beni hiç görmemiş ol ve evinden ayrılma."

Osman itiraz edecek olduysa da, Seyit onu konuşturmadı. Sarılıp vedalaştılar. Delikanlı on sekizine gelmişti ama gözlerindeki yaşı tutamadı.

Bütün lâmbaları söndürüp beklediler. Celil ve Tatya, Alupka'ya, Celil'in yaşlı teyzesini görmeye gitmişlerdi. Seyit, boyuna, pencereden bağlara göz atıyordu. Etrafta bir hareket yoktu henüz. Bir an evvel oraya varıp, sakladıklarını kontrol etmek istiyordu. Sert bir rüzgâr esmeye başlamıştı. Mehtap ışıl ışıl, Karadeniz'in üzerinde yakamozlar yaparak kayıyordu. Her şey ne kadar güzeldi. Tabiatın düzenini hiç bir şey etkilemiyor gibiydi. Shura, üzerine sade bir elbise geçirmiş, sakin tavırlarla, Seyit'in hareketleri için vereceği işareti bekliyordu. Nereye gideceklerini bilmediği gibi, öğrenmek de istemiyordu.

Gecenin sessizliğinde, kapının dışındaki basamaklarda sert ayak sesleri duyuldu. Seyit, çalışma masasından eline aldığı silahla, kapının arkasına geçerken, Shura'ya yatak odasına girmesini işaret etti. Gelen her kim ise, Celil olamazdı. Nefesini tutarak, kapının çalmasını bekledi. Dışarıdaki, ayak seslerinin aksine, kapıyı gayet temkinli yavaş bir sesle vurdu. Neredeyse duyulmayacaktı. Seyit, mermer merdivenlere bakan ince camdan dışarıyı görmeye çalıştı ama karanlıkta, gelenin uzun boylu bir erkek olduğundan başka bir şey anlayamadı. Kapı, aynı yavaşlıkla, tekrar çalındı. Seyit, bir anlık tereddütten sonra, seslendi:

"Kim o?"

Cevap, adeta fısıltı halindeydi ama telaşlıydı:

"Seyt aç benim, Yasef, Yasef Zarkoviç, aç Kurt Seyt, çabuk."

Seyit, bir an, şaşkınlık geçirdi. Onu buralarda doğumunda verilen lâkapla tanıyan bir Yasef olabilirdi. Çocukluk arkadaşı Yasef. Yine de, silahını bırakmadan kapıyı araladı. Dışardaki, kendini hemen evin içine atıp, kapadığı kapıya arkasını yasladı. Seyit, onun bu ani sert hareketine tedbir olarak, geri çekildi. Çocukluğundan bu yana görmediği Yasef Zarkoviç'i tanıyabilme ümidi ile baktı ama karanlıkta fazla bir şey sezemiyordu. Birden, pencerenin dışındaki ağaçların arasından parıldayan mehtap odaya doldu. Seyit, dehşetle, karşısındaki genç adamın Bolşeviklere mahsus kılığını ve kolundaki kırmızı bantı tanıdı.

"Allah beni kahretsin!" derken silahını adama doğrulttu. Nasıl da bir çocukluk anısı adına açmıştı kapıyı. Her şeyin bittiğini düşünüyordu ki, karşısındakinden yine o fısıltılı ses yükseldi:

"Deli misin Kurt Seyt? Bırak o elindekini kuzum. Beni hâlâ tanımadın mı?

"Çok sene geçti."

Seyit'in sesi sert ve soğuktu. Silahını ona doğru tutmaya devam ediyordu. Yalnız, kullanması gerektiği takdirde, etraftan ne kadar dikkat çekeceğini düşünerek gerginleşmeye başlamıştı.

"İndir şu silahı Seyt, lütfen! Sana ziyan vermeye gelmedim. Bak benim elimde silah var mı?"

Hakikaten de Yasef'in tabancası kınında duruyordu.

"Kolundaki nedir öyleyse? Burada ne işin var?"

"Sana bir şey yapmak istesem, kapını vurup gelmezdim her halde, değil mi? Sana yardıma geldim."

Seyit, bir Bolşevik'ten asla iyilik göreceğine inanamazdı.

"Ne oyun oynuyorsun Yasef? Neler yatıyor bunun altında, söyle."

"Fazla vakit yok Seyt, Birazdan onlar da gelirler."

"Kimler?"

"Evler teker teker aranıyor bu gece, seni bulurlarsa ne olacağını biliyor musun?"

"Peki sen buradasın da niye aynı şeyi yapmıyorsun?"

"Yapma Seyt, seninle dost değil miydik biz? Bolşevik olmam demek, eski dostlarımı feda edeceğim demek değil."

"Hiç Bolşevik gibi düşünmüyorsun."

Yasef hafifçe güldü.

"Belki de değilim, kim bilir?"

Sonra, ciddileşerek, acele ile devam etti:

"Seyt, dinle. Bugün bağdaydım, neler olduğunu biliyorum. Kimseye bir şey söylemedim. Bir an önce buradan yok ol. Kaçmana yardımcı olacağım."

Seyit, hâlâ inanmayarak, ona bakıyordu.

"Bunu niye yaptığını anlayamıyorum."

"Soruları bırak şimdi. Eğer ne yapacağını söylersen, sana yardımcı olacağım."

Seyit, şüphe ile durdu.

"Kolunda o bant varken sana nasıl inanacağım?"

"Başka çaren var mı?"

Onun haklı olduğunu biliyordu Seyit. Denemekten başka çaresi yoktu. Onun suskunluğunu, anlaşma cevabı olarak alan Yasef devam etti:

"Yalnız, bana ne zaman ne yapacağını söyleyeceksin. Sana yardımcı olacağım."

Seyit, uzun zamandır sevgilisine, ailesine bile söylemeden plânladığı kaçışını, şimdi kendini öldürmek üzere peşinde olan düşmanlarından birine söylemekte zorlanıyordu. Bunun hepsi bir oyun olabilirdi. Eğer oyunsa, hayatına mâl olacak kötü bir oyun olacaktı. Yasef, son kez, kararlı bir sesle, onu ikna olmaya davet etti:

"Kutsal kitabım üzerine yemin ederim ki Seyt, sana yardıma geldim. Silahlarını kimseye söylemeyeceğim. Nereye yükleyeceksen geçişine yardımcı olacağım."

Seyit, çocukluk arkadaşına inanmaya başlıyordu.

"Bağdan kıyıya inmem gerek."

"Çok çabuk hareket etmen lâzım Seyt. Yarın gece nöbetteyim. Seni kollayacağım."

Seyit, derin bir nefes aldı. Sorması gerekebilecek belki onlarca sorudan vaz geçti.

"Tamam, yarın gece."

"Kılığını kıyafetini iyice değiştir. Yoksa işimi zorlaştırırsın. Bu sabaha karşı bağa uğrarım. Sana tam saatini vereceğim."

Kapıdan dışarıya bir göz atıp çıkmaya hazırlanıyordu ki, bir şey hatırlayıp içeri döndü.

"Seyt, unutma, yalnız ol. Başkası için elimden bir şey gelmez."

Seyit'in bir şey söylemesine fırsat kalmadı. Evin sol tarafından, ağaçların arasından gelen atlıların sesi üzerine, Yasef kapıyı çarparak çekti ve merdivenlerden aşağı yola fırladı. Seyit, karanlıkta, tüllerin kenarından, yola bakarken nefesi tıkanır gibi oldu. Shura ise, heyecanla takip ettiği konuşmaların bitiminde, yatak odasında saklandığı yerden çıkmak üzereyken, yeniden yatağın köşesine sindi kaldı. Gelenler dört beş kişi olmalıydılar. Atların çakıl taşları üzerinde çıkardığı sesler arasında, adamların yüksek sesle bağrışları duyuluyordu.

Seyit, içlerinden ikisinin atlarından atlayıp eve doğru yürümeye başladıklarını gördü. Tuzağa yakalandığını hissetti. Ama Yasef, adamların devam etmesini engelledi.

"Hiç zahmet etme yoldaş, aradığımız kimse yok bu evde. Oradan geliyorum."

İki Bolşeviğin inadı tutmuştu. Evi bir de onlar kontrol etmek istiyorlardı.

Yasef, onların şüphelerini çekmemek için rahat bir tavırla, atına atladı.

"Boşuna vakit kaybediyoruz yoldaşlar. Biz buralarda oyalanırken, kim bilir nerelerde saklanıyor namussuzlar."

Seyit, kendisi için söylenen namussuz sözüne içerleye dursun, Yasef'in tavrı diğerlerini ikna etmiş görünüyordu. Atlarına bindiler.

"Haklısın yoldaş Zarkoviç, biraz da ormandaki evlere bakalım. Pek iyi bilirdi oraları Çar'ın köpeği."

Seyit, beyninin uğuldadığını hissediyordu. Dişlerini hırsla bilerken, kendini dışarı atıp sesini çok iyi tanıdığı atlıyı tepelememek için kendini zor tuttu. Yanılmış olabileceği düşüncesi ile, adamın at üzerindeki gölgesini takip etti. Kolu kırmızı bantlı atlı, hayvanını, olduğu yerde, geldikleri istikamete doğru döndürdüğünde, Seyit artık emindi. Bu, Petro Borinsky idi. Yanındakilerinin tabiri ile; Yoldaş Borinsky.

At sesleri uzaklaştığında, Seyit doğru Shura'nın yanına koştu. Genç kadın, heyecandan ve korkudan, vücudu neredeyse taş kesmiş, yatağın dibinde, yerde, dizleri üzerinde çömelmişti. Seyit onu yerden kaldırdı. Titreyen ellerini, kendi avuçları arasında sarıp öptü.

"Tamam sevgilim, tamam. Şu an için emniyetteyiz. Yalnız, bir an evvel bağ evine geçmeliyiz."

"Celil'le Tatya ne olacak?"

Sorusu henüz bitmişti ki, salonun camındaki tıkırtıyla Seyit eğilerek pencereye yanaştı. Yeşilliklerin arasından uzanıp camdan içerisini görmeye çalışan Celil'i fark etti. Kapıyı açtıklarında, Tatya ile el ele, saklandıkları yerden koşarak gelip eve girdiler.

"Nerelerde kaldınız, az kalsın yakalanacaktık."

"Kapının önündeki atı görünce çekinip saklandık. Dışarı çıkan olmayınca, biraz daha bekleyelim dedik. Derken, öbürleri geldi. Neler oluyor Seyit, ne yapıyoruz şimdi? Adamları nasıl def ettin, anlamadım."

"Uzun hikâye Celil, anlatırım. Şimdi, bir an evvel, bağ evine saklanmamız lâzım. Burada izimizi belli edecek her hangi bir özel eşya bırakmayın sakın. Çabuk toparlanın, haydi."

Bu defa yanlarına aldıkları eşya, Petrograd'dan kaçarken taşıdıklarından da azdı. Seyit, küçük bir çanta içinde daha evvelden hazırladığı nişanlarını, fotoğraf ve mektuplarını dolaptan çıkardı. Şöminenin yanında duran sandığa tekrar tekrar baktı. Yanında götürmesi imkânsızdı. Ama, orada da bırakamazdı. Kucağına aldığı gibi, mutfaktan arka bahçeye çıktı. Büyük bir sepet içindeki malzemeler arasından kaptığı kürekle, meşe ağaçlarının altında açtığa çukura sandığı yerleştirdi. Diz çöküp, üzerindeki pirinç horoza dokundu. Sandıkla beraber, burada geçen bütün hayatını gömüyordu. Ona bu değerli hediyeyi veren adamın da kilometrelerle ötede toprak altında olduğunu düşününce, kendi sırasının da çok yakınlaşmış olduğunu hissetti. Birden, zamanını harcadığını fark etti. Acele hareketlerle, çukuru doldurup üzerini düzledi. Eve girerken dönüp son bir defa daha baktı. "Belki bir gün..." diye düşündü, "Belki bir gün...."

Bir kaç dakika sonra, ağaçların arasından süzülerek, hiç konuşmadan, kulakları, gözleri devamlı yolda, biriyle karşılaşacak olmanın korkusu içinde yürüdüler. Bir saate yakın bir zaman, kâh saklana, kâh koşa, yürüye, nihayet bağa vardıklarında, her şeyin sakin olduğunu gördüler. Yine de Seyit, yanındakilerin bir müddet ağaçların arasında saklanıp kendisinden işaret beklemelerini istedi. Bütün sessizliğe rağmen, ileride kendilerini neyin beklediği belli olmazdı.

Emektarın ve ailesinin yattığı küçük eve vardığında, değişen bir şey yoktu. Bağa silah getirdiği geceler, İsmail Efendi ile aralarında anlaşmasını sağlayan parolalı ıslığı çaldı ve bekledi. Az sonra emektar kapıdaydı. Pijamasının üzerine ceketini geçirmiş, fırlamıştı.

"Ah Eminof, keşke gelmeseydiniz buralara!"

Seyit onu hemen evin yanına çekti.

"Biliyorum İsmail Efendi, buraya gelmişler bugün. Yardımını istiyorum. Yarın geceye kadar burada kalmam lâzım."

Yaşlı adam, söyleyeceğinden mahçup bir tavırla, ellerini oğuşturdu.

"Şey, tabi efendim, başımızın üzerinde yeriniz var..."

Seyit onun neler dediğini anlayamamıştı.

"İsmail Efendi, kendi evimde kalmaktan bahsediyorum. O mevzuda değil, senden istediğim yardım."

"Tabi efendim, burada kalabilirsiniz. Ancak, sizin eve giremezsiniz. Bugün akşam gelip, kilit vurdular bütün kapılarına."

Seyit, topuğunu toprağa vururken, dişlerini sıktı.

"Adam bıraktılar mı etrafta?"

"Hayır Seyit Eminof, sayıları fazla olmamalı, işlerini bitirip gittiler. Sizi arıyorlar beyefendi. Bağdakilerin hepsini teker teker sorguya çektiler. Tanrı sizi korusun. Nedir bu başımıza gelenler Eminof?"

"Sen hanımlara göre yatacak bir yer ayarla, bizim dışarıda işimiz var zaten."

Sonra işaretle, diğerlerini saklandıkları yerden çağırdı. Az sonra, Shura ve Tatiana, İsmail Efendinin oğluyla gelininin odasında, kendileri için yayılan temiz çarşaflara uzandıklarında uyuyabilecek olmaktan çok uzaktılar.

Seyit, Celil ve İsmail Efendi ile oğlu, bütün gece toprak kazıp, silahları üzüm sandıklarının içine yerleştirip, depoya kaldırdılar. Her duydukları yaprak hışırtısında kendilerini asma salkımlarının dibine atıp, toprağa yüz olmuş vaziyette bekliyorlardı. Son sandığı kapadıklarında güneşin ağarmasına bir şey kalmamıştı. Deponun kapısını kapayıp eve girdikleri zaman, bütün kadınlar ayakta onları bekliyorlardı. Erkeklerin dışarıda neler yaptıklarını bilmiyorlardı ama büyük bir hazırlığın eşiğinde olunduğu belliydi.

Sabahın ilk ışıkları ile beraber, Cemâl kâhya bağdaydı. Sadovi Caddesindeki ev, artık Sovyet malı olmuştu. Eminoflar, bütün aile, hizmetkârlarının kaldığı giriş katındaki odalara bölüştürülmüşlerdi. Kâhya Cemâl, neredeyse ağlayacaktı.

"Olur mu Kurt Seyit, hiç olacak şey mi? Koskoca Mirza Eminof, evinin bekçisi, bahçıvanı ile aynı yerde yatar mı? O Japon harbindeyken bizler burada yataklarımızda mışıl mışıl uyumadık mı? Onca nişanı, madalyası olan asker adam, yakışır mı bu yaptıkları?"

Ana salon ve odaları, henüz yerleştirecek kimse olmadığından şimdilik kilitlemiş, giriş çıkışını yasaklamışlardı.

Seyit, üzüntüyle ailesinin başına gelenleri dinlerken, yanlarında olup onlara destek verememekten büyük ızdırap duyuyordu. Kâhyayı bir kenara çekerek, yavaş bir sesle, ondan istediklerini söyledi.

"Cemâl kâhya, şimdi beni iyi dinle. Bu, senden belki de artık en son isteğim olacak."

"Ne demek Kurt Seyit, Allah uzun ömürler versin. Dur bakalım, ben bu yaşa kadar neler gördüm şu Rusya'da, bunlar da bir gün geçer. O arada, sen iyi saklanmaya bak."

Aslında ikisi de bu olanların ne biteceğine, ne de değişeceğine inanmıyorlardı. Ama Seyit onu yalanlayarak moralini bozmak istemedi. Devam etti:

"Ağzından kimseye bir şey kaçırmayacaksın, dikkatli ol."

Yaşlı adam, elinde büyüttüğü delikanlının gizliliğine ortak olabilmekle gururlanıyordu.

"Hemen kıyıya inmeni iştiyorum. Tatoğlu Osman'ı bul. Bu gece yarısı, açıkta işaretimi beklesin. Eğer olmazsa, yarın gece tekrar gelsin."

Cemâl kâhya gözlerini inanamayarak açtı.

"Neler diyorsun sen Kurt Seyit, nereye gideceksin denizden öte?"

"Buralarda gidecek yerim yok artık. Karşıya geçmeye çalışacağım... Allah izin verirse..."

"Ya Guvardia Eminof, o ne diyecek bu işe?"

"Bir isteğim de o, kâhya. Babama düşüncemi söyle. Beni affetmedi ama hakkını helâl etsin."

Gözleri buğulanmıştı, başını yukarıya çevirip güneşin belirmeye başlayan ilk ışıklarına baktı. Bağların üzerindeki kırmızılık, gecenin artığı gri kara öbeklerle karışmıştı. Karadeniz'in üzerindeki koyu lacivert örtü, akıp giden köpük beyazı bulutlarla renkten renge giriyordu.

Cemâl kâhya daha fazla bir şey söyleyemedi. Sadece "Hay hay Kurt Seyit." diyerek oradan ayrıldı.

Seyit ve diğerleri, günlerini İsmail Efendinin küçük evinin arka odasında gizlenerek geçirdiler. Küçücük odada, kadınlar dar sedirin üzerinde, yanyana oturup sessizce beklerken, Seyit ve Celil, aralarında Türkçe olarak neler yapacaklarını konuşuyorlardı. Fısıltı halinde konuşmaya özen gösteriyorlardı. Gitme vakti yaklaşmıştı. Seyit, plânının ne kadar başarılı olacağını da bilemiyordu ama başına ne gelirse gelsin, kaldığı takdirde karşılaşacaklarından daha kötü olamazdı. Baş başa konuşabilmelerinin rahatlığı ile, ona Petro'yu gördüğü geceyi anlattığı vakit, Celil, hırsla, avucunu dizlerine vurdu.

"Allah kahretsin, senin izini daha iyi takip edecek adam bulamazlardı. Ya akşamki müfrezenin içinde o da olursa, seni de, beni de bir bakışta tanıyacak. Yasef'in hiç bir yaptığı para etmez, orada linç ederler bizi."

"Onu ben de düşünüyorum Celil. Büyük bir ihtimâlle de, beraber olacaklardır, dün akşamki gibi. O zaman, bu işin intihardan farkı kalmaz."

Celil, düşünceli düşünceli, yumruklarını birbirine vurdu.

"Ne yapabiliriz? Aklına bir şey geliyor mu?"

Seyit, kendisi için de çok şüpheli olan bir şeyi söyler gibi, ağır ağır konuştu:

"Bir tek çare geliyor Celil, bir tek... Başka da bir şey düşünemiyorum. Sanırım kafam durdu artık. Çünkü, bunu düşünen ben olamam..."

Dirsekleri masanın üzerinde, elleri ile yüzünü kapayıp bekledi. Sanki, avuçlarının karanlığında, düşündüğü şeyin utancından kurtuluyor veya yaşamaları için çare arıyor gibiydi. Ellerini çekip karşısında oturan arkadaşı ile yüz yüze baktıkları zaman, birbirlerinin zihnini okuyorlardı. Celil, yerinde dikleşerek, başını daha öne, Seyit'e doğru eğdi.

"Yoksa,... yoksa sen de benim düşündüğümü mü düşünüyorsun?"

Seyit dişlerini sıktı. Elmacık kemikleri aşağı yukarı oynadı sinirle.

"Bunu yapmak zorundayız Celil. Çok düşündüm."

"Ama nasıl?"

"Bilsem ki, bilsem ki karşımıza çıkmayacak..."

"Ama o seni yakalasa gözünü kırpmaz, öldürür."

"Biliyorum, ama yine de bize göre değil bu iş...."

Konuşmaları, küçük evin kapısının vurulması ile kesildi. Seyit bulundukları odanın kapısını aralayıp, dışarıya göz attığında kapıda Yasef'in durduğunu gördü. Hemen koştu. Diğerleri ortadan çekildiler. Yasef, gözleri ile devamlı etrafı kontrol ederken konuştu:

"Bu gece kaçarsan kaçarsın Kurt Seyt, yoksa iş artık benim elimden çıkar. Adamın hazır mı?"

Seyit, "Evet" gibi başını salladı.

"İyi ... Ama yine de bir şeyler ters gidebilir, o takdirde bana kızma sakın."

"Sağ ol Yasef, bu iyiliğini yaşadığım müddetçe unutmayacağım."

"İyi o zaman, yaşamaya bak. Dediğim gibi, yalnız ol. Yoksa dikkat çekersiniz. Durumu kurtaramam."

"Yasef, yanımda arkadaşlarım da olacak."

"Onu bilmem Seyt. Sorumluluk senin. Hiç birinizi kurtaramam. Adamlar kan kokusuna alışmış, av bekleyerek yaşıyorlar. Senin liman tepesindeki eve yerleşenler bile var. Dönmeni bekliyorlar.

Onlar için, şölene seçilmiş kurban gibisin sen."

"Orada oturduğumu öğrendiler demek."

"İnsanları konuşturmanın yolları vardır Kurt Seyt. Özellikle, seni arayanın, sana özel düşmanlığı varsa, yolunu çok çabuk bulur."

"Kimden bahsediyorsun?"

"Borinsky, burjuvadan dönme Bolşevik."

Yasef alaylı bir gülüş attı.

"Ya sen?" diye sordu Seyit.

"Ben aralarında olmasam, senin gibileri kim kurtarır Seyt? Söyle bana."

Seyit, bir an sorup sormamakta tereddüt etti, ama öğrenmek arzusu, temkinli olmak hissinin ötesindeydi.

"Nerede o şimdi?"

"Petro mu? Senin bıraktığın evi kendine mekân seçti. Nasılsa oraya döneceğine inanıyor. Seni karşılamaya kararlı."

Cümlesini bitirirken kapıyı da açmıştı.

"Kilit vurduğumuz yerleri kontrole geldim bu sabah. Artık bunların hepsi Sovyetin malı biliyorsun. Neyse, her şey yolunda görünüyor, ben geri dönüyorum. Tanrı yardımcın olsun, ters giden bir şey olursa, beni affet."

"Allah senin de yardımcın olsun Yasef."

İçeri girdiğinde düşünceliydi. Celil'in ve genç kadınların yüzlerine bakmaya çekiniyordu. Onlara, ancak, yalnız başına kaçabildiği takdirde, hepsi için daha fazla yaşama şansı olacağını nasıl anlatacaktı. Kara kara düşünürken, Celil'in sesi ile kendisine geldi.

"Seyit... bak ne diyeceğim... Ben bu işi çok düşündüm ve seninle gelmekten vaz geçtim."

Seyit, hayretle, arkadaşının yüzüne baktı. Ne zamandır heyecanla plânladıkları şeyden, birden bire, neden vaz geçiyordu? Celil devam etti.

"Ben oralarda yapamam Seyit. Hiç kimsem yok. Bilmediğim topraklar, tanımadığım insanlar. Buraları ne olsa doğup büyüdüğüm yerler. Hem Tatiana da yapamaz. Çok yalnız kalırız Seyit. Ben senin gibi değilim. Sendeki kuvvet bende yok. Tatya'yı da bırakamam. Bunca zorlukta beni yalnız bırakmadı. Şimdi, ben onu mutsuz edecek bir şey yapamam."

"Celil, sen de yakalanırsan, sonun benden farklı olmayacak biliyorsun değil mi?"

"Biliyorum Seyit. Ama düşündüm ki, şöyle küçücük bir köye yerleşir, köylü hayatı yaşarsak, belki kendimizi gözden kaybettiririz. Bir müddet sonra da unutulur, gideriz."

Arkadaşının söylediklerine hak vermiyor değildi, ama yine kendisi için kaçış riskini almak, hayatını kurtarması açısından daha kuvvetli bir ihtimâl gibi görünüyordu. Yalnız, Shura'ya karşı hissettiği sorumluluk, Celil'in Tatya ile ilgili konuşması sırasında daha da su yüzüne çıkmıştı. Tatya'nın yaptığı fedakârlıktan daha fazlasını yapmamış mıydı Shura, bir kadın olarak, sevgili olarak, arkadaş olarak. Şimdi onu Aluşta'da, bir bağ evinde, hizmetkârlarının yanında bırakıp kaçmakla haksızlık etmiş olmayacak mıydı? Arkasından genç kadının ne hale geleceğini şimdiden gözünde canlandırabiliyordu. Ya kendisi? Onu geride bırakmakla, kendisine huzur vermeyecek bir vicdan azabının ağırlığını yüklenmiş olmayacak mıydı? Ama, gece yarısı, silah dolu bir arabanın yanında, güzel, genç bir kadınla yakalanışını düşündüğünde, onun bu küçük bağ kulübesinde, hiç değilse, hayatta kalabileceğine inancı daha da arttı. Evet, yalnız gidecekti, kararını vermişti.

"Sen bizi merak etme," dedi Celil, "İsterse, onu da yanımıza alırız. Zaten bu beraberlikler hayat boyu devam etmek üzere başlamamıştı ki. Sadece, biz, devamlı olacağına kendimizi inandırdık."

Seyit, kolunu arkadaşının omuzuna sarıp, arkadaki küçük pencereye doğru yürüdü.

"Ama seninle olan dostluğumuz, hayat boyu sürmek üzere başlamamış mıydı?"

Celil'in çekik gözlerine yaşlar doldu. O da Seyit'e sarıldı. Tülün ince dokusuyla buğulanan bağı ve tepeleri seyrettiler. Aslında gözlerinin önünden geçenler, çocukluk, delikanlılık yıllarıydı.

"Bizim dostluğumuz sevgili Seyit, ayrılsak da, ölsek de sürecek."

"Evet, muhakkak, yıllar sonra da olsa bir anlatan çıkacaktır."

Hüzünlü bir gülüş, konuşmalarını noktaladı.

Tatya, uzandığı sedirde, Celil'le birbirlerine gönderdikleri mektupları okuyarak eski günleri anarken, Shura, kendi tarafında yastığı üzerinde yan dönmüş, uykuda görünüyordu. Aslında uyuduğu falan yoktu. Seyit'in iki akşamdır Yasef'le olan konuşmalarından duyduklarını birleştirmiş ve aşağı yukarı olacaklar hakkında bir fikir edinmişti. Kulağında çoktan unutmuş olduğu sözler çınlıyordu yine:

"Yalnız... yalnız...yalnız..."

Ve işte, o gün gelmişti. Tam sevgilisi ile tek vücut, tek ruh olduklarına inanmaya başlamıştı ki, yalnız bırakılacaktı. Ondan ayrı kalacağını düşününce, haykırarak ağlamamak için kendisini zor tuttu. Başını, yüzünü yastığına iyice gömüp dudaklarını ısırdı. Ağlamanın hiç bir şeye çare olmayacağını biliyordu. Yine de ağlamak istiyordu. Ama bu odada değil. Yalnız, kendi başına kalabileceği bir yerde, avaz avaz ağlamak istiyordu. Seyit'in, bir daha dönmemek üzere ondan ayrıldığını düşünmek bile korkunçtu. Vücudunu koflaşmış, tükenmiş hissetti. "Her halde çıldırırım onsuz." diye aklından geçirdi.

Dakikalar, saatler, sanki günler kadar uzun geliyordu bekleyenlere. İsmail Efendinin karısı, çorba, börek ve üzümden ibaret öğlen yemeğini sofraya çıkardığında, hiç kimsenin yiyecek iştahı yoktu. Seyit'in kulağı, gözü dışarıda, Cemâl kâhyanın getireceği haberdeydi.

Nihayet, ikindi vakti, Cemâl kâhya geldi. Seyit'le, kapının girişinde, hemen ayakta konuştular:

"Tatoğlu tamam, Kurt Seyit. Gece yarısı, limanın sağ tarafındaki kayalıkların açığında olacak."

"Sağ ol Cemâl kâhya, çok sağ ol. Ona bir haber daha ver, sana zahmet. İlk kibrit, tepeden indiğimin işareti olacak. İkinci kibriti kıyıya yaklaşınca yakacağım. Çok dikkatle takip etsin... Babama haberimi iletebildin mi?"

Sesinde biraz kırgınlık, biraz ümit vardı. Babasının, hiç değilse ayrılmadan evvel, onu görmek isteyeceğini düşünüyordu. Kâhya, çaresiz bir tavırla, ellerini oğuşturdu:

"İlettim tabi. "

Lâfının gerisi gelmiyordu. Seyit meraklanmıştı.

"Ne dedi peki?"

"Yolu açık, Allah yardımcısı olsun. Artık görüşemezsek, ahirette görüşürüz, dedi."

Seyit yıkılmıştı. Dudaklarında hüzünlü bir gülümseme ile, babasının sevgisini nasıl kaybettiğini düşündü. Demek, ailesini son bir defa göremeyecekti. Onun üzüntüsünü aynen yaşayan Cemâl kâhya, durumu izah etmeye çalıştı:

"Yanlış anlama Kurt Seyit. Onların artık seni görmesine imkân yok. Ev gözaltında, oradan ayrılamazlar. Senin oraya gitmen de imkânsız."

Seyit, biraz olsun, rahatlamıştı. Şartlar bu kadar kötü olmasa, babası muhakkak onunla vedalaşmak için çağırtırdı, bundan emindi.

Yaşlı kâhya ile vedalaşmaları dokunaklı oldu. Cemâl Efendi, artık çökmeye başlamış gövdesi ile uzanarak, Seyit'i kucaklamaya çalıştı. Bembeyaz kirpiklerinden süzülen yaşlar, yüzünün derin çizgileri arasında takılıp kaldı.

"Hey gidi Kurt Seyit... küçük beyim benim. Daha dün gibi, şu tepelerde sana at sırtında mendil toplamayı öğrettiğim. Ne çabuk bu günlere geldik. Ne hızlı yaşamışız... Babanın ne hayâlleri vardı bu topraklarla ve seninle ilgili, ne hayâlleri..."

Seyit, kendisine babası kadar emeği geçmiş yaşlı adama sevecenlikle sarıldı. Sesi yine, onun elini tutup bağlar arasında gezdiği günlerin çocuksuluğunu taşıyordu.

"Hayâllerin hepsi gerçekleşmiyor Cemâl kâhya, ne yaparsın?"

"Ben ne yapabilirim ki küçük bey, ben ne yapabilirim? Topraklar gitti, siz de gidiyorsunuz, ben ne yapabilirim?..."

Aynı sözleri, hıçkırıklarla tekrarlayarak, başı önünde, sağa sola yalpalayarak bağın çıkışına doğru yürüdü gitti.

Akşam karanlığı bastırmaya başladığında, Seyit, Celil'le sabah konuşurken yarım bıraktıkları mevzuu tekrar ele aldı. Bir saate yakın tereddütten sonra, kesin kararlarını verdiler. Seyit'in kaçışının ve diğerlerinin takip edilme olasılığının azalması için, Petro'yu ortadan kaldırmaları şarttı. Plânlarını gerçekleştirmek üzere, Seyit'in bıraktığı eve gitmeleri gerekiyordu. Yasef'in söylediği gibi, orada olmasını ümit ediyorlardı. Yaptıkları çılgınlıktı. Petro'nun yalnız olması ve o yolu sağ gidip tekrar dönmeleri ihtimâli çok zayıf bir şanstı. Ama Borinsky'nin yaşaması, sonrası için çok daha tehlikeliydi.

Seyit, henüz, Shura'ya, gece olacaklarla ilgili hiç bir şey anlatmamıştı. Nasıl konuşacağını da bilmiyordu. Daha kendisi, onu ardında bırakma fikrini kabullenemiyordu. Ona ne gibi bir hayat ümidi verip, orada kalmasını isteyecekti? Kendisini Shura'sız düşündü. İçi sızladı. Kolay olmayacaktı, hem de hiç kolay olmayacaktı. Bu ayrılık, diğerlerinden farklıydı. Bunun geri dönüşü yoktu. Shura'nın, onun arkasından gelmesi imkânsızdı. Beraber sadece bir kaç saatleri kaldığını düşünerek, genç kadına baktı. Shura, çok kısa bir süre sessizce ortada dolaşıp tekrar uykuya yatmıştı. Seyit onun hastalanmaya başlamış olabileceğini düşünerek, elini, alnına, yanaklarına değdirdi. Genç kadının yanaklarında durulmuş yaşlar eline geldiğinde, şefkâtle onun önünde diz çöktü. Yavaşça ismini seslendi:

"Shura, hayatım, Shuruçka..."

Derin bir uykuda olmalıydı. Hiç bir reaksiyon vermedi. Seyit, onu alnından öperek, ayağa kalktı ve Celil'e bir göz işareti ile hazır olduğunu bildirdi. Celil, küçük gaz lâmbasının ışığında kitabını okuyan Tatya'nın dudaklarına bir öpücük kondururken fısıldadı:

"Biz birazdan döneceğiz Tatya, sakın bir yere ayrılmayın. Halletmemiz gereken bir iş var."

Tatya, erkeklerin artık kendilerini orada bırakıp gideceklerinden emindi. Gözleri, korkuyla, Celil'e sorar gibi baktı. Celil onun telaşını anlamıştı.

"Geri geleceğiz Tatya, inan. Seni çok seviyorum canım."

Tatya ona inanmıştı. Dudaklarını uzatarak, bir öpücük daha aldı.

Bir kaç dakika sonra iki arkadaş, bir gece evvel saklanarak indikleri tepeye, yine aynı gizlilikle çıkmaya başladılar. Tabancaları ceplerindeydi. Evin arka cephesini çeviren ağaçların altına geldikleri zaman, kalpleri duracak gibiydi. Hayatlarını biraz daha uzatabilmek için, bu sefer başka bir tehlikeye kucak açıyorlardı. Seyit, eli ile, Celil'e durmasını işaret etti. Yatak odasının olduğu tarafa dolaştı. Açık tüllerden içerisi görünüyordu. Petro, salonun ortasında, bir aşağı, bir yukarı yürüyordu. Sinirli bir hali vardı. Yalnız olmalıydı. Etrafta, bir başkasının varlığını gösterir en ufak ipucu yoktu. Seyit, yine de, emin olmak için, bekledi. Petro'nun, sanki bir çağrıya cevap verir gibi, yatak odasına doğru yürüyüşü esnasında, bir an için, kendisini gördüğünü zannetti. Ağaçların daha arkasına çekildi. Ama, evin içindeki düşmanı pencereye yanaşmadı bile. Elinde sigarası, yatağa sırtını dayayıp oturdu. Çizmelerini çıkarmadan uzattığı bacaklarının üzerine bir tomar kağıt yerleştirdi. Uzun nefeslerle sigarasını tüttürürken, sayfaları evirip çevirip baştan okuyordu. Birden, elindekileri bırakıp, yatak odasından çıktı. Mutfağa doğru gidiyordu. Seyit, Celil'e pencerenin dibinde durmasını işaret edip gövdesini açık camdan içeri çekti. Daha düne kadar Shura ile beraber yattığı yatağın üzerinde, bu hainin çizmelerinin uzanması, kâfi derecede midesini bulandırmıştı. Kağıtların eline geldiği kadar bir kısmını kapıp odayı yandaki salondan ayıran kalın ağır perdelerin arkasına girdi. Silahını hazır tutuyordu. Petro'nun el yazısı ile karaladığı kağıtlara göz attığı zaman, dehşet ve artan bulantıyla beraber nefreti galeyana geldi. Petro, Aluşta'ya gelene kadar yol boyu sorumluluğuna verilmiş olan bölgelerin isimlerini başlık yaparak raporlar tutmuştu. İsimler, ünvanlar, mal varlıkları hanelerinin dışında, bir de infaz bölümü vardı. İhtilâle karşı gelmek, vatan hainliği, Sovyetin malını gasbetmek gibi suç sebepleri gösterilerek kurşuna dizilenlerin sayısı Seyit'i titretti. Bu adamların hiç biri mahkeme edilmiyordu. Yoldaş Borinsky, hem hakim, hem yargıç, hem de cellatı oynuyordu.

Ayak sesleri yaklaşıp odaya girdiğinde, Seyit, tam Petro'nun arkasında, elinde tabancası ile, sessizce bekliyordu. Petro, yatağın üzerinde bıraktığı kağıtlarda gözünü gezdirerek, olduğu yerde durdu. Soğuk rüzgârla dalgalanan tüllere baktı. Sanki, etrafındaki tehlike kokusunu almıştı. Elini, belindeki silaha atıp geri dönmek üzereydi ki, Celil camın dışında çömeldiği yerden silahı ile fırladı ve Petro'ya doğru nişan alarak durdu.

"Demek sensin..."

Dişlerini gıcırdatarak konuşurken, birbirine bitişik buz mavisi gözleri daha da yakınlaşmıştı. Celil hiç cevap vermedi.

"Sevgili arkadaşına ne oldu? Seni kendi yerine mi gönderdi yoksa? Onun için her şeyi yaparsın değil mi?"

Celil hiç konuşmamakta ısrarlıydı. Dikkatle Seyit'in atacağı bir adımı bekliyordu. Nitekim, Seyit sohbeti fazla uzatmamaya kararlıydı. Her an diğerleri gelebilirdi. Olduğu yerden bir adım öne çıkarken, tabancasını adamın kaburgaları arasına dayadı. Gömleğinin üzerinden metalin soğuk temasını hisseden Petro, başını döndürmek istedi. Seyit, kısık ve sert bir sesle, onu önledi.

"Kıpırdama Borinsky, sakın. Ölümünü çabuklaştırırsın. Kaldır kollarını."

Sonra, namlunun ucuyla, onu pencereye doğru yürümesi için iteledi.

Celil'in işaretleri ile, bacaklarını camdan atarak dışarı çıkan Petro, kolları başının üzerinde, bir şeyler söylemeye çalıştı:

"Aptalsınız siz. Bana bir şey olursa sizi yaşatmazlar. Nereye kaçacağınızı zannediyorsunuz? Aptallar, bitti artık, anlamıyor musunuz? Size hayat bitti artık."

Seyit, nefret ve tiksintiyle, tabancasını onun ensesine bastırdı.

"Bir kelime daha et, senin de hayatın bitecek, anladın mı adi domuz?"

Seyit, esirinden uzaklaşmadan, bir eline bahçedeki kazmayla küreği aldı.

Bir iki dakika sonra ormanın içindeydiler. Duraladıkça veya soru sordukça, tabanca namlusunun temasıyla itelenerek yol almaya mecbur edilen Petro, paniğe kapılmaya başlamıştı. Küstah sesinden eser kalmamıştı.

"Beni nereye götürüyorsunuz? Ne yapacaksınız bana?"

"Sus! yürü."

Biraz daha gittikten sonra Seyit seslendi:

"Dur! Dur ve ellerini indir."

Petro, şimdi kendisini bırakacaklarını düşündü. Her halde korkutmak istemişlerdi. Daha fazla bir şey yapmaya cesaret edemezlerdi. Hemen, o eski küstah tavrı geri gelmişti. Gülerek konuştu:

"Niye bu kadar tehlikeye atıldınız anlamadım. Bana yürüyüş yaptırmak için mi?"

Seyit, hâlâ silahının namlusu Petro'ya doğrulmuş olarak, sol elindeki kazma küreği ona fırlattı. Kendisi de biraz geri çekildi. Celil de diğer tarafta aynı şekilde bekliyordu.

"Şu durduğun yeri kaz bakalım, sonra da kürekle boşalt."

"Deli misin sen Seyt? Oyun mu oynuyorsun benimle?"

"Öyle sayılır, senin oynadığın oyunlar gibi bir oyun işte."

Petro yine bir şey söylemek üzereydi, Seyit, sabırsız bir tavırla, tabancasının tetiğinde parmaklarını dolaştırdı.

"Bir kelime daha etme. Şimdi sus ve kazmaya başla. Ve çabuk ol, işimiz var. Çabuk ol diyorum!"

Petro onların şaka etmediğinden artık emindi. Yine de, hâlâ, kendisinden ne isteneceğini anlayamamıştı. Çukur, aşağı yukarı bir adam boyuna yaklaşınca, küreği bırakmasını istedi Seyit.

"Haydi, şimdi de gir içine yat bakalım."

Petro'nun soğuk, donuk suratı, gecenin karanlığında bile, hayalet beyazlığı ile ortaya çıktı. Aklından geçenleri yapacak olamazlardı. Sesi titremeye başladı.

"Yapma Seyt, delilik bu..."

"Kes sesini ve gir o çukura, çabuk!"

Kaderinin artık iki eski arkadaşının elinde olduğunu anlamıştı Petro. Çukura otururken yalvarmaya başladı:

"Yapma Seyt, biz seninle eski arkadaş değil miyiz?"

Ondan bir merhamet bulamayacağını anlayınca, Celil'e döndü:

"Celil, sen bir şeyler söyle, Seyt aklını kaçırmış olmalı. Bu olacak iş mi, Tanrı rızası için!"

"Tanrı'yı şimdi mi hatırlıyorsun yoldaş Borinsky? Eski arkadaşların şimdi mi aklına geliyor?"

Seyit, kağıtlarda okuduğu isimleri sayarken, hiddetten yüzüne kan basıyor, karşısında iki büklüm yaşamak için yalvaran adamın acımadan, gerçek bir suç sebebi olmadan bir kurşunla o zavallıcıkların hayatına nasıl son verdiğini düşünürken çılgına dönüyordu. İçinde fırtınalar koparken, sesi sert, kararlı ve sakin duyuluyordu:

"O zavallılar da yalvarıyor muydu yaşamak için? Petro, söylesene, yalvarınca acımanı bekliyorlar mıydı? Çukurlarını böyle kazdırıyordun kendilerine değil mi? Seni pis domuz seni, vaktim olsa, seni parça parça öldürürdüm ama şükret, zamanım az."

Petro, koca cüssesini sarsan bir ağlamayla, dizlerinin üzerinde tepiniyordu.

"Yapmayın, ne olur, anlaşırız, göz yumarım kaçmanıza..."

Seyit, artık, bu işi fazla uzatmak istemiyordu. Tabancasını çukurdaki adamın kalbine doğru nişan aldı.

"Yoldaş Borinsky, Rusya'ya ihanetten suçlu bulundunuz."

Bir patlama... çukurun içindeki gövdeden gelen bir anlık inilti... tepelerde dağılan yankı ve kaçışan kuşların kanat sesleri... Ardından kürekle savrulan toprak sesi...

İki genç adam, bağ evine giden ağaçlık yola daldıkları zaman, ormandaki kuşlar hâlâ huzursuz uçuyorlardı.

Elveda Aluşta
Sonbahar, 1918

Seyit ve Celil'in, bağa doğru süratle yola çıktıkları dakikalarda, karanlıkların içinden sıyrılan bir gölge, bağdaki küçük evin kapısını tıkırdatıyordu. İçeride, son bir saattir neredeyse hiç konuşmadan oturan ev sakinleri ve misafirleri, kapı sesiyle ürkerek, birbirlerine baktılar. İsmail Efendi, her ihtimâle karşı, Shura ve Tatya'yı arka taraftaki yatak odasına saklanmaları için uyardı. Odanın kapısını kapadı. Soğuk kış günlerinde örtülmek üzere kapının üzerine asılmış olan halının ipini çözüp indirdi. Sonra, sokak kapısına doğru yürüdü. Açmadan seslendi:

"Kim o?"

"Benim... Osman, İsmail Efendi."

Emektar kapıyı açtığında, Osman alı al, moru mor içeri girdi. Adamcağızı kenara iterek içeri odaya daldı.

"Nerede Seyit ağabeyim, nerede? Gitti mi yoksa?"

İsmail Efendi, delikanlının deliler gibi sağa sola saldırmasından korkmuştu.

"Sakin olun küçük bey, sakin olun. Birazdan geleceğiz, deyip gittiler. Biz de onları bekliyorduk."

"Geleceklerini nereden biliyorsun?"

"Ben bir şey bilmiyorum küçük bey, ama öyle söylediler, inanın ben bir şey bilmiyorum."

Osman, ardında bir oda daha olduğunu bildiği kalın halıyı kaldırıp kapıyı açtı. İki genç kadın, bilmedikleri bir lisanda ortalığı birbirine katan sesten ürkerek, sedirin üzerinde el ele tutuşmuş, bekliyorlardı. Kapının eşiğinde Osman'ı görünce, Shura'nın yüreğine su serpildi. Tatya'nın elini bırakarak yataktan kalkıp ona doğru yürüdü.

"Oh! Osman, Tanrı'ya şükür sensin, öyle korkuttun ki bizleri."

Delikanlı, yarattığı ürküntüyü fark edip, utanmıştı. Sakinleşmeye çalışırken, karşısındaki kadınları kibar fakat acele bir tavırla selamladı.

"Seyit ağabeyim ne zaman gitti?"

Shura, son günlerde zamanın akışını artık takip edemez olmuştu. Biraz düşünüp cevap verdi:

"Belki bir saat, belki biraz daha fazla. Ne oldu?"

Osman, birden, sert, hırçın tavrından sıyrıldı. Elini alnına vurup, çaresizlikle, sedirin kenarına çöktü. Bir yandan da sızlanıyordu:

"Gitti işte, gitti. Beni almadan gitti yine."

Shura, ne zamandır kafasında bir araya getirmeye çalıştığı bilmecenin çözüldüğünü görüyordu. İşte, artık, yalnızdı. Yapayalnız bırakılmıştı. Sevdiği adam, onunla konuşmaya bile gerek görmeden, çekip gitmişti. Eli yüzünde, hıçkırarak oturan delikanlının omuzuna dokundu. Hâlâ korkularını boşa çıkaracak bir cevap bekliyordu. Yavaşça sordu:

"Gittiğini nereden biliyorsun Osman? Sana ne söylemişti?"

Osman, ellerini yüzünden çekip, onun yaşlı gözlerine baktı. Karşısındaki delikanlı için yüreği sızlayan Shura, bir an, kendi terk edilmişliğini unuttu. Onun çocuksu yalnızlığını, kendi aşk yalnızlığından daha hüzünlü buldu. Başını, avuçları arasına alarak saçlarını okşadı.

"Belki de yanlış biliyorsun?"

"Hayır duydum, hepsini duydum."

Genç kadın, onun yanına oturarak dinlemeye başladı.

"Cemâl kâhya babama anlatırken duydum. Bu gece karşıya kaçacakmış. Ama gece yarısı kaçacaktı. Babamdan helâllik istemeye haber göndermiş. Her şeyi duydum. Ona yetişmek için kaçtım evden. Kimse görmeden, Seyit ağabeyime yetişeyim diye kaçtım. Ama..."

Sesi zor duyuluyordu artık.

"Ama, o gitmiş bile. Artık onu göremeyeceğim..."

Shura bu ana kadar inanmak istemediği hakikatin, beynini, kalbini buzdan bir bıçak gibi liğme liğme ettiğini hissediyordu. Ama ızdırabıyla yalnız değildi. Delikanlının yanından ayrılarak

Tatya'ya bir göz attı. Tatiana'da aynı şoku yaşamaktaydı. Sevgilisinin ayrılırken kendisine tekrarladığı söz yalan olamazdı.

"Geri geleceğiz Tatya canım, inan. Seni çok seviyorum." dememiş miydi. Bu kadar yalan söylemiş olamazdı. Ayağa kalkıp Shura'ya doğru ilerledi.

"Daha gitmiş olamazlar. Dönecekler, biliyorum."

"Gittiler Tatya, gitti ve bizi bıraktılar."

Shura'nın gözlerinde biriken yaşlar, önünü görmesine engel oluyordu. Sağ eli ile yaşlarını silerken, kendi kendine artık ağlamayacağına yemin ediyordu. Eğer kaderi bu ise, göğüslemesini bilmesi lâzımdı. Geçen güzel günlerin aşkına buna katlanması gerek, diye düşünüyordu. Ama, yüreği, beynini dinlemiyordu işte. Birden, aklına bir şey gelerek, Osman'a döndü:

"Nasıl gideceğini biliyor musun Osman?"

Osman, belki de Seyit'i yakalamalarına faydası olacak düşüncesi ile, bildiklerini bir nefeste heyecanla anlattı:

"Tabi, duydum. Tatoğlu'nın motoruyla kaçacakmış."

"Kim bu Tatoğlu?"

"Limandaki tuz motorlarını işletir. Aslen Sinoplu ama burada yerleşmiş."

"Sinop nerede Osman?"

"Karadeniz'in tam karşı kıyısında, Türkiye'de."

"Tatoğlu'nu tanır mısın görsen?"

"Tabi tanırım."

Shura, kendine acımaktan vaz geçmiş, sakin, ne yapacağını bilen bir tavırla, eşyalarını toparladı. Diğerlerine hitapla konuşurken, yatağın altından küçük yol çantasını çıkardı. Paltosunu, manşonunu aldı.

"Haydi gidiyoruz, vakit kaybetmeyelim. Belki de yetişiriz. Gece yarısı demiştin, değil mi Osman?"

Osman, şaşkınlıkla bakıyordu.

"Evet, gece yarısı diye duymuştum. Ama, Seyit gideli çok olmuş. Belki de çoktan yola çıkmıştır."

Bir an durup, devam etti:

"Hem, bu yaptığımız çok tehlikeli değil mi? Limana kadar inmemiz çok zor. Bolşevikler yolları tutmuş. Hem Tatoğlu da öyle ortalarda dolaşmaz şimdi. Belki, çoktan, denize açılmıştır bile. Çok tehlikeli, çok..."

"İkimiz de Seyit'le beraber gitmek istiyoruz değil mi? O zaman bu tehlikeye atılmaya değer, değil mi Osman?"

Delikanlı, karşısındaki kadının cesaretine ve kararlılığına hayran olmuştu. Gözleri parıldayarak ayağa fırladı.

"Haklısın, haydi, hemen gidelim o zaman."

Kendi plânlarının heyecanı içinde, Tatya'nın kımıldamadan oturduğunu fark etmemişlerdi. Kapıdan çıkmak üzereyken Shura onun harekete geçmediğini görünce durup döndü:

"Ne bekliyorsun Tatya, haydi, çabuk ol!"

Tatiana'nın sesi telaşsız ve yumuşaktı. O da kendi kararından emin görünüyordu.

Arkadaşına doğru kollarını açarak geldi.

"Ben kalıyorum Shuruçka, vedalaşalım."

Shura, inanamayarak, elindekileri yere bıraktı ve onun ellerine sarıldı.

"Neler diyorsun sen Tatya? Gittiler, anlamıyor musun? Onları şimdi yakalayabilirsek yakalarız. Yoksa, her şey bitecek, anlasana, bir daha göremeyeceğiz, bu son şansımız Tatya!"

Tatya'nın omuzlarından tutarak, hafif sarsışlarla, onu daldığı hayâl dünyasından uyundırmak istiyordu. Ama bir netice alamadı. Vakit geçiyordu. Genç kadın, sevdiği erkeğe ulaşabilmek için elinde olan son dakikalarla, Tatiana'yı ikna için harcaması gereken zaman arasında bir tercih yapmak zorundaydı.

Tatiana, onun, kendisini bırakmakta ne kadar zorlandığını biliyordu. Arkadaşının yanağını öperken aynı rahat ses tonu ile konuştu:

"Benim için endişelenme, biliyorum, Celil dönecek. Seyit için aynı şeyi söyleyemem ama Celil'in döneceğini biliyorum. Bana söz verdi. Başka türlü olamaz, dönecek. Ben de burada oturup onu bekleyeceğim. Ne zaman dönerse dönsün, geldiğinde beni burada bulmalı."

İki genç kadın, çocuklar gibi sarıldılar. Ağlayarak öpüştüler. Tatiana göz yaşları içinde gülmeye çalıştı:

"Biliyor musun? Böyle vedalaşmalar sadece sahnede olur zannederdim. Demek ben, senelerce gerçek hayatın provasını yapmışım."

Zarif, balerin parmakları ile, Shura'nın uçuşan saçlarını topuzunu tutan tarakların arasına yerleştirdi. Sonra onu tekrar öptü.

"Kendine dikkat et güzel Shura, çok dikkat et. Bir gün imkân olursa bana yaz."

Birden hatırladı.

"Nereye yazacağını ben de bilmiyorum ya."

"Sen de kendine iyi bak sevgili Tatya. Seni unutmayacağım."

"Ben de seni. Biliyor musun, bir bakıma gitmene seviniyorum."

Kendisine "Neden?" der gibi bakan arkadaşına güldü.

"Tabi, güzellikte Rusya'daki en büyük rakibim gidiyor. Meydan bana kaldı."

Shura gülmeden edemedi. Böyle bir an bile, Tatya'nın keyfini öldüremiyordu. Rol yapmaya alışmış olmaktan olsa, diye düşündü içinden. Yoksa, arkadaşının da yüreğinin kendisininki kadar ağladığından emindi.

Küçük evin halkı ile acele bir vedalaşmadan sonra, kapıya çıktılar. İsmail Efendinin hanımı, Shura'ya, bağda iş yaparken köylü kadınların taktığı kocaman koyu renk eşarplardan birini vermişti. Bu, onun büyük şehirden gelme aristokrat kadın görünümünü fazla değiştirmiyordu ama en azından gece karanlığında biraz olsun gizlenmesine yardımcı olacaktı. Kapıdan dualarla uğurlandılar. Tam ayrılırlarken, Tatya ona bir kez daha sarılıp öptü.

"Biliyor musun, demin şaka yaptım."

Shura, bir an, onun kalmak kararından vaz geçtiğini sandı. Ama Tatiana'nın şakası o değildi.

"Sen buralardan gitsen bile, Rusya'nın en güzel kızı olarak hatırlanacaksın..."

Gözleri yaşlı, son kez evdekilere el sallayıp karanlıklara karıştılar.

Shura ve Osman'ın ayrılışından on dakika sonra, Seyit ve Celil döndüler. Tatiana koşarak Celil'e sarıldığında şimdiye kadar yaşadığı sakinlikten eser kalmamıştı.

"Biliyordum... biliyordum döneceğini. Tanrı'ya şükürler, buradasın."

Celil, sevgilisinin kendisini beklerken ne kadar korktuğunu hissetti. Ona plânlarını anlatmak zamanı gelmişti. Kendisini bırakmayacağını, beraber burada kalacaklarını bir an evvel söyleyip, içini rahatlatmalıydı. Bunları düşünürken, Seyit'in sesi ile döndü.

"Shura nerede?"

Sesinde sonsuz bir telaş vardı.

Tatya tekrar ağlamaya başladı.

"Ah Seyt, neden ona anlatmadın her şeyi?"

Seyit, kendisine soru sorulmasını değil, kendi sorusuna cevap istiyordu.

"Tatya, nerede o? Nereye gitti?"

"Bilmiyorum Seyit, seni bulmaya gitti. Osman'la beraber."

Seyit duyduklarına inanamıyordu.

"Osman'la mı? Küçük Osman'la mı? Hay büyük Allah'ım, bunlar ölümüne mi susadılar? Nereye gittiler?"

"Senin gittiğini sanıyorlardı Seyt. Sana yetişmek istediler."

Seyit, yumruk yaptığı bir elini diğer avucuna vurarak, küçük odanın içinde dört dönmeye başladı. Bir ara durup, cebinden çıkardığı saate baktı. Altın zincirin ucundaki saate dokununca, Çar'ın elinden armağan olarak aldığı günü hatırladı. Rüyasını kaçırmak ister gibi, gözlerini kapayıp başını salladı. Eskiyi düşünmenin zamanı değildi. Vakit çok azalmıştı. Celil'e baktı. Celil onun ne düşündüğünü iyi biliyordu.

"Olmaz Seyit, aramaya çıkamayız. İki saat içinde arabaları hazırlamış olmamız lâzım."

Seyit son derece huzursuzdu. Hiç bir şey plânladığı gibi gitmiyordu. Sevdiği kadın ve kardeşi, şimdi onun peşinde, tehlikeli bir yola gitmişlerdi. Büyük bir ihtimâlle yakalanacaklardı.

"Onlara bir şey olursa, kendimi affetmem Celil. Onları bu tehlikenin içinde bırakamam."

Sonra, daha büyük bir tehlikeyi hatırladı:

"Ne yapacağım Celil, bilemiyorum. Anbardaki malın bu gece gitmesi gerek. Yasef bu geceden sonra bizi idare edemeyeceğini söyledi. Yarın hepsi ortaya çıkar. O zaman ne babamları yaşatırlar, ne bu zavallı insancıkları."

Aralarında gayet yavaş bir tonda ve Rusça konuşuyorlardı. Gözünün ucu ile ev halkını göstermişti.

"Bak ne diyeceğim Seyit, sen vakit kaybetme, yüklemeye başlayın. Ben onları durdurmaya çalışacağım. Fazla uzağa gitmiş olacaklarını sanmıyorum. En azından nöbetçileri görünce, limanın üzerinde bir yerlerde bekliyor olmalılar. O kadar da deli olamazlar. Hiç merak etme, hemen fırlıyorum."

Seyit, arkadaşına minnetle baktı. Celil onu konuşturmadı.

"Nasılsa ben buradayım, zamanım bol. Senin nefes aldığın her an kıymetli. Yasef'i kaçırırsan bu kadar hazırlık perişan olur."

Seyit'i kucakladı.

"Hazır olunca çık yola. Bizim dönüşümüzü bekleme. Merak etme, her şey yolunda gidecek kardeşim."

Bundan ikisinin de şüphesi vardı ama yine de arzu ettiklerine inanmak onları biraz olsun rahatlatıyordu.

Bunun son vedalaşmaları olduğunu biliyorlardı. Bir daha görüşemeyeceklerini de.

"Konuşacak ne çok şey var, ama hiç birine vakit yok, ne yazık...

"Öyle... Kim bilir, hayat sürprizlerle dolu, bir gün yine konuşmaya şansımız olur. Çok dikkatli ol Seyit, çok dikkatli ol. Artık nasıl haberleşiriz bilemem, seni merak edeceğim."

"Ben de seni. Sen de buradan ayrılmak için sabahı bekleme, bir an evvel kayıplara karış."

Sonra ,derin bir nefeste, aklının kaldığı şeyi söyledi:

"Shura'yı bulunca ona anlat her şeyi. Onunla tam yola çıkmadan evvel konuşup her şeyi anlatacaktım, kısmet değilmiş."

Çantasından çıkardığı keseyi Celil'e uzattı.

"Bunu ona ver. Bir müddet idare eder sanırım. Sizinle gelebilirse iyi olur. Sevdiğim sana emanet, kardeşim. Sen de Tanrı'ya emanet ol."

Ağlayarak köşede bekleyen Tatiana'ya sarıldığında, Seyit şu an kollarının arasındakinin kendi sevdiği kadın olmamasından büyük bir azap duydu. Ona son kez sarılıp öpmek dahi kısmet olmamıştı. Gülümseyerek, genç kadının gözlerini sildi.

"Elveda Tatya, Celil'e iyi bak, sen harika bir kadınsın. Allah sizi ayırmasın."

"Ah! Seyt! Sensiz hiç bir şey aynı olmayacak."

"Hiç bir şey artık aynı değil tatlı Tatiana, bizler bile aynı değiliz."

Celil'le göz göze geldiler. Hayatlarını kurtarmak için de olsa işledikleri cinayet, cinayetti ve ağırlığı omuzlarında çökmüş duruyordu.

Bir kaç dakika içinde, Celil, Shura ve küçük Osman'ı başlarına bir tehlike gelmeden bulmak üzere ayrıldığında, Seyit, İsmail Efendi, damadı ve emektar iki bağ işçisi ile, üzüm sandıklarını depoladığı yerde çalışmaya başlamıştı. Az sonra, orman yolundan çıkan atlı araba, ağır ağır bağın arka tarafındaki depoya yanaştı. İsmail Efendi, arabacıya bir şeyler fısıldadı. Arabacı, atların boynuna birer saman torbası astı. Mümkün olduğunca ses yapmadan işi bitirmeye çalışıyorlardı. Bir kaç dakika içinde, iki araba daha yüklenmek üzere sırada bekliyordu.

Arabaların içine önce asma dallarından bir yatak yapıldı. Sonra üzüm sandıklarından çıkarılan silahlar yerleştirildi. Seyit, yanında getirmiş olduğu, ağzı bağlı küçük bir çuvalı da, en baştaki arabanın arkasına koydu. Üzerine, tekrar düzenlenen meyve sandıkları kat kat dizildi. Yine, asma dal ve yapraklarından yapılan bir örtünün etrafından ipler atılarak, yük sağlama alındı. Her şey tamamlanınca, arabaların tekerlekleri yağlandı. Bütün bunlar, zifiri karanlıkta yapılıyordu. İsmail Efendinin damadı, erkete olarak, bağın çıkışına yakın bir yerlerde bekliyordu. Asmaların dibinde uzanmış, yoldan gelebilecek en ufak bir hareketi kaçırmamak için gözlerini dört açmıştı.

Üç araba da yolculuğa hazırdı. Seyit, deponun bir kenarında üzerindekileri çıkarıp, köylü kılığını giydi. Yere çöküp avuçlarını toprağın üzerinde dolaştırdı. Toprak yumuşacıktı, ılıktı. Bu, toprakla son temasıydı Seyit'in. Arkada bıraktığı sevdikleri kadar özleyecekti bu toprakları. Bir avuç aldı. Ellerini yıkar gibi, Aluşta'nın bereketini dolaştırdı avuçlarında. Parmaklarının arasından akışını hissetti. Aynı, hayatın durdurulamaz akışı gibiydi.

Gece yarısına yarım saat kalmıştı. Üç atlı araba, arabacılarından ve üzüm sandıklarından oluşan yüklerini, Aluşta'nın bağlık tepelerinden limana doğru indiriyorlardı. En öndeki arabada, dizginleri elinde tutan köylü, kepini biraz daha gözlerine doğru indirdi. Üzerindeki kaba kumaştan gömleği, bol pantalonu, boyasız kunduraları, ellerindeki toprak kokusu ile, Aluşta bağlarında çalışan her hangi bir köylüden farkı yoktu. Atın dizginlerini tutuşundan bile, bütün gün güneş altında çapa sallamış, sandık taşımış alelâde bir köylü olduğu sanılabilirdi. Omuzları öne düşmüş, beli hafif bükülmüştü. Onun, Çar'ın hassa ordusunda süvari üsteğmeni olduğuna bir bakışta inanmak çok zordu. Aslen olmadığı bir kişilikte görünmek zorunluğu, onu rahatsız ediyordu. Kendisi bildiği gibi, her yüzüne bakanın hakiki hüviyetini anlayacağından korkuyordu.

Yağlanmış araba tekerlekleri, yumuşak toprağın, dökülmüş yaprakların, dalların üzerinde ilerlerken hafif mırıltılar, çıtırtılar çıkarıyordu. Seyit, bir an, Shura'nın ağaçların arasından karşısına çıkabileceğini düşündü. Onu yanına almak istemediğine pişman olmaya başlamıştı bile. Celil'in, genç kadını ve Osman'ı bulup, emniyette geriye götürebilmiş olmasını dilerken, sevgilisini daha fazla düşünmeye fırsatı olmadı. İlerden kendilerine doğru gelen dört atlıyı fark ettiği zaman, beklediği büyük imtihanın yaklaştığını hissetti. Üzerinde ilerledikleri dar yol, bir anda, Sırat köprüsüne dönüşmüştü onun için. Atlılar, süratle, üzerlerine doğru geldiğinde, Seyit'in gözleri karanlıkta Yasef'i aradı. Dizginleri çekip durdu. Adamlardan biri yanına geldi.

"Hey! nereye gidiyorsun bakalım? Bu saatte yolculuk yasak, haberin yok mu senin?"

Seyit, yanılmış olabileceği düşüncesi ile, tekrar bakındı. Dört atlının arasında Yasef yoktu. Dizginleri sıkan ellerinin, ter içinde kaldığını hissediyordu. Nefesini tutarak, sesinin titreyip kendisini ele vereceği endişesinde, bir an bekledi. İşler plânlandığı gibi gitmiyordu. İri yarı, atının neredeyse zor taşıdığı diğer Bolşevik, atının kamçısıyla Seyit'in omuzuna vurdu:

"Bunlara daha taktıramadık mı kurdelaları?"

Diğeri, genzini kaşır gibi bir sesle gülerken konuştu.

"Belki de boyunlarına bir kurdela istiyorlar. Ha, ne dersin? Şöyle kırmızı bir kurdela, kıpkırmızı."

Ulur gibi kahkahalar atıyordu. Belinden çıkardığı kılıcı, Seyit'in dik yakalı gömleğinin boynunda dolaştırdı. Genç adam, karşısındakinin, söylediklerinden aldığı keyfe bakıp, dediklerini gerçekleştirdiği zaman ne kadar mutlu olacağını kestiriyordu.

"Ne var bu arabalarda? Nereye gidiyorsun?"

Seyit, günlerdir hazırlandığı gibi, güzel, akıcı Rusçasını belleğinin bir tarafına atarak, Tatar lehçesi ile cevap verdi:

"Üzüm yüklü arabalar. Limana iniyoruz."

"Kim istedi sizden limana gitmenizi?"

"Bilmem, biz emir kuluyuz, bağa öyle haber göndermişler."

Adam yarması, kılıcını olur olmaz sandıkların arasına daldırıp duruyordu. Hiddetle haykırdı:

"Kim göndermiş be adam? Kim haber göndermiş? Neler plânlıyorsunuz kuş kadar beyninizle ha? Bu kadar üzüm, bizden habersiz nereye gidecekmiş ha?"

Arkadaki iki arabanın arabacıları, korku ve dehşet içinde bekliyorlardı. Kendilerine bir soru sorulacak olması en büyük korkularıydı. Seyit, onların dikkat çekmemesi için, konuşmaya devam ederken arabadan aşağıya atladı. Atlı, bir hamlede dönüp, kılıcını onun göğsüne dayadı.

"Hey! Dur bakalım! Sana kıpırda diyen oldu mu? Dur, olduğun yerde. Aç bakalım şu sandıkları, biz de üzüm görelim."

Seyit, arabanın üzerine çıkıp sandıkları açmaya başladı. Adamlar, leş bulmuş karga gibi, üzümleri kılıçları, tüfek dipçikleri ile parçalamaya başladılar. Bir sıra bitince, ikinciyi açtırdılar. Güzelim misket üzümleri, kendilerini örten asma yapraklarının arasında sularını sıçratarak ezilirken, arabacılar, bu adamların ellerinde kendi akıbetlerini görüyor gibiydiler.

Adamlardan biri, burnunu çektikten sonra, ağzında biriktirdiği koca balgamı arabanın üzerine doğru tükürdü. Sonra ıslak, köpüklü ağzını avucuyla silerken küfretti:

"Domuzlar sizi, haber gelmiş demek, kime yutturuyorsunuz ha! Kimin malını kime götürüyorsunuz, hırsızlar sizi! Biz size ne yapacağımızı biliriz."

Seyit, artık, her şeyin bittiğini görüyordu. Beyaz Rus ordusunun subayı olarak tanınmasa bile, gizlilikle üzüm taşıyan bir köylü olarak yine öldürülmeyi hak etmişti. Sonu değişmiyordu. Yapacak bir şey kalmamıştı. Kendisi ile bu maceranın yarısına gelen arabacılara baktı. En çok onlar için üzülüyordu.

"Onların bir şeyden haberi yok, malı ben topladım, bırakın onları gitsinler."

Bolşevik yine gülüyordu:

"Arabacıları mı bırakalım? Niyeymiş? Rusya'da arabacı mı kalmadı? İki tane eksik olsa ne olur?"

Seyit, orada kurşunlanıp, gövdelerinin kayaların üzerinden denize atıldığını görür gibi oldu. Peki o işi niye baştan yapmıyordu. Adamlar kendisini konuşturmadan, vücudunu sağ taraftaki tepeden aşağıya savurmayı düşündü. Fark ettirmeden, küçük adımlarla, kenara doğru yürümeye başlamıştı ki, dörtnala gelen atlı sesine başını çevirince gözlerine inanamadı. Allah hâlâ onunla olmalıydı. Gelen Yasef'ti. Seyit'e hiç bakmadan diğerlerinin yanında durdu.

"Hayrola yoldaş, neler oluyor?"

Adamlar durup, Yasef'i selamladılar. Tavırlarından, ona saygılı davranmak zorunda oldukları anlaşılıyordu.

"Üzümlerini kaçırıyordu, yakaladık." dedi biri. Yasef, hayatında hiç görmemiş gibi baktığı Seyit'e, atının üzerinden sordu:

"Hangi bağdansın?"

Seyit bu hiç plânlanmayan soru karşısında ne cevap vereceğini bilemedi. Ağzından tek bir kelime döküldü:

"Eminoflar'ın bağından..."

Yasef, duyduğuna hiddetlenmiş bir tavırla, azarladı:

"Artık Eminoflar'ın falan değil o bağlar. Artık kimsenin bağı yok. Anladın mı? "

Seyit bu azarlamanın, Yasef'in rolünün bir parçası olduğunu anlamıştı. Diğeri devam etti:

"İki numaralı bağdan geliyorsun demek, anlaşıldı."

Sonra arkadaşlarına döndü:

"Tamamdır yoldaşlar, olan bitenden haberim var. Odessa'ya yüklenecek sabah bu mal. Bırakın geçsin."

Seyit sevinmekte acele etmemeye kararlıydı. Her şey, o kadar ani ve beklediğinin dışında gelişiyordu ki, bundan bir kaç saniye sonrasında neler olacağını kestiremiyordu. Yasef, atından inmeden, arabaların etrafında bir tur attı. Bu defa yanındakilere kızgın bir sesle veriştiriyordu:

"Allah kahretsin! Ne hale getirmişsiniz malı. Bunun hesabını sorarlar yoldaş Tarvides, eminim sorarlar. Sovyetin malını ne hale getirmişsiniz."

Diğerleri ürkmüş, geri çekilmişlerdi. Yasef, adamların bu durumundan istifade etmesinin en iyi zamanı olduğuna karar verdi. Akıllarına yeni sorular gelmeden, Seyit'i buradan uzaklaştırmalıydı.

"Tamamdır, toparlanın, gidin. Bir daha da izin kağıdı almadan yola çıkma, anlaşıldı mı?"

Seyit yerine çıkıp oturduğunda, Yasef, atını arabanın sol yanına sürüp, sağ tarafta tepenin eteklerinde uzanıp giden denize baktı. İç cebindeki tabakadan bir sigara çıkardı. Seyit'e sordu:

"Bir kibritin var mı yoldaş, sigara içmenin zamanıdır."

Seyit, minnet ve şükranla, Yasef Zarkoviç'in gözlerine baktı. Kibritini çıkarıp onun sigarasını tutuşturdu. Karanlıkta parlayan küçük alevin ışığında, Yasef eski arkadaşının bakışlarındaki duyguları görebiliyordu. Derin bir nefes çekerken mırıldandı:

"Sağ ol yoldaş."

Seyit kibriti üfleyip, yere atarken mırıldandı:

"Sen de sağ ol,... yoldaş."

Yasef'in, "Devam!" sesi duyulduğunda, kayaların açığında bekleyen tekne, yavaş yavaş sahile doğru ilerlemeye başlamıştı. Motorcu Tatoğlu Osman, beklediği ilk kibrit ışığını görmüştü.

Bir müddet, limana inen yolu takip eden Seyit, ardlarından gelen kimse olmadığına kanaat getirince, atın başını tepeden döne döne aşağıya, kıyıya inen dar yola çevirdi. Yolun tamamını arabalarla inmeleri zor olacaktı. Biraz sonra Seyit, arabacılara durmaları için işaret verdi. Atından atlayıp kenarda durdu. Teknenin yanaşacağı yeri gözden geçirdi. Karanlıkta, denizde olup biteni göremiyordu. Kulağını kabarttı. Henüz bir ses duymuyordu. Göğü birdenbire saran bulutlar mehtabı iyice örtmüştü. Yer yer uzanan ve tekrar kesilen bir ışıltıda, Seyit aşağıdaki kayalıkların yerini bellemeye çalıştı. Sonra, kayalara paralel uzanan kıyı bölümüne en yakın yerde durup, adamlarla konuştu. Gayet yavaş sesle, bol işaretle anlatıyordu diyeceklerini:

"İndirin sandıkları, buradan aşağıya bırakacaksınız malları, teker teker, tamam mı?"

"Tamam efendim."

"Ben aşağıya iniyorum. Ateş yakacağım, hemen başlayın o zaman. Birini görürseniz, toparlanıp, yola devam ediyor gibi yapın. Beni hiç tanımıyorsunuz, tamam mı? Arabaların hepsini birden açmayın, biri boşalınca diğerini sıraya alın. Haydi eyvallah, sağ olun."

"Allah yardımcınız olsun Kurt Seyit, yolunuz açık olsun."

"Sizin de."

Seyit, iki adamının ellerini sıkarak, dik toprak yoldan aşağıya hızla inmeye devam etti. Önünü iyi görmemesine rağmen, gayet rahat iniyordu. Bu tepeler, bu kıyı, çocukluğunun oyun bahçeleriydi. Toprak yolun sonunda, ağırlığını topuklarına vererek kaydı ve ayaklarının altında çakıl taşlarını hissetti. Dar kıyı şeridi, denizden vuran dalgaların sesi ile kaplıydı. Dalgaları getiren rüzgâr, tepelerde olduğundan daha fazla hissediliyordu. İndiği tepeye yüzünü vererek, kibrit kutusunu çıkardı. İlk yaktığının alevi, kendi etrafında söndü kaldı. Yukarıdan adamların görmüş olması imkânsızdı. Yere diz çöküp, omuzlarını kaldırdı. Avuçlarını siper tutarak, ikinci bir deneme yaptı. Bu defa dört, beş kibriti bir arada yakmıştı. Avuçlarının içinde parlayan alevi görür görmez, bir elini çekti. Anında, yukarıdan toprağın üzerinde kayan sesi duydu. Tüfekler, birbiri ardına, aşağıya iniyordu. Hemen, denize doğru dönüp bir işaret daha verdi ve tüfekleri toplamaya başladı. Bir iki dakika olmamıştı ki, ilerleyen teknenin sulardaki hışırtısını duydu. Gelenin Tatoğlu olduğundan emin olmak için, yüzü koyun yatarak bekledi. Biraz sonra ses kesildi. Sahilden bir kaç metre uzaklıkta teknenin burnu gözüktü. En önde bacaklarını açmış, ayakta duran adamın elinde bir ateş yanıp söndü. Suya düşen çapanın sesi geldi. Tekneden atlayan iki kişi, suyun içinde yürüyerek, kıyıya çıktılar. Seyit, Tatoğlu'nu tanımıştı. Ayağa kalktı. Hiç konuşmadılar. Tepenin eteğinde yığılan silahlar, süratle taşınmaya başlandı. Tekneye ulaşmak için girdikleri diz boyu suyun, dalgalarla bellerine kadar çıktığı oluyordu. Hava dönmeye başlamıştı. Gökte, yağmur habercisi kara bulutlar dolaşıyordu. Seferlerini güçlükle tamamladılar. Seyit, son defa, ardında bir iz bırakmamış olmak için, tepenin eteğinde turladı. Arabalar boşalmış olmalıydı. Yukarıda, atların uzaklaşan seslerini duydu. Adamları işlerini tahmininden çabuk halletmişlerdi. Her şey yoluna girmişe benziyordu. Gözlerini tepelerde son kez gezdirdikten sonra, çakılların üzerinde kıyıya ilerledi. Bir an önce tekneye binmek arzusuyla hızlandı. Birden, ismini çağıran sesle duralayıp geriye döndü. Biraz evvel kendisinin indiği yoldan gelenin kim olduğunu anlamak için görmesi gerekmiyordu. Seslenen, küçük Osman'dı. Karanlıkta, düşe, kalka, tepeden inmeye çalışırken, bir yandan da son ümitle, sesini duyurabilmek için bağırıyordu:

"Dur! Seyit ağabey! Duuurrrr! Ben de geliyorum!"

Sözünü tamamlayamadan yine kayıp, yuvarlanıyor, tekrar ayağa kalkıp seslenmeye devam ediyordu

"Ağabey! Bekle beni! Geliyorum! Ben de geliyorum!"

Seyit, tekneyi, içindeki yükü, kendisini bekleyenleri unutmuştu. Durup seslendi:

"Buradayım Osman!"

Mehtap mı önce ortaya çıkmıştı, yoksa silah seslerini mi önce duydu, Seyit anlayamadı. Aydınlanan tepenin üzerindeki silahlı grup, aşağıya doğru nişan alıyorlardı. Sırtından kızgın bir lâv geçmiş gibi oldu. Beyni uğuldamaya başladı. Geriye dönüp denizde sallanan tekneye baktı. İçinde, kendisi için hayatını tehlikeye atmış üç adam vardı. Onlardan kendilerini kurban etmelerini bekleyemezdi. Bir ihtimâl, biraz sonra uzaklaşıp, gideceklerdi. Diğer tarafta ise, düşmanı ile arasında kendisine ulaşmaya çalışan kardeşi vardı. Osman, ağabeyinin adını haykırmaya devam ediyordu:

"Kurtar beni ağabey, kurtar beni! "

Silah sesleri, rüzgârın, denizin uğultusunu çoktan bastırmıştı. Seyit, kendisinden sadece on beş, yirmi metre yukarıda olan kardeşine bir an evvel ulaşmak için koşarak tepeye tırmanmaya başladı. Yüzü koyun, neredeyse sürünerek, ona yetişmeye çalışıyordu. Delikanlı paniğe kapılmış, ağabeyine doğru koşmak yerine, boyna dönüp arkasından ateş edenlere bakıyordu. Seyit, ona cesaret vermek için, bağırdı:

"Osman! Koş, aşağıya koş! Arkana bakma! Burdayım, koş!"

Rüzgârla dağılan bulutların ardından pırıl pırıl bir mehtap ortalığı aydınlattı. Seyit yukarıya doğru baktığında, Osman'ın, yılan gibi kıvrılan yolda, kendisine yaklaşmakta olduğunu gördü. Ama, yaklaşan sadece o değildi. Tepedeki silahlılar da, görme mesafeleri artınca, onlara yaklaşmaya başlamışlardı. Osman'ın, Seyit'le buluşmasına sadece bir dönemeç kalmıştı. Genç çocuk, ağabeyini görünce sevinçle bağırdı. Sağından, solundan geçen kurşunların tehlikesini, birden unutmuş görünüyordu. Kollarını havaya kaldırıp, iki yana açtı:

"Burdasın, gitmedin! Seyit ağabey, burda..."

Haykırışı boğuk bir iniltiye dönüştü. Dizleri büküldü, kolları, gökyüzünden yıldızları toplarmış gibi, bir araya gelip yanına düştü. Bir kaç patlama daha... Ayaklarının altındaki yumuşak toprak kaydı, kaydı ve küçük Osman, henüz on sekizinde, gözlerinde ağabeyinin kendisine kucak açmış hayâli, Aluşta kıyılarına doğru uçtu. Seyit, kardeşinin çakılların üzerine çakılan gövdesine bakarken haykırışı tepede yankılandı:

"Osmaaannn!"

Kendini, olduğu yerden gövdesi üzerinde yuvarlanarak, aşağıya doğru bıraktı. Bir an evvel, Osman'ı düştüğü yerden kaldırmak, oradan kaçırmak istiyordu. Silahlıların yaklaştığını gördü. Deliler gibi, çakılların üzerinde koşarak kardeşinin gövdesi üzerine atıldı. Osman, arka üstü, başı geriye doğru kaymış yatıyordu. Sular, köpükler halinde, başının altına kadar ulaşıyordu. Açık gözleri, gökyüzünde göremediği bir yerlerde, bulamadığı birilerini arıyordu sanki. Seyit, onun ölmüş olduğuna inanmak istemiyordu. Diz çöktü, başını kucakladı. İsmini sayıklarken ağlıyordu:

"Osman, küçüğüm benim, canım kardeşim..."

Artık cevap alamayacağı gözlerini kaparken, kulağının dibinde vızıldayan kurşunlarla kendine geldi. Tekneden karşı ateş başlamıştı. Osman'ın gövdesini sürükleyip, oradan götürmek istedi ama biraz daha oyalanırsa ya vurulacak, ya da yakalanacaktı. İstemeye istemeye onun cansız vücudundan ayrıldı ve kendini sulara attı.

Dalgalara karşı koşmaya çalışırken, çırpınan sular, yüzünden akan yaşlara karışıyordu. Kurt Seyit, çocuklar gibi ağlıyordu. Kendisini yukarıya çektikleri anda, Karadeniz'e doğru açılmaya başlamışlardı. Silahlar hâlâ susmuyordu. Seyit, kaptığı bir silahla kıç tarafta, Tatoğlu'nun iki tayfasının yanında yer aldı. Bir iki dakika sonra, kıyıdaki saldırıdan zarar görmeyecek mesafeye açılmışlardı. Tekne eskiydi, ağırdı ve yüküyle daha da ağırlaşmıştı. Boyları gittikçe büyüyen dalgalara karşı, zorlukla yol alıyordu. Seyit, bir an, bu şartlarda Karadeniz'i aşmalarının imkânsız olduğunu düşündü. Ama, liman istikametinden gelen sesler, onu sadece içinde bulunduğu anı düşünmeye davet etti. Çok geçmedi ki, üç tekne, karanlıkta, hemen hemen net görünecek yakınlıkta seyretmeye başladılar. Biri arkadan yetişmeye çalışırken, diğer ikisi kaçak tekneye sağından ve solundan yanaşmak üzere ikiye ayrıldılar. Seyit, yanıbaşında, elleri tetikteki tayfalara seslendi:

"Biriniz sancağa, biriniz iskele tarafına, çabuk!"

Delikanlılar, Seyit'ten sadece bir kaç yaş küçüklerdi. Vücutları çok yapılı olmamakla beraber, sıhhatli ve son derece atiklerdi. Denizdeki çetin hayat şartları, onları bir kedi kadar çevik ve gözü pek yapmıştı. Seyit'in söylediğine hemen uydular. Sallantıda kontrollerini kaybetmemek için, bir elleri ile küpeşte kenarına yapışıp, neredeyse yüzü koyun sürünerek yerlerini aldılar. Seyit, yedeğine bir kaç tüfek daha hazırlamakla meşguldü ki, arka taraftan, sözleşmişlercesine aynı anda, yaylım ateşi başladı. Tatoğlu Hasan, çılgın Karadeniz'le düşman arasında, teknesini ve yolcularını kurban vermemek için insan üstü bir gayret sarfediyordu. Alnından akan terleri kolu ile silerken, dümenini bin bir numaralarla, hem arkadan gelen çapraz ateş hattından uzak tutmaya çalışıyor, o arada köpüre köpüre gelen dalgalara dikine girmeye uğraşıyordu. Teknenin baş tarafından aşıp yarısına kadar güverteye yayılan dalgaları bir kez yandan alsalar işleri bitikti. Dişlerini gıcırdattı.

"Allah kahretsin, Moskof'un domuzları, Allah sizi kahretsin, Karadeniz gibi denizler yutsun sizi İnşallah."

Dışarıda uğuldayan deniz ve ard arda patlayan silah seslerinden, kimin mücadeleyi kazanmakta olduğunu anlamak imkânsızdı. Belki de, güvertede şu an sağ kimse kalmamıştı. Az sonra da Moskof onu üç yanından sarıp işini bitirecekti. Bu düşünce, terine ter katmaktan başka işe yaramadı. Sağ tarafından patlayıp gelen dalgaya doğru teknenin başını çevirirken yine küfretti:

"Allah belanızı versin emi, sizi mendebur köpekler. Ulan Karadeniz'e gömülürüm de, size tattırmam bu zevki."

Sonra, bozuk, zorlama bir Rusça ile dümen dolabının kapağına eliyle vurup konuştu:

"Hiç korkma, Allah bizi korur."

Seyit, üzerlerine yağan kurşundan, saldırının derecesinden

düşmanının sayısını anlamaya çalışıyordu. Gerçi üç tekneydiler. Ama her birinde, iki veya üç kişiden fazla adam olduğunu tahmin etmiyordu. Üç tekneden birinin onlara erişeceğine muhakkak gözü ile bakıyordu. Tepesinden vızıldayan kurşunlara karşılık vermeyi bir an bırakarak, kamaraya inen kapının dibine yerleştirmiş olduğu sandığa erişmeye çalıştı. Ani bir dalgayla yükselen tekne, bir an boşlukta durur gibi oldu. Seyit, olduğu yerden geriye doğru kayarken başını ambar kapağına çarptı. Tam kenardaki iplerden birini yakalamaya çalıştı. Başının acısı ile bayılacak gibi olmuştu. Aynı anda, tekne büyük bir çatırtı ile tekrar sulara oturdu. Yağmur bulutu boşalmış gibi tepelerine inen su, Seyit'in neredeyse tutmak üzere olduğu ipi, güvertede yılanvari hareketlerle sürükledi. Genç adam, ipi tamamen kaybetmek üzereyken ayağının ucu ile yakaladı. Yeni bir dalgaya yakalanmadan, belinden sarıp sıkı bir düğüm attı. Göz ucu ile, sancak tarafına baktığında, genç tayfanın yerinde olmadığını fark etti. Delikanlı, ya denize düşmüş, yahut da dalganın tesiri ile baş tarafa doğru sürüklenmiş olmalıydı. Seyit, şu an hayatta kalmaları için en önemli şeyin, arkadan gelenleri durdurmak olduğunu düşünüyordu. Kendini ileri çekerek uzandığı sandıktan aldığı el bombasını, gayet temkinli tutarak, mümkün olduğunca hızlı, teknenin kıç tarafına geldi. Bir an ayağa kalkması lâzımdı. Hedef olmadan bunu nasıl başaracağını düşündü. Artık çok yaklaşmışlardı. Başka çaresi yoktu. Bu son şanslarıydı. Bütün mücadelelerden sonra hayatı eğer burada bitecekse, kaderi bu demekti. Bir şey yapamazdı. Kaderini zorlayamazdı ama yapabileceği bir şey vardı; o da son şansını, kaçırmadan, denemekti.

"Allah'ım sen yardımcım ol."

Derin bir nefes alıp ani bir kararla ayağa fırladı. Aynı anda, fitilini çektiği bombayı savurabildiği kadar uzağa fırlatırken, kendini tekrar yere attı. Düşmanına hedef olmadan kurtarmıştı. Birden, patlama sesi ile, ortadaki Rus teknesinden alevler yükseldi. Gökten çıra gibi yanan parçalar düştü. Kabaran sular yarıldı ve ateş içindeki tekne, bir anda, Karadeniz'in karanlığında yok oldu. Seyit, düşmanının şaşkınlığından istifade, süratle ikinci el bombasını hazırlarken, Tatoğlu Hasan coşku ile avaz avaz bağırıyordu:

"Tatoğlu sana kurban olsun, hey anam be!"

İskele tarafında küpeşteye yapışmış, iki büklüm duran genç tayfa, o arada üzerine düşeni yapmak için, durmaksızın nişan alıp ateş ediyordu. Seyit'in fırlattığı ikinci bomba da hedefini buldu ama batırmadı. Yine de teknenin artık ilerleyemeyeceği bir hasara yol açmış olmalıydı. Sağlam tekne ise, diğerine yardım için, yolunu değiştirdi. Ateş kesilmişti. Seyit, uzun zamandır nefesini tuttuğunu fark etti. Yere oturup, sırtını ambar kapağına dayadı. Soluk aldı. Bu bir mucize olmalıydı, artık takip edilmediklerine inanamıyordu. Bir müddet daha, temkinli bir bekleyiş içinde, gözleri denizi taramaya devam etti. Tatoğlu'nun teknesi ve dalgalardan başka ses yoktu etrafta. Onca gürültüden sonra, birden, sanki sukuna kavuşmuşlardı. Tatoğlu, kendi avucuna kocaman, sesli bir öpücük kondurduktan sonra, dümenini okşadı. Keyfi yerine gelmişti.

"Helâl olsun Vallahi de Billahi, helâl olsun! Allah'ım sana şükürler olsun."

Denize düştüğünü sandığı tayfa, hafif darbe almış vücudunu tutarak ortaya çıktığında, Seyit'in içi rahatladı. Delikanlı, denize sürüklenmek üzereyken açık lumbozlardan birine can havli ile tutunup, birden anlayamadığı korkunç seslerin, alevlerin bitmesini beklemişti.

Her şey normale dönmüş görünüyordu. Seyit, küpeştenin üzerinde, oturduğu yerden kıyıya hüzünle baktı. Gözlerinden akan yaşları önleyemedi. Mücadelesi biter bitmez, kıyıda bıraktığı kardeşi aklına gelmişti. Gözlerini uzaklarda kalmış olan Aluşta tepelerine, bağlarına çevirdi. Tepelerdeki ağaçlar, mehtapla beraber, sanki onunla vedalaşıyorlardı. Bağların üzerinden kıyıya inen bakışları, küçük Osman'ın düştüğü yerde takıldı kaldı. Körpecik gövdesi çakılların üzerinde, dalgaların altında soğumaktaydı şimdi. Geri dönüp, onu sarmak, ısıtmak isteği içini tutuşturdu. Birden, o çok iyi bildiği nöbet hissi vücudunu baştan aşağı sardı. Tekneyi kağıt bir sandalmışçasına savuran dalgalara ve onların ötesindeki uçsuz bucaksız kapkara denize baktı. Bütün bu yaşadıkları manâsız geldi. O kadar çok şey kaybetmişti ki, bundan sonra kurtulması, yaşaması eski önemini yitirmişti. Ailesi, evi, toprakları, arkadaşları, sevgilisi, her şeyini yavaş yavaş hayâl perdesine dönüşen kıyıların memleketinde bırakmıştı. Bıraktığı sade onlar değildi, ruhu, yüreği, kendisi de orada kalmıştı. Denizin ortasında, tekneyle beraber sallanan adamsa, yapayalnız, hayâlleri, sevgileri çalınmış bir adamdı.

Aluşta kıyıları, yavaş yavaş, tül bir perde ardına saklanır gibi, uzaklaşmaya başladılar. Seyit, bir daha asla göremeyeceği memleketinin son resmini gözbebeklerine nakşedip saklamak istercesine baktı, baktı... Koca bir dalganın, kıç tarafta çırpınışı ile suya varışı arasındaki daracık zamanda da kıyının hayâli tamamen gözden kayboldu. Bitmişti işte. Bir dalga evvel görebildiği memleketi, bir köpük sonra ortada yoktu. Yaşanan bunca sene bir rüya gibiydi. Belki de gerçekten bir rüyaydı. Kötü bir rüya. Sabaha uyanacaktı. Belki de hatırladıkları bir rüyaydı. Belki, Aluşta diye bir şehir hiç olmamıştı. Ve Kurt Seyit diye biri hiç yaşamamıştı. Ya diğerleri? Onca sevdiği, hepsi hayâl olamazdı, ve onca kaybettiği... Gözleri yaşlardan, yüreği hıçkırmaktan yanıyordu. Kollarını kavuşturup, kendini ısıtmaya çalıştı. Ama iliklerine kadar saran üşüme hiç bir şeye sarınmakla geçecek değildi. Bu, ona steplerden kalan bir duyguydu ve erimeyen buzdan bir parça gibi, ta vücudunun derinliklerinde bir yerlerde kendini hep hatırlatacaktı.

Kıyıdan uzaklaştıkları ne kadar olmuştu, bilemiyordu. Hafızası o kadar yılı taramış, mazide o kadar uzun bir gezinti yapmıştı ki, yaşı kadar yıl geçmiş olabilir gibi geliyordu. Aslında, bütün bütün, bir saattir yol alıyorlardı. Deli rüzgâr yavaşlamış, denizin üzeri geniş, ağır, ölü dalgalarla kaplanmıştı. Tatoğlu Hasan, Seyit'in yanına geldi. Coşkuluydu.

"Kurt Seyit, beyim, Allah sizden razı olsun. Neydi o beyim? Nasıl kurtulduk bu cehennemden, elleriniz dert görmesin."

Seyit, motorunu, kendisini, tayfalarını ona feda etmeye hazır, yürekli denizcinin yüzündeki ifadeden çok duygulanmıştı. Gülümsemeye çalıştı.

"Sen de çok iyi iş başardın Tatoğlu. Dümende senden başkası olsaydı, çoktan suyun dibindeydik."

Tatoğlu Hasan, aldığı iltifattan gururlanmıştı. Kendisi iyi denizci olduğunu biliyordu ama, bir de Seyit'ten duyması koltuklarını kabarttı. Mahçup bir eda ile cevapladı:

"Estağfurullah beyim, estağfurullah."

Lâz kaptan, Seyit'in bundan sonra ne yapacağını çok merak ediyordu.

"Beyim, ukalâlık olmasın ama, meraktayım, hani Sinop'ta bir

bildiğiniz falan var mı diye."

"Seneler evvel bir teyzem gelin gelmiş Sinop'a ama bilemem şimdi neredlast. Uzun yıllar oldu."

"O zaman zor iş. Ama dert etmeyin beyim. Türkiye sizin öz be öz vatanınız. Akrabanız olmasa ne çıkar."

"Öz vatan?", diye düşündü, Seyit. Doğmadığı, büyümediği, tanımadığı bir ülke onun öz vatanı nasıl olacaktı?

İçerideki yükü işaret edip devam etti kaptan:

"Bir bilseniz beyim, bunlar ne makbule geçecek. Kolay değil, bu yaptığınız, biliyorum. Ama, sizi karşılayanların sevincini görünce, acılarınızı biraz olsa da unutacaksınız."

Sonra, geride bıraktığı toprakların kâbusundan kurtulmuş olarak, kendi memleketinin dertlerini yakınında hissetti.

"Halk perişan Türkiye'de beyim. Evlerde erkek kalmadı. On sekizine gelen, cepheye gidiyor. İmparatorluk parça parça. Nerede o dedelerimizin anlattığı Osmanlı ihtişamı, nerede o saltanat? Şimdi, iki karış toprak kurtarmak için, evinden kazmasını, küreğini kapan savaşa gidiyor beyim. Halimiz acı, çok acı. Onun için göreceksiniz, bu motor bir yanaşsın, ne bayram olacak Sinop'ta."

Konuşmasıyla, Seyit'i çok oyaladığını düşündü.

"Beyim, biraz uyusanız, daha yol çok, seyredecek deniz de çok. Ama gücünüz yetmez de kalırsanız, bu Karadeniz hiç bitmez gibi gelir insana."

Seyit, elini uzatarak, onun elini sıktı.

"Sağ ol Tatoğlu, sağ ol, çok iyi iş becerdiniz. Bu yaptığınızı unutmayacağım."

Tatoğlu, olanları hiç umursamaz tavırda, güleç bir yüzle konuştu:

"Lâfı mı olur beyim, lâfı mı olur? Hem neymiş, iki el ateş etmek ki? Bizim oralarda biz alışığız. Amma velâkin faydamız olmadı, sizin arkadaşı kurtarmaya."

"Arkadaş değildi," dedi, Seyit. Sonra, uzaklara, denizin karanlıklarına bakarak, fısıltı halinde bir sesle tamamladı:

"Kardeşimdi, Tatoğlu, kardeşimdi..."

Sesi boğulup kaldı. Lâz kaptan müteessir olmuştu. Elini onun omuzuna koyup, teselli vermek istedi. Ama, bir beyefendiye ayıp olur düşüncesi ile, elini çekti.

"Allah katında şehit sayılır beyim, Allah rahmet eylesin. Allah size sabır versin. Ne denir ki? "

Hakikaten de diyecek bir şey yoktu. Seyit yine ayrı bir dünyaya dalmış, gitmişti.

"Eh beyim, insanın böylesi acısı varken, yalnız kalmak ister, bilirim. Ben dümendeyim, bir emrin olursa bir işaret ediver, çocuklar koşar hemen. Battaniye falan istemez misin? Ayaz başladı artık."

Seyit, dalgın dalgın, biraz da adamı memnun etmek için cevap verdi:

"İyi olur."

Konuşmak istemiyordu. Konuşacak bir şey kalmamıştı onun için. Bundan sonra etrafındaki insanlar hep yabancı olacaktı. Anlattıklarını masal gibi dinleyeceklerdi. Anılarını paylaşan, hatırlayan kimse olmayacaktı. Onun hüzünleri, sevinçleri, anlatılırken sadece hikâye olacaktı. Dinlemekle, onun yaşadıklarını nasıl hissedebilirlerdi? Şu an, biri ona ne yaptığını sorsa ne cevap verebilirdi? Yeri neresiydi? İhtilâlin çökerttiği bir imparatorluktan, harbin parçaladığı bir başka imparatorluğa yol alan kaçaktan başka biri değildi.

Küpeşteye çarpan dalganın sesi ile, düşüncelerinden sıyrıldı. O sırada, omuzlarına bırakılan battaniye, sırtına vuran rüzgârı kesivermişti. Ne kadar üşümekte olduğunu o an fark etti. Tatoğlu'na teşekkür etmek için, başını döndürdü. Gördüğü gerçek olamazdı. Hafızasını geçmişle hayâller arasında dolaştırırken çıldırmış olmalıydı. Bir an yutkunamadı, nefes alamaz oldu. Hayâline dokunmak, onu hissetmek istiyordu. Hayâlin yüzü gölgedeydi, teknenin sallantısı ile ayakta zor duruyordu. Ama bu başı, bu omuzları, duruşu, nerede olsa tanırdı Seyit. Elini ona doğru uzatırken, dudaklarından ismi döküldü:

"Shura! Shuruçka! Küçük sevgilim..."

Yere, onun yanına çöken gölge, hayâl olmaktan çıkmıştı. Seyit, birden, kaybettiği her şeyi, herkesi, bütün Rusya'yı yanında bulmuş hissetti kendini. Hiç konuşmayan, sadece ağlayan sevgilisini bağrına bastı. Onu hasretle kokladı. Bu defa parfüm yoktu ama teninin çiçek kokusu geliyordu, boynunun ılık çukurluğundan. Seyit, hasretle, derin bir nefes alıp onu içine sokacakmış gibi kokladı. Battaniyeyi açıp, genç kadının sırtından sardı, çekip başını göğsüne yatırdı. Dudaklarını onun saçları arasına gömdü. İşte, Shura'sı buradaydı, yine onunlaydı. Mehtap, ışıltılarla, yüzlerinde, ellerinde oyunlar yapıyordu. Seyit, biten, yok olan her şeyi, Shura'nın gövdesi içinde kucağına almıştı sanki. Gür sarı saçlarında buğday tarlalarını, gözlerinin mavisinde Yalta ormanlarının sularını, kokusunda Petersburg'un saltanat günlerini, bakışlarında bütün sevdiklerini buluyordu. O, Seyit'in geçmişini bilen, ona sorgusuz sualsiz inanacak tek insandı. O, Seyit'in geçmişiydi. Çocukluğu, gençliği, aşkları, sevgilileri, ailesi, kaybettikleri ve şu an onu tek tanıyandı. O, Seyit'in yitirdiği Rusya'sıydı. Daha sıkı sarıldı. Sevgilisinin yaşlarla ıslak yüzünü öperken dayanamadı. Erkek ağlamazdı, asker ağlamazdı, ama Kurt Seyit ağlıyordu.

Sinop'ta İki Kaçak
1918

Bir gün sonra, sabaha karşı, Sinop limanına girerlerken teknenin burnunda ayakta, nefeslerini tutmuş bekleyen iki yolcu, yepyeni bir hayatın eşiğinde, nelerle karşılaşacaklarını bilmemenin şaşkınlığı ve filizlenen yeni ümitleri ile, yaklaşmakta oldukları karayı seyrediyorlardı. Seyit, hiç beklemediği şekilde, karamsarlığından kurtulmaya başladığını hissetti. Denizin ortasındaki duygularından sıyrılmaktaydı sanki. Yeni bir ülke, yeni bir yaşam, eskisine benzemese de, şanslı bir başlangıçtı. İçinde bir kıpırdanma hissetti. Bir an evvel karaya ayak basmak, bu yeni dünyası ile tanışmak için sabırsızlanıyordu.

Shura ise, sadece, sevdiği erkeğin elini tutup ondan güç alarak bekliyordu. Beklentilerinin ne olacağını bile canlandıramıyordu kafasında. Bu ülkeyi ve insanlarını o kadar tanımıyor, lisanları, âdetleri ile kendisine öyle yabancı bir yere geliyordu ki, sadece Seyit'i izlemeye ve hayatını artık onun ellerine bırakmaya karar verdi. Erkeğin pırıltılı gözlerle sahile bakışını izledi. Bir an, göz göze geldiler. Seyit, sevgilisinin, avucunun içindeki elini sıkarken gülümsedi. Gözbebeklerinde, derin bir yerlerde, mahzun, kırık bir ifade vardı ama gülüşü hayat doluydu. Shura, aynen karşılık verdi.

Balıkçı tekneleri arasından sıyrılıp yanaştıklarında, bir anda nereden çıktıklarını anlayamadıkları bir sürü çocuk, çığlıklarla etraflarını sardılar. Tatoğlu, yumuşak bir sesle onları azarladı:

"Haydi bakalım, geri durun, rahat bırakın misafirlerimizi."

Misafir sözü, sanki sihirli bir değnek tesirini yaptı. Çocuklar, arka arkaya çekilip, sessiz sessiz gelenleri süzmeye başladılar. İçlerinden biri bağrışarak, diğer yöne doğru koşuyordu:

"Tatoğlu geldi! Tatoğlu geldi!"

Biraz sonra köylüler, aralarında Jandarma komutanı olduğu halde, kıyıya gelmişlerdi. Yörenin söz sahibi olduğu belli yaşlısı, öne çıkarak, Seyit'i selamladı:

"Hoş gelmişsiniz beyim, memlekete hoş gelmişsiniz."

Jandarma komutanı ile selamlaştıktan sonra motora giren Seyit, onlara sandıkları teslim etti. Komutanın işareti ile, bir kaç er ve köylüler silahları taşımaya başladıklarında, ortalık birden bayram yerine dönüştü. Silahlar elden ele öpülerek geçiyor, köylüler, çocuklar gibi birbirlerine sarılıp sevinç çığlıkları atıyorlardı. Seyit'in bir anda etrafı sarıldı. Dualar arasında, kimi ağlayarak, Seyit'i kucaklıyorlar, ellerini, yanaklarını öpüyorlardı. Küçükler de bu heyecandan etkilenmişlerdi. Elinde uzun bir tahta parçası ile kendini yerlere atan altı, yedi yaşındaki köylü çocuğu, yüzü koyun siperden nişan alan bir asker pozunda sesler çıkarıp, kendi kendine coşuyordu:

"Pav! Pav! Pav! vurdum gâvuru, vurdum!"

Sıska, çelimsiz vücudunu yılan gibi kıvırarak, sözüm ona, siperde ilerliyordu. Yamalı mintanı kısa paçalı pantalonunun içinden çıkmış, kopuk askılıklarından biri arkasında sürükleniyordu. Patlak meslerinden tabanları gözüküyordu. Devamlı olarak, başındaki fesi düzeltip duruyordu. Seyit, gözünde biriken yaşlara engel olamadı. Bu, hiç tanımadığı insancıklara ümit getirmiş, beklemedikleri bir mucizeyi gerçekleştirmişti sanki. Can'ı gönülden kabul edildiği bu memleket, artık, onun ülkesiydi.

Shura, seyirci olduğu manzaradan o kadar etkilenmişti ki, kendisini dikkatle seyreden bir grup genç kızın farkına varmamıştı. Denizcilerin kızları, bileklerine kadar kollarını, bacaklarını örten çiçekli entarileri, saçlarının büyük bir kısmını kapayan eşarpları ile, sanki, birdenbire, bütün dünyadaki kadınların kendilerine benzemediğini fark etmişlerdi. Rusya'dan gelen genç kadın, hiç bir şeyi ile onlara benzemiyordu. Sapsarı saçlarını kocaman bir topuzla ensesinde toplamıştı. Başını örtmemişti. Elbisesi, ayaklarındaki ayakkabılar son derece sade olmakla beraber, o kadar zarif ve şıktı ki, hayranlıkla genç kadını seyrediyorlardı. Yaşı on civarındaki küçük kız dayanamayıp, üzerinde durduğu tümsekten eğilip, Shura'nın saçlarını okşadı. Sonra, onun, başını geriye döndürüp bakması üzerine utandı. İşaret parmağını ağzına sokup, olduğu yerde, utangaç utangaç sallandı.

Genç kadın, kendilerine gösterilen bu sevgiden çok duygulanmıştı. Onlara bir şekilde karşılık vermek istiyordu. Lisanı bilmediğine göre, hislerini ifade edecek bir hareket yapmalıydı. Gülümseyerek, kollarını küçük kıza doğru açtı. Rusça mırıldandı:

"Haydi, korkma, gel."

Küçük kız söyleneni anlamadı ama kendini onun kucağına bıraktı. Yine aynı utangaçlıkla eli ağzındaydı. Shura, onun küçük başını öperek, göğsüne dayadı. Kız, Rusya'dan gelen kadının kucağına aldığı çocuk olmaktan son derece mutluydu. Arkadaşlarına bakarken halinden gururlandığı belliydi.

Silahlar taşınmıştı. Sevgililer, özel eşyaları ile, Jandarma komutanını takip ettiler. Karakolda bir saat kadar oturdular. Çay ikramından sonra kendilerine tahsis edilen eve götürüldüler. Bütün bunlar bir düğün havası içinde oluyordu. Karakola kadar kendilerini takip eden kalabalık, onlar orada olduğu sürece kapıda bekledi. Sonra yine peşlerinde, oturacakları eve doğru hep beraber gittiler.

Yeni evleri, limanın üzerinde, ağaçlar arasında iki göz odalı küçücük şirin bir evdi. Pencere diplerine dizilmiş sedirleri, ortadaki yuvarlak bakır sinisi, mutfağında duvara oyulmuş büyük ocağı ile, gerekli olabilecek bütün elzem malzeme evde hazırdı. Herkes çekilip, kapılarını kapadıktan sonra, bir müddet sessizlik içinde durdular. İkisi de, badana boyalı tavan, duvarlar ile yerdeki Sivas halısının arasında kalan yeni dünyalarına alışmaya çalışıyor gibiydiler. Pencerelerin önünü akşam sefaları kaplamıştı. Birden, manzarayı fark eden Seyit nefesini tuttu. Pencereye ilerledi. Tepenin altındaki liman, ve ufuk çizgisinde yok olana kadar uçsuz bucaksız Karadeniz... Bir an, kendini Aluşta tepelerinden bakıyor zannetti. O kadar sahici bir histi ki, acaba ruhum Aluşta'da mı kaldı, diye düşündü. Evet, bunda bir şüphesi yoktu. Evi artık Sinop'taydı ama ruhu hâlâ denizin öbür ucundaki kıyılardaydı.

O akşam yanlarında getirdikleri eşyaları açıp yerleştirmeye başladıklarında, ikisi de tek tek ellerine aldıkları parçalarda anılarını yaşadılar. İki odanın arasındaki kapının hemen yanında, duvara yaslanmış küçük masanın üzerine, çuvaldan çıkardığı bir kaç parça eşyayı dizen Seyit, iskemleyi çekip bir müddet onları seyretti. Üniformalı resimleri, nişanları, Çar'ın hediyesi saati ve ortası elmas taşlı yüzüğü... Şimdi hepsi, sanki, bir başkasının malı gibiydi.

"Hayret," diye düşündü. Uzakta kaldığı halde, anılar insanın yanından ayrılmıyorlardı, ama objeler, beraberinde taşımasına rağmen, şimdi ona ne kadar uzak duruyorlardı. Parmaklarını, nişanları, saati ve yüzüğü arasında gezdirdi. Onlara dokununca can bulmalarını, yine üzerlerindeki sahiplik duygusunu hissetmek istiyordu. Saatin zinciri avuçlarından kayarken, Çar Nicholas'nın mütevazi, yumuşak, sevecen bakışları gözleri önüne geldi. On iki yaşında babası ile beraber sarayı ilk ziyaretinde, Nicholas'nın, konuşurken, bir yandan da sevgiyle çiçeğin yapraklarını okşayışını düşündü. Kaç sene geçmişti? On dört, hepsi hepsi on dört sene. Sanki asırlar yaşamış gibi ağırlık hissediyordu omuzlarında. Nişanlarını tekrar kutularına koyup çuvala geri yerleştirdi. Aynı çuvalda ruble, kapik, doluydu. Paralar, iki kuştüyü yastığın içine yerleştirilmişti. Tekrar sıkı sıkı çuvalın ağzını kapayıp, yüklüğe kaldırdı. İşte, onca yaşantıdan bütün getirebildikleri buydu.

Shura, bir kaç parça giyim eşyasını çekmecelere yerleştirip, sedirlerden birine oturdu. Akşamın basmakta olan karanlığında içini memleket hasreti sarmıştı. İlk defa bu kadar uzağındaydı. Seyit, gelip onun yanına oturdu. Pencerenin tüllerini kenara çekti. Bir elini genç kadının omuzuna doladı, sonra gözlerini pencereden dışarıya çevirip mırıldandı:

"Haydi sevgilim, bana biraz hüzünlü bir şeyler söyle."

Shura onun ne demek istediğini biliyordu. Dönüp, yanağına bir buse kondurduktan sonra şarkısını mırıldanmaya başladı.

Gözleri denizin görünmeyen uzaklıklarında, görünmeyen kıyılarını, ormanlarını görür gibi dalıp gitti. Sonra, kıyılardan içerilere, steplere, oradan Neva nehrinin kıyılarına uzandılar. Üzerlerine karlar yağdı, troykaların çıngırakları kulaklarında, karlar üzerinde kaydılar, kaydılar. Shura şarkısını bitirdiğinde, gözlerinde yaşlarla, kendisini Seyit'in kollarına attı.

"Beni bırakma Seyt, beni hiç bırakma. Bu dünyadaki her şeyim sensin."

Seyit, dalgınlığından kurtularak, kucağındaki genç kadının yüzünü avuçları içine aldı. Gözlerinin içine baktı.

"Benim de her şeyim sensin sevgilim, her şeyim..."

Seyit, ne zamandır unuttuğu bir sıcaklığın, kucağından iliklerine kadar yayıldığını duydu. Genç kadını belinden kavrayıp kendine doğru çekti. Dudakları ile dudaklarını buldu. Elleri ile onun mevzun vücudunun hatlarını okşarken, avuçlarının içindeki körpe yumuşaklığı ne kadar özlediğini fark etti. Öpücüklerini boynuna, gerdanına doğru indirdi. Shura, bir an, hayatlarında hiç bir şeyin değişmediği duygusuna kapıldı. Başını arkaya atarak, erkeğin dudaklarının bedeninde yarattığı titreyişlere teslim oldu. Sabırlı fakat arzulu eller, onu bluzunun ve çamaşırlarının esaretinden kurtardığı vakit, göğüslerinin, karnının, bacaklarının alev alev yandığını hissetti. Daha fazla sabredebileceğini sanmıyordu. Bir an evvel kendini ona vermek, bütünleştiklerini hissetmek istiyordu. Bu hisleri karşılıklı aynıydı. Vücutlarının birlikteliği onlar için düşüncelerinin çaresizliğinden kaçış oluyordu. Gövdelerinin ritmi ile aynı anda alıp verdikleri soluklarda, daha evvel yaşadıkları bütün güzellikleri tekrar tekrar yaşıyorlardı. Aşkları, onların hasretlerinin tedavisiydi. Hasretlerinin en dindirildiği anlar, aşklarını, gövdeleri ile ifade ettikleri anlardı. Birbirlerinin lisanını çok iyi bilen vücutları, artık kontrolu ele aldığında, düşüncelerinde sadece temaslarının yarattığı dayanılmaz zevkin doruğuna varmak kalmıştı. Dudakları, nefesleri iç içe, kolları, bacakları ve ruhları birbirine kenetli, aşkın en güzel tarifini yaşadıkları an, uzaktaki her şey dokunacak kadar yakına geldi, kısa bir süre için de olsa, bütün özlemler bitti. Birbirlerinin kokusu ve sıcaklığına sarılıp bir bütün oldular.

Rusya'dan kaçan çiftin hikâyesi kısa zamanda yayılmıştı. Çevrenin ileri gelenleri, hali vakti yerinde olanları, birer birer, onları ağarlamağa çalışıyordu. Bütün şiddeti ile süren harbin getirdiği yokluklara rağmen, ikramlarıyla, Seyit'le Shura'nın kahramanlıklarına bir karşılık vermek istiyorlardı. Köylü kadınlardan biri, her gün eve gelip, ev işlerinde yardımcı oluyordu. Zaten iki gözlü bir evde Shura'ya yapacak hiç bir iş kalmamıştı. Hatıralarını yazmaya başladı. Seyit, ilk günler, âdet olduğu üzere, diğer erkeklerle beraber kahveye gidip oturuyordu. Gerçi, etrafta olanlar ya on yedi yaşın altında, ya çok ihtiyar, veya sakat kalıp cepheden dönenlerdi. Nohuttan yapılma kahve, kaynamaktan acımış şekersiz çay eşliğinde konuşulan tek konu harpti.

Birinci Dünya savaşı, müttefiklerin güçlü saldırıları ile devam ediyordu. Osmanlı orduları, Güneydoğu'da bozguna uğramıştı. Filistin ve Suriye, artık, müttefiklerin elindeydi. Bağdat'ı alan İngilizler, Halep önlerine gelmişler fakat orada Mustafa Kemâl Paşa güçleri tarafından durdurulmuşlardı. Ancak, bütün yurtta bir kahraman olarak tanınmaya başlayan Mustafa Kemâl'in çabaları, savaşı galip bitirmeye kâfi gelmiyordu.

İttifak Devletlerinin barış istemeleri üzerine, aynı grupta yer alan Osmanlılar'a yapacak başka iş kalmamıştı. 30 Ekimde Mondros Antlaşması ile Osmanlı İmparatorluğu kaderini Müttefiklere bırakıyordu.

Seyit, derin bir üzüntü ile, geldiği ülkenin gidişatını takip ederken, bir tekne dolusu silah getirmiş olmaktan başka işe yaramadığını düşündü. Askeri bilgisi ve tecrübesi sayesinde daha verimli işlere yarayabileceği fikri ile, Komutanlığı ziyarete gitti. Ancak, ziyareti hüsranla bitti. Komutan, kollarını açarak karşıladığı Seyit'i dikkatle dinleyip sonra, onun arzusuna verdiği cevaptan üzüntüyle, izahta bulundu:

"Seyit Bey, sağ olun, var olun, çok yüreklisiniz. En çaresiz günümüzde bize şevk verdiniz. Burada kahraman gibi biliniyorsunuz... Amma velâkin... ne de olsa Rus tebasısınız. Bugünkü şartlarda sizi orduya almamız imkânsız. İnanın, bunu söylerken utanıyorum. Bunu sakın şahsınıza olan güvensizlik diye almayın. Tam aksine, size itimadımız sonsuz. Yalnız, ülke o kadar karışık ki... umarım bizleri anlarsınız."

"Türk tebasına geçmek istesem..."

"Tabi, ama, hemen şu an mümkün değil bu. Zaman alan işler bunlar. Hele bir de Rusya gibi yerden gelmişseniz, işiniz bir kat daha zor olur. Neden, bundan bil istifade, sizin olan zamanın tadını çıkarmıyorsunuz? Eminim, yaşadığınız mücadelelerden sonra bunu hak etmişsinizdir."

Seyit ayağa kalkarken kalbi kırıktı. Komutanın kibarlıkla uzattığı elini sıktı.

"Sanırım, benim mücadelem daha bitmedi."

Sağlam vücudu, arzusu, asker olması, yetenekleri, hiç bir şey onun Türk ordusunda görev almasını sağlayamıyordu. Rus Çar'ının hassa ordusundan, Sinop'un kahvehane köşelerine atılmış, kalmıştı. Kendini işe yaramaz, yaşlı ve yorgun hissetti. Komutan, arkasından koridora doğru sesleniyordu:

"Seyit Bey, çok üzgünüm...."

Genç adam, arkasına bakmadan, sağ elini kaldırıp salladı. Kendi kendine mırıldandı:

"Ben de..."

Oradan ayrılmak istiyordu. Nereye giderdi bilmiyordu ama bildiği bir şey varsa o da, Sinop'ta yaşamanın çok zor olduğuydu. Yeni bir hayat kurmaya ihtiyaç hissediyordu. Ve bunu yaşaması için de bir şeyler yapması gerekti. Bütün gün, kahvede, yaşlılarla ve sakatlarla oturup, harp haberlerini dinlemekten bıkmıştı. Shura'nın da aynı bunalım içinde olduğunu sezinliyordu. Genç kadının hiç bir şikâyette bulunmamasına rağmen, Seyit'ten başka konuşup anlaşabileceği kimselerin olmaması onu neredeyse boğacak gibi oluyordu. Rusya'daki en kötü günlerinde bile, hiç değilse, kendi lisanında, kendi dertlerini anlayacak bir kaç kişi ile beraber olabiliyorlardı. Memleketlerinden kaçarken huzura kaçmışlardı, öldürülmekten kurtulmuşlar ama burada da bir cins esarete düşmüşlerdi. Kendi yarattıkları, gönüllü oldukları bir esaretti bu. Türkiye'de, Türklerle beraber yaşıyor, gönülden ağarlanıyorlardı. Ama neticede, Rus tebaalı iki kaçaktılar. Bu, onları, elleri, kolları bağlı kılıyordu.

Aşklarında değişen bir şey yoktu. Aynı ihtiyaçla birbirlerine bağlılardı. Sevinmek için fazla bir sebep yoktu hayatlarında, ama, zaten onları esas bağlayan hüzünleri değil miydi?

Seyit, günlerce düşündükten sonra, İstanbul'a gitmelerinin en doğrusu olduğuna karar verdi. İmparatorluk çatırdasa bile, asırlardır saltanata başkentlik yapmış İstanbul'un, kendilerine uyacak hayatı sunacağından emindi. Üstelik, orada bazı dostlarını bulma ihtimâli daha fazlaydı.

Fikrini Shura'ya açtığı vakit, genç kadın sevinçle karşıladı. Sevinci, o şehri bildiğinden veya o şehirde tanıdığı olduğundan değildi. Ama, İstanbul denilince, aklına bir masal şehri geliyordu. O güne kadar dinledikleri ile, bir ihtişam, renk, saltanat, saraylar, zenginlik şehri olduğu fikri kafasına yerleşmişti.

Seyit, Sinop'tan İstanbul'a gidebilmek için, Komutanlıktan izin almak üzere evden ayrıldığında, Shura büyük bir heyecan içindeydi. Heyecanı Seyit dönene kadar sürdü. Ama kapıyı açtığında sevgilisinin yüzünde gördüğü ifade, yolculuklarının gerçekleşemeyeceğini anlatıyordu. Sorar gibi, Seyit'in yüzüne baktı. Cevapla beraber bir hayâl daha yıkılıyordu:

"Gitmemiz imkânsız sevgilim. İngilizler İstanbul'u işgâl etmişler."

Tarih 18 Kasım 1918'i gösteriyordu.

Amasya
Haziran, 1919

Sultan VI. Mehmet Vahdettin, İtilâf Devletleri'nin arzularını kabul etmekte kendisi ile hem fikir olmayan politikacıların hakimiyetine son vermek için, parlementoyu dağıtmıştı. Ama, Anadolu'da ağ kurmaya başlamış olan sivil ve askeri şebekeler, İstanbul'un kontrolunun dışında kalıyordu. Jön Türkler'in uzantısı olan yöresel kuruluşlar, kendi bölgelerinde söz sahibi olmaya başlamışlardı.

Samsun'da böyle bir kıpırdanmanın farkına varan İtilâf Devletleri, Sultan'ın kayınbiraderi olan Sadrazam Damat Ferit Paşa'dan olayların bastırılmasını istediler. Ancak, İstanbul'dan Anadolu'yu kontrol altına alacak bir güç mevzubahis değildi. Askeri bir görevlinin, bölgeye bizzat giderek, baskı kurması lâzımdı. Bu iş için düşünülen isim, Çanakkale kahramanı General Mustafa Kemâl oldu. Ve Mustafa Kemâl, sivil ve askeri düzeni sağlamak üzere, tam yetki ile, Anadolu'nun geniş bir kısmını kapsayan Dokuzuncu Ordu Müfettişliğine getirildi. Halkın ve ordunun üzerindeki etkisi biliniyordu. Ayrıca, Enver Paşa'nın aksine, Alman hayranlığı taşımadığı için, İtilâf Devletlerinin de görevi hususunda ses çıkarmayacakları kesindi.

16 Mayıs, 1919 günü işgâl altındaki İstanbul'dan Samsun'a gitmek üzere ayrılan Mustafa Kemal'in yola çıktığı saatlerde, İngiliz istihbaratından Wyndham Deedes, Bab-ı Ali'nin kapısında Sadrazamla görüşmek için bekliyordu. O tarihe kadar İngilizler'e karşı verdiği mücadeleden, Mustafa Kemâl'in işgâl kuvvetleri lehine bir tutum almayacağını tahminle, O'nun bu göreve gönderilmesini durdurmaya çalışacaktı. Ama, Bandırma vapuru çoktan limandan ayrılmıştı.

Türkiye'nin kaderini ve dünya tarihini değiştirecek olan deniz yolculuğu başladığında, Mustafa Kemâl'in plânları, Wyndham

Deeds'in korkuyla tahmin ettiklerinden başka bir şey değildi. Vapuru, Karadeniz kıyılarının uzağından Samsun'a doğru ilerlerken, O, Anadolu'da işgâlden uzak bölgelerde toplayıp başına geçeceği orduyu nasıl yönlendireceğini çoktan plânlamıştı.

19 Mayıs 1919'da Samsun'a çıkar çıkmaz, plânını adım adım gerçekleştirmeye koyulan Mustafa Kemâl, ilk iş olarak ulusal bilincin körüklenmesi gereğini görüyordu. Ayrı ayrı çalışan kurtuluş cemiyetlerinin Sivas'ta toplanması için bir çağrı yaptı. Yıllardır, onun kahramanlıklarını izleyen ve dinleyen millet, içinde kıpırdanan kurtuluş ateşini körükleyecek bir lider bulmuş olmanın coşkusundaydı.

İstanbul, sessizlik içinde, işgâl gemilerinin gölgesinde korku ile karanlıkta yaşarken, Anadolu'da mili mücadelenin tohumları atılıyor, insanlar ümitle, heyecanla, coşkuyla yeni gelişmeleri bekliyordu.

Kendilerine karşı tavır alan ve bitmiş, tükenmiş zannedilen bir milleti uyandıran Mustafa Kemâl'i pek tanımayan işgâl devletlerinin yöneticileri ve Türkiye'deki yetkilileri, birden, onun daha dikkatli izlenmesi gereken bir tehlike olduğunu görmeye başlamışlardı. Ama, iş artık onların kontrol edebileceği bir durumdan çıkmıştı. İstanbul'a dönmesi emredilen Mustafa Kemâl, bu emre itaat etmedi.

Çeşitli yörelerden O'nun çağrısına uyanlar, gizlilik içinde, kahramanlarıyla buluşmaya yola çıkıyorlardı.

Mustafa Kemâl'e ulaşmak üzere Sinop'tan yola çıkan grubun içinde Seyit de vardı. Bir yıla yakın zamandır, oturduğu yerden, gelişmeleri üzüntü içinde takip ediyordu. Kısa bir zaman önce, Sinop'a yaptığı bir araştırma gezisi sırasında Onbeşinci Kolordu Komutanı Kâzım Karabekir Paşa ile tanışmıştı. Mustafa Kemâl ve arkadaşlarının, İstanbul'daki yönetimin fikirleri dışında bir anlayışa sahip olduklarını anlamıştı. Sonsuz bir heyecanla, artık başlayan direnişin bir parçası olmak istiyor, içindeki asker ruhu canlandırılmayı bekliyordu. Rusya'da bitiremediği kavgasını, yeni ülkesinin düşmanlarına karşı vermek için, bir şans istiyordu. Hakkında hep dinleyerek hayran olduğu kahramanı göreceği için sevinçli ve heyecanlıydı.

Seyit, bir kaç gün sonra, Mustafa Kemâl Paşa ile karşılaştığında, Türkiye'nin kaderini elinde tutan bu genç adamın deniz mavisi gözlerindeki azim ve kararlılık dolu bakışlardan etkilenmeden edemedi. O'nu etrafındaki kalabalıktan ayıran sihirli bir tarafı vardı. Boyu çok uzun olmamasına rağmen, duruşu, bakışı, hali, tavrı, her şeyi ile çok özel bir insan olduğu belliydi. En büyük özelliği de, milletini karanlık günlerden aydınlığa çıkarmaktaki azmi ve inancı ve bu hususta neler yapılacağını biliyor olmasıydı.

Seyit'in, Rusya'dan kaçıp sığındığı ve kaçırdığı silahları karşılıksız bölge komutanlığına teslim ettiği daha önce kendisine anlatılan Mustafa Kemâl, onu karşısında görünce candan bir tavırla elini uzattı. İki genç adamın gözbebeklerindeki mavi pırıltılar karşılaştı. Seyit, askerlik hayatı boyunca, daha çok etkilendiği bir lider tanımamıştı. O'nun kendinden emin, heyecanlı ama o derecede de temkinli tavrı ses tonuna da yansıyordu. Seyit'in elini sıkarken konuştu:

"Bu millet fedakârlığınızı unutmayacak ve boşa çıkarmayacaktır. Emin olabilirsiniz."

Seyit, o kısacık an içinde, karşısındakinin yaydığı elektriği hissetmişti. Sivas'a hareket etmek üzere yola çıkan Mustafa Kemâl'i takip edenlere gıpta ile baktı. Bu büyük adamın yanında, bu büyük mücadelede beraber olmak ona kısmet olmayacaktı. Defalarla müracaat etmesine, hatta Kâzım Karabekir Paşa ile tanışmasında dile getirmesine rağmen, orduya katılması imkânsız görünüyordu. Türk tabiyetine geçmeden bunun olasılığı yoktu. Nüfus kağıdını değiştirmesi ise, Türkiye'nin o günkü şartları içinde, seneler alacak bir işti.

Sinop'a geri dönerken yol boyu düşündü. Belki de buralarda durması için bir sebep kalmamıştı artık. Kaçarken taşıyabildiği kadar silahla, Türkiye'ye yapabileceği yardımı yapmış gözüküyordu. Arzu etmesine rağmen, ondan daha fazlasını istemiyorlardı. Bunu kabullenmek çok zor geliyordu. Bir an önce İstanbul'a gitmek fikri kafasında iyice şekillenmişti.

Sinop'a döner dönmez, bölge komutanından İstanbul'a gidebilmek için gerekli belgeleri istedi. Komutan, kendisini uyarmak gereğini hissetti:

"Seyit Bey'ciğim, biliyorsunuz, Sivas Kongresi gerçekleştiği takdirde, İtilâf kuvvetleri İstanbul'u tam işgâl edeceklerini duyurdular. İsterseniz, işler kontrola girene kadar kalın burada.

Hiç değilse, Anadolu'da kurtuluş hareketçilerinin toprağındasınız. İstanbul'da hayat, eminim, buradan daha zor."

Seyit, acı bir gülüşle, cevap verdi:

"Biliyor musunuz komutanım? İnsan işe yaramayınca, ülkenin neresinde olduğu hiç fark etmiyor."

Asker adam onun hislerini çok iyi anlıyordu. Daha fazla ısrar etmesinin gereksizliğini görmüştü.

"Siz nasıl isterseniz. Yol kağıtlarınızı hazırlatayım. Yarın gelip alın."

Ertesi gün Seyit'e kendisi ve Shura için aldığı yol kağıtlarının yanı sıra, bir de kapalı zarf verildi. Komutan izah etti.

"Seyit Bey'ciğim, bunu kaybetmeyin. Bir gün vatanı kurtarırsak, bu kağıtla müracaatınızı yapar, fedakârlığınızın hakkını alırsınız."

Seyit, damgalı mühürlü zarfa baktı, gülümsedi.

"Benim sizlerden alacağım olamaz komutanım. Benim alacaklarım, denizin öbür kıyısında kaldı."

Sonra, elini uzatıp, kendisine Sinop'a geldiğinden beri iyi bir dost, yardımcı olan komutanın elini dostça sıktı. Vedalaştılar.

İstanbul
1919'un Son Günleri

Haydarpaşa Garında trenden inen çift, kıyafetleri, tarzları ile etraflarındaki kalabalıktan hemen sıyrılıyorlardı. Peçeli ve feraceli hanımların arasında, ayak bileklerine kadar uzanan samur kürklü paltosu ve samurdan şapkası ile, sarışın, uzun boylu genç kadın hemen dikkat çekiyordu. Yanında, elini tutarak yürüyen genç adam da başındaki astragan kalpağı ve Avrupai giyimiyle takkeli, fesli erkeklerden oldukça değişikti.

Hammalın taşıdığı iki valizin dışında, her ikisinin elinde de birer çanta daha vardı. Onları hayret ve hayranlıkla seyredenlerin tahminlerinin aksine, sayılamayacak bir servetin sahibi değilerdi. Seyit'in Beyaz Rus ordusu nişanları, Nicholas'nın verdiği saat ve yüzük sayılmazsa, bir çuval rublenin dışında bir servetleri yoktu. Ama servet ve ünvanla doğup büyüyenlerin, şartlar ne olursa olsun, tavırlarında değişmeyen bir şeyler kalıyordu. Genç çift, elleri birbirine kenetli, kendilerinden emin bir tavırla, Haydarpaşa Garından çıkıp İstanbul'a "Merhaba" derken, belki de, İstanbul'un Bolşeviklerden kaçan ilk Beyaz Rus misafirleri oluyorlardı.

İlk akıllarına gelen, Rus sefaretine gitmekti ama daha düşünürken fikirlerinden vaz geçtiler. Rusya'da Bolşevik ordularına karşı hâlâ direnmeler olduğunu biliyorlardı. Ancak, sefaretin şimdilik uzağında durmayı tercih ettiler.

Sirkeci'ye vardıklarında, akşam olmak üzereydi. Hiç tanımadıkları, işgâl altında bir şehirde, ne yöne gideceklerine karar vermek üzere, bir müddet beklediler. Bu beklemede, bundan sonraki hayatları ile ne yapacaklarını bilemeyen insanların kararsızlığı vardı. Sonunda, Seyit, Shura'yı elinden çekerek, önlerine gelen ilk faytona atladı.

"Yakınlarda iyi bir otel biliyor musun?"

Arabacı, hiç, bu kılıkta olup, bu civarda otel arayan birilerine rastlamamıştı. Özellikle yanında hanım olanlar, Pera'yı tercih ederlerdi. Genç adamın Türkçesinden yabancı olduğunu anlamıştı. Bir cesaretle sordu:

"Merakımı mazur görün beyefendi, ama dışarlıklı mısınız?"

Seyit, bir an "Dışarlıklı" lâfına çok alındı. Sonra, Rusçasının Türkçesinden daha iyi olduğunu hatırlayarak güldü.

"Evet, epeyi dışarlıklı sayılırım."

Arabacının, oturduğu yerden, başını döndürmüş, merakla bekler haline bakınca devam etti:

"Rusya'dan geliyoruz."

Arabacı, harp zamanı Rusya'dan gelenin Haydarpaşa garında ne yaptığını, hangi trenle gelmiş olabileceğini düşünürken, birden bir şey hatırlamış gibi heyecanla döndü:

"Rusya'mı dediniz beyim? Taksim'de, Tarlabaşı'nda, Şeref Otelinde Kırımlılar var, isterseniz sizi oraya götüreyim."

Seyit, Kırımlı lâfını duyunca içini bir sevinç kapladı. Acaba gelenler kimlerdi?

"Çabuk, çabuk götür bizi oraya, her neredeyse bu Şeref Oteli."

Sonra, konuştuklarını, dönüp, Shura'ya anlattı. Genç kadın, sevgilisini ne zamandır böyle heyecanlı görmediğini düşündü. Hem sevindi, hem de biraz buruldu. Kendisi için bu kadar sevindirici bir haberi ne zaman alabilecekti acaba. Ama hemen, aklından geçirdikleri için kendi kendisine kızdı. Onun mutluluğu, Seyit'in mutlu olması değil miydi? Bu maceraya, bu kadar tehlikeye sırf onunla beraber olmak için atılmamış mıydı? Her şeyini, sırf,, Seyit'in hayatını paylaşmak için bırakmamış mıydı? Seyit'in vereceği mutluluk da olsa, hüzün de olsa, ona artık tek düşen sadece erkeğiyle paylaşmaktı. Onun yüzüne baktı. Gözlerindeki parlamayı çok iyi bilirdi. Heyecanlı, ümitli olduğu anlar taşıdığı bakışlardı bunlar. İçi ısındı, Seyit'in koluna girip iki eli ile birden sarıldı, başını omuzuna bıraktı. Gözlerini kapadı. Birden, üç sene evvelini hatırladı. Yine böyle karlı bir akşam, troykada Seyit'in kollarında gidişlerini düşündü.

Lâpa lâpa yağan kar altında, atlı arabada, Galata Köprüsü'nden Pera'ya doğru gidiyorlardı. Geçtikleri yolun, ne Moskova'nın Krasnaya Ploschad, ne de Kislovodsk'un Narzan Galerisi yolu ile ilgisi vardı. Ama, sanki, onun dışında her şey aynıydı. Gittikleri yeri, yaşayacakları hayatı, karşılaşacakları insanları bilmemek artık rahatsız etmiyordu genç kadını.

Şeref Oteli, şimdiye kadar alıştıkları otellere hiç benzemiyordu ama o kadar iyi karşılandılar ki, bir an için kendilerini bir ahbap evinde zannettiler. Sahibi, şahsen kendisi, onları buyur edip özel misafirleri için ayırmış olduğu odaya çıkardı. Bir yandan da samur kürklü hanımla, kalpaklı erkeğin buralarda ne aradığını merak ediyordu. Seyit, kendi merakını gidermek için sorduğu soruyla, otel sahibinin de sorusuna cevap vermiş oldu.

"Burada Kırımlılar varmış, hâlâ kalıyorlar mı? Nasıl görebilirim onları?"

"Evet beyim, var ya. Ali dayı ile küçük şair Hasan. Onların da yeni oldu geldikleri ama bugün sabahtan çıktılar. Geldiklerinde ben haber veririm."

Söylenen isimleri Seyit tanımıyordu. Ama, yine de, kendi memleketlerinden birilerini görebilecek olmaktan heyecan duyuyordu.

Oda soğuktu. Köşedeki eski çini soba, yakıldığından kısa bir zaman sonra ısındı. Dışarıda kar lâpa lâpa yağıyordu. Shura, tülleri iterek cama burnunu dayadı. Dudaklarının arasından çıkan ılık nefesle cam hemen buğulanmıştı. Eliyle buğuyu silip dışarıdaki manzarayı seyre daldı. Sokak boyu uzanıp giden ahşap evler, aradan gözüken dar taş döşeme yollar, minicik kaldırımlar, köşedeki faytondan inen fesli adam, bunlar hepsi ne kadar yabancıydı ona. Ama kar, işte o her yerde aynıydı. Başını kaldırıp gökyüzüne baktı. Acaba aynı bulutlar Kislovodsk'dan da geçmiş miydi? Onun evinin üzerine de kar bırakmış mıydı? Neva gölünü donduran karlar bu bulutlardan mı inmişti? Eğer öyleyse, sevgili anneciğinin, Valentine'in sevgileri, öpücükleri olmalıydı bulutlarda. Don nehrinin kokusu olmalıydı. Troykaların sesleri, steplerden sürüklenen soğuk kokusu olmalıydı. İçini bir ateş bastı. Camı açıp, başını dışarı çıkardı. Gözlerini kapayıp derin bir nefes çekti. Soğuğu ve kar tanelerini saçında, yüzünde hissetti. Ama, onların soğuğu içindeki ateşi bastırmadı. Özlediği sesler, özlediği koku yoktu karda. Gözlerinden inen yaşı silmek için elini yüzüne götürmek üzereydi ki; belini ve göğsünü saran kolların sıcaklığı ve verdiği emniyet hissi ile kendini gevşek bıraktı. Karanlıkta bir müddet öyle durup, karları seyrettiler. Bir müddet sonra sokak, kaldırımlar ve evlerin kapısı tamamen karla örtülmüştü. Pervazı, pencerenin neredeyse yarısına kadar beyazlanmıştı. Seyit, Shura'nın ensesini öperken konuştu:

"Biliyor musun sevgilim? Karlı havayı özlemişim."

"Ben de..." dedi, Shura.

Seyit, onun sıcak tenini bir kere daha öperken gözlerini kapadı, her zaman yaptığı gibi kokusunu içine çekti, ince belini kavrayan kollarını biraz daha sıktı. Shura, elleri ile, onun kollarını sarıp başını arkaya bıraktı. Kendini, onun, alnında ve yanaklarında dolaşan öpüşlerine teslim etti. Nefeslerinin sıcaklığı camı neredeyse tamamen örtmüştü. Aradan son gördüğü kadarı ile gökyüzüne baktı. Gözlerinde biriken yaşları geçirmeye çalışıyordu. Seyit ne zamandır onun hüznünün farkındaydı. Dudaklarını genç kadının gözlerinin altında, yanaklarında dolaştırıp, dudaklarına indirdi. Bu akşam, onunla her zamankinden fazla arzuyla sevişmek istiyordu ama duygularını o kadar iyi biliyordu ki, önce ona sevildiğini, istendiğini ve yalnız olmadığını hissettirmesi lâzımdı. Shura'nın göz yaşlarıyla tuz tadı almış dudaklarını, şefkâtli, hassas öpüşlerle kuruttu. Tokalarından kurtardığı saçlarını açıp, iki avucu arasında ince tellerin kayışlarını hissetti. Sonra, hiç acele etmeden, dantel bluzunun düğmelerini çözerek dudaklarını onun uzun boynuna, oradan göğsüne indirdi. Genç adam gayet temkinli davranıyor, belki de bu hassas gecesinde sevişmek istemeyecek sevgilisini zorlamak istemiyordu. Shura, kendini onun öpüşlerine, dokunuşlarına bırakmış, gözlerini kapamıştı. Ama, hâlâ daha, boşlukta gibiydi. Kendisini aşk yapmak için karşılık verecek kadar tamam hissetmiyordu. Sanki, ruhunun tamamı burada onunla değildi. Birden, bu tavrı ile, Seyit'i kırabileceği düşüncesi aklına geldi. Utanarak, hafif bir sesle sordu:

" Seyt, sana da hiç böyle olur mu?"

Genç adam, onu öpücüklere boğmaya devam ediyordu.

"Nasıl oluyor mu sevgilim?"

Shura, başını arkaya atıp, hislerine tarif olabilecek kelimeleri düşündü. Ama anlatması zordu.

"Böyle... ne bileyim... sanki vücudunun, ruhunun bir yarısı başka bir yerdeymiş gibi..."

Seyit, dudaklarını sevgilisinin omuzlarından çekti. Onun yüzünü avuçları arasına alıp, gözlerinin içine baktı. Karanlıkta bile, Shura erkeğin gözlerindeki ateşi görebiliyordu. Seyit, onun yanaklarını sevgiyle acuçlayıp konuştu. Sesinden, en az sarıldığı kadın kadar yalnız ve hüzünlü olduğu belliydi.

"Zaten, gerçek o değil mi benim küçük Shura'm? Gerçek o değil mi? Bunu hep hissedeceğiz. Çaresi yok sevgilim..."

Genç kadın derdine bir tedavi arıyordu. Ama erkeğinin de aynı hasretle yandığını biliyordu. Onun eline sıcak bir öpüş kondurdu.

"Sen... sen ne yapıyorsun öyle anlarda?"

Seyit, karşısındaki kadını bu kadar sevmemiş olmayı diledi. Çünkü, onun hasretinin ne kadar dindirilemez olduğunu kendisinden daha iyi biliyordu. Onun zarif, kırılacak kadar hassas ruhunun, bedeninin, kendisi ile aynı ızdırabı yaşadığını düşünürken içi sızladı. Tekrar şefkâtle sarılıp, başını saçları arasına dayayıp mırıldandı:

"Ben mi? Ben ruhumu, vücudumu, her şeyimi seninle tamamlıyorum sevgilim, seninle..."

Shura, birden, kollarında olduğu erkeğe ne kadar haksızlık ettiğini düşündü. Aslında bir farkları yoktu. Seyit'in kayıpları onunkinden çok daha fazlaydı. O an, kendi üzüntüsünü unuttu. Erkeğine yaşattığı hüzünlü dakikaları unutturması, onu mesut etmesi lâzımdı. Onu eski güzel günlere götürmesi gerekiyordu. Seyit'in son söylediklerini düşündü. "Ben, ruhumu, vücudumu, her şeyimi seninle tamamlıyorum sevgilim." demişti. İçlerini yakan hasretin bitmesi için vücutlarının, ruhlarının birleşmesi lâzımdı.

Kadife eteği ve altındaki jüponu birbiri üzerine yumuşak hışırtılarla düşerken, vücudunu sabırla kendisini beklemekte olan erkeğine sundu. Seyit, sevdiğine sahip olmakta her zaman gösterdiği heyecanını inatla geride tutuyordu. Shura'yı kucaklayıp, patiska örtülerin arasına uzattığında, kendisi de ona vermek istediği sevgi kadar sevgiye, şefkât kadar şefkâte ihtiyaç hissediyordu. Yeni buluşmuşlar gibi, saçlarını, yüzünü, dudaklarını, boynunu, gerdanını, göğüslerini öpmeye devam etti. Shura, teninde alev alev dolaşan dudakların teması ile titriyordu. Çini sobada yanan odunun çıtırtıları, demir kapağının deliklerinden görünen minik kızıllık, beyaz iş perdeler, tüller, her şey, bir Doğu masalının parçası gibiydi. Ama dışarıda hâlâ lâpa lâpa yağan, pencereyi neredeyse örten kar, çok uzaklara ait bir beyazlıktı, gecenin karanlığında. Ve vücudunun sıcaklığını, kalp atışlarını, kalbinin derinliklerindeki hüznü paylaştığı erkek, o da bembeyaz karların ülkesinden bir hatıraydı. Ellerini uzatıp Seyit'in saçlarını okşadı. Erkek, vücudunu kolları ile kavradığı vakit, artık ruh ve bedenlerinin huzur bulacağı anın geldiğini biliyordu.

Ondan sonraki ilk bir kaç günleri yeni dünyalarına alışmak, memleketteki son gelişmeleri takip etmekle geçti. O arada, otelin diğer Kırımlı müşterileri, oteldekilerin tabiri ile Ali dayı ve küçük şair Hasan ile tanıştılar. Dayı, yeğen Bakü'den gelmişlerdi. Hasan on sekiz yaşında, Moskova'da üniversite öğrencisiydi. 1918 Martındaki nümayişlere katılmadığı için, sonradan en yakın arkadaşı tarafından Kızıllara gammazlanmıştı. Dayısından başka kimsesi yoktu. Ali dayı, Bakü'de bir Bey'in konağında baş kâhyalık yapıyordu. Ama, can derdine düşen yeğenini yalnız bırakamamış, beraber kaçmışlardı. Otelde, yeğeninin kendisine hitap şekliyle benimsenmişti. Kırk beş yaşlarında, babacan tavırlı bir adamdı.

Noel yaklaşmıştı. Shura bir kiliseye gidip dua etmek ihtiyacını hissediyordu. Bu arzusunu dile getirdiği vakit, İstanbul'da gidebileceği bir Ortodoks kilisesi bulup bulamayacağından bile emin değildi. Seyit derhal araştırıp, Galata'da ve Pangaltı'da adresini aldığı Rus Ortodoks kiliselerinden birine gidebileceğini söyledi.

Akşam otele döndüklerinde, genç kadın henüz aradığı huzuru bulmamış gibi, sessiz ve tedirgindi.

O gecenin geç saatlerinde uyku tutmayan Seyit, gözlerini araladığında, odanın diğer ucunda, Shura'yı ikonasının önünde diz çökmüş dua ederken gördü. Ne kadar zamandır o vaziyetteyse, kendinden geçmiş görünüyordu. Genç adam, hiç kıpırdamadan, uzun müddet seyretti. Sevgilisinin ne dualar ettiğini, Tanrı'dan neler dileyip, neler beklediğini duymak isterdi. Dualarında Seyit'e de yer var mıydı acaba? Varsa bile, gerçekleşebilir miydi? Beraberlikleri daha ne kadar sürebilirdi? Şimdiye kadar yaşadıkları, ne servetlerin, ne aşkların, ne de beraberliklerin hayat boyu sürmeyeceğini göstermişti.

Sağ elinin zarif hareketleri ile haç çıkaran Shura, duasını bitirmiş, yatağa geri geliyordu. Rahatlamış bir hali vardı. Seyit'in onu seyrettiğini fark edince biraz çekindi. Onun dini inanışlarını rencide etmemek için, mümkün olduğunca, yanında haç çıkarmamaya özen gösterirdi. Seyit'in ileri doğru uzattığı kollarına yaklaşırken mahçup fısıldadı:

"Umarım seni rahatsız etmedim."

Genç adam, onu yatağın içine çekip bedenini kendisine doğru yaklaştırırken alnını öptü.

"Beni niye rahatsız edecekmişsin küçük Shura'm?"

Sonra, onun hüzünlü gözlerini yakalamaya çalıştı bakışlarıyla.

"Hepimiz aynı Tanrı'dan, aynı şeyleri istemiyor muyuz?"

"Dinlerimizin aynı Tanrı'ya yakardığından emin misin?"

"Elbette sevgilim. Aşkın tarifi nasıl tekse, Tanrı'da tekdir.

"Aşkın tarifi nedir?"

Seyit, genç kadının, aynen kendi kafasında biraz evvel beliren sorulara cevap aradığını hissetmişti. Ona daha sıkı sarıldı. Uzun geceliğinin eteklerini yavaşça yukarıya sıvayıp, elini onun sıcacık, kadife tenli vücudunda dolaştırırken mırıldandı:

"Aşk, sevgilim, Tanrı'nın yeryüzüne indirdiği en güzel şeydir..."

Kurt Seyit ve Shura'nın oteldeki odalarında hüzünlü bir gecenin yine aşk gecesine dönüştüğü saatler, Rusya'nın ve Türkiye'nin tarihi değişmeye devam ediyordu.

Bandırma'ya Bir Yolculuk

Harbin ve işgâlin ortasında, işsizlikle, açlıkla mücadele devam ediyordu. Bu durum, özellikle, Rusya'dan kaçanları etkiliyordu. Yaşama sıfırdan başlamak zorundalardı. Lisanı ile, âdetleri ile tamamen yabancısı oldukları bir ülkede, geride bıraktıkları servetlerinin, taşıdıkları ünvanların hiç bir faydası olmuyordu. Geçmişte yaşamak karın doyurmuyordu. İş lâzımdı, para lâzımdı. Seyit'in durumu istisna teşkil etmiyordu. Parmağındaki elmas taşlı yüzük, nişanları, altın saatinden başka değerli hiç bir şeyi kalmamıştı. Onları da en zor gününde bile elden çıkarmak niyetinde değildi. Garantisi, devamlılığı olan bir iş bulması lâzımdı.

Her sabah, Şeref otelinden dağılan Rusya kaçakları, şehrin muhtelif yerlerinde bulabildikleri işe sarılıp, akşama bir kaç kuruşla dönmeye bakıyorlardı. Sirkeci garında hammallık, otel tuvaletlerinde temizleyicilik, ne iş bulsalar razılardı. Bugüne kadar otel ve yemek faturalarını Seyit karşılamaktaydı. Ama, artık, onun için de aynı işlerde kuyruğa girmekten başka çare kalmamıştı.

Bir akşam, yine otelin girişinde toplanmış konuşurlarken, otel sahibinin, bin bir izzet ikramla kapıdan karşıladığı adam dikkatlerini çekti. Top sakalı, bıyığı bembeyaz, yaşlı bir adamdı. Kendisine Hacı Bey deniliyordu. Hacı Bey de otelin diğer müşterileri ile ilgilenmişti. Tanıştıktan sonra beraber oturdular. Bandırma'daki İbrahim Bey Çiftliği, Hacınındı. İstanbul'a malını pazarlamaya gelmişti. Harbe rağmen, halinden memnun görünüyordu. Ama, onun da çare bulamadığı bir derdi vardı. Vücudunu ezip büken ağrıları, ne yapsa iyileşmiyordu. Bunlar konuşulurken akşam olmak üzereydi. Herkesin karnı acıkmış, karınlar guruldayarak sıcak bir tabak yemeğin eksikliğini, damak da bir iki kadeh içkinin fena olmayacağını söylüyordu. Ali dayı durumu ele aldı.

"Hacı Bey, eğer kendinizi bize emanet ederseniz, sabaha bir şeyiniz kalmaz, turp gibi olursunuz."

Hacı, ümitle, yerinde doğruldu. Yoksa, bu değişik diyarlardan gelen adamların bildiği bir ilâç mı vardı?

"Hele şu ağrımı bir geçirin, dileyin benden ne dilerseniz."

"Fazla bir şey dileyeceğimiz yok Hacı Bey, ne olacak ki? Yalnız şimdi biraz para verirsen gidip bir kaç şey alacağım. Sen de odanı ısıttır, yün fanilanı sıcağa tut. Ben birazdan gelirim."

Az sonra otele dönen Ali dayının elindeki paketlerde, ekmek, peynir, sucuk ve rakı vardı. Bir şişe de ispirto ile baharat paketleri. Kese kağıdına sarılı yiyecekleri bir kenara bırakıp, ispirtoyu bir kaba döktü. Sonra içine bol hardal ve kafuru ezip boca etti. İyice çalkalayıp tekrar bir tasa koydu. Hacının odasının yolunu tuttu. Seyit ve Shura, onun arkasından kahkahalarla gülüyorlardı.

Hacı, keskin kokulu bu müthiş ilâç ile ezilip, yumruklanıp masaj yapıldıktan sonra, vücudunu ateş basmış gibi yakıp uyuşturan tedavinin ardından, derin bir uykuya daldı. Ellerini yıkayıp diğerlerinin yanına dönen Ali dayı pek keyifliydi:

"Eh, ben de bir kadeh rakıyı hak ettim artık."

Hacı, ertesi gün, öğleye doğru uyandığında, uzun zamandır kendisini bu kadar iyi hissetmediğini fark etti. Yabancıya verdiği paraya değmişti doğrusu. Ne ilâç yaptıysa, harcadığı paranın hakkını vermişti. Hacı sevmişti, Rusya'dan gelen adamları.

İki gün sonra otelden ayrılırken Seyit'i bulup, aklına gelen teklifi yaptı. Grubun içinde onun özel bir yeri ve saygınlığı olduğunu anlamıştı.

"Seyit Bey, darılma, alınma yok ama, görüyorum burada işiniz epeyi zor. Hani, benimle Bandırma'ya kadar bir gelseniz. Çiftlikte iş var. Hani öyle pek üzerine para veremem. Yer veririm, karnınız doyar, işler çok iyi giderse de belki sonunda bir kaç kuruş verebilirim. Yanlış anlamayın, sizin zor durumunuzdan istifade etmek istediğimi sanmayın ama, işler böyle ancak kurtarıyor."

Kimsenin pazarlık edecek hali yoktu. Yatacak bir yer, boğazlarından geçecek bir lokma için de olsa iş işti. Hemen toparlandılar. Seyit, Shura, Ali dayı, küçük şair Hasan, güzel Yusuf, Mehmet, hepsi, Hacının ardına düştüler.

Çiftliğe vardıklarında kendilerine açılan odalara yerleştiler. Hacı, onlara çiftlikte çalışan köylülerden daha ayrıcalıklı davranması gereğini düşünüyordu. Ne de olsa Bandırma'nın köylerinden gelen işçilerden bir farkları olmalıydı.

Akşam yemeğini Hacının masasında beraber yedikten sonra hepsi odalarına çekildiler. Yan yana çeşit çeşit kilimin yeri, duvarları, sadirleri örttüğü odalarına girdiklerinde Seyit ve Shura gülümsemeden edemediler. Nereden, nereye getirmişti kaderleri onları. Ama, hiç değilse, bir aradalardı. Odanın ortasındaki mangaldan başka ısınmalarını sağlayacak bir şey yoktu. Genç kadının titrediğini gören Seyit, ona sıkı sıkı sarıldı. Mariinski Tiyatrosundaki rüya gibi bale temsillerinden sonra, votka kadehleri ellerinde, kocaman şöminenin karşısında, ateşin çıtırtılarını dinleyerek geçirdikleri geceleri hatırladı. Duvardaki halının üzerindeki geyikli manzara resmini seyreden Shura'nın da o manzaranın ardında bir yerlerde kaybolduğunu tahmin ediyordu.

"Biliyor musun sevgilim?" dedi, "Tchaikovsky dinlemeyi özledim."

Genç kadın, gülerek, başına çevirdi.

"Şimdi nereden geldi kuzum aklına?"

Gözleri ışıl ışıldı. Durumundan şikâyetçi gibi bir hali yoktu. Seyit'in içi ılındı ona bakarken. Tam bir şeyler söylemeye niyetleniyordu, dışarıdan gelen silah sesleri ile irkildiler. Genç adam, sevgilisini kenara itip pencereye fırladı. Perdenin arasından görebildiği kadarı ile, çiftlik evinin önünde biriken atlıların sayısı yirmi kadardı. Havaya ateş edip duruyorlardı. O anda, gecelik entarisi ve başında takkesi ile evden fırlayan Hacı efendi, elindeki lâmbayı bir kenara bırakıp, atından inen iri yarı adamlardan birinin ellerini sıktı. Bir yandan da, başı ile selamlar veriyor, bir şeyler söylüyordu. Shura merakla sordu:

"Neler oluyor Seyt, Tanrı aşkına?"

"Anlayacağız, sen sakın odadan çıkma, kapıyı da ardımdan kilitle."

Koridora çıkan Seyit, kendisi gibi, herkesin heyecanla dışarıya fırladığını gördü. Merdiven başında ne yapacaklarını düşünürlerken Hacı koşturarak geldi. Nefes nefeseydi.

"Aman hiç konuşmayın, kim olduğunuzu anlamasınlar."

Seyit, gelenleri karşılamadaki riayetine rağmen, Hacının halinden işin pek normal olmadığını anlamıştı.

"Kimdir bunlar Hacı Bey? Ne isterler sizden?"

"Aman Seyit Bey, gözünüzü seveyim, ağzınızı açmayın. Güler yüz gösterin. Bunlar, Kara Ali çetesinin adamları, karın doyurmaya gelmişler. Biraz kalıp, yiyip içip giderler. Misafir gibi karşılamak lâzım. Yoksa, hiç gözünün yaşına bakmazlar insanın, Alimallah. Haydi, haydi sizler de gelin de şu sofraları kuralım. Kuzu çevirtiyorum. Aç geldi adamlar."

Telaşla, apar topar merdivenlerden tekrar inerken, elini de sallayarak onları arkasından gelmeleri için davet etti. Çaresiz, indiler. Hiç konuşmadan, kimliklerini belli etmeden, çiftliğin alelâde hizmetkârları pozunda koşuşturmaya başladılar. Gecenin soğuğuna rağmen, evin önünde dışarıda masalar kuruldu. Kuzular çevrilmeye başlandı. Rakılar açıldı. Adamlar hapishane kaçkını gibilerdi. Küçük şair Hasan o kadar korkmuştu ki, kendisine mutfakta bir iş yaratmış, hiç gözükmemeye bakıyordu. Yürekleri pır pır, adamların boşalan tabaklarını, kadehlerini doldurup durdular. Neredeyse sabah olmak üzereydi, Kara Ali çetesi, atlarına yükledikleri erzakla, yine patlayan silahların eşliğinde dört nala çiftlikten uzaklaştılar. O saatten sonra da kimseyi uyku tutmadı. Sabah ezanı ile beraber, herkes çiftlikte kendisine verilen göreve başladı.

Uzun, yorucu bir günün ardından acele ile yemek yediler. Bir an evvel yataklarına girip bir evvelki gecenin yorgunluğunu çıkarmak istiyorlardı. Ancak, kısmet olmadı. Uykularının en tatlı yerinde, yine silah sesleri, atların kişnemeleri ile yataklarından kaktılar. Seyit, acele ile giyinirken söylendi:

"Her gece bu biraz fazla oluyor artık. Bu gidişle çiftlikte karın tokluğuna da işçi tutacak erzak kalmayacak."

Bu defa gelenler, Çerkez Ethem çetesindendi. Kara Ali çetesine haddini bildirmiş, mola vermeye gelmişlerdi. Hacı Bey ve çiftliktekiler, alışkın oldukları üzere, derhal masaları kurdular. Hemen kuzular kesilip tandıra atıldı. Kadehlere rakılar dolduruldu. Adamlar, elleri ile parçaladıkları kuzuyu yerken, ağızlarını şapırdatıp, sonra avuçları ile ağızlarının yağını siliyorlardı. Seyit, onları seyrederken midesinin bulandığını hissetti. Kaba saba şakaları, ağza alınmayacak küfürleri ile kendilerini eğlendiren bu adamlar da, diğerleri gibi, sabah olmadan ayrıldılar. Yedeklerine bir kaç at ve erzak almayı ihmâl etmediler. Bir gece daha uykusuz geçmişti. Güneş ağardığında, Seyit ile Ali dayı samanlıktaki işlerine başladılar.

Ali dayı, Bey konağında baş kâhyalık yaptıktan sonra ahır temizlemeyi, saman yaymayı zor kabulleniyordu. Ama Seyit için bu bulabildikleri işler içinde şimdilik en iyisiydi. Huyunu suyunu çok iyi bildiği atlarla haşır neşir olmak, onları tımar etmek işi hiç de zul gelmiyordu ona. Yarattığı hayâl dünyasında, kendisini Süvari Alayının ahırlarında, güzelim atı Çorap'la beraber düşünüyordu. Hayâl kurmak işini kolaylaştırıyordu. Birden, Ali dayının hırıltı ile çıkan sesi üzerine koşup yanına geldi. Adamcağız, gözleri yuvalarından fırlayacak gibi açılmış, elinde tırmık, samanların içine bakıyordu. Seyit, dehşetle, tırmığın ucundaki kanı görünce, ilk aklına gelen, Ali dayının birini öldürmüş olduğu oldu. Onu kolundan tutup, bakışlarını saman yığınlarının arasına indirdi. Az önce duyduğu sese benzer bir ses çıktı boğazından. Vücudunun soğuk bir terle kaplandığını hissetti. Kanı üzerinde, kesik bir baş, samanların arasından kendilerine bakıyordu. Gözleri yarı açıktı, kulakları da kesilmişti. Seyit, zavallı kurbanın vücudunu bulabilmek ümidi ile, etrafına bakındı. Yüz, iki gün içinde çiftlikte görmüş oldukları birininkine benzemiyordu. Ama, cinayetin işlendiği daha çok yeni olmalıydı. Ali dayıyı sürükleyerek oradan çıkarmaya çalıştı.

"Belki, yanlarında getirmişlerdi zavallıyı. Belki de kendilerinden biridir. Hiç görmemiş olalım Ali dayı. Haydi, çıkalım buradan."

Ali dayının sesi, hâlâ, duyulmayacak kadar zayıf çıkıyordu:

"Şimdi ne yapacağız Seyit Bey? Biz nereye gelmişiz meğer, şimdi ne yapacağız?"

Devamlı aynı şeyi tekrarlayıp duruyordu. Seyit, onu sakinleştirmesi gerektiğini hissetti.

"Ali dayı bunu hiç görmediniz, tamam mı? Biz hiç bir şey görmedik, hiç bir şey bilmiyoruz. Kimseye de bir şey anlatmayacağız. Bizimkilere dahi. Yoksa gidebileceğimiz varsa bile, başımıza bir iş çıkabilir. Haydi, şimdi toparlanıp kendinize gelin, yandaki samanlıkta çalışın. Buraya hiç uğramadık bugün, bir şey görmedik, unutmayın. Ben bir çare düşüneceğim."

Seyit, o gün akşama kadar, İbrahim Bey çiftliğinden nasıl kaçacaklarını düşündü durdu. Hacı ile bir şey konuşmak istemiyordu. Ona güveni yoktu. Adam, kendisi ayakta kalabilmek için, onları kurban verebilirdi. Belki de, zaten, çetelerden birinin adamıydı. İstanbul'a dönmek istediklerini söyleseler, durup dururken ne olduğunu soracaktı. İyisi mi, bu işi kimseye söylemeden halletmekti.

Atların suyunu verirken, küçük şair Hasan'ın arabayı yüklemekte olduğunu gördü. Hemen koşup yanına gitti.

"Hayrola küçük şair, ne tarafa? Ne iş verdiler bugün sana?"

"İskeleye gidiyorum Seyit ağabey, sarımsakla patatesleri yükleyecekmişim."

Seyit, etrafına bir bakış atıp, onun yanına yaklaştı. Çuvalları yerleştirmesine yardım eder pozunda, yavaş sesle konuştu:

"Senden bir şey isteyeceğim küçük şair. Ama, yalnız, sen ve ben bileceğiz."

Delikanlı, Seyit'in sırdaşı olabilmek imtiyazından büyük mutluluk duymuştu.

"Tabi Seyit ağabey, ne emredersen."

"Bu çuvalların hepsini yüklemeyeceksin."

Hasan, anlamayarak baktı. Seyit, onu dürterek, işine devam etmesini işaret etti:

"Bir kaç çuvalı açıp satmaya bak. Parasını da bana getireceksin. Tamam mı? Kimseye tek lâf etmek yok."

Küçük Hasan, bir an, Seyit'in herkesten gizli, ona hırsızlık teklifinde bulunduğunu sandı, şaşırmıştı, baka kaldı.

"Hepimizin hayrına bir iş yapmış olacaksın. Benim buradan ayrılmam için makul bir sebep yok, onun için senden istiyorum. Ama dikkatli ol, anlaşılmasın."

"Ama sonra, nasılsa anlaşılmaz mı?"

Seyit, onun omuzuna vurarak, gülümsedi:

"O zamana kadar Allah kerim. Haydi sana iyi yolculuklar küçük şair, yolun açık olsun!"

Kendisine doğru gelenleri fark ederek sesini yükseltmişti. Sonra, fazla oyalanmadan, işine döndü.

Akşam, gizlice odalarına gelen Hasan'ın verdiği paraları sakladıktan sonra, kendisini merakla izleyen Shura'ya izah etti:

"Buradan gidiyoruz sevgilim, bir an evvel gidiyoruz. Biraz paramız oldu. Yalnız, şimdi Hacı'daki pasaportları kurtarmamız lâzım."

Genç kadın, korkmaya başlamıştı, ama yine de burada iki gece yaşadıklarının korkusundan fazla değildi hissettikleri. Seyit devam etti:

"Pasaportlarımızı nerede sakladığını biliyorum. El ayak çekilince almaya çalışacağım. Eğer herkes hazır olursa, buradan hemen ayrılabiliriz."

"Ya, işler yolunda gitmezse?"

Seyit, gülerek, genç kadının yanağını okşadı.

"Şu ana kadar hep aksini düşünüp yol almadık mı?"

Seyit, beraber geldiği bütün arkadaşlarına, gece yarısı samanlıkta buluşmaları gerektiği söyledi. Sonra, gece yarısını gözünü kırpmadan karanlıkta bekledi. Saat başı çalan altın saati on biri işaret ettiği zaman, parmaklarının ucunda kapıdan süzüldü. Çiftlik evinde sessizlik hakimdi. Ama Seyit, kapısının önünden geçtiği bütün arkadaşlarının şu an uyanık beklemekte olduğunu iyi biliyordu. Ancak, Hacı derin bir uykuda olmalıydı. Yatsı namazından sonra odasına çekilirdi. Seyit, ev sahibinin oda kapısına kulağını dayayıp, içeriden alabileceği sesi bekledi. Hacının horlamasından başka ses duyulmuyordu. Merdivenlerden inerken ahşabın çıkardığı sesi nasıl yok edeceğini düşündü. Gündüz çıt çıkarmayan merdivenler, gecenin sessizliğinde sanki bağırıyorlardı. Basamaklardan inmekten vaz geçti. Trabzanın üzerine ata biner gibi oturup, yüzü koyun uzandı aşağıya kaydı. Çocukluğunu hatırlayıp gülümsedi.

Hacının defterlerinin, hesaplarının durduğu odaya daldığında, pasaportları ve nüfus kağıtlarını nerede bulacağını çok iyi biliyordu. Geldikleri gün, adamın nereye koyduğunu görmüştü. Odanın bir duvarına boydan boya gömülmüş olan nişli dolabın kilitli kapağı ardındaydı evraklar. Bir an, kilide bakıp düşündü. Kırmadan açabilmeyi isterdi ama nasılsa sabah Hacı uyandığında burada olmayacaklardı, fark etmezdi. Cebinden çıkardığı bıçağı ahşap kapağın iki kanadı arasına yerleştirip bir kaç kere kanırttı. Dolap açılmıştı. Aradıklarını bulması fazla uzun sürmedi. Odadan çıktığında, Shura'yı karanlıkta, merdivenin dibinde bekler gördü. Genç kadın, eşyalarını hazırlamış, Seyit'in ardından inmişti. El ele tutuşup mutfaktaki kapıdan evin arka tarafına çıktılar. Az sonra, diğerleri de onlara katılmıştı. Seyit'in acele izahından sonra yola koyuldular. Bütün geceyi yürüyerek geçirdiler. Daha sonra, kağnı, yük arabası neye rastlarlarsa, daha çok da yürüyerek, İstanbul yolunu tuttular. Arada köylerde konakladılar.

On gün sonra, yine İstanbul, Tepebaşı'nda, Şeref Otelinin kapısındaydılar.

Yeni Bir Hayat
1920

Bir kaç gün sonra, Shura ve Seyit, Beyoğlu'nda bir iş buldular. Kalyoncu Kulluğu Sokakta, bir Rum'un çamaşırhanesinde çalışmaya başladılar. Shura ütü, Seyit ise getir götürcülük yapıyordu. Pera lokantalarının, klüpleri ve otellerinin çamaşırları buraya geliyordu. Yaptıkları mükemmel bir iş olmasa bile, bulabileceklerinin en iyisiydi.

Seyit, takım elbise, yelek, kravat, ve şapkası ile lokanta ve otelleri dolaşırken hayretle izlendiğini fark ediyordu. Beyoğlu'nda bir çok apartman dairesinin hanımları, genç kızları, bu masmavi gözlü, yakışıklı genç adamın getireceği ütülenmiş çamaşırlarını heyecanla bekler olmuşlardı. Gayet düzgün konuştuğu Fransızca ve Almancası sayesinde madam ve matmazellerle anlaşması hiç zor olmuyordu. Ona en ağır gelen ise, cebine konan bahşişlerdi. Bu paraların her kuruşuna ihtiyaçları vardı. Ama, gururu kabul etmesine engel oluyordu. Çok yerde de, onun vakur tavrı ve şık giyiminden ürken müşteriler, zaten para vermeye cesaret edemiyorlardı.

Shura ise, daha bir bakışta, ütü odasında çalışan Rum kızlarından hemen ayrılıyordu. Patiska bluzlarının kollarını yuvarlayıp tombul kollarını ortada bırakan, gerdanındaki bir iki düğmeyi muhakkak açık tutan, işveli, bol çeneli esmer tenli kızların içinde, sapsarı saçları, beyaz ve duru teni, uzun zarif endamı ile yabancı kalıyordu. Yaban otları arasında papatya gibiydi görünümü. Sarı saçlarını örgü topuz yapıp ensesinde topluyordu. Hiç konuşmadan çalışıyordu. Zaman zaman, ütüyü üzerinde gezdirdiği kocaman beyaz işleme örtülerde, Kislovodsk akşamlarında annesinin bezediği masaları hatırlıyordu. Uzun, kalabalık masaları. Ablası Valentine'in piyano çalışını, şarkıları, misafirlerin kızaklarına binip çıngırak sesleri arasında uzaklaşmalarını anımsıyordu. Bütün anılar, ütünün buharı ile örtülerin beyazları arasında dolaşıp duruyordu gözünün önünde. Kimse ile fazla konuşmak istemiyordu. Rum kızlarının, inanılmaz derecede aksanla konuştukları Fransızcayla sordukları meraklı soruları, kibarca geçiştiriyordu. Bütün gün, ütü tahtası başında kendi hayâlleri ile çalışıyor, akşama Seyit'in dükkâna dönüşünü bekliyordu.

İş sahibi Mösyö Konstantinides, üst kattaki bir odayı onlara kullanmaları için vermişti. Ne de olsa, asil Beyaz Rusları işçi olarak çalıştırmak, her çamaşırhane sahibine yâr olacak bir şey değildi. Onları diğer personelinden farklı tutması gerektiğine inanıyordu.

Shura, Seyit'in geldiği ana kadar, etrafındaki kalabalığa rağmen, kendini yapayalnız hissediyordu. Dükkânın kapanıp, herkesin evine gittiği saatlerde, yine, kendi küçük dünyalarına kavuşuyorlardı. Baş başa kaldıkları andan itibaren, kalp atışları hızlanıyor, ruhları, beyinleri gerçekten yaşamaya başlıyordu.

Kalacak yer için artık masraf yapmaları gerekmediğinden, akşamları dışarıda yemek yemeye para ayırabiliyorlardı. En parasız günlerinde bile, keyifli bir yemek sofrası onlar için vaz geçilmez bir şeydi. İçki ve şarkı da, yemeklerinin ayrılmaz parçasıydı. Bazen de küçük odalarında, Seyit'in gelirken Volkof Restoran'dan getirdiği Rus yemekleri ve açtıkları bir şişe votka ile kendilerine ziyafet veriyorlardı. İlerleyen saatlerde, kucak kucağa uzanıp konuşurlarken, konuları hep eski günlerdi. Seyit, çocukluğundan hatırladığı, o güne kadar sevgilisine anlatmamış olduğu hikâyeleri bulup çıkarıyordu. Genç kadın, onu dinlerken, yumuşacık, anlayışlı bakışlarla gözlerini gözlerine dikiyor, bir eli onun saçlarında, okşayarak, dudaklarında gülümseme, hiç sıkılmadan, anılarını paylaşıyordu. Tartışmasız, iddiasız, sıcak bir aşk yaşıyorlardı. Geçirdikleri bütün zorluklara, yokluklara rağmen, Shura sabırla, şikâyetsiz, erkeğinin yanındaydı. Yumuşak başlı, güler yüzlü tabiatı hiç değişmemişti. Seyit'i saatlerle dinler, konuşmadığı zaman sessizce göğsünde yatardı. Birbirlerini neredeyse kendilerini tanıdıklarından daha iyi tanıyorlardı.

Shura, Seyit'e olan büyük aşkına rağmen, onun geçmişi ile ilgili anlattığı çapkınlık hikâyelerini, diğer kadınları, aynı sabırla dinliyordu. Bunların hepsinin uzak yıllarda kalan geçici, sadece hayatın tadı olan ufak öyküler olduğundan çok emindi. Genç adam da, sevgilisinin verdiği huzurla, hayatının her dönemini hiç eksiksiz, bütün çıplaklığı ile anlatabiliyordu. Bu uzun süren konuşmalardan sonra, ikisi de eski yılları yâd edip yeniden yaşamaktan, paylaşmaktan mutlu, yavaş yavaş yeni dünyalarına dönüyorlardı.

Seyit'in heyecanı anılarını anlatmakla bitmiyordu. Sevişmek, onlar için yemek, içmek ve konuşmak kadar elzemdi. Hatta hepsinden daha önemliydi. Çünkü, aşkla dolu geçirdikleri saatlerde, yaşadıkları hayatın çekilmezliği, zorluğu ve anıların verdiği ızdırap yumuşuyor, birbirlerine yettiklerini bilmekle mutlu oluyorlardı.

Seyit'in, kaçarken getirdiği, küçük çuval içindeki rubleler yine ağzı kapalı saklanıyordu. O paraya dokunmak istemiyordu. Bir gün geriye dönebilirlerdi. Veya Amerika'ya gidebilirlerdi. Onun için, en sıkıntılı günlerinde bile, çuvaldan para almıyordu. Ancak, bir kenara para koymak için de ek işe ihtiyaçları vardı.

Seyit, Tepebaşı'ndaki bazı lokantalarla anlaşıp, limonlu votka yapmaya başladı. Akşamları, büyük tencerelerde kaynattığı beyaz ispirtoyu kömür filtresinden geçirip, gliserin ve karanfil ilâve ediyordu. Düzgün doğranmış limon kabukları ile beraber şişelenen votka, dinlenmeye bırakılıyordu. Kısa zaman sonra, neredeyse bütün gece çalışmak zorundaydı. Çamaşırhane sahibinden büyük bir gizlilikle yaptığı bu işten aldığı paraları bir kenarda toplamaya başladı. Arada bir, paraları çıkarıp sayıp tekrar kaldırıyordu. Kendi kendine de gülüyordu. St. Petersburg'da bir çapkınlık gecesinde harcadığı para bile, bu zoraki biriktirdiği paradan fazla olurdu.

Biriken paralarını ve rublelelerini bir gün yine St. Petersburg'da harcayabilmek ümidi, Amerika 'ya gitmek arzusundan ağır basıyordu. O arada, Kırım'da Bolşeviklere karşı verilen mücadelenin haberleri onları ümitte tutuyordu.

Nisan ayına kadar İstanbul'da olan General Peter Nicholaiveich Wrangel, Denikin'in yerine, gönüllü orduya komuta etmek üzere, Kırım'a çağrılmıştı. Nisan sonlarında, dağılmış, bozulmuş Beyaz Rus ordusunu yeniden toparlayan General Wrangel, bir müddettir Bolşevikleri oyalıyordu. Hatta bazı yörelerde Kızılları geri çekilmeye bile zorlamıştı.

O arada, tek tük kaçabilen Ruslarla tanışıp konuşurlarken, yabancı gazeteleri de takip eden sevgililer, büyük bir heyecanla Rusya'dan gelecek Beyaz Ordunun zafer haberlerini bekliyorlardı. Bu aralar, eskilerden çok, geriye dönebildikleri takdirde neler yapabileceklerini konuşuyorlardı. Bıraktıkları hayata, kırılmış, dökülmüş de olsa, yeniden başlamak fikri ile coşuyorlardı.

"Gemiden iner inmez babamın elini öpmeye gideceğim." dedi Seyit, "Ayrılırken kısmet olmamıştı."

Sonra, dalgın gözlerle gülümsedi.

"Belki de bağ bozumuna yetişiriz. Sonra seni Kislovodsk'a götürürüm. Annenle, kardeşlerini ararız."

Shura, gülümseyip, sevgilisinin kolunun altına girdi.

"Ne harika olur. O kadar özledim ki hepsini."

Evlerini, sevdiklerini bulamayacaklarını, korkunç haberler duyup yeniden çökebileceklerini düşünmek dahi istemiyorlardı. Şu an, güzel hayâllere ihtiyaçları vardı. Ümide ihtiyaçları vardı.

Fakat ümitlerin hepsi gerçekleşmiyordu. Bolşevik rejiminin Polonya ile yaptığı barış anlaşması ile, güneye daha fazla kuvvet gönderme imkânları doğdu. Son çabalar da fayda vermedi. 15 Kasım 1920'de Sivastopol düştü. Beyaz Rus ordusu ve kıyımdan kaçan Ruslar için en son çare, gemilere doluşup Karadeniz'e açılmaktı. Kendilerini bekleyen korkunç akibeti fark edenler, çoktan, parti, parti Kırım kıyılarından ayrılmaya başlamışlardı.

O Kasım ayının sonunda, İstanbul Boğazı kaçan Beyaz Rusları taşıyan gemilerle dolmaya başladı. Birbiri ardı sıra Boğaz'a giren gemilerde, yorgun askerler, generaller, arabacılar, kontlar, baronesler, balerinler, ressamlar, doktorlar, fahişeler, her sınıftan, her kültürden Rus vatandaşı vardı.

Bir müddet sonra, bu karmakarışık kalabalık İstanbul'a, Beyoğlu'na dağıldı.

Seyit ve Shura'nın Rusya'ya dönme ümitleri, Kırım'dan son geminin gelişi ile, artık sona ermişti. Şimdi, hayatlarında yeni bir dönem başlıyordu. Gün olmuyordu ki, yeni gelmiş bir Beyaz Rus ile karşılaşmasınlar. Bütün sosyal ve kültürel farklılıklarına rağmen, kaderlerinin birlikteliği bu insanları beraber olmaya, anlaşmaya itiyordu. Her karşılaştıklarına, geldiği yeri, diğer tanıdıklarını sorup, geride bıraktıkları hakkında bir kaç kelime öğrenmeye bakıyorlardı.

Shura, son bir kaç aydır çamaşırhaneden ayrılmış, Taksim'deki Rus eczanesinde kasiyer olarak çalışmaya başlamıştı. Eczane Zezemski, Beyoğlu'na kapağı atan bütün Rusların uğrak yeri olmuştu adeta. Her gelen, eşini, çocuğunu, arkadaşını sormak için bir uğruyordu. Evlerinden kaçarken ailesini geride bırakanlar, gemilere binerken çocuğunu, kocasını kaybedenler, herkes, isim, adres peşindeydi. Bir curcuna, bir panik yaşanmaktaydı.

Seyit ve Shura, kapı kapı iş aramaya başlayan binlerce insandan daha şanslı olduklarını düşünüyorlardı. Beyoğlu'nun yeni misafirleri, asalet, ünvan gibi değerleri bir kenara bırakarak, ücreti ne olursa olsun, bir iş bulmak peşindeydiler. Bu meyanda, Seyit'in araya girmesi ile, çamaşırhanede de iki Rus kızına iş verilmişti. Babalarının general olduğunu, Moskova'da tahsil yaptıklarını söylüyorlardı. Ama, Seyit, bir bakışta, onların fahişelikten başka bir konuda tahsilleri ve tecrübeleri olmadığını anlamıştı. Yine de inanmış göründü. Ayrıca, Mösyö Konstantinides de kızlardan hoşlanmıştı.

Yavaş yavaş, çevreleri ana vatanlarından gelenlerle dolmaya başladı. Seyit, ilk tanıdık olarak cephe arkadaşlarından biriyle karşılaştı. Adı Manol'du. General Wrangel'in gönüllü ordusunda çarpışmış, limandaki en son gemiye şans eseri binip gelmişti. Aynı gemide, Bakü'den kaçan İskender Beyzade ile arkadaş olmuşlardı. İskender, uzun boylu, iri yarı, son derece yakışıklı bir adamdı. Bakü'de arazileri, emlâkları olan köklü bir ailenin oğluydu. Bir gece yarısı sarılan evlerinden kardeşini alarak kaçabilmiş, sonra yolda onu da kaybetmişti. Manol, zaten, son bir kaç senedir, cepheye giderken Kiev'de bıraktığı genç karısından ve çocuğundan habersizdi. O gece, Seyit, iki genç adamı çamaşırhanenin üst katındaki odalarına davet etti.

Seyit ve Manol dışındakiler hep birbirlerine yabancı olmalarına rağmen, buluştukları an kırk yıllık dostlar gibi kaynaştılar. Shura, Volkof'dan gelen yemeklerle masayı donatmıştı. Votka kadehlerini doldurduklarında, Seyit ayağa kalktı ve misafirlerinin şerefine kadehini kaldırdı:

"Nazdrovya!"

Diğer erkekler de ayağa kalkıp tekrarladılar. Genç kadın, oturduğu yerden onlara katılırken gözleri yaşlandı:

"Nazdrovya!"

Kadehleri bir yudumda boşaltıp tazelediler. Sofrada proçki, Rus salatası, füme balık, ve ördek vardı. Misafirler, uzun zamandır böyle bir ziyafetin tadını unutmuşlardı. Minnettarlıkla, kadehlerini bu defa ev sahiplerine kaldırdılar. Ardından, bir Çar'a, bir İstanbul'a bir misafirlere ve ev sahiplerine derken şişe çok çabuk dibini buldu, ikincisi açıldı. Manol ve İskender, son iki yıldır Rusya'da yaşananları anlatmaya başladıklarında, çatal bıçak sesi durmuştu. Sadece, votkanın boğazları yakan eşliğinde her birinin ızdırabı yeniden yaşanıyordu. Seyit, Kırım'ı sorduğunda, aldığı cevabı tahmin etmesine rağmen, yıkıldı.

"Biz çekilirken Kırım yanıyordu Seyit. Kızıllar artık son kinlerini kustular Kırım'da. Tanrı, geride kalanları korusun."

Manol'un sözlerine diğer iki erkek, "Amin!" sesi ile katılırken Shura haç çıkardı. Sonra gözü Seyit'e kaydı. Seyit iskemlesini sevgilisine daha yaklaştırdı. Kolunu onun omuzuna sarıp, başını öptü. Ne dinde dua ederlerse etsinler, duaları da umutları kadar benzeşiyordu. Genç kadın, elini sevdiği erkeğin dizleri üzerine yerleştirdi. Sanki, yaklaşıp, birbirlerine dokunmakla, geride bıraktıkları ailelerine, sevdiklerine gelecek bir kötülüğü önleyebileceklerdi. Seyit, düşünceli bir tavırla, sormaya devam etti:

"Ya Kislovodosk? Orası ne durumda?"

Bunu, deminden beri aklından sorular geçtiği halde, bir türlü kendinde cesaret bulamayan Shura'nın adına soruyordu.

"Orada da durum aynı. Kırım'dan daha evvel saldırıya uğradı. Malikânelere el koydular. Yakalanan asiller, zenginler ya öldürüldü, ya da her nereye götürüldülerse, kendilerinden bir haber yok. Aileler, akrabalar, herkes çil yavrusu gibi dağıldı Seyit. Kimse kimsenin izini bilmiyor. Çoluk çocuk bir arada kaçabilen aile o kadar az ki."

Shura, bir eli gözlerinde, sessizce ağlıyordu. Bunca zaman cevabını merak ettiği şeyleri, şimdi hiç öğrenmemiş olmayı diliyordu. Şimdiye kadar, hiç değilse iyi şeyler düşünmeye çalışarak, kendini oyalıyordu ama felâket gerçeğini bir kez öğrendikten sonra kendini aldatması çok zordu. Seyit'in, dudaklarına uzattığı kadehten bir yudum alıp, başını erkeğinin omuzlarına bıraktı. Onun yanında olması şu an en büyük şansıydı. Manol'un susması üzerine, İskender söze girdi. Sesi cüssesinden umulmayacak kadar hassastı:

"Küçük çocuklarla bebekleri topladılar hep. Nereye götürdüklerini Allah bilir. Kırım'da da aynı şeyi yapmışlar."

"Çocuk kamplarına toplamışlardır. Ana, babalarının nasıl öldürüldüğünü, evlerinin talan edilip yakıldığını öğrenirlerse, hayır gelir mi o çocuklardan Bolşeviklere? Kim bilir, şimdi kafalarını nasıl yıkayıp yetiştirecekler?"

Manol, yumruğu ile gözündeki yaşları silip, kadehini bir dikişte içti. Tekrar doldururken mırıldandı:

"Benim bebeğim de..... dört yaşında olmalı şimdi.... Kim bilir?..."

Masaya sessizlik hakimdi. Sessizlik ve göz yaşı. Seyit, sevgilisine daha sıkı sarılıp, bir şarkı mırıldanmaya başladı. Kadehlerini kaldırıp birbirlerinin gözlerine baktılar. Yavaş yavaş hepsi şarkıya katıldı.

Karlı steplerin, Don Kazaklarının şarkısı, Beyoğlu Kalyoncu Kulluğu Sokağında bir çamaşırhanenin üst katında geceye karışırken, masa başındaki dört genç insan, yitirilmiş ülkelerine ağlıyorlardı.

Sabaha karşı giden misafirlerini geçiren Seyit ve Shura, kapıyı kapadıktan sonra, gayri ihtiyari bir davranışla, birbirlerine sarıldılar. Bir müddet hiç söz etmeden, kıpırdamadan öyle durdular. Bütün gece konuşulanların ardından, artık, kabullenmek zorunda oldukları, yeri doldurulamayacak kayıpları için sessizce birbirlerini teselli ediyorlardı. Bir şey demelerine gerek yoktu. İkisi de bir diğerini o kadar iyi anlıyordu ki... Hiç bir söz, hiç bir bakış, şu anki sarılışları kadar teselli verici olamazdı. Genç kadın hâlâ ağlıyordu. Seyit'in, göz yaşlarını silen elini tutup, avucunun içini öptü.

"Kusura bakma sevgilim. Kendimi tutamıyorum."

Erkek, elini onun saçlarının arasında dolaştırırken, vücudunu kendisine doğru çekti.

"Ağla, benim güzel Shura'm, ağla. Rahatlarsın. Keşke ben de senin gibi ağlayabilseydim."

Seyit hıçkırmıyordu ama sevgilisinin saçlarına kapanan yüzünden yaşlar süzülüyordu. Sarmaş dolaş, yatağa geçtikleri zaman, sokaktaki lâmbadan gelen ışıkta yıkanan vücutları birbirine kenetlendi. Ne kadar çok şey kaybetmişlerdi. Bundan sonra hiç birini yerine koyamayacaklardı. Şu an, geçmişle tek bağlantıları aşklarıydı. Seyit, Shura'nın göz yaşları ile ıslanmış yanaklarını, boynunu öptü, saçlarının yumuşacık temasına dudaklarını gömerek, onun kokusunu içine çekti. Rusya'dan beraber kaçtığı küçük sevgilisini kollamak, korumak, bir ömür boyu sahiplenmek istiyordu. Kendisi de aynı derece şefkâte, sevgiye, anlaşılmaya muhtaçtı. Ve vücudunun bütün sıcaklığı ile kendisine sarılmış olan genç kadın onu anlıyordu. Shura, ellerini onun saçları arasında okşayarak dolaştırdı. Bir eliyle omuzundan, diğeriyle başından sarılıp kucakladı. Aynen, bir annenin çocuğunu saracağı gibi, göğsüne yatırdı. Seyit, onun koynunda, kadınsı teması, kendini teslimiyeti ile, erkekliğini hissederken, aynı zamanda bir annenin şefkâtini buluyordu. Bluzunun düğmelerini çözerken damarlarında kabaran şehvet, onun göz yaşlarını öperken hissettiği hüzün, saçları arasındaki ince parmakların huzur veren teması, kaç değişik duygu bir arada, Seyit'i alt üst ediyordu. Bu kadın, onun hayatta arzulayabileceği, özlemini çekebileceği bütün hislerin, bütün duyguların birlikteliğiydi. Shura, onun çocukluğunu, erkekliğini, heyecanını, hırslarını ve özlemlerini bir arada yaşadığı aşkıydı. Bu düşüncelerle, dudaklarını onun vücudunda dolaştırırken, genç kadının boğuk, arada hâlâ hıçkıran sesi duyuluyordu:

"Seyt, Seyt, aşkım... Beni bırakma... Beni hiç bırakma..."

Dudaklarını, onun ıslak dudaklarına kapatıp susturdu. Kollarını vücudunun etrafından sarıp kendisine adeta yapıştırdı. Shura, onun, çok iyi tanıdığı bedenindeki ihtirası hissedebiliyordu. Erkeğinin şimdi onu uçurumun kenarından alıp göklere çıkaracağını, buluttan buluta sürükleyeceğini biliyordu. Gözlerini kapayıp, kendisini yaşayacağı güzelliklere teslim etti. Seyit, bir an için, ondan çözülüp ayağa kalktı. Genç kadının omuzlarından sıyırdığı elbisesini çekip çıkardıktan sonra, kadehine doldurup getirdiği içkiden büyükçe bir yudum aldı. Eğilip Shura'nın dudaklarını buldu. Genç kadın, sevdiği erkeğin dudakları arasından dökülen votkayı yutarken, kanı alev alev oldu. Öpüşürken, sanki içlerindeki yangını söndürecek suyu içer gibiydiler. Seyit onun kulağına doğru fısıldadı:

"Aşkım benim, güzel sevgilim..."

Geri kalan kelimeleri dinleyemiyordu bile artık. Başı dönmeğe başlamış, kalp atışları hızlanmıştı. Damarlarındaki kan alev alev yanıyordu. Erkeğinin başını avuçları arasında tutup kendisine çekti.

"Hiç bir şey söyleme... sadece sev beni..."

Yine, yüzlerle kelimeye bedel bir aşk gecesi yaşadılar. Birbirlerinin kollarında, hüzünden, göz yaşından ve sevişmekten yorgun, uzandıklarında neredeyse günün ilk ışıkları odaya girmekteydi.

Aşkın İlk Kırıklığı

İstanbul'u işgâl altında tutan Müttefik Devletleri, Rusya ile harpte olmalarına rağmen, Çarlık Rusya'sından kaçan Beyaz Ruslara anlayış göstermek mevzuunda hem fikir olmuş gibiydiler. Gerçi, İstanbul limanına gelen bütün gemiler günlerle, haftalarla kontrol altında tutuluyordu. Yolcular arasında casuslar olması ihtimâli düşünülüyordu.

15 Kasım'da Sivastopol'un Bolşeviklerin eline geçmesi ile, Baron Peter Nicholaiveich Wrangel, yüz otuz bin askeri ile İstanbul Boğazı'na sığınanlardandı.

İzin belgesini alıp karaya ayak basanların yüzlerinde, yaşadıkları dehşetin, zorbalığın, korkunun izleri açıkça belli oluyordu. Cehennem ateşi ve kan içinde bıraktıkları memleketlerinde kalan yakınlarının, evlerinin, topraklarının acısı yüreklerinde, çoğu hâlâ nasıl sağ kurtulabildiklerine inanamıyorlardı.

İşgâl altındaki İstanbul'un kollarını açtığı Beyaz Ruslar için, yepyeni bir hayat başlamaktaydı. Bu yeni hayatı, bütün zorluğuna rağmen, göğüslemeleri, metanetle mücadele etmeleri gerekiyordu. Buna, sevdikleri ve kendileri için mecburlardı. Bir gün, tekrar Rusya'ya dönebilmek için mecburlardı. Bu, şimdilik, koca bir hayâldi ama, yaşamak için hayâllere ihtiyaç vardı. Aynen, Seyit ve Shura gibi... "Bir gün" düşüncesi ile hâlâ kuş tüyü yastıklardaki rublelere dokunmuyorlardı.

Memleketlerinden daha binlerce Beyaz Rus'un İstanbul'a gelmesi, genç sevgililere yalnızlıklarını nispeten unutturmuştu. Artık, Beyoğlu'nda, Türkçe dahil, her hangi bir lisandan çok, Rusça duyuluyordu. Tepebaşı, Pera arası yapılan bir yürüyüşte, her adım başı bir Beyaz Rus'la karşlılaşmamak imkânsızdı.

Kıyafetleri, tavırları, eğlence tarzları ile apayrı bir renk alemi yaratmışlardı, başkentin yeni misafirleri. İstanbul, daha çok asili bünyesinde hiç bir zaman barındırmamıştı tarihinde. Şehrin

Avrupai havasını yaratan Levantenler'den ve yabancı misyon ahalisinden çok farklıydı Beyaz Ruslar.

Birdenbire gelişen bütün bu olaylar, genç sevgililerin hayatını da etkilemekte gecikmedi.

Havada kar kokusunun sezildiği soğuk bir akşamdı. Kasım ayının son günleriydi. Shura, çalıştığı Rus eczanesinin ilâç raflarını düzenlemekle meşguldü. Çıngırağın sesiyle, dikkatini kapıya çevirdi. Gördükleri karşısında, bir an, nefesi kesildi. Gözleri, sevinç ve inanmazlık ifadesi ile, kocaman açıldı. Elindeki şişe düşüp tuzla buz oldu. Hiç umursamadı. Toz bezini fırlatarak kapıya koştu.

"Evgeni! Evgeni!"

Kapıdan giren yakışıklı genç adam, General Bogayevsky'nin oğlundan başkası değildi. İki genç, hasretle, birbirlerine sarıldılar. Shura, hâlâ, yeğenini karşısında gördüğüne inanamıyordu. Onu elinden tutup eczanenin arka tarafında duran Tonet kanapeye doğru yürüdü.

"Gel otur Evgeni, gel şöyle otur. Ve bana her şeyi anlat."

Sonra, onun yanına oturup heyecanla vereceği cevapları bekledi. Arka arkaya sıraladığı sorular karşısında, Evgeni kendisini çaresiz hissetti. Onun ellerini avuçları arasına alarak konuştu:

"Dur Shura, dur biraz. Bana zaman tanırsan anlatacağım her şeyi."

Ama, genç kızın heyecanı yatışacak gibi değildi.

"Söyle bana Evgeni, başka kimler geldi seninle beraber? Annemler de burada mı? Nadia teyzem?"

"Çok üzgünüm sevgili Shura. Annen maalesef bizimle değil. Babam, çok ısrar etmesine rağmen, ikna edemedi. Kislovodsk'u bırakamadı."

"Peki ya Valentine?"

Genç kız, ablasını General Bogayevsky'nin Novorosisk'deki treninde ayrıldıkları günden beri, için için merak etmekteydi. Onun, sağ ve sıhhatte olduğunu duymak ümidi ile, Evgeni'nin yüzüne baktı.

Evgeni, başını iki yana sallayarak gülümsedi.

"Sevgili Shura, Aşk olsun, sana sürpriz yapmayı düşünüyorduk. Ama bu kadar heyecanlanırsan, galiba her şeyi baştan anlatmak zorundayım."

Sonra, saatine bakarak sordu:

"Kaçta ayrılıyorsun işten?"

"Aşağı yukarı on dakika sonra kapayabilirim Evgeni."

"O zaman, içini ferah tut, fazla soru sorma. Seni bekleyeceğim. Sonra beraber çıkarız."

"Nereye gideceğiz?"

"Shura, lütfen, sakin ol ve yaşayacağın sürprizin tadını çıkarmaya bak."

Genç kız, az sonra yakınlarından kimleri görebileceğini kafasından geçirerek, süratle ortalığı toparladı. Bir iki ufak hesap işini ertesi güne bırakmaya karar verdi. Zaten, hiç bir şeyle meşgul olamayacak kadar heyecanlı ve gergindi.

Saat yedi olduğunda, Shura eczaneyi kapadı. Evgeni'nin koluna girdi. Genç adamı, daha hızlı yürümesi için adeta iteliyordu. Gidecekleri yere bir an evvel varmak istiyordu. Çabuk olmazlarsa, sanki, bütün görebileceği yakınlarını yeniden elinden kaçıracak gibi geliyordu.

Ne zamandır bulutlarda saklı bekleyen kar, nihayet atıştırmaya başlamıştı. Shura, derin bir nefes çekerken başını arkaya doğru attı. Gökyüzüne bakarken içinden şükran duaları okuyordu. İki genç, kol kola sarılmış olarak Tarlabaşı istikametinde uzaklaştılar.

Seyit'in sevgilisine verecek güzel haberleri vardı. Mösyö Konstantinides, çamaşırhaneyi devretmek istediğini, eğer biraz birikmiş parası varsa, Seyit'le anlaşabileceğini söylemişti. Galiba, Yunanistan'a gitmek arzusundaydı.

Konstantinides'in "Biraz" dediği para, Seyit için hiç de çok az sayılmazdı. Öyle bir birikimi yoktu. Patronu ile sabah yaptıkları konuşmadan bu yana düşünüyordu. Bu parayı nasıl toparlayabileceğini bilmiyordu ama kararını bildirmesi için daha bir haftası vardı. En nihayet, Rublelerini takas yapabilirdi. Bu iş, İstanbul'da yaşayabilmeleri için gerekliydi ve yürüyen, iyi para getiren bir işti. Kısa bir müddet sonra yatırdığı parayı geri öderdi. Kapı kapı, kolalı çamaşırları dağıtmak yerine, işin patronu olmak fikri o kadar cazipti ki, ne yapıp edip bu parayı Konstantinides'e ödeyecekti.

Kararını vermiş olmak onu heyecanlandırmıştı. Shura'nın geri dönüşünü bekleyemeyecekti. Bir an evvel onu görüp bu haberi vermek istiyordu. Hesap defterini kaldırdıktan sonra, masasının çekmecelerini kilitledi. Çamaşırhaneden çıktığında, yaklaşmakta olan karın habercisi soğuk ayaz, yüzüne kamçı gibi vurdu. Seyit gülümsedi. Bu soğuğu seviyordu. Havadaki kar kokusunu soluyarak Tepebaşı'ndan yukarıya çıkmaya başladı. Oradan Taksim istikametine saptı. Bir ara durup saatine baktı ve yavaşladı. Çok acele etmesine gerek yoktu. Shura'nın eczaneden yediden evvel ayrılamayacağını biliyordu. Henüz on beş dakikası vardı. Yanından geçen atlı tramvaya yüz vermedi. Soğukta yürümekten keyif alıyordu. Karşı istikametten iki genç kadın gelmekteydi. Park Otelinde, kat servisinde ve lokantada çalışan Rus kadınlarını Seyit tanıyordu. Her ikisi de gayet alımlı, o nispette de asil bir tavırla yürüyorlardı. Onlar da Seyit'i tanımışlardı. Genç adam onları kibarca selamlarken, gülümseyip, başlarını hafifçe eğip karşılık verdiler. Seyit, uzun zamandır bir tek kadına bağlanmış olduğunu hayretle düşündü.

Taksim Meydanını geçerken, karşı taraftaki eczanenin ışıklarının yavaş yavaş kapanmakta olduğunu gördü. Adımlarını hızlandırdı, sonra koşmaya başladı. Sevdiği kadının dışarı çıktığını gördü. Yolunu kesen arabanın geçmesini bekledi. Kar başlamıştı. Kalpağını düzeltip, paltosunun yakalarını kaldırdı. Kaldırımdan aşağıya adımını atması ile, olduğu yerde kaldı.

Shura'nın ardından eczaneden çıkan erkek, durmuş bekliyordu. Genç kadın, kapıyı kilitledikten sonra, yabancının koluna girdi. Son derece samimi ve keyiflilerdi. Seyit inanamayarak, büyük bir kıskançlıkla, uzaktan izliyordu. Bir ara, Shura, gülerek, başını erkeğin omuzuna dayadı. Caddeden onun durduğu tarafa geçmek üzerelerdi. Genç adam, içini kemiren kıskançlık krizi ile, ne yapacağını bilemiyordu. Bir an için,yollarında durup, karşı karşıya gelmeyi düşündü. Bu neyi halledecekti ki? Sevdiği kadını ve kendisini küçük düşürmekten başka? Karanlıktan istifade, kapılardan birinin boşluğuna girip bekledi. Az sonra, sevdiği kadın ve yanındaki genç adam, kol kola önünden geçtiler. Onları bir müddet uzaktan takip etti. Pera'dan Tarlabaşı'na doğru inmeye başladıklarında artık şüphesi kalmamıştı. Shura'nın hayatında bir erkek daha vardı.

Bütün dünyasının yıkıldığını hissediyordu. Aldatılmıştı. Bu, terk edilmekten daha kötüydü. Gelecekle ilgili bütün hayâllerinin ne kadar boş olduğunu düşündü. Kendisini hayata bağlayan, anılarını taze tutan tek kadın, artık, bir başka erkekle beraberdi. Kalyoncu Kulluk'a geri dönerken içi hırs doluydu. Kendisine, Shura'ya, talihine, her şeye karşı hırs duyuyordu. Bütün olanlar için bir suçlu arıyordu. Cezalandırabileceği bir suçlu. Kar altında yürüdüğü müddetçe bunu düşündü ve sonunda kaderinden başka suçlu bulamadı. Bir müddet, nereye gitmek istediğini düşündü. Sonra, Kalyoncu Kulluk'taki odasına dönmeye karar verdi. Şu an kimselerle karşılaşıp, sohbet edecek hali yoktu. Yalnız kalmak istiyordu.

Çamaşırhanenin kapısında ütücü kızlarla karşılaştı. Kızlar, cilveli seslerle, arka arkaya iyi geceler dileyerek, kahkahalarla uzaklaştılar. Seyit, kapıyı kapayıp içeri girdi. Paltosunu, kalpağını vestiyere bıraktıktan sonra, yukarı kata çıkmak üzereydi ki, çamaşırhanenin arka tarafında ışık yandığını gördü. Geriye dönüp o yöne yürüdü. O an, yalnız olmadığını anladı. Çamaşırcı Rus kızı Marushka, paltosu elinde, yeni çıkmaktaydı. Seyit'i karşısında görünce, sağ elini göğsüne götürerek aniden durdu.

"Oh! Tanrı aşkına Seyt Eminof, korkuttunuz beni."

Sonra, onun yüzündeki karmakarışık ifadeyi fark edip, bu defa samimi bir merakla, başını yana eğerek sordu:

"Ama, siz iyi değilsiniz Eminof, neyiniz var?"

Seyit, karşısındaki küçük şırfıntıyla kaybedecek vakti olmadığını düşündü. Tekrar, merdivenlere doğru yürüdü. Bir an evvel kendisini odasına atıp, düşünceleri ile baş başa kalmak istiyordu.

"Sen gidebilirsin Marushka, teşekkür ederim."

Ama, kadının onu bırakmaya niyeti yoktu. Peşinden yürüyüp ısrar etti:

"Yapabileceğim bir şey varsa?..."

Sesi yardım etmek isteğinden ziyade, sevişme teklifi yapar gibiydi. Seyit bu ses tonunu ve teselli tekliflerini iyi bilirdi. Petrograd'ın kibar fahişeleri de, Çigan müziği eşliğinde ateşli danslar yapan kara gözlü çingeneleri de, hep aynı soruyu sorarak başlarlardı.

Başını döndürüp, merdivenin eşiğinde yukarıya doğru bakan kadını süzdü. Kibarlıktan uzak bir güzelliği vardı. Hiç bir erkeğin, sokakta yanında görünmek istemeyeceği, seks kokan güzellikti bu. Ama, yatakta beraber olmak için belki de kaçırılmaması gereken bir kadındı.

"Niye olmasın?" diye düşündü. Shura başka bir erkekle gitmemiş miydi? Bu gece yapayalnız değil miydi? İçindeki hırsı, nefreti bastırması için belki de bu güzel bir fırsattı. Yine de emin olmak üzere, Marushka'nın gözlerine dikkatle baktı. Evet, yanılıyor olamazdı. Kadın, onun bir işaretini bekliyordu. Elini uzattı. Marushka, anında, elindeki paltoyu ve çantasını olduğu yere bırakıp onun davetine cevap verdi. Dudaklarında, gözlerinde "Pişman olmayacaksın" der gibi, bir gülümseme vardı.

Genç adam, neredeyse bir senedir gözünün önünde olduğu halde, kendisinde en ufak bir ilgi uyandırmayan bu kadınla, şimdi neden yatak odasına beraber girdiğini anlıyamıyordu. Elini tuttuğu kadın için o kadar bir şey hissetmiyordu ki, şu an sevişmekten vaz geçip gitse, erkeklik gururunda en ufak bir yaralanma hissetmezdi. Ama, Marushka'nın öyle bir niyeti yoktu. Üstelik, bir an evvel yatağa girmek için sabırsızlanıyordu. Soyunmaya başladı. Bir yandan da boğuk sesle konuşuyordu:

"Biliyor musun Eminof? Alexandra Verjenskaya ile buraya her çıkışında, senin yanında ben olmayı hayâl ederdim. Nihayet o gün geldi. Göreceksin, seni nasıl mesut edeceğim."

Seyit bundan hiç emin değildi. Kadının, hemen, senli benli olmasından ve ona tek aşkını hatırlatmasından, müthiş rahatsız olmuştu. İlgisiz bir tavırla, konsolun üzerindeki votka şişesini açtı. Kadehini, doldurduğu süratte boşalttı. Kollarını konsolun üzerine dayayarak, aynadan odanın diğer ucundaki kadını seyretti. Marushka, para alacağı bir müşterisini bekletmemek istercesine, acele hareketlerle soyunuyordu. Ne kadar pervasız bir tavrı vardı. Eteğinden sonra iç eteğini çıkarmış, bluzunun düğmelerini açmıştı. Seyit, bu tip kadınların hep ters soyunduğuna inanmaya başlamıştı. Belki de, erkeği daha çok tahrik ettiklerini düşünüyorlardı. Marushka, yatağın ucundaki lâmbayı yaktıktan sonra, bir müddet, erkeğin hareketini bekledi. Ondan bir tepki alamayınca, ağır adımlarla yanına doğru yürümeye başladı. Çırılçıplak vücudundaki yegâne giysi, düğmeleri açılmış bluzuydu. İri göğüslerinin yarısından çoğu dışarı fırlamıştı. Seyit, onun, hemen yanıbaşındaki aksini aynadan seyrederken, içinde en ufak bir şehvet duymadığını fark etti. Kımıldamadan durdu. Bundan hiç rahatsız olmuşa benzemeyen kadın, kollarını erkeğin boynundan sararak, düğmelerini çözmeye başladı. Bir yandan da, kulağının dibinde fısıldayarak, boynuna öpücükler konduruyordu. Seyit, irkilerek, başını salladı. Onun dudaklarını kendinden uzaklaştırdı. Ama, Marushka seven bir kadın değildi. O, sadece, beğendiği erkekle aşk yapmak istiyordu. Onun için hiç bir şey engel teşkil etmiyordu. Bu defa, erkeğe belinden sımsıkı sarılarak göğüslerini sırtına dayadı. Çıplak, tombul bacaklarından birisini öne uzatarak onun bacağını hapis aldı. Ellerini yavaş yavaş Seyit'in gömleğinin altından tenine doğru kaydırdı.

Genç adam hâlâ elleri, bacakları, vücudunda arzu dolu temaslarla gezinen bu kadına karşı en ufak bir istek duymadığını dehşetle fark etti. En sıkıntılı günlerinde, yokluklarında, yalnızlıklarında bu odayı ve yatağı paylaştığı kadını arıyordu gözleri. Güzel, küçük Shura'sı, şimdi burada olan o olmalıydı. Onunla sevişen, ağlayan o olmalıydı. Niye yapmıştı bunu? Niye?

Shura'yı ve sevişmelerini düşündüğü an onu ne kadar istediğini ve ihtiyacı olduğunu hissetti. Ama, o şimdi bir başka erkekle, başka bir adresteydi.

"Bu, bana da, istediğimle olmak hakkını vermez mi?" diye düşündü. İstediği Marushka değildi ama şu an ona aşk sunan bu kadındı. Madem Shura onu aldatıyordu, o da bu yatakta bir başka kadınla yatabilirdi. Aniden dönüp, kadını kolları arasına aldı. Marushka, önce, erkeği heyecana getirmiş olmaktan memnun, gülümsedi. Ama, yatağa sırt üstü düştüğü zaman, Seyit'in yüzünde gördüğü ifade beklediğinden çok başkaydı. Genç adam, sevdiği kadını düşünerek, onunla yaşadıkları tatlı aşk anlarını hayâl ederek sevişiyordu. Marushka, onun için yatakta sadece sevişmeye bir aracı olduğunu anladığı zaman iş işten geçmişti.

Seyit, sevmediği, tanımadığı kadının bedeninde alıştığı hazzı boş yere bekledi. Ruhu, ona tatmin olacağı ortamı yaratmıyordu.

Ancak, Shura'yı kollarının arasında düşündüğü zaman galeyana geldi. Sevdiği her şey ondan uzaklaşmıştı. Her şey. Memleketi, ailesi, silah arkadaşları, ve en son desteği ve tek gerçek aşkı. Nedendi? Neden? Sevgisiz bir sevişmenin doruğunda, başı Marushka'nın boynuna düşerken mırıldandı:

"Shura'm, küçük sevgilim benim..."

Son iki saattir yaşadığı üzüntüden o sorumluymuş gibi, hırsla hevesini söndürdüğü kadından uzaklaşıp, yatağın içinde oturdu. Bir sigara yaktı. Sol kolu başının altında, diğer elinde sigarası, sırt üstü uzandı. Kendi kendine kızıyordu. Hayatı için hiç ehemmiyeti olmayan, fuzuli bir beraberlik yaşamıştı.

Marushka, sabaha karşı uyandığında, yanında yattığı adamın kendisi ile uzaktan yakından ilgili olmadığının farkındaydı artık. Ayağa kalkıp giyinmeye başladı. Aynada saçlarına çeki düzen verdikten sonra kapıya doğru yürüdü. Aslında hiç bir şey konuşmaya niyetli değildi ama son anda dönüp mırıldandı:

"Sen âşıksın Eminof, hem de çok fena âşıksın."

Seyit bütün gece uyuyamamıştı. Yaktığı, kim bilir kaçıncı, sigara dumanının ardından, pencerenin önünde uçuşan karları seyrediyordu. O odadan çok uzaklarda bir yerlerdeydi sanki. Kadın, umursamaz bir tavırla omuzlarını silkti kapıyı kaparken.

"Aldırma, mühim değil."

Seyit, onun topuklarının merdivende uzaklaşan sesini duydu. Aşağıdaki büyük kapının kapanacağı anı bekledi. Kadının bir an evvel oradan uzaklaşmasını istiyordu. Belki o zaman, kendisini bu olayı yaşamamış kabul edebilecekti. Ancak, holden duyduğu kadın konuşmaları dikkatini çekti. Dalgınlığından kurtularak yerinden fırladı. Çalışanlardan biri gelmiş olamazdı. Henüz çok erkendi.

Shura, Seyit'i uyandırmamak için, sessizce, anahtarı ile açtığı kapıdan içeri süzüldüğünde, çamaşırhanenin girişi zifiri karanlıktı. Duvara ve büronun kapısına tutunarak yürüdü. Sonra, el yordamı ile, merdivenin trabzanını bulmaya çalıştı. Ayağına takılan bir yığın neredeyse onu düşürüyordu. Durup eğildi. Gözü antredeki yarı karanlığa alışmaya başlamıştı. Eline gelen portföyü kaldırdığı zaman, gözlerinde şaşkınlık ifadesi ile, merdivenlerin bitimindeki oda kapısına baktı. Gözlerini ayırmadan, tekrar eğilip paltoyu aldı. Yukarıda, Seyit'in yanında bir kadın olduğuna şüphesi kalmamıştı. Üstelik, eşyalarını merdiven dibinde, ortalık yerde bırakıp sevişmeye çıkacak kadar fütursuz bir kadındı.

Gözleri yaşlandı, boğazı düğümlendi. Ne yapacağını bilemedi. Yukarı çıkıp, elindekileri yatakta sevdiği adamın yanında yatan kadının yüzüne mi fırlatacaktı? Ama bu neyi hallederdi? Sevdiği erkeği ve kendisini küçük düşürmekten başka. Hem, Seyit, onun ilk yokluğunda yerine bir kadın getirecekse zaten artık hayatında yeri yok demekti. Nasıl yapardı Seyit bunu ona? Nasıl yapardı? Onca beraber yaşadıklarından, çektiklerinden sonra bunu mu hak etmişti?

Merdivenin ilk basamağında felç gibi kalmış, kendi kendi ile mücadele ederken oda kapısı açıldı. Sahanlıktaki yüksek pencereden sabahın ilk donuk karlı rengi içeriye vurmuştu. Shura, bluzunun düğmelerini ilikleyerek hızla inen kadını görünce, küçük bir inilti çıkardı. Onu tanımıştı. Aynı anda, onunla yüz yüze gelen Marushka birden afalladı. İki elini, göğsü üzerinde çapraz yaparak olduğu basamakta kaldı. Bir şeyler söylemeye çalıştı. Ağzında gevelediklerini kendisi de anlayamadı. Shura'nın, hâlâ elinde tutmakta olduğu palto ve portföyünü kapıp, koşarak çıktı. Shura ona kızamamıştı bile. O kadar zavallı ve basit görünüyordu ki. Yukarıya çıkıp, Seyit'i görmek, ona neler olduğunu sormak istiyordu. Belki de bu, her yokluğunda olan bir şeydi. Demek ki, o kadar sevdiği erkeğin hayatındaki tek kadın değildi. Kendini terk edilmiş, aldatılmış, yapayalnız hissetti. Artık, göz yaşlarını tutamıyordu. Dünyası yıkılmıştı. Ağlayarak, kendini sokak kapısından dışarı attı.

Kapının gürültüyle kapanışını duyan Seyit, doğru cama fırladı. Kapıyı böyle çarpıp gittiğine göre, Marushka'nın her halde artık çamaşırhaneye dönmeye niyeti yoktu. Ama, camdan gördüğü kadın, biraz evvel yatağından çıkan hafifmeşrep kadın değildi. Karların içinde koşarak uzaklaşan Shura idi. Seyit beyninden vurulmuşa döndü. Camı açıp, çıplak vücudunu beline kadar dışarıya çıkardı.

"Shura! Shura! Shura!"

Genç kadın, bir an için, durup geriye baktı. Ama, artık hiç bir güç onu orada tutamazdı. Ağlayarak koşmaya devam etti.

Seyit, utanç, pişmanlık ve azap içindeydi. Pantalonunu giydi.

Gömleğini üzerine geçirirken bir yandan da merdivenlerden aşağıya koşuyordu. Onu durdurmalıydı. Ona ihtiyacı vardı. Her ne olduysa, istemedikleri bir şeyler olmuştu. Shura'yı yakalayıp, kolları arasına almalıydı. Kapıyı kapamadan fırladı. Yolun köşesine kadar koştu. Genç kadının siluetini az ötede görüyordu. Onu yakalaması işten değildi. Ama, dört yol ağzına geldiğinde, Shura, çoktan, sabahın ilk atlı tramvayında, Taksim'e doğru yol alıyordu. Seyit, yumruk yaptığı ellerini iki yanında sarkıttı. Gitmişti işte. Ve bu gidiş temelliydi, bunu hissediyordu. Onların aşkı ufak bir yaraya dahi tahammülü olmayacak kadar hassastı. Ve bu karlı Kasım sabahı, her ikisi de yaralıydı.

Shura, tramvayda, yüzünü caddeye doğru çevirmiş, hâlâ sessizce ağlıyordu. Şimdi ne olacaktı? Hayatında büyük bir boşluk hissetti. Ne garipti, ailesinden bir çok yakınını İstanbul'da tekrar bulmuştu ama Seyit'i kaybetmekle sanki artık hiç bir şeyin ehemmiyeti kalmamıştı. Henüz çok erken olmasına rağmen, eczaneye gitti. Kapıları kilitleyip, içeride, vitrinin arkasındaki koltukta oturdu. Kendi kendine kalmaya ihtiyacı vardı.

Sabahın yedi buçuğunda hava hâlâ karanlıktı. Kar durmadan yağıyordu. Taksim meydanı, meydana bakan apartmanların çatıları bembeyaz olmuştu. Her şey boş ve soğuk geliyordu. Eczane karanlıktaydı. Shura, vitrini ayıran tülün arkasından karı seyrederken ağlıyordu. Birden, yaşlarını sildi, kalbi hızla çarpmaya başladı. İşte, arkasından gelmişti. Seyit, yolun karşı tarafındaydı. Caddeyi geçiyordu. İşte geliyordu. Şimdi yine buluşacak, sarılacak, birbirlerine olanları anlatıp, her şeye yeniden başlayabileceklerdi. Yerinden fırlayıp kapının arkasına geçti. O daha zile basmadan açacak ve kollarına atılacaktı.

Genç adam, kaldırımın kenarında durup eczanenin camlarına doğru uzaktan baktı. Onun orada olduğundan emindi. Kendisini görmüş olmalıydı. Eğer isteseydi, çoktan ortaya çıkardı. Belki de çamaşırhaneye geldiğinde, artık ayrılacağını söylemeye gelmiş olamaz mıydı? Arkasından bağırdığını duymuş, koştuğunu görmüştü. Hem, bir gece evvel, şimdi onun bulunduğu yerden, başka bir erkekle el ele, kol kola çıkan o değil miydi?

Aniden oraya kadar geldiğine pişmanlık duydu. Gerisin geriye dönüp caddeyi geçmeye başladı.

Shura, kapının önünde beklediği sesi almayınca, kilidi açtı. Seyit hızlı adımlarla uzaklaşıyordu. Bir an kolunu uzattı, erkek bu işaretini görüp de duracakmış gibi. Dudaklarındaki kelimeler hıçkırıklar arasında kayboldu.

"Seyt..."

Kader Sınıyor

Günle beraber, Seyit ve Shura için işkence dolu saatler başlamıştı. Her ikisi de, bir diğeri için, hasretle beraber kalp kırıklığı hissediyordu.

Seyit, her şeye rağmen, o akşam, genç kadını iş yerinin çıkışında görüp, konuşmak arzusundaydı. Eğer, Shura bir başkasına âşıksa, bunu kendi ağzından duymak istiyordu. Son derece sinirliydi. Etrafında kimse soru sormaya yanaşmadı bütün gün. O günle ilgili en iyi taraf, Marushka'nın gelmemiş olmasıydı. Hayatını berbat etmekte kendisine yardımcı olan kadını bir daha görmek istemiyordu.

Shura ise, bütün gün hesap makinesinin başında, yanlış işler yapıp durdu. Laboratuar bölümünde iki, üç şişeyi düşürdü. Gözleri kan çanağı gibi kırmızı, yüzü yorgundu. Aslında, şu son iki senedir en mutlu olması gereken gündü bu. Bir akşam evvel, yeğeni Evgeni kendisini Tarlabaşı'nda 143 numaralı eve götürdüğünde, genç kız tamamen kaybettiğini sandığı yakınlarını, heyecanla kendisini beklerken bulmuştu. Ablası Valentine, amcası General Bogayevsky, Nadia teyzesi, Evgeni'nin kardeşi Boris hepsi oradaydı. Göz yaşları, kahkahalar içinde Shura'yı karşılamışlar, saatler süren akşam yemeğinde hasret gidermeye çalışmışlardı. Genç kız, yaşadıklarını bir mucize olarak kabul etmişti.

Bu, hakikaten de büyük bir mucizeydi. Zaten, insanoğlu felâketlerin ardından gelen teselli edici olaylara mucize demez miydi? İşte şimdi, onlar da, ailelerinin parçalanmasını, evlerinin yakılıp, kaçamayan yakınlarının hunharca öldürülmesini, vatansız kalıp, boşluğa itilmelerini o kadar "kader" diye kabullenmişlerdi ki, yeniden, akrabalardan bir kaçının bir araya gelebilmesi ancak mucize olarak değerlendirilebilirdi.

Kırım kıyılarından ayrılan gemilerle, sadece İstanbul'a gelen Beyaz Ruslar'ın sayısı iki yüz bine yakındı. Bir koca grup da Gelibolu'ya, Limni adasına, ve Balkanlara yerleştirilmişti. Bu dağınık, karmakarışık kalabalığın içinde, Shura'nın en yakınlarını İstanbul'da bulabilmesi hakikaten de mucizeydi. Aslında, onlar onu bulmuştu ama bu hiç de mühim değildi. Kaldı ki, şimdi de kaderi ona bu buluşmanın zevkini dahi yaşatmıyordu. Seyit'i kaybetmişti.

Ailesine bir erkekle beraber yaşadığını söylememişti. Bunun onları rencide edeceğini düşünmüştü. Onun için, gece evden ayrılamamış, sabah da durumu Seyit'e izah etmeye gelmişti. Ama, neyle karşılaşacağını bilse, gelmezdi. Gözünden inen yaşları silerken, yine de her şeyin bir izahı olması gerektiğine inanıyordu. Eğer, Seyit ondan bıktıysa, bunu yüzüne karşı söylemeliydi. Kendisiyle epeyi mücadeleden sonra, iş çıkışı çamaşırhaneye gidip, onunla konuşmaya karar verdi.

Hayatın akışı çok nadiren insanın kendi eline geçer. Ve o anları da insan zaten fark etmeden geçirir. Zayıflığını ise, ancak kaderin kendisini yendiği zaman fark eder. O zaman da yapacak pek bir şey kalmamıştır.

Her iki sevgili de, bütün iyi niyetleri ile, akşam için plânlar yapmışlardı. Ama kader yine onları sınamaktaydı. Saat altı buçuk sularında, Shura, yeğenleri Evgeni ve Boris'in, eczanenin kapısından girdiklerini görünce, onları bırakıp Kalyoncu Kulluk sokağına, Seyit'e gidemeyeceğini biliyordu. Onları göndermeyi denedi.

"Sevgili Evgeni, sevgili Boris, sizi burada görmek ne güzel."

Gençler, neşe içinde, yeğenlerinin yanağını öptüler.

"Seni almaya geldik Shura, Noel çamı almaya gidiyoruz, bize katılırsın diye düşündük."

Genç kız, sanki, kendi istemesine rağmen, işinden ayrılması imkânsızmış gibi, duvardaki saate baktıktan sonra fısıldadı:

"Ben daha yarım saat buradan ayrılamam. Neden siz gitmiyorsunuz? Akşama evde buluşuruz."

Eczacı konuşulanları duymuştu. Genç kızın bütün gün yorgun ve bitkin bakan yüzünün farkındaydı. Onu azad etmesinin daha iyi olacağını düşündü.

"Haydi Alexandra Verjenskaya, çıkın arkadaşlarınızla. Yarım saat ben idare edebilirim artık. Haydi, haydi ne duruyorsunuz?"

Sonra, çapkın bir göz kırpışıyla, "Ah! gençlik!" dedi.

Shura, patronunun, kendisini erkeklerle dolaşmaya çıktığını sanmasından utanmıştı. Hemen onları tanıştırdı.

"Bay Zezemski, bunlar, yeğenlerim Boris Bogayevsky ve Evgeni Bogayevsky. Daha dün birbirimizi bulduk, bunca yıl sonra, inanabiliyor musunuz?"

Zezemski, kaşlarını kaldırıp gülümsedi.

"Hayır, inanamıyorum. Harika, o zaman erken çıkman için daha iyi bir sebep olamaz."

Genç kız, Seyit'le buluşmayı ertesi güne ertelemesi gerektiğini düşünerek, paltosunu giydi ve yeğenlerinin arasında eczaneden ayrıldı.

Yirmi dakika sonra, Seyit içeri girdiğinde, iki Levanten müşteri ile kalfadan başka kimse olmadığını gördü. Müşterilerin alış verişlerini bitirip çıkmalarını bekledi. Genç kalfa, hesap yaparken burnuna düşen gözlüklerini, burnunu kıvırarak, yukarıya kaldırdı. Sonra, anlamsız bir yüzle, Seyit'e baktı:

"Buyrun, ne istemiştiniz?"

"Ben Bayan Alexandra Verjenskaya'yı arıyordum. Gelmedi mi bugün?"

"Geldi efendim. Biraz evvel çıktı."

"Ne tarafa gittiğini biliyor musunuz?"

Kalfa, sağ elini beyaz önlüğünün yakasından sokup, boynunu kaşıdı. Aynı anda, cevabı bilmezmiş gibi, dudaklarını büküp omuzlarını kaldırdı. Bir "Hayır" cevabı için ne çok tavır takınmıştı. Seyit, yine de teşekkür ederek çıkmak üzereyken, kalfa birden hatırlamış da üzerine vazifeymiş tavrında, devam etti:

"İki genç beyle beraber çıktılar. Ama, nereye gittiler bilmem. Rusça anlamam ben."

Seyit, tekrar teşekkür edip dışarı çıktığında, buraya geldiği için kendisini lânetliyordu. Sabah, Shura'nın arkasından koştuğu için kendine kızıyordu. Bir gece evvel Marushka'nın tadını çıkarmadığı için deliriyordu. Shura, artık, onun hayatından çıkmıştı, bunu kabullenmesi lâzımdı.

Ama, bu o kadar kolay değildi. Shura'yı hayatından silmek demek, bu son ana kadar olan bütün hayatını silip atmak demekti. Aluşta kıyılarından ayrıldıktan sonra, genç kadını aynı teknede bulduğu anı hatırladı. Tanrım, o ne dolu yaşanan bir sevgiydi. Ne çok sevgiyi birleştiriyor, ne çok özlemi gideriyordu. Genç kız, henüz on yedi yaşının tazeliğinde, sevdiği erkekle beraber, o korkunç serüvene atılmış, her şeyi göze almıştı. Peki, şimdi ne olmuştu o sevgiye? Ne olmuştu o sevgiliye?

Seyit, başına üşüşen sorularla, geceleri gözünü kırpmadan sabahlıyordu.

Shura, yeni bulduğu ailesinin evinde, yatacağı saatlere kadar hiç bir şey belli etmemeye çalışıyor, yattıktan sonra yorganını başına çekip sessiz, sessiz ağlıyordu. Sık, sık hayatını yeni baştan yaşamak istiyordu ama, değiştirerek. Seyit'le Moskova'da karşılaştıkları geceyi, Bolşoy'da elini onun avucunun içine bıraktığı geceyi tekrar yaşamak istiyordu. Sonra Tatiana'nın ormandaki evinde ilk sevişmelerini hatırlıyordu. Dudaklarının kuruduğunu, vücuduna ateşler bastığını hissediyordu, böyle anlarda. Novorosisk'teki han odasında karşılaşmaları da, hayatlarının en umulmaz hadiselerinden biri değil miydi? Evet, düşündüğü vakit, Seyit'le yaşadığı bütün anları en baştan yaşamak istiyordu. Tek hayatından çıkarmak istediği, geçen gece olanlardı. Ancak, o da diğerleri gibi, yaşanmış bir geceydi ve geri dönüşü yoktu.

Seyit, aşk hayatının alt üst olmuşluğu içinde, Mösyö Konstantinides'in teklifi için ne yapabileceğini de düşünmeye çalışıyordu. Sonunda karar vermişti. Rublelerinin bir kısmını bu işe yatırabilirdi. Ama bu, İstanbul'da yaşamaya devam edecekse bir anlam taşıyordu. Yok, eğer Paris veya Amerika'ya gidecekse, paralarını çamaşırhaneye bağlamanın manâsı yoktu.

Noel günü öğle vaktiydi. Çamaşırhanedeki kızların hepsi öğleden sonra izinliydi. Seyit, bürosunda hesap yapıyordu. Kapının vurulmasıyla, camdan baktı. Anında, kalemini masaya fırlatıp, kapıya koştu. Gelen Shura'ydı. Ancak, kapıyı açtığında soğuk kanlılığını korumak istedi. Ne de olsa tek başına suçlu olan kendisi değildi. İkisinin de durumu eşitti. Shura'nın yüzü yorgun ve süzgündü. Elleri manşonunun içinde, samur kürk şapkası başında, sanki bir Petrograd kartpostalından çıkmış gibiydi. İri mavi gözlerinde küskünlük, kırgınlık okunuyordu. Seyit kapıyı açtığında, bir müddet bakıştılar. Birbirlerinin kollarına atılmamak için kendilerini zor tutuyorlardı. Ama, her ikisinin de uzak durmak için sebebi vardı. Seyit, kenara çekilip, onu içeri davet ederken konuştu:

"İçeri girsene, neden anahtarını kullanmadın?"

Shura dudaklarını ısırdı. Buraya gelirken ağlamamak için kendisine yemin etmişti. Sonra, vakur bir tavırla, başını kaldırarak konuştu:

"Son defa anahtarımı kullandığımda pişman olmuştum. Bir daha da kullanacağımı sanmıyorum."

Çantasından çıkardığı anahtarı masanın üzerine bıraktı. Sonra, merdivenin başında durup, aynı soğuk kanlılıkla konuşmaya çalıştı:

"Şimdi, müsaade edersen, eşyalarımı alacağım. Sanıyorum, misafirlerinin çekmecelere ihtiyacı vardır."

Cevap beklemeden yukarıya çıktı. Seyit, onu takiben, merdivenlerden fırladı. Odanın kapısını kapayıp sırtını dayadı. Genç kadının her şeyi kesin bitirdiğini gösterir tavrına şaşırmıştı. Onun yumuşacık, sıcacık sevgilisine neler olmuştu? Diğer erkeği öylesine istiyor olmalıydı ki, Seyit'e konuşmak, yaklaşmak için fırsat dahi vermiyordu. Genç adam, alnına düşen perçemleri geriye ittikten sonra, kollarını bağdaş yaptı ve sevgilisinden bir söz duymak için bekledi. En azından hırslarını, kızgınlıklarını konuşsalar, belki, bir şeyleri hallederlerdi.

Shura, çekmecelerdeki çamaşırlarını, askıdaki elbiselerini katlarken sanki odada yalnızdı. Seyit'in bir sözü ile yumuşayacağını biliyor ve bunun için konuşmaktan korkuyordu.

Gardrobtan valizini alırken gözlerine dolan yaşı engelleyemedi. Seyit'e yüzünü göstermemeye çalışarak, kapağını açtı ve içini yerleştirmeye başladı. Ne çok hatıra taşıyordu şu valiz. Kislovodsk'tan Novorosisk'e, oradan Feodosia'ya, Aluşta'ya, Sinop'a ve nihayet İstanbul'a ne çok hatıra dolmuştu içine. Burası son durak mıydı acaba? Gözü yatakdaydı. Burada Seyit'le sarılıp ağlaşıp, çılgınlar gibi seviştikleri geceleri hatırladı. Sonra, öbür kadının da burada yattığını düşündü. Onun sevgilisinin kollarında. Kim bilir, ne aşk sözcükleri dinleyerek, nasıl kendinden geçerek sevişmişti. Artık, gözünden sicim gibi inen yaşları durduramıyordu.

Seyit, ona nasıl yaklaşacağını düşünürken, daha fazla bekleyemeyeceğini anladı. Sevdiği kadın da onun kadar ızdırap çekiyordu. Bunu artık durdurmak zamanı gelmişti. Yavaşça ilerledi.

Yanında durup bekledi. Ona her zaman yaklaşırken istendiğinden emin olmak istediği gibi, yine bekledi. Genç kadın, elinde Aluşta'dan kaçarken kendisine verilen eşarp, avucunda buruşturarak ağlıyordu. Ellerini yüzüne kapadı ve hıçkırıklarını kumaşın içinde boğmaya çalıştı. Seyit, kollarını açıp onun hıçkırıklarla sarsılan bedenine sardığı zaman, avuçlarından, kollarından bütün gövdesine yayılan titreşimler ona, artık, ruhunun diğer yarısını bulduğunu söylüyordu. Başı, özlediği sevgilisinin saçları arasında, gözlerini kapayıp mırıldandı:

"Tanrım! Biz ne yaptık birbirimize, ne yaptık?"

Shura, onun göğsünde itirazsız bıraktığı başını kaldırıp, göz yaşları arasından konuşmaya çalıştı:

"Ben sana bir şey yapmadım Seyt, hiç bir şey yapmadım."

Erkek bu mevzuu artık kapatmak istiyordu.

"Tamam Shura'm, her ne olduysa, oldu bitti. Bana anlatman gerekmez."

Shura, bu defa isyanla, başını geriye attı.

"Ama anlamıyorsun Seyt, hiç bir şey olmadı. Ben seni aldatmadım. Aldatılan biri varsa, o da benim."

Seyit, bu defa izah bekler gibi, başını yan çevirip, sorar ifade ile baktı.

Genç kadın onun neden şüphelendiğini yeni anlıyordu.

"Olamaz Seyt, sen ne zannettin Tanrı aşkına! O akşam buraya dönememiştim. Çünkü, yeğenim Evgeni Bogayevski eczaneye geldi. Hepsi İstanbul'dalarmış."

İki kolunu, mucizeyi anlatırcasına, iki yana açıp sonra yanına indirdi. Yorgun gibiydi. Bir yandan olanları anlatırken, yatağın kenarına oturup ellerini kucağında üst üste koydu. Hikâyesini bitirdiğinde, Seyit'in gözlerinin içine baktı. Ama erkeğin anlatacak bu kadar makul bir öyküsü yoktu. Shura'nın yanında oturup ellerini, ellerinin içine aldı.

"Küçük Shura'm benim. Ne diyeceğimi bilemiyorum. Sizi öyle görünce delirmiş olmalıyım. Benden habersiz, gece, bir erkekle uzaklaşışını seyretmek beni ne hale getirdi, anlatamam."

Sonra, eğilip onu alnından öptü.

"Ama sana yemin ederim, yok olduğun günlerde, gecelerde bile, burada bir tek kadın vardı benimle."

Shura, gözündeki yaşları silerek, onun yüzüne baktı. Sözlerinin gerisini bekliyordu.

"O da sendin sevgilim, bir tek sendin, inan."

Daha fazla birbirlerine acı çektiremezlerdi. Bakışlarındaki özlem bir diğerine cesaret verdi. Sımsıkı kucaklaştılar. Dudakları birleşti. Ayrılmadan yatağa uzandılar. Valizin yere düşerken çıkardığı tok vuruş dışında, camları okşayan kar ve arzu dolu nefeslerinden başka ses duyulmuyordu odada. Seyit, bir ara, kollarının arasındaki kadını yumuşak bir öpüşle öpüp ayağa kalktı. Çini sobayı biraz daha odunla besledi. Kapağını açıp, kızıl alevlerin görülmesini sağladı. Saat daha dört civarında olmalıydı ama kış karanlığı basmıştı bile dışarıda. Gömleğini çıkarıp Shura'nın yanına uzanırken kulağına fısıldadı:

"Seni o kadar özledim ki sevgilim, o kadar özledim ki. Beni bir daha bırakma."

Genç kadın, bu güzel aşklarını neredeyse kaybetmek üzere olduklarını düşünerek hüzünlendi. Kollarını erkeğin boynuna sarıp kendine doğru çekti.

"Ben de seni çok özledim sevgilim. Hem de çok."

Hiç bu kadar çılgınca sevişmemişlerdi. Onları hayata bağlayanın ne olduğunu, ikisinin bir bütün olduğunu anlamanın getirdiği arzuyla kenetlendiler. Seyit, artık, sevdiği kadının o tecrübesiz, çekingen kız olmadığının farkındaydı. Ama, yine de, onunla her sevişişinde, ilk günkü heyecanı yaşıyordu. Bu, Shura'nın, sakin, erkeğini anlayışla bekleyen, sevişmekten önce sevmeyi tattıran, bütün kadınsılığı içinde çocuk kalmayı beceren karakterinden kaynaklanıyordu. Seyit'in heyecanlı, hep aşk isteyen, beğendiği kadar beğenilmeyi bekleyen, sessiz, şefkâtli öpüşlerden çılgın aşk saatlerine uzanan tarzına o kadar uyuyordu ki, sevişmeleri bittiğinde, bir müddettir uzaklaştıkları diğer yarılarını bulmuş gibiydiler.

Aradan bir kaç saat geçmiş olmalıydı. Shura, Seyit'in kollarında, biraz huzursuz kımıldandı. Genç adam başını döndürüp ona baktı.

"Ne oldu, kolun mu acıdı?"

Shura, onun çenesindeki çukuru okşarken, gülümsedi.

"Hayır sevgilim,..."

Bir şey söylemek istediği belliydi, huzursuzdu. Erkek ısrarla sordu:

"Peki o zaman, ne var?"

Shura yerinde doğrulup, yatağın içinde dizleri üzerinde oturdu. Çarşafı çekeleyerek göğüslerini kapamaya çalıştı. Genç adam, çarşafın ucunu çekerek sordu:

"Üşüyor musun?"

"Yo, hayır."

"Bırak o zaman, açık kalsın. O kadar güzelsin ki, bırak konuşurken seni seyredeyim."

Sonra gülerek devam etti:

"Biliyor musun, bana kadınlar hep içtikten sonra daha güzel gelirlerdi. Halbuki sen ayıkken de aynı zevkle seyrettiğim yegâne kadın oldun."

"Bu bir iltifat mı?"

Seyit, başını kaldırıp onun yuvarlak muntazam omuzuna bir öpücük kondurdu. Sonra, kolunu başının altına alıp sordu:

"Evet küçük sevgilim, bana söylemek istediğin nedir?"

"Seyt... ben gitmek zorundayım."

Erkeğin telaşla doğrulduğunu görünce onu göğsünden geriye hafifçe itti.

"Yok, yok, yanlış anlama. Sadece, artık, burada seninle kalamam. Bütün ailem bir arada. Bogayevsky amcam Tarlabaşı'nda bir ev tutmuş. Herkes bir arada. Nadia teyzemin ağabeyi, amcamın yaveri ve sekreteri hepsi aynı evde kalıyorlar. Ben... ben onlara seninle yaşadığımı izah edemem... Beni anlamalısın Seyt. Onlara anlatamam."

Seyit'in sesi kırgın ve durgundu.

"Onlara nasıl kaçtığını anlattın?"

"Aşağı yukarı doğruyu anlattım. Yalnız seninle beraber yaşadığımı anlatamadım tabi."

Erkeğin kalbinin kırıldığını hissetmişti.

"İnan Seyt, bunun seninle bir ilgisi yok. Ama ailem kabul edemez, bir erkekle beraber yaşadığımı. Ne olur beni anla."

Seyit, onun uzattığı elini avucuna alıp dudaklarına götürdü.

"Anlıyorum, tabi anlıyorum."

"Her fırsatta buraya geleceğim yine. Hiç bir şey değişmeyecek görürsün. İnan bana."

Seyit, bu mevzuda, sevdiği kadına baskı yapmayı manâsız buldu. Onu, bu kadar zaman sonra, böyle büyük bir şans eseri bulduğu ailesinden koparmaya hakkı yoktu. Aluşta'da babasının kendisine Shura ile ilgili takındığı tavrı düşündü. O, babasına karşı sevdiği kızı tutmuş, bütün ailesini ölene dek görememek üzere kırmış ve küs ayrılmıştı. Peki, Shura niye şimdi aynı şeyi yapmıyordu? Kafasında kendi kendine yarattığı huzursuz düşünceleri def etmek gereğini hissetti. Ve Shura'ya çamaşırhaneyi almak üzere olduğunu anlatmaya başladı.

Shura, bir yandan amcasının evine taşınmak üzere eşyalarından bazılarını valize koyarken, neş'e içinde Seyit'i dinliyordu.

"Bu harika bir haber Seyt, harika!"

Sonra, ciddi bir tavırla sordu:

"Eğer istersen... ben de biraz para bulabilirim."

Seyit, onun yanağını okşayarak devam etti:

"Çok düşüncelisin sevgilim. Ama gerekmeyecek. Sanırım rublelerden bir kısmını bu işe yatırabilirim."

"Emin misin?"

Seyit, onu omuzlarından sararak öptü ve mırıldandı:

"Evet, eminim."

O kadar mutluydu ki, Shura'nın gece için amcasının evine dönüyor olması dahi bu mutluluğu bozamıyordu. Kollarındaki genç kadını, sanki yeni buluşuyorlarmış gibi, hasretle öptü.

"Mutlu Noeller sevgilim."

Shura, gülümseyerek, ellerini onun saçlarında gezdirdi.

"Teşekkür ederim sevgilim."

O yıl İstanbul'daki Noel ayinleri önceki yıllara nazaran çok farklı oldu. Şehre sığınan Beyaz Ruslar, Aya Pandelemion, Aya Andrea ve Aya Elia kiliselerini doldurdular. Adak mumlarının ışığı ve ilâhilerle, binlerle Beyaz Rus, Tanrı'ya yakardılar.

Bu ayin, Rusya'da yaşadıkları Noel ayinlerinden çok farklıydı. Şık şık giyinip, troykalarla karlar üzerinde kuş gibi kayarak kilise kapılarında indikleri, hep neşeli, hep ümitli seslerle ilâhilere katıldıkları Noellerden farklıydı. Artık, kimse hayâller için dua etmiyordu. Şimdi kaybedilen gerçeklerin geri gelmesi içindi yakarışlar. Yıllar önce görülmüş bir rüya gibi, uzakta kalan, hiç bir zaman dönülemeyecek vatanları içindi, orada kalan sevdikleri içindi. Evlerinin bahçesinde kanlar içinde bırakmak zorunda kaldıkları, Yalta'da son ümit, geminin halatını yakalamak isterken düşüp kalan yakınları için yakarıyorlardı.

Ne gariptir ki, her şey yolunda giderken insan çok az şey düşünebilir, Tanrı'dan isteyecek. Ya da saçmasapan şeyler ister, aslında hiç de fazla önemi olmayan. Ama, her şeylerini kaybetmiş insanlar için dua etmek kolaydır. Neyi özlediklerini, neyi kaçırdıklarını, Tanrı'dan ne isteyeceklerini gerçekten bilirler.

İşte, 1920 Noelinde de, İstanbul kiliselerinden Tanrı'ya sunulan yakarışlar içinde en çok acıyla dağlanmış olanları, Beyaz Ruslar'ın dualarıydı.

Anılar Satılıyor

Yeni yılın ilk haftasında, Shura, Valentine'le beraber, General Bogayevsky'nin Tarlabaşı'ndaki üç katlı evinden ayrıldı. Yine Beyoğlu'nda, Altın Bakkal'da bir apartman dairesine geçtiler. Daire, tek, büyük odadan ibaretti. Bir kısmını perde ile ayırıp yatak odası yaptılar. Geri kalan bölüm de hem oturma, hem yemek odaları işini görüyordu. Hiç bir şey alıştıkları gibi değildi. Ama mademki yeni hayatları buydu, ona da ayak uyduracaklardı. Aristokratlıklarını Tanrı'nın emri olarak sahiplenip, elini hiç bir işe sürmek istemeyen bazı vatandaşlarının halini, her gün yeni örnekleri ile görüyorlardı. İki kardeş de o duruma düşmemeye azimliydiler. Ne yapıp, ne edip bu zorluklarla yaşamayı, Tanrı yardım ederse atlatmasını, becereceklerdi.

Shura, Valentine'den gizli olarak, Seyit'le sık sık buluşuyordu. Yaşadıkları son hadise birbirlerine karşı daha anlayışlı ve müsamahakâr davranmaları gerektiğini öğretmişti onlara. Ayrı kaldıkları zamanlarla ilgili olarak, bir diğerini sorgulamamaya özen gösteriyorlardı.

Seyit'e düşünmesi için bir hafta süre veren Konstantinides, bir ay gibi bir süre ortadan kaybolduktan sonra, geri gelmişti. Nereye gittiğini, ne yaptığını kimse anlayamamıştı. Seyit, teklifi kabul ettiğini, kendisine ruble olarak ödeyebileceğini söylediğinde, Rum, sevinçle sakalını sıvazladı. Avucuna tek tek sayarak koyduğu paraları sonra bir çantaya doldurdu, el sıkıştılar ve adam bankanın yolunu tuttu.

Seyit, çalışanlar paydos ettikten sonra, heyecanla, Shura'yı beklemeye başladı. Çamaşırhaneyi baştan aşağı dolaştı. Artık, kendisine ait bir yeri vardı, işi vardı. Sonunda, çalışma masasına geçti. İskemlesine kurulup arkasına dayandı. Shura içeri girdiğinde, onu keyifle gülümserken buldu. Sorarak baktı. Genç adam, yerinden kalkıp kollarını açarak, sevgilisine doğru geldi.

"Evet sevgilim, kutlayabiliriz."

"Seyt, tebrikler!"

El ele üst kata çıkmak üzerelerdi, kapı çalındı. Açtıklarında, Konstantinides karşılarında duruyordu. Yüzündeki ifade hiç de halinden memnun bir adamın ifadesi değildi. Davet bile beklemeden içeri girip, elindeki siyah çantayı masanın üzerine bıraktı. Sonra ellerini beline dayayıp, dudaklarını bükerek başını iki yana salladı.

"Olmadı Seyit Bey, bu iş olmadı."

Çantayı açtı. Rubleleri tomarı ile çıkarıp masanın üzerine yaydı. Seyit ve Shura şaşkınlıkla onu izliyorlardı.

"Kusura bakmayın Seyit Bey. Banka bu paraları artık alamıyormuş."

"Nedenmiş o?"

"Eski Ruble artık geçmiyormuş. Takası da yasaklanmış."

"Neler diyorsunuz Mösyö Konstantinides? Ne zamandır geçmiyormuş Ruble?"

"Dün sabah talimat gelmiş bankaya. Kusura bakmayın Seyit Bey, ama ben ne yapayım? Bolşevikler yasaklamış artık. İşe yaramayacak parayla ben ne yapayım?"

Seyit, masanın yanındaki iskemleye çöktü. Alaylı bir gülümseme ile pöfledi. Shura, yaklaşıp, elini onun omuzuna koydu. Sevgilisinin nasıl yıkıldığını anlıyabiliyordu. İçi isyanla kabardı.

Rum, sakalını sıvazlayarak, çantasını kapadı tekrar. Bir yandan konuşuyordu:

"Şimdi ne olacak bilmem. Paranız varsa, ne alâ. Yoksa, başka müşteri bulmam lâzım."

Seyit ayağa kalkarken, eliyle bir işaret yaptı:

"Durun! durun, acele etmeyin. Biraz düşüneyim."

Rum, karşısındakinin hâlâ alış verişe hevesli olmasından memnundu. Zira, işgâlin ortasında, nakit para verip çamaşırhane alacak birine kolay kolay rastlayamazdı. Hemen alttan almaya başladı:

"Aman Seyit Bey, lâfı mı olur? Ne zamandır beraberiz. Sizi tanırım. Elbette, siz düşünün bir, ben yarın gene uğrarım."

"Sağ olun."

Adam, ardı ardına reveranslarla, selamlar vererek ayrıldı.

Tam sessizlik içinde düşünürlerken, kapı çaldı. Manol ve İskender, Pera Palas'a yemeğe gitmek üzere, Seyit'i almaya gelmişlerdi. Durgunluğunun sebebini öğrendikleri vakit, onlar da arkadaşlarına katıldılar. Ortaya açtıkları bir şişe votkayı bitirdiklerinde, üzüntülerinin yerini kahkaha almıştı. Seyit, katıla katıla anlatıyordu:

"Düşünün bir kere, onca parayı, üç sene boyunca, kuş tüyü yastıklar içinde sakla. Açlık çek, sefalet çek. Tam işe yarayacaklar, çıkar, ne o? Bir yığın gazete kağıdı saklamışsın."

"Yastıkların içinde başka neler var Seyit?"

"Ne varsa, bir an önce çıkarsan iyi olur."

Gözlerinden yaş gelerek gülüyorlardı. Ama, kahkahalarında keyfin değil, alkolle birleşen kızgınlığın izleri vardı.

Derken, Seyit ayağa kalktı. Paraları avucundan akıtarak masanın üzerine yaydı. Sonra tek tek toplamağa başladı.

"Haydi kalkın, gidiyoruz."

"Nereye?"

Hep bir ağızdan sormuşlardı.

Seyit'in yüzündeki kahkaha kaybolmuştu artık.

"Madem artık tarihe gömüldüler. Biz de onlara bir tören yapmalıyız."

Gece yarısına yaklaşmakta olan saatlerde, Galata Köprüsünden geçen bir kaç kişi, parmaklıklara dayanmış, denize kahkahalarla kağıt paralar savuran şık giyimli dört yabancıya hayretlerle baka kaldılar.

Ertesi sabah, erkenden, Seyit Kapalıçarşı'ya indi. Asırlık çarşının içinde yer alan yüzlerce kuyumcu dükkânından ilk gördüğüne girdi. Tezgâhtar, parlatmakta olduğu kolyeyi yerine bırakıp, geleni süzdü. Müşterisinin kıyafetine bakılırsa, hali vakti yerinde bir ecnebiydi. Kalpağından da İstanbul'u dolduran Beyaz Ruslardan olduğu belliydi. Avuçlarını, iştahla birbirine sürterek ayağa kalktı. Yüzünde sırnaşık, mübalâğalı bir gülümseme vardı.

"Hoş geldiniz beyefendi, hoş geldiniz, buyrun efendim."

İşte, mücevherlerini satarak yaşayan yabancılardan biri daha kapısına düşmüştü. Tezgâhın hemen dibindeki tek iskemleyi, oturması için, Seyit'e gösterdi. Genç adam, kuyumcuyla muhabbete girmeye niyetli değildi. Aslında, buraya gelişinden pişman gibiydi. Kararsız bir hali vardı. Adam, yılların insan sarraflığı ile, bunu sezmişti.

"Size nasıl yardımcı olabilirim efendim? Buyrun, buyrun lütfen oturun, bir acı kahvemizi için. Alış veriş yapmak şart değil."

Seyit, kahve ikramı için, başını salladı.

"Hayır, teşekkür ederim. Kahve içmeyeceğim."

Adam ısrarcıydı.

"Olur mu beyim, olur mu, ta nerelerden buralara gelmişsiniz, kapımızdan girmişsiniz, bir kahve ikram etmezsek ayıp olmaz mı?"

Kapıdan başını çıkarıp karşıdaki dükkânın önünde duran küçük çocuğa seslendi:

"Buraya iki kahve!"

Sonra, yine avuçlarını ovuşturarak, yerine geçti. Dört gözle, yabancının cebinden çıkaracaklarını bekliyordu.

Seyit, isteksiz ve düşünceli bir ifadeyle, cebinden aldığı iki kadife kutuyu uzattı.

"Bunlara ne verebileceğinizi bana söyler misiniz?"

Kutuların kapaklarını açıp cam tezgâhın üzerine bıraktığında, kuyumcu, gözlüğünü takmakla meşguldü. Son bir kaç ayda, Çarlık armasını ve damgalarını iyi bellemişti. Gümüş, mineli nişanlara bakarken, kafasından çabuk bir hesap yapıyordu. Elindekilerinin değerini biliyordu. Ama bunu müşterisine söylemesi gerekmezdi.

"Çok güzel, çok güzel parçalar...ama..."

Dudaklarını bükerek devam etti:

"Yani ne söylesem beyefendiciğim? Kıymetli parçalar, velâkin, bu gün zor gün. Biliyorsunuz, bizler de senelerdir harpten başka bir şey görmedik. İşgâldeyiz. Kimsenin böyle şeylere para yatıracak hali yok. Herkes, her parasını hesapta."

Seyit'in, adamı daha uzun dinlemeye vakti yoktu. Resmi bir ses tonuyla sordu:

"Siz ne kadar verebileceğinizi söyleyin bana."

Adam, madalyaları elinde evirip, çevirdi. Sanki bu hareketinin, değerleri üzerinde bir tesiri olacaktı. Verebileceği en minimum fiyatı düşündüğü belliydi.

Nitekim, onun dudakları arasından dökülen rakkamı duyduğu an, Seyit kutuları kapayıp tekrar cebine yerleştirmeye başladı. Kuyumcu, uzanıp, onun kolunu tuttu.

"Aman beyefendiciğim, durun, durun, güzel hatırınız için, haydi biraz daha arttıralım."

Seyit, adamın, kendisinden birinci çoğul şahıs bahsetmesine sinirlenmeye başlamıştı.

"Pazarlık yapmaya vaktim yok. Ama yirmi beş lira için bunları elden çıkaramam."

Aslında ihtiyacı olan fiyatı bulamamasına seviniyordu. Nişanlarını avuçladı. Belindeki zinciri çekip, saatinin kapağını açtı. O anda ince bir zil sesi duyuldu. Saat ondu. Kuyumcu, dudaklarını büzüp, hayret etmekle ıslık çalmak arası bir ses çıkardı. Elini önce arsızca uzattı. Sonra geri çekti.

"Bakabilir miyim? Ne kadar güzel bir saat. Hiç böylesini görmedim daha evvel. Çok özel bir yapım olmalı."

Seyit, altın mahfazasını kapatıp cebine koyarken mırıldandı:

"Evet...evet, çok özeldir."

Adam, gözlerini saatin dış yüzeyinde, rubi taşlarla işlenmiş monogram ve pırlantalı arma üzerinde dolaştırdı.

"Harika bir işçilik, tek kelime ile harika."

Seyit'in dükkândan çıkmak üzere olduğunu anlamıştı. Birden bire, aklına çok iyi bir fikir gelmiş gibi, avuçlarını birbirine vurdu.

"Bakın ne diyeceğim beyefendiciğim? Nişanlar için fazla bir şey yapamam ama bu saati de şayet beraber satmak isterseniz size iki yüz elli lira veririm. O da, inanın, sizin güzel hatırınız için."

Günün şartları içinde oldukça yüklü bir para sayılabilirdi ama Seyit'in işini halledecek miktar değildi. Başını iki yana sallayarak teklifi kabul etmediğini belirtti. Teşekkür ederek çıktı. Adam arkasından sesleniyordu:

"İsterseniz, bütün çarşıyı dolaşın beyefendiciğim, ama inanın size verilecek en iyi fiyatı verdim."

Bedesten yoluna sapıp köşe başındaki diğer bir dükkâna girdi. Ard arda, sekiz, on kuyumcuyu, sarrafı daha dolaştı. Ama, sanki, satacaklarının değeri hususunda esnafın söz birliği etmiş bir hali vardı. Hatta, bir iki tanesi, ona ilk gittiği dükkânın ismini verdiler. Kendini kapana kısılmış gibi hissediyordu. Sonunda, nişanları ve saati karşılığı kendisine iki yüz yetmiş lira teklif eden Arnavut kuyumcunun teklifine razı oldu. Daha iyi fiyat alamayacağı belliydi. Hatıralarını tezgâhın üzerine koyduğunda, içi sızlayarak uzun uzun baktı her birine. Ne garipti, bunlara sahip olduğu müddetçe, eskiyi daha canlı hatırlıyordu sanki. Sanki, artık, Rusya'daki hayatı ile, yaşadıkları ile ilgisi tamamen kopmak üzereydi. Hayâl şeridi süratle gözlerinin önünden geçti. Çar Nicholas'nın karşısında göğsüne nişanları takılırken duyduğu heyecanı hatırladı. Saatin mahfazasınında elini okşar gibi son kez gezdirdi.

Az sonra Kapalıçarşı'dan çıkarken, yüreğindeki eziklik tarifsizdi. Kendisini hain gibi hissediyordu. Hatıralarına hıyanet etmişti. Geçmişinden son esintileri satmıştı. Kendileri ile hiç ilgisi olmayan, anısı olmayan bir adamın eline geçeceklerdi bundan sonra.

Mösyö Konstantinides, iki yüz yetmiş lirayı sevinçle aldı. Geriye kalan farkı da, her ay, azar azar Pangaltıda'ki yeğeni Hristos'a yollamasını istedi.

"O nasılsa bilir nerede olduğumu, yollar bana." dedi. Vedalaşıp ayrıldı.

O sene Seyit için çok çalışması gereken bir yıldı. Bir yandan, eski mal sahibine kalan borcunu muntazaman ödemeye çalışırken bir taraftan da işi büyütmek için uğraşıyordu. Eğer, her şey yolunda giderse, kısa bir süre sonra Pera civarındaki sokaklardan birinde güzel bir apartman dairesi kiralayabileceğini ümit ediyordu.

Shura ile, arzu ettiği kadar bir arada olamıyordu. Genç kadın, ablası ve ailesinin diğer bireyleri ile bir arada olmak zorundaydı. Park Otel ve Taksim Bahçesindeki bazı gecelerde Seyit onlarla da karşılaşıyordu. Ama her defasında, Shura ile olan yakınlık derecesini çok büyük bir dikkâtle gizlemek zorunda kalıyorlardı.

Bu düzensiz beraberlikleri, onları ister istemez başka başka arkadaş gruplarının içine itivermişti. Bu arada, Seyit, Kırım'dan bazı sevdiği akrabaları ile karşılaşmıştı.

Büyük dayısının oğulları olan Yahya ve Mustafa, halasının damadı Osman, Wrangel ordusu ile beraber kaçabilmişlerdi. Yahya, geldikleri gemide tanıştığı varlıklı bir Alman kadına âşık olmuştu. Senta'nın, fazla konuşmamasına rağmen, Rusya'da bırakmak zorunda olduğu bir ailesi olduğu biliniyordu. Beraber yaşıyor ve yakın bir gelecekte evlenmeyi düşünüyorlardı.

Osman ise, Kırım'da Seyit'in halasının kızıyla evliydi. Bir de küçük çocuğu vardı. Ama, o korkunç cehennem kaçışında, karısını ve çocuğunu kaybetmişti. Binlerce insanın içinde, sürüklenerek bindiği gemide, yol boyu ailesini aramış, Boğaz'da demirli bekledikleri on gün zarfında da, ısrarla isimlerini çağırarak deliler gibi güvertelerde koşuşmuştu. Aradan geçen zaman zarfında, artık onları tamamen kaybettiğini kabullenmek zorunda kalmıştı.

Bütün bu insanları, bir araya geldiklerinde kenetleyen çok özel duygular vardı. Bu, akraba olmanın, aynı şehirden olmanın, aynı lisanı konuşmanın yarattığı bağlardan farklıydı. Uzun masaların etrafında toplanıp, şarkıların, kahkahaların içki kadar hızlı aktığı saatlerde bile, hepsinin yüreklerindeki yaralar taptaze duruyordu. Hepsinin göz bebeklerinde, gülerken dahi, akmayan yaşların parıltısı okunuyordu. En keyifli anlarında, hüzünleri avuçlarının içindeydi. Memleket hasreti, ateşli bir hastalık gibi bedenlerini dalıyordu. Ve onları yine ancak kendileri gibi olanlar anlıyabilirdi. Sanki, sözleşmişcesine, yaşadıkları facialarıkonuşmadan, ama her biri bir diğerinin ne azapta olduğunu bilerek yaşıyorlardı.

İstanbul ve Beyaz Ruslar birbirlerine alışa dursunlar, 1922 Eylülünde ülkedeki sıkıntılar bitmiş değildi. Ama, yüzlerde bir ümit, mutluluk okunuyordu. Başkumandan Mustafa Kemâl Paşa'nın inançları ve ona inananların hayâlleri boş çıkmamıştı. Anadolu'daki Kurtuluş mücadelesi kazanılıyordu. 11 Ekim 1922'de, İtilâf Devletleri ile imzalanan Mudanya Antlaşması gereği, İstanbul, Boğazlar, Edirne ve Batı Trakya, yeniden, Türk egemenliğine girdi.

Koca Osmanlı İmparatorluğu'ndan kurtarılabilen topraklar üzerinde, Türkler için yeni bir dönem başlamak üzereyken, Çarlık Rusya'sının Beyaz Ruslar'ı da hayatlarına yön vermeye çalışıyorlardı. Bir kısmı İstanbul'da yerleşmeye karar vermişken, yüz binlercesi de Bulgaristan, Yugoslavya, Fransa, Amerika ve Kanada'ya gitmeye başladılar. Bu ülkelerin bildirdiği kısıtlı sayıda göçmen kabulü için baş vuran Ruslar, yeniden uzun sürecek bir yolculuğa çıkmak üzere gemilere doluşuyor ve yine nasıl olacağı meçhul, yeni bir yaşama doğru yollanıyorlardı.

İstanbul'da kalanların hayatları da, farklı bir akış içinde sürüklenip gidiyordu. Yeni şartlar, zorluklar, yeni tanışılan insanlar, her şeyi günü gününe yaşayıp atlatmak, bir sonraki güne ayakta kalabilmek çabası, kısacası kader, hepsinin hayatına istemeseler de yeni yönler veriyordu. Kader zaten bu değil miydi? Hayatın, insanın kendi arzusu, kontrolu dışındaki sürüklenişi değil miydi? Tesadüf eseri, kaderin getirdikleri hayâllere uyuyorsa, "Şans" denilip geçiliyordu. Yoksa, adı sadece "Kader" olarak anılıyordu.

Tepebaşı Bahçesinde, Beyaz Ruslar'ın toplanıp, şarkılarda memleketlerini andıkları akşamlardan beiriydi. Piyanoda oturan piyanist, Valentine'den başkası değildi. Genç kadın, Kislovodsk akşamlarında, yıllarca, ailesi için piyano çalmıştı. Sonra, genç kızlığa geçtiği yıllarda, gittikleri davetlerde, ısrarla piyanonun başına çağırılırdı. Yakışıklı, aristokrat delikanlıların bakışlarını üzerinde hissederek yanakları kızarır, reveranslarla alkışları kabul ederken dünyanın en mesut kızı olduğunu düşünürdü. Genç kocası Baron von Clodt Jurgenzburg için piyano çaldığı akşam, daha dün gibi gözünün önündeydi. Sadece yirmi iki yaşında olan genç Baron, bir kolu piyanonun üzerinde, âşık bakışlarla karısını sonuna kadar kıpırdamadan seyretmişti. Prenses Maria Pavlovna şerefine verilen ziyafette, yine Valentine'den bir resital vermesi istenmişti. Müzik öğretmeni Maria İvanovna Vassilievna Maharina, resitalden sonra, genç kızı elinden tutup Prensesin yanına götürmüştü. Herkes, Prensesin elini öpüp, reveranslarla arka arkaya yürüyerek çekilirken izlemek, genç kız için unutamayacağı bir anı olmuştu.

Parmakları tuşlarda, Oçi Çorniya'yı seslendirirken, anılar zihninde aynı notaların aktığı süratte seyrediyordu. Annesine ne olmuştu? Kislovodsk yerinde duruyor muydu? Sevgili kocası, Novorosisk'de bir trenin üzerinde el sallayarak uzaklaşmış gitmişti en son. Kurtulabilmiş miydi Bolşeviklerden? Ve diğerleri, bütün tanıdıkları, sevdikleri, neler gelmişti başlarına?

Kafasından sorular geçen bir tek Valentine değildi. Orada bulunan bütün müzisyenler ve müşteriler, hepsi, kendi geride bıraktıkları için aynı soruları sorarken bir yandan şarkıya eşlik ediyorlardı:

"Oçi Çorniya,

Oçi Strasniya,

Oçi Zugiçiya..."

Seyit, Manol, Yahya, Sergei ve Osman'la beraber gazinoya girdiği vakit, tüm masalar neredeyse dolmuştu. Oturdukları an, sahneye yakın masalardan birinde, Shura'yı gördü. Kalbi heyecanla çarptı. Arkadaşlarından müsaade isteyip kalktı. Genç kadın, diğer iki kadın ve bir erkekle aynı masayı paylaşmaktaydı. Seyit, kadınlardan birinin Kiev'den bir Bale sanatçısı olduğunu biliyordu. Onlara bir selam verdikten sonra, kendisine sırtı dönük olan Shura'nın yanına eğilerek fısıldadı:

"İyi geceler."

Genç kadın, başını döndürdüğünde, yüzünde sevinç, hayret ve hepsi kadar da çekingenlik vardı.

"İyi geceler Seyt."

Bu arada gözleri ile sağına soluna bakındı. Onun neden rahatsız olduğunu anlayamayan Seyit, sesini daha da kısarak konuşmaya devam etti:

"Çok güzelsin ve ben seni çok özledim."

Masadakiler onlarla ilgilenmiyordu ama, Shura'nın gerginliği çok belirgindi. Gözlerindeki bakışlarda bir değişiklik vardı. Seyit yanıldığını düşündü. Ne olabilirdi ki?

"Sizleri masamıza davet edebilir miyim? Hep beraber otururduk."

"Sanmıyorum Seyt. Biz birazdan kalkmak üzereyiz. Yarın sabah çok erken işte olacağım."

"Peki o zaman sevgilim, seni hasretle öpüyor ve ayrılıyorum."

"İyi geceler sevgilim."

Seyit yerine döndüğü vakit, Shura'nın yanındaki boş iskemleye yerleşmekte olan denizci üniformalı genç adamı fark etti. Beyninden aşağı kaynar su dökülmüş gibi oldu. Yanılmamıştı.

Sevdiği kadının ses tonunda, davranışında her zamankinden farklı olan şeyin sebebi şimdi anlaşılıyordu. Manol, elini onun omuzuna koyarak, sordu:

"Seyt Eminof, iyi misin?"

"İyiyim, iyiyim."

Yahya, onun bakışlarını takip etmiş, olanları aşağı yukarı sezinlemişti. Shura'yı tanıyordu. Bir çok kez, hep beraber yemeğe, Büyükada'da hafta sonu geçirmeye gitmişlerdi. Genç kadının Seyit'le olan aşkını ve maceralarını biliyordu. Arkadaşının keyfinin neden kaçtığını anlayabiliyordu.

"Haydi, istersen kalkalım."

Seyit, dudaklarında kırılmış bir ifadenin gülümsemesiyle, kadehleri doldurmaya başladı.

"Hayatta her şeyden kaçmamız imkânsız galiba. Haydi Nazdrovya!"

O sırada Shura ayrılmaktaydı. Seyit'le uzaktan göz göze geldiklerinde, genç adam kadehini onun için bir kez daha kaldırıp yüzüne dikkâtle baktı. Shura, her zamanki sıcak, uysal ve âşık bakışlarla ona cevap verdi. Seyit'in içi ılındı.

"Tanrı'm ne kadar güzel." diye düşündü.

Yeniden keyiflenmişti. Yerinden fırlayıp ona yetişmeyi düşündü ama genç kadının arkasından gelen yabancı, çoktan, koluna girmişti. Shura, bakışlarını kaçırarak, Fransız kaptanın kolunda Tepebaşı Gazinosunu terketti.

Seyit, artık, Shura ile beraberliklerinin ve ruh dünyalarının parçalandığını hissediyordu. Yeni hayatları onları ayırmaya başlamıştı. Bunun kaçınılmaz olduğunu görüyordu. Peki o zaman, bakışları hâlâ neden aşk doluydu? Her şeye rağmen, yanına gidip genç kıza sahip çıkmadığı için, kendini suçladı. Sonra, bunun onu zor durumda bırakmaktan başka bir işe yaramayacağını düşündü. Genç kadın eğer hayatında bir başka erkeğe yer vermek istiyorsa, onu daha fazla zorlayamazdı. Belki de, artık, karlarla, çıngırak sesleri, Polkalarla, Tchaikovski nağmeleri ile dolu bir Rus masalını unutmak gerekiyordu. Başak saçlı, deniz gözlü, çiçek kokulu aşkını unutmak gerekiyordu. Belki de, onlar aslında hiç bir zaman gerçek olmayan bir aşkı yaşamışlardı.

Genç adam, o geceyi ertesi günün ne yenilikler getireceğini

düşünmekle geçirdi. Kendisini hasta gibi hissediyordu. Ama ne ertesi, ne de ondan sonra gelen günler, Shura'dan hiç bir haber almadı. En azından durumu izah etmesini bekliyordu. Kafasında başka hiç bir düşünce kalmamıştı. İlk karşılaştıkları günden bu yana yaşadıklarını tekrar tekrar hatırlıyor, onu özlüyor ve yanında istiyordu. Uykusuz geçen gecelerde, kendi kendiyle de inattaydı. Eczaneye gidip onu görebilirdi. Ama bir yabancının kolunda, Seyit'in önünden geçip giden oydu ve ilk hareketin ondan gelmesi lâzımdı. Izdırap içinde beklemeye devam etti.

Ertesi gün, Amerika'ya hareket edecek bazı arkadaşları için, Manol evinde veda partisi tertiplemişti. Seyit, Ağacamii'nde, davetin yapıldığı evin kapısına gelinceye kadar, son derece isteksizdi. Manol kapıyı açtığı an, herkesten önce gördüğü kişi Shura oldu. Genç kadın, diğer iki Rus kadınla tatlı bir sohbetteydi. Bir köşede piyano, balalayka ve gitar eşliğinde güzel bir müzik çalmaktaydı. Seyit, eline tutuşturulan bir kadeh şarabı alıp, Shura'nın yanına gitmeye çalıştı. O arada karşılaştığı hoş genç kızların, hanımların, kiminin sadece ellerini sıkarak, kimilerinin yanağından öpücük alarak, kiminin hülyalı bakışlarına çapkınca gülümseyerek ilerliyordu. Hayatındaki en önemli kadını ne kadar severse sevsin, diğer kadınların güzelliklerine, şuhluklarına da tamamen kayıtsız kalamıyordu. Kalabalığın arasında, kolunun çekildiğini hissederek döndü.

"Sergei, dostum! Ne güzel seni de burada görmek."

Sergei, yanında kendinden oldukça büyük duran bir kadını nişanlısı olarak tanıştırdığında, Seyit gülmemek için gayret sarfetti. Arkadaşını iyi tanırdı. Bu, Sergei'nin, sadece, beraber olduğu kadınları işi resmiyete dökecekmiş gibi, kurnazlıkla elinde tutma usulü idi. Ama, neredeyse annesi olacak yaşta bir kadın için buna ne gerek olduğunu anlayamadı Seyit.

Shura, iki yakın arkadaşı ile keyifli bir sohbete dalmıştı. Çok yakınlarından, çok tanıdık bir kahkaha duydu. Heyecanla irkilerek, başını çevirdi. Birden, sanki bu anı çok evvelden yaşamış da şimdi tekrarını yaşıyormuş gibi geldi. Dört, beş kişilik bir grubun arasından Seyit'le göz göze gelmişlerdi. Sanki, yeniden, 1916 kışına, Moskova'ya, Borinskyler'in evine dönmüşlerdi.

"Tanrım!" dedi, içinden. Vücudundaki elektriklenmeyi, damarlarındaki kanın ısındığını, başının döndüğünü hissediyordu. İşte yine, lacivert gözleri ile, genç kadına aşkı hatırlatırcasına alevli bakıyordu. İlk defa karşılaşıp da ilk bakışta âşık olmuş gibi, Seyit ısrarlı, Shura ise beğeniyle fakat biraz mahçup bakıştılar. Manol içeri salondan herkesi yemeğe çağırıyordu. Ayakta gruplanmış misafirler yavaş yavaş o tarafa geçmeye başladılar.

Karşı karşıya kalmışlardı. İkisi de ne konuşacağını bilemiyordu. Shura, durumunu nasıl izah edeceğini düşünürken, Seyit onu suçlar gibi konuşmak istemiyordu. Bunca yıl sonra konuşacak bir şey bulamamaları, ikisini de hayrete düşürmüştü.

"İyi akşamlar Alexandra Verjenskaya."

Genç kadının bu kadar zamandır yarattığı uzaklığa nispet, Seyit, ilk kez olarak, ona bu kadar resmi hitap ediyordu.

"İyi akşamlar Seyt...Bana kırgın mısın yoksa?"

"Kırgın? Kırgın mı dedin? Nasıl olmamı bekliyordun Shura? Ne yapmamı isterdin? Hayatımın bir diğer yarısı olan kadın benden uzaklaşırsa nasıl hissedebilirim?"

"O zaman anlaşabiliriz."

"Ne demek istiyorsun?"

"Hatırlıyor musun, Evgeni ile eczaneden çıkıp gittiğim geceyi. Ve ertesi sabahı. Ben geri döndüğümde, gördüklerim karşısında neler hissettim, şimdi anlıyabiliyor musun?"

"Ama Shura, o hadiseyi hallettik sanıyordum. Şayet bilseydim, senin nerede ve kimlerle olduğunu..."

"İşte bütün hadise bu Seyt. Ben de aynı sebeple bu macerayı yaşadım. Seni paylaşmaya tahammülüm yoktu. Bana acı çektirdiğin için sana aynı acıyı yaşatmak istedim. Ama, inan, bunu programlı yapmadım. Her şey kendiliğinden oldu."

Seyit, onun ne demek istediğini iyi anlıyordu. Aldatılmışlığı, aldatarak, daha katlanılır hale getireceğini sanıyordu insan. Ama, hep aksi oluyordu. Her şey gittikçe zorlaşıyordu. Garip olan, birbirlerine o kadar benziyorlardı ki, hatalarda bile bir diğerini tekrara başlamışlardı.

"Peki, şimdi ne olacak?"

Seyit bunu sorarken, gerçekten de bir cevap bekliyordu.

Genç kadın, pencereye doğru dönerek, elindeki kadehi çevirdi. Kısa bir sessizliğin ardından, Seyit onun hıçkırmaya başladığını fark etti. İçkisini bırakıp yaklaştı. Ellerini omuzlarına koyup, yanağına eğilip öptü.

"Ağlama Shura, lütfen. Senden tek istediğim, bundan sonrası için ne düşündüğünü söylemen. Seni hiç bir kararında etkilemek istemedim bugüne kadar, biliyorsun."

Shura, uzun zamandır özlediği erkeğin elinin üzerine avucunu yerleştirdi.

"Biliyorum Seyt, biliyorum."

"Sen de bana bir gün ne demiştin, hatırlıyor musun?"

Genç kadın yüzünü döndü. Artık ağlamıyordu. Merakla sordu:

"Ne demiştim?"

"Seninle yaptığım hiç bir şey için pişmanlık duymadım, demiştin."

Avucuna aldığı elini sıktı.

"Hâlâ aynı şekilde mi düşünüyorsun?"

Shura gülümsedi. Parmaklarını bastırarak erkeğin elinin temasına cevap verdi. Avuçlarının, bileklerinin değmesi ile, gözlerindeki ifade değişti. Her ikisi de bunun anlamını çok iyi biliyorlardı. Şu an ne yemek yemek, ne dans etmek istemiyorlardı. Tek arzuları yalnız kalabilmekti. Bir iki saat daha Manol'un partisinde oyalandıktan sonra, beraber çıktılar. El ele, merdivenlerden inerlerken genç kadın yanındaki erkeğin yakışıklı ve inatçı yüz hatlarına gülümseyerek baktı. Onu seviyordu, çok seviyordu.

Kalyoncu Kulluğu'nda arabadan indikleri an, her ikisi de yaşayacaklarından emin oldukları gecenin heyecanı ile sarılmıştı.

İçeri girer girmez, Seyit sevgilisini kolları arasına aldı. Sırtını sokak kapısına dayayan Shura, elindeki çantayı, eldivenleri yere atarak onun boynuna sarıldı. Dudaklarını, yüzünün sert çizgilerinde, çenesinin çukurunda dolaştırdı. Erkek, öpüşlerini, sevdiği kadının saçları, boynu, gerdanı arasında dolaştırarak onun özlediği kokusunu, teninin tazeliğini yeniden keşfediyordu. Onu kucağına alarak, gözlerini gözlerinden ayırmadan, yatak odasına çıkardı.

Shura, odaya ilk girdiği an, kendisi yokken kimlerin girip çıktığını düşünecek oldu ve hemen vaz geçti. Gecesini mahvetmek istemiyordu. Seyit ise, sözleşmişler gibi, aynı anda benzer şeyleri aklından geçiriyordu. İlk ve tek erkeği olduğu genç kız değildi artık, karşısındaki. Aralarında bir yabancı vardı. O hiç bilmediği adam, ona ait çok özel bir kadına el sürmüştü. Düşüncelerinin yarattığı gerginlikten kendisi de korktu. Eliyle, başından bir şey def eder gibi, bir işaret yaptı. Marushka ile yattığı gecenin sabahı, sevdiği kadının neler çektiğini iyi anlıyordu. Geçmiş, geçmişti. Şu an yine beraberlerdi ve birbirlerini seviyorlardı. Mühim olan da buydu.

Bütün bu düşünceler, bir kaç saniye içinde, film şeridi gibi geçip gitmişti. Seyit, kollarını açıp, onun bedenini kavradı. Bir elini saçlarının yumuşacık telleri arasında gezdirirken, kulağına mırıldandı:

"Bir daha birbirimizi üzmeyelim Shura'm. Seni çok seviyorum, çok."

"Oh! Ben de seni Seyt, ben de seni çok seviyorum."

Seyit yeniden kazandığı sevgilinin yüzünü, ellerini, parmak uçlarını yumuşak, sabırlı okşayışlarla, öpüşlerle sardı. Shura da aynı sakinlikle, erkeğin çok iyi tanıdığı heyecanını yatıştırarak, sevişlerine karşılık veriyordu. Bütün gece onlarındı, her saniyesinin tadını çıkaracaklardı. Tatlı bir şerbetin, buzlu bir votkanın son yudumunu içer gibi, her dudak temasının tadını almak, her dokunuşun tenlerinde bıraktığı anlatılmaz zevki yaşamak istiyorlardı.

Genç adam, arka üstü uzanıp sevgilisini göğsüne yatırdığında, onun omuzlarından beline inen saçlarını kavrayıp yavaşça kendine çekti.

"Ne kadar güzelsin, biliyor musun? Seni ilk tanıdığım günden daha da güzelsin."

Shura, iltifatı gülerek kabullendi.

"Belki de içkinin tesirindendir."

Seyit muzip bir ifade ile, "Haklısın" dedi, "Haklısın, içkiliyken kadınlar gözüme daha güzel gözükür. Ama sen içkisizken dahi güzel bulduğum tek kadınsın. Bunu biliyorsun, söylemiştim."

Sonra, genç kadının yüzünü, avuçları içine alıp gözlerine baktı. Dudaklarına uzanırken fısıldadı:

"Ve her zaman arzuladığım..."

Küçük Nişanlı

O geceden sonra aşkları muhtelif iniş çıkışlarla devam etti. Bir araya geldikleri zaman sevgilerin en ateşlisini yaşıyorlardı. Her defasında birbirlerini ne kadar sevip özlediklerini ve bir diğeri için yaratılmış olduklarını itiraf ediyorlardı. Seyit, çevresinde macera arayan, cüretkâr, güzel kadınlarla olan ilişkilerini geçici ve önemsiz bulmasına rağmen, hayatından tamamen çıkaramıyordu. Shura'nın da ufak kaçamakları olmadığından emin değildi.

Aslında, her ikisi de aynı kıskançlığı ve huzursuzluğu yaşıyordu. İkisi de, bir diğerini başkaları ile paylaşmak istemiyordu. Ama, hayatlarında yanlış giden şeyler vardı. Beraberliklerinde ne kadar mutlu olduklarını biliyorlarsa, ayrı anlarında da o mutluluğun biraz daha uzaklaştığının farkındaydılar.

Artık, buluşma günlerinin de gittikçe arası açılmaya başlamıştı. Shura, Seyit'in biraz hırçınlık gösterip, kendisini sahiplenmesini beklerken, genç adam senelerdir aşkını paylaştığı sevgilisi üzerinde hak iddia etmek istemiyordu. Shura ile sadece âşık olmamışlardı. Onunla, korkunç bir macerayı, hüzünleri, hasretleri paylaşmışlardı. Genç kadın, belki de, artık, daha değişik bir hayat istiyordu. Onu seçiminde serbest bırakması gerektiğini hissediyordu. Huzursuzdu, keyifsizdi. Hayatına, artık, kesin bir yön vermek istiyordu. O aralar tek yolunda giden şey, maddi durumuydu. Aynalı Çeşme'de güzel bir apartman dairesini kiralamak üzereydi.

Çalışanların haftalıklarını ödemiş, geriye elinde kalan paranın miktarından memnun, kasaya kilitlemişti. Kendisine bir kadeh içki almak üzereydi. Kapı çaldığında, bir an, gelenin Shura olabileceğine dair içinde bir heyecan belirdi. Ama kapıdaki Osman'dı.

"Haydi Seyit, toparlan, seni götürüyorum."

"Hayrola, nereye?"

"Düğüne."

"Kim evleniyor kuzum?"

"Tanımazsın."

"Tanımadığım adamın düğününde ne işim var benim?"

"Yabancı değil gideceğin yer Seyit, karımın süt kardeşi evleniyor. Aksaray'da evlerinde düğün var. Gel, biraz havan değişir. Burada aynı yerlerde, aynı insanlarla hep kendinizi Rusya'da zannedip yaşıyorsunuz. Gel, çık şuradan dışarıya biraz. Çok sıkılırsan dönersin, nihayet. Haydi gel, naz etme."

Seyit, Osman'ı kırmak istemiyordu.

"O zaman müsaade et, banyomu alıp, traş olayım. Hatta diyorum ki, sen git. Beni hiç bekleyip oyalanma. Adresi bırak. Sonra yetişirim."

"Bak, beni atlatıp, gelmemezlik yok Seyit."

"Tamam, tamam, söz. Geleceğim. Biraz gecikebilirim ama muhakkak geleceğim."

Yıkanıp hazırlandıktan sonra, önce Pera Palas'a uğradı. Sergei ve Manol bardaydılar. Onlarla bir kadeh içip, bir arabaya atladı. Mümkün olduğu kadar ağırdan alıyordu. Sırf, Osman'a söz verdiği için gidiyordu. Yoksa, bütün geceyi düğün evinde geçirecek hali yoktu.

Az sonra, Pera'nın ışıklı, müzikli, kahkahalı, cilveli, insana göz kırpan, "Gel, beni yaşa" diyen gece hayatı, yerini, sakin, sessiz, iddiasız, mütevazi bir yaşamın geçtiği mahallelerin akşamına bırakmıştı.

Seyit, düğün evine vardığında, nikâh çoktan kıyılmış, yemekler yenmiş, erkekler bir tarafta toplanmış, içkiye devam ediyorlardı. Yan taraftaki odalardan kadınların sesleri duyuluyordu. Seyit, ilk kez, aynı evde kadınlar da olduğu halde, sadece erkeklerle bir arada oturuyordu. Gerçi, kaç göz yoktu. Hanımlardan bazıları odaya meyve, yemiş, su getirip çıkıyorlardı. Ama, her nedense, ayrı bir mekânda eğlenmeyi tercih etmişlerdi.

Bir ara, Osman, yanına gelen karısı ile, bir şeyler fısıldaştı. Sonra, Seyit'in kulağına eğildi.

"Seyit, haydi gel, seni üst kata çıkaracağım."

Seyit güldü.

"Beni burada yatıya tutamazsın Osman, birazdan kalkıyorum."

"Bu evde yatmanı isteyen yok. Sana birini göstereceğim."

Ayağa kalkarak yol gösterdi.

"Bakalım beğenecek misin?"

Seyit, onu takip ederken gülmeye devam ediyordu.

"Ne çorap örüyorsun benim başıma Osman? Israrından anlamalıydım, plânlı bir iş yaptığını."

Düğün evinde yatıya kalacak olan akraba kızları, kendilerine ayrılan büyük odaya çekilmişlerdi. Yanlarına meyve, yemiş tabaklarını almışlar, uykudan evvel küçük bir eğlenceye hazırlanıyorlardı. Gecelik entarilerini giyip yan yana serili yatakların üzerine uzanmışlardı. Şimdi en büyük istek, Mürvet'in masal anlatmasıydı. Çocukluklarından beri dinledikleri masallarına doyamamışlardı. Genç kız, her defasında yeni hayâl ürünleri ile masallarına değişik bir ruh kazandırır, sürpriz neticelerle bitirirdi. Annesinin yeni diktiği beyaz patiska, ayak bileklerini örten geceliğini giydi. Yakasında ve kollarında kat kat fistolar vardı. Saçlarını açıp taradı. Aynada bir kez daha kendisine baktı. Mumun ışığında, siyah saçları, geceliğinin fistoları ile büyük tezat yaratıyordu. Sürmeli gözleri, olduğundan daha büyük ve anlamlı görünüyordu. Küçük burnu, etli dudakları ile yüzü, olmak isteyebileceği kadar güzeldi. Sürmelerini silmekten vaz geçti. Hiç değilse yatana kadar, makyajını yüzünde taşımaya karar verdi. Çantasından çıkardığı minik gül suyu şişesinden bir kaç damla alıp, boynuna, yanaklarına sürdü. Kendisine ayrılan divanın üzerine yerleştiğinde, diğer kızlar kahkahalarla, çığlıklarla etrafını sardılar. Ortadaki bakır sininin üzerindeki gaz lâmbasının ışığı, gül suyu kokusu, her şey, geceyi esrarengiz bir masala hazırlamıştı bile. Mürvet, saçlarını arkaya atıp, anlatacağı masalı düşünürken, kızlar seslerini kesmiş, heyecan içinde bekliyorlardı.

Az sonra, Mürvet ayrı bir alemin habercisi olmuş, yumuşacık ses tonuyla, kendisini dinleyenleri sürükleyen bir yolculuğa çıkarmıştı. Elleri, kolları ile zarif hareketler yaparak kelimelerinin manâsını kuvvetlendirirken, gözlerini kâh kocaman açıp, kâh süzüyordu. Lâmbanın ışığı, çıkık elmacık kemiklerinde, dudaklarında oyunlar yapıyordu. O da, dinleyenler de bambaşka bir dünyadaydılar. Kapının dışında, karanlık koridorda durup kendilerini izleyen iki erkeği fark etmediler. Mürvet, bir ara, üzerinde toplanmış olan bakışları hissetmişçesine, gözlerini koridorun karanlığına çevirdi. Ama, kimseyi göremedi. Sadece, kapıdan içeri hafif bir esinti girdi.

Karanlık koridordan görünmeden merdivenlere doğru sıyrılan iki genç adam aralarında konuşuyorlardı:

"Nasıl, Kurt Seyit, baldızım anlattığım kadar güzel, değil mi?"

Seyit yine gülüyordu.

"Güzel, güzel de, Osman, çok küçük değil mi? Ne kadardır yaşı? On beş? On altı?"

"Mürvet on beşini doldurmuş olmalı. Ama, beğendiysen, hemen iste Seyit. Bu yaşta böyle güzel kızı fazla bırakmazlar. Görücülerin biri gelip, biri gidiyormuş zaten."

"İyi de Osman, bu kız daha çocuk, hâlâ masal anlatıyor baksana."

Başını, işin olmayacağını gösterir ifade ile, iki yana salladı. Sonra ilâve etti:

"Sonra, belki de kızın bir sevdiği falan vardır. Hiç kendisine soran oldu mu?"

"Seyit, burada kızlara kimse bir şey sormaz fazla. Anasının, babasının aklı keserse iş olur."

Aşağıya indiklerinde, birer kadeh içki alıp, boş, küçük bir odaya geçtiler. Osman konuşmaya devam ediyordu:

"Ailenin en becerikli, en hamarat kızıdır."

"Tamam, tamam da, bence bu evliliğe hazır demek değil ki. Bence daha çok küçük."

"Değil, değil. İnan sen şansını denemezsen, kısa süre sonra evleniverir, görürsün. Bence, kaçırma bu kızı."

"Osman, kardeşim, sağ ol. Ama, ben evlenmeyi falan düşünmüyorum."

Ağzına attığı beyaz leblebileri, arka arkaya içtiği bir kaç yudum rakıyla yumuşattı. Düşünceli görünüyordu.

"Osman, ben daha hayatımla ne yapacağıma karar vermiş değilim. İstanbul'da kalacağımdan emin değilim. Bugün, yarın işi satıp, Amerika'ya veya Fransa'ya gidebilirim."

"Sen delisin Seyit. İşin yolunda. Bunca sıkıntıdan sonra para kazanmaya başladın. Bir de gencecik, güzel karın olursa daha ne isterdin? Hem, gideceğin gün, karını da alır gidersin, ne olacak?"

"Evliliğe hazır değilim Osman."

"Shura ile ilişkiniz devam ediyor mu?"

Seyit, elindeki yüksük kadehi boşalana kadar yudumladı, arkasına yaslandı. Soruya cevap vermek istemediği belliydi. Eliyle, alnına dökülen saçları tararken başını geriye atarak gözlerini kapadı. Derin bir iç çekişi duyuldu. Osman, onun en hassas noktasına dokunduğunu anladı.

"Bu böyle gitmez Seyit. Eğer evlensen, evini bilsen, hayatın da düzene girecek, eminim."

"Evim? Benim çok evim oldu Osman. Doğduğum ev, büyüdüğüm ev, sevgililerimle paylaştığım evler, kaçak saklandığım ev... hepsi ile ilgili en son anım hep ayrılık ve hüzün. Hepsini terk etmek zorunda kaldım. Hepsi geride kaldı."

"Ama, artık seni kovalayan yok, peşinde Bolşevikler yok. Bırak eskiyi düşünmeyi. Bundan sonra yakalayabilirsin kaçırdığın huzuru. Neden kendine bir şans tanımıyorsun?"

Seyit, kadehini rakıyla doldurduktan sonra, şişeyi baş aşağı tutup içindeki son damlaların süzülmesini bekledi. Bir dirseği masada, başını avucunun içine yerleştirip, gözlerini saydam camda kayıp inen damlalara dikti.

"Osman... kum saatinde kum mu olmak isterdin, yoksa... rakı şişesinde rakı olmak mı?"

Osman, nefesini çekerek, başını iki yana salladı. Seyit'in eskilere gittiğini, neler düşündüğünü biliyordu. Bu ruh haline girdiği vakit, onu düşünceleri ile rahat bırakması gerektiğini artık öğrenmişti.

Aşağı yukarı beş dakika kadar hiç konuşmadılar. Osman, karşısındaki dertli genç adamın içine daldığı geçmiş dünyasından kurtulmasını bekleyerek oturdu. İlk konuşan Seyit oldu. Adeta, rüyadan uyanmış bir hali vardı.

"Ne diyordun Osman? Kusura bakma."

"Aldırma. Diyordum ki, Mürvet'i isteyelim senin için."

"İlle de akraba olmak istiyorsun anlaşılan."

İkisinin yüzünde de acı bir gülümseme oldu. Osman'ın Kırım kıyılarında kaybettiği on sekizlik karısı ve bir yaşındaki oğlunun acısı hatırlanmıştı. Onun da acıları Seyit'inkinden az değildi ama geriye dönüşlerinin olmadığın bilincinde, yeni karısı ile yeni hayatına alışmaya çalışıyordu.

"Eskiden kopmazsan, gününü yaşayamazsın Seyit. Yeni bir hayat kur, tadını çıkarmaya bak. Pişman olmazsın."

"Eskiden kopmak kolay mı Osman? Hatıralar bırakır mı insanı?"

"Sen hele bir kabullen, gerisini zaman halleder Seyit."

Sonra biraz bekleyip, zoraki bir sesle devam etti:

"Şey, Seyit... bir de şu kızla ilişkini bitirsen. O hayatında olduğu müddetçe, sen eskinden kurtulamazsın."

Seyit'in, birden, yüz ifadesi, bakışları değişti. Sesi sertleşti.

"Ona lâf etme Osman. Bir daha ona lâf etme. O benim için çok özel. Shura'yla olan ilişkim konusunda kimseye bir söz veremem. Ama hiç kimseye, anlıyor musun beni?"

Osman, onu kırdığını fark edip, durumu düzeltmeye çalıştı:

"Tamam, tamam Seyit. Sinirlenme. Sadece sana yardımcı olmak istiyorum, o kadar."

Seyit, tekrar eski sukunetine kavuşmuştu, o kısacık anda. Elini uzatıp, Osman'ın koluna dostça vurdu.

"Kusura bakma Osman, sana nazım geçer bilirim."

Kadehini kaldırdı.

"Nazdrovya!"

Masaya abanarak öne eğildi.

"Nasıl isteyeceğiz şimdi biz bu küçük kızı?"

Osman, sevinçle, yerinden fırladı. Gelip Seyit'i omuzlarından tuttu.

"Yaşşa Kurt Seyit, bu işi olmuş bil. Göreceksin, pişman olmayacaksın..."

Sesi, birden, neşesini, enerjisini kaybetti.

"Sanıyor musun ki, ben gencecik karımı, bebek yavrumu unuttum? Hayır... hayır... Her gece yatağa girdiğimde, düşünceler beynimi kurt gibi yiyor, yüreğim daralıyor. Ama, yeni hayatımı da yaşamam gerek, diye düşünüyorum. Başka çare yok."

Üzüntülü görünüşünden tekrar silkinerek devam etti:

"Mürvet daha çok genç. Onunla evlenirsen, kendi istediğin bir hayatı ona tanıştırır, ayak uydurmasını sağlarsın. Güzel kız, becerikli kız, sana uyacaktır. Aslında, annesi de müthiş bir kadındır. Biraz sinirli, ketumdur ama sebebi yok değil. Çok cefa çekmişler. Emine abla, Silistreli Hacı Yahya Paşa'nın yeğeni. 1892'de her şeylerini bırakıp kaçtıklarında, daha küçücük bir kızmış. Buraya geldikten sonra da, yıllarla, mutsuzlukları, yoklukları yaşamışlar. Harp boyu bütün ailenin yükünü çekmiş. Hasta kocasına, çocuklarına tek başına bakmış. Hem analık, hem babalık yapmış. En büyük yardımcısı da Mürvet. Onun için belki de biraz nazlanacaktır."

Ertesi gün, Osman'ın karısı Meliha'nın araya girmesi ile, Mürvet'in annesi ve ağabeyi ile konuşuldu. Saatlerle Seyit'i methettiler. Seyit, kabul cevabını aldığı zaman şaşkındı. Hiç düşünmediği, programında olmayan bir şeyi yapması için şartlar hazırlanıyordu. Küçük sözlüsüne, bir tek taş ve onun yanında takılmak üzere rubilerle bezenmiş bir elmas yüzük hediye aldı. Hayat ne garipti. Daha bir müddet evvel, kendisine onca hatırası ve değeri olan saatini ve nişanlarını sattığını düşündü. Keşke, onları tekrar bulup geri alabilseydi.

Osman, yüzükleri ve Seyit'in yaver üniforması ile St. Petersburg'da çekilmiş bir fotoğrafını alıp gitti. Seyit'in aklı almıyordu bunları. Yüzük göndermekle nişanlanmış oluyordu. Ama, nişanlandığı kızı yakından görmemişti dahi. Mürvet'in ise o kadar da şansı olmamıştı. Bir genç kız, hiç görmediği, tanımadığı, beğenip beğenmeyeceğini bilmediği bir erkekle nasıl evlenebilirdi? Ama, Osman, âdetlerin böyle olduğu hususunda ısrarlıydı.

Böylece, Seyit, Aksaray, Tatlıkuyu semtinde, kendisini hiç görmemiş olan Mürvet ile nişanlanmış oldu. Bu, bir oyun olmalıydı. Gerçek olabileceğine inanamıyordu. Hâlâ, yirmi altı senelik bir hayatı özlerken, hiç tanımadığı bu insanlara, bu âdetlere nasıl alışıp, onların içinde, ve onlardan biriyle yaşayabilecekti. Kendi kendine bunun nasılsa yürümeyeceğini düşünüyordu.

Yüzükler ve fotoğraf, genç gelin adayının eline geçtikten üç hafta sonra, geriye geldi. Osman, gayet üzgün ve çaresiz bir yüzle, Seyit'in yeni taşındığı apartmanın kapısını çaldığında, olanları nasıl anlatacağını kestiremiyordu. Emanetleri masanın üzerine koydu.

"Seyit, kusura bakma. Ama ortalık epeyi karışmış."

Genç adam, zaten bir şaşkınlıkla girdiği bu işin kendiliğinden çözülmesine, düşündüğü kadar memnun olmamıştı. Buna kendisi de şaştı. Galiba, bu küçük kızla evlilik fikrine alışmaya başlamıştı.

"Ne olmuş?"

"Senin İstanbul'a geldiğinde kaldığın otel var ya, Şeref Oteli."

"Evet?"

"İşte, otelin sahibinin kızı, Mürvet'in yakın arkadaşıymış. Senin fotoğrafı görünce tanımış. Ona, senin bir Rus metresin olduğunu, beraber yaşadığını falan anlatmış. Emine yenge, annesi, hemen soluğu bizde aldı. Mürvet ağlar, annesi kıyameti eder. Üvey ağabeyi desen, demediği lâfı bırakmadı."

"Ne dediler?"

"Biz metresli adama kız vermeyiz, diyorlar, başka bir şey demiyorlar."

"Niye söylemedin onlara, Shura ile bir ilişkim kalmadığını."

Osman, hayretle, onun yüzüne baktı.

"Emin misin? Bunu gerçekten söyleyebilir miyim?"

Seyit bir an düşündü.

"Tabi, tabi söyleyebilirsin. Peki, Mürvet'in durumu nedir?"

"Kız perişan, nasıl olsun ki? Fotoğrafını götürdüğüm günden beri yastığının altında yatıyormuş. Yemekten, içmekten kesilmiş."

Bir anda, mum ışığındaki simsiyah çekik gözlü, minicik burunlu güzel kızın hayâli, Seyit'in gözünün önüne geldi. Ne kadar genç ve ne kadar masumdu. Onun hayâllerinin nasıl yıkılıp aldatılmışlığı yaşadığını anlıyabiliyordu. İçi sızladı. Belki de kendisini çok mutlu edebilecek bir beraberliği kaçırmak üzereydi.

"Osman, bunları geri götür ve dediğim gibi söyle. Hiç bir kadınla metres falan oturmuyorum. Zaten bu iş olmazsa, Amerika'ya gideceğim, kararımı verdim."

Mürvet'in annesini ikna etmek kolay olmadı ama sonunda nişanı tekrar kabul ettiler. Bunda, Mürvet'in gece gündüz ağlamasının sebebi büyüktü. Genç kız, fotoğraftaki üniformalı, yakışıklı erkeğe âşık olmuştu. Tanımadan âşık olup kaybettiği genç adam için ağlıyordu. Daha bir kaç gün evveline kadar kıymetli yüzüklerle parıldayan boş parmağına bakıp ağlıyordu. Annesi, onun yaşadığı üzüntüye daha fazla razı olamamıştı.

On beş gün sonra, tekrar, yüzük takıldı. Seyit, Emine'ye nikâh hazırlıkları için kırk lira para gönderdi. Bu para, yüksek kademedeki bir memurun beş altı aylık maaşıydı. Nikâhın, Eylül sonu yapılmasına karar verilmişti.

Seyit, akşamlarını yine Pera'nın alıştığı hayatı ile sürdürürken, bir yandan da, uzaktan uzağa nişanlandığı genç kızı düşünüyordu. Onu tanımamasına rağmen, sevmeye başlamıştı. Bunun, Shura ile yaşadığı aşkla en ufak bir benzerliği yoktu. Ama, zaten, aynı şeyi tekrar yaşamak istediğinden de emin değildi.

Mürvet'i daha yakından görmek istediği kadar, onun da kendisini tanımasını istiyordu. Ancak nikâh kıyıldıktan sonra bir araya gelebileceklerini söylemişlerdi. Seyit'in böyle bir beklemeye tahammülü yoktu. Bir gün, bütün öğleden sonrasını, Beyoğlu'nun şık mağazalarında alış veriş yaparak geçirdi. İpek iç çamaşırları, eşarp ve bluzlar, parfüm, kemik topuz tokaları aldı. Avrupa kağıtlarına fiyonglarla sardırdı. Sanki küçük bir kızı sevindirecek olmanın heyecanını yaşıyordu. Mürvet'in, sadece bir fotoğrafa bakarak âşık olup, arkasından onca göz yaşı dökmesi, onu çok etkilemişti. Kendisini daha tanımadan bağlanan küçücük bir kız için yüreğinde, aşk olmasa dahi, şefkât, yakınlık gibi hisler uyanmıştı. Ona sürpriz yapıp sevindirmek istiyordu. Paketlerle beraber, Tünel'den tuttuğu bir arabaya bindi. Temmuz ayının on beşiydi. Şehir, bütün gün emdiği kaynar sıcaklığı, akşam karanlığında geri yansıtıyordu. Bahçelerde cırcır böcekleri, gökyüzünde harika bir mehtap bu harika yaz gecesini süslüyordu.

Anlaşılamayan Âdetler

Mürvet, sonsuz bir heyecanla, gelinliğini giyeceği günü bekliyordu. Akşamları, mahalleden arkadaşları yardıma geliyor, hep beraber çeyiz hazırlıklarını tamamlıyorlardı.

Akşam yemeğinden sonraydı. Üst katın sokağa bakan odasında, sedirlerin üzerine dikişleri yaymışlardı. Mürvet, beyaz fistolu geceliğini giymişti. Kızlar, keyif içinde şarkılar söyleyerek nakış işliyorlardı. Mürvet'in annesi, Hakkı ağabeyi ve yengesi Meliha, arka bahçede kahve içiyorlardı. Kızlar, kapının çalınmasıyla, şarkılarını yarıda kestiler.

"Behire gelmiş olmalı."

Behire, yüksük ve makas almak üzere kendi evine gitmişti, az evvel. Mürvet, açık saçlarını sırtına atarak, sedirden fırladı. Merdivenlerden bir koşu inip kapıyı açtı. Neredeyse yere inecek kadar büyük parlayan mehtabın ışığı yüzüne vurduğunda, karşısındaki adama şaşırarak seslendi:

"Osman enişte! Hoş geldiniz, gelin, buyurun."

Genç adamın kucağı yüzünü örten paketlerle doluydu. Kocaman fiyonglu son kutunun ardından sadece saçları görünüyordu. Hiç ses çıkarmadı. Mürvet tekrarladı:

"Gelsenize enişte, annemler arka bahçede, buyrun."

Birden, paketleri kenara çeken erkek öne doğru eğildi, yüzü ortaya çıktı. Mürvet, hayretle, elini ağzına götürdü. Bu, Osman değildi. Yastığının altında sakladığı fotoğraftaki genç adamdı, nişanlısıydı. Donup kalmıştı. Tiril tiril geceliği ile, ay ışığı altında, karanlık içinde beyaz bir nokta gibi duruyordu. Kollarını kavuşturup kendini yabancıya karşı saklamaya çalıştı. Ona çapkınca göz kırpan genç adam, eğilip saçlarına bir buse kondurduğunda, Mürvet kendini tutamayarak bir çığlık attı. Sonra, şaşkınlık, sevinç, mutluluk duyguları ile alt üst olmuş vaziyette, yukarıya koştu. Kendini sedire fırlattığında, eli ayağı titriyordu. Kalbi yerinden çıkacak gibiydi. Kızlar, merakla, etrafına toplandılar. Mürvet, saçlarına konan öpücüğün yüzüne yaydığı kırmızılığı önleyemiyordu.

Kardeşinin çığlığı ile, bahçeden eve giren Hakkı, açık sokak kapısının önünde kıpırdamadan, eli kolu paketlerle dolu duran Seyit'e bir bakış attı. Onu tanımıştı. Gayet soğuk bir tavırla karşılayıp, girişteki sofaya aldı. Sonra bahçeye dönüp, Emine'yi durdurdu.

"Hiç gitme içeriye, Seyit gelmiş."

"İyi ya oğlum, damadım geldiyse bir çıkıp karşılamam gerekmez mi?"

"Hayır, sakın. Adamın cesaretine bak ki, habersiz, tek başına, akşamın bu saatinde kalkıp gelmiş. Demin de, kapıda, Mürvet'i sıkıştırdı mı, ne yaptı bilmem. Kızcağız çığlık atıp kaçtı yukarıya. Eğer, şimdi sizler de ortaya çıkarsanız, oturup kalır. Ondan sonra da her fırsatta gelmeye başlar. Hiç fazla yüz vermeyelim. Ben onunla konuşur, yollarım."

"Haklısın." dedi Emine. Aslında, Seyit'i merak ediyordu. Ama, bu âdetleri değişik adama çok sınırlı davranmak lâzımdı. Üvey oğlu haklıydı. Gerisin geriye, bahçeye döndü.

Hakkı, Seyit'e, dili döndüğünce, bir başka sefere haberli gelirse sevineceklerini söyledi. Seyit, evleneceği kızın evinde böyle bir karşılama bulacağını ummamıştı. Getirdiği hediyeleri masanın üzerine bırakıp kapıya yürüdü.

"Peki o zaman, armağanlarımı verirsiniz nişanlıma. Başka sefere görüşmek üzere..."

Evden ayrılırken kırgındı.

Olanları Osman'a anlatırken, üzüntüsünü ve hidetini gizleyemedi:

"Bu ne biçim iştir Osman? Nişanlımı göremiyorum.O beni hiç tanımıyor. Evlerine gidip hediye götürüyorum. Hiç kimse yanıma çıkmıyor. Kovulmaktan beter oldum. Bu iş böyle gitmez. Kızlarını vermeye niyetleri yoksa, beni oyalamasınlar. Bu, benim alıştığım bir tarz değil. Yüzüğü bir takar, bir atarlar, yüzümüze bakıp konuşmazlar. Olmaz, yürümez bu iş."

"Hemen dert etme Kurt Seyit. Haklısın, bu senin alıştığın usul değil ama onları da anlamak lâzım. Sen kızı gördün, beğendin. O da senin resmini görüp beğendi. Bundan sonrası, artık, nikâhtan sonra. Öyle, çal kapı, gidemezsin kız evine, sebepli, sebepsiz. Konu komşuya karşı utandırırsın onları.

Seyit'in inadı tutmuştu.

"Peki o zaman, yarın akşam için bir sebep var. Sen de gider, sabahtan haber verirsin. Hem haberli, hem de sebepli gideriz, yarın akşam. Oldu mu?"

Osman gülmeye başladı.

"Bırakmazsın işin ucunu hiç, değil mi? Yarın ne uyduracağız gitmek için?"

"Canım, sen zaten akrabasın. Ben de nişanlıma bir kaç parça hediye götürmek istiyorum."

"Yine mi? Daha bu akşam hediye vermedin mi?"

"Olsun. Onlar mühim değildi. Yüzükten başka doğru dürüst bir şeyler daha vermek isterim. Tamam mı?"

"Peki Seyit, halletmeye çalışırım."

Sarılıp ayrıldıklarında, Osman hâlâ onun inadına gülüyordu. Yeni damattan çekecekleri vardı, anlaşılan.

Seyit'in Beyoğlu'na döndüğü saatlerde, Mürvet, arkadaşları ile beraber, nişanlısının getirdiği hediye paketlerini açıyordu. Hayranlık nidalarıyla, Avrupa paket kağıtlarına sarılı şık kutulardan, mulaj kağıtları arasından, birbirinden güzel ve şık şeyler çıkıyordu. Behire iç geçirdi.

"Ne kadar şanslısın Mürvet. Buralarda oturan kimseye böyle şans düşmezdi."

Mürvet, arkadaşlarının kendisini çok sevmelerine rağmen, içlerinde hafif bir kıskançlık ve burukluk olduğunu hissediyordu. Kıskanılmak hoşuna gitmekle beraber, nazara gelmekten de korkuyordu.

"Kısmet bu Behire. Bana da böyle bir şey olacağını söyleselerdi, inanmazdım. Kısmet işte."

Konuşurlarken bir yandan da paketleri açmaya devam ediyorlardı. Kağıtları, fiyongları koparmaya, çekmeye kıyamıyor, itina ile katlayıp bir kenarda biriktiriyorlardı.

"Şu çoraplara bak Mürvet, ipek bunlar! Aman Allah'ım! Hem de kaç değişik renk."

"Şu küçücük kutuda ne var acaba?... Hey kızlar! Bu Avrupa bir parfüm. Mürvet, açsana, koklayalım. Ne olur, kim bilir ne güzel kokuyordur."

"Bu eşarp da ipek. Ah! ne kadar güzel bir şey bu."

"Şu dantel yakanın güzelliğine bakın."

Mürvet, o güne kadar sadece resimlerde ve Nazire Hanımın konağına gelen hanımların üzerinde gördüğü şık şeyleri sahiplenmenin heyecanı ile, sedirde dizleri üzerinde oturup kalmıştı. Kucağına yığılan paket yığınları arasında sarhoş gibiydi.

O gece yatağa girmeden önce, turkuvaz ipek üzerine krem rengi Fransız danteli ile bezenmiş elbiseyi giyip, aynada uzun uzun kendisini seyretti. Göğsünü, belini iyice sarıp, kalçalarından aşağı volanlarla dökülen elbise, o güne kadar giydiği bol, belden büzgülü, patiska veya pamuklu elbiselere hiç mi hiç benzemiyordu. İpekli çoraplardan birini, kaçırmaktan korkarak, bacağına geçirdi. Ama, böyle bir elbisenin altına giyeceği gibi bir ayakkabısı yoktu. Parmaklarının ucunda yükseldi. Sonra konsola ilerleyip sürme şişesini aldı. Gözlerine, itina ile, sürme çekip aynadan uzaklaştı. Kollarını iki yana açarak parmak ucunda döndü. İpekli kumaşın vücudunu okşayarak dönüp, sarılıp, yine kendini aşağı bırakmasını seyretti. Rüyada gibiydi. Parmağında parıldayan yüzükler, ipeğin teması, her şey uçup gidecek diye korkuyordu. Aynadaki görüntüsünden gözlerini alamıyordu. Kendini hiç bu kadar kadınlığa yakın hissetmemişti. Birden, kapı açıldı. Şaşkın, odanın ortasında kala kaldı. Gelen annesiydi. Mürvet, ayna karşısında öyle yakalanmaktan utanmıştı. Ellerini birleştirip oğuşturmaya başladı. Emine'nin sesi, sert ve hoşgörüsüzdü:

"Nedir bu halin Mürvet? Ne biçim kılık o üzerindeki? Anadan üryan gibi, her tarafın belli. Hiç aile kızı, kadını böyle şey giyer mi? Çıkar onu üzerinden çabuk. Çıkar, görmeyeyim."

Mürvet, annesinin, yüzüklerini parmağından çekip geriye götürdüğü günü hatırlayıp, avucunu sıkı sıkı kapadı. Aynı şeye bir daha müsaade etmeyecekti. Elbisesini de kimseye vermeye niyeti yoktu.

"Ama anne... onu Sey..."

"Biliyorum, biliyorum. Kimin gönderdiğini biliyorum. Elin Moskof'u. Hani bir söz vermiş olmasam, Vallahi vermezdim seni. Ama artık dönülmez. Hem, gelip kapılarda sıkıştırsın seni, sonra böyle cıbıl cıbıl elbiseler hediye etsin. Sen de razı, giyin böyle. Tanrım! ne günlere kaldık. Bizi beş paralık mı edecek konu komşuya?"

"Anne, öyle bir şey olmadı. Bana dokunmadı bile. Vallahi, billahi."

"Sus, sus! Bilirim ben neler olduğunu. Çıkar şimdi, o üzerindekini. Sil o yüzünü, gözünü de, kendine gel. Üzerime iyilik, sağlık. Tövbe, tövbe."

Mürvet, itiraz etmenin bir faydası olmayacağını biliyordu. Üzerindekileri çıkarıp astı. Annesini kızdırmaktan korkuyordu. Yüzünü yıkayıp yatağına yattı. Gaz lâmbasını üflediğinde, bir elinde ipekli eşarbı, bir elinde Seyit'in fotoğrafı, Allah'a kendisini çok mutlu etmesi duaları ile uyudu.

Ertesi sabah, Osman gelip, akşama Seyit'le beraber ziyarette bulunmak istediklerini söyleyince, Emine ne diyeceğini bilemedi. Sonra, artık reddetmenin ayıp olacağını düşünüp, "Evet" dedi. Hazırlıklara başladı. Hakkı, o sıralarda, İkdam Matbaasında mürettip olarak çalışıyordu. Öğle vakti, eve yemeğe uğradığında, akşama Seyit'in geleceğini öğrenince küplere bindi.

"Ne zannediyor bu adam kendini? O Rus Çar'ının subayıysa biz de Osmanlı Paşa'sının torunuyuz. Her istediğinde kapıyı vurup, haber gönderip gelecek beyefendi. Olur mu böyle şey? Böyle yüz verip durursanız, kızı da almaz. Gelir gider, bir gün de çekip gider. Adam alışmış metresle oturmaya, nikâh fazla gelir ona."

"Artık bir şey yapamam Hakkı. Görümcelerim, Osman, hepsi beraber gelecekler. Daha ne yapsınlar ki? Nasıl "Hayır" denir misafire. Bu akşam idare ediver. Bir daha tekrar etmez. Haydi yavrum, biraz yardımcı ol bana."

"Peki, peki Emine abla. Ama söyle onlara, bir daha nikâha kadar bu evde görmek istemiyorum o adamı."

Onların tartışması yeni bitmişti ki, Mürvet'in halaları ve kızları geldiler.

"Seyit'le Osman akşama gelecekler." dedi Şükriye.

Gelenlerin neşesi Emine'yi biraz olsun kuruntularından kurtardı. Güle söyleye, bahçede masalar hazırlandı. Hava kararmak üzereydi, Osman ve Seyit kapıyı çaldılar. Emine, derhal, Mürvet'i yakaladı.

"Mürvet, sen Meliha yengenin odasına gir, oradan da çıkma sakın. Anlaşıldı mı?"

Sonra da telaşlı ve sinirli bir sesle, kendi kendine konuşur gibi, mırıldandı:

"Şu akşam bir hayırlısı ile geçse, bitse. İçim daralıyor Vallahi."

Kapanan kapının ardında kala kalan Mürvet, hayâl kırıklığına uğramıştı. O ana kadar, bahçede hazırlanan masada kendinin de bir yeri olduğunu, bu gece nişanlısı ile karşılıklı tanışıp konuşacaklarını sanmıştı. Gözleri yaşlandı. Onu sevdiği adamdan ayıran her şeye, herkese kızıyordu. Odanın penceresine doğru ilerledi. Tülün arkasından bahçeyi seyretmeye başladı. Buradan Seyit'i hiç değilse görebilirdi. Ama, herkes masaya yerleştiğinde, Seyit eve arkası dönük olarak oturmuştu. Mürvet, nişanlısını o iskemleye oturtanın Hakkı ağabeyi olduğundan emindi. Pencerenin hangi tarafına geçse, onun yüzünü görmesi imkânsızdı. Saatler ilerledi. Yengesi, bir ara, tepsi içinde, odaya yemek getirip gitti. Kendini hapis gibi hissediyordu. Seyit, rahat ve şakacı tavırları ile herkesi kahkahalarla güldürüyordu. Emine ile Hakkı hariç. Mürvet konuşulanları duyamıyordu ama masada Seyit'le sohbet eden, gülen herkesi kıskanıyordu. Bir ara, gülüşmeler durdu. Seyit'in tok sesinden başka ses kalmamıştı duyulan. Mürvet, yavaşça pencerenin tahta mandalını döndürüp ses çıkarmadan yukarıya itti ve dinledi. Seyit'in Türkçe aksanı farklıydı ama son derece temiz, net konuşuyordu. Kendinden emin, yumuşak fakat kararlı bir tonu vardı:

"......gerçi öyle konuşulmuştu ama ben derim ki, o kadar beklemeyelim. Ağustos sonu evlenelim artık."

Hakkı ile Emine'nin itiraz sesleri duyuldu:

"Nedir bu acele, diye merak etmez mi konu komşu?"

Hakkı'nın sorusu üzerine, başını o tarafa çeviren Seyit'in nasıl baktığını Mürvet göremedi ama Hakkı'yı rahatsız edecek bir bakış olduğu muhakkaktı.

Seyit, hiç umursamaz tavırla, kadehine içki doldururken konuştu:

"Ben size evlenmek istediğim tarihi söyledim. Kabul edip etmemek, sizin bileceğiniz iş. Ederseniz ne alâ, 30 Ağustosta evleniriz. Etmezseniz, yine ne alâ, o zaman cayılır. Arkadaşlar Amerika'ya gidiyorlar. Beni burada tutacak bir şey olmazsa, ben de gideceğim."

Hakkı, sinirlenerek, masadan kalktı. Arkasından Emine de fırladı. Hava gerginleşmişti. Mürvet, "İşte yine her şey bitiyor." diye düşündü. Artık bu heyecana tahammül edemeyecekti. Beyni zonkladı. Burnunun kemiği sızladı ve ılık ılık kanın boşaldığını hissetti. Hemen, cebinden çıkardığı mendili tutup başını arkaya attı. Bir yandan da, odanın kapısına doğru yürüyüp, aşağı katta evin holünde konuşan annesi ve üvey ağabeyini dinlemeye çalıştı. Hakkı, anneliğine söylenip duruyordu:

"Dedim sana, Emine abla, demedim mi? Şımarığın teki bu adam. Ne dese o olsun istiyor. Ne zannediyor kendini? Yetimhaneden mi kız alıyor? İki parça ipekli getirdi diye bütün hayatımızı kontrol altına mı alacak?"

Emine, onu sessiz olmaya davet ederken, yatıştırmaya çalışıyordu:

"Şışşş, şışşş! Yapma oğlum, sus. Rezil olacağız. Her yer açık, herkes bahçelerde. Canım, ne olacak, bir ay önce, bir ay sonra. Hem, kızı almaz, diye korkmuyor muydun sen? Bak, pek alâ da istiyor işte."

"Nasıl zora koşuyor görmüyor musun? Ağustos sonu olmaz, desek, çekip gidecek zaten. Mürvet de kalacak böyle evde. Nişan bozan kızı kim bir daha ister?"

"Şışşş! Tövbe de, olur mu öyle şey. Bak Hakkı, dinle beni. Gel, inat etmeyelim. Bu iş ne kadar çabuk olur, biterse, hepimiz o kadar rahat ederiz. Hem, eve girdi çıktı. Kimse bilmez bizim kızımızı ayrı tuttuğumuzu. Ondan sonra, gel de anlat millete, neden evlenmediklerini. Haydi gel de bağlayalım şu işi."

"Haklısın Emine abla. Fazla uzatmaya gerek yok. Haydi çıkalım dışarıya artık."

Mürvet, bacaklarının artık vücudunu taşıyamayacağını fark etti. Burnunun kanaması durmuyordu. Midesinde bir bulantı hissetti. Kendini yatağa zor attı. Yeniden toparlanmaya başladığında, merdivenlerden çıkan ayak seslerini duydu. Odanın kapısı açıldı. Kızlar, ard arda doluşup Mürvet'e haberi verdiler. O arada, Emine, yüklükten çıkardığı çarşafları, yastıkları Mürvet'in odasına götürüyordu. Bir yandan da, yüksek sesle, evde yatıya kalacak olan kalabalığı organize ediyordu:

"Haydi Mürvet, gel de yardım et. Şu şilteleri yayalım."

Osman'ın karısı Şükriye, onun küçüğü Adalet, Mürvet'in odasında yatacaklardı. Diğer bir odada da halalar kalacaklardı. Osman'la Seyit'in nasılsa dönecekleri düşünülüyordu. Kızlar, annelerine iyi geceler diledikten sonra, Mürvet'in odasında toplandılar. Mürvet, yatağını Şükriye'ye bırakıp, kendisi yer yatağına geçti. Sırtını yastığa dayayıp, dizlerini kucaklayıp oturdu. Şükriye'nin, kendisine, aşağıda konuşulanları anlatmasını bekliyordu. Heyecandan, yanakları al aldı. Şaka değildi bu. Bir ay sonra evleniyordu. O sırada, odanın kapısı vurup açıldı. Eşikte Osman duruyordu. Karısına hitapla sordu:

"Ne yapıyorsunuz burada? Bütün kızlar toplanmışsınız yine."

Şükriye, yatağın pikesini katlayarak, kocasına doğru yürüdü.

"Ne yapacağız Osman? yatmak üzereyiz. Siz de gitmiyor musunuz?"

Osman şaşırmış göründü.

"Nereye gideceğiz kuzum? Her halde, bize de bir yatak verirler yatacak. Yabancı yer mi burası?"

Şükriye, durumu nasıl idare edeceğini bilemedi. Osman'ın kalması problem değildi. Ama, ne Emine, ne Hakkı, Seyit'i o evde yatıya falan tutmazlardı. Ortalık karışacaktı yine. Tam kocasına bir şey izah etmeye çalışacaktı ki, onun hemen arkasında duran Seyit'i gördü. Seyit, holde, Osman'ın omuzu üzerinden, içeriye bakıyordu. Mürvet, yatağın içinde oturduğu şekilde, dondu kaldı. Nişanlısı ile, ikinci defa, uzaktan uzağa, göz göze geliyordu. İkisinde de gecelik entarisi ile yakalanıyordu. Onun kendisine gülümsediğini gördü. Utançtan, yerin dibine geçebilirdi. Hakkı'nın hışmını düşünerek, korkuyla çarşafı üzerine çektiği gibi, yatağın içine gömüldü. Şükriye, kocasını ve Seyit'i odanın önünden uzaklaştırmak üzere, onlarla dışarıya çıkıp kapıyı kapadığında, Mürvet'in yüzü hâlâ cayır cayır yanıyordu. Osman'la Seyit gitmiş olmalıydılar. Hakkı'nın sesi avaz avaz koridorlarda çınlıyordu:

"Bir daha böyle emrivaki yapsınlar, kovarım Vallahi bu Moskoflar'ı. Akraba makraba anlamam. Kovarım, yemin ediyorum."

Şükriye, kendi kocasından da bahsedildiğini biliyordu. Mürvet'in yanağını okşadı. Birbirlerine gülümsediler ama huzursuzlardı.

Düğün tarihine de işte böylece karar verilmişti.

Düğün
30 Ağustos, 1923

30 Ağustos 1923, bayram üzerine bayram yaşanan bir gündü. Kurban bayramı, Zafer bayramı kutlamaları bir araya gelmişti. Düğün heyecanı bunlarla birleşince, Mürvet yerinde duramaz olmuştu. Yine de, mümkün olduğunca, sakin görünmeye çalışıyordu. Bir kızın evlenmeye bu kadar teşne olması pek hoş karşılanmazdı.

30 Ağustosta evde imam nikâhı ile nikâhlandılar. Daha, yüz yüze gelmeleri kısmet olmamıştı. Nikâhtan sonra, kadınlar evden ayrıldılar. Erkekler, kız evinde kurulan masalara oturup yiyip içip eğleneceklerdi. Kadınlar ise, kına töreni için, ayrı bir eve, Nazire Hanım'ın konağına geçeceklerdi. Emine, nazik komşusunun, evini açma teklifini şükranla karşılamıştı. Zira, küçücük evlerinde bu kadar kişiyle ve işle başa çıkması imkânsızdı.

Nazire Hanım, mahallede "Saraylı Hanım" olarak anılırdı. Senelerle, sarayda, Naciye Sultan'ın hizmetinde çalıştıktan sonra, yüklü bir para, koca bir konak, kendisi için çalışacak bir grup hizmetkâr hediye edilerek emekliye ayrılmıştı.

Davetli bütün kadınlar ve genç kızlar, konakta toplandılar. Nazire Hanım, kendi saf ipekten bindallısını, giymesi için Mürvet'e vermişti. Gümüş paralarla bezeli alınlığı ve geniş kemeri ile, harika bir takımdı. Krem rengi üzerine mercan, rubi ve küf yeşili renklerle yol yol gümüş iplikle işlenmiş bindallı, Nazire Hanım'ın saray günlerinden kalmaydı. Ucu kırmızı pomponlu, kadife kaplı çarıkları da Mürvet'in ayağına geçirildiğinde, genç kız kendisini binbir gece masallarındaki prenseslere benzetti. Uzun saçları, kırk örgü yapılmıştı. Alınlığının üzerinden iğnelenip serbest bırakılan ipek eşarbın altından, yanlarından, omuzlarına, beline doğru iniyordu. Bütün hanımlar geleneksel kına kıyafetleri giymişlerdi. Tabi, hepsinin Mürvet ve Nazire Hanım kadar şık olması imkânsızdı. Çoğunun mintanı ve şalvarı sadece satendendi ve Kapalıçarşı'dan kiralanmışlardı. Ama her şey usulüne göreydi.

Nazire Hanım, konağın büyük salonunu kına töreni için hazırlamıştı. Uzun masa, çeşit çeşit şerbet, limonata, tatlılar, helvalarla donatılmıştı. Kafesli cumbanın önündeki sedirde yerleşmiş olan iki hanım ud ve kanun çalarken, sesine güvenenler onlara eşlik ettiler. Şarkılar, türküler derken, zillerle oyuna kalkıldı. Oturanlar, yerlerinde el çırparak tempo tutarken, diğerleri Mürvet'i ortalarına almış dönüp duruyorlardı. Kına sürme zamanı gelince, ortalığa sessizlik hakim oldu. Büyük göbek halısının üzerinde, yere halka halinde oturdular. Mürvet ortada, kına tasını tutan kızlardan biri ve Nazire Hanım yanında yer aldılar. Nazire hanım, dualar mırıldanarak, tasdaki yeşil bulamaçdan alıp Mürvet'in avucuna bir parça koydu. Sonra, avucunu sıkıca kapattırarak, bir mendili etrafına sardı. Mürvet'i alnından öptü, yerinden kalktı. Artık, sıra diğer kınalanmak isteyenlere gelmişti. Maniler, şarkılar eşliğinde eğlence sürdü gitti.

Gece geç saatlerde eve döndüklerinde, erkeklerin eğlencesi de bitmişti. Evin hali perişandı. Kullanılmamış ne tabak, ne bardak kalmıştı. Bahçedeki masaların üzeri yemek ve içkiden artanlarla, mutfak kirli tas tava ile doluydu. Halalar ve kızlarına yatacak yerler ayarlandı. O gece, Emine ve Mürvet'e uyku yoktu. Sabah ezanına kadar temizlik yaptılar. Mürvet, annesinin, arada, kendi kendine homurdandığını duyuyordu.

Ertesi sabah erkenden, iki kurban kesildi. Bir kısmı komşulara dağıtıldıktan sonra, kalanı ile akşamki ziyafet için kavurma yapılacaktı. Emine, kendisine yardımcı olacaklarını beklediği görümcelerinin hazırlanmaya başladığını görünce şaşırdı. Misafirler, kızlarını alıp, panayır yerine gitmeye karar vermişlerdi. Emine ve Mürvet, yine kolları sıvayıp yemek işine giriştiler. Öğleden sonra gelin görmesi yapılacak, ve topluca hamama gidilecekti.

"Bütün bunlar nasıl yetişecek bilmem. Allah yardımcımız olsun. İki ayağım bir pabuca girdi. Kimseden hayır yok... Neyse, hiç değilse ayağımızın altında değiller, ona da şükür..."

Mürvet, hiç bir lâf etmeden, arı gibi çalışıyordu. Ev, sanki, daha bir gün evvel dip bucak temizlenen ev değildi. Yeni baştan camlar, halılar silindi, taşlık parlatıldı. Kahve çekildi, şekerlikler dolduruldu. Mürvet'in yatağına beyaz iş aplike çarşaflar yayıldı. Bal rengi saten örtü ve yastık kılıfları, düğün gecesi için dikilen şıklıklardı. Emine ve Hakkı, Mürvet'in Beyoğlu'na gelin gitmesine razı olmamışlar, yeni çiftin uygun bir ev buluncaya kadar yanlarında kalmalarını istemişlerdi. Onlara göre, Beyoğlu gâvur mahallesiydi. Oralarda her türlü ahlâksızlık olabilirdi. Seyit, şimdilik, beraber oturma fikrini kabul etmiş görünüyordu. Mürvet, yatağının örtüsünü tekrar düzelttikten sonra, arkasına çekilip bir baktı. Senelerdir yalnız yattığı yatağını, bu akşam kocası ile paylaşacağını düşündü. Utancından yüzü kızardı. Birden, böyle bir şeye hiç de hazırlıklı olmadığını fark etti. Nişanlı olmak, pahalı hediyeler, yakışıklı nişanlıyı uzaktan uzağa sevmek iyiydi de, şimdi bu odada yapayalnız kaldıkları zaman ne yapacağını bilemiyordu. Evliliğin ne olduğu hususunda en ufak bir bilgisi yoktu. Yabancı bir erkekle, aynı odada, aynı yatakta nasıl davranacağını, kendisini nasıl gizleyeceğini, birinin ona anlatması lâzımdı ama şimdiye kadar büyüklerinden bu mevzuda hiç bir yardım gelmemişti. Seneler evvel annesine sorduğu bir soru yüzünden yüzünde patlayan tokadın acısı, hâlâ yerinde duruyordu. Onun için, ağzını açıp bir şey daha soracak değildi. Ama, ilk evlenen de o olmayacaktı ya. Demek bazı şeyler de evlendikten sonra öğreniliyordu. Annesinin sesi ile, düşüncelerinden ayıldı.

"Mürvet! Mürvet! neredesin kızım? Şu masaların örtülerine bir ütü basmak lâzım. Haydi. Birazdan gelirler, doluşurlar. Vaktimiz yok."

Bahçedeki masalar yeniden düzenlendi. Örtüler yayıldı. Mürvet, bu akşam yaydığı örtüleri kendi elleri ile dikmişti. Beyaz ketenden, kenarları aplike çiçeklerle işliydi. İki porselen vazoyu da bahçeden kopardığı güller ve akşam sefaları ile süsledi. Çiçeklerin rengi, kar beyazı örtünün üzerinde o kadar güzel durmuştu ki, yaptığı işten memnun, hayranlıkla seyretti.

Ana kız, mezeleri, zeytinyağlıları, tatlıları pişirmişlerdi ki, kapı çalındı. Halalar panayırdan dönmüşlerdi. Keyifleri yerindeydi. Az sonra mahalleden diğer hanımlar da toplanmaya başladılar. Herkesin elinde, hamama götürdüğü malzemelerin bohçası vardı. Hep beraber, çağırılan atlı arabalara binip Cağaloğlu hamamının yolunu tuttular.

Kadınlar hamamının ortasındaki kocaman, mermer göbek taşı bayram yeri gibiydi. Peştemallara yarı sarılı çıplak vücutları, takunyaları ile dolaşanlar, kurna başında su dökünenler, göbek taşında keselenenler, soğuklukta dinlenenler... Bunlar, hepsinin, her hafta görmeye alışık oldukları manzaralardı. Hamama gelmek, temizliğin dışında eğlence günü olarak da hayatlarında önemli bir yer tutuyordu. Ama, bugünün bir farkı vardı, o da Mürvet'in gelinlik hamamı oluşuydu. Herkes, adeta, etrafında pervane oluyordu. Önce, taslar içinde hazırlanmış ağdalarla temizlik yapıldı. Ardından, kurna başında tas tas sıcak su ile, vücutlar keseye hazırlandı. Sonra, göbek taşına uzanıldı. Mürvet, ilk defa bu kadar çok bakışı üzerinde hissediyor, bundan utanıyordu. Ama, bu da hayatında bir defa olacak bir şeydi. Üstüne düşülmesi, kendisi ile bu kadar ilgilenilmesi aslında o kadar da fena değildi. Göbek taşının sıcacık mermerine uzanıp kendisini tellak kadının hünerli ellerine teslim etti. Az sonra, vücudu sıcaktan ve keseden kıpkırmızı olmuştu. Arkadaşları, şarkılar söyleyerek, onu tekrar kurna başına oturttular. Saçları iki su sabunlanıp durulandı ve tepesinde tutturuldu. Ardından, vücudu yıkandı. Avuç içinde ve parmaklarındaki kına yıkanmakla geçmiyordu.

Taslar, peştemallar, takunyalar toparlanıp yeniden evlere dönüldüğü zaman, Mürvet'in heyecanı son haddini bulmuştu. Gelinliğini giyme zamanı gelmişti. Yengesi giyinmesine yardım için onun odasına gelince, Emine de görümceleri ile beraber, mutfaktaki son hazırlıklara bakıyordu. Mürvet, kendi diktiği pamuklu, kenarları beyaz fistolu iç gömleği ve baldırına kadar uzanan lâstik paçalı iç çamaşırını giydi. Seyit'in hediyesi olan ipek ve dantelli jartiyer ve kemik rengi ipek çoraplara hiç mi hiç uymuyorlardı ama yapabileceği bir şey yoktu. Gelinliği yatağın üzerinde yayılıydı. Mürvet, bir müddet dokunmaya çekindi. O kadar güzeldi ki, elleyince kumaşına bir şey olacak diye korkuyordu. Beyaz saf ipekten kumaşı ve yakasını, kollarını süsleyen danteli Seyit göndermiş, Nazire Hanım'ın bulduğu bir modelden de bakarak Emine dikmişti. Ayakkabıları da yine nişanlısının hediyesiydi. Beyaz satenden yüksek topuklu, bilekten bantlı ve fiyonglu bir ayakkabıydı. Aynanın karşısında oturan Mürvet'in al al yüzü biraz taş pudra ile matlaştırıldı, gözlerine sürme çekildi. Saçları maşalanarak alnının iki yanına düşen kıvrımlar yapıldı, topuzla ensesinde toplandı. Duvağı, olduğu gibi, gelinliğinin dantelindendi, ayağa kalkınca yerlerde sürünüyordu. Genç kız, aynadaki aksine bakarken, mutluluktan neredeyse ağlayacak gibiydi. Meliha, onun eteklerini, saçlarını düzeltip dururken boyuna, "Tüh, Tüh, Maşallah sana." deyip duruyordu. Nihayet, iş, gelinlik tacını takmaya gelmişti. Taç kiralanana kadar az tartışma mevzuu olmamıştı. Emine, kiralamaya gücünün yeteceği taçları, saf ipek gelinliğe yakışır bulmamıştı. Sonunda, küçük halanın kocası kefil olup, Kapalıçarşı'da kuyumcu olan bir arkadaşından, üzeri İstanbul taşı ile süslü çok zarif bir taç kiralamıştı. O da başının üzerine oturtulunca, Mürvet, kendini yıllarla mecmualarda seyrettiği gelin resimlerinden daha güzel ve zengin gördü. Meliha kapıyı açıp, ellerini çırparak dışarıya seslendi:

"Gelin, gelin de, gelin görün."

Sonra, hâlâ, aynada kendini seyretmekte olan Mürvet'in yanına gelip etrafında bir döndü.

"Nazar değmesin Maşallah! Maşallah sana! Ne şanslı adam şu Seyit."

Mürvet, mahçup, gülümsedi.

"Ben de şanslıyım yenge."

"Elbet de şanslısın. Hangimize nasip oldu böyle gelinlik, böyle yüzükler. Paşa konağına gelin gider gibisin, Maşallah."

Mürvet, yengesinin, bütün beğenisinin ardında, hafif bir kıskançlığı sezinler gibi oldu. O anda, odanın içi ailenin diğer kadınları, kızları ile doluverdi. Hayranlık dolu çığlıklarla, alkışlarla, Mürvet'in duvağını, eteklerini tutarak odadan çıkardılar. Oturma odasındaki sedire yerleştirip karşısına geçtiler. Vitrindeki bir bebeği seyreder gibi seyretmeye başladılar. Fethiye ve Necmiye, pazen eteklerle, çamaşır yıkayıp, dizleri üzerinde taşları parlatırken görmeye alıştıkları ablalarını, peri prensesi gibi görünce şaşırdılar. Emine, gururla kızını seyrederken, birden, onun daha ne kadar küçük olduğunu düşündü. Senelerdir, kendisine bir yetişkin gibi yardımcı olan büyük kızının, henüz on altısına geldiğini, hiç çocukluk yaşamadığını, genç kızlığının da farkına varamadan kadınlığa adım attığını görmek içini burktu. Geçen seneler için yapabileceği bir şey kalmamıştı artık. Tek duası, Mürvet'in bundan sonra rahat bir hayat geçirmesi olacaktı.

Kuşak bağlamak, evin erkeği olduğu için, Hakkı'nın işiydi. Kırmızı kalın bir kurdelayı Mürvet'in beline sardıktan sonra, iki kez düğümleyip çözdü. Üçüncü kez düğümü atıp geri çekildi. O düğümü de Meliha çözdü. Emine, kendisine kuşağı geri getiren gelinine kese içinde bahşiş verdi. Artık, eş dost, komşu, herkes, sıra ile gelip köşesinde oturan gelini görüyordu. Kapı neredeyse hiç kapalı durmuyordu. Bir gelenin ardından biri daha. Hepsine şerbet, limonata, tatlı ikramı yapılıyordu.

Nihayet, akşam üzeri, geç saatlerde ev boşaldı. Sadece, çok yakın akrabalar kaldı. Ailenin yakın erkekleri yavaş yavaş gelmeye başladılar. Sofraların üzeri donandı. Bu arada, Mürvet, yukarı kattaki sedirde oturup bekliyordu. Aşağıdan kahkaha, keyif sesleri geldikçe, içi gidiyordu. Bahçede onlarla olup, gülmek, konuşmak istiyordu. Gerdek odasına girip baş başa kalmadan önce kocası olacak adamı görmek isteği ile doluydu. Ama âdetler, onun arzularından daha ağır basıyordu. Beklemekten başka çaresi yoktu.

Hava kararmaya başlamıştı. Lâmbalar yakıldı. İçki kadehleri dolup boşalıyor olmalıydı, bahçeden yükselen kahkahalar üst katı dolduruyordu. Mürvet, bir ara duvağını, eteklerini toplayarak pencerenin önüne gitti. Tülün arkasından aşağıdaki kalabalığa baktı. Gözleri, hemen, yabancı üç erkekte takıldı. Bunlardan biri Seyit olmalıydı. Ama kadeh kaldıran kollarından ve sırtlarından başka bir şey göremiyordu. Masanın diğer ucunda, bir arada oturan genç kızlar, neşe içinde fıkırdaşıyorlardı.

"Haksızlık" diye düşündü Mürvet. Onun düğünüydü ve ondan başka herkes eğleniyordu. Sıkıntı ile içini çekerek yine gözlerini dışarıya çevirdi. Hava sıcaktı. Ne bir yaprak, ne tül kıpırdamıyordu. Elindeki dantel mendili duvağının altından uzatıp boynuna doğru yelpazeledi. Şimdi, bu güzelim gelinliği ile aşağıda masada otursa fena mı olurdu?

Derken, masanın etrafındakiler ayağa kalktılar. Erkekler hep birden bahçeden ayrıldılar. Hanımlar da, acele ile, masayı toplamaya, etrafı düzenlemeye başladılar. Mürvet, heyecanla, camın önünden ayrıldı. Orada yakalanmak istemiyordu. Tekrar sedire oturup bekledi. Az sonra kapı açıldı. Meliha gelmişti.

"Nasılsın Mürvet'ciğim? Haydi bakalım gel, gelin odasına gideceğiz."

Mürvet, yengesinin uzattığı elini tutup yürümeye başladı. Bir eli ile, de ardından sürüklenen duvağını tutuyordu. Kendi evinde, kendi odasında olmasına rağmen, yolunu kaybetmiş gibiydi. Ne yapacağını, nasıl hareket etmesi gerektiğini bilmiyordu. Meliha onu getirip yatak odasındaki sedire oturttu. Duvağını yüzüne indirdi. Yüzünü örten dantel ve yataktan sarkan cibinliğin diğer tarafında, oda kapısı sis ardından bakar gibi gözüküyordu. Meliha'nın çıkmasından bir iki dakika sonra tekrar kapı açıldığında, Mürvet kalbinin yerinden çıkacağını sandı. Kalp atışları kulağında uğulduyordu adeta. Birden rahatladı. Meliha tekrar geriye gelmişti. Kolunun altında getirdiği iki seccadeyi yatağın diğer yanında yere yaydı ve çıktı. O çıkarken, iki erkek odaya girdiler. Birbirlerine benziyorlardı. Ama hangisi kocasıydı, Mürvet bir türlü kestiremedi. Bir fotoğraf ve gece karanlığında kapıda karşılaşmalarından başka Seyit'le en ufak bir aşinalığı yoktu.

Erkekler, beraberce, damat namazı kıldılar. Selam verip geri çekilirken seccadelerin üzerine para bıraktılar. Sonra, biri, eliyle diğerinin omuzuna dostça vurup odadan çıktı. Giden sağdıçtı. Kalan ise Mürvet'in kocası. Mürvet bayılacak gibi hissetti kendisini. O kadar heyecanla beklediği evlilik fikri, şimdi kocası ile baş başa kalınca yüreğini sıkıştırmaya başlamıştı. Avuçları arasındaki mendilini ezip büzerek, gergin bir şekilde oturdu. Bu arada, Meliha tekrar sessizce odaya girip yerdeki seccadeleri ve parayı topladı, kapının dışında bekleyen birine verdikten sonra Mürvet'in yanına geldi. Onu oturduğu yerden alıp, ayakta bekleyen Seyit'in yanına getirdi. Yeni evlileri el ele verip odadan çıktı. Mürvet, gözleri gelinliğinin eteklerinde, eli yabancı bir erkek elinde olmaktan rahatsız, yüzü kıpkırmızı öyle kala kaldı. Bacaklarının, ellerinin titrediğini hissediyor, ama mani olamıyordu. Seyit, hiç bir şey söylemeden ve onun elini bırakmadan bir müddet bekledi. Sanki, genç kızın, temasına alışmasını bekliyordu. Dışarıdaki ayak seslerinin uzaklaşmasından sonra, diğer eli ile, yavaşça, karısının duvağını açtı. Cebinden çıkardığı yüz görümlüğünü takmak üzere, onun bileğini tuttu. Mürvet, yarı inik göz kapakları arasından, koluna takılan bileziğe hayranlıkla baktı. Altın üzerine yanyana dizilmiş pırlanta taşlarla çevrelenmiş bilezik harika bir şeydi. Ama bileği ve kolu o kadar inceydi ki, Seyit bileziği neredeyse dirseğine kadar itmek zorunda kaldı. Bu arada gülümsüyordu. Çocukluktan henüz çıkmış, gencecik karısının utangaç, tecrübesiz, ürkek halinden etkilenmişti. Onun çenesini gayet nazik bir şekilde tutarak, başını kaldırıp kendisine bakmasını sağladı. Göz göze geldikleri an, Mürvet kalbinin duracağını sandı. Seyit'in koyu mavi gözlerinin bebekleri, sanki ortasında ateş varmış gibi, parıldıyordu. İnce, muntazam bıyığının altından tebessümle bakan dudakları Mürvet'in duyamadığı kelimeleri mırıldanıyordu. Genç kız, elini sarmış olan avucun biraz daha sıkıldığını hissetti. Titremesi arttı, artık daha fazla ayakta durabileceğini sanmıyordu. Gücü tükenmişti.

Seyit, küçük karısını tahmininden daha güzel bulmuştu. Çıkık elmacık kemikleri, imtihandaki bir çocuğun ne yapacağını bilmezliği ile şaşkın, mahçup bakan siyah çekik gözleri, incecik endamı, genç adamı büyülemişti. Onun, gerek erkekler, gerekse gerdek gecesi ile ilgili en ufak bir bilgisi olmadığından emindi. Karısını ürkütmekten korkarak, başındaki tacı ve duvağı alıp aynanın önüne bıraktı. Sonra, onun titreyen gövdesini kucaklayarak yatağa doğru yürüdü. Mürvet, yine burnunun kanamaya başlayacağından veya bayılmaktan korkuyordu. Gözleri hep elbisesindeydi. Bir türlü başını kaldırıp kocası ile yüz yüze gelemiyordu. Onun sıcak nefesini saçlarında, alnında hissetti. Sonra yanaklarında, gözlerinin kenarında, çenesinde gezinen dudakların teması ile, yüzü cayır cayır yanmış gibi oldu. Seyit'in sesini ilk defa kulağında fısıltı olarak duydu:

"Murka...küçük Murka'm benim..."

Evliliklerinin birinci haftasıydı. Mürvet kocasına âşıktı, Seyit karısını seviyordu ama yolunda gitmeyen şeyler vardı. Hayat tarzları o kadar değişikti ki, karşılıklı iyi niyete rağmen, sık sık ortaya bir mesele çıkıyordu. İlk anlaşmazlık, iç çamaşırlarında başladı. Mürvet'in, haftalar boyu, göz nuru ile, hem kendisi, hem de kocası için elinde diktiği pamuklu iç çamaşırlarını Seyit ne giyiyor, ne de ona giydiriyordu. Gerdek gecesinin ertesi günü, Mürvet'in yatağın ayak ucuna yaydığı çamaşırları toplayıp kaldırmıştı. Pijama giymek âdeti de yoktu. Mürvet hep, "Odaya biri gelirse, biri görürse" korkusuyla rahatsızdı. Seyit, ona gülerek, şöyle demişti:

"Benim yatak odama gelen, beni her türlü görmeye hazırdır. Onun için, kim kapımızı açmaya meraklıysa söyle, haberleri olsun."

Tabi böyle bir lâfı, Mürvet'in kimseye söyleyecek hali yoktu.

Düğünden iki gün sonra, Seyit, akşam yine eli kolu paketlerle dolu geldi. Karısına belinden sarılıp, yanağı ile dudağı arasına bir yere kocaman bir öpücük kondurdu. Emine ve Hakkı bundan hiç hoşlanmamışlardı. Birbirlerine bakıp dudak büktüler. Mürvet, zaten, anne ve ağabeyinin olduğu zaman, kocasına karşı rahat davranmaktan korkuyordu. Hep, gözleri onlardaydı. Kocasının veya kendisinin yaptığı, konuştuğu her şey için,, onay bekliyor gibiydi. Seyit'in öpücüğüne karşılık vermek yerine, kendini geriye çekti. Seyit buna aldırmamış göründü. Elindekileri ona uzattı.

"Bunlar senin Murka, gel çıkalım yukarıya."

"Şey... şimdi sofrayı hazırlayacaktım Seyit."

"Hazırlarsın, hazırlarsın, gel çıkalım. Ben üstümü değişene kadar sen de konuşur, anlatırsın biraz."

Mürvet, annesine kaçamak bir bakış attı. Emine, hiç hoşnut olmayan bir sesle, konuştu:

"Haydi, çık kocanla. Sofrayı Fethiye kuruverir."

Seyit, elinden tutup yukarı kata çıkardığı karısını tekrar hararetle öptü.

"Merak etmiyor musun, neler getirdiğimi?"

Mürvet ona gülümseyerek baktı.

"Tabi ediyorum."

"Haydi, aç o zaman."

Seyit gömleğini çıkarmış, omuzuna bir havlu asıp, sakal traşına girişmişti. Bir yandan da, Mürvet'in, aldıklarını ne kadar beğeneceğini merakla, onu seyrediyordu. Genç kadın, kutulardan yatağın üzerine dökülen ipekli çamaşırlara büyülenmiş gibi bakıyordu. Siyah, beyaz, krem, mavi, rengârenk ipekli kombinezonlar, külotlar, sütyenler, yığın halinde karşısında duruyordu.

"Seyit, ne kadar şık şeyler bunlar." diyebildi.

"Beğendin mi?"

"Hem de çok."

"İyi o zaman, bundan sonra o uzun uzun lâstikli şeyleri giymeni istemiyorum, bunlarla dolaşacaksın, anlaşıldı mı?"

Mürvet, artık, karı, koca olmalarına rağmen, hâlâ bu mevzularda çekingenlikten kurtulmamıştı. Kızardı. "Peki" manâsında başını salladı.

Bir kaç dakika sonra yemeğe indiklerinde, Emine, Hakkı, Meliha, çocuklarla beraber oturmuşlardı bile. Seyit, gayet yumuşak, fakat manidar bir sesle konuştu:

"Kusura bakmayın, bu kadar erken oturacağınızı tahmin etmemiştim. Traş olmadan sofraya oturmak âdetim değildir de..."

Mürvet, Hakkı'nın diş bilediğini duyar gibiydi.

Yemekten sonra odalarına çekildiklerinde, henüz yatağa girmemişlerdi ki, alt kattan avaz avaz sesler yükseldi. Hakkı ve Meliha birbirlerine girmişlerdi. Seyit pantalonunu giyip, üst kısmı çıplak vaziyette odadan fırladı. Mürvet hole çıktığında, ağabeyi ve yengesi, kavgalarını odalarının dışına çıkarmışlardı. Emine, aralarına girip onları susturmaya çalışıyordu.

Meliha, kanayan dudağını tutup haykırarak ağlarken, bir koluyla da kocasını gömleğinden çekeleyip duruyordu. Hakkı, onu omuzlarından kavramış, sallayıp bağırıyordu. Seyit, Hakkı'ya hitapla, seslendi:

"Bırak karını Hakkı, kadın böyle hırpalanır mı hiç? Bırak şu kızı rahat!"

Bu arada, Emine de aralarına girerek mücadeleyi bitirmek istedi. Ama incecik vücudu, Hakkı'nın aslında karısına salladığı bir tokatı karşılayınca, olduğu yerde çığlıkla düştü kaldı. İnleyip kıvranmaya başladı. Kocasının şaşkınlığından istifade, Meliha odaya kaçıp kapısını kapadı. Seyit, hemen, kayınvalidesinin koluna girerek ayağa kaldırmaya çalıştı. Bir yandan da Hakkı'yı azarlıyordu:

"Utanmıyor musun? Ne biçim erkeksin sen? Şu yaptığına bak."

Emine, ayakları üzerinde duramıyordu. Seyit onu kucakladığı gibi, yukarı kata odasına çıkardı. Mürvet, su, kolonya getirdi. Kadıncağız toparlanana kadar baş ucunda beklediler.

Ertesi sabah, daha ev halkı kalkmadan, Seyit işe gitmek üzere evden çıktı. Giderken kapıda karısını sarılıp öptü.

"Murka, akşama sofrada meze, rakı olsun."

Sonra, onun yanağını okşayıp tamamladı:

"Bu kadar sene öyle sofraya alıştım. Böyle, tencere yemeği ile su içmek biraz zor geliyor bana."

Öğleye mutfakta yemek hazırlarken, Mürvet, annesine bunları söyledi. Emine, bir önceki akşam kendisini kimin kucaklayıp taşıdığını unutmuş görünüyordu.

"Meze ile rakı ha? İki gün içildi, yenildi işte, yetmedi mi? Her Allah'ın günü meze alacak, rakı açacak halimiz var mı bizim? Öyle alıştıysa alsın, yapsın. Ben bu yaştan sonra damat mı bakacağım bir de?"

Mürvet, evli bir kadın olmasına rağmen, annesinden hâlâ azar işitiyor olmaktan incinmişti. Hiç bir şey söylemeden kendi işine devam etti. O gün, çamaşır günüydü. Odalardan kirlileri toplayıp çamaşırlığa indi. Beyazları kaynamaya koymuş, kendi şık çamaşırlarını, incitmekten korkar gibi, elinde nazik nazik yıkıyordu. Emine, alışverişe çıkmak üzere, evden ayrılıyordu. Mürvet'in yanına uğradığında, gözleri şimdiye kadar hiç görmediği çamaşırlara takıldı.

"Ne bunlar, nedir?"

"Şey... iç çamaşırlarım anne."

Emine, leğenin içindeki ipeklilerden birini elini alıp başını iki yana salladı:

"Çık, çık, çık... Buna çamaşır mı diyorsun sen kızım? Ne bu böyle, sana diktiğimiz çamaşırlar ne güne duruyor, neden onları giymiyorsun?"

"Bunları da kocam aldı anne."

"Biliyorum, başka kim alacak? Bunları kimler giyer biliyor musun sen? Aklı başında hiç bir aile kadını giymez bunları. Utanma, arlanma kalmamış insanlarda artık. Şuna bak, şuna bak..."

Söylenirken, bir eliyle de sabunlu çamaşırları karıştırıp duruyordu.

"Yıka da, kaldır bunları ortadan. Seni pis kadınlara benzetecek bu adam, her getirdiğini giyersen."

Annesi, sinirle çıkıp gittiğinde, Mürvet'in bütün keyfi kaçmıştı bile. Kocasından aldığı hiç bir şeye sevinmeye, giymeye keyfi kalmıyordu. Ama, o da annesiydi. Muhakkak ki onun iyiliğini düşünüyordu. Kötü kadınlar gibi giyinmek istemezdi elbet. İşi bitip banyosunu yaptıktan sonra yine geleneksel paçalı çamaşırlarını giydi.

O arada, Seyit yaşadığı eve nasıl yardım edebileceğini düşünmüş, bunu usulü ile yapmak için Osman'a sormuştu. Osman ise, içgüveysi girdiği evde çıkarıp para verirse ayıp olacağını, yalnız, arada bir, eline bir iki şey alıp götürürse tamam olacağını söylemişti. Seyit, zaten âdetlerine bir türlü alışamadığı bu evin ahalisini hiç gücendirmek istemiyordu. Osman'ın söyledikleri üzerine, eve para bırakmaktan çekiniyordu. Sık sık da karısına ve kardeşlerine pahalı hediyeler getirdiğinden, her şeyin tamam olduğunu zannediyordu. Tabi, o arada, alıştığı şık sofraları da bekliyordu. Ama, bir yerde, bir yanlışlık vardı, bundan emindi. O akşam da gelirken içki, sucuk, peynir, lâkerda getirdi. Mürvet, paketleri açarken, seviniyordu. Zira, kocasının sabah istediği hiç bir şey alınmamıştı bugün. Emine, mutfakta kızının tabaklara dizdiği nevaleye bir bakış attı. Ocakta ısınmakta olan etli fasulyayı karıştırırken söylendi:

"Güya mutfağa tuzu olacak. Kendi içkisine uyacak ne varsa, onu getiriyor."

Bunları sanki kendi kendine söyler gibiydi ama, Mürvet'in duyacağını pek alâ biliyordu.

Seyit, dualar edilip oturulan masada, acele ile, konuşmadan yenip kalkılan yemeklerden bir şey anlamıyordu. O, içkisinin her yudumundan, tabağındaki mezelerin her lokmasından lezzet alarak, ağır ağır sohbet ederek yemek istiyordu. Ama, evde kendisine ayak uyduracak kimse yoktu. Onun için o akşam, o da keyfini yarıda bırakıp onlarla beraber kalktı.

Odalarına girdikleri vakit, üzerindekileri çıkarıp, çıplak, yatağa girdiğinde, Mürvet'i yatağın ayak ucunda, cibinliklerin ardında, gizli gizli soyunmaya çalışırken gördü. Genç kadın, elbisesini yarım yarım çıkarıp geceliğini giymeye uğraşıyordu. Seyit yerinde doğruldu. Gülerek sordu:

"Ne yapıyorsun öyle? Elbisenle güreşir gibi bir halin var. Çık bakayım ortaya, yardım edeyim mi?"

Mürvet, telaş içinde, olduğu yerden seslendi:

"Yok, yok Seyit, tamam, şimdi giyiniyorum."

Bir telaş, geceliğini giyip ortaya çıktı. Elbisesini asıp yatağa geldi. Seyit, onun çocukluktan kurtulamayan tavırlarında, ek bir çekingenlik sezdi. Saçlarını okşarken, yüzünü kendisine doğru çevirip sordu:

"Ne var Mürvet? Neler oluyor?"

"Yok bir şey, hiç bir şey yok. Haydi uyuyalım."

Seyit, onu öpmek üzere eğildiğinde, gözleri gecelik düğmelerinin arasına kaydı. Başını geriye çekip sordu:

"Neden yine bunları giydin içine? Mürvet, istemiyorum bu çamaşırları. Neden benim getirdiklerimi giymiyorsun?"

Mürvet ağlamaya başladı.

"Ben onları giymem bir daha."

Seyit'in alaycılığı üzerindeydi.

"Öyle mi? Ne kötülük yaptılar sana?"

Mürvet, göz yaşları arasından, ona içerleyerek baktı.

"Ben giymem onları."

"Neden ama?"

"Çünkü, onları kötü kadınlar giyer. Ben kötü kadın değilim."

Seyit, başını arkaya atarak, kahkahalarla gülmeye başladı.

"Demek hikâye bu. İpekli çamaşırları kötü kadınlar mı giyermiş? Kim söyledi bunu?"

"Annem söyledi?"

Seyit, dirseği üzerinde, yastığında doğruldu.

"Annen nereden biliyormuş, kötü kadınların ne giydiğini?"

Mürvet, kocası ile başa çıkamayacağını biliyordu ama, yine de annesinden duyduklarını söylemek zorundaydı.

"Beyoğlu'ndaki kadınlar öyle giyinirmiş... Öyle dedi annem."

Seyit hâlâ gülüyordu.

"Demek öyle. Beyoğlu'ndaki kötü kadınlar ha? Annen hiç Beyoğlu'na gitmiş mi hayatında?"

"Biz oraya gitmeyiz hiç."

"Neden?"

"Orada Müslümanlar oturmaz da ondan."

Seyit, sanki çok ciddi bir şey öğreniyormuş pozunda, başını aşağı yukarı salladı.

"Ha, anlaşıldı. İpekli çamaşırı da Müslüman olmayan kötü kadınlar giyiyor demek."

"Evet, öyle."

Seyit, kolunu onun vücudunun altından geçirip kendisine doğru yaklaştırdı. Saçlarını öptükten sonra, ciddi bir sesle konuşmaya başladı:

"Bak Murka'm, bak küçük karım benim. Bu dediklerinin hepsi yanlış. Bir kere, Beyoğlu, İstanbul'un en güzel yeri, bana sorarsan. Tabi, iyisi de var, kötüsü de. Ama, her yer aynı değil mi? Müslüman olanı da var, olmayanı da. Kimse kimseyi de zorla Hristiyan falan yapmıyor. Paşa oğulları da var, Beyoğlu'nda gezen, düşesler, kontesler var, prensler var. Bütün yabancı sefaretler Beyoğlu'nda. Bütün bu insanlar kötü, hepsinin karısı da kötü kadın değil her halde, değil mi?"

Mürvet, bildiğinin dışında bir dünyayı dinlerken ağlaması kesilmişti. Kocasının kolları arasında, onun sıcaklığına gömülmüşken, evin bütün problemlerini unutmuştu.

"Sana getirdiğim her şey, şık, zarif ve parası olan hanımların giydiği şeyler. Onları sırtına geçirmek seni kötü yapmaz, şık bir kadın yapar. Ben de karımın şık olmasını istiyorum. Bundan sonra görmeyeceğim üzerinde bunları, tamam mı? Anlaştık mı?"

Mürvet başını salladı. Kocasını çok seviyordu.

Ertesi akşam, Mürvet bir gece evvelden artan rakı mezelerini sofraya dizmiş, içine şık çamaşırlarını giymiş olarak kocasının eve dönmesini bekliyordu. Annesini kızdırmamak için, özel çamaşırlarını gizli gizli yıkayıp kurutacaktı bundan sonra. Seyit'i kapıda daha yeni karşılamıştı ki, sokaktan bağrışmalar duyup tekrar kapıyı açtılar. Yaşlı bir adam, bir elinde baston, diğer eli Fethiye'nin kulağına yapışmış, haykırıp duruyordu:

"Yok mu bunun anası, babası?"

Seyit öne çıktı, Fethiye'yi adamın elinden kurtardı.

"Ben eniştesiyim, ne oluyor? Neden hırpalıyorsunuz çocuğu?"

"Gücüm olsa bacaklarını kırardım ya, şükretsin halim yok. İncir ağacıma çıkmış. Kırmış bütün dallarını edepsiz. Allah cezasını versin. Verin bunun cezasını. Bir daha da benim bahçemde görürsem, gözünün yaşına bakmam."

"Tamam." dedi Mürvet, içinden. Seyit'e eve geldiğinden beri, daha bir tek sakin gece yaşatamamışlardı. Gün yoktu ki, bir şey olmasın. Bu olay yatışmak üzereydi ki, Hakkı ile Meliha ağız dalaşına girdiler. Yemeğin tadı tuzu kalmamıştı. Neredeyse hiç konuşulmadan da bitti. O gece, sabaha kadar ağlayan Meliha'nın bebeği kimseyi uyutmadı. Mürvet, kocasının sinir içinde, bir taraftan bir tarafa dönüşünü ve daha gün ağarmadan yataktan çıktığını hissetti. Odanın karanlığında onun giyindiğini fark edebildi ama ağzını açıp bir şey sormaya çekindi. Her halde, uyku tutmadığı için, işine erken gidecekti. Seyit, yavaşça, kapıyı çekip çıktığında, Mürvet de uykusuzluktan kıpkırmızı gözlerle, perdelerin arasından giren ilk güneşin huzmelerine daldı.

O gece ve bir sonraki gece, Seyit eve dönmedi. Evde herkes birbirine girdi. Hakkı, böyle adama kız verdiği için Emine'yi, Emine evdeki huzursuzlukları için Hakkı ile karısını suçlayıp duruyordu. Ama sonunda, yine ona karşı müşterek cephe alıyorlardı. Nihayet, aralarına dışarıdan gelen yabancı oydu. Kendine has âdetleri, tavırları ile, zaten bu eve ayak uyduramayan yine oydu. Mürvet, göz yaşları içinde, odasına kapanmıştı. Dedikodu, daha ilk günün sonunda, zaten, bütün mahalleye yayılmıştı. İkinci gün, öğleden sonra, ev komşu kadınlarla doldu. Herkes, yeni damadın niye gelmediğini, gelinin nasıl olduğunu sorup duruyordu. Emine, bütün ketumluğu ile, durumu idare etmeye çalışmasına rağmen, kadınlar daha kapıdan çıkarken fısıldaşmaları duyuluyordu:

"İşte, elin Moskof'una kız verirse böyle olur. Gâvurdur o, eminim şekerim."

Emine, sanki her şeyin suçlusu oymuş gibi, Mürvet'e küsüyordu.

Üçüncü gün, akşam yemeğinden sonra, Seyit geldi. Emine ve diğerleri, odalarına çekilmişlerdi. Mürvet, kırgın bir tavırla, kocasını karşıladı. Doğru odalarına çıktılar. Genç kadın ağlamaya başladı.

"Sen evlendiğine pişmansın galiba Seyit."

"Nereden çıkardın onu?"

"Baksana, evi bir bırakıp gidiyorsun, kaç gün yoksun? Bizim

buralarda böyle âdetler yok. Herkesin diline düştük. Hem, nasıl merak ettiğimi biliyor musun benim?"

Seyit, sevecenlikle, karısına sarıldı. Bedenlerinin yakınlığına rağmen, sanki aralarında uzak bir mesafe vardı. Sesi çok sakindi.

"Bak Murka, en baştan, ben bunu annene söylemiştim. Bu yol bana çok uzak geliyor. Benim işimin belli saati yok. Her sabah, her akşam bu yolu çekemeyeceğim. Ya Beyoğlu'na taşınırız, ya da bu iş böyle gider."

Karısını bırakıp pencere önündeki sedire oturdu. Arkasına yaslanıp, cevap bekler gibi, baktı karısına. Mürvet çaresizlik içindeydi.

"Anneme nasıl söylerim ben bunu Seyit? Hele Hakkı ağabeyim, ölse bırakmaz Beyoğlu'na."

"Benden söylemesi Murka. Sizin âdetlerinizi anlıyorum ama sizler de beni biraz anlamaya çalışın. Şöyle içkili, sohbetli bir sofrada yemek yiyemiyorum. Biz alışığız, en zor günümüzde bile, yemek masası bir keyif yeridir. En üzüntülü günümüzde, acıklı bile olsa, bir şarkı söyleriz. Evime diye geliyorum, Hakkı ile Meliha'nın kavgalarını dinliyorum, bütün gece çocukları yan odada vıyaklayıp duruyor. Kardeşlerine gelince, ikisini de çok seviyorum ama daha kendi çocuğum olmadan çocuk sesinden bıkmaya başladım. Hiç sakin, sessiz bir an yok evde. İki dostumu getirmek istesem, nereye getireceğim? Anlıyor musun beni?"

Seyit'e hak vermemek elinde değildi Mürvet'in. Ama, iş, bunu annesi ile nasıl konuşacağını bilmekti.

Ertesi gün, Mürvet, daha fazla oyalanmadan, annesine durumu açtı. Emine de Hakkı'ya. Hakkı köpürdü, kıyametleri kopardı yine. Mürvet, ağabeyinin sesini odasından duyuyordu. Onunla yüz yüze gelmeye cesareti yoktu.

"İşte, korktuğum başıma geldi. Anlamam ben, Beyoğlu falan. Bu evden Beyoğlu'na kız gitmez. Yolu uzak geliyorsa, boşasın kızı, alsın Beyoğlu'ndan kendine uygun birini."

O gece, yine, yatak odalarının olabildiğince gizliliğinde, Mürvet durumu anlattı kocasına. O güne kadar, sakin, şakacı tavırlarına alıştığı Seyit'in ilk defa yüzünün ifadesi değişti.

"Bak Mürvet, ben ne ananla, ne ağabeyinle evlenmedim. Ben kendime karı olarak seni istedim ve seninle nikâhlıyım. Ben kocan olduğum müddetçe, ben nereye gidersem, sen de beraber oraya gelirsin. Bu kadar sene onların hayatını yaşadın, bundan sonra benim hayatımı yaşayacaksın. Paylaştığın benim hayatım olacak, başka hiç kimsenin ne düşündüğü beni ilgilendirmiyor."

Mürvet dudaklarını büktü. Söylemek istediği bir şey daha vardı. Önce durakladı, sonra kelimeler bir çırpıda ağzından dökülüverdi:

"Ama, komşular çok kötü şeyler söylüyorlarmış."

Seyit, alaylı bir baş eğişi ile sordu:

"Yaa? Ne gibi kötü şeyler söylüyorlarmış bakalım?"

Mürvet söyledi söyleyeceğine pişman olmuştu. Kocasına tekrarlamak zorunda olduklarından utanıyordu.

"Şey... diyorlarmış ki..."

"Haydi, haydi söyle de, ben de öğreneyim bari. Bütün mahalle bildiğine göre."

"Şey... Senin için, "Moskof'un biri, sünneti bile yoktur." diyorlarmış."

Seyit, kendini daha fazla tutamadı. Kahkahalarla sedire oturdu.

"Kim diyormuş bunu?"

Mürvet, kocasının, hakaret kabul edeceğini sandığı bir söze, niye bu kadar güldüğünü anlayamamıştı. Onun sinirlenmediğine memnun, cevap verdi:

"Makbule Hanım'ın kocası Şevki Bey, öyle demiş karısına."

Genç adam, hem içine düştüğü şartlara, etrafını saran insanların kafa yapısına inanamıyordu. Her şey bir şaka gibiydi. Gülerek konuşmaya devam etti:

"Demek öyle, Şevki Bey, karısı Makbule Hanım'a söylemiş. Makbule Hanım gelip annene söyledi, annen de sana, sen bana... Amma çok insan benim sünnetimle ilgileniyormuş meğer."

Sedirin üzerine elini vurarak karısını yanına çağırdı:

"Gel, gel Murka, otur şöyle yanıma. Otur da buna bir çare bulalım. Bu tür dedikoduları önlememiz lâzım."

Sesi, tavrı öyle ciddiydi ki, Mürvet onun hakikâten bir çare düşündüğünü sandı. Kocasının yanına oturup bekledi. Erkeğin gözlerindeki alaycı pırıltı, dudaklarındaki müstehzi gülüş ortaya çıkmakta gecikmedi. Karısının elini, avucuna alıp, ağır ağır konuştu:

"Bak canım, şimdi sen annene söyle, komşularına bu haberimi iletsin. Şevki Bey madem benim sünnetli olup olmadığımı öğrenmek istiyor, kolayı var. Göndersin karısını bir gece bana, ben ona gösteririm, sünnetli olup olmadığımı. Her iş hallolur."

Yine kahkahalara boğulmuştu. Mürvet'in şaşkınlığını görünce, onun yanaklarını okşadı.

"Konu komşunun ne dediği, ne yaptığı beni hiç mi hiç ilgilendirmiyor Murka. Zaten, korktuğum da buydu işte. Bu insanların arasında özel hayatımız olması, huzurlu yaşamamız imkânsız. Kendimize ait bir hayatımız olmalı. Anlıyor musun beni?

Mürvet, daha çok yeni evli olmalarına rağmen, kocasının karar verdiğini yapan biri olduğunu anlamıştı. Ses tonunda sezdiği kararlılığı karşısında, hiç bir şey söylemedi.

Sabahı dar etti, Seyit ve Hakkı evden ayrılır ayrılmaz, annesinin yanına girdi. Zor da olsa, biraz kekeleye, biraz dura, bekleye lâfını bitirdi. Emine sert bir sesle sordu:

"Çok mu istiyorsun bu adamı? O kadar mı meraklısın?"

Mürvet, kocasını çok sevdiğini ve ondan ayrılmak istemediğini söyleyecekti ama dili varmadı. Annesi öyle bir sormuştu ki, sanki ille de erkek istiyor gibi anlaşılacaktı cevabı. Halbuki onun tek istediği, Seyit'le beraber olmaktı. Yumuşak bir sesle, annesini iknaya çalıştı:

"Anne, artık evlendim bir kere, boşanırsam ayıp olmaz mı? Daha mı iyi olur o zaman?"

"Biliyor musun, seni nasıl bir yere götürecek? Nasıl yaşatacak? Bu evden bir çıkarsan, o çıkış olur. Pişman olup da dönmeye kalktığın gün, eski itibarın olmayacak, haberin olsun."

Sonra, diyeceği bitmiş gibi, odadan çıktı. Mürvet öylece kala kaldı. Annesi, ne evet, ne hayır demişti. Anladığı tek şey, annesi ve kocası arasında bir seçim yapmak zorunda kalacağıydı. Bu o kadar zordu ki, çaresizliğin yüreğini sıkıştırdığını hissediyordu. Allahtan, Seyit, son konuşmalarından bu yana bir kaç gün geçmesine rağmen, bir şey sormuyordu. Belki de taşınmak fikrinden vaz geçmişti. O zaman her şey kendiliğinden hallolacaktı.

Evlendikleri iki ay olmuştu. Mürvet, bir kaç sabah üst üste bulantı ile uyanmasını takiben, hayatının yeni hakikâtini anladı. Hamileydi. Bu hiç beklemediği ve hazırlıklı olmadığı bir şeydi. Daha evinin düzenini bile tam kuramamıştı. Kocası ile baş başa olup zaman geçirememişlerdi. Senelerdir, zaten, kardeşlerine, yeğenine bakıp duruyordu. Yanılmış olmayı ümit ediyordu ama annesinin getirdiği mahalle ebesi şüphelerini doğruladı. Doğum, Haziran ayı ortalarına rastlayacaktı.

Kocasına haberi verdiğinde, onu pek sevindirmediğini fark etti. Seyit, yine her zamanki anlayışlı, sevgi dolu tavrıyla, karısına sarılıp öptü. Konuşurken, sanki, onun için üzülüyor gibiydi:

"Murka'm benim, sen daha kendin çocuksun. Keşke, biraz büyümeye zamanın olsaydı."

Aslında, Seyit'in bunu söylemesine hiç ihtiyaç yoktu. Mürvet, kocasının yanında bilgisizliğini, tecrübesizliğini, kültür ve görgü farklılıklarını sık sık hissediyordu. Öğrenmeye, Seyit'e ayak uydurmaya can atıyordu ama, beraber yetiştiği tabular, yasaklar, günahlar, ailesinin ne diyeceğini düşünmesi onu engelliyordu. İki ayrı dünya arasında kalmıştı.

Seyit, genç karısını, arkadaşları ve bugüne kadar yaşadığı çevre ile tanıştırmakta acele etmek istemiyordu. Onu ürkütmekten çekiniyordu. Yavaş yavaş, Rusya'daki hayatını anlatarak Mürvet'e alıştığı ve beklediği yaşantı tarzı ile ilgili ipuçları vermeye çalışıyordu.

Ailesi, çocukluğu, baba evi, St. Petersburg günleri, Tsarskeyo Selo'daki ev, karlarda çıngırak sesleri ile kayan troykalar, ışıl ışıl Alexander Nevski caddesi, operalar, baleler ile ilgili anılar, Mürvet'i, adeta, o güne kadar hiç dinlemediği bir masal dünyasına sürüklüyordu. Seyit'in cephedeki günlerini, ihtilâli, Çar'ın ailesi ile beraber öldürülüşünü dinlerken, çocuklar gibi ağladı. Kocasının kaçışını, küçük kardeşinin sahilde ölü kalışını duyduğunda ise, onun kollarına kapanıp saatlerle göz yaşı döktü. Mürvet, kocasının anılarındaki ızdırabı dinleyip, yüreği parçalanıyordu ama onun yaralarını saracak, kolları arasına alıp teselli kelimeleri arayacak olmaktan çok uzaktı. Bu arada Seyit, bütün içtenliği ve rahat tavrı ile, kadınlarla olan ilişkilerini de anlatmakta bir sakınca görmüyordu. Tsarskeyo Selo'da Barones von Oven Starov'la geçirdiği ilk erkeklik macerasını, Yalta ormanları'ndaki güzel Larissa'yı, dansları ile erkekleri büyüleyen çingene kızlarını, hepsini sırası ile anlatıyordu. Mürvet, kocasının hayatının bu taraflarını dinlerken de gözüne yaş geliyordu. Bu defaki yaşları üzüntüden değil, kıskançlıktan oluyordu. Seyit, onun burulduğunu hissettiği zaman, hemen kolları arasına alıp, öpüp gönlünü alıyordu. Bütün bunların eskide kaldığını, sırf kendisini tanıması için anlattığını ilâve ediyordu.

Ancak, Mürvet'in hiç tanımadığı, görmediği bu kadınlara karşı önü alınamaz bir kıskançlığı vardı. Hepsinin, kendisinden daha bilgili, tecrübeli, güzel ve işveli olduğunu düşünerek, içi içini yiyordu. Bütün bu kadınların, kocasına sarılıp, öpüldüklerini, aynı yatağı paylaşıp vücutlarını sunduklarını zihninden geçirmekten, Seyit'in anlatmakta olduğu hikâyenin devamını dinliyemiyordu. Genç adam, özel hayatını paylaştıkça daha yakınlaşacağını zannettiği karısının, aksine, kıskançlık ateşi ile yanıp kavrulup, soğuklaştığını, gözlerinde yaşlarla küs küs baktığını fark ettiğinde, geç olmuştu. Hele, en son, Shura ile olan hikâyelerini dinlerken, Mürvet, kocası ile evlendiğine pişmanlık duymaya başlamıştı. Diğer kadınlar için hissettiği kıskançlık şimdi hafif kalıyordu. Zira, Seyit'in ses tonunda, bakışlarında, Shura ile olan maceralarını anlatırken beliren farklılığı görmüştü. Bu kadının, sevdiği erkeğin hayatında bambaşka bir yeri olduğu muhakkaktı. Seyit'in anlattığı kadarıyla, onun olağan üstü güzellikte, sapsarı uzun saçları, mavi gözleri ile nefes kesen bir kadın olduğunu öğrenmişti. Shura, Seyit'le ilk tanıştıkları yıllarda, kendisinden sadece bir iki yaş büyük olduğuna göre, henüz en mükemmel yaşlarındaydı. Bu düşünce ile, müthiş bir rahatsızlık duyuyordu.

Mürvet'i, Shura'yı bunca kıskanmaya iten bir sebep daha vardı. Seyit'in diğer maceraları Rusya'da kalmışlar, birer anı olmuşlardı. Ama o, şimdi burada, İstanbul'da, Seyit'in yakınlarındaydı. Kocasının kelimeleri arasında, ısrarla, diğer kadınla ilişkisini kestiğini belirtecek bir şeyler aradı. Ama aradığını bulamadı. Kendini çok kötü hissediyordu.

Kıskançlığının yanı sıra, Shura'ya, gizliden gizliye, bir hayranlık da duymuştu. Genç kadının, Seyit'le beraber atıldığı maceradan, ailesini, evini bırakıp sevdiği adamı takip etmesi, bunca yıl sıkıntılara, yokluklara katlanmasından ne derece âşık olduğu belliydi. Onun yaptığı fedakârlığı, Seyit'le paylaştığı maceraları düşünüp, aynı yerde olmayı istediği anlar oluyordu. Kendini onun yerine koyunca da, bunların hiç birini yapamayacağını görüyordu. O, ne annesini bırakabilir, ne ağabeyinden izin almadan bir yere çıkabilir, ne de neticesini bilmediği bir maceraya atılacak kuvveti kendinde bulabilirdi. İşte, en büyük kıskançlığı da o zaman bastırıyordu. Kocası, hayatının unutamayacağı ve bir daha geriye dönemeyeceği bir devrini, bu özel kadınla paylaşmıştı. Mürvet, Shura'nın hayâlinin, her zaman onlarla beraber yaşayacağı hissine kapılıyordu. Ayrıca, kocasının halen onunla beraber olup olmadığını da bilemezdi. Bütün gün hayatı Beyoğlu'nda geçiyor, çok kez akşamları eve gelmiyordu.

Evliliklerinin üçüncü ayı dolmak üzereydi. Kasım sonu bir günün sabahında, yeni uyanmışlardı. Seyit, perdeleri açmakta olan karısının belinden sarılıp öptü.

"Haydi, giyin, beraber gidiyoruz bu sabah."

"Nereye gidiyoruz?"

"Gezmeye."

"Gezmeye mi?"

Mürvet, kocası ile ilk defa dışarıya çıkacak olmaktan hem heyecanlandı, hem de ürktü.

"Nereye?"

"Merak etme. Kötü bir yere değil. Osmanlar'a gideceğiz. Haydi, oyalanma."

Mürvet, sevinçle, giyinmeye başladı. Ne giymesi gerektiğini bilmiyor, gardrobunu açmış bakıp duruyordu. Yanı başında, Seyit'in sesini duydu:

"Sana nişanda yolladığım o mavi elbiseyi giy. Dantel yakalı olanı."

Mürvet, annesinin kendisini ayna karşısında yakaladığından beri giymeye cesaret edemediği elbiseyi, askıdan aldı.

"Sabah için çok fazla şık değil mi?"

Seyit, karısının dudaklarına bir öpücük kondurdu.

"Murka'm, şık bir kadın, günün her saatinde şık olur. Bunun sabahı, akşamı olmaz."

Mürvet, mahçup, güldü.

"Ama, ben Osman eniştelere hiç bu kadar şık gitmedim şimdiye kadar."

"Şimdiden sonra iş değişti. Şimdi sen, benim karımsın. Benim istediğim gibi giyineceksin."

Mürvet, kısa zaman içinde, kocasının arzu ettiği hoşluğa büründü. Karnı hafif tombullaşmaya başlamıştı, ama yine de elbisesine rahatlıkla sığıyordu. Seyit araba tutup geldi ve yola çıktılar. Genç kadın, geçtikleri yolların Osmanlar'a her zaman gittikleri yoldan farklı olduğunu anladığında, çekinerek sordu:

"Seyit, nereye gidiyoruz sahiden?"

"Önce, ufak bir işim var yapacak."

Daha fazla da bir şey söylemedi. Mürvet, o güne kadar, Karaköy'den öteye, İstanbul'da neler olduğundan haberdar değildi. Faytonun kendilerini geçirdiği yolları, evleri yeni bir dünyayı seyrediyor gibi izliyordu. İrili, ufaklı, kibrit kutusu gibi dizilmiş ahşap evlerin yerini, mermer sütünlu, kapı başlıkları oymalı, cephesini heykellerin süslediği birbirinden güzel ve azametli taş binalar almıştı. Bazı binaların giriş katlarında yer alan şık mağazaların vitrinlerinde, inanılmayacak güzellikte şapkalar, eşarplar, kumaşlar sergileniyordu. Mürvet'in hayretten gözleri açılmış, bu, daha evvel hiç görmediği dünyanın renkleri, şıklığı onu büyülemişti. Seyit, onun elini tutup, gülümsedi. Karısını, her gün yeni bir kelime öğrenen okul çocuklarına benzetiyordu. Onun, Beyoğlu'nu heyecanla seyreden gözlerindeki pırıltıyı zevkle izledi.

Araba, nihayet, Kalyoncu Kulluk Sokağında bir binanın önünde durduğunda, Mürvet, kocasının uzattığı elini tutup indi.

"İşte," dedi Seyit, "Burası benim iş yerim."

Mürvet, hep merak ettiği, kocasının iş yerini nihayet görüyordu. Demek, annesinin, korkunç diye anlattığı Beyoğlu'na gelmişlerdi. Birden, Seyit'in, bu binanın üst katında, Shura ile kaldığı zamanları hatırladı. İçini tarifsiz bir kıskançlık kapladı. Kocasının, bir başka kadınla, çok sevmiş olduğu bir kadınla, burada yaşadığını, içtiğini, seviştiğini düşüncelerinden uzak tutmaya çalıştı. Seyit, onu elinden tutarak, kapıdan içeri soktu. Sokağa cephesi çok geniş olmamakla beraber, içeride arkaya doğru iç içe uzanan odalar ve en sonda da büyük bir bahçe vardı. Girişte dört, ikinci odada iki genç kadın çalışıyordu. Hepsi Rus olmalıydılar. Seyit, onlarla Rusça bir şeyler konuşup, Mürvet'i yan tarafta kendi yazıhanesi olan odaya aldı.

"Sen üzerini çıkar, otur biraz Murka, sana bir kahve getirsinler. Benim halledilecek bir işim var. Az sonra dönerim."

Karısını yanağından öpüp çıkarken, Mürvet, göz ucu ile, diğer kadınların kocasına bakışlarını izledi. İkisi oldukça gençti, çalışanların. Mürvet'den sadece bir iki yaş büyük olmalıydılar. Hareketleri son derece doğal bir rahatlık taşıyordu. Hepsi birbirinden güzel kadınlardı. Kocasının, bütün gün bu kadınların arasında çalıştığını, bazen gece de gelmediğini düşündü. Midesine kramplar giriyordu. Vücudunu ayak bileklerine kadar örten siyah yeldirmesinin, ne kadar garip kaçtığını fark edip utandı. Sanki, herkes onu gözleyip alay ediyor gibi geldi. Yavaşça, sırtından sıyırıp kenara attı. Şimdi daha rahattı. İpek, dantelli elbisesi, elmas broşu, bileziği ile diğerlerinden daha bile göz alıcı olmalıydı. Bacak bacak üzerine atıp, kıyafetine uyduğuna karar verdiği bir poz aldı. Oturduğu odanın yan odaya bakan duvarında bir pencere vardı. Gözü oradaki masada çalışan adama takıldı. Kağıtlar, defterler arasında kaybolmuştu adam. Kalın gözlükleri, kollukları ile çok ciddi bir hali vardı. Mürvet onu komik bulmuştu, kendi kendine gülümsedi.

Birden, dışarıda duran bir araba ile, dikkati pencereye yöneldi. Belki de Seyit dönmüştü. Ayağa kalkıp baktığında, iki kadının girişe doğru yöneldiğini gördü. Az sonra, kadınlar, Mürvet'in olduğu odanın kapısını açmışlardı. Biri yirmi yaşlarında, diğeri ondan biraz büyük olmalıydı. Tayyörleri, yan yatmış bereleri, kollarındaki kapları ile son derece şıktılar. İkisi de güzeldi, ama özellikle daha genç olan göz alıcı bir güzellik taşıyordu. Sapsarı saçları, dalga dalga omuzları hizasına kadar iniyordu. Son derece zarif, kendinden emin hareketlerle, odanın ortasına kadar ilerledi. Bir an, Mürvet'le göz göze geldiler. Yan odadan, kendisini karşılamaya gelen muhasebeciye gülümserken, yarım bir Türkçe ile sordu:

"Seyt Eminof nerede?"

Mürvet, kocasından ilk ismi ile bahseden yabancı kadından huylanmıştı. Ama, yine de, onun güzelliğinden o kadar etkilenmişti ki, gözlerini ondan bir türlü alamıyordu. Üzerindeki kıyafetin şıklığına rağmen, sarışın kadının yanında kendini iyi hissedemiyordu. Yabancı kadın, daha sonra, dışardaki Rus madamlarla konuşmaya başladı. Hepsinin onu çok iyi tanıdığı belliydi.

Mürvet, ilk defa geldiği ve yabancısı olduğu, kocasının iş yerinde bir başka kadının böylesine herkesi tanıyıp, her şeye hakim tavırlarla dolaşmasından, müthiş burukluk duydu. Yabancının alımlı havası, bütün mekânı doldurmuştu. Oturduğu iskemlede kendisini, ezik, silik, küçük bir çocuk gibi hissetti. Seyit'in, Shura ile ilgili anlattığı hikâyeler kafasında devrolmaya başladı. O sırada odaya giren ütücü kıza, yavaşça sordu:

"Kim bu hanımlar?"

Kız, her şeyi bilip de bilmez görünenlerin tavrıyla, omuz silkti. Onun Türkçesi de pek iyi değildi:

"Eskiden burada ütü yaparlardı, her halde yine iş aramaya geldiler."

Mürvet, göz ucuyla takip ettiği kadının, kapıya koşup açtığını gördü. Sevinçle seslendiğini duydu, ama kocasının isminden başka hiç bir söylediğini anlamadı. Zira, Rusça konuşuyorlardı.

Seyit, kapı açıldığı an, hayretler içinde kalmıştı. Bu kadar yalnız günlerinde, gecelerinde beklediği kadın, nihayet gelmişti, karşısındaydı.

"İyi günler Seyt."

"Shura!"

Seyit, doğru, Mürvet'i biraz evvel yalnız bıraktığı odaya girip, karısının yanında durdu. Shura, birden, demin önemsemediği genç kızın, Seyit'in hayatındaki biri olduğunu kavradı. Daha fazla ilerlemeden, masanın diğer yanında durdu. Sakin bir sesle konuşmaya çalıştı:

"Duyduklarım doğru mu Seyt?"

Seyit'in sesi, soğuk ve ilgisizdi.

"Bu ne duyduğuna bağlı."

"Evlenmişsin, öyle mi?"

Bu arada, gözlerini Mürvet'in üzerinde gezdirdi. Mürvet, ne tavır takınması gerektiğini bilemiyordu. İki yabancı kadının kendisine bakarak konuştuklarını fark etti. Sarışın kadının gözlerinde yaş vardı. Demek, kendisini kötü hisseden bir tek o değildi. Diğer kadının da kalbi kırılmıştı.

Seyit, uzun zamandır kendisine azap yaşatan sevgiliyi, cezalandırmak ister gibiydi. Eğilip, Mürvet'in yanağını öpüp, omuzuna elini koydu. Seçimini kimden yana yaptığını açıkça gösteriyordu.

"Evet, karım burada işte."

"Seyt!..."

Genç kadın, söylemek üzere başladığı şeyi bitiremedi. Gözleri yaşla dolmuştu. Ama ağlamıyordu. Başını dimdik tutup, kapıya doğru yürüdü. Son kez, Seyit'le karşılıklı birer kelime söylediler. Çıkıp gitiklerinde, Seyit uzun süre hiç bir şey konuşmadan arkalarından baktı. Mürvet, onun yüzündeki hülyalı, hüzünlü ifadeyi fark etti. Genç adam, derin bir nefes çekti.

"Gördün mü Shura'yı?"

Mürvet, sanki son on beş dakikadır azap çeken, içini kurtlar kemiren o değilmiş gibi, rahat olmaya çalıştı.

"Dikkat etmedim."

Sonra, dayanamayıp sordu:

"Niye gelmiş?"

Seyit, masasının üzerinde bir takım kağıtları karıştırırken, yorgun bir sesle cevap verdi:

"Görülecek bir hesabımız vardı."

Cevap, Mürvet'i tatmin etmemişti. Şimdi istediği şey, kocasının kendisini ne kadar sevdiğini, onunla evlenmekten pişman olmadığını, başka kadınlarla ilişkisi kalmadığını söylemesiydi. Ama, Seyit bunu yapmıyordu. Demek, diğer kadın ile hâlâ görüşüyorlardı. Bütün kadınlar için kıskançtı Mürvet. Ama, özellikle, Shura onun en büyük kıskançlığıydı. Seyit'in hayatında, Mürvet dahil, başka hiç bir kadının dolduramayacağı bir yeri vardı onun. O, her zaman, Seyit için çok özel bir kadın olarak kalacaktı. Bunu biliyordu. Birden, göz yaşlarına hakim olamayacağını sezip, odadan fırladı. Koridorun ucundaki banyoya girer girmez, kapıyı kilitleyip ağlamaya başladı. Ne kadar ağladı bilmiyordu. Sakinleştiği zaman, aynada yüzünü tanıyamadı. Sürmeleri çamur gibi akmış, gözleri, burnu kıpkırmızı şişmişti. Soğuk suyla yıkayıp yeniden makyaj tazeledi ama yüzü artık sabah evden çıktığı yüz değildi.

Seyit, o zaman zarfında, hiç kımıldamadan, aynı yerde oturuyordu. Shura'nın kapıdan çıktığı ne kadar olmuştu, kestiremiyordu. İki dakika? Belki yirmi? Belki daha fazla. O arada ömrünün otuz bir yılını yeniden yaşamıştı. Biraz evvel kapıdan çıkan kadınla beraber, hatıraları ondan bir perde daha uzaklaşmışlardı. Onun odada bıraktığı çiçek kokusunu içine çekti. Kapıdan girdiğinde, avucuna sarılan elinin temasını hatırladı. Biraz evvel avuçlarındaydı bütün geçmişi ve şimdi uzaklaşıp gitmişti işte. Ne kadar yalnızdı şu an. Evlenmekle bir şeyin hallolmadığını üzülerek fark ediyordu. İsterdi ki, şu an karısı yanında olsun. Ellerini onun saçlarında dolaştırıp teselli etsin. Bir daha dönememek üzere geride bıraktığı hayatı için onu avutsun, sarılıp öpsün, bütün özlemlerini unuttursun. Ama yanı başı boştu. Onu, ne kucaklayan, ne teselli eden vardı. Küçük karısı onu anlayacak olmaktan çok uzaktı.

Sessiz adımlarla odaya giren Mürvet, ağladığının anlaşılmasından çekinerek, Seyit'le yüz yüze gelmemeye çalıştı. Yeldirmesini üzerine geçirdi. Seyit ayağa kalkmıştı, ona yardımcı oldu. Sesi yorgundu:

"Haydi gel, seni eve götüreyim artık."

Hiç konuşmadan döndüler. Arabadan inerlerken, Mürvet kocasının yüzüne bakmadan ilerledi.

"Ne olur, evde bu gün olanlardan bahsetmeyelim. Annem duymasın."

Akşam yattıklarında, genç kadın, kocasına hiç bir zaman sahip olamayacağını, onun kafasının içinde, ruhunda ulaşamayacağı bir noktanın varlığını hissediyordu. "Keşke evlenmeseydim." diye düşündü. Hele şimdi, bir de bebeği olacaktı. Nasıl başa çıkacaktı, Seyit'in etrafındaki bunca kadınla. Nasıl idare edecekti hepsini birden, bu yaşında, bu tecrübesizlikle. İçini çeke çeke ağlamaya başladı.

Seyit de uyuyamamıştı. Karısı ile oturup konuşmak, ona bütün eski hayatını anlatmak, sonra sevişmek istiyordu. Belki böylelikle kendisini ezen hatıraların ağırlığından kurtulabilirdi. Ama konuşmalarının, kısa zamanda, Mürvet'in ağlaması, bağırması ile neticeleneceğinden emindi. O zaman da, bütün ev halkı başlarına toplanacaktı. Bu evde kaldıkları müddetçe, özel bir hayatları olmasına imkân yoktu. Karısı ile birbirlerini tanıyıp yakınlaşmaları, çok uzak bir ihtimâl gibi görünüyordu.

Sıkıntılı olduğu anlarda, uysallıkla, sıcacık, yaklaşıp onun suskunluğunu paylaşan, konuşana kadar bekleyen, hüzünlerini, beynini yoran düşüncelerini aşkı ile uzaklaştıran Shura'yı düşündü. Onu özlüyordu. Şu an yanında olsa, kendisini nasıl rahatlatacağını biliyordu.

Mürvet'in hıçkırık sesleri ile, düşüncelerinden sıyrıldı. Onun yastığa dağılmış saçlarını toplayarak, kolunu, başının altından geçirdi. Kendisine doğru çekti. Gül suyu ile silinmiş tenini koklarken, yaşlarla, ıslak yanaklarını öptü.

"Tanrı'm!" dedi içinden, "Bu kadını da seviyorum."

Bir eli ile, onun şiş karnını okşadı. Boynunu, yanaklarını öptü, öptü. Küçük karısının yaşadığı kıskançlığı, üzüntüyü anlıyordu ama onu rahatlatacak kelimeleri bir türlü bulamıyordu sanki. Onu, bebek sallar gibi, kolları arasında sallayıp susturdu. Mürvet, kocasının kollarında kendini emniyette hissedip uykuya daldığında, Seyit gözleri tavanda, hayatlarının bundan sonra ne şekil alacağını düşünüyordu.

Sabah, Mürvet gözünü açınca, kocasını çoktan giyinmiş, evden çıkmaya hazır buldu. Elleri pantalonunun ceplerinde, pencereden dışarı bakıyordu. Karısının uyandığını görünce, onu öptü.

"Haydi giyin bakalım Murka, gidiyoruz."

"Nereye yine bu saatte Seyit?"

"Yeni evimize."

"Yeni evimize mi?"

"Aslında dün gidecektik ama kısmet olmadı. Haydi toparlan."

"Şey,... anneme nasıl söyleyeceğim?"

"Nasıl mı söyleyeceksin? Mürvet, ben senin kocanım. Nikâhlı kocan. Ve seni buradan alıp götürüyorum. Evimize, kendi evimize. Bize ait olacak, baş başa kalacağımız, konuşabileceğimiz evimize götürüyorum. Bunda annenden çekinecek ne var?"

Mürvet, bir gün önce olanları hatırladı. Kocasına fazla güveni yoktu. Annesinin daha evvel söylemiş oldukları aklına geldi. Nereye gidecekleri, kimin yanında oturacakları hepsi meçhuldü onun için. Fazla sorarsa, Seyit'i kızdıracağını biliyordu. Onu çok seviyordu, ama aşkla bağlandığı kocası, yakışıklı olduğu kadar çapkındı. Burada, hiç değilse, sıkıştığı zaman sığınacak bir annesi, ağabeyi vardı. Bir defa giderse, artık onlardan yardım isteyemeyecekti.

Onun, düşünceli düşünceli, yere baktığını gören Seyit, yatağın kenarına oturdu.

"Bak Murka, bu bizim için bir şans. Birbirimizi tanımamız, daha çok sevmemiz için bir şans. Baş başa kalıp, baş başa yemek yiyeceğiz. Kendi evinin kadını olacaksın. Başka kimseye hesap vermek zorunda olmayacağız. Anlıyor musun beni? Daha mutlu olacağız."

Sonra, gülerek, onun yanaklarını okşadı:

"Haydi haydi, korkma, Müslümanlar içine gidiyoruz."

Mürvet ne yapacağını bilemiyordu. Kocasını kaybetmek istemiyordu ama, annesine nasıl söyleyeceğine de karar verememişti. İsteksiz, giyindi. Sabah namazından sonra, kahvesini içerken buldu annesini. Kapıda durup kelimeleri nasıl toparlayacağını düşündü. Emine'nin, başını çevirip, gözünün içine sorar gibi bakmasıyla, dili tutuldu. Sonra kontrol edemediği kelimeler dudaklarından döküldü:

"Anne, biz gidiyoruz."

Emine, bunun gezmeye gitmek manâsında söylenmediğini biliyordu.

Soğuk bir tavırla sordu:

"Nereye?"

"Bilmiyorum, nereye götürürse."

Emine, başını camdan dışarı çevirdi. Hiç istifini bozmadan oturuyordu. Küs sesle konuştu:

"Peki... ama seni yanlız gönderemem. Yanına Necmiye'yi vereceğim. Küçük ama nihayet kardeşindir."

Mürvet ne diyeceğini bilemiyordu.

"Çok sevindim anne."

Emine'nin gözleri dolu dolu olmuştu. Başını kahve fincanındaki telvelere çevirdi.

"Eh, haydi, güle güle gidin."

Mürvet duraladı. Annesi yüzüne bakmıyordu bile. Yanına gidip elini öpmek istedi. Ama, onun sert tavrından ürktü. Duyulmayacak kadar alçak sesle sordu:

"Bana bir şey vermeyecek misin anne?"

"Eşya mı istiyorsun? Al yattığınız yatağı işte, bir de sandığını al."

Sonra, yerinden kalkıp, kendi odasına gitti. Az sonra, elinde gazete kağıtlarına sarılı bir paketle geldi. Kızına uzattı.

"Nedir bunlar anne?"

"Benim çeyizimden, kahve takımı. Annem de bir şey vermedi deme."

O arada, Seyit bir fayton tutup getirmişti kapıya. Bütün eşyaları sığdı arabaya. Mürvet, ayrı eve gelin giden herkesin böyle boşluk içinde kalıp, kalmadığını soruyordu kendine. Evliliklerinde, her olay bir üzüntü oluyordu. Seyit, Necmiye'nin beraberlerinde gelecek olmasına bir şey demedi. Karısının ailesinde en çok sevdiği, bu küçük kızdı zaten. Ona, kendi küçük kız kardeşi Havva'yı hatırlatıyordu.

Mürvet, arabaya binerken, annesinin ellerini öptü.

"Anne, gelirsiniz değil mi?"

"Eh, adres bildirirseniz geliriz."

Seyit de, kayınvalidesinin elini sıkıp, arabaya, karısının yanına oturdu. Necmiye'yi de aralarına aldılar. Yeni evlerine doğru yola çıktılar.

Paylaşılamayan Yalnızlık

Fayton, Kasımpaşa sırtlarında, Hacı Hüsrev yokuşunda, yedi numaralı evin önünde durdu. İki katlı, bahçe içinde şirin bir ev, yeni sahiplerini bekliyordu.

Mürvet, hâlâ baba evinden ayrılışının şaşkınlığı üzerinde, evin içini dolaştı. Alt kat mutfak, banyo ve bir oda, üst kat ise bir buçuk odadan ibaretti. Seyit, karısını bir gün önce oraya getirmeyi plânladığından, temizliğini yaptırmıştı. Yine de Mürvet'in içine sinmedi, tekrar üzerinden gitti. Sandığından tığ işi tüllerini, perdelerini çıkarıp astı. Üst kattaki büyük odaya yataklarını kurdular. Yan odada, Necmiye'ye geçici bir yer yatağı hazırlandı. Dantelli kılıfları yastıklarına geçirdi. Kendi evinin hanımı olmak fikrine alışmaya çalışıyordu.

Akşam hava kararınca, genç kadının içine bir hüzün çöktü. Ağlamaya korkuyordu. Kardeşini de huzursuz edeceğini biliyordu. Seyit, gaz lâmbasını yaktıktan sonra, onları baş, başa bırakıp çıktı. Bir müddet sonra, Volkof Restorandan aldığı yiyeceklerle geldi. Yere yaydıkları gazetelerin üzerine yemekleri dizdiler. Hepsi Rus yemekleriydi. Seyit bir şişe de votka açtı. Keyfi yerinde gözüküyordu. Karısının yanağından bir makas alırken göz kırptı.

Mürvet, kız kardeşinin yanında, kocasının yakınlığından utandı.

"Yapma Seyit, " diye fısıldadı. "Necmiye'nin yanında olur mu?"

"Artık kendi evimdeyim Murka, karımı istediğim gibi severim, anlaşıldı mı?"

"Şışş, Seyit ne olur."

"Benimle bir kadeh içer misin sen de?"

"Ben içki içmem Seyit."

"İyi, ne yapalım, ben de yalnız içerim. Nazdrovya!"

Seyit'in keyfi kaçmıştı. Mürvet, onu yeniden neşelendirmek için, ne yapacağını bilmiyordu. Susmayı tercih etti. Necmiye'nin de suskunlukta ondan geri kalır yeri yoktu. Seyit kendisini iki emanet çocukla oturuyor gibi hissediyordu. Karısı ve küçük kız, tabakları, gazete kağıtlarını toplarlarken, o kadehindeki votkayı tazelemekle meşguldü.

"Haydi bari, siz yatın, yorgun olmalısınız."

Mürvet, bulaşığı toparlayıp, Necmiye'yi aldı, uykuya çıktı. Ne oluyorsa, aralarındaki sevgi ve sıcaklık devamlı olmuyordu. Yatağa yattığında, "Allah'ım annemin evini aratma bana." diye dualar etti.

Seyit ise, şişedeki votka bitinceye kadar, aşağıdaki boş odada, sırtı duvara dayalı oturdu. Bir müddet, başını kolları arasında dizlerine dayayıp, düşündü. Mutluluğu nasıl yakalayacağını bilemiyordu. Evlerindeki ilk akşam, karısı ile beraber yiyip, içip, sarılıp yataklarında uzanmayı, daha güzel günlerin geleceği hayâlini kurmayı bekliyordu. Halbuki, şu an, kendisine arkadaşlık edecek, yalnızlığını unutturacak, elindeki kadehten başka bir şey yoktu. Alkolün, damarlarını aça aça gezindiğini hissedebiliyordu. Sıcak basmıştı. Kalkıp camı açtı. Derin derin nefes aldı. Aralık ayının ayazı ciğerlerine doldu. Bir sigara yaktı. Kibritin alevini, neredeyse parmaklarını yakana kadar, seyretti sonra üfledi. Huzursuzdu. Hayatında koca bir boşluk, dolduramadığı bir eksiklik vardı. Hafif sesle, Rusça bir şarkı mırıldanmaya başladı. Votka yudumları, pencereden üzerine vuran soğuk, şarkısının sözleri ile birleşti, onu alıp St. Petersburg'a geri götürdü.

Mürvet, ertesi sabah uyandığında, Seyit'i evde bulamadı. Yastığı bile bozulmamıştı. Necmiye'ye belli etmeden, ağlamaya başladı. İşte şimdi, annesinin dedikleri oluyordu. Tanımadığı bir yerde, yalnız başına bırakıp gitmişti onu kocası. Ancak, bir saat sonra, göz yaşları sevince dönüştü. Seyit, eve bir araba dolusu eşya göndermişti. Yemek masası, iskemleler, duvar aynası, konsol, sofra takımı, ispirtolu gaz ocağı ve yiyecek malzemesi yüklü araba boşaltılmaya başlanınca, Mürvet, çocuklar gibi, sevince boğuldu. Necmiye'nin yardımı ile, eşyaları ite, çeke yerleştirdi. Bir koyduğu yere karar veremiyor, tekrar odanın diğer ucuna itiyordu. Kendisine karışan, akıl veren kimse yoktu. Kendi eviydi. Eşyalar onundu, istediği yere koyabilirdi. Şarkılar söyleyerek evi düzene soktu. Ablasının keyfinden etkilenen Necmiye de neşelenmişti. Mürvet, kocasını ne kadar sevdiğini ve onu özlediğini düşünürken, akşamın yaklaşmakta olduğunu fark etti. Hemen mutfağa girip, gelen malzemelerden akşam yemeğini pişirmeye başladı. İçki mezesi bile hazırladı.

Seyit, o akşam geldiğinde, karısının yüzündeki pırıltıdan, tebessümden mutluluğunu okuyabiliyordu. Bir akşam evvel düştüğü sıkıntıyı unutma zamanı gelmiş olmalıydı. Camın önünde, özene bezene hazırlanmış masayı görünce gülümsedi. Her şey yoluna giriyordu galiba. Karısını öpüp, yıkanmaya gitti.

Yemekte her şey harikaydı. Evlendiklerinden bu yana, ilk kez, keyifle, patırtısız, kendilerine ait konuları konuşarak yemek yiyorlardı. Mürvet, bu akşam kocasını kırmamış, bir kadeh şarap içerek ona eşlik etmişti. Kadehini daha bitirmeden vücudunun ısındığını, başının tatlı tatlı döndüğünü hissetmeye başladı. Gözleri alev alev yanıyordu. Seyit, meze tabağını henüz bitirmişti. Et servisini yapmak üzere mutfağa kalkan karısının, ilk defa içtiği içkiden kızarmış yanaklarını, parlayan gözlerini sevgiyle seyretti. Boş tabağını almak için uzanan ince zarif elini yakaladı ve onu kendine çekti. Mürvet, büyüdüğü evde olsun, akraba evlerinde olsun, erkeklerin karılarına böyle heyecanla yaklaşıp, sevgilerini belli etmelerine alışık değildi. Ama, şu an buna itiraz edecek de değildi. Hem, Necmiye, çoktan, odasına çekilip yatmıştı bile. Seyit, iskemlesinde yan dönüp, kolları ile, karısının gittikçe genişlemekte olan belini sardı. Başını onun iyice belirginleşmiş karnının üzerine dayadı. Göbeğine doğru bir öpücük kondurduktan sonra, yüzünü onun vücudunun sıcaklığına gömdü. Mürvet, kocasının bu yakın sevgisinden kaçmamakla beraber, aynen karşılık vermeye utanıyordu. Ellerini uzatıp, onun başını, omuzlarını tutmak istedi, sonra vaz geçti.

"Et ateşte Seyit, yanacak şimdi."

Seyit, şakacı bir tavırla, onun kalçalarını okşayıp bıraktı.

"Peki, peki, haydi yakma eti."

Karısının arkasından bakarken, hayatından memnun bir erkeğin gülüşü yüzüne yayıldı.

Her şey düzene girmiş gibiydi. Seyit, her gün, eve bir kaç parça eşya yolluyor, akşamları yiyecek paketleri ile dönüyordu. Geç geldiği günlerde de, Volkof'dan hazır yemek istetiyordu. Getirdiği paketlerin arasında, sık sık, Mürvet ve Necmiye için hediyeler çıkıyordu. Yine de, Necmiye, artık, annesini özlemeye başlamıştı. Önceleri bir iki mızmızlanırken, sonra bütün gün ağlamaya başladı. Mürvet çok üzülüyordu. Necmiye'ye bakıp büyüten kendisi olmasına rağmen, onun annesine olan özlemini kapayamıyordu.

Nihayet, daha fazla dayanamayıp, Seyit'e durumu açtı.

"İyi o zaman gidin, görün annenizi." dedi kocası.

Bir sevinç, hazırlanıp gittiler. Emine, kızlarını görünce, çok sevindi. Mürvet, annesine, Necmiye'nin evini çok özlediğini anlattı.

"Artık benimle dönmek istemiyor anne. Ağlayıp duruyor."

Sedirde, Necmiye'yi dizleri dibine alıp oturan Emine, hayatından memnundu.

"İyi o zaman, Necmiye kalsın. Fethiye seninle gider."

Mürvet, buna kocasının ne diyeceğini bilemiyordu. Ancak, annesine bir şey söyleyemedi. Ayrıca, Fethiye'yi kırmak istemiyordu. Akşama doğru, onu da yanına alıp Kasımpaşa'ya geri döndü.

Seyit, uzaktan da olsa, kayınvalidesinin baskısından sıkılıyordu. Karısı ile baş başa olmak istiyordu. Buna fırsat vermiyorlardı. Zaman zaman, içinin daraldığını hissediyordu. Arada sırada, eski hayatını karısı ile konuşmak istiyordu. Özellikle içkili olduğu zamanlar, Rusya'yı ve oradaki hayatını anlatmak, önüne geçilmez bir arzuya dönüşüyordu. Ancak, bir iki kez niyetlendiğinde, Mürvet'in hemen gözleri sulanmış, ağlamaya başlamıştı. Onun geride bıraktığı hayatı, kaybettiklerini öğrenmek zor geliyordu genç kadına. Sevdiği erkekle kendisinin paylaşmadığı bir hayatı dinlemek, onu çileden çıkarıyordu. İçini kaplayan kıskançlıkla, neredeyse, hasta oluyordu.

Seyit, çok arzu etmesine rağmen, Beyoğlu'ndaki Rus arkadaşlarını eve davet etmeye cesaret edemiyordu. Akşamları, onu çıkarmayı teklif ettiği zamanlar da, genç kadının neredeyse günahtan bahsediliyor gibi, itirazı ile karşılaşıyordu. Mürvet'in kendisine ve tarzına alışmasını bekliyordu. Ama o arada, içkili, müzikli, hüzünlerin paylaşıldığı masaların özlemini çekmeye başlamıştı.

Yeni evlerinde ilk misafirleri Gül Hanım ve İbrahim Bey oldu.

1920'de Rusya'dan Wrangel ordusu ile beraber kaçmışlardı. Gül Hanım, Bakü Bey'inin konağında doğup büyümüştü. Son derece güzel, ağzı burnu ufacık, ince, zarif bir genç kadındı. İbrahim Bey ise, karısının yanında oldukça sönük kalan, kendi halinde bir adamcağızdı. Korbuk köyündendi. Gül hanımın oturduğu konak, ihtilâlde Bolşevikler tarafından sarıldığında, Paşa, camdan gelen bir kurşunla öldürülmüştü. Genç kadın, o zaman kaçarak, General Wrangel'in ordusu ile Kırım kıyılarından ayrılan Beyaz Ruslar'a katılmıştı. İbrahim ile o yolculukta tanışmışlardı. Beş parasız, yapayalnız, yabancı bir memlekete yol alan bir çok genç kızın yaptığı gibi, kendisine koruyucu kollarını açan erkekle evlenmişti. İki oğulları vardı. Sermet ve Rüstem.

Gül Hanım, zerafeti, nazik, yumuşak karakteri ile, Mürvet'i çok etkilemişti. Yakın oturuyorlardı. Sık sık görüşmek sözü ile ayrıldılar.

Gül hanımın dostluğu Mürvet'e yetiyordu, ama Seyit için durum farklıydı. Senelerdir içinde olduğu Pera yaşantısı, bütün cazibesi ile kendisine göz kırparken, Kasımpaşa'daki evin sakin, durgun havası fazla bir heyecan vermiyordu. Karısını sevmek her şeyi halletmemişti. Mürvet'i o günlere kadar arkadaşları ile yaşadığı hayatın içine sokamayacağından emindi. Şimdilik, üzerine varmak istemiyordu.

Ocak ayıydı. Son bir haftadır ayaz esen rüzgâr, yerini lâpa lâpa kara bırakmıştı. Merdivenler, pencereler, yükselen karın beyazlığı altında kaybolmuştu.

Mürvet, camdan, bahçede odun kıran kocasını seyrediyordu. Genç adam, karla beraber, canlanmıştı sanki. Pantalonunun üzerinde sadece atletle, karda balta sallıyordu. Kocasının geniş, kaslı omuzlarını kollarını seyrederken, Mürvet onu ne kadar kıskandığını hissetti. Onu, hiç tanımadığı, bilmediği kadınlardan bile kıskanıyordu. Seyit, sepete doldurduğu odunlarla eve girip üzerini silkelediğinde Mürvet'in içi titredi.

"Hasta olacaksın Seyit. Bu havada böyle çıkılır mı dışarıya, Allah aşkına?"

"Kar üşütmez." dedi, Seyit.

"Üşütmez mi?"

"Sana anlatmadım mı, Rusya'da kızakları çeken köpekler karları eşeler, içinde yatarlar gece. Uyandıklarında sıcacıktırlar."

Sonra, neşeli bir tavırla, dudaklarında bir şarkı, sobanın küllerini temizlemeye koyuldu.

O havaya rağmen, her gün sıcak banyonun ardından, kuyudan çekilmiş buz gibi bir kova su dökünüyordu.

"Yalta ormanlarında kar yağarken göle girerdik biz. Vücudu her zaman soğuğa alışık tutmak lâzım, ısınamadığın güne hazırlıklı olursun." diyordu.

Mürvet, onun, her yaptığı şeyin ardından, Rusya'daki hayatını anlatmasından hiç zevk almıyordu. Kocasını, anıları ile dahi, paylaşmaya tahammülü yoktu.

O gün, Seyit evden oldukça geç çıktı. Neredeyse öğlen olmuştu. Her zamanki gibi, karısını öpüp ayrıldı. Araba çağırmamıştı. Yürüyerek gidecekti. Ayakkabılarının karlar içine yumuşacık gömülürken çıkardığı sesleri duymak, onu keyiflendiriyordu. Dilinden hiç düşmeyen şarkısını tutturup yürümeye başladı. Bu beyazlığı seviyordu.

Mürvet, akşam, kocasının gelmesine alıştığı saatte, bekledi durdu. Yemek soğudu, bir daha ısıttı. Sonra Fethiye'nin yemeğini verip onu yatırdı. Cam kenarına geçip beklemeye başladı. Kar hâlâ yağıyordu. Bahçe kapısı yarısına kadar örtülmüştü. Merakı, gece yarısına doğru, kıskançlık nöbetine dönüştü. Mendili elinde, yola bakıp ağlıyordu. Masa üzerindeki saatin tiktakları birbiri ardı sıra vurup duruyordu. Saat ikiyi geçmişti. Kapı çalındı. Heyecanla yerinden fırladı. Gelen Seyit'ti. Çakır keyif bir şekilde eve girip, karısına sarıldı. Mürvet, bu kadar saat ağladıktan sonra, kocasına yüz vermek istemiyordu. Sırtını dönüp içeriye girdi. Seyit şapkasını çıkardı, saçlarına dökülen karları silkeledi ve neşe içinde konuşmaya başladı. Mürvet, küs, ağlamaktan şişmiş gözlerini kocasından kaçırdı. Söylediklerini anlamasına imkân yoktu. Kocası Rusça konuşuyordu. Hiç bir cevap alamayınca, birden durumu fark etmiş gibi, elini alnına vurdu. Gülüyordu. Yaklaşıp Mürvet'e sarıldı ve öptü. Dili hafiften ağırlaşmıştı.

"Sahi... ben neler diyorum... Bir an için... unuttum."

Karısının yanaklarını okşayarak devam etti:

"Haydi Murka'm... uykusuz kalmışsındır... sen git yat, istersen. Yalnız, bana biraz su ısıtabilirsen, makbule geçer. Banyo yapmak istiyorum."

Karısının sırtından sarılıp yanağına bir öpücük kondurdu ve

banyoya doğru yürüdü. Mürvet, hiç cevap vermeden, mutfağa girip güğümü ocağa koydu.

Seyit, ıslıklar, şarkılarla yıkanıp bornozu sırtında yatak odasına çıktı. Sarhoşluğu geçmişti. Çok keyifliydi. Mürvet odaya geldiğinde, yatakta uzanmış, keyifle sigarasının dumanlarını seyrediyordu. Gülümseyerek, karısına baktı. Mürvet'in ise gülecek hali yoktu. Bundan sonra, ne diyeceğini, ne yapacağını bilmiyordu. Haykıra haykıra ağlamak istiyordu. Hıçkırıklar boğazında düğümlendi. Sırtını dönüp, kapıya dayandı ve ağlamaya başladı. Seyit, sigarasını bırakıp yataktan fırlamıştı. Gelip karısına sarıldı. Onun yüzünü kendine çevirip baktı. İhanete isyan eden minicik ağzını, pınarlarında yaş dolu gözlerini, kızgınlıkla titreyen burun kanatlarını seyrederken içi titredi. Onu yine üzmüştü. Gönlünü almak, içini rahatlatmak istiyordu ama anlatması çok zordu. Shura ile karşılaştıklarını, biraz konuşup, bir kaç kadeh içtikten sonra sevişmenin kendiliğinden geldiğini, ama fazla bir şey ifade etmeyeceğini söylese anlar mıydı? Onun küçük, saf, kıskanç yüreğini ızdırapla doldurmaktan başka işe yaramazdı.

Onun başını, avuçları arasına alıp göğsüne yatırdı. Saatlerdir beklemekten, ağlamaktan bitkin düşmüş olan genç kadın, itirazsız, kendisini bıraktı. Kocasının bornozunun aralığından gelen sabun ve losyon kokusunun sıcaklığında, kendisini sarhoşlamış hissetti. Seyit, onun saçlarını, yanaklarını okşamaya devam ediyordu. Bir şeyler söylemek istedi, ama tamamlayamadı.

"Ah! Murka, çocuk Murka'm benim..."

Mürvet hâlâ ağlıyordu. Seyit, biraz evvel, çaresizlikle, karşılıklı göz yaşları içinde ayrıldığı diğer kadını düşündü. Onu özlemişti bile. Ama, göğsünde onun sevgisini bekleyen ve karnında çocuğunu taşıyan kadını da seviyordu. Onu, yanaklarını okşayıp öperek sakinleştirmeye çalıştı. Şu an üç kişilik bir cehennem hayatı yaşıyorlardı. Kendisi de, iki sevdiği kadın da mutsuzdu. Bunu düzeltmek için fazla bir seçimi olmadığını biliyordu.

Mürvet, derin bir uykuya daldıktan sonra, düşünceleri onu rahat bırakmadı. Shura ile artık buluşmamaya karar verdikleri halde, yine beraber olmuşlardı. Özellikle, Seyit'in bir çocuğu olacağını öğrendikten sonra, Shura'nın kesin tavrını koymasına rağmen. Seyit'le, artık, birlikte hiç bir hayatları olamazdı. Ufak tefek maceralar başkaydı ama evlilik bambaşkaydı. Kendisine ihanet edilmiş hissediyordu. Hatta, artık, Türkiye'de yaşaması için bir sebep kalmadığını söylemişti. Ama, işte, yine bir kez daha, birbirlerinin kollarına atılmışlar, hasretle sevişmişlerdi. Ancak, bir diğerine hiç bir ümit ve söz vermeden vedalaşmışlardı. Seyit, bundan böyle, kesin bir seçim yapıp, onu hayatından çıkarması gerektiğini düşündü. Fakat, sonra, gözlerini sımsıkı kapayıp, kafasından geçen son esintiyi silmek ister gibi, başını salladı. Hayır, Shura'yı hayatından çıkaramazdı. Bu kararı, ancak, genç kadın kendisi verebilirdi. Yanında, hâlâ derin derin iç geçirip uyuyan küçücük karısına baktı. Ona acıdı. Elini uzatıp şefkâtle başını okşadı. Aslında ona hiddetlenmesi lâzımdı. Çocuk istemediğini defalarla söylemişti karısına. Henüz baba olmak için kendisini hazır hissetmediğini anlatmıştı. Bu keşmekeşin içinde, bir de çocuk bağı ortaya çıkmıştı. Kendisini kapana sıkıştırılmış gibi hissediyordu. Mürvet hamile olmasaydı, belki de çok daha tamam ve sıhhatli bir karar verebilirdi. Bu kadar senelik aşk hayatlarında Shura ona böyle bir sorumluluk yüklememişti. Mürvet bunu niye becerememişti. Dirsekleri dizlerinde, yüzü avuçlarının içinde oturdu. Avuçlarının arasındaki küçük dünyada çaresizliğini küçültmek ister gibiydi.

O ayın sonunda, yolun karşı tarafında, aynı ev sahibinin bir başka evine taşındılar. Bebek doğduğu zaman evin küçük geleceğini düşünen Seyit, iki odası daha olan, yine bahçe içindeki diğer evi tutmuştu. Aynı günlerde, Mürvet'in Tatlıkuyu'daki baba evi satılmıştı. Hakkı, kardeşlerine de satıştan otuzar altın hisse ayırmıştı. Mürvet'in ısrarlarına rağmen, Seyit bu parayı bir kenarda saklamasını söyledi.

Evde bir eksikleri yoktu. Senelerdir, hesap kitap mutfağa giren Mürvet, devamlı gelen erzak, hazır yemeklerle kendini çok büyük bir lükse kavuşmuş hissediyordu. Yeni elbiseler, ayakkabılar gardrobunu dolduruyordu. Seyit, sonunda, yeldirme giymesini de yasakladı.

"Seyit, umacı ile evlendi mi dedirteceksin millete. Niye kendini böcek gibi kılıklara sokuyorsun. Bundan sonra görmeyeyim bu kılığı."

Ancak, Mürvet, kürk yakalı paltosu ve şapkası ile, annesini ziyarete ilk gidişinde, Emine'nin azarları ile karşılandı:

"Nedir bu kılık? Kapalı çıktığın mahalleye, böyle saç baş açık nasıl gelirsin? Bizi rezil mi edeceksin? Benim evime bir daha bu kılıkla gelme Mürvet."

Genç kadın, ağlaya ağlaya eve döndüğünde, kendisini teselli etmek üzere kocasını bulamadı. O geceyi, bir yandan annesinin söylediklerine, bir yandan da kocasının gelmeyişine ağlayarak geçirdi. Böyle anlarda bütün şık elbiseleri, ayakkabıları, mücevherleri manâsız geliyordu gözüne. O, mutlu olmak istiyordu. Kocasını dizi dibinde istiyordu. Annesi ile küsmesinler istiyordu. Kimse onu anlamıyordu. Karların içinden belirebilecek gölgeyi bekleyerek oturdu. Beyoğlu'na yakın taşınmış olmaları, Seyit'in eve geliş düzeninde pek farklılık yaratmamıştı. Evinde geçirdiği çok keyifli bir geceden sonra, ertesi akşam ya hiç dönmüyor veya sabahlara karşı geliyordu. İki ayrı hayat yaşamaktaydı âdeta. İşte, yine o akşamlardan biriydi.

Beyoğlu'nda, Kalyoncu Kulluk Sokaktaki çamaşırhanenin üst katındaki oda karanlıktı. Sokaktaki gaz lâmbasının ışığı, açık perdelerin arasından, karı okşayarak içeriye süzülüyordu. Soyunmadan, yatağın üzerine uzanmış adamın sigarasından derin nefeslerle çekip bıraktığı dumanlar, hafif ışık hüzmesinin içinde sis gibi yayılıyordu.

Pera Palas'da arkadaşları ile geçirdiği coşkulu, eğlenceli bir gecenin ardından, yalnız kalmak istemişti. Mürvet, yine ağlayarak, bekliyor olmalıydı. Ama, bu akşam ne göz yaşı, ne çocukluk, ne kıskançlık çekecek hali yoktu. Tek başına, karanlıkta öyle oturup düşünmek istiyordu. Kendi kendisi ile konuşmaya, kendisini dinlemeye ihtiyacı vardı. Karısını sevip, sevmediğini sık sık aklından geçiriyordu. Evet, seviyordu. Ama yine de ona tamamen bağlanamıyordu. Bir daha görmesi, kavuşması gerçekleşmeyecek yakınlarını, hayatını, evlerini, toprakları özlüyordu. Ona bütün bunların sevgisini, sıcaklığını bir arada verecek bir aşka ihtiyacı vardı. Ve bu kişi ancak Shura olabilirdi. Ne kadar sevse, hiç bir kadının onun verdiği huzuru vermeyeceğini biliyordu. Ne yazık ki, ikisinin de hayatlarında başkaları vardı. Bir araya gelseler, yine aynı sevgiyle tek vücut olabilirler miydi? Şu an Shura'da aynı özlemi çekiyor muydu acaba? Onu yanında, kolları arasında hissetmek, sarılmak ihtiyacı duydu. Sigarasını söndürüp kollarını başının arkasına dayadı, gözlerini kapadı. Anıları içinde huzuru bulduğunu hissediyordu. Er, geç, evine, karısına dönmesi gerekecekti. Bugün değilse yarın, ya da öbür gün. Ve yine evden uzak kaldığı günler için bir şeyler uydurması gerekecekti. Aslında, yalan söylememek için, hiç bir şey söylememeyi tercih ediyordu. O zaman da, Mürvet'in sessiz sessiz ağlamalarına tahammül edemiyordu. Saatler geçmesine rağmen, uyku girmiyordu gözüne. Yorgundu. Kendini unutmak, kaybetmek istiyordu. Kalkıp odanın arka cephesindeki balkona doğru yürüdü. Kapıyı açınca, eşikte birikmiş karlar içeriye yığılıverdi. Elini kar yığınının arasında kalmış sepete uzatıp, bir şişe çekip aldı. Buz gibi soğumuş votkayla beraber, tekrar gelip yatağına uzandı. Minik kristâl kadehi ard arda dolup boşaldı. Hiç bir şey hallolmuyordu. Mürvet'i seviyor ve acıyor, Shura'ya ise dayanılmaz bir özlem duyuyordu. Karar verdi, ertesi gün onu görecekti.

Bütün gün, kara bulutlarla şehrin üzerinde dolaşan yağmur, akşama yakın saatlerde, bardaktan boşanırcasına yağmaya başladı. Taksim'deki Zezemski eczanesinin kasasında oturan genç kadın, günün hasılatını hesaplamakla meşguldü. Son on beş dakikadır kapının kilidi vurulmuş, "Kapalı" levhası asılmıştı. Kalfa, elinde anahtarlarla dolaşıp, rafları, dolapları kapatıyordu.

Camda duyduğu vuruşla başını kaldıran Shura, dışarıdakinin kim olduğunu anlamaya çalışarak baktı. Bu silueti nerede olsa tanırdı. Heyecanını yatıştırmak istercesine, sağ elini göğsüne götürdü, bir an için nefesini tuttu. Kalfa, kapalı kapının camı arkasından, dışarıya sesleniyordu:

"Kapalıyız, kapadık artık."

Shura, kasanın arkasından sıyrılarak, fırladı.

"Tamam, beni arıyorlar, bakarım."

Kalfa omuz silkerek geri çekildi, kendi işine devam etti. Genç kadın kapıyı açtığında, yağmurun altında, karşısında duran adama küs ama âşık bakışlarla baktı. Yumuşak bir sesle, onu içeriye davet etti:

"Gelsene Seyt."

Genç adamı içeri aldıktan sonra, kasada yarım bıraktığı işine döndü. Seyit, onun karşısındaki tahta iskemleye oturarak, beklemeye başladı. Shura, sanki, Seyit orada değilmiş gibi, gözleri hesaplarını geçirdiği kağıtta, sakin hareketlerle çalışıyordu. Seyit, onun sarı saçlarına düşen pırıltılara, yüzündeki yumuşak ve kırgın ifadeye bakarken içi sızladı. Onu kollarına alıp, saçlarını, yüzünü, boynunu öpmek için dayanılmaz bir arzu hissetti. Onun hayatında başka bir erkek olduğu düşüncesi ile rahatsız, baş başa kalabilecekleri anı sabırla beklemeye koyuldu. Zaman sanki geçmiyordu. Camlara vuran deli yağmurun sesi hakimdi, eczanenin sesssizliği içinde. Arada bir de, kalfanın anahtarlarının şıkırtısı duyuluyordu. Seyit, hayran hayran, Shura'yı seyrederken onu tahmininden fazla özlemiş olduğunu fark etti. Onu ve onunla ilgili her şeyi özlemişti. Sesini, bakışlarını, gülüşünü, kokusunu, sıcaklığını bir nefes gibi içine çekebilmeyi isterdi. Nihayet, dükkânın ışıkları söndürülmeye başlandığında, ayağa kalkıp bekledi. Bundan sonra ne olacağını, ona ne diyeceğini bilmiyordu. Belki de kapıdan çıkıp, kendi yollarına ayrılacaklardı.

Shura eczaneyi kilitlerken, Seyit şemsiyesini açarak onun yanında durdu. Sonra, yan yana yürümeye başladılar. Bir müddet hiç konuşmadılar. İkisi de ne söyleyeceğini bilmez gibiydi. Seyit, şemsiyeyi diğer eline alıp, Shura'nın elini tuttuğunda, genç kadın, itiraz etmeden, elini onun avucuna bıraktı. Ama tedirgindi.

"Seyt, bu yaptığımız doğru değil."

"Elini tutmam mı?"

"Hayır, ne demek istediğimi biliyorsun. Bu düzen, her şey yanlış."

"Ne yapmamızı isterdin?"

"Bilmiyorum... Artık birbirimizi görmesek, daha iyi olacak."

Seyit onun elini daha sıkı kavradı.

"Bunu istediğinden emin misin?"

Ondan bir cevap alamayınca, Seyit durdu ve onun önüne geçip yüzüne baktı. Genç kadının gözleri yaşlıydı.

"Seyt, bir başka kadınla evlenen sensin. Çocuğu olacak da sensin. Senin hayatında bana artık yer yok."

Seyit diyecek bir şey bulamıyordu. Hepsi doğruydu. Hayatında bu kadına yer olmadığı hariç. El ele yürümeye devam ettiler.

Yağmur iyice hızlanmıştı. Seyit, köşede bekleyen taksiye işaret etmek üzereydi, Shura onu engelledi.

"Yürümek istiyorum."

"O zaman, seni gideceğin yere bırakayım."

Genç kadın, buna da bir cevap vermedi. Ama itiraz etmediği belliydi.

Seyit, onun yanında yürümeye devam etti. Bir tek kelime söylemeden, Altınbakkal, 32 numaraya geldiler. Shura'nın çantasından çıkardığı anahtarı alan erkek, kapıyı açıp yol verdi. Anahtarları onun avucuna geri bırakırken konuştu:

"Ne garip, değil mi? Birbirimize söyleyecek bir şey bulamamamız."

Shura, bir ayağı üst basamakta, olduğu yerde kaldı. İç çekişi duyuldu.

"Öyle... çok garip."

Seyit, apartmanın kapısını itip, onun yanına geldi.

"Shura, sevgilim, seninle konuşmak istediklerim vardı. Ama sanırım, yanlış bir zaman seçtim."

Vedalaşmak üzere, elini uzattı.

"Sanırım, yalnız kalmak istiyorsun, hoşça kal."

Elleri gayet soğuk bir dokunuşla birleşti. Ayrılık anı gelmişti. Derken, bir diğerinin temasında sıcaklık, yumuşacık bir kavrama fark ettiler. Seyit, eğilerek, onun yanağına hafif bir öpücük kondurdu. Sonra diğer yanağına... ve Shura'nın dudaklarını yanağında hissettiği an, onu kolları arasına aldı. İkisi de dirençlerini kaybetmişlerdi. Sarmaş dolaş oldular. Konuşamadıkları anların kaybını, öpüşlerinde giderir gibi, nefes nefeseydiler. Dairenin kapısını açıp girdiklerinde, Seyit, bir an, tereddüde düştü. Valentine'in de aynı evde yaşadığını biliyordu. Shura, onun düşüncelerini okumuş gibiydi.

"Valentine bu gece çok geç gelecek. İki ayrı yerde piyano çalıyor."

Seyit, kollarını açarak, sevgilisini sardı.

"Bize neler oldu Shuruçka? Neler oldu bize?"

"Biliyor musun Seyt? O günleri özlüyorum. Sinop'ta oturduğumuz, İstanbul'a ilk geldiğimiz günleri özlüyorum."

Genç adam onu öperek gülümsedi.

"Sanki masal gibi, hepsi geride kaldı."

"O zamanlar sadece birbirimize aittik."

Seyit, kolları arasındaki sevgiliyle, yalnızlıklarının aynı olduğunu biliyordu. Dikkâtle, onun gözlerinin içine bakıp konuştu:

"Biz her zaman birbirimize aidiz Shura. Ve ne olursa olsun birbirimize aid kalacağız. Biz, bir diğerimizin kanındayız, hatıralarındayız. Şartlar ne olursa olsun bu değişmeyecek."

Konuşurken, onun yanaklarından süzülen yaşları eli ile sildi. Yanaklarını öpmeye başladı. Dudakları birleştiğinde, artık neyi yaşayacaklarını biliyorlardı. Aslında, hiç bir sorunu halletmeyecek aşk saatleri onları bekliyordu. Hiç bir şey değişmeyecekti. Sadece, birbirlerinin kollarında yeniden eskiyi yaşayıp, kısa bir zaman için de olsa, kendi aşk dünyalarında saklanacaklardı.

Elveda
1924 Baharı

İçtiği içkiler onu uyutmaya yetmiyordu. Biraz olsun daldığı vakit kâbus görüyordu. Hayatı, sanki, kendi ellerinde değildi. Âdeta, gündüzlerle geceler arasında sürükleniyordu. Rusya'dan kaçarken, tek başına, sadece kendinden sorumlu olacağı bir maceraya atıldığını zannetmişti. Ama, yanılmıştı işte. Şimdi, hayatında, onun davranışından, kararlarından etkilenen iki kadın vardı. İki ayrı kadın... Birbirlerine hiç benzemeyen, mutluluğunu ayrı ayrı etkileyen kadınlar. Bu arada, geçici gönül heveslerinin hayatına misafir ettiği kadınlar da vardı. Çoğunu ikinci kez görmezdi.

Bütün bu kadınlar, onun yalnızlık duygusunu öldürememişlerdi. Mürvet'ten yeni memleketine ayak uydurmakta yardım beklemişti, gizliden gizliye. Ama daha o kadar çocuktu ki, hayatı tanıması için Seyit'in ona gün be gün hocalık yapması gerekiyordu. Ailesinin etkisinden, yetişme tarzının getirdiği baskıdan hâlâ kurtulamamıştı. Kıskançlığı, evhamları, ağlama krizleri ile Seyit'i yoruyordu.

Shura, onun nostalji ile andığı vatanını canlandıran, onu geçmişine, çocukluğuna, çılgın gençliğine bağlayan tek esinti idi. Tarifsiz heyecanla yaşanan bir aşkın, yaralarla, kalp kırıklıkları ile dolu bir serüvenin, tek şahidi ve ortağıydı. Ama, artık, her şey süratle değişiyordu. Ne Shura'nın varlığı onun memleket özlemini giderebiliyor, ne de Mürvet'e olan sevgisi kendisini evinde hissetmesine yetiyordu. Ne var ki, bu saf, küçük kızla evlenmişti bir kez. Onu kaderine ortak etmişti. Yalta kıyılarından beraber ayrıldığı genç kadın ise, sırf ona olan aşkından, tamamen yabancı olduğu bu ülkeye, ailesinden ayrılıp gelmişti. Bütün zorluklara, yokluklara ses çıkarmadan katlanmıştı. Sevdiği erkeğin evlenmesinden duyduğu ızdıraba rağmen, uzaklaşmalarındaki sebebin sorumluluğunu paylaşacak kadar mertti. Tatlı, güzel, fedakâr Shura, o her zaman çok özel bir kadın olarak kalacaktı. Ve bu özel kadın, çoktan, mutluluğu hak etmişti. Aradığı mutluluğu da burada, İstanbul'da bu şartlarda bulması imkânsızdı. Hep istediği gibi, Paris'e gitmesi hususunda onu desteklemeliydi. Çok zor olacaktı ama, onun iyiliği için bunu yapmalıydı.

Kararından emindi. Yatakta yavaşça döndü. Mürvet, yanı başında, o kadar derin uyuyordu ki, onu uyandırmaya kıyamadı. Yavaşça giyinip evden çıktı. Beyoğlu'na doğru yürümeye başladı. Yürüdüğü müddet zarfında, defalarla, fikrinden cayma noktasına geldi. Ama uzun zamandır yaptığı hatayı tekrarlamayacaktı. Shura kendi hayatını kurmalıydı. Yoluna devam etti.

Yatak odası, sabahın ilk ışıkları ile yeni aydınlanıyordu. Pirinç karyolanın açık cibinliği, yere kaymış yatak örtüsü, saten perdeler, konsol, üzerindeki ayna, parfüm şişesi, bir dizi inci kolye, her şey, doğan günle beraber görüntüsünü, rengini kazanmaya başlamıştı.

Sarışın adam, dönerek, yanında yatan genç kadına baktı. Dirseği üzerinde doğrulup onun saçlarını öptü. Parmaklarını hafifçe, onu uyandırmaya korkarak, omuzlarında, sırtında gezdirdi. Ne kadar olmuştu bu nefis yaratığı tanıdığı? Altı ay, sekiz ay gibi bir şey. Yabancı bir ülkede, bir başka yabancı ülkeden gelmiş bu kadın, onda sadece sevişmenin dışında da heyecanlar yaratmış, adeta tutku haline gelmişti. Onun bütün neşesinin, sıcaklığının ardında gizli kalan hüznünden, geçmişindeki acıları vakur bir şekilde saklayışından etkilenmişti. Aşkla bakan gözlerini sık sık saran hüzün perdesinin arkasını görmesi, hiç bir zaman mümkün olmamıştı.

Gitme saati yaklaşmıştı. Tekrar dönüp dönemeyeceğini bilmiyordu. Shura'yı bir daha görememek düşüncesi, onu delirtiyordu. Ona sıkı sıkı sarılıp, gözlerini açmasını bekledi. Genç kadın, mırıldanarak uyandı. Merakla, uykudan mahmur, boğuk bir sesle, Fransızca konuştu:

"Günaydın Alain."

Elleri ile, erkeğin, beline sarılmış ellerini tuttu. Bir şeyler söylemek ister gibi bakışı üzerine, bekledi. Genç adam, onun avucuna bir öpücük kondurduktan sonra, düşünceli bir tavırla konuşmaya başladı:

"Shura..."

"Evet?"

"Benimle Fransa'ya gelir misin?"

"Fransaya mı? Niye?"

"Burada çok yalnızsın, seni bırakmak istemiyorum."

"Yalnız değilim, Valentine var. Çok eski arkadaşlarım var."

"Shura, Valentine evlendi. O çok eski arkadaşın da evli değil mi?"

Shura, erkeğin, vücudunu saran elini, eline alıp kaldırdı ve onun yüzük parmağındaki alyansı, ince zarif parmakları ile çevirdi. Yüzünde, yarası yeniden acımaya başlayan bir çocuğun ifadesi vardı.

"Fransa'da da yalnız olmayacak mıyım? Söyle bana, ne değişecek ki?"

Sonra, sağ kolunu, başının üzerinde, yastığa uzattı. Gözlerini, cibinliğin beyaz kıvrımları arasında bir yerlerde dolaştırdı. Kayıp bir şeyleri veya birilerini arıyordu sanki. Yavaşça devam etti:

"Ben, hayatım boyunca yalnızlığa mahkumum. Nerede olduğum hiç mühim değil. Bu kararı çok uzun zaman önce verdim ve neticelerine de razıyım. Beni merak etme."

"Ama, ben seni bırakmak istemiyorum Shura. Seni, parmağımdaki yüzükten daha çok sevdiğimi biliyorsun."

"Yapma Alain. Bana acımaktan vaz geç. Bana hiç bir borcun yok. Karın ve çocukların var, döneceğin. Yolun bu tarafa düşerse, bir gün buluşuruz belki, kim bilir. Türkler'in dediği gibi; kısmet."

"Onu hâlâ seviyorsun değil mi?"

"Sevgi? Bilmiyorum... Sevginin sınırının ne olabileceğini çoktan unuttum. Benim sevdiğim herkes, her şey, Seyt'in benliğinde. Kislovodsk'u, karlı çamları, çan ve çıngırak seslerini, her şeyi Seyt'te görüyorum. Bu, sevginin ötesinde bir şey. Bu, nefes alma ihtiyacı gibi bir şey Alain, bunu sen anlayamazsın. Geri dönemeyeceğim ülkemin yaşayan bir resmi o benim için. Onu göremezsem bile, aynı şehirde, aynı yerlerde dolaştığını, nefes aldığını bilmek bana yeter, inan. O, benim İstanbul'daki Rusya'm."

Alain, Shura'yı kendisine doğru çekti. Onun melânkoli dolu, yaşlı gözlerine dikkâtle baktı. Evet, doğru söylediğinden emindi.

"Bak sevgilim, sana burayı terk et demiyorum. Bir deneyelim. Gel benimle. Seyahate çıkar gibi gel. İnan, Seyt'in senin için ne manâya geldiğini anlıyorum, ama bana bir şans vermelisin."

Onun, ısrarla, yüzüğünü tuttuğunu fark edince, başını salladı.

"Bak, bu hiç bir şey ifade etmiyor. Karımla son altı senedir birbirimizi görmedik. Göreceksin, gider gitmez bu işi halledeceğim. Zaten ayrılmak isteyen oydu. Terfime dedikoduların engel olmaması için oyaladım, bu kadar zaman."

"Ya şimdi? Şimdi ne değişti ki?"

"Çok şey, şimdi hayatımda sen varsın. Ve seni hayatımda tutmak istiyorum. Bunun da canı cehenneme!"

Yüzüğü parmağından çıkarıp atmaya çalıştı, çıkaramadı.

"Allah kahretsin!"

Shura, onun elini tutup dudaklarına götürdü ve öptü.

"Alain, lütfen, tamam. O yüzüğü çıkarıp atman hiç bir şeyi halletmez. Bedenimize, ruhumuza yerleşmiş şeyler kolay kolay çıkmıyor. Bırak artık bu mevzuu, kalan zamanımızın tadını çıkaralım."

Alain, delicesine sahip olmak istediği bu kadını, ikna etmek için daha ne söylemesi gerektiğini bilemiyordu. Onun hüzünlü yüzüne doğru eğildi, dudaklarını öptü.

"Vaktim çok az, sana doyamadım."

Onu öpücüklere boğdu.

On dakika sonra, genç adam üniformasını giymiş, valizini kapıya hazırlamıştı. Shura'ya son defa sarıldı.

"Sevgilim benim, seni bekleyeceğim, unutma."

"Ben de seni seviyorum. Ama bu... bu, bambaşka bir şey."

"Anlıyorum, seni bekleyeceğim."

"Güle güle Alain."

Alain, kapıdan sessizce süzülüp, merdivenlerden inmeye başladı. Bir kaç kez dönüp, kapının eşiğinde bekleyen Shura'ya baktı. Bir kat sonra hızlanarak inmeye devam etti. O arada, kendisi gibi koşar adımlarla, yukarıya çıkan genç adamla, neredeyse, çarpışıyordu.

İki erkek, bir an için, durup birbirlerine baktılar. Alain, Seyit'i tanımıştı. Shura'nın, tesirinden kurtulamadığı adamı nihayet görüyordu. Bakışları, yüz ifadesi, kendinden emin tavrı, fotoğraflarda gördüğünden daha tesirliydi.

Seyit ise, Shura'nın katından inen bu yabancı, üniformalı sarışın adamın kim olduğunu, orada ne aradığını şimşek hızıyla kafasından geçirdi, bir an için. Valentine'in evlendiğini ve Shura'nın yalnız yaşadığını biliyordu. Sabahın köründe, yalnız bir kadının evinden bir erkeğin çıkması, ancak bir tek şeyi ifade edebilirdi. Beyninden vurulmuşa döndü. O arada, yabancı, çoktan, merdivenlerde kaybolmuştu.

Seyit son basamakları, çılgın gibi, çifter çifter çıktı. Bütün gece, vicdan azabı ile düşündüğü kadın, bir başka erkekle açıkça yaşamaktaydı. Kapıya geldiğinde, nefes nefeseydi.

Shura, Alain'in gidişini seyretmek üzere, pencereden bakarken düşünüyordu. Alain'i sevebilirdi. Belki de seviyordu. Paris'e gitmek ise, hep hayâllerini süsleyen bir şeydi. Ama Seyit'ten uzaklara nasıl gideceğini bilemiyordu. Kapının ısrarla çalan zili, düşüncelerini kesti. Bir şey unutmuş olmalıydı. Koridora koştu, kapıyı açmasıyla, olduğu yerde, dondu kaldı. Kalbi yerinden fırlayacak gibi oldu. İşte, uğruna her yere gidebileceği, her zorluğa katlanabileceği tek erkek karşısındaydı.

"Seyt!"

Birden, onun gözlerindeki kıvılcımı fark etti. Genç adamın lacivert gözleri alev alev yanıyordu sanki. Hiç bir şey söylemeden içeri girdi. Onun halinden olanları sezmişti, Shura. Seyit, sokak kapısını eliyle ittikten sonra, genç kadının omuzlarından tutup sarstı.

"Nedir bu maskaralık? Kimdi o adam?"

"Dur Seyt, canımı acıtıyorsun."

"Söyle kimdi o? Ne zamandır berabersiniz? Dur, dur ben söyleyeyim. Beni ilk bırakıp yok olduğun gecelerde, beraber olduğun adam, değil mi? Daha ben o zamanlar evlenmemiştim, hatırlar mısın? Söyle! Ben seni beklerken, sen bu herifle beraber olmuştun değil mi?"

Kendini tutamıyordu artık. Çılgın gibiydi.

"Şimdi ne olacak peki? Aşığın gittiğine göre, yine benimle misin? Yoksa başka biri mi sırada? Söyle!"

Shura, gözünde yaşlar, işittiği sözlere inanamıyordu. Sevdiği adam, hayatını adadığı adam, neler diyordu ona? Bu haksızlıktı.

Kendisini onun ellerinden kurtarmaya, konuşmaya çalıştı:

"Seyt, dinle, dinle beni lütfen."

Birden, iki yanağında, arka arkaya Seyit'in avucunun ağırlığını hissetti. Derisi, gözleri cayır cayır yanıyor, beyni uğulduyor, bütün yüzünün şiştiğini hissediyordu. Vücudu artık cenderesinden kurtulmuştu ama ayakta fazla duramadı, her tarafı titriyordu. Olduğu yerde yığıldı.

Seyit, yaptığından kendisi de dehşete düşmüştü. Yere çöktü, Shura'yı tutup kendisine çekti. Onun yüzüne bakmak, iyi olduğunu görmek istiyordu. Dağılan saçlarını, yüzünden arkaya doğru elleri ile çekti. Başını, sevecenlikle tutup çevirdi. Genç kadının dudağı kanıyordu ve yanaklarında parmak izleri vardı. Sessiz sessiz ağlıyordu. Seyit, hareketinden utançla ve gözünde yaşlarla ona sarıldı.

"Affet beni, affet Shura'm. İnan, bana ne oldu bilemiyorum. Kendimi tutamadım. Delirmiş olmalıyım. Bunu yapmamalıydım. Aman Tanrı'm! Ben delirmiş olmalıyım."

Shura, kalbinin parça parça dağıldığını hissediyordu.

"Af dilemen için sebep yok Seyt. Haklıydın, geceyi onunla beraber geçirdim. Ve daha başka geceleri de."

Yavaşça ayağa kalkıp, banyoya yürüdü. Seyit, onun arkasından, yatak odasına yürürken, dağınık yatağı, banyoda kullanılmış havluları gördü. Ortalığa sinmiş erkek kokusu genzini doldurdu. Niye bu günü bulmuştu buraya gelmek için, niye bu saati seçmişti. Bu, kaderin onları ayırmak için oynadığı son oyun olmalıydı.

Shura, ıslattığı bir havluyu yanağına bastırarak, gelip yatağın kenarına oturdu. Seyit daha fazla o odada kalmak istemiyordu.

"Salonda oturamaz mıyız?"

Genç kadın, yerinden kıpırdamadan, havlunun arasından boğuk bir sesle cevap verdi:

"İstediğin yerde oturabilirsin."

Erkek, tam odadan çıkmak üzereydi ki, onun hâlâ hareketsiz oturduğunu görünce geri döndü. İskemleyi çekip karşısına iğreti bir şekilde yerleşti.

"Shura, dinle, konuşmamız lâzım."

Genç kadın, yavaşça, yüzünü açtı. Onun yüzüne bakmıyordu.

"Konuşacak ne kaldı Seyt?"

"Shura, Shura'm, ne olur, demin olanları affetmeye çalış. Biliyorum, çok zor, ama en azından dene. Benim buraya geliş sebebim..."

Genç kadının, donuk bir ifadeyle bakışı üzerine, devam etmedi. Sonra mırıldandı:

"Her neyse... Çıkanla merdivende karşılaştım. Kimdi o? Ne zamandır tanıyorsun?"

"Alain... Fransız yolcu gemisinin kaptanı. Yedi, belki sekiz ay önce tanımıştım."

"Seni seviyor mu?"

Shura, hayretle, erkeğin yüzüne baktı.

"Bunları öğrenmek istediğinden emin misin?"

Seyit, yumuşak bir ses tonuyla, ona çekinecek bir şey olmadığını belirtti.

"Evet, söyle, seni seviyor mu?"

"Sevdiğini söylüyor."

"Peki ya sen?"

Shura ağlamaya başladı.

"Seyt, ben seni seviyorum."

Genç adam, onun ellerini kendi avuçları arasına alıp dudaklarına götürdü. Üzüntüsü her halinden belliydi.

"Shura'm, benim sevgili Shura'm, benden sana hayır yok... Ne kadar seviyor bu adam seni?"

"Şey... götürmek istiyor beni."

Seyit, iskemleden kalkıp, yatağa onun yanına oturdu.

"Ne zaman gidiyor?"

"Bugün öğleden sonra ayrılacak gemi."

Seyit, ayağa kalkarak, onu elinden çekti.

"Haydi, eşyalarını toparla Shura, sen de gidiyorsun."

"Gidiyor muyum? Nereye gidiyorum?"

Genç adam, tekrar onun yanına oturup, gözlerinin içine bakarak, konuştu. Sesi kesin bir ifade taşıyordu.

"Evet Shura, seni seven o adamla gideceksin."

Shura âdeta haykırdı:

"Hayır! Beni bir yere gönderemezsin."

"Bunu kendin için istemelisin sevgilim."

"Hayır! İsteseydim, şimdiye kadar çoktan giderdim. İstemiyorum, dedim sana."

Onun çığlığa varan sesine sinirlendi Seyit. Eli ile yatağa vurdu susturmak için.

"Böyle mi yaşayacaksın ömür boyu? Canı isteyince gelecek bir adamı bekleyerek. O adam gelmeyince de, yalnızlığını başkaları ile unutarak. Kaç yaşına kadar böyle yaşayabilirsin? Bir on sene sonra, ya yirmi sene sonra ne olacak halin?"

Shura, yatağa kapanıp, ağlamaya başlamıştı tekrar. Yastığı yumrukluyor, başını iki yana savuruyordu. Sanki, bütün söylenenleri başından def ediyordu.

Seyit, onun üzerine eğilerek, omuzlarına sarıldı. Saçlarını okşadı. Genç kadın, son gördüğünden bu yana, saçlarını kestirmişti. Şimdi, gür, başak sarısı saçları, omuzları hizasında, buklelerle şekillendirilmişti. Parmaklarını, yumuşak, ipek gibi telleri arasında gezdirdi. Mutlulukları da aynen böyle kaymış gitmişti parmaklarının arasından. Şefkâtle konuştu:

"Shura, sen benim için çok mühimsin. Aradan çok zaman geçti, hiç bir şey aynı değil. Seninle çok şey paylaştık. Uzun zaman, sen yalnızca benimdin. Ne oldu bize? Niye birbirimizi bu kadar kırdık? Nasıl böyle ayrı düştük? Ben de bilmiyorum. Tek bildiğim, senin mutluluğunu istediğim. Sen de hayatını kurmalısın. Çoluk çocuk sahibi olmalısın. İkimizin de geçmişten kopup, yeni hayatlarımızı yaşamamız lâzım. İnan sevgilim, sen nerede olursan ol, benim bir yarım olarak kalacaksın."

Shura susmuştu. Uzandığı yerde, yavaşça, döndü. Yüzü perişandı. Kaderini kabullenmişliğin bedbin tavrıyla, arka üzeri yattı. Seyit'e, âşık ve çaresiz gözlerle baktı. Göz pınarlarında hâlâ yaşlar duruyordu. Gerçek bir aşkla bağlandığı erkeği, ellerinden tutup çekti. Ona sıkı sıkı sarıldı. Seyit de yaşadıklarının, tamir kabul etmez hataların yorgunluğu ile, kollarını onun narin bedenine doladı. Birbirlerinin omuzlarında sessiz ağladılar. Sonra, oldukları yerde, kenetlenmiş olarak uzandılar. Uzun bir müddet, hiç konuşmadan, aynı vaziyette kaldılar. Birbirlerinin tenlerinin sıcaklığını, sonsuza dek içlerine sindirmek istiyorlardı. Ne çabuk geçmişti bu kadar yıl, ve ne kadar uzaklarda kalmıştı. Daha bir sene evveline kadar, hayatlarını ayrı düşünemezken, şimdi vedalaşıyorlardı işte.

Seyit, yüzü onun saçlarının arasında fısıldadı:

"Beni affet sevgilim."

Shura'nın hıçkırıklar arasından sesi duyuldu:

"Sen de beni affet sevgilim... Bir gün gene görüşecek miyiz acaba?"

Seyit, onu avutmak için söylediklerinde, kendisi için de teselli aradığını fark etti.

"Niye olmasın? Yedi sene önce, Moskova'da karşılaşacağımızı biliyor muyduk? Kader, belki, yine bir sürpriz hazırlıyordur, bizler için."

"Şu an, yeniden, Moskova'da olmak isterdim."

Seyit, kolları arasındaki sevgilinin, yaklaşmakta olan ayrılığını düşündü. Onu kaybetmeye nasıl dayanacaktı? Gözleri, şimdiden, hasret dolu bakıyordu. Tekrar kucaklaşıp, çılgınlar gibi öpüşmeye başladılar. Tenlerinde, bir diğerini ömür boyu hatırlatacak teması bırakmak istiyorlardı. Sımsıkı kenetlenip, gözleri gözlerinde, kâh hıçkırıklarla, kâh sessiz göz yaşları ile, son kez seviştiler.

Seyit, yavaşça, kollarını sevgilisinin bedeninden çözdüğünde, Shura, yataktan sıyrılıp banyoya gitti. Artık, hiç konuşmuyor, sessizlik içinde hazırlanıyordu. Yıkanıp, kendisine yol için kıyafet seçti. Yüzünü pudralayıp, dudaklarına pastel bir ruj sürdü. Seyit, onu, oturduğu köşeden, hayranlıkla seyrediyordu. Her bir hareketi, her bir adımı, onu biraz daha ayrılığa yakınlaştırıyordu. Genç kadın, gardroptan aldığı valizlere, çekmecelerini, dolaplarını boşaltıp yerleştirdi. Mavi tayyörü ile aynı renk ayakkabılarını giydi. İpek şeritlerle hasır gibi örülmüş şapkasını, sarı saçlarının üzerine bir iğne ile yerleştirdi.

Seven gözlerle seyreden erkek, onun bu soğuk kanlı, sanki hep gitmeye hazırlanıyormuş gibi, sakin hareketlerini şaşkınlıkla izliyordu. Ama, Novorosisk'de kendisine geldiği zaman, Kırım'dan gizlice tekneye bindiği zaman da, aynı soğukkanlılıkla davranmamış mıydı? Onca güzel beraberliği yaşamalarının sebeplerinden biri, onun bu cesur ve vakur tavrı değil miydi?

Seyit, ayağa kalkarak, onun yanına gitti. Yanaklarını okşadı.

"Mavi sana ne kadar yakışıyor. Şu an, aynen, 1916 kışındaki küçük kız gibisin."

Shura gülümsemeye çalıştı. Sağ elinin işaret parmağını erkeğin yüzünde gezdirdi.

"Hatırlıyor musun Seyt? Bahçede, havuzdaki kupidleri gösterip ne demiştin bana o zaman?"

"Hatırlıyorum sevgilim."

"Şimdi de, aynı şeyi söyleyebilir misin?"

"Tabi."

"Söyle o zaman. Biliyorum, hiç bir şeyi değiştirmez, ama duymak istiyorum."

Seyit, kolları ile onu sardı, dudaklarını uzun bir öpüşle hapsetti ve mırıldandı:

"İşte böyle, seninle, aynen bu vaziyetteyken, donup kalmak isterdim. O zaman, sonsuza kadar, sen kollarımın arasında, benimle öpüşüyor olurdun."

Shura, yine, ağlamak üzereydi. Kendine hakim olmaya çalıştı. Eliyle, gözlerini sildi. Erkeğin kollarından sıyrılıp çantasını ve eldivenlerini aldı. Gözlerini evin içinde son kez gezdirdi. Kapıya doğru yürüdü. Çıkarken, apayrı bir insan olmuştu. Son iki saattir ağlayan, aşk için göz yaşları döken, aynı kadın değildi sanki. Yeni hayatına üzgün, fakat kararlı adımlarla yürüdü.

Taksi, yolda, Valentine'in evi önünde durdu. Shura, çıkıp, ablası ile vedalaştı. On dakika içinde geri geldi. Rıhtıma geldiklerinde, geminin kalkmasına daha iki saat vardı.

Seyit, valizleri hammala verip, kendilerini takip etmesini söyledi. Shura'nın elini sıkı sıkı tutarak, bilet kontrol bölümünden süratle geçti. Kapıdaki görevli, arkalarından seslenip durdurdu. Seyit, ona, kendisinin yolcu olmadığını, kaptanın hanımını getirdiğini söyledi.

Adam, yanlarına bir görevli vererek gemiye gönderdi.

Kaptan köşkünün kapısı vurulduğunda, Alain haritalar üzerinde çalışmaktaydı.

"Girin."

Kapıdan başını uzatan genç çocuk, selamdan sonra konuştu:

"Kaptan, karınız geldi."

Alain şaşırarak, işin yanlışlığından emin bir tavırla, döndü.

"Karım mı?"

Gözleri hayretle açıldı. Bir iki saat evvel, merdivenlerde karşılaştığı genç adam karşısındaydı. Seyit, elinden tutarak Shura'yı içeriye çekti. Çok iyi Fransızca konuşuyordu.

"Evet, ancak, o şartla sizinle gönderiyorum. Ancak, evleneceğinize söz verirseniz."

Alain, Shura'ya sevinç ve sevgi ile baktı. İşte kendisinin yapamadığını, Seyt denilen diğer erkek yapmıştı. Sevdiği kadını getirmişti yanına. Biraz burukluk hissetti bu yüzden, ama mühim olan, Shura'nın yanında olmasıydı. Şükran dolu bir ifade ile, elini Seyit'e uzattı.

"Söz veriyorum, Mösyö Eminof."

Yabancının ağzından ismini duymak, Seyit'i şaşırtmıştı. Sorar bakışlarla, Shura'ya döndü. O ise, sırtını erkeklere dönmüş, pencereden dışarısını seyrediyordu.

"Sözünüze güvenmek istiyorum. Çünkü, onun, bütün çektiklerini unutup, mutlu olmasını istiyorum. O çok özeldir."

Alain, bu iki insanın aşkının, uzun seneler sevişmenin dışında bambaşka bağlarla bağlandığını hissedebiliyordu. Bunu, karşısındaki erkeğe itiraf etmekten çekinmedi:

"Ben onu çok seviyorum Mösyö. Ama inanın, o benim verdiğim mutluluğu kabul edecek mi, bilmiyorum."

"Ne demek istiyorsunuz?"

"Onu buraya nasıl getirdiniz, bilmem. Ben, bütün yalvarmalarıma rağmen, razı edememiştim."

Seyit, sorar gibi baktı. Alain, buruk bir şekilde, gülümsedi.

"Sizinle kalmayı tercih etmişti."

Seyit'in boğazı düğümlendi. Ona ne kadar büyük haksızlık yapmıştı. Ne deyip gönlünü alabilirdi şimdi. Gözlerinde şefkâtle baktı, sevdiği kadına. O ise, sanki, artık, orada değildi, onlarla beraber değildi. Dimdik, mağrur bir ifadeyle, limanı seyretmeye devam ediyordu. Ama gözleri... çok daha uzaklardaydı.

Kaptanın elini sıkı sıkı tutan Seyit, gözlerini Shura'dan ayırmadan, devam etti:

"Bu, onu mesut etmeniz için daha büyük sebep."

Sonra, pencereye doğru ilerledi. Shura'nın omuzlarından tutarak, hafifçe mırıldandı:

"Elveda Shuruçka."

Genç kadın, hiç dönmeden, cevapladı:

"Elveda Seyt."

Gözlerinde biriken buğudan, camın ötesini göremiyordu artık. Yalnız kalıp, ağlamak istiyordu. Ağlamak, ağlamak, ölene kadar ağlamak istiyordu.

Seyit, rıhtımdan çıkarken, geriye dönüp baktığında, aradığı yüzü göremedi. Caddeye çıktığı an, kendini boşluk içinde hissetti. Ufak bir iç huzuru duyuyordu. Ama, gönlünün ezildiğini, yüreğinin parçalandığını hissediyordu. Acaba, artık, eskisinden tamamen kopmuş muydu? Hayatının bir yarısını, hatıralarını, büyük aşkını orada bırakmış gidiyordu işte. O, artık, yarım bir adamdı. Gözüne gelen yaş, tekrar, gerisin geriye, yüreğine aktı. Bedeninin sıcaklığı, ruhunun canlılığı, hatıraları, şimdi Paris yolunda bir gemideydi. Küçük Shura'sı gidiyordu. Ve özlemi, şimdiden içine çökmüştü. Onun yokluğunda, bütün özlemleri daha da artacaktı, bunu biliyordu. On iki yaşında St. Petersburg'da yapayalnız kaldığı zaman hissettiklerini hissediyordu. Koskoca adam olmuştu, ama yine küçük bir çocuk gibi, yalnızlık nöbetleri geliyordu. Uzaktan, vapur düdükleri duyuluyordu. Kendi kendine mırıldandı:

"Güle güle sevgilim."

Seyit'in ayrılması ile, Alain, Shura'nın yanına gelerek, şefkâtle sarıldı. Kulağına eğildi.

"Her şey yoluna girecek sevgilim. Seni çok mutlu edeceğim."

Sonra, bir kamarot çağırtıp Shura'nın eşyalarını verdi. Genç kadını elinden tutup, yanağından öptü.

"Haydi sevgilim, çok yorgunsun. Biraz dinlen, kamarana yerleş. Yola çıktıktan sonra gelirim."

Shura, elleri ile, yanaklarındaki yaşları silip gülümsemeye çalıştı. Erkeğin yanağına, hafifçe, dudaklarını dokundurup kamarotun arkasından çıktı.

Kamarasına girdiğinde, vapurun düdükleri arka arkaya öttü. Her halde, kalkmak üzereydiler. Artık ağlamıyordu. Kaderini kabullenmiş bir sürgün gibiydi. Lumbozdan dışarıya baktı. Limandan ayrılıyorlardı. Valizini açıp yatağın üzerine bıraktı. Kamaradan ayrılıp, üst güvertenin yolunu buldu. Yolcuların çoğu zaten oradaydı. Hava serin olmamasına rağmen, Shura vücudunda bir ürperti hissetti. Tenha bir köşeden, korkuluğa dayanarak seyre başladı. Boğazın mavi yeşil suları, vapurun ilerleyen gövdesinin altında kaybolup beyaz köpüklerle tekrar yukarıya fışkırıyorlardı. O kaynayan mavi kazanın derinliklerine daldığını düşündü, bir an. Sonra zaafından ürktü. Neyi halledecekti, böyle bir budalalık? Kendi üzüntülerinden kurtulmak isterken, ardında, yas içinde, seven bir erkek bırakacaktı. Belki de iki erkek. Acaba Seyt'in haberi olur muydu öldüğünden? Ama bu neyi değiştirirdi zaten?

Gözlerini, gayretle, dalgalardan ayırdı. Kıyıyı seyretmeye başladı. Kırım'dan da, böyle sıcak bir günün gecesi ayrılmışlardı. Hayatının garip cilvesi olsa gerekti, hep bir tekne içinde, hep bir başka erkekle denize açılıyor, yeni memleketlere, yeni hayatlara yollanıyordu.

Sirkeci önlerinden, Sarayburnu'ndan geçerken, İstanbul'a ilk vardıkları günler, o sefalet, yokluk içinde, acımasız günler, gözünün önünden şerit gibi geçti. Bütün sıkıntılara rağmen, hiç bugünkü kadar mutsuz olmamıştı.

Birden, Sarayburnu'nda Seyit'i gördüğünü sandı. Kıyıda durmuş, el sallıyordu. Sonra birden, karlar kapladı her yeri. Çamlar, yüksek asırlık çamlar, hepsi, kardan bembeyaz oldu. Sevdiği adam, atına atlamış, dört nala ona doğru geliyordu. Kendisini gördü, bir kar tepesinin üzerinde. Kollarını açmış, bekliyordu. Seyit, ona doğru sürdü atını. Eğilip belinden kavrayarak atın yelesine aldı. Shura, sımsıkı sarıldı sevgilisine. Kar yığınlarının arasında, uçar gibi gidiyorlardı. Kislovodsk'daki kilisenin çan sesleri geldi kulağına. Uzaktan uzağa, troykaların çıngıraklarını duydu. Valentine, bir yerlerde Tchaikovsky çalıyor olmalıydı. Tatiana, kar rengi tütüsü ile, parmaklarının ucunda dönüp duruyordu, çamların altında. Tam, bütün özledikleri ortaya çıkmaya başlamıştı, Seyt onu yeniden yumuşacık karların üzerine bırakıverdi. Atının üzerinde, çam ağaçlarının arasında kaybolup gitti.

Shura silkindi. Hayâllerinde bile yalnızlığa mahkum oluyordu. Topkapı Sarayı ve ardında yükselen camilerin siluetleri, gözündeki yaşların ardında, ona oyunlar oynamaya devam ediyordu. Moskova'daki katedral, köşelerinde büyük ateşler yanan karlı caddeler geçti, sisin arkasından. Geride kalan Boğaziçi'ne baktı. İstanbul ne kadar yakındı Rusya'ya. Hiç değilse, denizinden bir dalga, rüzgârından bir esinti varıyordu bu kıyılara. Ama şimdi, gittikçe uzaklaşıyordu memleketi. Rusya özlemini, hiç, bu günkü kadar şiddetli hissetmemişti. Sanki, ilk kez ayrılıyordu memleketinden ve insanlarından. Titredi. Yalnızlık, iliklerine soğuk gibi işliyordu. Kollarını, göğsünde çapraz yapıp, ellerini birbirine kenetledi. Ağlıyordu. Dudaklarından dökülen kelimeler, dalgaların sesinde kayboldu.

"Elveda Rusya'm, Elveda Seyt, biricik aşkım, elveda..."

EPİLOG

Bu hikâyeyi, maalesef, dedem Kurt Seyit ve büyük aşkı Shura'nın ayrıldıkları tarihte noktalamak zorunda kaldım. Sadece, anılarını dinlediğim kişilerin hatıralarında bir isim olarak başlayan Shura, romanı yazdığım süre zarfında hayâlimde canlandı, ruh kazandı. Ender rastlanan bir güzelliği, büyük bir aşkı, cesareti, fedakârlığı benliğinde toplayan bu harika kadına gittikçe artan hayranlığım, beni, adeta, onun ruhuyla birleştirdi. Dedemin hayatı içindeki yerini işlerken, onunla bütünleştiğim anlar oldu.

Romanım bittiğinde, Shura hakkında en son bildiğim, Paris'e ulaştığıydı. 1939 Yılında, dedeme yolladığı bir mektupta, çok hasta olduğunu ve onunla son kez görüşmek istediğini yazıyordu. Murka, anneannem, gitmesi için destek verdiği halde, Kurt Seyit bunun hayatını etkileyecek bir karar olacağının farkında, burada karısı ve iki kızı ile kalmayı tercih etmişti.

O günden sonra, Shura'ya ne olduğu meçhuldü. Onun, hâlâ sağ olduğu, bir gün bu romanı okuyup beni arayacağı ümidindeydim.

"Elveda Rusya'm... Elveda Seyt... Biricik aşkım elveda..." satırlarını 1992'nin Mayıs ayında noktalamıştım. Ancak, bu, benim veda etmem anlamına gelmiyordu. O günden beri, satırlarda yeniden hayat vermiş olduğum kahramanlarımla, kader randevularım devam etmekteydi.

Romanımın son sayfasını noktaladığımda, hâlâ, benliğime girmiş olan Shura'nın, izini bulmak sevdasından vaz geçmiş değildim. Onu bulacağımla ilgili dürtü çok kuvvetliydi. Bütün bu yazdıklarımın, sadece hâyâl gücü olmadığından emin olmak, yaşanmışlığını ispatlamak zorundaydım. Dedemden bana miras kaldığından, artık çok emin bulunduğum sabrım, heyecanım ve inadım beni buna itiyordu. Sonunda, öyle bir hisse kapıldım ki, satırlarda ruh verdiğim kadın, sanki, "Beni ara bul, çok yakınındayım." der gibiydi.

Ve... yanılmamıştım... Çok yakınımdaydı... ruhen.

O tarihte, henüz tanışıyor olmadığımız Jak Deleon'a, arşivinde benim öykümü besleyebilecek her hangi bir bilgi olup olmadığını sorduğumda, yepyeni bir maceranın yolu açılıyordu. Sevgili Jak, İstanbul'da yaşamakta olan, o tarihte doksan yaşına merdiven dayamış, Beyaz Rus Barones Valentine von Clodt Jurgenzburg'la tanıştırdığı vakit, karşımda, ruhuna girmiş olduğum kadının, Shura'nın ablasını bulabileceğimi kim bilebilirdi ki? Onca yıl sonra... Tarifi imkânsız duyguların eşliğinde, altı ay boyunca, her Salı günü, öğleden sonraları onun evinde buluştuk. Ben, evde hazırladığım 'blini'leri, Pamir ise özel Rus votkasını kaptığımız gibi, soluğu Valentine'in (Tinuçka'nın) evinde alıyorduk. Saat dört sularında başlayan şölenimiz, gecenin geç saatlerine kadar devam ediyordu. Tinuçka'nın, artık, yokluğun ortasında, ama halen Kislovodsk'daki asaletin ve zenginliğin ruhu ile bezenmiş hayatını paylaşmak, neredeyse asırlık bir devri ve o devirden tanıdıkları aramıza getiren bir ritüel gibiydi. Votkalarımızı yudumlarken, Tinuçka'nın anlattıklarını, adeta, kaybolmuş yarımı tamamlanırcasına yüreğime, ruhuma nakşederek dinledim. Onun, geçmişi anlatırken, tüm hüzünlerine rağmen, nasıl hayat bulduğunu görmek, sabrımın bir başka mükâfatı idi sanki. Kendisinden başka şahidinin kalmadığı bir geçmişin merak edilmesi, anlattıklarına gönülden inanılarak paylaşılması, onu hasta yatağından kaldırmış, yepyeni bir can vermişti. Gelmesini iple çektiğim Salı günleri, evine vardığımızda, onun da, en az, benim taşıdığım heyecanı ve keyfi yaşadığını görüyordum. O günler, hasta yatağını kapatıp, saçlarında bigudi dalgaları, yüzünde beyaz pudrası, yanaklarında allığı, dudaklarında pembe ruju, takıları ve omuzunda bir kürk kadar zengin taşıdığı şalı ile karşılardı, hikâye yazıcısını, beni.

1992'nin bahara kavuşan Salılarından birinde, karanlık, kapalı odasından çıkardığı evrakları, aile albümlerini, asırlık hayatların gizli kutularını bana teslim ettiğinde, karşılıklı göz yaşları içindeydik. Ben, peşinde olduğum bir geçmişi avuçlarıma alabilmiş olmaktan, bitmiş hayatların elektriğini yeniden hissedebilmekten dolayı, mutluluk ile hüzün arası uç duygular karmaşasında göz yaşı dökerken, Tinuçka, eminim, daha başkaca hisler içindeydi. O Salı gecesi, yine, her zaman olduğu gibi, onun piyanoda çaldığı ezgileri, votkamızı yudumlayarak noktaladığımızda, her zamankinden daha sıkı kucaklaşıp ayrıldık. Bu, son Salı'mızdı. Tinuçka, zamanın içinden bir yerlerden karşıma çıkmış, doksan senelik hayatları bana devrederek, sanki görevini tamamlamışcasına, aramızdan ayrılmıştı. Onun, o son akşamki göz yaşları, belki de bunu hissettiğindendi.

Shura ile, artık, hiç yüz yüze gelemeyeceğimi öğrenmiştim. Ama, onun da hayatı, artık, bir parçam olmuştu. İşin garip yönü, tanımadan, sadece derin bir ruh bağlantısı ve hayranlıkla canlandırdığım Shura karakteri, Tinuçka'nın anlattıkları ile aynıydı.

Barones'in bana devrettiği evraklar içinden, Shura'nın bir kızı olduğunu öğrendim. Pamir'le beraber, peşine düştüğümüz adres ve telefon numaraları, bizi, devamlı, bir diğerine yönlendirdi. Cevapsız gibi görünen bu araştırmaların sonunda, bir haber çıkacağından emindim. Zira, artık, bu kitabı yazmamın bir sebebi olduğuna inancım kesindi. Dağılmış bir bütünün parçalarını toplamak, yeniden bir araya getirip öykülerini tamamlamaktı görevim. Ve bunca yol almışken, kesilmesine imkân yoktu. Haklı da çıktım...

Kitabımı yazarken, Rusya'ya gitmemiştim, özellikle, kaçınmıştım. Zira, bugünün Rusya'sında hayâl gücümün sekteye uğrayacağından korkuyordum.

Seyit'in babası Mirza Eminof'un, büyük oğlunun kaçışından sonra, bir zamanlar efendisi olduğu topraklarda, bağ evine hapsedildiğini, bütün ailenin, uzun seneler, Bolşevikler'in göz hapsinde yaşadığını ve işkenceyle soruşturmaya tabi tutulduğu, ailemin geride kalan fertleri ile ilgili olarak, tüm bildiğimdi. Bütün hikâyelerini yakalamak istiyordum.

Nihayet, 1992'nin Ağustos'unda, eşimle beraber, Kırım'a bir seyahat gerçekleştirdik. Beni rahat bırakmayan hüzünlerimin, bu yolculukla tedavi olacağını sanmıştım. Ama, hüzünlerime, hüzün ekledi.

İkinci Dünya Harbini takiben, Stalin'in, Türkler'i, Almanlar'a yardım etmekle suçlaması üzerine, Kırım Türkler'i soykırıma uğramıştı. Yüz binlercesi, Rusya'nın uzak köşelerine sürülürken, bir çoğu da topraklarında öldürüldüler.

Mirza Eminof, katliam esnasında öldürülen soydaşlarını gömmek üzere, mezarcı olarak görevlendirildi. Ölüler kadar dirilerin de beraber gömüldükleri bir çukura düştüğünde, seksen yaşlarındaydı. Kalbi mi acılara dayanamamıştı? Yoksa bir Stalinist'in çizmesi ucunda mı itilmişti? Bunu bilemiyoruz.

Seyit'in erkek kardeşleri, bilinmeyen bir yere götürüldüler. Küçük kız kardeşi Havva da bir soruşturmadan geriye dönmedi.

Aluşta sokaklarında, adım adım, "Gort Aluşta, Sadovi Ulitsa" adresini arayarak, ailemden bir nefes kalıntısı, bir iz bulabilmek ümidiyle dolaştığımız günlerin sonunda, yılların kavgasını aşabilenin, bir tek, Osman amcamın evi olduğunu öğrendim. Ulu ağaçların çevirdiği bahçesi cadde olmuş, bir zamanlaar o ağaçların arasından akan dereciği sokak içinde kalmıştı. Her bir odasında ayrı bir ailenin oturduğu, bir vaktin güzelim evinden eskiyi hatırlayan, sadece, dantel tüller duruyordu, akmış, yırtılmış, pencerelerden Kırım'ın yaz sıcağına açılan.

1924'de, bir gece yarısı, Kızıllarca götürülen Osman ve Mümine Eminof'un, karakola kadar sürüklenip kurşunlanan gövdelerini hâlâ seyrediyor gibiydiler.

Aluşta Müzesi ve Kütüphanesindeki yetkililerden gördüğümüz ilgi, Kırım Tatar meclisi Başkanı Mustafa Cemilev'in desteği ile, yaşayan bir Eminof varsa, ona ulaşması için bıraktığımız mesajlar bir müddet sonra, beni hiç tahmin etmediğim bir sevinçle buluşturdu. St. Petersburg, Moskova ve Aluşta'da yaşayan kuzenlerimden haberler gelmeye başladı. Gözyaşları içinde, aile ağacımızı tamamladık.

Dönüşümüzden bir müddet sonra, çalan telefondaki ses, bana Aluşta'dan gelen yolcunun haberler getirdiğini söylüyordu. Adı Dilara'ydı. Aluşta kütüphanesi müdiresi sevgili Tatiana Shekhsheyova, kendisine bıraktığımız "Sadovi Ulitsa" adresinin, yerle bir edilmeden önce, nerede olduğunu bulmuştu.

Eminof evinin yerinde yeller estiğini zaten biliyorduk. Ama, onlardan geriye, ulu bir abide kalmıştı... Yaşı asrı aşkın, bir dut ağacı... Ortasında kaldığı meydanın üzerinde, dört bir yana yaydığı ulu dalları ile, yıllardır sakladığı kanlı sırların ağırlığını taşıyor gibiydi. Ve Dilara, bu ağacın fotoğrafını çekip getirmişti bana. Fotoğrafın yanı sıra, kurutulmuş yaprakları vardı ağacın, zarfın içinde. Göklere uzanmıştı ağacın yaşlı, bilge dalları... Toprağın üzerine yatmış, uzanıp gitmişti, bir başka yana doğru. Sanki, koca bir tarihten geriye kalmış tek şahit olarak, kol, budak, kucak açmaya çalışıyordu. Uzanıp, kendisinden koparılan, uzaklaştırılanlara dokunmaya çalışıyor gibiydi... Ve işte... Dokunmuştu da... Elimin altında Eminof ağacının kurutulmuş yaprakları, kahve, yeşil damarları ile, eskilerimden, geçmişimden, bana yepyeni dokunuşlar taşıyorlardı.

Karpatlar'da, esir düşen Türk Yüzbaşısı ise, büyükbabam Ali Nihat Bey'den başkası değildi. Aylar süren, cehennem yürüyüşünden sonra, Sibirya'ya sağ ulaşacak kadar şanslıydı. Neredeyse, Tanrı'nın dahi unuttuğu, karlar altındaki bir Sibirya köyünde, iki senelik esaretten sonra, kaçarak, Türkiye'ye dönüşü başlı başına bir romandır.

Bu arada, Shura'ya ulaşma maceram da devam etmekteydi. 1994'ün Eylül ayında, tesadüf, bir Amerika gezisine çıkacağımızdan bir gece evvel, Kaliforniya'nın Pasadena'sından bir ışık yandı. Arayan, Sandra Wells'di. Yani, annesinin diliyle, Sandruçka... Shuruçka'nın kızı...

Ertesi gün, kapısının eşiğindeydik. Buluşmamız, birbirimizi ve geçmişimizi yeniden tanımamız, başlı başına bir olaydı. Heyecanımı, tüylerimi diken diken eden iç ürpertimi anlatmam mümkün değil. Bir büyük aşkın iki kahramanının, ayrılışlarından yetmiş sene sonra, birinin torunu, diğerinin kızı buluşuyorlardı. Birbirini yeni bulmuş bir aile gibi, gözyaşları dökerek geçirdiğimiz günler boyunca, sanki, eskinin yaralarını tedavi ediyor gibiydik. Sandruçka, sıcacık, hayat ve insancıllık dolu, hassas yüreği, geçmişinin ve yetişmesinin verdiği zerafet ve görgü birikimi ile, hayran olunacak bir insandı.

Glendale Forest Lawn Memorial Park'da son istirahatine uzanmış olan Shura'yı ziyaretimizde, mezar taşının üzerinde, sanki, aynen, 1922'de, İstanbul'da, Foto Kazbek'in objektifinden fırlamışcasına, resmini görür gibi oldum. Hiç yaşlanmamış, hiç hüzünlenmemiş yüzüyle... En sevdiğine inandığım ve gerçekten de favori çiçeği olan mavi iris çiçeklerini mermerin üzerine yerleştirirken, yıllardır hayatımı kontrol altına alan "Shura'ya ulaşmak" tutkusunun, huzursuz heyecanının yerini, sukunet, mutluluk, adeta misyonunu tamamlamış olmak duyguları sarıyordu.

Sevgili Shura'yı, 1916'nın karlı bir Moskova gecesi, Kurt Seyit'in hayatına girdiğinde takip etmeye başlamıştım. O günden sonra da, hep, onunla beraberdim. Ta ki, 1924'de Fransa'ya giden bir gemiye binene dek...

Shura'nın gidişinden sonra, Seyit'in hayatı, heyecan, varlık, yokluk, hüzün yılları arasında devam etti. Artık kavuşamayacağı memleketinin, ailesinin ve Shura'nın hasreti yüreğinde, Beyoğlu'nun, kadınlı, içkili dünyasını, Florya'da Atatürk'ün sohbetlerini yaşayarak, karısı ve iki kızı ile beraber, yılları eskitti. Yıllar, onun heyecanlarını, hırslarını yok etti ama hırçın inadı ve gururu hiç değişmedi. Kurtuluş Savaşına yaptığı katkıdan ötürü kendisine verilmiş olan teşekkür belgesini, en yoksul gününde dahi, kullanıp karşılığını almadı.

Bütün bunları, Seyit'in hayatının ikinci dönemini paylaştığı bir başka fedakâr kadınla, anneannem Murka ile yaşadıkları yılların hikâyesinde anlattım. 1924-1944 Yıllarını içine alan bir diğer kitap, "Kurt Seyt & Murka"da.

Shura'ya gelince; 1994'ün Eylül ayında, Forest Lawn'da, onunla tekrar buluşmuştum. Yıllar önce, hakkında sadece bir iki satır bildiğim bu kadına, neden bunca bağlanıp, neden böylesine inatla takip ettiğimi şimdi çok daha iyi anlıyorum. İnanıyorum ki, benim varlığımda, Kurt Seyt ile tekrar karşılaştılar... ve ümid ediyorum ki, artık, ruhları, yaşarken çektikleri hasret, hüzün ve kalp yaralarından arınmış olsun...

Kurt Seyt ve Shura'nın hayatları, otuzuncu kez baskıya hazırlanırken, onlarla, bir kez daha, çok yakın temasta günler, geceler geçirdim. Fotograflarından, bir kez daha çıkıp, yanı başımda yerlerini aldılar. Ve ben, bir kez daha anlıyorum ki, bu öyküyü bitirmemi, hayatımdan çıkmayı istemiyorlar.

Shura, uzun zaman önce, kendisine verdiğim sözü hatırlatıp durdu, adeta, şu son bir kaç gündür. Bana, 1924'de, İstanbul'dan, Kurt Seyt'den ayrıldıktan sonra neler yaşadıklarını anlatmak istiyor. O kadar çok şeyi varmış ki anlatacak, zaman geçerse unutacak olmaktan korkuyor. Unutmak ve unutulmak... İşte, onu da, beni de korkutan şeyler... Bu gece için randevulaştık, sevgili Shura ile. Onunla beraber, bir yolculuğa çıkacağız yine. Ruhumu, yüreğimi ona teslim edeceğim, bir kez daha. Zihnimin kanatlarını bırakacağım, onun anlattıkları ile uçsunlar. Şimdiden çok heyecanlıyım.

Döner dönmez yolculuğumdan, anlatacağım sizlere de... O güne dek, sevgiyle...

Eylül, 2002, Bebek

"KURT SEYT & SHURA" ile İLGİLİ

"Kurt Seyt & Shura" ile ilgili olarak, on yıl boyunca, okurlarımdan, yüzlerce telefon, mektup ve e-mail aldım. Yüzlerce kez, çeşitli topluluklarda konuşmalara çağrıldım. Bana yaşarken tanınmanın, kabul edilmenin ve paylaşılmanın tarifsiz heyecan ve doyumunu yaşatan sevgili okur ve dinleyenlerime, Medya dünyasından, dost olup takdir edenlere ve takdirlerine teşekkür ederken dost olduklarıma, bana olan inançlarından, verdikleri destekten dolayı minnettarım. Keşke, mümkün olsaydı da hepsinin gönlünden, yüreğinden kopanları, bana yazdıkları uzunlukta ve derinlikte sizlerle paylaşabilseydim. Ama, bu ayrıca bir kitap olurdu. Buna imkân olmadığının anlayışla karşılanacağı ümidiyle, özellikle her hangi bir ayrım ve seçim söz konusu olmaksızın, bu bölüme aktarılan satır aralarını, siz, henüz kitabımı okumamış olan okurlarıma sunuyorum.

Edebiyatçı, gazeteci, eleştirmen, sanatçı, iş adamı-kadını, toplum gönüllüsü, işçi, politikacı, öğrenci, öğretmen, genç, yaşlı, köyden, şehirden, varoştan, toplumun her farklı yaş, sosyal ve sosyo-ekonomik grubundan binlerle okurumun, bu romanımın ruhunda, ortak noktada buluşmaları, benim ve romanımın kahramanları için büyük bir mutluluk.

Cesur bir girişim. Herkes cesaret edemez. XIX. Yüzyıl anlatımı ile, Tolstoy, Balzac, Zola tarzında yazılmış. Dönemini, iyi bir roman mimarisi ile çok iyi anlatıyor. Klâsik roman budur.

Attilâ İlhan, Şair, Yazar

Sorarım size, son yıllarda hangi roman bu kadar güzel bir kurguyla, karşı sahilimizdeki soydaşlarımız Kırım Türkleri'nden, Çarlık Rusya'sına, Bolşevikler'e, steplere, bozkırlara, troykalara, "Oçi Çorniyalar'a kadar, alabildiğine uzayıp gidebildi? Oralara, oralardaki binlerce kulaç derinliklere, bu kadar objektif olarak, bu kadar vukufla, özveriyle uğrayabildi?

Fransızlar'ın "İhtilâller başlangıçta ilâhedir, zamanla fahişe olur!" sözünün gerçekliliğini hiç bir roman bu kadar güzel anlatamazdı. "Uyandıran Aşk" isimli şiir kitabıyla, vurdum duymaz, kör ayvaz sanat dünyamızda yola çıkan Nermin Bezmen, hiç kuşkusuz, büyük bir eğitimin, büyük bir yeteneğin, büyük bir oluşum birikiminin yıllarından, büyük çilelerle bugünlerine ulaşmış. Burada, onu, gittikçe yozlaşan, çoraklaşan roman dünyamızın çok büyük bir geleceği olarak selâmlıyorum, kutluyorum... Hışımla, ibretle, özenle okudum. Her bölümün bitiminde, "Ellerin dert görmesin Nermin!" dedim... Roman bütün değer yargılarımı yeni baştan yönlendirip katlamağa itti beni... Roman tam anlamı ile klâsik. Ortaçağın sanattaki ihtişamı, ulaşılmazlığının yüceliği var. Bütün bunlara dört dörtlük üslubu, dil yapısını, kusursuz sentaksını da eklerseniz... Öyle güzel bir film ya da televizyon dizisi olur ki...

Ayhan Hünalp, Gazeteci, Yazar, Eleştirmen

Bir Tavsiye... Günün gözde sözcüğü ile 'Dramatik bir belgesel' yazmış, Nermin Bezmen. 1890'ların Rusya'sından, 1920'lerin Türkiye'sine uzanan bir dönemi anlatan kitapta, sadece aşk değil, o günlerin Rusya'sı ve Türkiye'si de var. Hatta, daha fazlası var. Günümüz Rusya'sı bunca hızla değişirken, dünün Rusya'sını kim merak etmez ki? Ve de dünün İstanbul'unu...

Hıncal Uluç, Sabah, 17 Haziran, 1992

Çarlık Rusya'sının kristâl akvaryumunun, kanlı Bolşevik kılıçlarıyla paramparça edilmesiyle, İstanbul'a, Levanten Pera'ya ve toz duman Kuva-yı Milliye Anadolu'suna savrulan göçmen hayatları anlatan Nermin Bezmen, içtenlikli kalemiyle bizi, heyecan dolu bir yolculuğa çıkartıyor. Dahası, anlattıkları gerçek öyküler. Romanı okurken, o savrulan yaşamlarla birlikte, polkaların, troykaların, kar gibi bembeyaz sihirli alemine gittim ve ihtilâli bir daha yaşadım. Dört dörtlük bizden olan, gerçek bir araştırmacı ve şair ruhlu bir belgesel romancı olan Nermin hanıma, "Edebiyat dünyasına hoş geldiniz, zaten sizin yeriniz önceden ayrılmış." diyorum. Ne mutlu Nermin Bezmen'e. Dedesinin aşkını yazmış. Ve, "insani" olanı yazmış... Nermin Bezmen, Türk edebiyatının "ilk kök romancısı" olarak, bir ucu Petrograd'a, bir ucu Silistre'ye uzanan derinliklere ulaşıyor ve kaybolmuş zamanı yakalıyor. Ben, Nermin Bezmen'in tüm yazdıklarında, yaşamak için can attığım gizli tarihin ta kendisini buluyorum. O, diaspora acıları çeken tüm insanların "evrensel hüznünü" temsil ediyor. Türk edebiyatına, köke, tarihe, gizli öykülere dönük bir "tarihi ırmak roman" yaratarak, kısır edebiyatı sarsıyor ve Türk edebiyatını evrensele oryante etmek istiyor.

Yaşar Aksoy, Yeni Asır, 26 Haziran 1992 – 14 Nisan 1995

Özellikle "Kırım" üzerine yazdığı ırmak romanlarla büyük üne kavuşan ve Türk edebiyatında kendine yer açan Nermin Bezmen, 'Tarih ve aşk"düzleminde yeni ufuklar arayan Türk okuyucusunun sevilen bir yazarı oldu.

Yeni Asır, 17 Nisan 1994

"Kurt Seyt & Shura", 19. Yüzyıl, klâsik roman tarzında yazılmış olmasıyla da, piyasadaki diğer kitaplardan farklılık gösteriyor. Detayların önem kazandığı, romantizm ve duygusallıkla iç içe bir eser. En büyük etken, yazarın titiz ve özenli bir tarzda yapılmış araştırmaları ki, bu da romana belgesel niteliğini kazandırıyor... Elinizden düşüremeyeceğiniz bir kitap.

Steps, Boğaziçi Üniversitesi Yayını, Mayıs 1993

Nermin Bezmen bu romanında, Bolşevik ihtilâli döneminde, İstanbul'a kaçan Beyaz Ruslar'ın hayatlarına ışık tutarak, son derece akıcı bir üslupla okuyucularına sunmuş.

Fatma Batukan, Hürriyet, 9 Haziran 1992

Dedesi Kurt Seyt'in mücadele dolu hikâyesini satırlarında

ölümsüzleştiren Nermin Bezmen, edebiyat dünyasında yaptığı iddialı çıkışın ardının geleceği işaretini veriyor.

Firuzan Kalafat, Yeni Günaydın, 16 Haziran 1992

"Kurt Seyt & Shura" sadece bir roman mı? Hayır. Yoğun bir mozaik fresk var karşımızda. Ağıt fonunda duygu, anı ve bilgilerle örülü yolcuları, uzun yolculuklarında tanıyoruz. Yazar, yüzlerce soru ve yanıt ile, unutulmaz iki kişinin fotografını çekmiş. Bezmen, okuyucuyu elinden tutuyor ve dudaklarımıza bilgece bir gülümseme takarak, unutulmaz aşkların yolculuğunu görünür kılıyor. Yazarın bir cümlesini, "sözsüz bir ayinin ortasındaydılar" kitabın özeti olarak düşünebiliriz.

Cosmopolitan, Temmuz 1992

Sonsuz Hasretin Öyküsü... Nermin Bezmen, kitabında okura anlatmak istediklerini detaycı ve ağdalı bir üslupla gönderiyor... Kitap, kendinde Rus klâsiklerinin kokusunu, zaman zaman grileşen tadını taşırken, feda edilen sevgilerin, gerçekleşmeyecek hayâllerin ve bunlar için duyulan hasretlerin hikâyesini, o yılların kurgusu içinde veriyor... Roman olmanın dışında, geçmişten günümüze belge niteliğini taşıyor. Adına aşk romanı denilen, içinde savaşın, ihtilâlin acısını taşıyarak, toprak sevgisini, tutkusu, seksi, insana ait her türlü kavramı barındıran "Kurt Seyt & Shura", bir bütün içindeki tutsaklığa baş kaldırının romanı.

Nilgün Meral, Özgür Gündem, 2 Temmuz, 1992

Dramatik Bir Belgesel... Nermin Bezmen, Çarlık Rusya'sından, 1920'lerin İstanbul'una uzanan geniş bir olay trafiği çiziyor. Mekânlar, yalnızca, karakterler için "fon" işlevi görüyor. Nefes alan bir roman bu, sadece tasvir ve tarihle yaşayan bir çalışma değil... Çarlık Rusya'sının son demleri, isyan ve ihanet, dostluk ve dayanışma, yetmiş yıl öncesinin o inanılmaz İstanbul'u bir akademisyen titizliği ile nakışlanarak okura sunuluyor.

Okur yanılmasın: Eğer belgesel ayrıntılar olmasaydı, ortaya daha "yoğun duygusallıkta" bir "aşk romanı" çıkardı diyenler, bu ilginç çalışmanın özünü yok ederler. Sayısız karakterleri, ince ayrıntıları, sinematografik mekân değişimleri ile "mufassal" bir dramatik belgesel olarak tanımlanabilir bu kitap...

Jak Deleon, Cumhuriyet, 28 Temmuz 1992

"Kurt Seyt & Shura", Nermin Bezmen'in dedesinin öyküsünden yola çıkarak, sekiz yıllık araştırmanın sonunda, hayâlleri ve gerçekleri birlikte yoğurarak ortaya koyduğu bir roman. Edebiyat dünyamıza, tıpkı uzaydan gelen bir kor parçası gibi girdi, Nermin Bezmen.

Hami Alkaner, Dünya, 16 Ekim 1993

Bütün detaylar o kadar güzel işlenmiş, her detayın ruhu öylesine verilmiş ki, insan etkisinden uzun zaman kurtulamıyor.

Güler Kazmacı, TV. Sunucusu

Sevgili Nermin, o kadar güzel bir şey başarmışsın ki, seni candan kutluyorum. Tek kelime ile bayıldım.

Leyla Umar, Gazeteci, Yazar

Çarlık Rusya'sının en debdebeli ve şaşaalı günlerinde, Çar'ın Muhafız Alayında görevli bir üsteğmen ile Rus aristokrasisine mensup bir ailenin küçük kızı arasında geçen inanılmaz güzellikteki bir aşk hikâyesi. Aynı zamanda, 19. Yüzyıldan, 20. Yüzyıla geçişin köprüsünde geçen olaylarla dolu bir kitap. Tüm bunlar, Nermin Bezmen'in "Kurt Seyt & Shura" adlı romanında bir dantel titizliği işe işlenmiş. Bezmen, dedesi Kurt Seyt'in yaşamını kitaba aktarma düşüncesi ile yola çıkmış ama, romanını, kahramanlarının yaşadığı dönemin olaylarını, kişilerini ve mekânlarını bir romancının ötesinde, bir tarihçi titizliği ile işlemiş. Romanda kimi zaman kendinizi Kurt Seyt, kimi zaman da Shura'nın yerine koyuyorsunuz. Bezmen, sanatçı kişiliğinin sadece şiir ve resimle sınırlı olmadığını bu roman ile fazlasıyla ispat etmiş.

Erdal Batmaz, Mülkiyeliler Mektubu Dergisi.

"Kurt Seyt & Shura", her hangi bir roman değil. Sevgiyle yoğrulmuş. Gerçek olduğunu hissettiriyor. Sabahı bekleyerek bitirdim. Sıcacık bir kitap. Çok tez zamanda devamını bekliyoruz.

Ayşegül Dora, Gazeteci, Halkla İlişkiler Uzmanı

Yirminci sayfada, yirmi beşinciyi bekleyerek okudum. Çok nadir etkisinde kaldığım kitaplardan biri.

Metin Dirim, Yeni Günaydın, Haber Servisi Şefi

"Kurt Seyt & Shura"yı büyük bir keyifle okudum. Nermin Bezmen, hiç yaşamadığı odevri, görmediği mekânları, orada yaşamışcasına, son derece hoş ve akıcı bir üslupla anlatmış.
Gencay Gürün, 1992, Şehir Tiyatroları Genel Sanat Yönetmeni

Türkiye'deki kültür karmaşasını, göçlerin ve azınlık olmanın getirdiği sıkıntıları ve davranışları çok iyi anlatmışsınız. Son derece objektif bir bakış açısıyla, harika bir anlatım eşliğinde yazdığınız romanı, büyük bir keyifle ve heyecanla okudum.
Semra Paşazade, Sosyolog, Boğaziçi Öğretim Üyesi

Bir kadın okur olarak, özellikle Atatürk Kız Liseli olarak, iftihar ediyorum. Harika bir iş başardınız.
Ayşe Nihan Azizoğlu, Kimyager, C.Topuzlu Lion Klubü Başkanı

Hayatımda çok kitap okudum. Bu kadar etkilendiğim bir kitap şimdiye kadar okumamıştım. Böyle bir aileye sahip olduğunuz ve bu yaşamı bizle paylaştığınız için teşekkürler. Lütfen devam edin ve bizi kitapsız bırakmayın.
Şebnem Tural

Sekiz yıllık bir araştırmanın sonunda ortaya çıkan kitap, aynı zamanda, 1892'lerden 1920'lere varan bir belge niteliğini taşıyor. Bir sürecin gerçeklerine imza atıyor... Yazarın kaleminde hissedilen Rus klâsiklerinin ağdalı uslubu, kitabın tüm süreci içinde okura kendini hissettiriyor.
Nilgün Meral, Gazeteci

Öncelikle, yazım dili olarak kitap ele alındığında, kendini bıraktırmayan bir roman... Roman kişilerini yaratmak, bana her zaman en güç çabalardan biri gelir. Hele hele, bir romanı bu kişilerle bir yaşam haline getirip, bizlere ulaşmak herkesin harcı olmasa gerek. Nermin Bezmen, bence, bu işi yapabildi. Merakla, Shura ve Kurt Seyt'in hayatlarının, birbirinden ayrı geçen bölümlerini bekliyorum. Onları, böylece, daha iyi tanıyacağım.
Deniz Adanalı, Vakko Halkla İlişkiler Sorumlusu

Kitabının tadını çıkara çıkara okuyorum. Harika! Ellerine sağlık.

Keti Hakko

Farkında olmadan sizi geçmişe sürükleyen, akıcı stil, merak ve zevkle okunan ayrıntı... Titiz bir araştırma... Keşke, o devirde yaşamış olsaydım.

Mine Koyuncuoğlu

Beni uçurdu, götürdü, bu kitap. O narin üslubun, kitapta da kendini göstermiş. Candan tebrikler.

Ece Sarpyener

Bu, olağan üstü bir şey. Öyle duygulu ki, gözümde yaşla okudum. Devamını bekliyoruz.

Nihan Atay, Doçent, Mimar Sinan Üniversitesi

Bir kadın olarak, bir kadının böylesine bir konuyu ortaya çıkarmasından gurur duyuyorum.

Lale Bodur

Kitap bitti... Bitmesini istemeden okudum. Muhteşem, muhteşem... Film olmalı.

Nur Mardin, Boğaziçi Üniversitesi Öğretim Üyesi

Bayıldım! Bayıldım! Ellerine sağlık, gözlerine sağlık. Harika!

Cemile Garan

Çok eski bir kitap aşığıyım. Harika bir Türkçe, nefis bir hayâl gücü. Genç yaşta bu kadar derin sentez... Sizi candan kutlarım.

Firuz Nitravan, İktisatçı

Can'ı gönülden tebrik ederiz. Harika!

Vassaf ve Zuhal Arım, Avukat

Piyasadan güçlükle bulabildiğimiz tek kitabı bütün aile mücadele vererek, birbirimizin elinden kaparak okuyor ve büyük haz duyuyoruz.

Vedia Ekemen

"Kurt Seyt & Shura", fevkalâde akıcı bir üslupla yazılmış, yediden yetmişe herkesin kendinden bir parça bulabileceği, mükemmel bir roman. Detaylar bütünü meydana getirirken, sıkmadan, uzatmadan, hislendirerek, meraklandırarak, sevindirerek sürüp gidiyor.

Tunç Gülen

Biraz tarih, biraz coğrafya... His dolu insanlarla, çok güzel saatler geçirdim. En güzeli, hadiseler fazla uzamadan birbirine bağlanıyor. Bir de beklenmedik bir son... Keyifle bitirdim.

Suna Gülen

Canım yavrum, ailemizin mirasını yaşattın. Kendimi çok zengin hissediyor ve seninle gurur duyuyorum. Çocukluğumda dinlediklerimi, sen şimdi canlandırdın. Ellerin, gözlerin, dert görmesin.

Leman Ulus

Romanınızı büyük bir heyecanla, sonsuz bir zevkle, soluk soluğa, göz yaşları ile okudum. Bitinceye dek, elimden bırakmak istemedim... Hâlâ, gözlerimin önünde troykalar, Seyt Eminof, Shura, üzüm bağları, çılgın Karadeniz... Öylesine etkilendim ve duygulandım ki... Ürpertiler içerisindeyim...

Nazan Turgut, Eczacı

"Kurt Seyt & Shura"yı büyük bir merak ve beğeni ile okudum. O kadar duyarak yazmışsınız ki, Eminof ve Shura ile beraber, ben de ağladım. Kitabı bitireli bir hafta olmasına rağmen, halen etkisinden kurtulabilmiş değilim. Bence, siz, çok önceden yazmaya başlamalıymışsınız... Bugüne kadar okuduğum romanları hep birilerine verdim. "Kurt Seyt & Shura"yı arkadaşlarıma tavsiye ediyor ama kesinlikle kitabımı veremiyorum.

Fersun Özbaş

"Kurt Seyt & Shura" isimli kitabınızı büyük bir zevkle, gözlerim dolu dolu, bazen boğazım düğümlenerek okudum...

Berrin Arslan

"Kurt Seyt & Shura" adlı romanınızdan dolayı sizi tüm hemşe-

rilerimiz adına kutlar, başarılarınızın devamını dileriz.
Niyazi Eliok, İstanbul, Kırım Türkleri Derneği Başkanı

Aynı halktan olmamız nedeni ile, tarifsiz bir kıvanç ve mutluluk duyduk.
Remzi Aybar, Kocaeli Kırım Türkleri Derneği Başkanı

Son derece sıcak, çok güzel, emekle yazmışsın.
Seçkin Selvi, Yazar, Eleştirmen

Rusya'da doğdum, St. Petersburg'da tahsilimi yaptım ve bu kitabı okurken, 1900'lerin Rusya'sında yaşamış bir Rus yazarın, Türkçe'ye çevrilmiş kitabını okuyor gibi hissettim. Sokaklarından insanlarına kadar, Rusya'yı böylesine gerçek, ancak bir Rus anlatabilir, hem de o yılları yaşamış bir Rus. Sizi çok çok tebrik ediyorum.
Elvira Kazas, Kırım, Ukrayna, Sanat Tarihçisi

Doktora tezim, sizin kitabınızın anlattığı tarihlerdeki Rusya, Kırım folkloru ve âdetleri idi. Uzun süren araştırmalar sonunda hazırlamıştım. Kitabınızı okurken çok şaşırdım. O devri, yemeğinden, konuşma şekillerine kadar her şeyiyle, sanki orada yaşamış gibi gerçek yazmışsınız. Tebrikler.
Doçent Doktor Hakan Kırımlı

Bu kitap, kütüphanemiz için çok kıymetli. Çünkü, maalesef, raflarımızda 1944'den öncesini anlatan hiç bir tek kitabımız yok.
Tatiana Shekhsheyova, Aluşta Kütüphanesi Müdürü, Kırım

Kütüphanemizde, halkımızı yazan, tarihimizi inanılmaz bir titizlikle işleyen, en önemli kaynak kitap. Sağ olasın Nermin Hanım.
Firuze Mehmedova, Aluşta Kütüphanesi, Müdür Yardımcısı, Kırım

Bu roman ve içindeki fotograflar, bizim için armağan. Sizin geçmişiniz demek, bizim de geçmişimiz demek ve biz geçmişimizi şimdi öğrenmeye başladık.

Yura Koçigarov, Aluşta Müzesi Müdürü, Kırım

Gözyaşları içinde bütün gece okudum. Sabah yedide bitirdim. Sizi candan tebrik etmek için arıyorum. Ancak kendime gelebiliyorum. Müthiş etkilendim. Ve bunu sizinle muhakkak paylaşmam gerektiğini düşündüm.

Ender Şahinkanat

Bugüne kadar en sevdiğim yazarların kitaplarını geçti, Nermin Bezmen'in kitabı. Bir nefeste okudum.

Dr. Atilla Yosmaoğlu

Seni tebrik ederim, okurken öyle sardı ki kitabın... Yaramaz kız, ne hakla ağlattın beni?

Perizat Perin

Çok eski bir kitap aşığıyım. Harika bir Türkçe. Nefis bir hayâl gücü. Bu genç yaşta, bu kadar sentez ve nefis bir lisan. Tebrikler.

Sadi Bayar

Kitabınızı, gözümde yaşla okudum. Beni o günlere götürdünüz. Anlattığınız her şey, o günlerde olduğu gibi. Nefis, tek kelime ile harika. Sanki, orada, o tarihte yaşamışsınız. (On iki yaşında iken Van'da Binbaşı olan babası ile beraber Ruslar'a esir düşüp, Rusya'da esaretleri sırasında Bolşevik ihtilâlini yaşamış bir okurum.)

Şeref Tipi

Böyle bir his olamaz. Çok, çok güzel. Ne diyeceğimi, nasıl anlatacağımı bilemiyorum.

Güven İçpınarcıoğlu, Mimar

Hayran oldum. Şu an bitirdim ve sizi tebrik etmeden edemedim. Kutluyorum.

Mustafa Aksoy

Kendimi kaybedip büyük bir hızla okudum ve de büyük bir keyifle.

Asuman Gökçeler

Kitabınızdan o kadar etkilendim ki, arayıp sizin sesinizi de duymadan edemedim. Bize böyle bir kitap okuttuğunuz için teşekkürler.
Birgül Karaagöz

"Kurt Seyt & Shura"yı ağlayarak, yirmi dört saat aralıksız okudum. Film seyreder gibi, içinde dolaştım. Bütün anlatılan mekânları dolaştım, sanki. O kadar etkilendim ki, bittiğinde boşlukta gibiydim. Ailece hayran olduk.
Şebnem Uğurlu

O kadar duygulanarak okudum ki, heyecanım hâlâ devam ediyor. Keşke, herkes, geçmişini sizin gibi araştırabilse.
Ayşe Belgin

Seneler evvel, artık, roman okumayı bırakmıştım. İlk kez, bunca sene sonra, bu kitabı elime aldım ve bir nefeste okudum. Gelinim, oğlum, hepsi okumak için sıradalar. Bir romandan bekleyebileceğim zengin karakterler, sevgi, macera, her şey var bunda. Gerçekten tebrik ederim.
Ülkü Işıklı

Uzun zamandır roman okumak ve kitap hediye etmek âdetimi kaybetmiştim. Sayende her ikisi de gerçekleşti. Tebrik ediyorum.
Vuslat Sadıkoğlu

Gerçekten, büyük bir içtenlikle kutluyorum. Soluk soluğa okudum. Kurgu, mantık beraberliği süper. Candan tebrikler. Harikaydı, ellerine sağlık.
Zehra Kurttepeli, TRT İstanbul Televizyonu yapımcısı

Hâlâ etkisindeyim. Hâlâ açıp açıp okuyorum. Bizi kitapsız bırakmayın.
Gülçin Erdoğan

Beni aldın, Rusya'ya, o yıllara götürdün. Ne kadar keyifle okuduğumu anlatamam. Tebrik ediyorum seni.

Yolanda Ertunga

Dedenin hissiyatını, nostaljisini ancak bir Rus anlayabilir. Ve bu kitabın ruhunu, benim kadar hiç kimse anlayamamıştır. O kadar güzel anlatmışsın ki, ancak bu kadar anlatılabilir. Mükemmel, mükemmel...

Etheri Pinhas

Güzel ve duygu yoğun kitabınızın her bölümünde ortak çok yakın hisler içinde bulundum. Bir Türk subayı olarak gurur duydum... Sevginin, sadakâtin ve bu gibi değerlerin, sınır, ulus tanımadığını, yaşamın neler getirebildiğini anlatan her satırınızda alınması gereken o kadar çok ders var ki.

Hakan Topaloğlu, Dz. P. Kd. Üsteğmen

Nermin Bezmen'in romanı "Kurt Seyt & Shura" hakkındaki sıcacık, duygulu konuşması hepimizi çok etkiledi. Beni çok mutlu eden bir husus da, bugüne kadar hiç bir toplantımızda olmadığı kadar yüksek bir katılım oluşu. Kendisini tebrik ediyoruz.

Atilla Çelikiz, İstanbul Rotary Klubü Başkanı

Hikâyenin özündeki sihir bir yana, siz o kadar güzel yazmışsınız ki... göz yaşlarıma hâlâ hakim olamıyorum.

Ayşe Arım

Romanı elimden bırakamadığım üç gün boyunca, kâh ağladım, kâh güldüm ama en fevkalâdesi, bu güne kadar, hiç bir roman kahramanını bu derece yüreğimde, yakınımda hissetmedim. Sayende sevgili Bezmen, sayende.

Aslı Çetin

Sınırsız güzellikleri içinde kendi aşklarını elleriyle bitirenleri bağışlayamıyorum... Yüreğim kanıyor, Seyt ve Shura için... Belki de aşk budur... Bilemiyorum... Ama yüreğim kanıyor.

Adnan Durmaz, Öğrenci

Her okuduğum satırda, kendimi romanın kahramanları ile beraber hissediyor, onların yaşadığı acılar yüreğimi sızlatırken, mutlulukları da benim küçük dünyamı aydınlatmaya yetiyordu.

Artık, onlar benim hayatımın bir parçası olmuşlardı.
Gamze Emanet

Kitaplarınız, fabrikadaki hayatımızın bir parçası oldu. Kahramanlarınızın ve sizin konu olmadığınız bir gün yok.
Zuhal Bedir Han

Geçen haftaki 800. Toplantımızda, son günlerde romanı "Kurt Seyt & Shura" ile tanınan Sn. Nermin Bezmen idi. Toplantımızı, eşlerimiz ile birlikte çok sayıda basın mensubu da izledi. Bunda, konuşmacı konuğumuz Nermin Bezmen'in renkli ve nitelikli kişiliği en önemli etkendi.
Mehmet Akyelli, Alsancak Rotary Klubü Başkanı

Bir çok alanda üretken olduğu çabaları ve bunların güzel neticelerini, adeta, hiç mühim bir şey yapmıyormuş gibi, büyük bir alçak gönüllülükle taşıyan Nermin Bezmen, kitabı ile aramızda olduğu için mutluluğumuz sonsuz.
Nejla Aktar, Konak, Innerwheel Rotary Klubü Başkanı

Yıllar yılı, ailemin büyüklerinden dinlediğim saltanatı, eski gelenekleri, savaşın getirdiği yokluğu ve acıyı, biten aşkları, başlanmaya zorlanan yeni yaşamları, her şeyi "Kurt Seyt & Shura"nın sayfalarında buldum. Kitabın sonlarına doğru, içimden öylesine büyük bir hüzün yükseldi ki, göz yaşlarıma engel olamadım. Romandaki her şey çok özeldi.
Pınar Ekşi

"Kurt Seyt & Shura"nızı okudum... Çok etkileyici, çok ustaca ama bir o kadar da doğanızdan geldiğine inandığım akıcılıkla yazdığınız bu eser için sizi tebrik etmek yerine, ben sizi bu efsanevi ve özgün geçmişe sahip olduğunuz için kutlamak istiyorum. Böylesine dolu, soylu ama yerine göre de mütevazi, efsanevi ama son derece de gerçek bir geçmiş, sanırım, çok az insana nasip olmuştur.
Derya Ongun

Gerçek bir sanat eseri olan "Kurt Seyt & Shura" isimli eserinizi büyük bir zevkle okudum... Bütün kalbimle, "Ellerinize sağlık!"

diyorum.

Güven İçpınarcıoğlu, Mimar

"Kurt Seyt & Shura"yı, sonuna kadar, büyük bir hevesle okudum. Kitabın lisanı gayet sade, gayet sarih, rahatlıkla okunuyor. Kitabın verdiği heyecanın yanında, en çok beğendiğim tarafları; Rus havası, karakteri, ruhu ve harp sahneleridir.

Yolande ve Jacques Jeulin, Osmanlı Bankası Genel Müdürü

Kitabımın hazırlıkları ile uğraştığım bir dönemde okuduğum eşsiz kitabınız, bana yazarlığı, kanlı Rusya'yı, insan olan insanları bir kez daha sevdirdi, saydırdı. Sizi yürekten kutluyor, "Kurt Seyt & Shura"yı, kütüphanemin baş yapıtı olarak köşesine koyuyorum.

Gönül Bağırgan

Kitabınızı çok duygulanarak, bazen gözlerim yaşlanarak okudum. Shura ve Seyit ile, adeta, bütünleştim. Onlarla birlikteymişim gibi, onları tanıyormuşum gibi hissettim. (Votka içildiği bir satırda, farkında olmadan, kendime bir kadeh Rus votkası doldurduğumu söylesem, bilmem, inanır mısınız?) Okumayı öğrendiğimden bu yana, onca kitaptan on, on beş tanesi bugüne dek baş ucumdan ayırmadığım kitaplar oldu. Bu kitap da onlardan biri oldu bile.

S. Göksel Atilla

Tam aşk'a olan inancımı tazelemiş, hayatımın en güzel aşk hikâyesini okuduğumu zannederken beni yıktınız. Niye, ateşli, büyük aşklar mutlu bitmiyor? Romanlarda bile bitmiyor, işte. Shura'yı tam kaybettik derken, 'kaderin mucizesi' sayesinde yine bulduk. İnanılmaz aşkımızı yaşadık. Ama, her şeyimiz olan o kadından o kadar kolay koptuk ki, kabul edemedim. Sindiremedim içime bir türlü. Öfkemin sebebi bu... Bana yine de çok güzel saatler yaşattınız. İnancımı sonradan kırmış olsanız bile... Sizin gibi âşık olan, aşka inanan ve aşkı ifade edebilen kadınların varlığı beni yine de sevindirdi.

Atilla Tunalı, Elektronik Mühendisi

Sürükleyici, gerçekçi, mükemmel bir Türkçe ve akıcı bir anlatım. Kısaca, harika bir üslup günümüz kitaplarında her zaman bulunmuyor. Ama, bunların hepsi, "Kurt Seyt & Shura" da mevcut. Daha sonra kaç kitap okuyacağım bilmiyorum. Bilemediğim bir şey de, daha sonra beni bu derece etkileyecek bir kitabın olup, olmayacağı...

Arzu Egemen

"Kurt Seyt & Shura"yı, okumamı bekleyen yazılı sınav kağıtlarının karşısında, tüm o duyguları yaşayarak, ilgi ve merakla bitirdim. Sevdiklerinizin yaşamını, harika bir anlatımla birlikte, bizimle paylaştığınız için teşekkür ediyor, yürekten kutluyorum.

Melek Aydın, Öğretmen

"Kurt Seyt & Shura" adlı romanınızı büyük bir merakla, hatta galiba, biraz da yaşayarak okudum. Gerçeklere dayalı ve olağan üstü üslubuyla, beni çok etkiledi. Ellerinize sağlık.

Kâzım Uluseri

Hâlâ, "Kurt Seyt & Shura"nın etkisindeyim. Ağlayarak, onları düşünüyorum. Beyoğlu'nda gezerken, o sokaklara bile başka türlü bakıyorum, artık. Artık, kolay kolay başka bir kitap okuyabileceğimi düşünemiyorum. Yazılarında, hayattaki beklentilerimi, coşkularımı, duygularımı bulup, yaşamda her dakikanın güzelliğini yakalamamı sağlayan güzel insan, içinizdeki bu tükenmez aşkı, coşkuyu ve duyarlılığı, dilerim, bir ömür boyunca, sevdiklerinizle, huzurlu, sağlıklı ve başarılı bir şekilde paylaşırsınız.

Roda Palaoğlu

Gerek konusu, gerekse anlatılış biçimiyle, edebiyatımızda ender rastlanan güzellikte bir kitap. Yine sınırsız bir hayâl gücü ve tarihin o inanılmaz çekiciliğini bir romanda bu derece can alıcı bir şekilde birleştirmede gösterdiğiniz başarıyı kutlarım.

Firdevs Mercan

Bütün gece süren yolculuklar, sevinçler, göz yaşarmaları sonunda, kitabınızı bitirdim. Okumuş olduğum, yaklaşık, üç, dört yüz kitap içinde bu denli etkilendiğim üçüncü kitap... Bütün bu insani gelişmeleri insanca aktarımınızla, kendimi, o çok güzel,

olağan üstü finalde harmanlanmış buldum. Daha ne söyleyebilirim ki?
Osman Turgut Evcimen

Duygularımı yeterince anlatabildiğime inanmıyorum. Kitabınızla bir çok ödülü hak ettiğinize inanıyorum, yalnızca.
S. Feyza Günel, TRT İstanbul Radyosu

Türk edebiyatına değişik bir janr'da, değişik tiplemelerle, imge ve gücünüzle, güçlü bir roman kazandırmanız bizlere, size karşı teşvik'in ötesinde, bu naçiz satırları yazmayı bir görev addettirdi.
Şener Öztop, Öğretmen

Kurt Seyt ve ailesi, gönlüme taht kurdu. Aile üzüldü, ben de yaşlarımla yâd ettim. Etkili, silinmeyen bir destan...
Nimet Alpkaya, Emekli Öğretmen

Dostoyevsky'nin "Beyaz Geceler"i ile tanıdığım Petersburg'un sokaklarında, köprülerinde, evlerinde, bahçelerinde, şimdi Kurt Seyt ile dolaşıyorum. Ah! o Aluşta'daki ev... Sevgili dedeciğinizin dinmeyen hasret acısı, bana Göethe'nin Wilhelm Meister'inde rastladığım "Hasret" şiirini hatırlattı. Ah!
Meftun Kaval

Eseriniz, roman tekniği, kurgusu, anlatımı ve olay örgüsü açısından, bence, bir doruktur. Sizinle birlikte umut ediyorum ki, Türk edebiyatı ve romanı daha da zenginleşecektir.
Aydın Yeşilyurt

Az önce, "Kurt Seyt & Shura'yı bitirdim. Ne yapmam gerek, ne düşünmeliyim, bilmiyorum. Yaşamım boyunca çektiğim mutsuzluğa, yalnızlığa büyük bir parça eklendi. Bu yüzden, sizi affedebilir miyim, bilmiyorum. Kitap bittiğinde, saatler geçtikçe, hissim öfkeye dönüştü. Sizi arayıp öfkemi aktarmamak için, telefonla mücadele verdim. Sabrettim. Zaman ilerledikçe, öfke yerini dostluğa ve varlığını ılık ılık hissettiğim bir arkadaşlığa bıraktı.
Gül Pilavcı

Bu mükemmel kitabınızla, çok güzel duyguları, acıları, sevinçleri, göz yaşları, korkuları, panikleri yaşarken, hayâllere daldım ve hâlâ daha o hayâlleri yaşıyorum. İlk kez, okuduğum bir kitabın yazarına ulaşmak ihtiyacını hissediyorum.
Derya Ertuğrul

Göz pınarlarımdan akan sıcacık yaşa, İstanbul nostaljime, göçmen bir aileden gelmenin verdiği 'göçmenlik acıları, maddi-manevi kayıplar, kayıplara olan özlem'e, sevgiye hasretime, can'a, candaş'a, yoldaş'a olan ihtiyacıma rağmen okudum. Hüznün kol gezdiği sokakların, yalnızlık saklı birlikteliklerin, küçük mutluluklar için verilen savaşların öyküsünün, büyük bir mutlulukla bitmesi için adeta dua ettim.... Her şey öyle güzeldi ki...
Fatoş Somer

Güzel ve acı bir aşk hikâyesi yarattığınız kadar, yöresel ve tarihsel araştırmalarınızdaki sabırlı çabalarınızla, ülkemize göç eden Beyaz Ruslar'ın mükemmel bir destanını da meydana getirmişsiniz.
Nilüfer Erge

Şimdi Tchaikovsky dinliyorum ve beni insanoğlunun yaşadığı ve kalbinde sakladığı aşkın var olduğu fikrine inandırdığınız için teşekkür ediyorum.
Beyza Güzelsoy

Dedeniz ve Shura beni o kadar etkilediler ki, onlarla ve sizinle öyle bütünleştim ki... Kitap bitti, ama ben nefes aldığım sürece onlarla olacağım.
Diclehan Ak

Yabancı Eleştirmenlerden...

Gerçek bir yaşam öyküsü üzerine kurulmuş bu kitabı, son derece sürükleyici ve etkileyici buldum. Okuyucuyu, Çarlık Rusya'sının şatafatlı dünyasından, Bolşevik devrimine ve Türkiye'ye sürükleyen tarihi bir romans. Bu kitaptaki çalışma, sadece son derece derinliğine ve doğru araştırılmış tarihi detaylarından dolayı değil, aynı zamanda iki kahramanının arasındaki aşkın güçlü tabiatından dolayı ilginç. Okurlar, öyküyü, anında, yürek parçalayıcı ve ilham verici bulacaklar ve aile tarihinin böylesine tutku ve romans yaratabilmiş olmasından dolayı yazara gıpta edeceklerdir.

Yazar, araştırma ve kahramanları ile buluşma çabaları neticesinde, karakterlerine gerçekten hayat vermiş. Kitabın sonundaki fotograflarla birleşen bu olgu, çalışmayı büyüleyici kılmakta ve okura, bunların gerçek insanlar ve gerçek yaşam öyküleri olduğunu bir kez daha hatırlatmaktadır. Son derece canlı anlatılan, birbirine kontrast, zengin sayıda mekân, hikâyeye zemin oluştururken, öykü, okuyucuyu heyecana sürükleyecektir.

Ann Austin, Eleştirmen, Minerva Press, İngiltere

Bu kitap, politik ve sosyal kargaşanın yer aldığı bir devrin başarılı bir anlatımıdır. Yazar, hazla dokuduğu öyküsünü, karakter ve renk saltanatının zenginliği ile yönlendirmiş. Tarihle, son derece detaylı ve dürüst bir bağlantı kurarken, bir taraftan da, okuru esir aldığı kadar eşit derecede hayrete düşüren bir aşk hikâyesini irdelemekte. Yazarın araştırmasındaki derinlik, lisan hakimiyeti ile birleşince, hatırı sayılır derecede methiyeye lâyık bir hikâye yaratmıştır.

Henry Pilkington, Eleştirmen, İngiltere

Fotoğraflarla

KURT SEYT & SHURA

Yazarın dedesi.
Çarlık Muhafız Alayı'nda görevli Üsteğmen Seyit Eminof. "Kurt Seyt'.
Galiçya cephesi dönüşünde. Saint Petersburg, 1917

Güzeller güzeli Alexandra Julianova Verjenskaya, 'Shura'.

İstanbul, 1922 (Foto M. Kazbek, Beyoğlu)

'Tinuçka' ve 'Shura', Babaları Julian Verjensky ile.
Kislovodsk, 1910

Verjenskayalar troykalarla Narzan Suyu yolunda.
Narzan, Kafkasya, 1910.

Shura, köpeği ile evlerinin bahçesinde.
Kislovotsk, 1913.

Verjenskaya evinde bir akşam yemeği.
Kislovodsk, 1915.

Verjenskaya Malikânesi.
Kislovodsk, 1914.

Valentine Verjenskaya ile Baron Konstantin Clodt von Jurgenzburg'un harp ve ihtilâl sürerken cephede evlendikleri kilise.
Novorosisk, 1917.

Baron Konstantin Clodt von Jurgenzburg.

Baron Konstantin, kardeşleri ve kayınbiraderi Vladimir Verjensky ile cephede. Novorosisk, 1917.

Алушта.
16/VI-28 г.

Yazarın büyük büyükbabası
Miralay Mühendis Ali Rıza Bey.

Solda: Kurt Seyt'in kuzeni Arif, Eminoflar'ın evinin girişinde. Aluşta, 1928.

Türk, Alman ve Macar yaralı esirler Sibirya sürgünü öncesi
Galiçya'da hastahanede.
Hemşirenin arkasında yazarın büyükbabası Dr. Yüzbaşı Ali Nihat Bey. 1917.

Dr. Yüzbaşı Ali Nihat Bey, Sibirya Sürgününde.
Sibirya, 1918

Rus Çarı Nicholas Alexandrovich Romanof

Bolşevik İhtilâli'nden.
Kislovotsk, 1917.

İhtilâlden sonra Rusya'da kalan; Shura'nın Annesi Ekaterina, kız kardeşi Nina ve diğer Verjenskaya kızları.

İhtilâl sonrasında Aluşta'da kalan Eminoflar. Mahmut, Havva ve Mirza Mehmet, yıllar sonra Bolşevikler tarafından öldürülmeden önce.

Rus Büyükelçiliği'nin yazlık konutu.
Büyükdere, İstanbul, 1920'ler.

'Foyer Russe', 'Kış Bahçesi'.
Pera, İstanbul, 1920 Başları.

Shura.
İstanbul, 1922. (Fotoğraf: Kurt Seyt)

Barones Valentine (Tinuçka).
Pera, İstanbul, 1920.

Rus Balalayka Orkestrası.
Pera, İstanbul, 1920. (Foto Kazbek)

Pera'daki Fransız Tiyatrosu'nda Valentine Taskina (Tinuçka)
ve Milowitz Orkestrası.

Kurt Seyt'in Shura, İskender ve Manol ile beraber, Galata Köprüsü'nden Haliç sularına savurduğu, devri bitmiş Çarlık Rubleleri'nden kalanlar.

Shura, İstanbul'dan ayrılmasından kısa bir süre sonra Seine Nehri kıyısında. Paris, 1924.

Murka.
Pera, 1928. (Üstte)

Öyküsüne İstanbul'da devam edecek olan Kurt Seyt, Murka ve Kızları Lemanuçka ile Şükran. İstanbul, 1928. (Sağda)

T.C.G. BERK

Yazar, Barones Valentine Taskin'in evinde.
İstanbul, 1992.

Pamir Bezmen'e,"Sizinle kendimi otuzbeş yaşında hissediyorum." diyen Barones (Tinuçka) ve son otuzüç senesini paylaştığı Todori. Barones'in Beyaoğlu'ndaki evi, İstanbul, 1992.

Nermin Bezmen, Bolşevikler tarafından işkence ile öldürülen büyük amcası Osman Eminof ve eşinin, şu an bir düzine aile tarafından paylaşılan, Bağlıkova'daki harap evlerinin önünde.
Aluşta, Ağustos, 1992.

Nermin ve Pamir Bezmen, Kütüphaneci Tatiana Shekhsheyova ile kapı kapı dolaşarak iz sürüşlerinde, yaşlı bir Rus'tan bilgi edinmeye çalışırlarken.

Yazarın notlarından...
"Yüz yaşındaki kadın, çok şey yaşadığını, ancak, sadece ölümü anlatacak kadar hatırladığını söyledi."
Aluşta, 1992.

Nermin Bezmen, Çar II. Nicholas çeşmesinde.
Livadya Sarayı, Yalta, 1992.

Nermin ve Pamir Bezmen, Ramanoflar'ın Karadeniz esintisi ve manzarasının tadını çıkarttıkları balkonda.
Livadya Sarayı, Yalta, 1992.

Nermin ve Pamir Bezmen arslanlı merdivenlerin önünde.
Alupka Sarayı, Yalta, 1992.

Kurt Seyt'in macera duraklarından biri olan Karagöl'e, neredeyse bir asır sonra yapılan ziyaret. Nermin ve Pamir Bezmen. Karagöl, Yalta Ormanı, 1992.

Nermin, Pamir, Pamira Bezmen ve Shura'nın kızı Sandra Wells.
Pasadena, USA, 1994.

Nermin, Pamira Bezmen ve Sandra Wells.
Pasadena, USA, 1994.

Shura.
Paris, 1924.

Sandra.
Pasadena, 1994.

Kurt Seyt'in torunu Nermin Bezmen ve Shura'nın kızı Sandra Wells, Shura'nın mezarı başında, mavi irislerle.
Forest Lown Memorial Park, Glendale, USA, 1994.